Ralf Isau
Der Mann, der nichts vergessen konnte

Zu diesem Buch

Tim Labin ist nicht nur der neue Schachweltmeister, sondern in jeder Hinsicht ein Mensch mit außergewöhnlichen Begabungen. Sein perfektes Gedächtnis erlaubt es ihm, sich binnen kürzester Zeit ganze Bücher einzuprägen, Sprachen zu erlernen und Codes zu entschlüsseln. Doch es gibt eine einzige Lücke in Tims Gedächtnis: Zwanzig Jahre zuvor wurden seine Eltern auf mysteriöse Weise ermordet. Was genau geschah, hat Tim bis heute nicht herausfinden können. Erst als er auf die Computerspezialistin JJ trifft, wird Tim von seiner Vergangenheit eingeholt. Denn offenbar sind mächtige Feinde einem Geheimnis auf der Spur, das die Weltordnung erschüttern könnte. Und der Schlüssel dazu befindet sich in an einem Ort, der rätselhafter, faszinierender und gefährlicher ist als jeder andere Platz auf der Welt – in Tims Erinnerung ...

Ralf Isau, 1956 in Berlin geboren, arbeitete lange als Informatiker, bevor er sich dem Schreiben widmete. Mit »Die Dunklen« und »Der Mann, der nichts vergessen konnte« avancierte Ralf Isau zum neuen großen Namen der deutschen Spannungsliteratur. Sein Markenzeichen sind Thriller um Menschen mit außergewöhnlichen Begabungen und die letzten Geheimnisse unserer modernen Welt. Zuletzt erschien sein Roman »Messias«.
Weiteres zum Autor: www.isau.de

Ralf Isau

DER MANN, DER NICHTS VERGESSEN KONNTE

THRILLER

Piper München Zürich

Entdecke die Welt der Piper Fantasy:

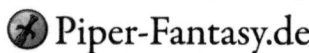
Piper-Fantasy.de

Von Ralf Isau liegen bei Piper vor:
Die Dunklen
Der Mann, der nichts vergessen konnte
Messias

Mix
Produktgruppe aus vorbildlich bewirtschafteten
Wäldern und anderen kontrollierten Herkünften
www.fsc.org Zert.-Nr. GFA-COC-001223
© 1996 Forest Stewardship Council

Ungekürzte Taschenbuchausgabe
März 2010
© 2008 Piper Verlag GmbH, München
Dieser Roman wurde vermittelt durch:
AVA international GmbH Autoren- und Verlagsagentur
www.ava-international.de
Umschlagkonzeption: semper smile, München
Umschlaggestaltung: Guter Punkt, München | www.guter-punkt.de
Umschlagabbildung: Anke Koompann unter Verwendung von Motiven
von shutterstock
Autorenfoto: Victor S. Brigola
Satz: Filmsatz Schröter, München
Papier: Munken Print von Arctic Paper Munkedals AB, Schweden
Druck und Bindung: CPI – Clausen & Bosse, Leck
Printed in Germany   ISBN 978-3-492-26715-1

Für Roman

*»Wenn du deinen Gegner nicht besiegen kannst,
dann lass ihn sich selbst besiegen.«*
Anonymus

*»Früher oder später kommt der Zusammenbruch,
und er kann schrecklich sein.«*
Roger Babson (Wirtschaftsexperte, 5. September 1929)

PHASE I

HERAUSFORDERUNG

—

9. November 1989

»Im Schach nämlich geht es darum:
das Ich des Gegners zu unterwerfen,
sein Ego zu zerbrechen und zu zermalmen,
sein Selbstbewusstsein zu zertreten – und es
zu verscharren und seine ganze verachtenswerte
sogenannte Persönlichkeit ein für alle Mal
zu Tode zu zerhacken – und zu zerstampfen;
und dadurch die Menschheit von einer stinkenden
Pestbeule zu befreien.
Es ist ein königliches Spiel«

Bobby Fischer

Es wird behauptet, bedeutende Ereignisse seien wie eine Frischzellenkur für das Gedächtnis. Noch Jahrzehnte später entsännen sich Menschen beim Gedanken daran genau an den Ort ihres Aufenthalts oder an die gerade verrichtete Tätigkeit. Umso sonderbarer mutet es an, wenn ausgerechnet der Mann mit dem besten Gedächtnis der Welt sich nicht mehr an einen solchen Tag erinnern konnte. Und trotzdem ist genau das geschehen.

Als am 9. November 1989 die Berliner Mauer fiel, war Tim Labin neun Jahre alt und hieß noch Tim Rosenholz. Er litt zwar gelegentlich unter epileptischen Anfällen, doch seine Lehrer bescheinigten ihm einen überdurchschnittlichen Verstand. Seinen Altersgenossen war er weit voraus. Der blinde Fleck auf der später so makellosen Netzhaut seines Erinnerungsvermögens rührte von tragischen Vorkommnissen her, die in besagter Nacht sein Leben verändern sollten.

Wie Millionen andere Familien saßen auch die Labins an jenem Donnerstag vor dem TV-Gerät. Um sie herum vibrierte das ganze Wohnhaus wie eine riesige Lautsprecherbox, weil offenbar die ganze Nachbarschaft ebenfalls Westfernsehen guckte. Der Sender Freies Berlin, vor wenigen Monaten noch eine verbotene Fernsehstation auf der anderen Seite des sozialistischen Schutzwalls, strahlte ein weltweit einzigartiges Live-Programm aus.

Am innerstädtischen Grenzübergang Bornholmer Straße hatte die Masse seit etwa neun Uhr abends »Tor auf!« skandiert, bis Viertel nach elf der Schlagbaum tatsächlich hochging. Ähnliches vollzog sich an den Übergängen Sonnenallee und Invalidenstraße. Seitdem war Berlin ein Tollhaus. Im Westen der Stadt fielen sich die Menschen um den Hals, am Brandenburger Tor tanzten sie auf der Mauer, und in den Straßen floss der Sekt in Strömen.

Bei den Rosenholzens herrschte ergriffenes Schweigen. Robert und Hanna saßen im Wohnzimmer, einander bei den Händen haltend, auf der Couch. Ihre Blicke waren wie unter Hypnose auf die Mattscheibe gerichtet. Um ihre elterlichen Instinkte nicht zu wecken, verhielt sich Tim still. Er steckte zwar schon in dem lächerlichen blauen Frotteeschlafanzug mit dem Sandmännchen auf der Brust, durfte aber ebenfalls noch fernsehen.

Plötzlich klingelte es an der Wohnungstür.

Die Eltern zuckten zusammen, als flösse elektrischer Strom durch die Sprungfedern des alten Sofas.

»Ziemlich spät für einen Besuch«, raunte Hanna. Ein besorgter Ausdruck lag auf ihrem Gesicht.

Roberts Blick wanderte zur Standuhr neben dem Sekretär. Es war elf Minuten vor Mitternacht. Seine Stimme klang auf eine beschwörende Weise ruhig, als er antwortete: »Vielleicht nur jemand von den Nachbarn, der mit uns auf die Grenzöffnung anstoßen will. Ich schau mal nach.« Er schlüpfte in die Filzpantoffeln, und nachdem er den Fernseher leise gestellt hatte, schlich er aus dem Zimmer.

Trotz des Lärms aus den oberen Stockwerken hörte Tim die Dielen im Flur knarren. Die Familie Rosenholz lebte in einer geräumigen Altbauwohnung in der Krausnickstraße 5 im Berliner Stadtteil Mitte. Mit den Nachbarn kam man gut aus. Wozu also die Geheimnistuerei?, fragte er sich.

Erneut klingelte es, und die gedämpfte Stimme eines Mannes war zu hören. »Herr und Frau Rosenholz? Ich muss Sie dringend sprechen. Bitte, öffnen Sie.«

Im nächsten Moment war Robert wieder im Zimmer. Hastig schaltete er die Deckenleuchte und den Fernseher aus. »Es ist Gomlek«, zischte er und spähte vorsichtig durchs Fenster zur Straße hinab.

»Wer?«, fragte Hanna.

»Iwan Gomlek. Der Russe, der neulich bei uns in der Registratur herumgeschnüffelt hat. Rainer meinte, ich solle ihn nicht beachten. Gomlek sei von unseren Freunden, ein KGB-Stationsleiter aus Karlshorst.«

Tims Mutter sprang von der Couch hoch. »Der sowjetische Geheimdienst? Meinst du, sie sind uns auf die Schliche gekommen?«

»*Psst!*« Robert vollzog mit erhobenem Zeigefinger einen Kreis, als wolle er auf Kobolde oder andere unsichtbare, unter der Decke schwebende Lauscher hindeuten. Das Verhalten seiner Eltern war Tim nicht geheuer. Mit einem Mal hörte er ein Klopfen von der Wohnungstür.

»Herr und Frau Rosenholz. Bitte, öffnen Sie sofort! Wir wissen, dass Sie zu Hause sind.«

»Wir sind aufgeflogen«, jammerte Hanna.

Robert schüttelte den Kopf. »Vielleicht werden wir bespitzelt, aber wir sind keine Feinde der Republik. Nicht mal Diebstahl kann man uns vorwerfen.«

»Nein, aber wir haben etwas *hinzugefügt*. Sie werden sich

einen feuchten Kehricht um unsere Absichten scheren. Für sie sind wir Saboteure. Sie bringen uns nach Bautzen und sperren uns weg. Oder wir werden hingerichtet ...«

Abermals pochte es. »Herr Rosenholz, seien Sie doch vernünftig. Wenn Sie nicht öffnen, müssen wir die Tür aufbrechen«, drohte die Stimme von draußen.

»Ich versuche sie hinzuhalten. Verstecke du den Jungen. *Sofort!*«, zischte Robert.

Allmählich bekam Tim Angst. Zwar hatte er seine Eltern in den letzten Wochen ab und zu beim Tuscheln erwischt, sich aber nichts weiter dabei gedacht. Erwachsene meinten ja ständig, sie müssten ihren Kindern etwas verschweigen, weil sie für die Wahrheit noch nicht reif genug seien.

Seine Mutter packte ihn am Arm. »Komm, schnell!«, flüsterte sie und zog ihn auf den Flur hinaus, wohin schon der Vater vorausgeeilt war.

»Sie haben uns geweckt. Was wollen Sie denn?«, rief Robert und täuschte ein Gähnen vor.

»Versuchen Sie nicht, uns hinzuhalten, Rosenholz. Wir haben Ihren Fernseher gehört.«

»Sind Sie noch nie vor der Glotze eingeschlafen?«

»Das sage ich Ihnen, sobald Sie uns geöffnet haben. Aufmachen!«, befahl die Stimme dieses Gomlek. Tim fand sie hinreichend einschüchternd, um sich den Mann als besonders gefährlichen Geheimagenten vorzustellen.

Inzwischen war Hanna mit ihrem Sohn durch die nächste Tür geeilt – in die Küche. Neben dem Fenster lag die Speisekammer, ein besseres Versteck fand sich auf die Schnelle nicht. »Hinein mit dir und keinen Mucks!«, raunte sie und schob Tim in den engen Verschlag. »Wenn sie kommen, dann kriech unter die Plane in der Kartoffelkiste.«

Ehe er sich's versah, hatte sie die Tür schon wieder verschlossen. Tim hätte am liebsten laut losgeheult. Die von den Bildern fröhlicher Menschen heraufbeschworene friedliche Stimmung war einer kalten Furcht gewichen. Aufregung, Angst, heftiges Atmen, Dämmerlicht und Kälte – das alles war nicht gut für ihn. Es konnte einen epileptischen Anfall auslösen. Und dann wäre er allein, niemand könnte ihm helfen... Zitternd spähte er zwischen den verzogenen Holzfüllungen der Tür hindurch in die Küche. Mit einem Mal ging das Licht aus. Seine Mutter war in den Flur zurückgekehrt.

Die Kammer verfügte über ein eigenes Fenster, eng zwar und mit einer Schicht weißer Farbe auf der Scheibe, aber wenigstens schimmerten die Straßenlaternen matt hindurch. Tim sah sich um. Er kauerte inmitten von Regalen voller Einweckgläser, Dosen und Äpfel. Ganz hinten stand die große Holzkiste mit den Kartoffeln. Als er die Plane zurückschlug, hörte er unvermittelt die aufgeregte Stimme des Vaters.

»Was soll das? Wir haben nichts getan!«

»In die Küche mit ihnen«, verlangte Gomlek.

Die Ritzen in der Tür wurden erneut von gelbem Licht geflutet. Lautes Poltern und die Stimmen zweier anderer Männer drangen in die Kammer. Tims Angst wurde größer und größer, sein Zittern immer heftiger. Trotzdem zog es ihn wieder zu dem Spalt in der Tür. Dicht über dem Boden war er am breitesten und gewährte ein schmales Sichtfeld zwischen der Fensterwand und der karierten Wachstuchdecke auf dem Küchentisch. Niemand war zu sehen.

»Wo ist Ihr Sohn?«, fragte Gomlek mit tiefer Stimme in fast akzentfreiem Deutsch.

»Er übernachtet heute bei einem Freund«, log Robert.

Tim war am Nachmittag tatsächlich bei seinem Schulfreund in der Oranienburger Straße gewesen. Weil beide Jungen im selben Karree wohnten, hatte er abends die Abkürzung über den begrünten Innenhof genommen und das Haus durch den Hintereingang betreten. Sollten die Agenten nur vorne, in der Krausnickstraße, Posten bezogen haben, konnten sie von seiner Heimkehr nichts wissen.

Iwan Gomlek schien sich mit der Antwort zu begnügen. Er lief an der Vorratskammer vorbei und zog die Fenstervorhänge zu. Jetzt konnte Tim ihn von der Seite sehen, und er erschrak.

Das Scheusal richtete eine Pistole auf seine Eltern, ein schwarzes Ding mit monströs langem Lauf. Der Mann mochte um die fünfzig sein, war ganz in Schwarz gekleidet, groß und so breit wie ein Kleiderschrank. Sein kantiger Schädel wurde durch eine Glatze noch besonders betont. Irgendetwas stimmte nicht mit dem Gesicht ...

»Plaudern wir miteinander. Bitte nehmen Sie Platz«, sagte Gomlek mit gespielter Freundlichkeit. Er schob den Küchentisch zum Herd hinüber und stellte zwei Stühle mitten in den Raum. Seine beiden Helfer zwangen Robert und Hanna, sich hinzusetzen, womit sie für Tim ebenfalls sichtbar wurden, wenn auch nur von hinten.

»Damit Sie in der Aufregung keine Dummheiten anstellen, werden wir Ihnen jetzt ein Mittel injizieren«, erklärte Gomlek im Ton eines Arztes, der über eine harmlose Schutzimpfung spricht.

Tims Mutter fing leise an zu weinen.

»Was ist das? Eine Wahrheitsdroge?«

»Viel besser. Schön stillhalten, damit ich nicht hiervon Gebrauch machen muss.« Gomlek wackelte bedeutungsvoll mit der Waffe.

Einer seiner Begleiter zog eine Spritze auf. Der Kerl hatte

dichtes, glattes, schwarzes Haar, einen vollen Schnurrbart, aber nur *eine* Augenbraue. Im Vergleich zu seinem Boss war er jünger, kleiner, grobschlächtiger und irgendwie ... orientalischer. Sanftheit gehörte offenbar nicht zu seinen Stärken – er stach Hanna die Nadel einfach durch den Rock in den Oberschenkel. Sie japste vor Schmerz.

»Muss das wirklich sein?«, protestierte Robert.

Der dritte Agent schlug ihm mit dem Handrücken ins Gesicht.

Hanna schrie.

Der Mann versetzte auch ihr eine Ohrfeige.

Tim hätte am liebsten ebenfalls losgebrüllt, doch ihm schwante, dass er damit sich und seinen Eltern nur schaden würde. Stattdessen biss er in den Ärmel seines Pyjamas, um gegen die aufkommende Panik anzukämpfen. Sein Herz schlug ihm bis zum Halse, als seine Mutter zu weinen begann. Ihm war schwindelig. Warum hatte ihn seine Epilepsie nicht längst außer Gefecht gesetzt? Hilflos musste er mit ansehen, wie der Schnurrbärtige eine zweite Ampulle köpfte, dieselbe Spritze abermals aufzog und sie dem Vater ins Bein jagte.

Gomlek befahl seinen Männern, die Wohnung nach dem Jungen zu durchkämmen. Derweil sackte Robert zur Seite. Tim sah seinen Vater schon betäubt vom Stuhl fallen, aber unvermittelt hielt der KGB-Mann ihn fest und rückte ihn wieder gerade. »Vermutlich wundern Sie sich, warum Ihre Arme und Beine Ihnen nicht mehr gehorchen. Das ist aber ganz normal«, erklärte er gut gelaunt, während es in einem Nachbarzimmer polterte. »Mein Kamerad hat Ihnen einen Cocktail verabreicht, der Ihre Muskulatur erschlaffen lässt. Keine Sorge, wir haben die Zusammensetzung und Dosierung so gewählt, dass Sie weiter atmen und sprechen können.

Die Schwäche wirkt nur auf die Extremitäten. So ersparen wir uns die Handschellen oder Stricke, und Sie können mir ganz entspannt zuhören und meine Fragen beantworten. Sie arbeiten doch beide im Referat 7 der Hauptverwaltung Aufklärung, nicht wahr?«

»Was soll die Frage? Das wissen Sie doch ganz genau«, knirschte Robert.

Gomlek verzog den Mund zu etwas, das einem Lächeln ähnelte. »Ganz richtig. Ich will es Ihnen nur leichter machen, Herr Rosenholz. Wir können die Angelegenheit auch gerne abkürzen: Wonach haben Sie und Ihre Frau im Archiv gesucht?«

»Wir? Gesucht? Ich habe keine Ahnung, wovon Sie reden.«

Der Agent schlenderte zu den Küchenschränken neben dem Herd, ließ seine Fingerspitzen über zwei der dort liegenden Messer gleiten und entschied sich für das größere. Damit kehrte er zurück und stach Hanna die Klinge tief in den Oberschenkel.

Ihr Schmerzensschrei ließ Tim von der Tür zurückschrecken. Mit weit aufgerissenen Augen saß er auf dem Boden der Speisekammer und presste sich den Arm gegen den Mund, weil er nicht mehr länger an sich halten konnte. In einem erstickten Laut brachen Furcht und Entsetzen aus ihm hervor. *Wenn sie dich hören, bringen sie dich um!* Der Gedanke vermischte sich in seinem Kopf mit der Sorge um die Eltern zu einem betäubenden Gift, das ihm schier das Bewusstsein raubte.

Nach einer Weile kroch er trotzdem zum Spalt zurück. Hanna wimmerte nur noch, und der KGB-Mann fuhr mit seinem Verhör fort.

»… müssen mir bitte glauben, Herr Rosenholz, dass ich keine Freude bei dem empfinde, wozu Sie mich zwingen«, säuselte Gomlek, als bedauere er den brutalen Vorfall. »Aber ich kenne mich mit der menschlichen Anatomie leidlich aus. Das Messer hat keine Schlagader verletzt. Ihre Frau muss also nicht verbluten – wenn Sie Ihre Bedenkzeit kurz halten.«

»Wir sind keine Spione«, beteuerte Robert. Seine Stimme klang gepresst von unterdrücktem Zorn und hilfloser Verzweiflung.

»Habe ich das behauptet?«, entgegnete Gomlek konziliant. »Was wissen Sie über Thomas Jefferson Beale?«

»Wie? Ich verstehe nicht ...«

»Unserer Kenntnis nach haben Sie in der Registratur, in der Sie arbeiten, Informationen über diese Person gesammelt. Der Name ist auch mehrmals in Gesprächen gefallen, die Sie mit Leuten aus Ihrem Auslandsgeheimdienst und anderen Mitarbeitern der HVA führten.«

Roberts Kopf taumelte hin und her. »Beale ist kein amerikanischer Spion. Unsere Nachforschungen sind rein privater Natur.«

»Ach?«

»Das ist die Wahrheit. Sie müssen mir glauben, Genosse Gomlek. Bitte, verbinden Sie doch endlich meine Frau!«

Hannas Wimmern wurde lauter.

»Das hat noch Zeit. Sie kennen doch sicher die Worte des großen Strategen: ›Wenn du deinen Gegner nicht besiegen kannst, dann lass ihn sich selbst besiegen.‹ Mag sein, dass ich nicht stark genug bin, um Sie zum Reden zu bringen, Herr Rosenholz, aber gegen Ihre eigenen Gefühle kommen Sie auf die Dauer nicht an. Sagen Sie mir jetzt, was Sie so sehr an Thomas Beale interessiert. Was verbindet Sie oder Ihre Familie mit diesem Mann?«

»Das weiß ich selbst nicht genau ...«

»Wir spielen hier kein Kaffeehausschach, Herr Rosenholz. *Sie* sind am Zug. Geben Sie mir endlich klare Antworten, oder Ihre Frau ...«

Gomlek verstummte, weil die beiden Agenten in die Küche zurückkehrten.

»Wir haben nur das hier gefunden, Genosse Oberstleutnant«, sagte der mit der fehlenden Augenbraue in fließendem Deutsch, wenn auch mit hartem Akzent.

»Wodka?«

»Sogar zwei Flaschen von dem feinsten Wässerchen. Von dem Jungen fehlt jede Spur. Er könnte höchstens noch hinter der Tür da sein.«

»Du meinst, uns sitzt ein Kibitz im Nacken?«, entgegnete Gomlek vergnügt. Zum ersten Mal wandte er sein Gesicht direkt dem Versteck zu.

Tim erschrak. Ihm war, als blicke er ins Antlitz eines haarlosen Ungeheuers. Dieser Mann hatte etwas von einem Kraken an sich. Hektisch krabbelte er zu der Kartoffelkiste, kletterte hinein, zog sich die Plane über den Kopf und hielt den Atem an.

Einen lärmenden Herzschlag später wurde die Tür aufgerissen. Zwei feste Schritte. Durch die Ritzen zwischen den Brettern sah Tim schwere Stiefel. Direkt über ihm erklang die Stimme des Schnurrbärtigen. »Eine Speisekammer, Genosse Oberstleutnant. Kein Junge. Nur eine Kiste.«

»Schau nach, was drin ist, Casim.«

Tim sah durch den Spalt, wie der Mann in die Hocke ging und die Mündung einer Pistole vorüberglitt. Er kniff die Augen zu. *Jetzt bist du fällig!* Der Gedanke donnerte noch durch seinen Schädel, als unvermittelt Roberts aufgeregte Stimme dazwischenblitzte.

»Also gut, ich gebe Ihnen, was Sie haben wollen.«

Der Agent in der Kammer fuhr herum.

Gomlek lachte. »Warum nicht gleich so, Herr Rosenholz?« Und in ernsterem Ton fügte er hinzu: »Du kannst zurückkommen, Casim, und schließ die Tür hinter dir ab.«

Tim hörte ein Klappen, und in der Kiste wurde es dunkel. Er atmete aus.

Eine Weile wagte er nicht, sich zu rühren, aber dann wurde die Sorge um die Eltern übermächtig. Er schlüpfte unter der Plane hervor, kroch auf allen vieren zur Tür und spähte durch den Spalt.

Das Kinn seiner Mutter war auf die Brust gesunken, so als schliefe sie. Ihr Bein blutete immer noch.

Robert reckte seinem Peiniger trotzig das Kinn entgegen.

Gomlek sagte amüsiert: »Ich hoffe für Sie, Ihr Zwischenzug war nicht bloß eine Finte.«

Ehe Tims Vater etwas erwidern konnte, erschien wieder der Mann mit der fehlenden Augenbraue auf der Bildfläche und reichte seinem Boss einen geöffneten, vergilbten Briefumschlag. Gomlek entnahm ihm ein einzelnes, in der Mitte gefaltetes Blatt.

»Eine Vollmacht in englischer Sprache. Wie interessant«, murmelte er, während er mit großen Augen den Inhalt des Papiers studierte. »Sogar beinahe hundertfünfzig Jahre alt! Und was haben wir denn da?« Gomlek fing an, aus dem Inhalt zu zitieren: »›Ich verdanke Mr. Rosewood mein Leben ... Er genießt mein vollstes Vertrauen ... händigen Sie bitte Mr. Rosewood die Schachtel mit sämtlichen Papieren aus.‹ Rosewood? Rosenholz? Klingt ja tatsächlich, als habe sich da einer Ihrer Ahnen um den Unterzeichner des Dokuments verdient gemacht. Da stehen nur die Initialien T.J.B. Woher wussten Sie, dass dieses Schriftstück von Thomas Jefferson Beale stammt?«

»Weil es unzählige Veröffentlichungen über Robert Morriss und Beale gibt.«

»Wo? In der DDR? Das bezweifle ich. Und in den Buchläden unserer sozialistischen Bruderstaaten werden Sie bestimmt auch nichts über das Gespann gefunden haben. Oder lesen Sie etwa die Schriften des Klassenfeinds?« Gomleks Stimme wurde hart. »Machen Sie mir nichts vor, Herr Rosenholz. Sie wissen mehr, als Sie zugeben wollen. Ist Ihre Familie im Besitz dieser Schachtel, die Beales Freund Jacob Rosewood in Empfang genommen hat?«

»Nein, verdammt noch mal! Sie unterstellen uns da etwas ...« Roberts Kopf wackelte wie bei einem Betrunkenen hin und her. »Wir haben weder diese Schachtel noch die erwähnten Papiere jemals gesehen. Wäre es anders, wieso sollten wir dann in der Registratur nach weiteren Spuren zu diesem mysteriösen Dokument suchen?«

»Vielleicht, weil Beales Vermächtnis verschlüsselt ist und Sie es nicht entziffern können?«

»Aber das ist nicht wahr.«

»Ein guter Spieler überblickt stets mehrere Züge seines Gegners im Voraus, Herr Rosenholz. Als dieser Vollidiot von Pressesprecher heute ohne Ermächtigung den Wegfall sämtlicher Reisebeschränkungen verkündete, war mir klar, dass ich handeln musste, damit Sie mir nicht entwischen ...«

»Sie sind wahnsinnig!«, schrie Robert dazwischen.

Tim trat der kalte Schweiß auf die Stirn, und sein Herz fing an zu rasen.

Gomlek blieb scheinbar gelassen. Bedächtig nahm er dem Bärtigen eine der Wodkaflaschen aus der Hand – und zerschlug sie blitzschnell auf dem Kochherd. Der Inhalt spritzte über den Boden. Mit dem zersplitterten Rest in der Hand näherte er sich langsam Tims Mutter.

»Sind Sie bereit, Ihre Dame zu opfern, Rosenholz?«

»Bitte!«, bettelte Robert. »Lassen Sie Hanna in Ruhe. Dieses Papier ist uralt. Vielleicht existiert Beales Schachtel überhaupt nicht mehr. Ich würde Ihnen alles geben, um meine Familie zu schützen, aber ich *habe* nichts.«

»Kannst du mir Feuer geben, Casim?«, wandte sich Gomlek seinem Henkersknecht zu.

Der Schnurrbärtige zog eine Streichholzschachtel aus der Tasche und strich ein Zündholz an. Auf Gomleks Wink warf er es in die Wodkapfütze unter dem Herd. Tim vernahm ein leises Fauchen. Blaue Flammen züngelten über den Boden.

Gomlek verzog den Mund zu einem kleinen Lächeln. »*Tempus fugit*, sagt der Lateiner – ›Zeit fliegt‹ –, und die Ihre ist gerade verflogen.« Noch immer stand er vor Hanna, den Flaschenhals fest umklammernd.

»*Bitte!*«, schluchzte Robert. »Was immer Sie von uns wollen, wir haben es nicht.«

Versonnen starrte Gomlek auf das beschichtete Tischtuch, das zuvor auf den Boden gefallen war. Qualmwolken stiegen davon auf. Er schüttelte traurig den Kopf. »Wirklich *zu* schade, Herr Rosenholz. Es ist nicht allein die magere Ausbeute unseres Besuchs hier, die mich bekümmert, sondern mehr noch Ihr völlig nutzloses Leiden.«

»Wenn Sie nur *bitte* endlich gehen!«

»Sie haben mir also nichts mehr mitzuteilen?«

»Verdammt noch mal, *nein*!«, brüllte Robert aus voller Kehle.

Starr vor Angst klebte Tim an der Tür und wünschte, dies alles sei nur ein grausamer Traum. Sämtliche Muskeln in seinem Körper waren hart wie Stein; nur seine Lungen pumpten den Sauerstoff immer schneller ins Blut.

Gomlek seufzte. »Dann sagen Sie Ihrer Frau Lebewohl.« Er nickte seinem zweiten Helfer zu.

Der Mann trat hinter Hanna, krallte seine Finger in ihren dunklen Haarschopf und riss ihren Kopf brutal zurück.

Eine kleine Ewigkeit lang betrachtete Gomlek teilnahmslos die ihm dargebotene Kehle. Dann holte er bedächtig mit seinem Scherbendolch aus.

In diesem Moment durchlief Tim ein nur allzu bekanntes Gefühl – meistens kündigte sich so ein epileptischer Anfall an. Ein, zwei Sekunden lang war ihm, als stürze er in einen tiefschwarzen Abgrund. Dann versagten ihm Arme und Beine den Dienst, und während er wie aus weiter Ferne den Schrei seines Vaters hörte, sackte er zu Boden und versank in Finsternis.

Als Tim wieder zu sich kam, tat ihm die Zunge weh. Er schmeckte Blut. Um ihn herum war es laut. In seinen Ohren dröhnte ein unerklärliches Fauchen. Benommen sah er sich um. War er in der *Speisekammer*? Seltsam. Hatte er etwa wieder einen Anfall gehabt?

Die Luft in dem kleinen Raum war so heiß, als käme sie aus einem Föhn. Tim verspürte den unbändigen Drang davonzulaufen. Irgendwohin. Doch er war offenbar in einem Albtraum gefangen, aus dem es keinen Ausgang gab. Als er den Kopf hob, bemerkte er die gleißenden Ritzen in der Tür. Allmählich kehrte sein Geist in die Wirklichkeit zurück, wenngleich diese ihm nach wie vor alles andere als real erschien. In der Küche tobte ein Feuer!

Er musste raus hier. *Sofort!* Seine Hand wollte sich auf den

Türknauf legen, zuckte aber sofort wieder zurück. Das Metall war glühend heiß.

Ächzend kam er auf die Beine und sah sich in der Speisekammer um. Sein Blick streifte über Gläser, Dosen und Äpfel und blieb schließlich an einem alten Handtuch hängen. Das könnte gehen.

Rasch faltete er den Stoff zweimal zusammen, legte ihn über den Knauf und drehte diesen nach rechts. Die Tür ließ sich nicht öffnen. Die Vorstellung, in der Kammer bei lebendigem Leibe zu verbrennen, versetzte ihn in Panik. Er schrie und rüttelte an der Tür, aber die rührte sich nicht, und so musste er den Drehgriff wieder loslassen, weil die Hitze seine Haut sogar durch den vierlagigen Lumpen hindurch zu versengen drohte. Gehetzt sah er sich um.

Das Fenster! Es war der einzige Weg in die Freiheit. Die Wohnung lag im ersten Stock. Konnte er einen Sprung aus dieser Höhe wagen? Und würde er überhaupt durch die schmale Öffnung hindurchpassen? Ein bedrohliches Knacken von der Tür gemahnte ihn zur Eile. Jeden Moment konnten die Flammen sich durchs Holz fressen. Es blieb ihm gar keine andere Wahl, als sich durchs Fenster zu zwängen.

Entschlossen packte er den ersten der beiden Schwenkriegel, aber auch der hing fest. Wieder sah sich Tim in der Kammer um. Da gab es weder einen Hammer noch andere Werkzeuge, nur diese verdammten …

Dosen!

Besser als nichts, dachte er, nahm einen der Weißblechbehälter aus dem Regal und hämmerte damit gegen den Riegel. Nach mehreren Schlägen lockerte sich dieser und klappte endlich herum. Sofort nahm Tim den zweiten Verschluss in Angriff, hämmerte, rutschte ab und schlug erneut dagegen, bis auch dieses Hindernis genommen war. Die verbeulte Dose ließ er achtlos fallen.

Aus der Ferne hörte er das Martinshorn der Feuerwehr. Vermutlich hatten die Nachbarn den Notruf gewählt. Gut so. Hoffentlich waren auch seine Eltern den Flammen entkommen. Wieder ertönte von der Tür ein schauerliches Knacken.

Tim packte den runden Knauf. Der Anfall hatte ihn geschwächt, deshalb sammelte er einen Moment Kraft. Dann riss er das Fenster mit einem Ruck auf.

Zu spät wurde ihm klar, was er damit ausgelöst hatte. Der Todeskampf der Tür schwoll zu einem grauenerregenden Knirschen und Ächzen an. Tim sah eine Menschentraube auf der Straße. Mehrere Leute gestikulierten aufgeregt, aber der Lärm des Feuers übertönte ihre aufgeregten Stimmen.

Rasch stieg er in die Fensternische und schob sich mit vorgereckter Schulter nach draußen auf den Sims. *Nur noch ein paar Minuten,* dachte er, *dann kommt die Feuerwehr und rettet...*

Unvermittelt brach die Hölle los. Die Tür der Speisekammer wurde förmlich aus ihrem Rahmen gesprengt, und eine brüllende Flammenzunge leckte gierig nach dem frischen Sauerstoff.

Vor Schreck verlor Tim den Halt und fiel. Während das Pflaster des Gehweges auf ihn zuraste, drehte sich alles um ihn herum. Er schrie aus Leibeskräften. Dann wurde sein Körper gleichsam von einer riesigen Faust zermalmt, und jener seidene Faden, der seine Schmerzen und Ängste gehalten hatte, riss jäh von ihm ab.

PHASE II

AUFSTELLUNG

---

17 Jahre später

»Ich konnte den Traum noch mechanischer behandeln; aber mein Genius ruft mir überhaupt zu: Gleich der Schachmaschine; rollet die Weltmaschine mit lauten Rädern um, aber eine lebendige Seele verbirgt sich hinter den mechanischen Schein.«

Jean Paul

Ein Raunen ging durch die bogenförmigen Reihen des Auditoriums, als JJ ihren betagten Schützling in den Saal führte. Sie wusste nur allzu gut, dass die Studenten hier ein verwöhntes Publikum waren. Doch selbst an einer Eliteuniversität wie dem MIT gehörten Auftritte wie dieser wohl eher zu jenen seltenen Ausnahmen.

Dr. Emil W. Kogan, der Gastdozent an diesem Nachmittag, arbeitete für die National Security Agency, den geheimsten Geheimdienst der USA, so geheim, dass noch dreißig Jahre nach seiner Gründung zahlreiche Kongressabgeordnete und Senatoren nichts von seiner Existenz gewusst hatten. Crypto City, das NSA-Hauptquartier in Fort Meade, Maryland, hieß zwar wie eine Stadt, hatte auch die Dimensionen einer Kleinstadt, ließ sich aber auf keiner offiziellen Karte finden. Die NSA war ein hungriger Moloch, der nicht Kinder, sondern elektronische Nachrichten verschlang. Jedes Telefonat, jedes Fax und jede E-Mail verleibte er sich ein – weltweit. In seinem kilometerlangen »Gedärm« wurde diese oft unverdauliche Kost aufgeschlüsselt: in einen großen Batzen Abfallstoffe und die wenigen nützlichen Bestandteile, die ihn weiter wachsen ließen. Der monströse Verdauungstrakt beschäftigte an die vierzigtausend Bakterien – die NSA bevorzugte allerdings die Bezeichnung »Mitarbeiter«. Den Stoffwechsel des Moloch in Gang zu halten galt als Privileg, das gemeinhin mit einem sicheren Job und guter Bezahlung assoziiert wurde. Da nun aber der Appetit des Riesen unersättlich war, suchte er ständig neue begabte Mathematiker, Linguisten und Informatiker.

Letztere gehörten einer ganz besonderen Spezies an, der man bisweilen geradezu mystische Fähigkeiten nachsagte: Sie vermochten Maschinen Leben einzuhauchen. Nach Ansicht vieler spielten sie damit in derselben Liga wie Zeus oder Zarathustra. Und zu den weltweit führenden Zauberschulen für den Götternachwuchs zählte das MIT, genauer gesagt, das Computer Science and Artificial Intelligence Laboratory, kurz CSAIL.

Wie schräg einige Köpfe an diesem »Laboratorium für Informatik und Künstliche Intelligenz« zu denken fähig waren, dokumentierte recht anschaulich der Gebäudekomplex, in dem es untergebracht war. Das *Ray and Maria Stata Center,* in dessen vierstöckigen Sockelbau JJ soeben ihren Mentor geführt hatte, wirkte ein wenig, als sei es eine Manifestierung von Ballantines bizarrem Traum aus Alfred Hitchcocks Film *Ich kämpfe um dich*. Mit seinen schrägen Fassaden vermittelte der Komplex den Eindruck der Unfertigkeit, so, als seien große Spielkarten flüchtig aufeinandergestapelt, um beim nächsten Windhauch wieder zusammenzustürzen. Immerhin hatte das *Stata* diesen Zustand jetzt schon mehr als zwei Jahre überdauert. Damit symbolisierte es treffender als jeder Slogan das Credo der Menschen, die hier lernten und arbeiteten: Nichts ist statisch, alles kann sich verändern, nur der Wandel bleibt uns ewig erhalten.

Obwohl also Abwechslung am CSAIL Pflicht war, entbehrte der Auftritt des »Stargasts« nicht einer gewissen Exotik. Karim Al Massari – JJs am MIT studierender Freund – hatte die Erwartungshaltung im Vorfeld der Veranstaltung hochgeschraubt. Kogan sei blind, hatte er seine Kommilitonen wissen lassen, und seine achtundzwanzig Jahre junge Begleiterin eine Traumfrau wie aus *Tausendundeiner Nacht*.

Während JJ den Redner zum Katheder geleitete, schweifte ihr Blick durchs Publikum. Überwiegend Männer. Oder zumindest Milchbärte, deren lässige Körperhaltung verriet, wie ungemein männlich sie sich fühlten. Bis jetzt verlief also alles nach Plan. Der hungrige Schwarm stierte den Köder an. Es störte sie nicht, von Kogan vor allem als Blickfang mitgenommen worden zu sein, solange ihre übrigen Qualitäten bei ihm im Vordergrund standen. Und das musste man Emil Kogan lassen: Obwohl er ein Meister der Täuschung war, achtete er bei seinen Mitarbeitern stets mehr auf den Inhalt als auf die Verpackung.

Der Doktor aus Crypto City trug einen langen weißen Stock und eine schwarze Brille, welche sich perfekt an seine Gesichtsform anpasste. Auch sein dunkelgrauer Anzug war maßgefertigt. Kogan füllte ihn auf beeindruckende Weise aus. Im Veranstaltungshinweis hatten die Studenten lesen können, er sei sechsundsechzig, doch in der Art und Weise, wie sich dieser stattliche Mann bewegte, wirkte er auf die meisten wohl eher zwanzig Jahre jünger. Da gab es kein Zittern, keinen gebeugten Rücken oder sonstige Anzeichen von Hinfälligkeit. Aufrecht trat er ans Pult – es wäre ihm nie in den Sinn gekommen, seinen Vortrag sitzend zu halten. Sein weißes Haar war voll und für einen Mann dieses Alters erstaunlich lang.

Als Repräsentantin einer dem US-Verteidigungsministerium unterstellten Behörde hatte JJ für den Auftritt im CSAIL ein konservatives Outfit gewählt: dunkelblaues Kostüm mit taillierter Jacke und eng geschnittenem Rock, der eine Handbreit über dem Knie endete; dazu eine weiße Bluse und eine Perlenkette, die besonders gut mit ihrem bronzefarbenen Teint harmonierte. Sie war eins fünfundsiebzig groß und schlank. Die figurbetonte Kleidung konnte sie sich also leisten, auch dank eines strengen Ernährungsplans und regelmäßigen Trainings in Thaing Byong Byan, einer burmesischen Kampfsportart. Ihre weit über die Schultern fallenden, dunkelbraunen, seidig glatten Haare trug sie offen. Vermutlich fragten sich die stieläugigen Milchbärte, woher diese Miss Orient oder ihre Ahnen stammten. *Auf Afghanistan tippt ihr bestimmt nicht*, dachte JJ, während sie ins Publikum lächelte. Karim meinte immer, ihre Augen seien ihre stärkste Waffe. Sie leuchteten ausdrucksstark wie vom Sternenhimmel gefallene grüne Smaragde, und mit dem dunkleren Außenring um die Iris besaßen sie eine fast hypnotische Wirkung. Als gebürtiger Pakistaner war auch er ein Orientale, und die neigten ja bekanntermaßen zu blumigen Übertreibungen.

»Die junge Dame neben mir, die ein Großteil von Ihnen gerade angafft, ist JJ«, begann Kogan ganz unkonventionell seinen Vortrag. Auf eine förmliche Begrüßung verzichtete er. Offenbar wusste er genau, dass er mit Konventionen vor diesem Publikum keinen Eindruck schinden konnte, wohl aber mit dem Juwel an seiner Seite.

JJ nickte in die Zuhörerschaft, ließ einmal mehr ihr betörendes Lächeln aufblitzen und setzte sich auf den Stuhl, welchen man für sie neben dem Rednerpult bereitgestellt hatte. Einige Studenten verfolgten interessiert das damit einhergehende Höherrutschen ihres Rocksaums.

»JJ ist an einer kleineren Universität in New Haven, Connecticut, immatrikuliert, wo sie gerade an ihrer Dissertation in Geschichte arbeitet«, fuhr Kogan fort und erntete dafür spontanen Beifall. Jeder hatte verstanden, dass er von Yale redete, nach Harvard, das gewissermaßen auf der anderen Straßenseite vom MIT lag, die zweitreichste Universität der Welt. Mit seinem sicheren Gespür für die ewige Rivalität der beiden Wissenschaftszentren hatte Kogan bei seinen elitären Zuhörern, noch ehe sein Vortrag begann, zum zweiten Mal gepunktet. Einige Studenten johlten vor Vergnügen. JJ machte gute Miene. Kogan deutete mit der Linken erstaunlich präzise in ihre Richtung und setzte noch einen drauf. »Wem sie ihre Gunst schenkt, der darf diese anmutige Fee Jamila nennen. Aber unterschätzen Sie JJ nicht. Wer sie beeindrucken will, braucht eine gehörige Portion Grips.«

Im Hörsaal ertönten begeisterte Pfiffe und Jay-Jay-Rufe. Einige hielten sich sogar für intelligent genug, »Jamila« zu intonieren.

»So gerne ich Ihnen am heutigen Nachmittag mehr über meine liebreizende Assistentin erzählen würde, so sehr drängt es mich, mit einem anderen Thema Ihre geschätzte Aufmerksamkeit zu gewinnen.« Mit diesen Worten brachte Kogan seinen Vortrag geschickt auf die sachliche Ebene. Er stellte sich nun förmlich als Mitarbeiter eines NSA-Projekts vor und bezeichnete sich ganz unbescheiden als einen der führenden Experten auf dem Gebiet des Terrorismus und der Kriegführung im Internet. Über das genaue Aufgabengebiet seiner Arbeitsgruppe dürfe er aus Geheimhaltungsgründen nichts Näheres sagen. Damit fesselte er sein Publikum noch mehr. Mit seiner nächsten Äußerung wurde er sehr konkret, ja, geradezu unverblümt.

»Einige bezeichnen uns als größte und einflussreichste

Schnüffelbehörde auf diesem Planeten.« Unter der undurchsichtigen Brille zog sich sein Mund in die Breite. »Das stimmt. Doch ich möchte Ihnen heute etwas darüber erzählen, warum die Welt eine solche Einrichtung benötigt und wieso die NSA ein Garant für die Sicherheit der Vereinigten Staaten und ihrer Bündnispartner sowie für unser aller Freiheit ist. Ich will auch ganz offen über die Gefahren sprechen, die unsere westliche Zivilisation bedrohen. Lassen Sie mich das anhand eines Beispiels veranschaulichen.«

Er deutete mit dem Zeigefinger nach oben. »Einige von Ihnen kommen vermutlich aus dem dritten Stock dieses Gebäudes, wo das Labor für Robotik untergebracht ist. Andere befassen sich intensiv mit künstlicher Intelligenz. Ich denke, Ihnen allen wird meine kleine Geschichte gefallen. Sie handelt von einem Schachautomaten. Nein, nicht von Rechenungetümen wie *Deep Blue*, der Garri Kasparow 1996 bezwang, oder diesem deutschen Programm mit dem putzigen Namen *Deep Fritz*, das dieser Tage Wladimir Kramnik in Bonn an die Wand spielt. Die Maschine, um die es geht, wurde vor fast zweihundertvierzig Jahren gebaut.«

Kogan besaß das seltene Talent, Zuhörer in seinen Bann zu ziehen. Er fand genau die richtige Mischung zwischen orientalischem Märchenerzähler und sachlichem Wissenschaftsjournalisten, um die Spannung im Hörsaal nicht abreißen zu lassen. Seine Geschichte handelte von Wolfgang Ritter von Kempelen, einem österreichisch-slowakischen Baron, der Kaiserin Maria Theresia 1769 mit einem Schach spielenden Automaten verblüffte. Die Konstruktion bestand aus einem tischgroßen, eleganten Holzkasten mit einem Schachbrett obenauf, an der Rückwand saß eine lebensgroße Puppe in türkischer Tracht. Bevor ebendiese gegen Freiwillige aus dem Publikum antrat, pflegte der Erfinder einige

Türen und eine Schublade an dem Automaten zu öffnen und das Innenleben zu präsentieren: ein Gewirr aus Walzen, Hebeln und Zahnrädern rasselte darin. Für gewöhnlich spielte die Maschine den menschlichen Gegner in Grund und Boden. Dabei bewegte sie ihren mechanischen Arm und schob die Figuren eigenhändig über die Felder, bis zum Schachmatt.

Der Kempelensche Schachautomat war, wie man sich denken kann, eine Sensation. Jeder wollte den *Türken* sehen. Gelehrte stritten sich darum, was da im Spiele sei, Metaphysik oder nur Elektrizität und Magnetismus. Der Baron tourte mit seinem Androiden durch ganz Europa, mehr als dreißig Jahre lang. Er wurde als »neuer Prometheus« gefeiert, als Aufklärer der Neuzeit und Genie der Mechanik. Erst zu Beginn des 19. Jahrhunderts wurden kritische Stimmen laut, die in seinem *Türken* einen großen Betrug sahen. Und das war er am Ende auch. Obwohl fünfzig Jahre nach der ersten Vorstellung des Androiden immer noch Berichte erschienen, die Kempelens Erfindung für einen echten Schachautomaten hielten, erwies sich die Konstruktion letztlich nur als dekoratives Meisterstück der Feinmechanik, in dem ein kleinwüchsiger Schachmeister agierte.

Im Hörsaal wurde gelacht. Einige kannten die Geschichte bereits und schlürften gelangweilt an einer Cola oder widmeten sich dem Studium von JJs Beinen.

»Was lernen wir daraus?«, fragte Kogan in bester Professorenmanier. »Wir lernen, wie Menschen ticken. Und – sobald man das kapiert hat – wie man sie täuscht. Wohl nicht von ungefähr spricht man im Deutschen *heute* noch vom ›Türken‹, wo wir von einem *fake*, einem Betrug oder Schwindel sprechen. Nun fragen Sie sich bestimmt: Wie konnten die Menschen nur auf die Puppe hereinfallen?«

Kogan wartete einen Moment, ehe er zur Erklärung ansetzte. »Um die Antwort zu finden, müssen wir uns in Kempelens Zeit versetzen. Aufgrund der enormen Fortschritte auf den Gebieten der Wissenschaft und Technik hatte sich im 18. Jahrhundert eine durch und durch materialistische Geisteshaltung etabliert. Man glaubte, alles sei in eine endliche Menge von Teilen zerlegbar, deren Verhalten man nach den Regeln der Mechanik und Mathematik genau vorausberechnen könne. Dieser sogenannte Determinismus führte zu der kühnen Vorstellung, man könne den Lauf der Welt, sobald man diese erst in ihre Einzelteile zerlegt habe, bis zur Schöpfung zurückverfolgen und sogar bis in die ferne Zukunft extrapolieren. Wieso also, dachten sich die Jünger dieser Kosmologie, sollte man nicht den Menschen, da er auch nur eine geniale Maschine ist, nachbauen können?« Der Doktor legte eine rhetorische Pause ein, ehe er fragte: »Was ist der Schachautomat somit gewesen?«

»Ein Placebo«, kam es postwendend aus dem Auditorium.

Kogan nickte. »Sehr gut! Ein technisch-philosophisches Placebo. Das Wort kommt aus dem Lateinischen und bedeutet so viel wie ›ich werde gefallen‹. Genau das tat der Türke. Er entsprach den Erwartungen der Menschen seiner Zeit, und damit wurde er tatsächlich zu etwas Metaphysischem. Für das Publikum existierte die denkende Maschine tatsächlich. Es erweckte sie zum Leben. Die Leute hinterfragten nicht, sondern bezahlten brav ihr Eintrittsgeld und applaudierten. Und damit sind wir genau beim Thema.«

Man hätte im Hörsaal eine Stecknadel fallen hören können. JJ schmunzelte. Kogan hatte die Elitestudenten genau da, wo er sie haben wollte. Und nun sprach er über sein Spezialgebiet.

Viele seiner Kollegen hielten den Cyberterrorismus für keine ernst zu nehmende Gefahr, weil die Qualifikation der Bösewichte in keinem Verhältnis zum Arsenal an Abwehrmaßnahmen in Militär, Behörden und Wirtschaft stünden. Er selbst sei da ganz anderer Ansicht, gab Kogan für einen Vertreter des Staates erstaunlich freimütig zu. Es gebe Methoden, um an Firewalls und anderen Schutzeinrichtungen vorbeizukommen. Das Zauberwort heiße »Social Engineering«. Wer es verstehe, zwischenmenschliche Beziehungen und die Autoritätshörigkeit der Leute auszunutzen, käme leicht an Insiderwissen, das eigentlich geheim sei. Mit dem Rüstzeug der »sozialen Manipulation« müsse ein Angreifer kein technisches Feuerschott durchbrechen, er könne es einfach untertunneln oder besser noch: Er sei schon Teil des Systems und könne so von innen heraus sein Unwesen treiben. »Ich bin überzeugt, einige von Ihnen haben das Zeug, mit diesem Instrumentarium und einigen Hackertricks sogar den Riesen USA ins Wanken zu bringen.«

Einmal mehr hatte es Kogan geschafft, die Studenten zu überraschen. Plötzlich waren sie nicht mehr nur Zuhörer, sondern potenzielle Akteure. *Er hat sie bei ihrem Ehrgeiz gepackt*, dachte JJ. *Das kann er wirklich gut.* Im Saal wurde getuschelt. Einige nickten zustimmend.

»Wir reden hier nicht über Peanuts«, machte Kogan klar, nachdem wieder Ruhe eingekehrt war. »Die Angriffsziele für Cyberterroristen sind vielfältig, und der Schaden, den sie anrichten können, ist immens. Wenn Bankautomaten kein Bargeld mehr ausspucken oder Kreditkarten vorzeitig ihre Gültigkeit verlieren, klingt das vielleicht harmlos. Aber was, wenn die auf automatischen Effektenhandel getrimmten Computer der Brokerfirmen plötzlich – scheinbar ganz von allein – riesige Wertpapierpakete verkaufen und dadurch die

Börse kollabiert? Was, wenn über Nacht der zivile Flugverkehr zusammenbricht? Oder wenn Züge zusammenstoßen, weil Eisenbahnweichen fremden Befehlen folgen? Auch die Fahndungscomputer der Polizei und Geheimdienste sind keineswegs unverwundbar. Wenn sie streiken, können die Angreifer unerkannt ihr Unwesen treiben ...«

»Ist das ein Test?«, rief eine Studentin aus der zweiten Reihe, die so tief in ihrem Sessel hing, als wolle sie jeden Moment einen Abgang machen. »Spielen Sie uns jetzt auch den Automaten vor, in dem eine Disc der NSA abläuft? Am Ende bekommen wir dann alle einen Bewerbungsbogen Ihrer Behörde in die Hand gedrückt, stimmt's? Was Sie da erzählen, ist doch reine Panikmache.«

Kogan ließ sich nicht provozieren. Er lobte sogar die Zwischenruferin. »Guter Einwurf. Aber woher nehmen Sie die Gewissheit, dass nicht Sie gerade auf einen Automaten hereinfallen, der unserem System längst Schach geboten hat? Müssen wir erst matt sein, ehe wir uns der Herausforderung bewusst werden?«

Die Studentin schwieg.

Vielleicht, fuhr Kogan daraufhin geduldig fort, sollte man den ewigen Beschwichtigern unter den Experten – von denen bedauerlicherweise einige auch zu den Beratern des Präsidenten gehörten – an Hand eines »kontrollierten Angriffes« beweisen, wie verwundbar die moderne Informationsgesellschaft sei. Man habe lange genug die Placebos der Politiker geschluckt, die mit immer weiteren Einschränkungen der bürgerlichen Freiheiten ein trügerisches Gefühl von Sicherheit vermitteln. Wenn man die Ignoranten in Washington nicht wachrüttele, werde ein terroristischer Angriff aus dem World Wide Web die westliche Welt kalt erwischen. Der Krieg im Cyberspace werde früher ausbrechen, als die meisten glaubten. Für diesen Tag müsse man gerüstet sein.

Der Vortrag hatte nicht wenige Studenten überfordert. Auch das gehörte zum Plan. Es war ein erster Test. JJ wusste, dass Kogan kein Interesse an Leuten hatte, die sich bei der NSA ein bequemes Leben machen wollten. Er meinte, nach einer solchen Sondierungsveranstaltung würden die meisten zunächst die Flucht ergreifen. »Was wir ihnen sagen, ist wie eine Bakterienkultur in ihren Köpfen. Die eingeimpften Gedanken müssen sich erst entwickeln. Ihre erste Reaktion wird dich wahrscheinlich enttäuschen.«

Enttäuschen war gar kein Ausdruck. Die Ausbeute des Tages betrug gerade *zwei* Personen, und eine von ihnen war JJs Freund Karim. In seinem Kielwasser näherte sich dem Rednerpult ein Bursche, der für sie auch kein Unbekannter mehr war: Justin Flock, ein zweiundzwanzigjähriger, ungemein cooler Typ, der sich für einen Update von Colin Farrell hielt. Eine gewisse Ähnlichkeit mit dem Hollywood-Mimen war Justin allerdings nicht abzusprechen. Der ein Meter siebzig kurze, sehnige Hacker hatte halblanges, dunkles Haar, einen Dreitagebart, stechende braune Augen, ungesunde Ernährungsgewohnheiten und einen Hang zu unkonventioneller Kleidung. Seine Jeans sahen aus, als habe er sie den Fängen eines Reißwolfs entrissen, und auf seinem fleckigen, knallroten T-Shirt stand in schwarzen Lettern: *WWW World Wisest Wag*. Der »Welt weisester Witzbold« war unbestreitbar ein Genie, wenn es um das Austricksen von Computernetzwerken ging, aber damit waren seine Qualitäten auch schon erschöpft. Charakterlich hielt ihn JJ für eine Niete.

Jamila begrüßte ihren Freund mit einem Kuss. »Tolle Show habt ihr da abgezogen«, sagte er. »Und du siehst umwerfend aus in deinem ach so seriösen Outfit. Bin richtig eifersüchtig geworden, als meinen Kumpels bei deinem Anblick die Augen aus dem Kopf gekollert sind.«

Zu den größten Mysterien des Universums gehörten für JJ Männerfreundschaften, insbesondere wenn es um diese beiden Burschen ging. Karim Al Massari war so ganz anders als der Weltmeister im Witzigsein Justin Flock. Sie kannte Karim schon aus Kindertagen. Obwohl fast vier Jahre jünger als sie, war er reif, einfühlsam, auf eine zurückhaltende Weise geistreich und ziemlich gut aussehend. In Bollywood hätten sie ihn wahrscheinlich die Rolle des Frauenhelden spielen lassen, aber in natura war er eher schüchtern. Wenn es allerdings um Computer ging, blühte der angehende Informatiker richtig auf.

JJ stellte dem Dozenten die beiden Studenten vor.

»Ihr Vortrag hat mich sehr beeindruckt«, erklärte Karim.

»Besser als jeder Horrorstreifen«, pflichtete ihm Justin bei.

Kogan nickte lächelnd. »Danke für das Kompliment, meine Herren.«

»Jamila meinte, wenn uns nach der Vorlesung danach ist, könnten wir Sie gerne ansprechen«, sagte Karim.

»Sicher. Für junge Talente hbe ich immer ein offenes Ohr. Was kann ich für Sie tun?«

Die beiden jungen Männer warfen sich Blicke zu, als wollten sie in irgendeiner Geheimsprache ausknobeln, wer von ihnen die Rolle des Wortführers übernehmen sollte. Schließlich opferte sich Justin.

»Was Sie da über die Schnarchnasen in Washington gesagt haben und darüber, dass man sie wachrütteln müsste, lag genau auf unserer Wellenlänge. Die raffen nicht, wozu Hacker überhaupt fähig sind. War Ihr Vorschlag des ›kontrollierten Angriffs‹ ernst gemeint? Gibt's in Ihrer Schublade vielleicht schon einen Plan, wie man den Ignoranten und Sesselfurzern in der Regierung endlich die Augen öffnen könnte?«

JJ unterdrückte ein Stöhnen. »Jetzt tu nicht so, als wärst du der einzige vernunftbegabte Mensch, Justin! Dr. Kogan berät immerhin einige von den Leuten, die du für schwachsinnig hältst.«

Justin deutete grinsend auf sein T-Shirt. »Ich bin der Welt weisester Witzbold. Narren und Toren dürfen die Wahrheit sagen.«

Karim räusperte sich. »Dr. Kogan, Sie meinten vorhin, Ihrer Überzeugung nach seien einige von uns durchaus in der Lage, den Riesen USA ins Wanken zu bringen. Justin und ich haben uns schon öfters in verschiedene Systeme gehackt. Natürlich nicht, um irgendjemandem zu schaden ...«

»Jedenfalls nicht so sehr«, warf Justin ein.

Karim stieß ihn mit dem Ellbogen an und fügte hinzu: »Wir halten uns an den Kodex der *ethical hacker*: Nur wenn man den Leuten beweist, wie löchrig ihre Schutzwälle sind, werden sie das notwendige Geld ausgeben, um ihre Systeme sicherer zu machen.«

Kogan lächelte. »Dann sind wir so etwas wie Brüder im Geiste. Hätten Sie Interesse, Ihre Fähigkeiten in etwas größeren Dimensionen zu erproben?«

»Wäre 'ne tolle Sache, wenn ich mit meinem Know-how unser Land und die Welt ein wenig sicherer machen könnte.«

Justin grinste. »Klar doch, solange wir dabei nicht darben müssen.«

»Ich bin sicher, der pekuniäre Aspekt des Projekts wird Ihnen gefallen«, versprach Kogan. »Gibt es im Kreis Ihrer Kommilitonen noch mehr junge Patrioten, die wie Sie denken, Mr. Flock?«

»Da verwette ich mein T-Shirt drauf, Sir. Die haben nur nicht gerafft, was Sie von ihnen wollten. Debby hat's ja unüberhörbar in den Saal posaunt. Die Bande dachte, Sie verteilen hier ein paar Bewerbungsbogen von der NSA, und das war's dann. Mit einem Mal sollten sie Eigeninitiative zeigen. Damit haben Sie die Kids überfordert.«

»Mir fallen schon ein paar Namen ein, die infrage kämen«, überlegte Karim. »Geben Sie uns ein paar Tage, Sir, dann bekommen Sie die beste Hacker-Meute, die Cambridge zu bieten hat.«

Kogan streckte ihm die Hand entgegen. »Es freut mich, dass bei meinem Vortrag nicht alle nur auf JJs Beine gestarrt haben. Wir sehen uns.«

Die Studenten verabschiedeten sich von dem Gastdozenten, und Karim flüsterte seiner Freundin ins Ohr, er wolle sie später noch in seiner Wohnung sehen.

»Die beiden klingen ja sehr zuversichtlich. Vielleicht war die Vorstellung doch besser, als ich anfangs gedacht habe«, gestand JJ, nachdem das Hackerpaar das Auditorium verlassen hatte.

Kogan lächelte. »Hab ein wenig mehr Vertrauen, kleine Morgiane. Wenn ich etwas in all den Jahren gelernt habe, dann, wie die Menschen ticken. Du wirst sehen, der heutige Tag war ein Erfolg. Bald wählen wir unsere Figuren aus, und dann können wir sie endlich aufstellen.«

Auf Deer Island lag Schnee. Große Eisschollen trieben vom nahen Ontariosee den Sankt-Lorenz-Strom hinab. Obwohl die Temperaturen weit unter dem Gefrierpunkt lagen, war es im Vergleich zu früheren Wintern geradezu mild. Auch hier, in der Gegend der Thousand Islands zwischen Kanada und dem US-Bundesstaat New York, redete man neuerdings häufiger über die globale Erwärmung. Nur nicht in dem Landhaus am Ostufer von besagter Insel.

Emil W. Kogan hatte eine handverlesene Schar von Studenten des CSAIL hierher, etwa drei Kilometer nördlich der Alexandria Bay, zu einem »Seminar zwischen den Jahren« geladen. Acht junge Männer und drei Frauen, ausnahmslos idealistische Computerspezialisten und »ethische Hacker«, waren seinem Ruf in die Wildnis gefolgt.

Schon in Cambridge hatte er die von Karim und Justin zusammengetrommelten Kandidaten gesiebt. Einige weitere sprangen ab, als sie den Termin der Veranstaltung mitgeteilt bekamen. Es erschien ihnen reizvoller, mit der Familie unterm Weihnachtsbaum Geschenke zu tauschen und zum Jahreswechsel mit Böllern zu knallen, als sich zu einer außerordentlichen Büffelrunde auf einer Insel internieren zu lassen, von der man weder über eine Brücke noch mit einer Fähre fliehen konnte.

Das Cottage – es diente in der wärmeren Jahreszeit einer gewissen Russel Trust Association als Klubhaus – war eine Mischung aus Stein und Holz, dessen rustikales Interieur das Gefühl gemütlicher Urtümlichkeit vermittelte. Alles wirkte ein wenig antiquiert und abgenutzt. Die Haupthalle war angefüllt mit einer kuriosen Sammlung von Erinnerungsstücken aus aller Herren Länder. Sieben der insgesamt fünfzehn Gästezimmer blickten auf den Fluss hinaus, weshalb bei der Ankunft der Gruppe zunächst das Gerangel um das beste

Quartier ausbrach. Unzufrieden mit seiner Unterbringung war am Ende aber keiner.

Auch für das leibliche Wohl der Seminaristen war gesorgt. Kogan hatte eigens einen Koch einfliegen lassen. Gleichwohl wusste er, dass ihnen der Veranstaltungsort ob seiner Abgeschiedenheit wie eine Gefängnisinsel mit Beschäftigungsprogramm erscheinen musste. Mit dem ihm eigenen Sinn für Humor sagte er gleich in seiner Begrüßungsansprache am 24. Dezember: »Das hier ist nicht Alcatraz. Es ist viel schlimmer. Ich möchte ganz besonders JJ danken, die mit ihren vorzüglichen Kontakten zu einigen einflussreichen Yale-Absolventen das Arrangement für die exklusive Nutzung dieses entlegenen Ortes getroffen hat.«

Anschließend ging er auf den Zweck der Übung ein. »Wir werden in den nächsten neun Tagen ›die Gruppe‹ sieben. Die Gruppe, das sind Sie, meine Damen und Herren, oder das, was am Ende davon übrig bleibt. Nur die Besten von Ihnen werden an dem Experiment teilnehmen. Drei oder vier, mehr nicht. Strengen Sie sich also an. Wir singen hier keine Weihnachtslieder. Sie werden einige interessante Dinge lernen, aber vor allem werden Sie zeigen können, was in Ihnen steckt. Tun Sie es nicht, fliegen Sie raus.«

Worum es bei dem »Experiment« ging, sagte er nicht. Alles war top secret. Schon für die Teilnahme an dem Kurs mussten alle Kandidaten ein NSA-Formular unterschreiben, dessen Text ihnen das Gefühl vermittelte, sich eines Kapitalverbrechens schuldig zu machen, sollten sie jemals in Redseligkeit verfallen. Auch stimmten die Unterzeichnenden zu, sich während der Veranstaltung filmen zu lassen, damit ihr Verhalten unter Stress für die Erstellung eines psychologischen Profils herangezogen werden könne.

Der Verlauf des neuntägigen Auswahlverfahrens war dann

für manche eine Überraschung. Sie hatten damit gerechnet, einen Haufen neuer Hackertricks zu lernen, doch Kogan war kein Crack im Überwinden der Sicherheitseinrichtungen von Computern und Kommunikationsnetzen, sondern ein Meister des Social Engineering. Der technische Kram, hatte er JJ einmal erklärt, sei für ihn nur Mittel zum Zweck. Dafür gebe es hungrige junge Spezialisten, die ihren Job hundertmal besser machten als er.

Auf dem Stundenplan standen ganz andere Themen. Es begann beim »guten, alten Phreaking«, dem illegalen Manipulieren von Telefonsystemen, indem man sich bei den Telefongesellschaften als Systemadministrator ausgab und um neue Passwörter bat. Obwohl die Methode inzwischen ein alter Hut sei, könne man dadurch eine Menge über die Spielregeln der sozialen Manipulation lernen. Denn das Grundmuster des Social Engineering habe sich in den vergangenen zwanzig Jahren kaum verändert.

»Wenn möglich«, erklärte Kogan in einer Lektion, »versuchen Sie im Vorfeld einige Informationsschnipsel über Ihr Opfer, seine Vorgesetzten oder andere Interna herauszubekommen. Büroklatsch eignet sich besonders gut dazu, manchmal genügt auch ein Schuss ins Blaue. Der Satz ›Ich bin von der Hotline, die Sie angerufen haben‹ wirkt wahre Wunder, weil ständig jemand die Hotline anruft. Wenn Sie völlig danebenliegen, war's eben eine Verwechslung. Sie entschuldigen sich galant und ziehen sich zurück. Stufe zwei ist die Kontaktaufnahme mit einem Opfer, vorzugsweise durch einen fingierten Telefonanruf. Oft genügt es schon, sich als Techniker auszugeben, der sofort vertrauliche Zugangsdaten benötigt, um eine Katastrophe abzuwenden. Zeitdruck lockert so manche Zunge. Ein bisschen Fachjargon tut ein Übriges. Und je sympathischer Sie rüberkommen, desto gesprächiger wird Ihr Gegenüber sein. Notfalls drohen Sie damit, den Vorgesetzten behelligen zu müssen. Sie werden staunen, wie effektiv diese Methode ist. Es gibt heute Verschlüsselungsalgorithmen, die selbst der beste Supercomputer der NSA nicht in einer vernünftigen Zeit knacken kann. Doch mit Social Engineering erreichen Sie Ihr Ziel oft in wenigen Stunden, manchmal in Minuten.«

Neben solchem Grundlagenwissen, das für die meisten Anwesenden zumindest theoretisch nicht neu war, vermittelte Kogan vor allem praktische Erfahrungen. Mehr als die Hälfte seiner Zeit verwendete er auf Rollenspiele. Manchmal mussten sich die Seminaristen gegenseitig vertrauliche Informationen abtrotzen, wobei niemand wusste, wer aus ihm welche Indiskretion herauszukitzeln versuchte. Ein andermal wurde ihre Teamfähigkeit erprobt. Sie führten sogar einige echte Hackerangriffe durch, natürlich nur solche, die den betroffenen Einrichtungen keinen Schaden zufügten.

Dann, am Nachmittag des Neujahrstags, kam die Stunde der Entscheidung. Die Gruppe versammelte sich in der großen Halle des Cottages. Alle waren erschöpft. Auch dem Dozenten und seiner Assistentin sah man die Strapazen an.

Kogan zog ein nüchternes Resümee. Er lobte alle für ihren Durchhaltewillen und beschwor noch einmal die drohende Gefahr eines terroristischen Angriffs aus dem Cyberspace herauf. Die Studenten hingen an seinen Lippen, als sei er der allwissende Guru des Informationszeitalters und verkünde himmlische Offenbarungen. Immer öfter hatten sie ihn in den letzten Tagen »Meister« genannt, manche mit einem neckenden Unterton, andere voller Hochachtung. Das war insofern bemerkenswert, als alle Anwesenden auf dem weiten Feld der Informatik zu den Besten der Besten gehörten und einige darüber hinaus Asse in Mathematik waren.

»Ich habe Ihnen nichts vorgemacht«, sagte er zum Schluss seines Resümees. »Wir würden Sie sieben, versprach ich Ihnen. Das haben JJ und ich getan. Drei haben den Parcours bestanden. Doch um die Enttäuschung der Übrigen nicht ins Uferlose zu treiben, darf ich Ihnen jetzt schon sagen, dass Sie *alle* Gewinner sind, so Sie es möchten. Auch wenn Sie vielleicht an dem Experiment nicht teilnehmen dürfen, werde ich Ihre Namen auf eine Empfehlungsliste setzen, und die meisten von Ihnen werden nach Abschluss des Studiums eine hoffnungsvolle Karriere bei der NSA beginnen können. Das Zeug dazu haben Sie alle. Nur an eines muss ich Sie erinnern: Erzählen Sie *niemandem,* wie Sie an diesen Vorzug gelangt sind! Genauso wenig, wie es ein ›Zwischen den Jahren‹ gibt, hat es jemals dieses Seminar gegeben.«

Im Anschluss nannte Kogan die Namen der drei Besten. Mit knappem Vorsprung hatte es Justin Flock auf Platz eins geschafft, dicht gefolgt von Karim Al Massari. Die Bronzemedaille ging an Tianna Walsh, ein dreiundzwanzigjähriges Vollweib mit roten Haaren und Sommersprossen. Sie konnte, ohne Luft zu holen, stundenlang reden, und zwar nicht nur Nonsens wie Justin. Ihr Spezialgebiet waren neuronale Netze, Computerprogramme, die einen Verbund von Gehirnzellen nachbildeten.

Kogan bat die Gewinner in die Bibliothek. JJ bemerkte einige lange Gesichter bei den zurückbleibenden acht Kandidaten. Sie hatten wirklich ihr Bestes gegeben. Doch Niederlagen gehörten nun mal zum Leben. Je eher sie das lernten, desto besser würden sie ihre Zukunft meistern.

In der halbkreisförmigen Bibliothek des Klubhauses richtete Kogan das Wort an die stolzen Sieger. »Ihr Leben hat jetzt einen Scheideweg erreicht. Sie können alles so weiterlaufen lassen wie bisher, oder Sie schlagen eine neue Richtung ein. In jedem Fall müssen Sie sich heute entscheiden, und es gibt kein Zurück: Entweder Sie lassen sich von mir als Ihrem Tutor durch Türen führen, die niemand bisher durchschritten hat, oder Sie machen Ihren MIT-Abschluss und fristen Ihr Dasein als Programmierer in irgendeiner Softwareklitsche. Jetzt sind Sie am Zug, meine Dame und meine Herren.«

Jamila lächelte Karim aufmunternd zu.

»Ich begleite Sie, Meister«, sagte er mit einem jungenhaften Lächeln.

Justin zuckte die Achseln. »Ist doch wohl klar, dass ich dabei bin.«

»Wenn ihr zwei denkt, ich werde die traumhafte Frauenquote in der Gruppe mit einem Rückzieher zunichtemachen, dann habt ihr euch geschnitten, Jungs«, beschied Tianna.

Kogan lächelte zufrieden. »Ich habe keine andere Antwort von Ihnen erwartet. Herzlichen Glückwunsch zu Ihrer Entscheidung. Ich verspreche Ihnen, unser Experiment wird ... nein, *Sie* werden die Welt verändern.«

Vier Monate nach dem Seminar auf Deer Island traf sich die Gruppe in einem heruntergekommenen Lagerhaus im Bostoner Hafen. Von außen sah das Backsteingebäude ziemlich marode aus, doch JJ hatte ihrem Team glaubhaft versichert, dass die Substanz gesund sei. Nach Nordwesten bot sich durch verdreckte Scheiben ein eintöniger Blick auf die Fish Pier und das umliegende Hafenbecken. Unter dem lang gestreckten Bauwerk lag der Ted Williams Tunnel, durch den der Massachusetts Pike nach East Boston hinüberführte.

»Nette Immobilie«, bemerkte Justin. Er hing wie ein achtlos hingeworfenes Badelaken in einem futuristischen Bürosessel und hielt ein Klappmesser in der Hand, mit dessen schlanker Klinge er sich die Fingernägel reinigte. An diesem Tag trug er ein schwarzes T-Shirt mit einem weißen Pfeil, der auf seine Gürtellinie zielte. Darüber stand »Down Under fängt das Leben erst an«.

Kogan wandte sich ihm zu. »Das Gebäude gehört einer Firma, die sich zu hundert Prozent im Besitz der NSA befindet. Es ist derzeit ungenutzt. Das werden wir jetzt ändern.« Er machte eine raumgreifende Geste, mit der er die ganze Etage einschloss, einen tausend Quadratmeter großen Raum, in dem es nichts außer ein paar Stützpfeilern, schmutzigen Fenstern und der »Insel« gab. Dabei handelte sich um ein Fünfeck aus Schreibtischen. Ein Pentagon für Arme, hatte Komiker Justin gewitzelt. Auf, unter und neben den Möbeln stand das Modernste, was die Computer- und Kommunikationstechnik zu bieten hatte. Die Geräte waren über Festnetz, Satellit und Mobilfunk mit der Außenwelt verbunden.

»Dr. Kogan möchte, dass ihr für diesen Ort einen Decknamen benutzt«, erklärte JJ. »Wenn wir untereinander und *nur* untereinander über ihn reden, dann nennen wir ihn ›die Fabrik‹.«

»Warum nicht ›das Labor‹? Hier geht's doch schließlich um ein Experiment«, wandte Justin ein.

»Klugscheißer«, flüsterte Tianna.

Karim verdrehte die Augen.

»Bitte setzen Sie sich«, sagte Kogan. Er wartete geduldig, bis alle Platz genommen hatten.

Karim schnappte sich den Stuhl neben JJ und versuchte ihre Hand zu ergreifen.

Sofort ging sie auf Abstand und beschoss ihn mit einem Laserblick aus ihren Smaragdaugen.

»Was ist?«, hauchte er ihr ins Ohr. »Dein Boss kann uns nicht sehen.«

Sie schüttelte unwillig den Kopf. »Denk nicht, weil ich heute früh bei dir eingezogen bin, kannst du dir alles erlauben«, flüsterte sie. »Pass gefälligst auf.«

Kogan räusperte sich, was völlig genügte, um die ungeteilte Aufmerksamkeit seiner Truppe zurückzugewinnen. »Nun«, begann er, und er ließ sich für dieses *Nun* sehr viel Zeit, »möchte ich Ihnen erklären, worum es im Einzelnen bei unserem Experiment geht. Doch zuvor muss ich Ihnen noch einmal verdeutlichen, wofür die Buchstaben NSA stehen. Hat jemand eine Ahnung?«

Inzwischen kannte jeder Kogan gut genug, um nicht übereifrig »National Security Agency« herauszuposaunen.

»Im Insiderjargon bedeutet die Abkürzung ›*Never say anything*‹. Merken Sie sich das. ›Niemals irgendetwas sagen‹ – das ist ab heute Ihr Glaubensbekenntnis. Habe ich mich deutlich ausgedrückt?«

Justin hob die Augenbrauen, als wolle er sagen: »Ich kann's schon nicht mehr hören!« Doch er schwieg.

In den folgenden Minuten schilderte Kogan seinen vier Zuhörern ein Szenario, das selbst JJ in dieser Ausführlichkeit noch nicht kannte. Es gehe um die Simulation eines Krieges im Cyberspace, besser als jedes Computerspiel. Das Ganze gehöre zu einem internationalen Forschungsprojekt namens »Aspekte der geheimen Nachrichtenübermittlung als Mittel der Politik von der Antike bis zur Gegenwart«. Weltweit seien verschiedene Arbeitsgruppen tätig, das Team in der

Fabrik gehöre nun auch dazu. Der größte Teil des Projekts habe öffentlichen Charakter, wenngleich bisher nur in Fachmagazinen darüber berichtet worden sei. »Was hier in Boston geschieht, unterliegt der Kontrolle der NSA und damit des Verteidigungsministeriums. Wenn Sie für den Rest Ihres Lebens nicht irgendeinem Schimmelpilz in einer Gefängniszelle Gesellschaft leisten wollen, dann bewahren Sie über unsere Arbeit absolutes Stillschweigen. Unser Forschungsgegenstand ...«

»Hübsche Metapher«, fiel Tianna ihm ins Wort.

»Das war nicht bildlich, sondern buchstäblich gemeint, Miss Walsh«, bekräftigte Kogan ernst.

Justin zog ein langes Gesicht und wedelte mit der Hand, bis er JJs wütenden Blick auffing und sich in seinem Drehstuhl demonstrativ aufrichtete.

»Sind Sie fertig, Mr. Flock?«, fragte Kogan.

Dem Witzbold fiel die Kinnlade herab. »Ja, Meister.«

Einen Moment lang sah es so aus, als würden die Augen hinter den schwarzen Brillengläsern Justin mit Röntgenstrahlen durchbohren, dann fuhr Kogan in seinen Ausführungen fort, als wäre er nie unterbrochen worden.

»Unser Forschungsgegenstand ist höchst brisant. Wenn die Erkenntnisse, die wir im Laufe des Experiments gewinnen werden, den falschen Leuten in die Hände fallen, könnte das zu einer globalen Katastrophe führen. Wir werden so realitätsnah wie möglich verschiedene Szenarien von Angriffen aus dem Cyberspace durchspielen, um die Verletzbarkeit unserer modernen vernetzten Gesellschaft zu analysieren und zu dokumentieren. Aus den Ergebnissen Ihrer Arbeit werden dann geeignete Schutzmaßnahmen entwickelt.«

Justin hob die Hand wie ein braver Schuljunge in der ersten Klasse. Als Kogan darauf nicht reagierte, sprach er einfach drauflos. »Mal ehrlich, Meister. Glauben Sie wirklich, ein Häuflein Hacker könnte den USA oder sogar der ganzen westlichen Welt ernsthaft gefährlich werden?«

Kogan lächelte. »Mal ehrlich, junger Freund. Hätten Sie gedacht, dass ein *einziger* Attentäter einen ganzen Weltkrieg auslösen kann? Trotzdem geschah genau das, nachdem Erzherzog Franz Ferdinand und seine Gemahlin im Juni 1914 in Sarajevo ermordet wurden. Oder würden Sie es für möglich halten, dass der Angriff auf einen Radiosender einen Weltkrieg verursacht? Wohl kaum, aber trotzdem hatten die Nazis den vorgetäuschten Überfall auf den Sender Gleiwitz als Rechtfertigung für ihren Überfall auf Polen benutzt, womit das zweite globale Gemetzel des 20. Jahrhunderts eingeläutet wurde. Oder nehmen Sie Vietnam. Schon mal was vom Tonkin-Zwischenfall gehört? Angeblich griffen die Nordvietnamesen zweimal mit Schnellbooten und Torpedos einen unserer Zerstörer, die *USS Maddox* an. Präsident Johnson rechtfertigte mit dem zweiten Zwischenfall das offizielle militärische Engagement der Vereinigten Staaten in dem Konflikt zwischen Nord- und Südvietnam. Nur: Der Vorfall war ein Türke, ein Fake. Die NSA hatte nach allen Regeln der Kunst einen fingierten Bericht über den zweiten Angriff erstellt, auch, um eigene Fehler zu vertuschen. Ich könnte jetzt so weitermachen, Ihnen von den angeblichen Massenvernichtungswaffen erzählen, die Präsident George W. Bush zum Anlass für einen Angriff auf den Irak nahm, doch ich will Sie nicht langweilen. Was lernen wir aus solchen Vorfällen? Zwei Dinge, die ich Ihnen schon bei früherer Gelegenheit zu vermitteln versucht habe. Erstens: Nichts ist, wie es scheint. Wie im Schach, so ist auch im Krieg eine der wirksamsten Waffen die Täuschung. Und zweitens: Kleine Ursache, große Wirkung. An sich lächerliche Ereignisse können sich zu einer globalen Katastrophe auswachsen, nicht weil man ihre Dimension unterschätzt hat, sondern weil die Vorfälle zum einen eine momentane Stimmung geschickt ausnutzen wie ein Surfer die große Welle und zum anderen, weil sie von den Drahtziehern ablenken, die das Geschehen so ungestört bis zur Katastrophe eskalieren lassen können.«

Justin holte tief Luft. »Okay. Hab's kapiert.«

Kogan schürzte die Lippen. »Deshalb habe ich Sie ausgewählt, Mr. Flock. Sie sind lernfähig.«

Die übrigen Anwesenden hielten sich mit Kommentaren zurück. Das Gesagte leuchtete ihnen ein. Allmählich ahnten sie, welche Macht dieser Mann in ihre Hände legen würde.

Das Gesicht hinter der schwarzen Brille wandte sich den anderen zu. »Sie werden im Laufe unserer Zusammenarbeit Kenntnisse erwerben, die an keiner Eliteuniversität vermittelt werden, Fähigkeiten, mit denen Sie – ich wiederhole mich – die Welt verändern können. Und wenn Ihre Leistungen überzeugen, winkt Ihnen eine Spitzenposition bei der NSA.« Er ließ seine Worte einen Moment wirken, ehe er fortfuhr. »Nun, da Sie die Konsequenzen des Experiments zu erkennen beginnen, möchte ich Ihnen noch eine letzte Chance zum Rückzug anbieten. Sollte Ihnen der Job nicht zusagen, dann gehen Sie jetzt durch diese Tür.« Er zeigte mit unheimlicher Präzision zum Ausgang. »Will jemand aussteigen?«

Keiner sagte auch nur einen Mucks.

Kogan nickte zufrieden. »Gut. Dann willkommen im Klub, Cyberwarriors.«

In den ersten zwei Monaten des Experiments glich die Fabrik eher einem Hörsaal denn einem Labor. Die Gruppe verbrachte jede freie Minute mit den Vorbereitungen für die Simulation. Karim, Justin und Tianna standen ständig unter Strom, denn nebenbei mussten sie auch noch ihr Studium absolvieren. Kaum hatten Sie den MIT-Campus verlassen und den Charles River überquert, nahm sie Kogan ran, den sie weiter neckend ihren »Meister« nannten.

Manchmal dozierte er stundenlang oder ließ sie »Schlösser knacken« – so nannte er die Übungen zur Überwindung jeglicher Art von Sicherheitssperren. Zur Entspannung erlaubte er ihnen den Zugriff auf *national SIGINT file*, ein internes Online-Magazin der NSA. Dann wieder warf er ihnen einen dicken Stapel Papier auf den Tisch, den sie durcharbeiten mussten. Die internen Dokumentationen der National Security Agency übertrafen an Tiefe und Vielfalt alles, was herkömmliche Wissenschaftsverlage zu bieten hatten. Die Behörde war ein Hort des Wissens, wenn es ums Hacken, um die Ver- und Entschlüsselung von Daten oder um das sogenannte Data Mining ging, das Durchforsten gigantischer Datenmengen auf verräterische Muster mit dem Ziel, in diesem Heuhaufen etwas zu finden, von dem man im Voraus nicht einmal weiß, ob es eine Stecknadel oder ein Fingerhut ist.

JJ bewunderte Karim, wie er das enorme Arbeitspensum bewältigte. Alle drei waren spitze. Ganz bewusst hielt Kogan die Gruppe ständig in einem empfindlichen Gleichgewicht zwischen Rivalität und Teamgeist. Vor allem Justin wollte seinen Kameraden stets eine Nasenlänge voraus sein, womit er wiederum ihren Ehrgeiz herausforderte und sie zu immer neuen Höchstleistungen anstachelte. Innerhalb kürzester Zeit lernten sie in dem Crashkurs die tausend Tricks, die aus einem normalen Hacker einen Cyberwarrior, einen Krieger im virtuellen Raum des Internets, machen.

Kogans Drill war hart. Doch er besaß genügend Menschenkenntnis, um seine gestressten Schüler nicht zu überfordern. Eigens zu diesem Zweck hatte er in der Fabrik eine Chill-out-Insel eingerichtet, die er, frei nach dem legendären Kühlschrankmodell des Versandhauses Sears, »Coldspot« nannte. Dort konnten seine Rekruten auf moosgrünen Polsterelementen ein Nickerchen machen, sich im Fernsehen die neuesten Nachrichten ansehen oder ihre heiß gelaufenen Nervenzellen mit anderen Formen von Unterhaltung auf normale Betriebstemperatur herunterkühlen.

Das Medienangebot wurde eher selten genutzt, denn wenn der Meister einen seiner Cyberwarriors auf dem Coldspot entdeckte, forderte er ihn gewöhnlich zu einer Partie Schach heraus. So ließe sich das Angenehme mit dem Nützlichen verbinden, pflegte er zu betonen. Dabei zitierte er gerne Benjamin Franklin, einen maßgeblichen Protagonisten im Kampf der amerikanischen Kolonien für die Unabhängigkeit: »Verschiedene, sehr schätzbare und im Laufe des Lebens nützliche Eigenschaften des Geistes können durch das Schachspiel erworben und gekräftigt werden, so dass sie zu Gewohnheiten werden, die uns nie im Stich lassen.«

Nach Kogans Ansicht beruhte der Erfolg beim »königlichen Spiel« nicht allein auf Strategie und Taktik, sondern ebenso sehr auch auf Psychologie – zumindest, wenn auf beiden Seiten des Brettes ein Mensch saß. Ebenso werde nur derjenige eine Schlacht im Cyberspace gewinnen, der neben dem technischen Handwerkszeug auch im Social Engineering ein Experte sei. Und während er so dozierte, setzte er seine Gegner gewöhnlich mit Leichtigkeit matt.

Der Einzige, der sich kategorisch einer Veredelung seines

Geistes durch die vorprogrammierten Niederlagen entzog, war Justin Flock. Er entspannte sich mit Killerspielen der wüstesten Art.

So auch an einem Dienstag im Frühsommer.

Karim hatte es sich auf den Polstern des Coldspot bequem gemacht und verfolgte gebannt eine Quizshow im Fernsehen. Um seine Kameraden nicht zu stören, trug er einen drahtlosen Kopfhörer. Als JJ ihn an der Schulter berührte, zuckte er zusammen.

Sie schmunzelte. »Ich wollte dich nicht bei deinem Bildungsprogramm stören, aber unser Herr und Meister begehrt uns zu sprechen. Was schaust du dir da an?«

Karim nahm den Kopfhörer ab und schaltete die Lautsprecher ein. »Eine alte Folge von *Wer wird Supermillionär?* auf GSN. Das musst du dir ansehen! Es geht um zehn Millionen. Regis Philbin hat alle Mühe, seinen Kandidaten zu zügeln, damit er die fünfzehn Fragen nicht schon in drei Minuten beantwortet. Unglaublich, dieser Typ. Er kommt mir vor wie eine Datenbank, die auf Knopfdruck alles ausspuckt, was du von ihr wissen willst.«

Sie nickte. »Ich kenne die Sendung. Kam vor ungefähr drei Jahren schon mal auf ABC. Deine Einschätzung von dem Mann ist gar nicht so falsch. Wundert mich, dass du ihn nicht kennst. Er ist nach der Sendung ziemlich berühmt geworden. Sie nennen ihn tatsächlich ›Timputer‹, weil er jegliche Informationen wie ein Elektronenhirn speichern und unverfälscht wieder abrufen kann. Sein richtiger Name ist Tim Labin. Ein Deutscher.«

»Oh? Er hat überhaupt keinen Akzent.«

»Angeblich braucht er nur ein paar Tage, um eine neue Sprache zu lernen. Es überrascht mich, dass er überhaupt zu der Show eingeladen wurde.«

»Wahrscheinlich haben ihn alle unterschätzt.«

Einen Moment lang blickten sie auf die Mattscheibe. Auch Tianna und Justin versammelten sich vor dem Gerät.

Während der Quizmaster die Fünfhunderttausend-Dollar-Frage stellte, wurde diese unter dem schmalen Gesicht eines dunkelhaarigen Mannes von Anfang zwanzig eingeblendet. »In den 1890ern«, las Regis Philbin, »wurde Heroin in den Vereinigten Staaten von Bayer in den Handel gebracht als ein Heilmittel für welche ...?«

»Hartnäckiger Husten«, antwortete Labin, ohne das Ende der Frage abzuwarten.

Der Gastgeber zog eine Grimasse. Ihm war an prickelnder Spannung gelegen oder eigentlich an Zeitgewinn zugunsten von Werbeeinblendungen, aber nicht an einer Hetzjagd durch den Fragenparcours. »Sind Sie sicher? Immerhin geht es hier um eine halbe Million ...«

»Die Aktiengesellschaft Farbenfabriken – heute Bayer – hat Diacetylmorphin seit 1898 unter dem Namen Heroin als Hustensaft verkauft, angeblich auch für Kinder geeignet. Daneben wurde es bei rund vierzig weiteren Indikationen angewendet, nämlich bei Bluthochdruck, Lungen- und Herzerkrankungen, zur Geburts- und Narkoseeinleitung, als ›nicht süchtigmachendes Medikament‹ gegen die Entzugssymptome ...«

»Vielen Dank, Mr. Labin, für Ihre erschöpfende Auskunft«, ging der Quizmaster forsch dazwischen. »Dann bleiben Sie also bei Ihrer Antwort?«

Ungeduld verdüsterte das Gesicht des Deutschen. »Ja doch! Kommen Sie endlich zur nächsten Frage, Mr. Philbin. Oder wollen Sie mich mit Ihrer Zeitschinderei um meine zehn Millionen bringen ...?«

Das Fernsehbild erlosch, nicht wegen irgendeinem Werbespot für ein Wunder wirkendes Medikament, sondern weil Kogan sich klammheimlich der Fernbedienung bemächtigt und die Schluss-mit-lustig-Taste gedrückt hatte. »Die Pause ist zu Ende, meine Herrschaften.«

Karim verzog wie unter Schmerzen das Gesicht. »Musste das sein, Meister? In spätestens fünf Minuten hätte ich gewusst, ob er den Hauptgewinn kriegt!«

»Er bekommt ihn«, sagten JJ und ihr Chef wie aus einem Munde.

»Danke. So stelle ich mir spannende Unterhaltung vor«, brummte Karim.

Justin bemerkte grinsend: »Hab gehört, Labin will als Nächstes Schachweltmeister werden. Ich wette, den könnten Sie nicht so leicht mattsetzen wie uns, Meister?«

Kogan begegnete dem herausfordernden Blick des jungen Rebellen mit versteinerter Miene und ließ sich mit seiner Antwort Zeit. »Was zu beweisen wäre, Mr. Flock. Was zu beweisen wäre. Aber vielleicht geben *Sie* mir ja zwischenzeitlich eine Kostprobe Ihres Könnens.« Sein Gesicht entspannte sich etwas. »Doch genug der grauen Theorie, heute wollen wir eine Partie im richtigen Leben eröffnen.«

»Sie reden jetzt aber nicht von Schach, oder?«, wagte Tianna zu fragen.

Kogan lächelte jovial. »Das haben Sie fein bemerkt, Miss Walsh. Es geht um das Hacken von ein paar echten Computernetzwerken, die ich Ihnen benennen werde.« Er hob den Zeigefinger. »Eins muss ich vorausschicken. Merken Sie sich bitte für unser Experiment unbedingt eine Regel: Beginnen Sie Ihre Attacke *immer* mit dem Passwort ›Gambit‹. Der Computer wird Sie abweisen. Doch im Hintergrund tut er noch etwas anderes. Man könnte es mit dem Stellen einer Weiche vergleichen. Von diesem Moment an erfolgen Ihre sämtlichen Angriffe nicht auf die echten Daten der Firma oder Institution, sondern auf Backup- oder Test-Server, die sich jedoch ganz genauso verhalten wie die Produktivsysteme. In den Organisationen, die Sie attackieren, wird niemand dieses Umschalten bemerken.«

»Und wer hat die Weiche eingebaut?«

»Gut aufgepasst, Mr. Flock. Selbstverständlich ist immer die oberste Geschäftsleitung eingeweiht. Sie beteiligt sich an unserem Spiel, weil sie sich wertvolle Erkenntnisse davon erhofft. Wir werden den Managern zeigen, wie sich ihre Mitarbeiter in einem Angriffsfall verhalten.« Über Kogans Gesicht huschte ein Lächeln. »Als Erstes wollen wir eine Versicherung in den Ruin treiben.«

Das Opfer firmierte unter dem Namen Illinois Shelter Insurance Group. In der ersten Phase der »Partie«, der Aufstellung, sammelte die Gruppe aus verschiedenen Online-Quellen wie der offiziellen Homepage des Unternehmens und Pressearchiven Informationsschnipsel über die Versicherung. JJ tätigte einige Anrufe, dem Anschein nach harmlose Anfragen, die dem Zweck dienten, Namen von Mitarbeitern zu sammeln und sich mit dem firmeninternen Jargon vertraut zu machen. Sie fanden heraus, dass die Angestellten ihre Firma entweder »ISIG« oder schlicht *the barn* – »der Schuppen« – nannten, was mit der vergleichsweise ländlichen Lage des Firmenhauptquartiers in Springfield zusammenhing.

Am nächsten Tag folgte Phase zwei, die Eröffnung. JJ rief in der Telefonzentrale der Versicherung an und bat darum, mit Mrs. Parker verbunden zu werden. Die für die Schadensaufnahme zuständige Außendienstmitarbeiterin war – erwartungsgemäß – nicht im Hause. Man gab JJ eine Handynummer. Diese wählte sie dann.

»Hi, Mrs. Parker, hier ist Cynthia Kolodziejczyk.« Den Namen konnte sich niemand merken.

»Cynthia – *wer?*«

JJ wechselte in einen verlegenen Ton. »Personalabteilung. Mrs. Parker, ich muss Ihnen leider mitteilen, dass Ihr Gehalt ab sofort gepfändet wird.«

»*Was?*«, japste die Angerufene. »Wieso denn das?«

»Na ja, es geht mich ja nichts an, aber was haben Sie sich bei Ihrem Einkommen dabei gedacht, sich einen Porsche auf Kredit zu kaufen?«

»Ich? Einen Porsche? Das muss ein Irrtum sein. Ich fahre schon seit Jahren einen rostigen Buick.«

»Das halte ich für ausgeschlossen, Mrs. Parker. Aber wenn Sie es für richtig halten, prüfe ich das gerne nach.«

»Ich bitte darum. Ich und ein Porsche – bin ich die Queen?«

»Die würde bestimmt einen Rolls fahren«, scherzte JJ, um die Stimmung aufzulockern. »Vielleicht handelt es sich um eine Namensähnlichkeit. Manchmal ist der Schuppen ja ein richtiger Sauhaufen.«

»Wem sagen Sie das!«

»Sie sind doch Juliet Parker, richtig?«

»Ja. Juliet Amanda Parker.«

»Könnten Sie das bitte buchstabieren?«

Mrs. Parker tat es mit aller Gründlichkeit.

»Geben Sie mir zur Sicherheit bitte auch gleich noch Ihr Geburtsdatum und die Personalnummer.«

Auch diese, wie sie glaubte, harmlosen Informationen rückte die Sachbearbeiterin bereitwillig heraus.

JJ versicherte ihr, dass sie den Vorgang gründlich prüfen und sich wieder melden werde.

Anschließend durchforstete die Gruppe das Internet nach

Informationshäppchen über Juliet Amanda Parker. Auf einer Highschool-Seite konnten sie Biografisches finden. Das Zeitungsarchiv des *State Journal Register,* einer Lokalzeitung aus Springfield, lieferte einen Artikel über die Verleihung einer Ehrenmedaille des Hundezüchtervereins, weil Mrs. Parker einen Collie namens Lassie vor dem Ertrinken gerettet hatte. Und aus Online-Foren war allerlei Interessantes über ihre Hobbys zu erfahren. Zwischendurch legte Tianna für JJ bei einem Anbieter für kostenlose Mailboxen eine E-Mail-Adresse an.

So gewappnet machte sich JJ an das Positionsspiel. Sie rief in der Personalabteilung der Versicherung an. Eine brummige Stimme meldete sich mit dem Namen Tom Scully.

»Hi, Mr. Scully«, flötete JJ in den Hörer, »hier ist Juliet Parker, Abteilung DAM2. Ich bin gerade auf dem Abflug – mein Boss schickt mich nach Chicago –, als mir einfällt, dass Sie wohl noch meine alte E-Mail-Adresse haben.«

»Sie meinen, die im Büro?«

»Nein, die private. Ich habe eine neue.«

»Ihre Personalnummer bitte.«

JJ ratterte sie herunter. Der Personalsachbearbeiter war misstrauisch und verlangte auch Mrs. Parkers Geburtsdatum und schließlich sogar den Mädchennamen ihrer Mutter. JJ lieferte ihm alles.

»Okay, wie lautet Ihre neue E-Mail-Adresse?«, fragte er daraufhin.

Sie antwortete langsam und deutlich: »j.parker@gmx.net.«

»Ist notiert. War's das?«

»Ja, vielen Dank, Tom.«

»Dann wünsche ich gute Reise. Bye, Mrs. Parker.« Scully legte auf.

JJ holte tief Luft.

»Du hast es echt drauf. Lernt man in Yale, so zu lügen?«, fragte Justin belustigt.

Ihr Blick wanderte nur zu Kogan.

»Der arme Karim. Wie soll er je wissen, woran er bei dir ist?«

Sie schluckte, wohl wissend, dass sie tatsächlich nicht immer ganz offen zu ihrem Freund war.

»Halt die Klappe«, sprang Tianna ihr zur Seite.

Kogan klatschte in die Hände. »Etwas mehr Professionalität, wenn ich bitten darf. Sie können alle noch eine Menge von JJ lernen. Wenn sie will, trickst sie sogar einen Lügendetektor aus. Wir kommen jetzt zum Kombinationsspiel. Geben Sie gut acht.« Er gab JJ einen Wink.

Sie griff zum Handy und wählte die Nummer der EDV-Abteilung des Versicherungsunternehmens. Die anderen setzten Kopfhörer auf, um das Gespräch mitzuverfolgen.

»Benutzerunterstützung, Chick Turner«, meldete sich eine junge Männerstimme.

»Chick, Sie müssen mir helfen. Hier ist Juliet. Juliet Parker. Ich habe mein Passwort vergessen«, jammerte JJ.

»Haben Sie schon auf dem Zettel nachgeschaut, der unter Ihrer Tastatur klebt?«

»Mir ist nicht zum Lachen zumute, Chick. Das hat man davon, wenn man die Sicherheitsvorschriften der ISIG penibel einhält. Ich bin in Chicago. Gleich muss ich einen Schaden aufnehmen, und ich kann mich mit meinem Notebook nicht ins System einloggen.«

»Kein Problem, Juliet. Wir setzen Ihr Passwort zurück. Sie bekommen eine E-Mail von uns. Klicken Sie einfach auf den darin angezeigten Link, dann werden Sie zu einer speziellen Anmeldemaske geleitet, auf der Sie Ihr neues Codewort eingeben können.«

»Und wie komme ich an meine E-Mail? Ich kann mich ja nicht einloggen.«

»Stimmt! Ich Esel. Da haben Sie ein Problem.«

»So ein Mist«, grollte sie. »Da strampelt man sich ab, wird als Retterin von Lassie gefeiert und muss sich am Ende wie eine Trickbetrügerin behandeln lassen.«

»Lassie? – Stimmt, ich hab den Artikel im *Journal Register* gelesen! Sie haben im Center Park einen Collie aus dem See gezogen. Ich hab auch eine Hündin. Jolly. Ein Basset. Das war echt mutig von Ihnen.«

»Schön für Sie. Auf die Vierbeiner kann man sich wenigstens verlassen.« JJ fing an zu schluchzen. »Mein Chef bringt mich um. Ich verpulvere 'nen Haufen Reisespesen für nichts und wieder nichts.«

Am anderen Ende der Leitung trat eine kurze Pause ein. »Haben Sie eine private E-Mail-Adresse, Juliet? Ich kann den Link auch an diese schicken. Wir müssten die Mail nur mit einem Zusatzpasswort verschlüsseln.«

»Dann nehmen wir am besten meine Personalnummer, die vergesse ich nie.«

Aus dem Hörer war das Klappern einer Tastatur zu vernehmen. »Da haben wir Sie ja. Juliet A. Parker. Wofür steht das A?«

»Amanda«, schluchzte JJ. »So hieß meine Mutter.«

»Okay, jetzt machen Sie sich keine Sorgen um Ihren Chef, Juliet. Ihre E-Mail ist j.parker@gmx.net. Stimmt die noch?«

»Ja.«

»In spätestens fünf Minuten haben Sie meine Mail, dann können Sie sich wieder ins System einloggen. Aber nehmen Sie nicht den Namen Ihres Hundes oder Freundes. Die findet jeder Ganove raus.«

»Ich werd's mir merken«, versprach JJ und bedankte sich für die Hilfe.

An dieser Stelle der Partie übernahmen die drei Hacker, allen voran Justin Flock. Er rief den Briefkasten von JJs neuer E-Mail-Adresse auf, klickte sich in die Anmeldungsmaske der Versicherung und gab als neues Passwort »Gambit« ein. Damit bekam die Gruppe Zugang zum Versicherungsrechner, zunächst nur auf einer niedrigen Sicherungsebene, aber für die Cyberwarriors genügte das, um sich tiefer in das System hineinzuwühlen und die Partie ins Endspiel zu führen. Bald war der ISIG-Computer in ihrer Hand. Sie setzten die Ablaufdaten von Kapitallebensversicherungen auf sofortige Fälligkeit, veranlassten massenhaft Beitragsgutschriften und manipulierten zahlreiche andere Daten.

Ein paar Tage später war die Versicherung schachmatt. Zumindest in der Simulation. Im wahren Leben hätte sie Gläubigerschutz beantragen müssen, um sich vor dem Untergang zu retten. Die Mitarbeiter des Unternehmens wussten ja nicht, dass alle Daten, die sie von ihren Monitoren ablasen, ihnen nur eine Scheinwirklichkeit vorgaukelten.

An diesem Punkt beendete Kogan den Spuk in einer Videokonferenz mit dem Vorstand der Versicherung. Die Manager sahen aus, als hätten sie einen gewaltigen Kater. Mit säuerlichem Lächeln bedankte sich der Direktor bei den Studenten für ihre Hilfe zur Verbesserung der Security-Infrastruktur.

»Gratuliere«, sagte Kogan, nachdem die Schaltung nach Springfield beendet war. »Ich bin sehr zufrieden mit Ihnen. Aber was Sie in den letzten Tagen geleistet haben, war nur eine Fingerübung. Wenn das, was wir hier tun, auch wie ein Computerspiel aussieht, ist es doch weit mehr als das. Sie wissen so gut wie ich, dass nach den Anschlägen vom 11. September die Gefahr eines Großangriffs aus dem Internet täglich wächst. Wenn ein Krieg im Cyberspace abgewehrt werden kann, wird man das vielleicht der Gruppe verdanken. Doch dazu müssen Sie besser als der Feind sein. Sie müssen lernen, wie man andere täuscht, weil er auch maskiert auftritt. Es ist wie bei einer Schachpartie, in der sie den Gegner so lange wie möglich über die eigene Strategie im Unklaren lassen.« Er klatschte in die Hände. »Und nun wieder an die Arbeit. Als Nächstes wollen wir uns einen etwas größeren Brocken vornehmen. Genauer gesagt, mehrere Ziele zugleich. Strengen Sie sich an, Cyberwarriors. Ihr Land braucht Sie.«

Karim war kreidebleich. Er fühlte sich, als stünde er auf dem Deck eines schwankenden Schiffs. Langsam erhob er sich aus seinem Drehstuhl und schlich zu Kogan, der wie so oft vor der schmutzigen Fensterwand stand, als könne er die Frachter im Inneren Hafen von Boston sehen.

»Kann ich Sie sprechen, Meister?«, flüsterte er.

Kogan wandte sich ihm zu. »Karim! Was ist mit Ihnen? Sie klingen so besorgt.«

»Das würde ich gerne mit Ihnen unter vier Augen ... Ich wollte sagen F2F bereden.« F2F war eine in der Computerszene übliche Bezeichnung für *face to face* – »von Angesicht zu Angesicht«.

Der Leiter der Gruppe tastete nach Karims Arm. »Sicher doch, mein Junge. Kommen Sie, führen Sie mich nach draußen.«

Die beiden ließen die High-Tech-Insel und den Coldspot hinter sich zurück, fuhren mit dem Fahrstuhl ins Erdgeschoss und verließen die Fabrik. Während sie Seite an Seite in Richtung Fish Pier spazierten, machte Karim sich Luft.

»Ich glaube, mir ist ein Fehler unterlaufen.«

»Inwiefern?«

»Meine Bank ... Ich wollte sagen, der Hypotheken-Finanzierer, den Sie mir zugeteilt haben, ist bankrott. Sie haben heute Gläubigerschutz beantragt.«

»Dann sollten wir den Vorstand anrufen und die Sache aufklären.«

»Nein, nein, Sir. Sie verstehen mich nicht. Die Firma ist *tatsächlich* pleite! IRL – im richtigen Leben. Und es kommt noch schlimmer: Offenbar bringt der Hack die ganze Immobilienbranche ins Schlingern. Für die von dem Unternehmen finanzierten Gebäude wurden höchst spekulative Hypothekenanleihen ausgegeben, in die zahlreiche andere Banken eingestiegen sind und dadurch jetzt ebenfalls ins Wanken geraten.«

Kogan blieb abrupt stehen. »Sind Sie sicher, nicht nur die Simulationsdaten gesehen zu haben?«

Karim schüttelte verzweifelt den Kopf. »Ich wünschte, es wäre so, Sir. Sie können die Websites der Wall Street oder anderer großer Finanzplätze aufrufen – überall das gleiche Bild.«

»Kleine Ursache, große Wirkung«, murmelte Kogan.

»Und ich bin an allem schuld«, jammerte Karim.

»Ganz bestimmt nicht«, widersprach ihm der Projektleiter. »Sie kennen doch die Zahlenbasis, die wir zusammen erarbeitet haben. In Kalifornien kostet ein kleines Apartment mittlerweile sechshunderttausend Dollar. Bei solch enormen Sicherheiten haben die Banken ihren Kunden das Geld förmlich hinterhergeworfen, und das landauf, landab. In den Staaten gibt es gut und gerne zweiundsiebzig Millionen Haus-

und Grundstücksbesitzer, ein Großteil davon beleiht seine Immobilie, um sich ein neues Auto zu kaufen, in den Urlaub zu fahren oder sich sonst wie dem Konsumrausch hinzugeben. Die Immobilienblase ist gigantisch.«

»Ja, und ich habe mit der Nadel hineingestochen.«

»Sind Sie sich sicher, das Codewort ›Gambit‹ eingegeben zu haben?«

Karim zögerte. »Eigentlich ja.«

»Also nicht.«

Der Hacker ließ den Kopf hängen.

»Haben Sie schon mit jemandem darüber gesprochen?«

»Ja, mit Justin. Er meint, wo gehobelt wird, fallen Späne. Sie kennen ihn ja.«

Kogan legte dem »armen Sünder« die Hand auf die Schulter. »Sie sind sensibler als Justin, aber gerade weil die Gruppe so unterschiedliche Charaktere in sich vereint, ist sie so stark. Ich denke nicht, dass Sie die momentane Immobilienkrise ausgelöst haben. Allerdings gibt es auch noch die Rohöl- und die Metallblase und einige andere höchst spekulative Bereiche, die kurz vor dem Kollaps stehen. Ich fürchte, der Cyberwar könnte bereits begonnen haben, und die Welt gewahrt es nicht.«

»Das ist doch nicht Ihr Ernst, Sir.«

»Es ist mir bitterernst, Karim. Jetzt wird sich zeigen, ob wir gut aufgestellt sind und den Angriff abwehren können. Was Ihre Bank im Mittelwesten betrifft, machen Sie sich keine Sorgen. Darum kümmere ich mich. Wichtig ist, dass unser Projekt mit Hochdruck vorangetrieben wird.«

»Ich will nicht ins Gefängnis, Meister. Eher gestehe ich alles.« Karim klang gequält, als litte er körperliche Schmerzen.

»Nein!«, brach es heftig aus dem alten Mann hervor.

»Denken Sie daran, für wen Sie arbeiten. Für die NSA. Das bedeutet *never say anything*. Ich schütze Sie. Sie haben nichts zu befürchten.«

Karim nickte mit hängendem Kopf.

»Kann ich mich weiter auf Sie verlassen?«

Er zögerte. »Ja.«

»Gibt es noch etwas, das Ihnen auf dem Herzen liegt?«

Wieder druckste Karim herum, ehe er antwortete. »Ich habe die Techniken, die Sie uns beigebracht haben, einmal bei der NSA selbst angewendet.« Er zuckte die Achseln. »Hat mich interessiert, wie gut der Laden abgeschlossen ist.«

Kogan horchte auf. Seine blinden Augen schienen den Hacker hinter der dunklen Brille zu fixieren. »Und?«

»Ich bin nicht weit gekommen«, sagte Karim schnell und wich dem unheimlichen Blick aus.

JJ verließ die Fabrik gegen acht Uhr abends. Sie war völlig erschöpft. Und besorgt. Am Nachmittag war Karim zu ihr gekommen und hatte gemeint, er müsse sie dringend sprechen. Ob es mit den Turbulenzen auf dem Hypotheken- und Immobilienmarkt zu tun hatte? Seltsam war nur, dass er sich für die Unterredung ein mexikanisches Restaurant in der Nähe des Harvard Square in Cambridge ausgesucht hatte. Glaubte er etwa, die NSA habe seine Wohnung verwanzt?

Karims Eltern waren vermögend. Ihr Im- und Exportgeschäft hatte ihnen Reichtum beschert. Das war auch der Grund, warum ihr Sohn sich ein eigenes Apartment am Ellery Place leisten konnte, anstatt wie andere in eine enge Studentenbude des MIT eingepfercht zu sein. Als er JJ gefragt hatte, ob sie für die Dauer des Projekts bei ihm einziehen wolle, reagierte sie zunächst skeptisch. Emil Kogan war ein Mann mit Prinzipien, und zu denen gehörte auch, Privates und Geschäftliches nicht miteinander zu verquicken. Andererseits hatte es ihn nicht gestört, ihre informellen Kontakte zur Hackerszene am MIT auszunutzen. Wenn das Apartment nicht tatsächlich verwanzt war, dann dachte er immer noch, dass sie bei ihrer Cousine in East Boston wohnte.

Als sich JJ, von der Harvard Street kommend, dem fünfstöckigen Wohnhaus näherte, bemerkte sie zwei Männer, die das Gebäude verließen, mit schnellen Schritten in nördlicher Richtung liefen und hinten in einen dunklen Ford einstiegen. Die Türen waren noch nicht geschlossen, da brauste das Fahrzeug auch schon davon. Diese Beobachtung war an sich nicht ungewöhnlich, doch JJ hatte im Laufe ihrer Ausbildung ein Gespür für Auffälligkeiten bekommen, die gewöhnlichen Leuten entgingen.

Zwei Minuten später schloss sie die Tür von Karims Zwei-Zimmer-Apartment auf und rief seinen Namen.

Keine Antwort kam. Doch aus dem Bad hörte sie Wasser rauschen. Vermutlich stand er unter der Dusche, oder eher noch entspannte er sich in der Wanne. Der Ärmste hatte in letzter Zeit ziemlich neben sich gestanden. Der Stress in der Fabrik und in der Uni war ziemlich heftig.

Sie warf die Schlüssel in eine Keramikschale auf der Kommode neben der Tür. »Karim?« Diesmal rief sie schon lauter.

Wieder kam keine Antwort.

Das Apartment war normalerweise wie geleckt – Karim gehörte zum Typus »Ordnungsfanatiker« –, deshalb wunderte sich JJ über seinen Rucksack, der neben dem Schreibtisch am Boden lag. Der Inhalt war über das Parkett verschüttet. Sie lief zu dem Tisch, auf dem ein einundzwanzigzölliger Flachbildschirm in edlem Aluminiumgehäuse stand. Ihr Blick schweifte über die Schreibtischplatte. Alles war penibel geordnet, nichts anderes kannte sie von ihrem Freund.

»Karim, komm endlich aus der Wanne, sonst wird unser Tisch anderweitig vergeben«, rief sie abermals und bückte sich nach dem Rucksack. Es sah so aus, als habe er Übergewicht bekommen und sei allein von der Tischkante gestürzt. Stück für Stück räumte sie die Utensilien wieder in die Tasche zurück.

Mit einem Mal bemerkte sie unter dem Hängeschrank des Schreibtischs ein Glitzern. Sie ging nun ganz auf die Knie und streckte sich nach dem Ausreißer. Es war ein titanfarbener USB-Stick, ein Speicherstäbchen, auf dem man zwei Gigabyte Daten in der Hosentasche herumtragen konnte. Während sie so unter dem Schrank kauerte, wunderte sie sich, dass Karim immer noch nicht geantwortet hatte.

Dann sah sie das Wasser.

Die Badezimmertür war nur angelehnt. Und über die Schwelle schwappte eine rosarote Brühe.

JJ erschrak so heftig, dass sie sich den Hinterkopf am Hängeschrank anstieß. Rasch kroch sie unter dem Möbel hervor, kam wieder auf die Beine, lief zum Bad und stieß die Tür auf.

Was darauf folgte, war eine lähmende Kälte. Andere Frauen hätten angesichts eines blutüberströmten Mannes auf dem Grund einer überlaufenden Badewanne vermutlich laut losgekreischt, aber nicht JJ. Sie hatte schon schrecklichere Anblicke ertragen und gelernt, dem Tod ins Auge zu blicken.

»Ich kann gar nicht sagen, wie leid mir das tut, Jamila«, beteuerte Kogan. Er war nach JJs Anruf sofort mit dem Taxi nach Cambridge gekommen, um ihr seelischen Beistand zu leisten.

Den hatte sie bitter nötig. Der Anblick von Leichen, die von Terroristen in die Luft gesprengt worden waren, hatte eine ganz andere Qualität als der eines Menschen, den man liebte. Für den Notarzt lag der Fall klar auf der Hand: Tod durch Ertrinken. Karim müsse beim Baden ausgerutscht sein, sich den Kopf angeschlagen und das Bewusstsein verloren haben, worauf er ins Wasser sank und ...

JJ kniff die Augen zusammen, um die Tränen zurückzuhalten, als der Leichenwagen losfuhr.

Kogan nahm sie in die Arme. »Es war ein tragischer Unfall, kleine Morgiane.«

»Dafür treiben sich hier aber eine Menge Polizisten herum.«

»Du kennst das Prozedere bei so einem Fall: Jeder wird überprüft. Ich kümmere mich darum, dass sie dich nicht länger als unbedingt nötig verhören. Du hast ja ein wasserdichtes Alibi ...«

Bei dem Wort »wasserdicht« brachen bei JJ sämtliche Dämme. Sie hatte sich lange genug beherrscht. Haltlos weinte sie sich an Kogans Schulter aus. Ein Unfall? Sicher. Alles sah danach aus. Aber sie konnte die beiden Männer nicht vergessen, die es so eilig hatten, ihre Limousine zu erreichen und sich aus dem Staub zu machen.

Nach einer Weile löste sich JJ von ihrem alten Mentor. »Wussten Sie eigentlich, dass Karim und ich zusammenwohnten, Emil?«

Einen Moment lang wirkte sein Gesicht wie versteinert. Aber dann entspannte er sich und sagte: »Ja. Wie lange kennen wir uns schon? Achtzehn Jahre? Das müsstest du doch eigentlich wissen, dass mich im Blindschach so schnell keiner schlägt. Ich bin, auch ohne das Brett zu sehen, zu jeder Zeit über die Stellung aller Figuren im Bilde.«

Sie betrachtete sein vom Leben verwittertes Gesicht. »Ist das Apartment verwanzt?«

Er hob die Augenbrauen. »Was soll diese Frage, Jamila?«

»Wenn Sie Mikrofone installiert haben, lässt sich vielleicht herausfinden, wie Karim ums Leben kam.«

»Glaubst du wirklich, ich würde dein Vertrauen auf diese Weise missbrauchen?«

Einen kurzen Moment funkelte sie die schwarzen Brillengläser aus versteinerter Miene an, dann sagte sie: »Karim wollte mich heute Abend dringend sprechen, Emil. Er schien mir irgendwie beunruhigt zu sein. Mit Ihnen hat er am Nachmittag ja auch geredet. Haben Sie eine Ahnung, was ihn beschäftigte?«

»Er meinte, die derzeitigen Turbulenzen auf dem Immobilienmarkt kämen ihm merkwürdig vor. Er befürchtete wohl, *wir* könnten eine zweite Weltwirtschaftskrise ausgelöst haben.«

»Das ist doch absurd.«

Kogan lächelte traurig. »Ich weiß. Natürlich habe ich versucht, ihn zu beruhigen. Vielleicht war es nicht richtig, euch so hart ranzunehmen. Ihr seid alle ziemlich erschöpft. Wenn man so ausgepowert ist, dann passieren leicht Unfälle.«

Neue Tränen liefen über JJs Wangen. Sie machte sich Vorwürfe. »Hätte ich ihn nicht belogen, würde er vielleicht noch leben. Ich kann nicht mehr, Emil. Nein, ich *will* nicht mehr.«

»Soll das heißen, du möchtest aus dem Projekt aussteigen?«

Sie nickte. »Ich glaube ja.«

»Damit wäre die Gruppe auf einen Schlag um die Hälfte ihrer Mitglieder beraubt. Dir ist klar, was das bedeutet.«

»Sie haben immer noch Justin und Tianna. Die beiden könnten den Grundstock für ein neues Team bilden. Aber ich ...« JJ musste schlucken, weil es ihr die Kehle zuschnürte, wenn sie an die gemeinsame Zeit mit dem Mann ihrer Träume dachte, selbst wenn der überwiegende Teil dieser Zweisamkeit mit harter Arbeit angefüllt war. Sie schüttelte trotzig den Kopf. »In der Fabrik würde mich alles an Karim erinnern. Bitte, lassen Sie mich nach Yale zurückkehren.«

»Du willst wieder in dein Institut?« Für einige lange Sekunden stand Kogan völlig reglos da. Dann begann er sacht zu nicken. »Möglicherweise habe ich die Sache falsch angepackt. Dieser Schnitt ist für uns alle bitter, aber er bietet uns die Gelegenheit zu einem Neubeginn. Ich werde das Projekt stoppen. Vorerst jedenfalls.«

Sie nickte. »Danke, Emil.«

Kogan zog sie erneut an sich und tätschelte ihren Kopf. »Arme, kleine Morgiane. Ich habe deinem Bruder versprechen müssen, auf dich aufzupassen. In deiner momentanen Verfassung kann ich dich nicht mit gutem Gewissen nach Yale zurückschicken. Was hältst du davon, mit mir für ein paar Wochen nach Fort Meade zu kommen? Dort beginnen wir ein neues Projekt, das ich dir gerne vorstellen würde. Oder eigentlich ist es ein uraltes, wenn man bedenkt, wie viele sich schon an diesem über hundertachtzig Jahre alten Rätsel die Zähne ausgebissen haben. Ziemlich geheimnisvoll, das Ganze. Es wird dich auf andere Gedanken bringen und passt auch viel besser zu einer Historikerin.«

Jamila wischte sich mit dem Handrücken unter der Nase entlang. Sie war kaum fähig, klar zu denken. Aber vielleicht hatte er recht. Anstatt sich in dunklen Grübeleien zu verlieren, wäre wohl eine neue Herausforderung die beste Ablenkung. Und die Mysterien der Geschichte hatten sie schon immer mehr interessiert als die Welt des Cyberspace.

»Ich möchte Karims Beisetzung nicht versäumen«, flüsterte sie.

Kogan klopfte ihr aufmunternd auf den Rücken. »Das sollst du auch nicht, kleine Märchenfee. Und danach bringe ich dich nach Maryland.«

PHASE III

ERÖFFNUNG

—

Gegenwart

»Im Reiche der Wirklichkeit ist man nie so glücklich wie im Reiche der Gedanken.«

Arthur Schopenhauer

Der König fiel wie in Zeitlupe. So jedenfalls nahm Tim Labin seinen Sieg über Gregorii Andrejewitsch wahr. Der russische Schachweltmeister erkannte mit dieser etwas aus der Mode gekommenen Geste seine Niederlage an. Damit hatte sich ein Außenseiter gegen den Champion durchgesetzt. Die Zuschauer waren hingerissen. Sie hatten an diesem Finalsonntag lange genug still sein müssen, um die miteinander ringenden Geister nicht zu stören. Jetzt tobte das Publikum im großen Ballsaal des Berliner Hotels Adlon.

Andrejewitsch erhob sich, reichte dem neuen Weltmeister die Hand und sagte auf Russisch: »Gratulation, Herr Labin. Ich habe Ihre kometenhafte Karriere verfolgt. Irgendwie ahnte ich, dass Sie heute als Sieger den Saal verlassen würden.«

Auch der deutsche Gewinner erhob sich, doch anstatt sich seinem Kontrahenten entgegenzubeugen, trat er einen Schritt zurück. Sein Russisch war ebenfalls perfekt. »Das nehme ich Ihnen nicht ab, Herr Andrejewitsch. Schach ist pure Psychologie. Hätten Sie mich als Gegner ernst genommen, dann wären Sie mit etwas Neuem gekommen, anstatt mit alten Zügen aus alten Partien gegen mich anzutreten.«

Der Russe runzelte die Stirn. »Ach, kommen Sie, niemand kann sich sämtliche Züge aus sämtlichen Partien merken.«

»Mir blieb gar nichts anderes übrig, denn als Stratege bin ich eigentlich nur Mittelmaß. Abgesehen von dem kleinen Unterschied, den Sie ja aus den Zeitungen kennen: Ich bin der Mann, der nichts vergessen kann.«

Ohne die Hand des Verlierers zu schütteln, wandte sich Tim Labin um und verließ die Bühne. Ein wahres Blitzlichtgewitter verewigte diesen Affront auf einem Arsenal von Digitalspeichern. Der Händedruck nach dem Spiel gehörte zur Etikette des königlichen Spiels. Nicht nur bei der im Ballsaal versammelten Presseschar begannen sofort die Spekulationen. Hatte der Verlierer den Sieger beleidigt? Konnte Andrejewitsch es nicht verwinden, dass die russische Vorherrschaft im Schach gebrochen worden war und jetzt ausgerechnet an einen Teutonen ging? Nach Emanuel Laskers Sieg von 1894 war Labin der zweite deutsche Weltmeister überhaupt.

Während der neue Champion geradezu fluchtartig dem Ausgang entgegenstrebte, wurde er einem Sperrfeuer von Fragen ausgesetzt. Ob er Anatoli Karpow nacheifere, der sich im Weltmeisterschaftskampf gegen Viktor Kortschnoi die gleiche Unsportlichkeit herausgenommen habe, wollte ein Journalist wissen. Tim antwortete nicht. Alle Zurufe, auch die wohlwollenden, prallten von ihm ab wie von einem Schützenpanzer. Eigentlich sollten die Pressefritzen begriffen haben, dass er die Nähe anderer Menschen schwer ertragen und gar die Berührung einer fremden Person ihn völlig aus der Fassung bringen konnte. Vermutlich hielten sie ihn für einen Exzentriker, einen verschrobenen Spinner.

Zumindest jene, die nie die Hölle der Angst durchwandert hatten.

Dabei existierte das Grauen des Durchlebten nur noch als

fernes Echo in seinem Unterbewusstsein, denn die Nacht, in der seine Eltern verbrannt waren, klaffte als schwarzes Loch in seinem Gedächtnis.

An viele, wenn auch nicht alle der früheren Kindheitserinnerungen vermochte er sich durchaus zu erinnern, aber am 9. November 1989 hatte er einen Filmriss erlitten; ihm fehlte die Bild- und Tonspur mehrerer Stunden. Nur ein paar Minuten des vermissten Streifens hatte ihm ein ungnädiges Schicksal gelassen. Es war kein dramaturgisch sauberer Schnitt, sondern eher ein stümperhaftes Zwischenklebsel:

Männer hievten ihn auf eine Trage. Er sah blinkende blaue Lichter und herumlaufende Feuerwehrleute, hörte Sirenen, Befehle, fauchende Flammen, Geklapper und das Gemurmel vieler Stimmen. Die Rettungssanitäter schleppten ihn durch die Menge zu einem Krankenwagen. Gesichter flogen an ihm vorüber, einige wirkten betroffen, andere interessiert. Plötzlich blickte er in die versteinerte Miene eines Mannes, der ganz in Schwarz gekleidet war und ihn aus übergroßen, starren Augen musterte. Eine unerklärliche Woge der Furcht hatte daraufhin abermals Tims Bewusstsein fortgespült.

Einige Wochen später war er aus dem Koma erwacht, und der behandelnde Arzt hatte ihm gesagt, er sei in einer engen Speisekammer eingesperrt gewesen und wohl nur dadurch dem Inferno entkommen. Der Doktor nannte es ein Wunder, dass Tim überhaupt bei klarem Verstand und nicht querschnittsgelähmt sei. Bei dem Sturz habe er ein schweres Schädel-Hirn-Trauma und etliche Knochenbrüche erlitten. Der Stationsarzt hatte die Schublade des Nachttisches aufgezogen, ihr ein Buch entnommen und es in Tims Hände gelegt.

»Das hat ein Freund für dich abgeben, als du noch auf der Intensivstation warst.«

»Ein Freund?«

»Seinen Namen hat er nicht genannt. Jetzt kann ich's dir ja sagen, Tim: Ich war damals überzeugt, du würdest die nächsten Tage nicht überleben oder bestenfalls den Rest deines Lebens im Koma verbringen. ›Sollte der Junge wider Erwarten trotzdem erwachen‹, sagte ich zu deinem Freund, ›dann wird er wohl niemals wieder ein Buch lesen können. Rechnen Sie besser damit, dass er Sie nicht wiedererkennt und sein Leben lang unter schwersten psychischen Schäden leiden wird.‹ Glücklicherweise habe ich mich geirrt.«

»Und meine verlorenen Erinnerungen? Werde ich sie zurückerlangen?«

Dem Arzt war anzusehen gewesen, wie schwer er sich mit einer Antwort tat. »Vielleicht, Tim«, wich er aus. »Vielleicht aber auch nicht. Oft regeneriert sich das Gehirn ganz von allein. Möglicherweise siehst, hörst oder riechst du auch eines Tages irgendetwas, das eine Tür in deinem Geist aufstößt, und *schnipp...!*« – er schnippte tatsächlich mit den Fingern – »... alles ist wieder da.«

»Glück? Zufall?«, hatte der Junge unglücklich gemurmelt und dabei den bandagierten Kopf geschüttelt. Er spürte die tröstende Hand des Arztes auf seiner Schulter.

»Jetzt sieh die Sache nicht so schwarz, Tim. Du bist deinem Schicksal nicht auf Gedeih und Verderb ausgeliefert – und übrigens haben Glück und Zufall dir Leben und Verstand gerettet. Benutze beides, um das Verlorene zurückzugewinnen. Vielleicht musst du deinem Geist Höchstleistungen abverlangen, um die Amnesie zu besiegen. Den Versuch ist es allemal wert.«

Dem Arzt war sicher nicht bewusst gewesen, dass er mit dieser Äußerung eine Weiche in Tims Leben gestellt hatte. Für ihn klang der Trost wie eine Therapieanweisung. Den Geist zu Höchstleistungen anspornen? Wie ein Weitspringer, der sich mit hartem Training Zentimeter für Zentimeter zum Weltrekord vorarbeitet? Das musste doch zu schaffen sein.

Tim hatte den Blick gesenkt und staunend den Umschlag des Buches betrachtet. Ja, er *konnte* alles darauf lesen. Es kam aus dem Ost-Berliner Sportverlag. Der Autor trug den russisch klingenden Namen Michail Schereschewski, und sein Werk hatte den Titel *Strategie der Schachendspiele*.

Obwohl oder gerade weil Tim den Namen jenes unbekannten Besuchers nie erfahren hatte, begann er sich intensiv mit seinem Geschenk zu beschäftigen. Das Büchlein umfasste nicht einmal zweihundert Seiten, und es war auch alles andere als ein Anfängerkurs im Schach. Wie der Titel schon erkennen ließ, widmete es sich dem Denken und Planen in der nervenaufreibenden letzten Runde eines Schachturniers: Überstürze nichts! Denke in Schemata! Kämpfe um die Initiative! Vermeide das feindliche Gegenspiel! Beachte das Prinzip zweier Schwächen! Es waren die Quintessenzen der Strategie und Taktik des königlichen Spiels, die der Namenlose Tim hinterlassen hatte. Aber wozu, wenn er doch wusste, dass der Patient nach Menschenermessen niemals genesen würde?

Dieser Widerspruch war für Tim eine Herausforderung und wie die »Erinnerungstherapie« des Arztes noch zusätzlicher Ansporn gewesen. Mit einer Geschwindigkeit, die ihn anfangs erschreckte, hatte er das Buch gelesen und sich gewundert, dass er kein einziges Wort vergaß. Um alles zu *verstehen*, brauchte er allerdings wesentlich länger.

Eine Zeit lang ließ er sich stapelweise Schachbücher ins Krankenhaus bringen und verschlang diese mit dem Appetit eines Verhungernden. Irgendwann schenkte ihm der Arzt Figuren und ein Spielbrett, und von da an forderte Tim jeden zu einer Partie heraus, der sein Zimmer betrat.

Das Lesen und Spielen gab er auch in den verschiedenen

Rehakliniken nicht auf, die er anschließend durchlief. Allmählich wurde die Beschäftigung mit dem königlichen Spiel zu einer Besessenheit. Wenn er seinen Geist mit jenem der Großmeister messen könnte, ihn gleichsam zu gleißendem Licht entfachte, dann würde er eines Tages damit auch bis auf den dunklen Grund seiner Erinnerungen leuchten können. Nach anderthalb Jahren war Tim als geheilt entlassen worden. Er träumte davon, eines Tages der beste Schachspieler der Welt zu werden.

Nun war er am Ziel.

Aber sein Sieg bedeutete ihm nichts. Er war für ihn nur ein Meilenstein auf dem schon seit vielen Jahren beschrittenen Weg.

Die Nacht des Infernos hatte ihn auf vielerlei Weise verändert. Es schien, als habe das Feuer seine Epilepsie weggebrannt. Und aus ihrer Asche hatte sich, einem Phönix gleich, etwas ganz Neues erhoben. Tim war ein *Savant* geworden – ein »Wissender«. Weniger als dreihundert Menschen auf der ganzen Erde gehörten zur Gruppe dieser sogenannten »Inselbegabten«. Viele davon litten unter Autismus oder waren in anderer Form psychisch eingeschränkt. Im Vergleich zu ihnen hatte Tim ein leichteres Los gezogen. Und in einer Beziehung war er sogar einzigartig: Er besaß die Gabe der vollkommenen Erinnerung.

Darüber hinaus verfügte er noch über vielfältige andere Begabungen. Unter anderem besaß er vier Doktortitel und spielte ein Dutzend Musikinstrumente. Einige seiner Talente waren den Ärzten bereits im Laufe der Genesung aufgefallen, so etwa seine innovative Art zu lesen. Er »scannte« gewissermaßen in einem aufgeschlagenen Buch jede Seite mit einem anderen Auge. Sein dieserart verdoppelter Blick brauchte nur über die Seiten hinwegzuwischen, und der Inhalt des Werks brannte sich unauslöschlich seinem Gedächtnis ein. Um auf diese Weise einen Fünfhundert-Seiten-Wälzer zu memorieren, brauchte er etwa eine Stunde.

In mancher Hinsicht war Tim ein Geistesriese, und nicht selten in den vergangenen neunzehn Jahren hatte er sich von Liliputanern umzingelt gefühlt, die ihn allzu gerne mit ihren Stricken in die Horizontale beförderten, um ihn nach allen Regeln der Kunst zu studieren. Abgesehen von ein paar Hunden und Affen in der Erdumlaufbahn war er zweifellos das meist gereiste Versuchskaninchen der Wissenschaftsgeschichte. Sein Gehirn wurde auf jede erdenkliche Weise untersucht. Röntgenstrahlen zählten da noch zu den antiquierten Methoden der frühen Jahre. Manche der neueren bildgebenden Verfahren klangen wie reinste Science-Fiction: Die Forscher setzten ihn bei der Kernspintomographie magnetischen Feldern aus, injizierten ihm für die Positronen-Emissions-Tomographie radioaktiv markierte Substanzen, maßen mithilfe des Diffusion Tensor Imaging die Verteilung von Wasserstoffmolekülen und Nervenfaserverbindungen und beobachteten, welche Gedanken in seinem Kopf welche Neuronen aktivierten. Mittlerweile war sein Gehirn per Internet weltweit scheibchenweise und dreidimensional abrufbar – in Millimeterauflösung!

Der von seinen Bewunderern »Timputer« genannte Champion hatte vor einigen Monaten den leistungsfähigsten Schachcomputer der Welt geschlagen. Er selbst scheute den Vergleich mit Meistern wie Wladimir Kramnik, der kurz zuvor von der Maschine besiegt worden war. In anderen Disziplinen fühlte er sich da schon souveräner, etwa beim Beantworten kniffliger Quizfragen in Fernsehshows, beim Lösen kompliziertester Rechenaufgaben oder beim Erlernen neuer Sprachen. Für Chinesisch hatte er eine Woche gebraucht; ein paar Tage später waren auch die etwa vierzigtausend Schriftzeichen verinnerlicht.

Gewöhnlich bestaunten die Menschen Tims phänomenale Geistesleistungen, er dagegen betrachtete sie eher als Fluch. Manchmal wünschte er sich, eine schmerzliche Erfahrung loslassen zu können. Er sah im Vergessen eine natürliche Funktion, mit der das Gehirn Wichtiges von Belanglosem trennt und seinen Besitzer vor unangenehmen Erinnerungen schützt. Ihm war die Gnade des Vergessens nicht vergönnt.

An meisten litt Tim unter der Vorstellung, den Tod seiner Eltern verschuldet zu haben. Die dramatischen Vorfälle in jener Nacht, als die Berliner Mauer fiel, vermischten sich in seinem Kopf unentwirrbar mit den Schilderungen seiner Adoptiveltern, den Labins. So oft hatten sie ihm *ihre* Geschichte erzählt, dass es schließlich die *seine* geworden war, Wirklichkeit und Legende verschmolzen zu einem monolithischen schwarzen Block, der ihm Albträume und Schuldgefühle bescherte. Hatte er tatsächlich einen Streit unter seinen Eltern heraufbeschworen, der in einem Blutbad endete? Hatte er gezündelt, während sie mit Küchenmessern aufeinander losgingen? Er traute diesen Ersatzerinnerungen nicht. Ihretwegen gönnte er seinem Geist niemals Ruhe.

Der Große Ballsaal lag endlich hinter ihm. Wie ein gehetztes Wild eilte Tim durch das Foyer. Um sich nicht durch eine Menschenansammlung zwängen zu müssen, wählte er den Umweg über den Großen Wintergarten. Beim allzu forschen Betreten desselben stieß er mit einer Angestellten zusammen, die ein Tablett mit Silberbesteck vor sich hertrug.

Tim brüllte vor Schreck, weil die überraschende Fühlungnahme mit einem anderen menschlichen Wesen sein Herz fast zum Explodieren brachte. Die junge Frau – sie war wohl nicht einmal zwanzig, hatte schwarze Locken und südländische Gesichtszüge – schrie ebenfalls. Zwischen den beiden scheppterte das Besteck zu Boden. Entsetzt wich Tim zurück und beruhigte sich erst wieder, nachdem er seinen unsichtbaren Bannkreis wiederhergestellt hatte.

Das Mädchen stammelte eine Entschuldigung, es sei nur Auszubildende und noch etwas ungeschickt. Sichtlich verlegen machte es sich ans Auflesen der Messer, Gabeln und Löffel.

»Nicht so schlimm«, murmelte Tim, obwohl ihm der Schreck noch in den Gliedern saß und er am ganzen Leib zitterte.

Die Auszubildende stöhnte leise. »Jetzt darf ich die hundert Dinger noch mal polieren!«

»Da kann ich Sie beruhigen. Es sind nur fünfundneunzig.«

Die junge Frau blickte überrascht auf. »Sie meinen sechsundneunzig, zwölf Gedecke, bestehend aus je ...«

»Tut mir leid«, unterbrach er sie und deutete auf das am Boden verstreute Besteck. »Da liegen zwar je vierundzwanzig große Messer und Gabeln, außerdem zwölf Dessertlöffel und -gabeln sowie auch zwölf Suppenlöffel, aber von den Brotmessern sind nur elf da.«

»Und das haben Sie trotz Ihres Geschreis mit nur einem Blick erfasst?«

Er zuckte die Achseln. »Ich kann nichts dafür. Es passiert einfach.«

Sie erhob sich und musterte ihn mit einem kecken Lächeln von oben bis unten. Ehe er reagieren konnte, trat sie mit drei schnellen Schritten zu ihm heran, bückte sich und angelte ihm ein kleines Messer aus dem Umschlag des rechten Hosenbeins. Rasch ging sie wieder auf Distanz und zeigte ihm triumphierend ihr Beutestück.

»Das haben Sie übersehen, mein Herr. *Ich* hatte recht. Es

sind sechsundneunzig Besteckteile, die ich noch mal putzen darf.«

Jetzt musste auch Tim schmunzeln. Er zückte die Brieftasche, zog einen Zwanzig-Euro-Schein heraus und legte ihn ihr aufs Tablett. »Touché, junge Dame. Sie haben mich besiegt. Nehmen Sie das Geld als Preis. Und als kleines Trostpflaster für die doppelte Arbeit.«

Während sie noch ein überraschtes Dankeschön murmelte, hatte er sich bereits von ihr abgewandt und setzte die Durchquerung des Wintergartens fort. Ohne weitere Zwischenfälle erreichte er die Lobby.

Tim war für die Dauer der Weltmeisterschaft ins Adlon umgezogen und dachte nur noch daran, die Tür seiner Suite hinter sich zu schließen. Vor Beginn der offiziellen Pressekonferenz brauchte er dringend Ruhe. Nicht unbedingt jenen Standby-Modus, mit dem Gestresste üblicherweise Körper und Geist zu regenerieren suchten. Er sehnte sich schlicht nach der Stille eines menschenleeren Raums und der Lektüre eines guten Buches. Oder vielleicht genehmigte er sich auch zwei.

Ehe er dieses Bedürfnis jedoch stillen konnte, musste er in der Hotelhalle einen schwierigen Parcours aus Touristen, Geschäftsleuten, Sesseln und Tischen meistern. In einem irren Zickzackkurs nahm er fehlerfrei alle Hindernisse, bis plötzlich, er unterquerte gerade das farbige, runde Oberlicht, eine glockenhelle Stimme von der Rezeption ihn patzen ließ.

»Einen Moment bitte, Herr Labin.«

Wie ein Knüppel, den man ihm zwischen die Beine geworfen hatte, brachte ihn der Ruf beinahe zu Fall. Stolpernd kam er zum Stehen, stöhnte leise und wandte sich dem Tresen zu. »Ja?«

Eine junge blonde Frau in dunkler Uniform lächelte ihm

so formvollendet zu, wie man es wohl nur in einer Hotelfachschule lernen konnte. »Wie läuft's mit dem Turnier, Herr Labin?«

Tims Nacken versteifte sich. Seine Augen sondierten die Umgebung. Meist genügte ihm ein einziger Blick, um die exakte Anzahl einer Menge von etwas X-Beliebigem zu bestimmen. Die Lobby war voller Ohren – sechsundvierzig, um genau zu sein. *Eine* falsche Antwort, und dreiundzwanzig Autogrammjäger würden über ihn herfallen. Das wäre sein Ende. Der Selbsterhaltungstrieb zwang ihn, sich der neugierigen Person hinter dem Tresen zu nähern. Sie war in seinem Alter, also ungefähr achtundzwanzig. Er memorierte ihren Namen: Naomi Zierenberg. Fünfzehn Buchstaben. Sieben Vokale.

»Es ist aus«, erwiderte er einsilbig.

»Und?«

»Was und?« Das Stimmengemurmel in der Empfangshalle verdichtete sich in seinem Kopf zu einem schwindelerregenden Singsang. Er wollte nur weg von hier.

Die Rezeptionistin ließ sich von seiner Ungeduld nicht beeindrucken. »Wie ist es ausgegangen?«

»Ich habe gewonnen.«

Ihr professionelles Lächeln bekam eine strahlende, fast schon private Note. »Gratulation zur Weltmeisterschaft, Herr Labin.«

»Der Titel interessiert mich nicht«, brummte er.

»Oh? Warum sind Sie dann angetreten?«

»Weil mich die Herausforderung gereizt hat. Aber Wiederholungen langweilen mich nur. Albert Einstein meinte mal: ›Wer nie einen Fehler gemacht hat, hat nie etwas Neues ausprobiert.‹ Ergo kann nur derjenige perfekt werden, der keine Herausforderung scheut.«

»Einstein?«, murmelte die Empfangsdame. »Sie meinen den Besitzer des gleichnamigen Cafés drüben auf der anderen Seite der Straße?«

Er schloss die Augen und atmete tief durch, um die latente Panik zu unterdrücken. »Frau Zierenberg«, sagte er, so ruhig es ihm seine Verfassung erlaubte, und sah erst danach die Rezeptionistin wieder an, »halten Sie mich nur auf, um mit mir über Schach zu plaudern?«

Ihr Lächeln schien jäh zu erstarren. Es war zwar noch vorhanden, wirkte auf dem recht hübschen Gesicht aber mit einem Mal unvorteilhaft spröde. »Nein. Entschuldigen Sie bitte die Störung, Herr Labin. Da ist Post für Sie gekommen. Einen Moment bitte.« Die Frau mit den sieben Vokalen und acht Konsonanten zog sich zurück.

Tim hasste es, so griesgrämig zu sein. Noch mehr hasste er es allerdings, tatenlos dazustehen und zu warten. Er brauchte ständig »Hirnfutter«, sonst litt er unter mentaler Unterzuckerung, was ihn genauso zappelig und unleidlich machte wie einen Diabetiker, dem es an Kohlenhydraten mangelte. Sein hungriger Blick erspähte einige Gazetten, die eine fleißige Seele fächerförmig auf dem Tresen drapiert hatte. Zuoberst lag die Europaausgabe der *International Herald Tribune*. Wie magnetisch wurden Tims Augen von einem kleinen Farbfoto unter dem Zeitungskopf angezogen. Es zeigte eine orientalische Schönheit. Rechts daneben stand in fetten Lettern: *»Rosewood Files«: New disclosures.*

Solche »neue Enthüllungen« über die sogenannten »Rosenholz-Dateien« waren in den letzten Jahren immer wieder durch die Presse gegeistert, und jedes Mal hatten sie Tim einen Schauer über den Rücken gejagt. Dafür gab es, wie noch zu berichten sein wird, gute Gründe, und sein Geburtsname, Rosenholz, war nur einer davon.

Auch jetzt spürte er dieses Unbehagen. Es ging mit einem inneren Funkengewitter einher, das ihn immer dann heimsuchte, wenn seine Sinneswahrnehmungen im Gehirn auf ähnliche Eindrücke aus der Vergangenheit trafen. Manchmal formten sich aus solchen deckungsgleichen Mustern sofort klare Bilder, dann wieder sah er nur aufblitzende Mosaiksteinchen, ohne sie in eine sinnvolle Anordnung bringen zu können. So war es auch jetzt. Weder Ärzte noch Forscher, denen er diese Kapriolen seines Geistes je geschildert hatte, konnten sie nachvollziehen. Aber was bedeutete das schon? Es gab ja nur *einen* Mann, der nichts vergessen konnte, nur *einen* Tim Labin.

Er fixierte die Zeile unter dem Fettgedruckten. Stasi-Unterlagen könnten zur Entschlüsselung der legendären Beale-Chiffre beitragen, hieß es da. Er hatte nie etwas von dieser geheimen Schrift gehört, doch allein die Erwähnung von Dokumenten des MfS – des ehemaligen Ministeriums für Staatssicherheit der DDR – weckte sein Interesse. Rasch blätterte er um.

Der Artikel war kurz. Tim las ihn nicht, sondern er saugte ihn förmlich in sich auf. Nach einer Zeitspanne, die gewöhnliche Menschen zum Anvisieren und Abfotografieren der Seite benötigt hätten, war der Text seinem nimmersatten Gedächtnis einverleibt.

New Haven, Connecticut: Die Beale-Chiffre ist 186 Jahre alt und wohl die berühmteste Geheimbotschaft der Welt. Bisher konnte sie nur zu einem Drittel entziffert werden und hat bis heute die Fantasie zahlloser Schatzsucher angeregt. Sie wurde von einem amerikanischen Glücksritter namens Thomas Jefferson Beale verfasst. Darin habe er die genaue Lage eines millionenschweren Schatzes angegeben, teilte er einem

Vertrauten mit. Danach verschwand Beale spurlos, ohne je den Schlüssel zur Dechiffrierung seines Vermächtnisses herauszurücken. Dessen Enträtselung ist bis heute niemandem gelungen, abgesehen von einem schon Ende des 19. Jahrhunderts entzifferten Blatt. Nun jedoch könnte ausgerechnet eine Historikerin all die gescheiterten Kryptologen und Mathematiker übertrumpfen.

Im Rahmen einer Pressekonferenz auf dem Campus der Yale-Universität gewährte Dr. Jason (29, siehe Foto) den versammelten Journalisten erstmals Einblick in ihr faszinierendes Forschungsprojekt. Als erste Nicht-CIA-Angehörige hatte sie in die bisher unveröffentlichten Teile der sogenannten »Rosenholz«-Dateien Einblick nehmen dürfen (wir haben in früheren Artikeln ausführlich über diese vom CIA erbeuteten Stasi-Geheimdokumente berichtet). Das nun gesichtete Material könnte der Wissenschaftlerin zufolge die Beale-Chiffre entschlüsseln helfen. Einiges weise darauf hin, dass der Klartext hochexplosiv sei, sagte Jason. Die Entstehung und der Inhalt der Unabhängigkeitserklärung der Vereinigten Staaten von Amerika könnte dadurch in ein völlig neues Licht gerückt werden. Auf den Top-secret-Status der Geheimakten verweisend, wollte die Wissenschaftlerin nur so viel verraten: »Wir haben in den Rosenholz-Dateien die Enden einiger ziemlich alter Fäden gefunden, die bis in die Zeit und das persönliche Umfeld von Thomas J. Beale zurückreichen. Sobald die zuständigen Regierungsstellen der Offenlegung des Materials zugestimmt haben, dürfen Sie wiederkommen und staunen.« Wir sind gespannt, mit welchen Enthüllungen uns die ebenso intelligente wie attraktive Wissenschaftlerin in Zukunft überraschen wird.

Tim kannte so ziemlich alle Veröffentlichungen über die CIA-Operation, in deren Verlauf irgendwann zwischen 1989 und 1993 hochbrisante Daten aus der »Hauptverwaltung Aufklärung (HV A)«, dem Auslandsspionagedienst der DDR, in die Vereinigten Staaten gelangt waren. Aber das Studium der Berichte hatte den finsteren Abgrund seiner verschütteten Erinnerungen nicht erhellt.

Ähnlich war es, nachdem er sich in der Stasi-Unterlagen-Behörde die »Akte Rosenholz« hatte vorlegen lassen. Zu dieser Zeit war die DDR längst der Bundesrepublik Deutschland beigetreten und er bei seinen Adoptiveltern ausgezogen. Das von den Stasi-Spitzeln über seine Familie zusammengetragene Dossier hatte mehr Fragen aufgeworfen als beantwortet. Im ersten Moment war die Lektüre für ihn ein Schock gewesen. Das MfS hatte seine im Archiv des Referats 7 der HVA – der »Abteilung für Auswertung/Information« – arbeitenden Eltern allen Ernstes der Spionage verdächtigt.

Rein verstandesmäßig war Tim nach dem Studium von gut zwei Dutzend an einem Wochenende memorierten Fachbüchern überzeugt, dass es sich bei dieser Anschuldigung nur um den typischen Reflex totalitärer Regime handelte: Wer in irgendeiner Weise auffällt, arbeitet für den Feind.

Nach seiner Einschätzung waren die Indizien für die ungeheuerlichen Bezichtigungen mehr als dürftig. Er hatte Abhörprotokolle gelesen, Observationsberichte, an den russischen KGB gerichtete Amtshilfeersuchen und jede Menge abstruser Analysen. Tatsächlich schienen seine Eltern an ihrem Arbeitsplatz irgendwelche privaten Nachforschungen betrieben zu haben. Es gab jedoch keinerlei Anhaltspunkte, dass Dokumente entwendet worden waren. Ganz im Gegenteil hatten sie, sofern die Faktenlage stimmte, dem Archiv irgendwelche Unterlagen *hinzugefügt*. Der für die Labins zuständige Offizier der Spionageabwehr hatte dahinter den Sabotageakt eines ausländischen Geheimdienstes gewittert, vielleicht des israelischen Mossad, denn die Familie sei ja jüdischer Abstammung.

Die teils hanebüchenen Spekulationen und Anschuldigungen hatten Tims Seelenlage nicht unbedingt stabilisiert, sondern ihn eher dazu angestachelt, seinen Geist wie einen Wetterballon in immer höhere Regionen aufsteigen zu lassen. Dort oben, gewissermaßen in der Stratosphäre menschlichen Denkens, hoffte er, den fehlenden Erinnerungsschnipsel zu finden, der ihm am 9. November 1989 entrissen worden war. Vielleicht, so dachte er nach wie vor, würden dann die Schuldgefühle in den leeren Raum zwischen den Sternen entschwinden und sich all die obskuren Schauergeschichten über seine Eltern ganz von allein aufklären.

»... alles in Ordnung, Herr Labin?«

Tim blinzelte. Es dauerte einen Moment, aus der Versunkenheit in die Gegenwart zurückzukehren. Abermals sah er sich dem professionellen Lächeln jener jungen Dame mit den fünfzehn Buchstaben ausgesetzt. »Mir geht es gut«, schwindelte er. »Haben Sie die Post gefunden?«

»Ja. Bitte entschuldigen Sie, dass es so lange gedauert hat. Jemand hat sie falsch abgelegt.« Die Rezeptionistin reichte einen Umschlag über den Tresen.

Tim ersparte sich die Frage, ob besagter Jemand zufällig den Physiker Albert Einstein für einen Berliner Caféhausbesitzer hielt. Stattdessen nahm er das Kuvert entgegen, bedankte sich mit einem kleinen Nicken und setzte die Flucht in sein Refugium fort.

Unterwegs schaltete er das Handy ein. Er hatte es vor dem Finalkampf deaktiviert, weil bei großen Schachturnieren diesbezüglich strenge Regeln galten – wenn das Mobiltelefon eines Spielers klingelte, ging die Runde an den Gegner. Nun jedoch durfte er sich wieder mit der Welt verbinden. Ihm war dieses Gefühl wichtig, obgleich nur sein Agent und wenige andere Menschen seine Rufnummer besaßen. Für ihn persönlich war die Erfindung des Telefons eine der größten Errungenschaften des Homo sapiens, weil dadurch Menschen miteinander kommunizieren konnten, ohne sich die Hände schütteln zu müssen.

Während sich sein Gerät ins Netz einklinkte, durchquerte er das Treppenhaus. Die Benutzung des Fahrstuhls stand für ihn außer Frage, nicht aus sportlichen Erwägungen, sondern aus klaustrophobischen – er litt unter Platzangst. Das große Nervenflattern blieb ihm trotzdem nicht erspart, als er das dritte Stockwerk betrat, wo ihm eine Gruppe aufgeregt diskutierender Geschäftsreisender aus Japan den Weg verstellte. An ein Vorbeikommen ohne Körperkontakt war überhaupt nicht zu denken. Obgleich er ihrer Sprache mächtig war, stand ihm nicht der Sinn nach einem Wortwechsel.

Aus sicherem Abstand verfolgte er die Debatte. Es ging um die Frage, ob die japanische Gesellschaft zunächst ein deutsches Restaurant besuchen und nachher das Brandenburger Tor fotografieren wolle oder andersherum. Er sah sich hilfeheischend um und erschrak, weil hinter ihm – *innerhalb der Toleranzzone!* – eine Gestalt stand: Ein schlanker, fast schlaksiger Endzwanziger mit knöchern wirkendem Gesicht, langer, leicht gebogener Nase, unverhältnismäßig vollen Lippen, gewelltem vollem schwarzem Haar und erschrocken blickenden blauen Augen. Alles andere als hässlich – er sah aus wie der Schachweltmeister Tim Labin.

Es war sein eigenes Spiegelbild.

Er entspannte sich wieder.

Nach etwa zehn Minuten fand das asiatische Verhandlungsteam im Flur einen Konsens (man werde das Monument mehrmals ablichten und zwischendurch essen gehen) und strebte in gelöster Stimmung zu den Fahrstühlen. Tim presste sich in eine Nische und wartete, bis das Stockwerk geräumt war.

Als er endlich die Tür seiner Suite erreichte, brachte er vor Zittern kaum die Schlüsselkarte in den Schlitz. Das Klicken des elektronischen Schlosses ließ ihn aufatmen. Er stürzte ins Zimmer, schloss die Tür hinter sich und atmete befreit auf. Geschafft!

Die aus zwei Räumen bestehende, einhundertdreißig Quadratmeter große »Linden Suite« war ein Balanceakt aus Moderne und Klassik, ein Dialog aus rotbraunem Holz, hellem Parkett und sandfarbenen Textilien, alles sehr edel, aber nicht unbedingt der letzte Schrei. Das Interieur wirkte wie das Musterzimmer eines Möbelhauses, was Tim als höchst erstrebenswerten Zustand betrachtete. Er litt unter Ordnungszwang. Echtes Wohlbefinden stellte sich bei ihm nur ein, wenn um ihn herum alles blitzblank und fein säuberlich aufgereiht war. Der rechte Winkel verkörperte für ihn den Inbegriff der Gemütlichkeit. Präzise Zeitpläne verliehen seinem Leben zusätzliche Stabilität. Ohne solche festen Strukturen wurde er schnell zum Nervenbündel.

Im »Living Room«, so der Hotelprospekt, setzte er sich in einen der hochlehnigen Sessel und überlegte eine Weile, wie er das zugeklebte Kuvert aufbekommen sollte. Es einfach aufzureißen widerstrebte ihm. Schließlich stand er wieder auf, ging ins Bad, entnahm seinem achtzehnteiligen Necessaire eine Nagelfeile, öffnete damit akkurat den Umschlag, steckte das zweckentfremdete Werkzeug ins Lederetui zurück, begab sich erneut ins Wohnzimmer, setzte sich in den Sessel und widmete sich dem Umschlag.

Äußerlich war er unspektakulär: Luftpost, britische Briefmarke, Poststempel unleserlich, abgesandt von der Cambridge-Universität – Tim bekam ständig Post von den angesehensten Forschungsinstituten aus aller Welt. Sollte er sich überhaupt mit dem Inhalt beschäftigen? Er sah auf die Armbanduhr. In exakt siebenundzwanzig Minuten begann die Pressekonferenz. Immerhin eintausendsechshundertundzwanzig Sekunden. Tim entnahm dem Kuvert zwei zusammengefaltete Bogen.

Der obere enthielt eine – ziemlich ungewöhnlich – *handschriftliche* Nachricht auf dem Briefpapier der Faculty of Asian & Middle Eastern Studies der Universität von Cambridge. Die Mitteilung war überraschend kurz:

Lieber Dr. Labin,

haben Sie je Ihre Grenzen ausgelotet? Ich kann Sie dorthin führen.

Behalten Sie das, was Sie auf der nächsten Seite sehen, für sich und sprechen Sie auch mit keinem über die Lösung des alten Rätsels. Ich zähle auf Ihre Verschwiegenheit. Jede Indiskretion könnte für uns beide gefährlich sein.

Gefährlich? Die abschließende Warnung kam Tim wie eine Finte vor. »Immer auf die Drohungen des Gegners achten«, lautete eine der Schachprinzipien. Vermutlich wollte ihn der Unterzeichner des Briefes, ein gewisser Professor Zircon Afsahi, damit nur zum Stillschweigen bewegen. Oder er winkte mit der »verbotenen Frucht« in der nicht ganz unberechtigten Annahme, damit die Neugier des Empfängers zu wecken.

Unbestreitbar war es dem Professor mit nur wenigen Worten gelungen, Tims Interesse zu wecken. Nicht so sehr durch die bedrohlich klingende Schlussformel, die hielt er nur für ein taktisches Manöver. Vielmehr hatte der Orientalist an seine größte Schwäche appelliert, die ständige Suche nach neuen geistigen Herausforderungen. Dieser Afsahi war auf Draht, das musste man ihm lassen.

Offenbar kannte er die einschlägigen Veröffentlichungen über Tim Labin, »den König der Genies«. Nicht nur in den Fachzeitschriften der Gehirnforscher, sondern auch in populärwissenschaftlichen Magazinen hatte man sich erschöpfend mit der Frage beschäftigt, wie »der punktuelle Speicherausfall des Timputers zu beheben« sei. Einige Experten setzten auf psychotherapeutische Langzeitbehandlungen, andere versprachen ihm Heilung durch mentale Stresssituationen. Aus dem Lager der Letzteren kam der Rat: Wenn Sie sich nur nahe genug an den Abgrund Ihrer geistigen Möglichkeiten heranwagen, dann werden Sie auch dessen dunkle Tiefen erblicken können. Bisher waren alle diesbezüglichen Versuche erfolglos geblieben.

Tim legte den oberen Bogen zur Seite und warf einen Blick auf das zweite Blatt. Es war ausschließlich mit Ziffern bedeckt, durch Kommata in einzelne Zahlen unterteilt. Eine Ordnung oder gar eine Sortierung konnte er nicht erkennen. Trotzdem genügte das kurze Hinsehen, um seinem besonderen Gespür für Muster einige Anhaltspunkte zu geben: Die Zahlen lagen zwischen 1 und 1005; einige – so die 666 – waren nur einmal vertreten, während die 807 gleich achtzehn Mal auftrat.

Afsahi hatte in seinem Brief von einem Rätsel gesprochen. Vermutlich verbarg sich in der Ziffernwüste eine verschlüsselte Botschaft, und dieser komische Cambridge-Professor ging wie selbstverständlich davon aus, dass der Adressat seines Briefes sie decodieren werde. Aber wieso sollte ich das tun?, fragte sich Tim und schüttelte ärgerlich den Kopf. Glaubte Afsahi, ihm fehle es an Beschäftigung? Er faltete die Blätter wieder säuberlich zusammen und schickte sich an, sie ins Kuvert zurückzustecken. Doch mit einem Mal zögerte er.

Haben Sie je Ihre Grenzen ausgelotet? Ich kann Sie dorthin führen.

Zu spät. Die Worte hatten sich bereits in sein Gedächtnis eingebrannt, und er würde sie nie wieder loswerden. Es sei denn, er nahm die Herausforderung an. Tim faltete die Bogen wieder auseinander und versenkte sich einige Sekunden in die Zahlenreihen des zweiten Blattes:

115, 73, 24, 807, 37, 52, 49, 17, 31, 62, 647, 22, 7, 15, 140, 47, 29, 107, 79, 84, 56, 239, 10, 26, 811, 5, 196, 308, 85, 52, 160, 136, 59, 211, 36, 9, 46, 316, 554, 122, 106, 95, 53, 58, 2, 42, 7, 35, 122, 53, 31, 82, 77, 250, 196, 56, 96, 118, 71, 140, 287, 28, 353, 37, 1005, 65, 147, 807, 24, 3, 8, 12, 47, 43, 59, 807, 45, 316, 101, 41, 78, 154, 1005, 122, 138, 191, 16, 77, 49, 102, 57, 72, 34, 73, 85, 35, 371, 59, 196, 81, 92, 191, 106, 273, 60, 394, 620, 270, 220, 106, 388, 287, 63, 3, 6, 191, 122, 43, 234, 400, 106, 290, 314, 47, 48, 81, 96, 26, 115, 92, 158, 191, 110, 77, 85, 197, 46, 10, 113, 140, 353, 48, 120, 106, 2, 607, 61, 420, 811, 29, 125, 14, 20, 37, 105, 28, 248, 16, 159, 7, 35, 19, 301, 125, 110, 486, 287, 98, 117, 511, 62, 51, 220, 37, 113, 140, 807, 138, 540, 8, 44, 287, 388, 117, 18, 79, 344, 34, 20, 59, 511, 548, 107, 603, 220, 7, 66, 154, 41, 20, 50, 6, 575, 122, 154, 248, 110, 61, 52, 33, 30, 5, 38, 8, 14, 84, 57, 540, 217, 115, 71, 29, 84, 63, 43, 131, 29, 138, 47, 73, 239, 540, 52, 53, 79, 118, 51, 44, 63, 196, 12, 239, 112, 3, 49, 79, 353, 105, 56,

371, 557, 211, 505, 125, 360, 133, 143, 101, 15, 284, 540, 252, 14, 205, 140, 344, 26, 811, 138, 115, 48, 73, 34, 205, 316, 607, 63, 220, 7, 52, 150, 44, 52, 16, 40, 37, 158, 807, 37, 121, 12, 95, 10, 15, 35, 12, 131, 62, 115, 102, 807, 49, 53, 135, 138, 30, 31, 62, 67, 41, 85, 63, 10, 106, 807, 138, 8, 113, 20, 32, 33, 37, 353, 287, 140, 47, 85, 50, 37, 49, 47, 64, 6, 7, 71, 33, 4, 43, 47, 63, 1, 27, 600, 208, 230, 15, 191, 246, 85, 94, 511, 2, 270, 20, 39, 7, 33, 44, 22, 40, 7, 10, 3, 811, 106, 44, 486, 230, 353, 211, 200, 31, 10, 38, 140, 297, 61, 603, 320, 302, 666, 287, 2, 44, 33, 32, 511, 548, 10, 6, 250, 557, 246, 53, 37, 52, 83, 47, 320, 38, 33, 807, 7, 44, 30, 31, 250, 10, 15, 35, 106, 160, 113, 31, 102, 406, 230, 540, 320, 29, 66, 33, 101, 807, 138, 301, 316, 353, 320, 220, 37, 52, 28, 540, 320, 33, 8, 48, 107, 50, 811, 7, 2, 113, 73, 16, 125, 11, 110, 67, 102, 807, 33, 59, 81, 158, 38, 43, 581, 138, 19, 85, 400, 38, 43, 77, 14, 27, 8, 47, 138, 63, 140, 44, 35, 22, 177, 106, 250, 314, 217, 2, 10, 7, 1005, 4, 20, 25, 44, 48, 7, 26, 46, 110, 230, 807, 191, 34, 112, 147, 44, 110, 121, 125, 96, 41, 51, 50, 140, 56, 47, 152, 540, 63, 807, 28, 42, 250, 138, 582, 98, 643, 32, 107, 140, 112, 26, 85, 138, 540, 53, 20, 125, 371, 38, 36, 10, 52, 118, 136, 102, 420, 150, 112, 71, 14, 20, 7, 24, 18, 12, 807, 37, 67, 110, 62, 33, 21, 95, 220, 511, 102, 811, 30, 83, 84, 305, 620, 15, 2, 10, 8, 220, 106, 353, 105, 106, 60, 275, 72, 8, 50, 205, 185, 112, 125, 540, 65, 106, 807, 138, 96, 110, 16, 73, 33, 807, 150, 409, 400, 50, 154, 285, 96, 106, 316, 270, 205, 101, 811, 400, 8, 44, 37, 52, 40, 241, 34, 205, 38, 16, 46, 47, 85, 24, 44, 15, 64, 73, 138, 807, 85, 78, 110, 33, 420, 505, 53, 37, 38, 22, 31, 10, 110, 106, 101, 140, 15, 38, 3, 5, 44, 7, 98, 287, 135, 150, 96, 33, 84, 125, 807, 191, 96, 511, 118, 40, 370, 643, 466, 106, 41, 107, 603, 220, 275, 30, 150, 105, 49, 53, 287, 250, 208, 134, 7, 53, 12, 47, 85, 63, 138, 110, 21, 112, 140, 485, 486, 505, 14, 73, 84, 575, 1005, 150, 200, 16, 42, 5, 4, 25, 42, 8, 16, 811, 125, 160, 32, 205,

603, 807, 81, 96, 405, 41, 600, 136, 14, 20, 28, 26, 353, 302, 246, 8, 131, 160, 140, 84, 440, 42, 16, 811, 40, 67, 101, 102, 194, 138, 205, 51, 63, 241, 540, 122, 8, 10, 63, 140, 47, 48, 140, 288

»Siebenhundertdreiundsechzig Zahlen. Eintausendachthundertdreiunddreißig Ziffern«, murmelte er und steckte die beiden Blätter in den Umschlag zurück. Nun hätte er den Brief verbrennen können, denn er war Buchstabe für Buchstabe und Ziffer für Ziffer in seinem Gedächtnis gespeichert. Jederzeit abrufbar. Unvergessbar.

Nur die Bedeutung kannte Tim nicht. Wie sollte er auch? Von Kryptographie hatte er keine Ahnung.

Selten war der Unterschied zwischen Wissen und Verstehen für ihn so greifbar gewesen wie in diesem Moment. Aber gerade deshalb reizte ihn die Herausforderung. Zumal er im Hintergrund seines Bewusstseins ein schwaches Funkeln wahrnahm. Irgendetwas an diesem verwirrenden Zahlenrätsel passte zu den in seinem Gedächtnis abgelegten Mustern. Er schüttelte den Kopf. Das musste man diesem Zircon Afsahi lassen: Er hatte wirklich einen guten Riecher für Timing. *Vor* der Schachweltmeisterschaft hätte er dem Titelaspiranten mit der ominösen Botschaft wohl nur ein müdes Lächeln abgenötigt. Aber jetzt war Tim schon wieder hungrig.

Und wenn an der Warnung doch etwas dran ist?

Ach was! Wäre die Botschaft tatsächlich so gefährlich, dann hätte der Professor sie nicht der Post anvertraut. Tim ignorierte das Grummeln im Magen. Er wollte das Rätsel ergründen. Aber wie, wenn er doch kein Kryptologe war?

Haben Sie je Ihre Grenzen ausgelotet? Ich kann Sie dorthin führen.

Ein Lächeln erschien auf seinen Lippen, und er flüsterte: »Was nicht ist, kann ja noch werden.«

Tim liebte Büchereien. Alles stand hier in Reih und Glied. Die schmerzliche Lücke in seiner sonst so vollkommenen Erinnerung hatte er zwar auch an solchen Horten des Wissens niemals schließen können, aber gewöhnlich verschaffte ihm die Überflutung mit den geistigen Ergüssen großer Denker und Forscher wenigstens die wohlige Illusion des Vergessens, weil sie ihn für einige Stunden vom blinden Fleck seines Gedächtnisses ablenkte. Um seine Stimmung war es daher bestens bestellt, als er am Montagmorgen mit dem Taxi zur Amerika-Gedenkbibliothek nach Kreuzberg fuhr.

Als er auf dem Blücherplatz aus dem Wagen stieg, streifte sein Blick einen Imbiss-Stand. Er überlegte, ob er sich für den Tag noch etwas Proviant besorgen sollte. Da Lebens- und Lesemittel nach Ansicht der meisten Bibliothekare aber nicht gut miteinander harmonierten, entschied er sich dagegen.

Auf dem Weg zum Haupteingang musste er an einem Bettler mit Leidensmiene vorbei, der, nur von einer zusammengelegten Decke vor der Kälte geschützt, auf dem Bürgersteig kauerte. Er trug einen zerschlissenen Wintermantel. Vor ihm lag eine Mütze mit ein paar Münzen drin. In der Hand hielt er ein mehr schlecht als recht gekritzeltes Pappschild, dessen Aufschrift Tim ein Schmunzeln entlockte:

Ich hätt' so gern 'ne Currywurst!
Bitte eine kleine Spende für den großen Hunger.

Tim holte sein Portemonnaie hervor, schüttete sich das Kleingeld in die hohle Hand und gab eine wohldosierte Menge davon in die Mütze.

»Wat soll det denn?«, grunzte der Bettler.

»Siebzehn Cent«, antwortete Tim freundlich.

Die zerlumpte Gestalt schnaubte. »Da haste dir aber mächtig een abjebrochen, wa?«

»Ein Danke hätte völlig genügt.« Tim steckte seinen Geldbeutel in den Mantel zurück und wollte sich zum Gehen wenden, aber der Clochard war noch nicht fertig mit ihm.

»Wat denn? Du machst dir über mir lustich, und ick soll mir noch dafür bedanken? Dir ham se wohl ins Jehirn geschissen. Weeste überhaupt, wie anstrengend der Joob hier is? Und du jibst ma *siebzehn Cent*! Wat soll ick denn damit?«

Tim deutete auf das Pappschild. »Na, eine Currywurst kaufen. An der Bude da drüben kostet sie ein Euro zehn. Sie haben dreiundneunzig Cent im Hut ...«

»Und det ham Se so im Vorbeijehn festjestellt? Verscheißern kann ick ma aleene.«

»Mit meinen siebzehn reicht das genau, um satt zu werden«, beendete Tim die Berechnung des Spendenaufkommens und verabschiedete sich.

Diesmal gelang es ihm, dem Stadtstreicher zu entkommen, weil der viel zu verblüfft war, um noch etwas zu sagen. Es stimmte: In seiner Mütze lag der genaue Gegenwert für eine Currywurst.

Pünktlich zu der Öffnung um zehn Uhr betrat Tim die sechsgeschossige, wie ein langer Bogen vor dem Landwehrkanal liegende Zweigstelle der Zentral- und Landesbibliothek Berlin. Er schätzte sie besonders wegen ihrer sofortigen Verfügbarkeit von Zigtausenden Büchern. Nachdem ein Werk im

Katalog ausgewählt war, brauchte man es also nicht erst bei einem Bibliothekar anzufordern, sondern konnte es selbst aus dem umfangreichen Freihandbestand heraussuchen.

Für Tim war das über fünfzig Jahre alte Haus ein Paradies. Umgehend suchte er sich zwischen den Regalen einen versteckten Winkel. Hier, in einer Schlucht aus Büchern, würde sich der Kontakt zu anderen menschlichen Individuen auf ein Minimum beschränken.

Für den Rest des Tages trieb er im Strom der Erkenntnisse großer Mathematiker, Informatiker und Kryptologen.

Und anschließend war er umfassend mit den theoretischen Grundlagen der Ver- und Entschlüsselung von Informationen vertraut.

Müde und an Wissen satt getrunken, kehrte er am Abend ins Adlon zurück. Durch einen Nebeneingang schlich er in seine Suite, legte sich aufs Sofa im Wohnzimmer und schloss die Augen.

Hinter seinen Lidern tobte ein Gewitter. Sein Geist würde noch lange nicht ruhen. Ihm war im Laufe des Tages schnell klar geworden, dass es sich bei dem Zahlenrätsel Professor Afsahis nicht nur um einen simplen Substitutionscode handelte, bei dem bestimmte Buchstaben des Alphabets durch Stellvertreter – in diesem Fall Zahlen – ersetzt wurden. Er tippte vielmehr auf eine bestimmte Spielart der Buchverschlüsselung: In einem gedruckten Text werden die Wörter zunächst durchnummeriert, wobei nur deren Anfangsbuchstaben für die anschließende Verschlüsselung von Bedeutung sind; die mit diesen Schriftzeichen korrespondierenden Zahlen ersetzen die zu chiffrierenden Buchstaben des Klartextes, wobei ein und derselbe Buchstabe durch verschiedene Nummern repräsentiert werden konnte. Das machte die Entzifferung für Uneingeweihte praktisch unmöglich. Nur wer den Schlüssel – das richtige Buch – kannte, vermochte die Botschaft zu entziffern.

Und darin lag die Krux für Tim. Es gab Abermillionen von infrage kommenden Büchern und Dokumenten, sein Erinnerungsspeicher aber umfasste nicht einmal zwanzigtausend. Zwar konnte seine Wetware – so nannten die Hirnforscher das Zusammenspiel aus Gedächtnis und Gedanken mit dem Zentralen Nervensystem – aus einem Meer scheinbar unzusammenhängender Informationen Muster heraussieben, aber ...

Tim fuhr jäh von der Couch hoch. Ihm war gerade etwas klar geworden: Selbst der verschrobenste Cambridge-Professor hätte kaum eine solch herkulische Leistung von ihm erwartet. Die Lösung musste, wenigstens theoretisch, im Rahmen des Möglichen liegen. Vielleicht hatte Afsahi ihm sogar eine Hilfestellung gegeben, als er ausdrücklich von einem »alten Rätsel« sprach.

Plötzlich machte es *klick!* in Tims Kopf, beinahe so, als würde dort ein kompliziertes Kombinationsschloss einrasten. Ohne bewusstes Zutun brachte sein Geist die Erinnerung an den zuvor gelesenen Zeitungsartikel über die Yale-Historikerin mit dem Brief und dem Geheimtext in Deckung.

»Die amerikanische Unabhängigkeitserklärung!« Seine Stimme klang emotionslos, fast wie bei einem Roboter, dessen Sprachmodul das Ergebnis einer schwierigen Rechenoperation ausspuckte. Ob nun die Magna Charta, die Bill of Rights, Luthers fünfundneunzig Thesen oder eben die *Declaration of Independence*, die am 4. Juli 1776 vom zweiten Kontinentalkongress der britischen Kolonien in Amerika angenommene Unabhängigkeitserklärung der Vereinigten Staaten – Tim hatte die wichtigsten Urkunden der Menschheitsgeschichte ausnahmslos memoriert. Deshalb brauchte er nicht mehr als seinen Geist, um Afsahis Zahlenrätsel zu lösen. Und bis zur nächsten Gedankenverbindung war es nur ein neuronaler Funkenschlag:

»Der Schelm hat mir die Beale-Chiffre untergejubelt.«

Die gemurmelte Vermutung wurde schnell Gewissheit, als Tim im Geiste flugs jene Schritte abspulte, für die ein Verschlüsselungsspezialist mit Papier und Bleistift womöglich eine Stunde oder mehr benötigt hätte: Er ordnete die Zahlen des chiffrierten Blattes den jeweiligen Anfangsbuchstaben der Unabhängigkeitserklärung zu, und in seinem Bewusstsein erschien, so als tippe jemand mit zwei Fingern auf einer Schreibmaschine, ein englischer Text: »*I have deposited in the county of Bedford ...*«

Die Botschaft beschrieb ausführlich, was im Artikel der *Tribune* nur angedeutet worden war. Ihr Verfasser hatte, so der Klartext, im Verwaltungsbezirk von Bedford, etwa vier Meilen von der gleichnamigen Stadt entfernt, in einem Minenschacht oder einem Höhlengewölbe sechs Fuß unter der Erdoberfläche einige Gegenstände in drei eisernen Gefäßen vergraben. Diese enthielten größere, aufs Pfund genau bezifferte Mengen Gold, Silber und Juwelen. Im Papier Nummer eins, so der Verfasser, sei die genaue Lage des Gewölbes beschrieben, in Nummer drei dagegen die Namen der Begünstigten, denen er den Schatz vermachen wolle.

Demnach, schlussfolgerte Tim, hatte er soeben das Papier Nummer zwei enträtselt. Dabei war er allerdings auf eine Merkwürdigkeit gestoßen. Er hatte sich den Klartext an einigen Stellen zusammenreimen müssen, weil einzelne Buchstaben nicht passten. Sein Gedächtnis arbeitete perfekt, die Ursache für diese »Unschärfe« konnten also keine Erinnerungslücken sein. Die einzige plausible Erklärung überraschte ihn: Die *Declaration of Independence*, die er mit siebzehn Jahren memoriert hatte, stimmte nicht hundertprozentig mit der von Beale benutzten Fassung überein. Vermutlich kursierten zu Lebzeiten des Glücksritters verschiedene Versionen des Dokuments. Im Lichte dieser Erkenntnis fand Tim es gar nicht mehr so abwegig, wenn die Yale-Historikerin von kleineren Abweichungen auf größere schloss. Hatte Beale gar für die Verschlüsselung seines Vermächtnisses den ominösen Urtext der Unabhängigkeitserklärung benutzt ...?

Tim schüttelte unwillig den Kopf. Irgendwie kam er sich gefoppt vor. Jede Indiskretion könne gefährlich sein, hatte Professor Afsahi gewarnt, und jetzt erwies sich dessen Zahlenrätsel als »die berühmteste Geheimbotschaft der Welt«. So zumindest hatte die *Tribune* die Beale-Chiffre beschrieben. Wortwörtlich. Und gleich darauf von einem »schon Ende des 19. Jahrhunderts entzifferten Blatt« gesprochen. Ungeachtet des an einigen Positionen knirschenden Textes war Tim überzeugt, soeben im Kopf den Inhalt dieser allgemein bekannten Botschaft zusammengesetzt zu haben. Um sich Gewissheit zu verschaffen, rief er bei der Rezeption an.

»Hier Labin, Linden Suite im dritten Stock. Können Sie mir ein Büro mit PC und Internetanschluss zur Verfügung stellen?«

»Selbstverständlich, Herr Labin. Welchen Termin darf ich vormerken?«

»Jetzt.«

Wenige Minuten später war Tim online. Er rief im World Wide Web die erstbeste Suchmaschine auf, tippte eine kurze Passage des von ihm decodierten Textes ein und drückte die Enter-Taste. An die sechshundert Treffer wurden angezeigt und bestätigten seine Vermutung. Er hatte das zweite von insgesamt drei Blättern der Beale-Chiffre entziffert. Dutzende von Quellen erzählten die immer gleiche Geschichte: Thomas Jefferson Beale hatte die Papiere Anfang des 19. Jahrhunderts einem Hotelbesitzer in Lynchburg, Virginia, zur Aufbewahrung anvertraut und war danach spurlos verschwunden.

Tim gab einige andere Suchworte ein – »Jason ›Declaration of Independence‹ Beale« – und erhielt umgehend eine lange Liste neuer Ergebnisse. Einige der Treffer verwiesen auf Beiträge in den Online-Portalen großer Zeitschriften und Magazine. In atemberaubendem Tempo saugten Tims Augen sämtliche Informationen über die amerikanische Historikerin und ihre Theorie ein.

Dr. Jason war im pakistanischen Islamabad geboren und schon als Kind in die Vereinigten Staaten gekommen, nachdem ihre Mutter Tom Frederic Jason, einen Diplomaten aus Fairfield, Connecticut, geheiratet hatte. Nach Ansicht der Historikerin könnte die Unabhängigkeitserklärung der Vereinigten Staaten von Amerika ursprünglich einen von der aktuellen Fassung abweichenden Wortlaut gehabt haben. Möglicherweise war die Unabhängigkeit an bestimmte Bedingungen geknüpft, oder in der Urschrift ging es lediglich um die Befreiung von diskriminierenden Handelsbeschränkungen, die das britische Mutterland seinen nordamerikanischen Kolonien auferlegt hatte.

Als promovierter Jurist kannte Tim sich in rechtlichen Angelegenheiten aus. Sämtliche Standardwerke, auch die des Völkerrechts, lagerten abrufbereit in seinem Gedächtnisspeicher. Daher konnte er die Implikationen der Jason-Theorie einigermaßen abschätzen. Sollte die Historikerin mit ihren Vermutungen richtig liegen, dann wäre die einzige verbliebene Supermacht des Planeten schlimmstenfalls nach wie vor eine britische Kolonie, oder sie hätte bei der Bank of England zumindest Schulden, dass es krachte. Ob eine solche Enthüllung allerdings de facto irgendeine Auswirkung haben würde, erschien ihm mehr als fraglich. Immerhin gab es so etwas wie ein Gewohnheitsrecht, »das Recht, das durch stetige, von Rechtsüberzeugung getragene Übung innerhalb einer Rechtsgemeinschaft entstanden ist«, wie es die Fachliteratur so schön ausdrückte. Möglicherweise wollte sich diese orientalische Schönheit aus Yale nur wichtig machen, um ihrer Karriere einen Kick zu geben.

Versonnen betrachtete Tim die Fotografie der Historikerin auf dem Computermonitor. Er hatte eine Schwäche für intelligente Frauen, die wie Models aussehen. Nicht, dass er je mit einem hübschen Mädchen intim gewesen wäre. Zur Durchdringung des unsichtbaren Bannkreises, mit dem er sich umgeben hatte, bedurfte es eines engen Verhältnisses, und er, der Sonderling, hatte bisher kein weibliches Wesen lange genug in seiner Nähe geduldet, um eine solche Vertrautheit entstehen zu lassen. Sein Lieblingssong war *50 Ways to Leave Your Lover* von Paul Simon. Zum einen, weil die präzise Zahlenangabe der verschiedenen Wege zum Verlassen einer Geliebten seinen Ordnungssinn ansprach, und andererseits, weil er, abgesehen von flüchtigen Begegnungen, exakt neunundvierzig Mädchen kennengelernt hatte. Davon waren siebzehn an seinem emotionalen Schutzschirm abgeprallt, und die übrigen zweiunddreißig hatten ihm einen Korb gegeben. Jede einzelne Abfuhr schmerzte noch immer. Tim war der Mann, der nichts vergessen konnte.

Er schüttelte den Kopf. Diese ganze Beale-Geschichte war von vorne bis hinten absurd. Vermutlich hatten jene Kritiker recht, die dahinter einen ausgemachten Scherz vermuteten, eine Beschäftigungstherapie für Schatzjäger. Warum allerdings dieser Afsahi ihn damit gefoppt hatte, war Tim schleierhaft. Am liebsten hätte er die lächerliche Angelegenheit vergessen. Leider war das unmöglich.

Verdrossen machte er sich auf den Rückweg in sein Refugium. Er würde den Zimmerservice anrufen und sein Abendessen allein genießen. Am nächsten Morgen ging es dann zurück nach Reichenow. Vor einigen Jahren hatte er in dem kleinen Örtchen außerhalb Berlins sein Domizil aufgeschlagen. In einem Schloss. Nicht, dass ihm das Anwesen gehörte. Es war auch nur ein Hotel. Darin bewohnte er eine Suite mit Blick auf einen malerischen Park samt Weiher, Schwänen und Enten. Alles sehr idyllisch. Als nomadisierendes Versuchskaninchen hatte Tim es irgendwann nicht mehr als notwendig erachtet, die Zeit zwischen zwei Reisen mit Staubwischen und Aufräumen zu verbringen. Seitdem lebte er im Hotel. Das war nicht ganz billig, aber für ein Genie eröffnen sich ständig Möglichkeiten, an Geld zu kommen. Im Februar 2004 hatte er in einer einzigen Quizshow im amerikanischen Fernsehen zehn Millionen Dollar kassiert. Dagegen waren die soeben eingefahrenen fünfhunderttausend für den Titel des Schachweltmeisters geradezu ein Pappenstiel.

Unbehelligt von anderen Hotelgästen erreichte Tim sein Stockwerk. Vorsichtig spähte er in den Gang, der zwischen ihm und seiner Suite lag. Menschenleer – die japanische Gesellschaft fotografierte wohl längst einen anderen Teil Europas. Um keine Aufmerksamkeit zu erregen, eilte er mit federleichten Schritten durch den Flur. Da klingelte sein Mobiltelefon.

Tim erschrak, griff schnell in die Hosentasche, drückte die Abhebentaste und flüsterte: »Ja?«

»Guten Tag. Hier ist Professor Zircon Afsahi. Spreche ich mit Dr. Labin?«, meldete sich in bestem Oxfordenglisch eine fremde Stimme, ein durchaus angenehmer Bariton, in dem etwas Raues schwang, so, als würde ein Tiger schnurren.

Der Gefragte klemmte sich das Telefon zwischen Schulter und Ohr, um gleichzeitig sprechen und seine Zimmertür öffnen zu können. »Ja. Woher haben Sie diese Nummer?«

»Von einem Freund. Ich ...«

»Wer soll das sein? Ich stehe in keinem Telefonbuch«, unterbrach Tim den Anrufer. Er betrat seine Suite, schloss hinter sich die Tür und atmete auf.

»Das spielt für den Freund keine Rolle. Übrigens wollte ich als leidenschaftlicher Schachspieler nicht versäumen, Ihnen zum Weltmeistertitel zu gratulieren.«

»Der ist Schnee von gestern«, versetzte Tim. Ihm gefiel es nicht, wie der Professor einfach über seine Frage hinwegging, und er ließ sich sein Missfallen auch anhören.

»Aber Ihr Triumph liegt doch erst ein paar Stunden zurück«, wunderte sich Afsahi.

»Lange genug, um seine Nutzlosigkeit zu erkennen. Was wollen Sie von mir?«

Der Anrufer brauchte einige Sekunden, um sich vom Small Talk zu verabschieden. »Haben Sie die Ziffern in meinem Brief entschlüsselt?«

»Ja. Was sollte das sein? Britischer Humor? Sie haben mir die Beale-Chiffre untergejubelt.«

»Wie sind Sie darauf gekommen?«

»Na, wie schon? Ich habe das Zahlenrätsel geknackt und mich nachher im Web schlau gemacht. Von wegen: ›Haben Sie je Ihre Grenzen ausgelotet? Ich kann Sie dorthin führen.‹ Für kurze Zeit bin ich tatsächlich auf diesen Schmu reingefallen. Wenn Sie nichts Besseres zu bieten haben, vergeuden Sie nur meine Zeit.« Tims Daumen schwebte wie ein Damoklesschwert über der Auflegentaste. In seiner Stimme schwang etwas Ablehnendes, das Afsahi zu einer schnellen Antwort anstachelte.

»Warten Sie! Es war nur ein kleiner Test. Wenn Sie im Internet recherchiert haben, wissen Sie ja auch, dass die anderen beiden Blätter der Beale-Chiffre bisher unentschlüsselt geblieben sind. Daran können Sie beweisen, was wirklich in Ihnen steckt.«

»Wieso ich? Im Web werden eine Reihe von Lösungen angepriesen. Haben Sie die schon unter die Lupe genommen?«

»Das versteht sich wohl von selbst. Diese sogenannten ›Lösungen‹ dienen nur einem Zweck: die Buchverkäufe der angeblichen Entdecker anzukurbeln. Ich brauche keine Scharlatane, sondern ein Genie wie Sie.«

»Sparen Sie sich die Schmeicheleien für Ihren Klub auf, Professor. Ich kann auch keine Wunder vollbringen. Meines Wissens haben sich ein Zehntel der besten kryptoanalytischen Köpfe der USA und unzählige Schatzjäger weltweit die Zähne an der Chiffre ausgebissen.«

»Eben. Weil diese Experten *zu* methodisch vorgegangen sind. Jedenfalls ist das meine Überzeugung. Vom Timputer indes liest man, er besitze ein an Magie grenzendes Assoziationsvermögen; er könne Muster erkennen, wo andere nur Chaos sehen.«

»Sie sollten nicht alles glauben, was die Zeitungen schreiben.«

»Warum haben Sie solche Angst zu versagen, Mr Labin?«

Afsahis direkte Frage krachte wie ein Rammbock auf Tims Bollwerk der Ablehnung. »Ich fürchte mich vor keiner Herausforderung«, knirschte er.

»Umso besser. Dann kommen Sie zu mir nach Cambridge – natürlich auf Kosten der Fakultät.«

»Wieso das denn? Zum Denken muss ich nicht nach England reisen.«

»Das Projekt unterliegt strengen Sicherheitsvorkehrungen. In dem, was wir aufdecken, könnte eine große Brisanz stecken. Da muss alles hieb- und stichfest sein, bevor wir uns dem Peer Review aussetzen.« So nannten Wissenschaftler die kritische Diskussion ihrer Forschungsergebnisse durch Fachkollegen.

»Was für ein Projekt ist das überhaupt? Ihrem Briefkopf habe ich entnommen, dass Sie Orientalist sind. Wieso interessieren Sie sich so intensiv für ein Dokument der amerikanischen Geschichte?«

»Mein Spezialgebiet ist tatsächlich das alte Persien. Im aktuellen Fall wende ich mich jedoch als Mitglied einer interdisziplinären Projektgruppe an Sie. Wir forschen über das Thema ›Aspekte der geheimen Nachrichtenübermittlung als Mittel der Politik von der Antike bis zur Gegenwart‹.«

»Umso weniger verstehe ich Ihr konspiratives Gehabe. ›Ich zähle auf Ihre Verschwiegenheit. Jede Indiskretion könnte für uns beide gefährlich sein.‹ Was sollte das? Wenn ich auch kein Historiker oder Orientalist bin wie Sie, Professor, ist mir die akademische Welt trotzdem nicht ganz fremd. Ich habe sie bisher als offenes Forum für den Austausch von Ideen verstanden, nicht als Klub von Geheimniskrämern.«

Afsahi lachte leise. »Mir ist durchaus bewusst, dass Sie in Mathematik, Physik, Jura und Wirtschaftswissenschaften promoviert haben. Vermutlich wären es noch etliche Doktortitel mehr, wenn Sie die Jagd danach nicht schon mit achtzehn gelangweilt hätte. Die Abgeschiedenheit eines Fernstudiums ist aber mit dem harten Wettbewerb zwischen den Lehranstalten nicht vergleichbar, Dr. Labin. Sie haben meiner Kenntnis nach so gut wie nie einen Fuß in eine Universität gesetzt. Wenn dem so wäre, wüssten Sie nämlich, dass Geheimhaltung in der Forschung keineswegs ungewöhnlich ist.«

»Fürchten Sie, die Chinesen könnten die Früchte Ihrer harten Arbeit stehlen?«, spottete Tim.

Die Antwort des Professors klang alles andere als heiter. »Sollte jemand unsere Erkenntnisse missbrauchen, wären die Folgen möglicherweise katastrophal.«

»Sie glauben doch nicht etwa dieser Yale-Historikerin, die am liebsten die Geschichte der amerikanischen Revolution umschreiben will?«

»Die Schlussfolgerungen von Dr. Jason sind weniger abwegig, als Sie möglicherweise annehmen. Sollte die Kollegin mit ihrer These recht behalten, könnte uns die Beale-Chiffre zu Dokumenten führen, die das politische Gebilde USA als großen Schwindel entlarven. Wir müssten unsere Geschichtsbücher in die Tonne werfen und neue schreiben.«

»Nichts für ungut, Professor, aber das halte ich für einen PR-Gag der hübschen Dame aus Yale.«

»Vermutlich, weil Sie bisher nur aus den Medien von unserem Projekt erfahren haben. Da zählen Sensationen mehr als Fakten.«

»Welche Fakten?«

»Ich bin nicht befugt, am Telefon mit Ihnen darüber zu sprechen. Kommen Sie nach Cambridge und helfen Sie uns, dann werden Sie alles erfahren. Wie mir berichtet wurde, haben Sie eine Schwäche für Bibliotheken. Die unsrige ist fast sechshundert Jahre alt. Bitte bedenken Sie, dass die beiden noch unentzifferten Chiffren möglicherweise genauso wie das Blatt II mit einer Buchverschlüsselung codiert wurden. Welche Werke auch immer Thomas Beale dazu benutzt hat, hier in den Sammlungen unserer Universität dürften Sie diese mit großer Wahrscheinlichkeit finden. Wir haben sogar eine Gutenbergbibel. Abgesehen davon hätte die Reise nach England für Sie noch einen anderen Vorteil.«

»Nämlich?«

»Die hübsche Dame aus Yale, wie Sie sie nannten, könnte Ihnen ihre Theorie persönlich erklären. Dr. Jason gehört ebenfalls der Projektgruppe mit dem unaussprechlichen Namen an. Sie wird morgen hier eintreffen.«

Tim kam sich vor wie eine Fliege im Spinnennetz. Erst hatte ihn dieser ausgefuchste Professor unter Ausnutzung seiner sämtlichen Schwächen eingewickelt, und jetzt lähmte er den letzten Widerstandswillen der Beute mit dem betörenden Gift weiblicher Schönheit. »Ich komme«, antwortete Tim benommen. »Aber nur, um mir *alle* Ihre Argumente anzuhören.«

»Das freut mich ...«

»Unter einer Bedingung«, fiel er dem Professor ins Wort.

»Was immer in meiner Macht steht.«

»Ich brauche um mich herum Luft zum Atmen. Im Flugzeug darf niemand neben, vor oder hinter mir sitzen.«

Offenbar hatte Tim es geschafft, seinen Gesprächspartner zu verblüffen, ließ dessen Antwort doch lange auf sich warten. Danach aber klang sie dafür umso heiterer. »Kein Problem, Dr. Labin. Wünschen Sie auch eine eigene Stewardess?«

»Auf keinen Fall!«

»Schön, schön. Dann werden wir den Flug für Sie buchen. Würde es Ihnen morgen passen?«

Tim dachte nicht lange über die Antwort nach. »Das trifft sich gut. Ich wollte sowieso meine Koffer packen.«

Auf dem Vormittagsflug der British Airways von Berlin nach London saß Tim in der fünfundzwanzigsten Reihe rechts am Fenster, also in größtmöglichem Abstand zu den anderen Passagieren des Fluges Nummer BA 991. Er war umgeben von einem Bannkreis aus unbelegten Sitzen, der seinen diversen Ängsten Rechnung trug. In den vergangenen Jahren hatte er manche Einladung ausgeschlagen, weil entweder die Privatjets zu eng oder die Linienmaschinen zu voll gewesen waren. Trotzdem gab es stets genug Forschungsinstitute mit komfortabler finanzieller Ausstattung, die sich seine Phobien leisten konnten. Und an Superreichen, die ihre Party gerne mit dem klügsten Menschen der Welt schmückten, herrschte ohnehin kein Mangel.

Irgendwo über dem Ärmelkanal entspannte er sich, und ihn überkam der Hunger nach geistiger Nahrung. Beim überstürzten Aufbruch in Berlin hatte er vergessen, sein Handgepäck mit Lesefutter aufzufüllen. Tims Blick wanderte nach links, zum Nachbarsitz jenseits des Ganges, wo eine dralle Mittfünfzigerin auf dem Weg zur Toilette eine Tageszeitung liegen gelassen und nach Erleichterung ihres Fluggewichts nicht wieder mitgenommen hatte. Leider war es keine *Times*, sondern nur die aktuelle Ausgabe des *Daily Telegraph*, im Volksmund auch »Torygraph« genannt, weil das Blatt mit seiner konservativen Linie unter den Tories eine treue Leserschaft hatte. Gewöhnlich mied Tim Zeitungen mit knallbunten Titelblättern, weil sich deren Schmierereien in einer Beziehung selbst vom anspruchsvollsten Essay nicht unterschieden: Beides verewigte sich in seinem Gedächtnis dauerhafter als jedes Graffito auf einer Häuserwand. Mangels Alternativen öffnete er trotzdem seinen Sicherheitsgurt und holte sich das Blatt.

Der Aufmacher widmete sich dreispaltig und ziemlich reißerisch der jüngsten Regierungskrise Großbritanniens. Ein Selbstmordanschlag in der Nähe des Flughafens von Basra habe mehr als einhundert britischen Soldaten das Leben gekostet. Er sei der vorläufige Höhepunkt einer ganzen Serie von zuletzt immer dreisteren und brutaleren Angriffen gegen die Royal Army. Das monatelange Herumlavieren des Premierministers in der Irak-Frage wachse sich zu einem ernsten Problem aus, beklagte die Gazette unter Berufung auf »gewöhnlich gut unterrichtete Kreise«. Wenn in der Welt – vor allem in der islamischen – der Name des Vereinigten Königreichs falle, denke niemand mehr an den einstigen Ruhm des britischen Empires, sondern nur noch an Tommys, die sich von jedermann verprügeln lassen. Damit müsse endlich Schluss sein. Der Ruf nach Neuwahlen erschalle im Land immer lauter.

Wenige Minuten später war Tim über die wichtigen und vor allem die unwichtigen Entwicklungen in der Welt informiert. Mit Erleichterung nahm er die Aufforderung der Stewardess zur Kenntnis, man möge sich dazu bequemen, die Sicherheitsgurte im Sinne des Erfinders zu gebrauchen und die Sitze in eine aufrechte Position zu stellen. Kurz darauf landete der Airbus A319 in London Heathrow.

Nachdem Tim in den Besitz seines Gepäcks gelangt war, begann einmal mehr der Spießrutenlauf durch die Menschenmassen. Kein Slalom in einem Skiweltcup war je so anspruchsvoll abgesteckt wie der Kurs, den er durch die Empfangshalle zum Taxistand nahm. Zielstrebig steuerte er eine kastenförmige Benzinkutsche an, die – nicht ganz stilecht – weinrot lackiert war. Erst als er in dem London Cab saß, fühlte er sich einigermaßen geborgen.

»Guten Tag. Zur Faculty of Asian and Middle Eastern Studies der University of Cambridge bitte. Das liegt in der

Sidgwick Avenue«, sagte er in erlesenem Englisch zu dem Fahrer, einem etwa dreißigjährigen Bullen mit kurz geschorenen Haaren, Ohrring und einer Tätowierung im fleischigen Nacken.

»Ist das Ihr Ernst? Wissen Sie, wie weit das ist?«, fragte der Mann am Steuer im breitesten Cockney. Seine blauen Augen hoben sich aus einem Magazin schlüpfrigen Inhalts und musterten Tim argwöhnisch im Rückspiegel.

»Ja, einhunderteinundvierzig Kilometer, sofern Sie über die M4, M25 und M11 nach Nordosten fahren«, gab dieser Auskunft. Dergleichen einem Londoner Cabby zu erklären kam einer Beleidigung gleich.

»Kilometer gibt's nur auf dem Kontinent. Hier wird in britischen Meilen gerechnet«, grunzte der Taxifahrer.

»Guter Mann, mir ist es so was von egal, ob es einhunderteinundvierzig Kilometer sind oder siebenundachtzig Komma sechs eins drei drei … «

»Warum fahren Sie nicht mit dem Zug?«

»Zu viele Leute.«

»Das wird aber teuer. Ich muss die Rückfahrt berechnen.«

»Wie schön für Sie.«

Der Fahrer kapitulierte. Unwirsch warf er die erotische Lektüre auf den Beifahrersitz, startete den Motor, legte den Gang ein und setzte seine rote Kiste in Gang.

In den nächsten anderthalb Stunden herrschte eisiges Schweigen. Tim war das nur recht. Er verabscheute oberflächliche Konversation – zu viele leere Worthülsen, die man nicht mehr loswurde. Eine Zeit lang genoss er einfach den Blick aus dem Wagenfenster. Die Briten hatten so viele drollige Eigenarten, angefangen beim Linksverkehr bis hin zur Verweigerungshaltung gegenüber den metrischen Maßen oder dem Euro. Vermutlich spiegelte sich in solchen Schrullen die Sehnsucht nach der einstigen Größe eines Reiches, das die ganze Welt nach seiner Pfeife hatte tanzen lassen.

Im Stadtbild von Cambridge konnte man noch das Echo dieser goldenen Ära vernehmen. Die ruhmreiche Geschichte des Empire war hier gleichsam in ehrwürdiger Architektur erstarrt. Jede Epoche hatte sich ihre eigenen Denkmäler gesetzt, von der Gotik bis zum viktorianischen Stil, von den nüchternen Zweckbauten der Nachkriegszeit bis zu den ultramodernen Geschmacksverirrungen der Neuzeit. Irgendwo dazwischen lag das in den 50er Jahren des 20. Jahrhunderts entworfene, von Sachlichkeit beherrschte Sidgwick-Areal, in dem verschiedene Fakultäten residierten, darunter auch diejenige für Studien Asiens und des Mittleren Ostens.

Kurz nach zwei Uhr nachmittags erreichte das Taxi sein Ziel. Tim bezahlte den Fahrer, schleppte seinen Koffer zwischen den Gebäuden der Klassischen Fakultät hindurch und strebte über einen begrünten Innenhof auf das schmucklose, viergeschossige, der Orientalistik gewidmete Haus zu. Afsahi hatte offenbar einen Spähposten abkommandiert, der seine Ankunft melden sollte, denn als Tim das Hauptportal durchschritt, eilte ihm auch schon ein großer, aschblonder Bursche mit pickeligem Gesicht entgegen, dem Aussehen nach ein Frischling, ein Student im ersten Jahr.

»Dr. Labin?«

»In persona«, bestätigte dieser.

Der junge Mann streckte ihm freudestrahlend die Rechte entgegen. »Mein Name ist Paul Butcher. Herzlich willkommen in Cambridge, Doktor. Ach ja, und Glückwunsch zum Gewinn der Schachweltmeisterschaft.«

Anstatt sich auf einen Händedruck einzulassen, hängte Tim den Koffergriff in die dargebotene Pranke ein. »Bin ich denn noch Champion?«

Butchers Gesicht nahm einen dümmlichen Ausdruck an.
»Äh ... vorgestern waren Sie es doch noch, oder?«

»Das stimmt. Aber Sie wissen ja: Die Zeit ist schnelllebig geworden, und man kann nicht alle Entwicklungen im Auge behalten. Wäre es Ihnen möglich, mich zu Prof. Afsahi zu bringen?«

»Deshalb bin ich hier. Der Dekan erwartet Sie bereits. Bitte folgen Sie mir, Dr. Labin.«

Der Student führte den Besucher in das mit Topfpflanzen begrünte Reich eines stattlichen Dragoners von Sekretärin im reiferen Alter. Die Vorzimmerdame verscheuchte den Frischling, verlangte vom Gast die Herausgabe des Mantels, verdonnerte ihn zum Warten und suchte hiernach ein benachbartes Büro auf, um dem Fakultätsvorsteher Meldung zu erstatten. Durch die offene Tür hallte ein erfreutes: »Ach, wie schön!« Kurz darauf erschien im Schatten des Dragoners der Dekan.

Professor Zircon Afsahi war ein gut erhaltener Mittfünfziger mit unverkennbar orientalischem Aussehen: dunkler Teint, tiefbraune Augen, schwarze, an den Schläfen jedoch fast weiße Haare, ein dichter, silbern durchwirkter Schnurrbart und das schalkhafte Lachen eines Basarhändlers. Wangen und Stirn waren eine Kraterlandschaft aus Pockennarben. Aus den Löchern der fleischigen Nase ragten Borsten, so als steckten Bürsten darin. Seine Kleidung war typisch englisch: kariertes Sakko im Landhausstil, Lederweste – alles in gedeckten Erdtönen –, beigefarbenes Hemd, schräg gestreifte Krawatte in Blau, Gelb und Rot – den Farben des Trinity Colleges –, braune Hose und dazu passendes, vermutlich maßgefertigtes Schuhwerk.

Der schon am Telefon gewonnene Eindruck von dem Orientalisten setzte sich in der persönlichen Begegnung fort.

Afsahi hatte – anders als die Pressemeute im Berliner Hotel Adlon – seine Hausaufgaben gemacht. Er nahm auf Tims Schrullen Rücksicht und reichte ihm *nicht* die Hand. Stattdessen hielt er Abstand und brachte seine Freude verbal zum Ausdruck.

»Herzlich willkommen in Cambridge, Dr. Labin. Ich bin überaus entzückt, Sie endlich persönlich kennenzulernen. Wie fühlt man sich so als Schachweltmeister?«

»Ich konnte bisher keine Unterschiede zu vorher feststellen. Leider. Trotzdem danke der Nachfrage und auch für die freundliche Begrüßung.«

Afsahi zwinkerte Tim zu. »Unsere ... Beziehung hat ja eher holperig begonnen. Da muss ich mich wohl mehr anstrengen als gewöhnlich. Bitte kommen Sie doch in mein Büro. Möchten Sie einen Tee oder Kaffee?«

»Tee wäre gut.«

Der Dekan wandte sich seiner Sekretärin zu. »Betty, wären Sie bitte so lieb? Ich nehme auch einen.«

Die Vorzimmerdame stieß ein Schnauben aus, das Tim in anderem Kontext eher als Ablehnung aufgefasst hätte. Sie schnappte sich vom Fensterbrett einen Wasserkocher und verließ den Raum.

Während der Professor Tim in ein viktorianisch eingerichtetes Büro lotste, erklärte er: »Betty verkörpert nicht gerade das typische Frauenbild meiner Heimat, aber sie ist ausgesprochen verlässlich und eine herzensgute Seele.«

Tim enthielt sich jeden Kommentars. »Zircon Afsahi – ist der Name iranisch?«

Der Professor führte den Gast zu einem rechteckigen Besprechungstisch und antwortete, während er ihm einen Stuhl anbot: »Als Präsident der hiesigen Persischen Gesellschaft bevorzuge ich den traditionelleren Terminus ›persisch«. Meine Vorfahren stammten aus Teheran, aber ich bin im pakistanischen Karachi geboren und schon als Kind nach England gekommen. Ein Freund sagte einmal, ich sei unter meiner asiatischen Haut britischer als die meisten Untertanen Ihrer Majestät der Königin, die im Herzland des Empire das Licht der Welt erblickten.«

»Der Staat, in dem ich geboren wurde, existiert nicht mehr. Patriotismus hat für mich deshalb ungefähr den gleichen Stellenwert wie Ringelpiez mit Anfassen.« Tims krankhafter Mangel an Einfühlungsvermögen führte nicht selten zu einer schockierenden, oft sogar als taktlos empfundenen Offenheit. Doch Afsahi lächelte nur.

»Ich habe schon gehört, dass Sie kein Blatt vor den Mund nehmen. Wenigstens braucht man bei Ihnen keine Heuchelei zu befürchten.«

Tim zuckte die Achseln. »Die Ärzte sagen, mein Verhalten trage autistische Züge – ich kann mich schwer in fremde Personen hineinversetzen. Aber zum Glück sei ich kein hoffnungsloser Fall. Wenn man mir den Kontakt zu anderen Menschen nicht aufzwinge, sondern mein Sozialverhalten behutsam an die Normen der Gesellschaft heranführe, dann könne ich eines Tages ganz normal werden. Ich bin mir nur nicht sicher, ob dieser Zustand überhaupt erstrebenswert ist.«

»Sind Ihre psychischen... Besonderheiten eine Folge der Verletzungen, die Sie als Kind erlitten haben?«

»Vermutlich. Der Sturz hat mich emotional zu einem Krüppel gemacht und gleichzeitig zu einem Savant.«

»Ein Wissender«, übersetzte Afsahi das französische Wort in ehrfürchtigem Ton.

»Das klingt aus Ihrem Munde sehr schmeichelhaft, aber so war der Terminus ursprünglich nicht gemeint. Er stammt aus dem 19. Jahrhundert, von einem Arzt namens John Langdon-Down. Einer seiner Patienten hatte nach unseren Maßstäben einen IQ von 25, konnte allerdings Edward Gibbons Buch *Aufstieg und Untergang des römischen Imperiums* nach einmaligem Lesen auswendig aufsagen. Deshalb prägte der Doktor den Begriff *idiot-savant* – ›Idioten-Gelehrter‹.«

»Höre ich da einen Anflug von Bitterkeit?«

»Möglicherweise. Idioten und Genies teilen dasselbe Schicksal: Sie sind Außenseiter.«

»Nun, ich biete Ihnen an, in einem Team mitzuarbeiten, in dem jeder seine persönlichen Stärken einbringt, um den gemeinsamen Erfolg voranzutreiben. Das müsste für Sie doch verlockend klingen.«

»Welche Rolle spielt Dr. Jason in dieser Gruppe?«

Afsahi schmunzelte. »Sagen wir, sie wird Ihre Muse sein.«

»Und wann treffe ich sie?«

»Heute Abend bei mir zu Hause. Sie sind beide zum Dinner eingeladen. Vorher können Sie in Ruhe Ihre Koffer auspacken – Ihr Quartier ist nur ein paar Minuten zu Fuß von hier –, und wenn Sie möchten, unternehmen Sie anschließend einen Spaziergang durch die historische Innenstadt. Später lassen Sie sich dann einfach mit dem Taxi zu mir rüberfahren. Betty wird Ihnen die Adresse geben. Seien Sie bitte pünktlich. Um acht wird angerichtet.«

Zircon Afsahi bewohnte ein fast zweihundert Jahre altes Haus in der Millington Road, weniger als fünfzehn Gehminuten südwestlich des Instituts gelegen. Das aus vorviktorianischer Zeit stammende Gebäude wirkte mit seinen Wänden aus geglätteten Feldsteinen so trutzig wie eine Burg. Zu beiden Seiten der überdachten Eingangstür ragten spitzgiebelige, mit Sprossenfenstern versehene Erker in den gepflegten Vorgarten hinaus. Rechts brannte Licht. Tim sah hinter der Scheibe Bücher, Bücher und nochmals Bücher. Das Zuhause des Professors war ihm auf Anhieb sympathisch.

Um Punkt zwanzig Uhr drückte Tim den Knopf der Messingklingel am gemauerten Pfosten bei der Gartenpforte. Ein dezenter Summton ertönte, und das hölzerne Tor sprang auf. Ehe die vier oder fünf Meter des Gärtchens durchmessen waren, öffnete sich schon die Haustür, und Afsahi erschien. Er hatte sein Jackett durch eine schieferfarbene Strickjacke ersetzt, trug ansonsten aber noch dieselbe Garderobe wie im Institut. Er winkte dem Besucher zu.

»Willkommen. Treten Sie ein.«

In einer kleinen Diele entledigte sich Tim seines Trenchcoats. Ein verführerischer Duft lag in der Luft.

»Was riecht hier so gut, Professor?«

»Roastbeef. Rose macht das beste der Welt. Sie ist der gute Geist in diesem Haus: putzt, kocht, hält den Garten in Schuss.«

»Ist sie genauso resolut wie Betty?«

Afsahi lachte auf eine angenehm stille Weise. »Manchmal schon. Aber der alte Perser Zircon hat eine Schwäche für starke Frauen. Bitte kommen Sie ins Wohnzimmer. Bevor wir uns den kulinarischen Genüssen hingeben können, müssen wir noch auf Dr. Jason warten. Sie hat eine weniger ... deutsche Auffassung von Pünktlichkeit.«

Afsahi führte den Gast in ein geräumiges Wohnzimmer, das alle Klischees bediente, die man von einem leicht zerstreuten Cambridge-Professor nur haben konnte. Wohin das Auge auch blickte, herrschte eine für Tim beunruhigende Unordnung. Nicht nur in den Regalen, die er schon von der Straße aus gesehen hatte, nein, *überall* waren Bücher und Dokumente. Sie stapelten sich auf dem Boden, auf Tischen und Stühlen. Souvenirs – vorwiegend orientalischer Herkunft – nahmen die wenigen freien Stellflächen ein.

Dann erweckte ein Schachbrett auf einem Tischchen in der Fensternische seine Aufmerksamkeit. Neben den zweiunddreißig Figuren befanden sich darauf auch Weinkorken, Schneckenhäuser und Muschelschalen. In Tims Geist glühten Lichter auf, das untrügliche Zeichen, in diesem Muster etwas Vertrautes zu sehen. Doch ehe er das imaginäre Gefunkel deuten konnte, eilte schon Afsahi zum Tisch und fegte die bizarre Stellung vom Brett.

»Bitte entschuldigen Sie die Unordnung, Dr. Labin. Ich spiele regelmäßig jeden Montagabend Fernschach mit einem Bekannten in Karachi. Unglücklicherweise steht am Dienstagmorgen Putzen auf Rose' Wochenplan, und dann bringt sie mit ihrem Staubwedel allzu oft das Brett durcheinander.«

»Um mit den Figuren nachher dieses kleines Happening zu veranstalten?« Tim deutete auf die leere Spielfläche.

»Ja. Natürlich kann sie sich an die ursprüngliche Stellung nicht mehr erinnern und lässt sich bei ihrer Rekonstruktion, wie Sie ganz richtig bemerken, eher von künstlerisch-ästhetischen Gesichtspunkten leiten. Daher auch die Muscheln und Schnecken.«

Das liebte Tim so an den Engländern. Jeder hatte irgendeinen Spleen.

»Wussten Sie eigentlich, woher das Schach seinen Namen hat?«, wechselte Afsahi das Thema.

»Vom persischen *schah*, das eine Kurzform des Herrschertitels *Schah-in-schah* ist, was ›König der Könige‹ bedeutet. Deshalb nennt man es auch das ›Spiel der Könige‹.«

Der Professor schmunzelte. »Ich sehe schon, wer bei einem Fernsehquiz mal eben schnell zehn Millionen Dollar abräumt, lässt sich so leicht nicht mattsetzen. Aber als alter Perser musste ich Sie das fragen – schon aus Gründen der Traditionspflege. Würden Sie mir die Ehre erweisen und bei Gelegenheit eine Partie mit mir spielen? Ich habe schon ein paar kleinere Turniere gewonnen.«

»Gerne. Mit oder ohne Muscheln?« Tim hatte mit seiner Bemerkung nur zur Auflockerung der Atmosphäre beitragen wollen, doch das erwartete Lächeln bei Afsahi blieb aus. Eher sah er bestürzt aus.

»Wie wär's, wenn ich Ihnen, solange wir auf Dr. Jason warten, den Grund Ihres Hierseins zeige«, wechselte er das Thema und schritt, als könne er die Nähe des Spielbretts nicht länger ertragen, mit deutend ausgestreckter Hand nach links, wo sich an der Wand ein hochlehniger Stuhl sowie ein mit Büchern und Papierstapeln beladener Mahagonischreibtisch im Chippendalestil befand. Afsahi nahm von der mit grünem Leder bezogenen Arbeitsfläche zwei Papierbogen, reichte sie seinem Gast und sagte in feierlichem Ton: »Blatt I und III der Beale-Chiffre.«

»Ich habe sie schon im Internet gesehen«, erwiderte Tim, was für ihn so viel bedeutete wie: Ich kenne sie auswendig.

Entweder war Afsahi sich dieses Umstands nicht bewusst, oder er ignorierte ihn. »Wie Sie sehen, finden sich auch auf diesen beiden Blättern ausschließlich Zahlen. Thomas J. Beale war Cowboy und kein Kryptologe. Deshalb dürfte er sich die Mühe wechselnder Verschlüsselungsverfahren erspart haben.«

»Wäre denkbar. Sie sollten andere Möglichkeiten aber nicht von vornherein ausschließen. Wenn seine Hinterlassenschaft wirklich so brisant ist, wie Sie annehmen, dann könnte er sich Hilfe von Leuten geholt haben, die mit den besten Verschlüsselungen seiner Zeit vertraut waren. Vielleicht kannte er Leute vom Militär.«

»Sie haben natürlich recht. Im Verbergen von Informationen war man schon früher sehr einfallsreich, wenn ich allein an die Geheimtinte denke, die nur bei spezieller Behandlung sichtbar wird. Auch in der italienischen Diplomatie des Mittelalters hat man raffinierte Geheimschriften benutzt. Aber die klassischen Methoden aus der Antike und den nachfolgenden Jahrhunderten fallen hier zum Teil schon wegen der von Beale benutzten Zahlenreihen weg.«

»Nicht, wenn er ein Codebuch benutzt hat. Die waren seit der Renaissance bis weit ins 19. Jahrhundert sehr beliebt.« Tim meinte ein Verzeichnis von Buchstaben, Silben, längeren Wortbestandteilen oder sogar ganzen Begriffen und Wendungen, die im Zuge der Verschlüsselung durch kurze Codes ersetzt wurden, meist Zahlen, gelegentlich aber auch mehr oder minder zufällige Wörter.

Afsahi wiegte zweifelnd den Kopf. »Darüber haben die Experten im Team natürlich ausführlich diskutiert. Wir wollen diese Möglichkeit nicht ausschließen, halten sie aber derzeit eher für unwahrscheinlich. Hatte ich eigentlich schon erwähnt, dass Ihnen ein Finderlohn winkt, sofern Sie die Beale-Chiffre knacken und wir den Schatz heben?«

»Nein.«

Der Professor nickte gewichtig. »Die Summe würde Sie zu einem reichen Mann machen. Ich weiß nicht, inwieweit Sie Beales Geschichte kennen: Er hatte ja eine Gold- und Silberader entdeckt. 1822 vertraute er einem gewissen Robert Morriss, dem Besitzer des Washington Hotels zu Lynchburg, eine kleine Kiste an und verfügte in einem beigelegten Brief: Wenn Morriss innerhalb von zehn Jahren – also bis 1832 – nichts von ihm höre, dann dürfe er das Behältnis öffnen...«

»...aber Beale blieb verschollen, Morriss fand in der Box

drei in Zahlenreihen verschlüsselte Blätter und hatte keine Ahnung, wie man sie dechiffrieren könnte.«

»Genau so war's. Bis ein mysteriöser Unbekannter 1885 unter dem Titel *The Beale Papers* in Lynchburg eine bemerkenswerte Schrift veröffentlichte, die nicht nur den Klartext des zweiten der drei Blätter enthielt, sondern auch die Einladung zum Knacken der anderen beiden Seiten. Er selbst sei über dem Versuch alt und arm geworden, klagte der Verfasser. Legt man die von ihm entzifferten Angaben des zweiten Blattes zugrunde, dann sind die von Beale deponierten Edelmetalle und Juwelen heute nicht weniger als zwanzig Millionen Dollar wert. Zehn Prozent davon könnten Ihnen gehören, Dr. Labin.«

Tim zuckte die Achseln. »Ganz nett, aber Geld ist für mich nur von untergeordneter Bedeutung. Als Schnorrer lebe ich ganz gut.«

Der Professor lachte leise in sich hinein. »Ihre Offenheit ist wirklich entwaffnend. Mir ist schon zu Ohren gekommen, dass Sie mehr die *geistigen* Herausforderungen reizen. Deshalb habe ich auch in meinem Brief an Sie...« Ein lauter Klingelton unterbrach den Dialog. »Das muss Dr. Jason sein. Nur eine Minute bitte«, empfahl sich Afsahi und verließ das Zimmer.

Tims Blick wanderte zurück zu dem Haufen aus Spielfiguren und Behausungen toter Meeresbewohner. Wo rührte wohl das Flimmern her, das er beim Anblick der obskuren Stellung in seinem Geist gesehen hatte? Während er noch überlegte, hallte heiteres Geplauder aus der Diele herüber. Offenbar waren der Dekan und die Historikerin alte Bekannte. Seit Tim in seiner Sturm-und-Drang-Phase von einer Karriere als Klavier- oder Violinvirtuose geträumt hatte, pflegte er menschliche Stimmen nach ihrer Tonhöhe zu klassifizieren. Hier hatte er es mit einem angenehmen Mezzosopran zu tun: hoch, aber nicht zu hoch, mit einer warmen Nuance von Samt und Holz. Sein Puls beschleunigte sich, und als im nächsten Moment die Amerikanerin den Raum betrat, begann er zu rasen. Lächelnd kam sie auf ihn zu.

In mancher Hinsicht sah Tim die Welt mit anderen Augen als gewöhnliche Menschen, und so verhielt es sich auch mit jenen Gefühlen, die über seine Sinne geweckt wurden. Oft waren diese verkümmert, jetzt dagegen explodierten sie förmlich. Er war überzeugt, kein Foto, nicht einmal ein dreidimensionales Hologramm, konnte die Schönheit dieser Frau auch nur annähernd wiedergeben.

Obwohl sie mit Bluejeans und einem körpernahen hellblauen Pullover aus feiner Wolle alles andere als aufreizend gekleidet war, machte ihre perfekte Figur ihn geradezu taumeln. Er musste sich zwingen, seinen Blick nicht allzu lang bei ihren Rundungen verweilen zu lassen, sondern ihr fest in die Augen zu sehen, kein allzu großes Opfer allerdings, denn auch diese waren betörend: groß und – das überraschte ihn – grün wie polierte, sonnendurchflutete Jade. Mit einer Anmut, die zur Choreografie eines exotischen Tanzes gepasst hätte, ließ sie ihren Kopf von links unten nach rechts oben schwingen, nicht, um ihren Bewunderer auch noch des letzten Fünkchens Verstand zu berauben, sondern lediglich, um ihr seidiges, dunkles Haar über die Schulter zu werfen.

»Darf ich vorstellen: Dr. Jamila Jason«, bemerkte der Professor.

Tim hatte ihn bis dahin nicht wahrgenommen. Ehe er sich's versah, lag Jamila Jasons Hand schon in der seinen. Die Berührung war ihm nicht allzu unangenehm.

»Freut mich, Ihre Bekanntschaft zu machen, Dr. Labin. In natura gefallen Sie mir besser als im Fernsehen«, sagte die Amerikanerin.

»Dito«, murmelte er.

Sie schmunzelte, als sei ihre Wirkung auf Männer ein ganz privates Vergnügen, das man wie einen guten Cognac still genießt. »Eigentlich nennen mich im Team alle nur JJ.«

»Ich bin Tim«, sagte er. Zu mehr war er nicht fähig.

JJ befreite ihre Hand aus der seinen und holte tief Luft. »Ich könnte einen Büffel verschlingen, solchen Hunger habe ich.«

»Dann sollten wir uns ins Speisezimmer begeben«, schlug Afsahi vor. »Es gibt Roastbeef mit Plumpudding. Rose hat schon alles gedeckt.«

JJ marschierte voran. Sie schien sich in dem Haus auszukennen.

Der Professor stieß Tim mit dem Ellenbogen an und flüsterte: »Sie können den Mund jetzt wieder zumachen.«

Für Freunde der englischen Küche war das Dinner ein Genuss. Trotzdem rührte Tim das Essen kaum an. Er war viel zu fasziniert von der Frau auf der anderen Seite des ovalen Tisches. Jamila Jason. Elf Buchstaben. Fünf Vokale. Beides Primzahlen. Tim *liebte* Primzahlen. In seinem Bewusstsein strahlten sie wie flüssiges Gold und bereiteten ihm Wohlbehagen. Und jetzt übertrugen sich diese Empfindungen auf sein Gegenüber. Er hatte nie so viel Geist in einem derart schönen Körper versammelt gesehen.

»Schmeckt es Ihnen nicht, Tim?«, erkundigte sich Afsahi besorgt. Man hatte sich schnell darauf geeinigt, in der gegenseitigen Anrede auf allzu strenge Förmlichkeiten wie akademische Titel und Familiennamen zu verzichten.

Schnell stopfte sich der Gefragte ein großes Stück Rindfleisch in den Mund. »Himmlisch!«, versicherte er.

JJ senkte den Blick auf ihren Teller. Sie war ein eher ernster Charakter, jetzt aber schmunzelte sie wieder.

Tim hatte dieses Schmunzeln auf Anhieb gemocht. Es wurde von kleinen Grübchen auf JJs Wangen begleitet, an denen er sich nicht sattsehen konnte. Er unterdrückte ein schmachtendes Seufzen.

»Unser deutscher Kollege steht dem Projekt immer noch skeptisch gegenüber«, bemerkte der Professor. Er nahm die Pflichten des Gastgebers, zu denen auch die Konversation gehörte, erkennbar ernst.

Die feinen Augenbrauen der Historikerin hoben sich. »So? Darf man fragen, warum?«

»Mir kommt das Ganze vor wie der neueste Aufguss von *Jäger des verlorenen Schatzes,* nur mit Ihnen statt mit Harrison Ford in der Hauptrolle«, erklärte Tim. Kaum waren die Worte heraus, hätte er sich am liebsten die Zunge abgebissen. JJ sollte ihn nicht für einen arroganten Schnösel halten. »Eine Besetzung, die mir allerdings viel besser gefällt«, fügte er rasch hinzu.

»Er trägt sein Herz auf der Zunge«, warf Afsahi ein.

»Ist mir schon aufgefallen«, antwortete JJ und wandte sich wieder Tim zu. »Was wir in unserem Team tun, sieht nicht nur aus wie eine Schatzsuche, es ist auch eine.«

»Oh? Das hat sich bei Zircon aber ganz anders angehört.«

Sie lächelte schelmisch. »Gold und Silber sind nebensächlich. Wir jagen nach etwas Wertvollerem: neuen Erkenntnissen über die unechte Unabhängigkeitserklärung.«

»Sie tun so, als wäre Ihre Theorie schon bewiesen. Wie kommen Sie auf die Idee, dass ausgerechnet ein Abenteurer wie Beale in Dinge eingeweiht war, von denen niemand sonst zu wissen scheint?«

Während sie antwortete, stützte JJ ihren rechten Ellenbogen auf den Tisch und machte unter Verwendung der Gabel schwungvolle Gesten mit rasanten Richtungswechseln, die sie einzig mit dem Handgelenk ausführte. »Bitte verwechseln Sie nicht seine Zeit mit der unsrigen. Das Ende der Amerikanischen Revolution lag, als er 1822 dem Hotelier in Lynchburg seine Kiste anvertraute, nicht einmal vierzig Jahre zurück. Ist Ihnen bereits aufgefallen, dass die beiden Vornamen Beales auf einen Mann hindeuten, der wie keine andere Persönlichkeit mit der Entstehung der *Declaration of Independence* verbunden ist?«

»Thomas Jefferson«, murmelte Tim staunend den Namen jenes Mannes, dem der Kontinentalkongress die Formulierung der Unabhängigkeitserklärung übertragen hatte. Jeffersons Entwurf war am 4. Juli 1776 verabschiedet worden, ein Datum, das alljährlich von den Patrioten der USA mit Posaunen und Paraden gefeiert wurde. Eigentlich hätte Tim, als er in Berlin zum ersten Mal von Beale in der *Tribune* las, diesen als Namensvetter des berühmten Staatsmannes erkennen müssen, aber vermutlich war das damit einhergehende Glimmen in seinem Geist von dem Funkengewitter überstrahlt worden, das ihm die Nachricht über die Rosenholz-Dateien beschert hatte.

»Interessanter Zufall, nicht wahr?« JJ schien es zu genießen, ein Genie wie Tim Labin verblüfft zu haben.

»Das kann mal wohl sagen. Sie behaupten jetzt aber nicht, der Vater der Unabhängigkeitserklärung und der Cowboy seien ein und dieselbe Person, oder?«

»Das wäre zu weit hergeholt. Ich könnte mir aber vorstellen, dass Thomas Jefferson Beale nur ein Pseudonym ist.

Indem Beale – oder wie immer er in Wahrheit hieß – auf den Vater der Unabhängigkeitserklärung anspielt, könnte er tatsächlich das Dokument selbst gemeint haben.«

»Im Sinne von ›Seht her, ich kenne die Wahrheit über euer Heiligtum‹, meinen Sie?«

»So in etwa. Möglicherweise deutet die Übereinstimmung der Namen auch auf eine direkte Verbindung zwischen Beale und Thomas Jefferson hin. Sie waren nicht nur Zeitgenossen, sondern vorübergehend fast schon Nachbarn. Der Anwalt wurde 1743 in Shadwell geboren und starb 1826 in Monticello – beides liegt in Virginia ...«

»Ebenso wie Lynchburg, wo Beale sein Vermächtnis im Washington-Hotel hinterlegt hat. Als Beweis für Ihre These ist das aber ziemlich dünn.«

»Wenn es Ihnen lieber ist, reden wir von Indizien. Sofern Sie in unser Team einsteigen, werde ich Ihnen Dokumente zeigen, die den Cowboy, Bisonjäger und Goldsucher Thomas Jefferson Beale in ein ganz neues Licht tauchen. Auf Grund seines Reichtums hatte er Kontakte bis in die höchsten Kreise der Gesellschaft. Ich bin überzeugt, dass er ein Getriebener war.« JJ schwieg beredt. Wollte sie mit ihrer Äußerung etwa auf einen anderen ruhelosen Geist anspielen, einen, der gerade Schachweltmeister geworden war?

»Wie meinen Sie das?«, fragte Tim unbehaglich.

»Sind Sie mit den Ereignissen vertraut, die zum Krieg zwischen den Briten und ihren amerikanischen Kolonien führten?«

»Offen gestanden habe ich die historischen Studien bisher vernachlässigt. Ich kenne nur fünf Dutzend Bücher, in denen es vornehmlich um das ›alte Europa‹ geht, wie es ein Staatsmann aus Ihrer Heimat einmal so schön formulierte.«

JJ überhörte die Spitze. »Nun, ich will Sie nicht mit den

Details der Amerikanischen Revolution langweilen, aber *eine* Episode ist zur Legende geworden: 1775 waren in Neuengland verschiedene Milizen aufgestellt worden. Es kam zu einigen unblutigen Zusammenstößen mit den Briten. Diese wollten die Kolonisten am liebsten entwaffnen, um den Frieden und die Sicherheit aufrechtzuerhalten. Doch die Lage spitzte sich im Gegenteil immer mehr zu. Dann, in der Nacht zum 19. April, beorderte der englische General Gage siebenhundert Mann nach Concord in der Nähe von Boston, um ein Depot der Bürgerwehr auszuheben. In Lexington kam ihr Vormarsch zum Stillstand, weil sie unvermittelt in die Läufe der Miliz blickten. Wie schon viele Male zuvor wären jetzt die üblichen Männerspiele angesagt gewesen ...«

»Säbelrasseln, geballte Fäuste und wüste Beschimpfungen?«

JJ nickte. »Doch plötzlich fiel ›jener Schuss, der rund um die Welt gehört wurde‹, wie es ein Chronist beschrieb. Ein Soldat hatte die Nerven verloren – kein Geschichtsbuch nennt seinen Namen. Jedenfalls erschossen und verwundeten die Briten anschließend ein paar Amerikaner und zogen weiter nach Concord. Das Scharmützel rief jedoch Tausende von Milizionären auf den Plan. Sie jagten die Briten nach Bosten zurück. Dreihundert ließen dabei ihr Leben, wurden verletzt oder verschwanden auf Nimmerwiedersehen, und es wären noch mehr geworden, wenn sie nicht Verstärkung erhalten hätten. In dem folgenden, acht Jahre andauernden Konflikt starben auf beiden Seiten Abertausende.«

»Und was hat das mit mir ... ich wollte sagen, mit Beale zu tun?«

»Er war der Soldat, der den ersten Schuss abgegeben hatte.«

Tim verlor die Kontrolle über seine Kinnlade.

Afsahi grinste. »Dadurch bekommt das Ganze eine ungemein persönliche Note, finden Sie nicht?«

»Allerdings. Woher wissen Sie, dass Beale die Schlacht von Lexington ausgelöst hat, JJ?«

»Er lief später zu den Aufständischen über, überlebte den Krieg, suchte Gold, wurde reich, aber nicht glücklich, und beichtete irgendwann einem Vertrauten, was ihm den Seelenfrieden nahm. Schriftlich. Mein Gedächtnis ist bei weitem nicht so gut wie Ihres, Tim, aber diese Worte habe ich mir gemerkt: ›Niemand darf erfahren, dass die allseits bekannte Unabhängigkeitserklärung den braven Bürgern unseres Staatenbundes nur untergeschoben wurde‹, beschwört er seinen Freund. ›Als Siebzehnjähriger habe ich mit meiner Unbesonnenheit in Lexington Ströme von Blut heraufbeschworen, und immer noch schreien in meinen Träumen die Schädel und Knochen der Toten zu mir: ‚Hüte das Geheimnis! Lass uns nicht umsonst gestorben sein!'‹«

»Ganz schön gruselig. Ich bin ja kein Historiker, aber wäre die Revolution nicht auch ohne Beales Kurzschlusshandlung zu einem Gemetzel ausgeartet?«

»Mit Sicherheit. Aber traumatische Erlebnisse ersticken bisweilen den menschlichen Verstand.«

Tim sah JJ konsterniert an. Einmal mehr hatte er das Gefühl, sie spreche von ihm und nicht von einem längst zu Staub zerfallenen Abenteurer. Dann regten sich bei ihm erneut Zweifel. »Abgesehen von den Beale-Papieren, findet man im Web keinerlei Beweise für die Geschichtlichkeit unseres Helden. Wo haben Sie seine ›Beichte‹ ausgegraben?«

»Aus Beales Testament.«

Tim stutzte. »Ich denke, es gibt nur *ein* Vermächtnis – die drei Chiffren.«

»Ich bin bei dem Studium streng geheimer Unterlagen auf

einen später datierten letzten Willen Beales gestoßen. Sagt Ihnen der Begriff ›Rosenholz-Dateien‹ etwas?«

»Und ob! Die Presse hat ja ausführlich darüber berichtet. Bis heute konnte mir allerdings niemand sagen, woher dieser Name stammt.«

»Rosenholz? Da kann ich Ihnen leider auch nicht weiterhelfen.«

»Schade. Es heißt, die CIA hätte Ihnen auch Einblicke in Dokumente gewährt, die noch nicht an die Bundesrepublik Deutschland zurückgegeben wurden.«

»Das ist korrekt, wenngleich ich auch nur kopierte Auszüge des Materials zu sehen bekam, sozusagen ein großes, unvollständiges Puzzle, aus dem ich ein schlüssiges Bild zusammenzusetzen versuchte.«

»Einige öffentlich zugängliche Quellen beschreiben die Rosenholz-Dateien nur als Liste, in der die Namen eines Agentennetzwerkes stehen. Wie passt das zusammen?«

»Genau genommen handelt es sich um die mikroverfilmten Karteien der Hauptverwaltung Aufklärung, also der Spionage-Abteilung des Ministeriums für Staatssicherheit. Einige Karten enthalten jedoch Verweise auf andere Fundstellen – so bin ich auf Beales zweites Vermächtnis gestoßen.«

»Tut mir leid, aber das verstehe ich immer noch nicht. Was hat Beale mit DDR-Spionen zu tun?«

»Uns fiel auf, dass einige der in den Karteikarten erfassten Personen gestorben sind, lange bevor die DDR überhaupt gegründet wurde. Das große Los zogen wir bei einem gewissen Amos A. Bethel. Es ist ein Allonym von Thomas Beale, genauer gesagt ein Anagramm.«

»Eine Buchstabenumstellung?«, murmelte Tim verblüfft. Im Nu kombinierte er im Geist aus dem Namen des Abenteurers alle möglichen anderen Wörter zusammen.

»Es kommt noch besser«, sagte JJ. »Beale ist 1822 ›vor den reaktionären Feinden der Revolution‹, wie es in einem Schriftstück heißt, ›nach Hessen entkommen‹. Vor seiner Fahnenflucht hatte er als britischer Soldat Seite an Seite mit den ›Hessians‹ gekämpft, Söldnern aus allen möglichen deutschen Landen. Aus der Kameradschaft entstanden Verbindungen, die ihm nun weiterhalfen. Von Frankfurt ging er nach Berlin, wo er sich unter dem jüdisch klingenden Namen Amos Bethel niederließ.«

»Warum hätte er sich den antisemitischen Anfeindungen aussetzen sollen, die schon damals in Deutschland blühten?«

»Vielleicht, weil sein wohl engster Vertrauter in Deutschland ein Jude war. Ich könnte mir aber auch denken, dass ihm eine gesellschaftliche Randgruppe, deren Leben sich hauptsächlich unter ihresgleichen abspielte, als ideales Versteck vor seinen Häschern erschien.«

»Klingt plausibel. Könnte das Anagramm nicht aber auch ein Zufall sein?«

»Im Prinzip schon, wenn Amos Bethel sich nicht in seinem zweiten und wohl letzten Vermächtnis – er muss inzwischen fast siebzig gewesen sein – als Thomas Jefferson Beale zu erkennen gegeben hätte. Auch die drei chiffrierten Blätter, die er Robert Morriss anvertraut hat, werden darin erwähnt. Wir vermuten, dass die Staatssicherheit der DDR die Brisanz des Dokuments zwar erkannt, aber damit nichts Konkretes anzufangen gewusst hatte. So gelangte das Testament ins Archiv und der Verweis darauf später in die Rosenholz-Dateien. Aus all diesen Puzzleteilchen habe ich dann die inzwischen hinlänglich bekannte These zusammengesetzt.«

»Alle Achtung! Ich muss wohl meinen ersten Eindruck von Ihrer Theorie revidieren. Jetzt mal unter uns: Falls ich die beiden anderen Blätter der Beale-Chiffre entziffern kann, was werden wir entdecken, abgesehen von dem Schatz, meine ich?«

»Dokumente. Irgendwelche Papiere, die Beales Andeutung über die Unabhängigkeitserklärung konkretisieren. Vielleicht sogar ihren Urtext.«

»Und was steht da Ihrer Meinung nach drin?«

»Etwas, das mit den bisher bekannten historischen Fakten harmoniert. Die Amerikanische Revolution ist ja, auch wenn Patrioten und Politiker in meiner Heimat das nur ungern hören, nicht in erster Linie der heroische Freiheitskampf des einfachen Mannes von der Straße gewesen, der sich von der britischen Krone lossagt und seine Menschenrechte einfordert.«

»Sondern?«

JJ lächelte müde. »In Wahrheit wollten die gemäßigten Stimmen um Joseph Galloway noch nach dem ersten Kontinentalkongress den endgültigen Bruch mit dem Mutterland verhindern und schlugen einen *Plan of Union* vor. Selbst die Gegner dieses Unionsplans hatten zwar die Gängelung durch das Parlament in London satt, wollten aber weiter den König als Oberhaupt behalten.«

»Sie meinen: so wie die Kanadier? Die USA ein Mitglied des Commonwealth of Nations mit der Queen als Staatsoberhaupt – eine amüsante Vorstellung.«

»Mit der sich etliche meiner Landsleute durchaus anfreunden könnten.«

»Auch viele im Mutterland«, pflichtete Afsahi seiner Kollegin bei.

Sie musterte den an der Stirnseite des Tisches sitzenden Professor von der Seite mit einem Blick, der Tim Rätsel aufgab. Doch ehe er den Ausdruck in ihren Augen zu deuten vermochte, fuhr sie in ihren Ausführungen fort.

»Ich vermute, Beales Vermächtnis könnte uns eine weniger romantische Wahrheit offenbaren, Tim. Die Revolution begann als Kampf einer gesellschaftlichen Elite, die ihren sozialen und ökonomischen Sonderstatus erhalten und ausbauen wollte. In den Jahren davor hatten die Wortführer dieser Führungsschicht immer wieder reklamiert, sie wollten keine Untertanen zweiter Klasse sein; für den Mann auf der Straße müsse überall dasselbe Recht gelten, ob nun in London oder in Boston. Dabei ging es den Vermögenden und Einflussreichen in den Kolonien vornehmlich um den Wegfall der Handelsbeschränkungen.«

Tim schnaubte abfällig. »Sie meinen, die Amerikaner tanzen am 4. Juli um ein goldenes Kalb, das nur einer kleinen Minderheit von ihnen gehört?«

»Das ist eine sehr zynische Sicht.«

»Aber eine zutreffende«, warf Afsahi ein.

Diesmal tat JJ so, als habe sie den Professor nicht gehört. »Sie wollten meine Meinung zum wahren Inhalt der uns heute bekannten Unabhängigkeitserklärung hören, Tim. Wenn sie tatsächlich einen verschollenen Vorläufer hat, was ja noch zweifelsfrei bewiesen werden muss, dann tippe ich auf ein Abkommen, mit dem sich die Kolonien vom Mutterland *wirtschaftliche* Freiheit erkaufen wollten. Vielleicht hatte man sich nach klassischem Vorbild auf eine Art Tribut geeinigt, berechnet nach dem Wirtschaftsaufkommen der Kolonien.«

»Sie meinen, einen bestimmten Prozentsatz des Bruttosozialprodukts?«

»Oder eine jährliche Abgabe vom erwirtschafteten Außenhandelsüberschuss.«

»Junge, Junge. Da dürfte bis heute ein ziemlicher Batzen aufgelaufen sein.«

Afsahi nickte. »Großbritannien könnte auf einen Schlag seinen Staatshaushalt sanieren und wäre vermutlich das reichste Land der Erde.«

Tim verzog das Gesicht. »Als Anwalt würde ich trotzdem lieber die Vereinigten Staaten vertreten. Deren Chancen, das Geld zu behalten, schätze ich ungleich höher ein.«

JJ legte forsch ihr Besteck auf den Teller. »Beenden wir die Spekulationen, meine Herren. Nach der jüngsten Hypotheken- und Immobilienkrise sind die Finanzmärkte sensibler denn je. Gerüchte von Billionennachzahlungen der Vereinigten Staaten könnten katastrophale Folgen haben.«

Der Professor zwinkerte seinem Gast zur Linken zu. »Verstehen Sie jetzt die strengen Sicherheitsvorkehrungen, Tim?«

»Sagen wir, ich akzeptiere sie – vorausgesetzt, ich muss nicht in einem hermetisch abgeriegelten Labor arbeiten.«

»Was das anbelangt, kann ich Sie beruhigen«, erklärte JJ rasch. »Sie dürfen den Lesesaal der Bibliothek benutzen. Nur sollten Sie mit niemandem außerhalb des Teams über Ihre Arbeit reden oder irgendwelche Notizen liegen lassen.«

»Notizen?«

»Schriftliche Merkhilfen.«

»So etwas brauche ich nicht.«

Sie lächelte verschmitzt. »Verzeihung, Sie sind ja der Mann, der nichts vergessen kann.«

Er hob die Schultern. »Ich kann nichts dafür.«

»Immerhin sind Sie gerade Schachweltmeister geworden.«

»Ach, wissen Sie, Albert Einstein hat einmal gesagt: ›Schach ist das Spiel, das die Verrückten gesund hält.‹«

»Sie sind nicht verrückt, Tim. Höchstens ein wenig... anders. Oder besser noch: *besonders.*«

Die Leidenschaft, mit der sie das sagte, entfachte einen Orkan in ihm. Benommen stammelte er: »W-wäre ich anders, dann würde ich heute wohl nicht hier sitzen. Ich will mir doch das große Fressen nicht entgehen lassen.«

»Das große …? Darf ich Ihre Antwort so deuten, dass Sie uns bei der Lösung des Beale-Rätsels helfen werden?«

Ein Blick in JJs grüne Augen ließ Tim jegliche Zweifel vergessen. »Ja, ich bin dabei.«

PHASE IV

MITTELSPIEL

Gegenwart

»Wir haben keinen Zugang zu den Hinterräumen unseres Gehirns, weil wir nur sehen, was wir kennen. Weil es im normalen Leben nicht von Vorteil ist, jedes Detail wahrzunehmen.«

Allan Snyder, Hirnforscher

Tims »großes Fressen« wurde im Hauptlesesaal eines etwa siebzig Jahre alten Bibliotheksbaus angerichtet, dessen markantestes Merkmal ein zwölf Stockwerke hoher Turm war. Selbiger diente, wie Prof. Afsahi es salopp ausgedrückt hatte, »als Hochregallager« für die nicht frei zugänglichen Titel. Der beeindruckende Komplex lag an der West Road, nur dreihundert Schritte vom nördlichen Ende des Sidgwick-Areals entfernt.

Obwohl der große Lesesaal Tim nicht die Rückzugsmöglichkeiten bot, die er in seiner Berliner Lieblingsbücherei so schätzte, kam er mit seiner neuen Umgebung von Anfang an gut zurecht und konnte konzentriert arbeiten. Wenn er, was allerdings selten geschah, von seiner Lektüre aufblickte, dann sah er Studenten, Dozenten und andere Leute, die ihren Geist an den Futtertrögen des Wissens nährten. Doch selbst in dieser – buchstäblich – erlesenen Gesellschaft genoss er eine Sonderstellung. Jeden Morgen sicherte ihm JJ im äußersten Winkel des Raums seinen »Bannkreis«: vier reservierte Tische, von denen er grundsätzlich den Eckplatz benutzte. So konnte er ungestört schmausen.

Die Universitätsbibliothek von Cambridge war für ihn tatsächlich ein Gourmettempel, gegen den sich die Berliner Amerika-Gedenkbibliothek wie ein Fast-Food-Restaurant ausnahm. Er schwelgte in alten Büchern, vertilgte Handschriften, schlemmte Pamphlete und verleibte sich genussvoll alles ein, was auch nur im Entferntesten ein Thomas Beale Anfang des 19. Jahrhunderts gelesen haben könnte. Für einige besondere Publikationen musste er in den kleineren »Munby Lesesaal für seltene Bücher« oder in einen anderen, ausschließlich den Manuskripten vorbehaltenen Raum umziehen.

In gewohnter Manier legte er bei der Lektüre ein atemberaubendes Tempo an den Tag. Wo immer möglich, scannten seine Augen zwei Seiten gleichzeitig ein. Altertümliche Schrifttypen oder schlecht entzifferbares Gekritzel konnten ihn nur vorübergehend zu einer Drosselung des Tempos zwingen. Sein Gehirn stellte sich binnen weniger Seiten auf die ungewohnten Formen ein, und bald flutschte der Text wieder wie zuvor in seinen nicht flüchtigen Speicher.

Schon in den ersten Tagen des »großen Fressens« begriff Tim, wie unverzichtbar sein Umzug nach England gewesen war. Von Berlin aus hätte er niemals so tiefe Einblicke in den literarischen Kosmos der »Ära TJB« erlangen können (nach eigenem Vorbild kürzte Jamila Jason den Namen Beales meist auf diese Weise ab). In gewisser Hinsicht verdankte Tim die literarische Völlerei Queen Anne, der letzten Stuart auf dem englischen Thron. Vier Jahre bevor sie 1714 das Zeitliche gesegnet hatte, war ein nach ihr benanntes Statut in Kraft getreten, das Autoren wie Verlagen Schutz vor Raubdrucken gewährte. Hierzu mussten sie ihre Publikationen vor dem Ersterscheinungstag bei Stationers' Hall registrieren lassen und an diese staatliche Einrichtung neun Bände des Werks senden. Diese Belegexemplare wurden zu bestimmten Stichtagen an die ausgewählten Referenzbibliotheken weitergeleitet. Seit 1709 gehörte die Cambridge University Library zu diesen privilegierten Depots.

Anfangs hatten die Verlage ihr Urheberrecht nur für voraussichtliche Bestseller in den Titelkatalog eintragen lassen, wodurch das Gelage für Tim überhaupt bewältigbar blieb. Immerhin besaß die Cambridge-Universität noch ungefähr ein Sechstel der zwischen 1758 und 1814 registrierten siebzehntausend Werke. Das örtliche Projektteam, bestehend aus Tim Labin, Zircon Afsahi und Jamila Jason, hatte aus den bis zum Jahr 1822 erschienenen Titeln dreitausend Kandidaten ausgewählt, die nach ihrer Popularität gewichtet und sortiert wurden. Tim sollte sich zunächst die Anfang des 19. Jahrhunderts beliebtesten Werke einverleiben – auf Platz eins stand die King-James-Bibel – und sich dann bis zu den Exoten durchbeißen. Er rechnete mit einem täglichen Pensum von etwa dreißig Büchern. Wenn er Pech hatte, würde er den Schlüssel für die Beale-Chiffren erst nach einhundert Tagen finden.

Oder gar nicht.

Aber darüber machte er sich vorerst keine Gedanken. Wie ein Besessener stürzte er sich in die Arbeit. Während sich Prof. Afsahi tagsüber meist im Hintergrund hielt, wurde er von JJ geradezu bemuttert. Sie versorgte ihn in jeder Hinsicht mit Nachschub. Neben dem Lesestoff lag ihr auch sein leibliches Wohl am Herzen, weil er dazu neigte, über dem Memorieren das Essen und Trinken zu vergessen. Seinen Ansprüchen in puncto Ordnung zu genügen, gab sie hingegen bald auf und lud die von ihr herbeigeschleppten Bände und Akten nur noch vor ihm ab. Er verteilte die Fracht dann auf dem

Tisch nach einem System, das auf Maximierung rechter Winkel ausgelegt war. Ohne jegliche Messhilfen erzielte er dabei eine fast schon magische Präzision.

JJ erduldete seine Marotten, die bisweilen täppischen Umgangsformen wie auch sein Unvermögen, Gedachtes von Gesprochenem zu trennen, mit stoischer Gelassenheit. Und wenn er wieder einmal ein Buch durchgearbeitet hatte, hinterfragte sie kritisch seine Eindrücke.

Die vielen Stunden, die das Gespann so miteinander verbrachte, veränderten Tim. Schon bei JJs erstem Händedruck war das Gefühl der Panik ausgeblieben, das ihn sonst immer befiel, wenn eine fremde Person ihm allzu dicht auf die Pelle rückte. Er hatte nur eine Erklärung dafür: Es gab Gefühle, die stärker als seine Ängste waren, und Jamila Jason vermochte diese in ihm zu wecken. Je länger sie zusammenarbeiteten, desto mehr verblasste sogar das leichte Unbehagen, das ihre Berührung ihm anfänglich bereitet hatte. Ja, er begann sich sogar nach den kleinen Momenten der Nähe zu sehnen, etwa wenn sie ihm einen Tee brachte und ihr Ärmel ihn streifte, wenn sie ihm etwas in einer Publikation zeigte, sich dabei über ihn beugte und ihr samtweiches Haar an seinem Ohr entlangstrich oder wenn nur im Vorbeigehen ihr Duft in seine Nase stieg.

Trotzdem blieben solche Augenblicke der Glückseligkeit seltene Ausnahmen. Bei aller Kollegialität verhielt sich JJ ihm gegenüber die meiste Zeit auf eine fast unterkühlte Weise distanziert. Einmal hatte Tim sie beiläufig gefragt, ob es auch einen Mr Jason gebe. »Ja, meinen Vater, aber der ist seit vielen Jahren tot«, hatte sie knapp erwidert und in ihrer ganzen Körpersprache erkennen lassen, dass die Erörterung persönlicher Beziehungen von Projektmitgliedern für sie zu den großen Tabus zählte, die niemand ungestraft verletzen durfte. Wenig später – im Hinterkopf notierte Tim die zehnte Stunde des elften Tages seiner Schwärmerei für Jamila Jason – zeigte sie ihm, wie ernst sie es mit ihrer Professionalität nahm.

»Ich finde, Ihr Lesetempo ist in den letzten beiden Tagen spürbar gesunken, Tim.« Sie hatte sich rechts neben ihn gesetzt und die Stimme gesenkt, weil an diesem Morgen schon einige Studenten im Lesesaal waren.

Er sah verdutzt von seiner Lektüre auf, ein Buch mit dem Titel *A little geste of Robyn Hode*. »Das ist mir noch gar nicht aufgefallen.«

»Es stimmt aber.«

»Führen Sie über meine Tagesleistung Buch?«

»Ja. Und ich fürchte, was immer zu dieser Verlangsamung führt, könnte auch Ungenauigkeiten zur Folge haben.«

»Ungenauigkeiten? Wobei?«

»Beim Memorieren? Jeder Titel, den Sie in Ihrem Gedächtnisspeicher ablegen, ist ein potenzieller Schlüssel zur Beale-Chiffre. Wenn Sie sich nicht konzentrieren, könnten Sie die Lösung schlicht übersehen.«

»Nur keine Sorge, JJ, mir entgeht schon nichts. Ich bin der Mann, der nichts vergessen kann.«

»Das Thema ist zu ernst, um darüber Witze zu machen.«

»Ich mache keine Witze. Nur zu, fragen Sie mich nach irgendeiner Passage in einem x-beliebigen Buch.«

»Tim, es geht nicht darum ...«

»›Wie schön sind deine Brüste, meine Schwester, liebe Braut! Deine Brüste sind lieblicher denn Wein, und der Geruch deiner Salben übertrifft alle Würze‹ ...«

»Aufhören!«, protestierte JJ und presste sich die Hände auf die Ohren. Mehrere Gesichter im Lesesaal sahen interessiert zu ihnen herüber. »Das war jetzt wirklich unnötig, Tim«, fügte sie raunend hinzu. Ihre gewohnte Abgeklärtheit war wie weggeblasen.

Sein Mangel an Einfühlungsvermögen machte ihn für ihre emotionale Misere blind. Er wollte ihr unbedingt beweisen, dass sie auf ihn zählen konnte. »So steht es aber im Hohelied Salomos, Kapitel 4, Vers 10. Die *King James* habe ich am ersten Tag memoriert. Mir gefällt auch der zweite Vers des zweiten Kapitels: ›Wie eine Rose unter den Dornen, so ist meine Freundin unter den Töchtern...‹«

»Schluss jetzt damit!«, zischte sie. »Ich glaube Ihnen ja, dass Ihr Gedächtnis lückenlos funktioniert. Trotzdem irre ich mich nicht, was Ihr vermindertes Lerntempo betrifft. Ich mache mir um Sie Sorgen, Tim. Wenn Sie einen Tag Pause einlegen wollen, dann ist das kein Problem. Was immer Sie brauchen, um Ihre Leistungsfähigkeit wiederherzustellen, wir geben es Ihnen.«

»Gehen Sie mit mir essen.«

JJ blinzelte irritiert. »Was?«

»Ich brauche ein Rendezvous mit Ihnen.«

»Das ist jetzt kontraproduktiv, Tim.« Sie klang verärgert.

»Im Gegenteil. Es hilft mir, meine ›Leistungsfähigkeit wiederherzustellen‹.«

»Wir haben schon oft miteinander gegessen. Ich bringe Ihnen jeden Tag was aus dem Tea Room mit.«

»Das ist aber kein richtiges Date. Ich will Sie näher kennenlernen, JJ.«

»Und was ich möchte, spielt wohl gar keine Rolle.«

»Für mich schon. Erzählen Sie's mir. Zufällig habe ich heute Abend noch nichts vor, und in der Nähe soll es einen guten Italiener geben.«

»Heute geht es nicht.«

»Und morgen?«

»Da kann ich auch nicht.«

»Bekommen Sie Ärger mit Ihrem Freund, wenn Sie mit mir ausgehen?«

JJ sah ihn aus ihren grünen Augen so bestürzt an, als würde sie jeden Moment in Tränen ausbrechen. »Mein Freund ist tot«, sagte sie leise.

Tim wäre am liebsten im Boden versunken. Warum konnte er nicht seinen Mund halten oder wenigstens *einmal* etwas sagen, das ihm bei JJ Sympathiepunkte einbrachte? Stattdessen rutschte er bei ihr immer tiefer in die Miesen. »Das tut mir leid.«

Ein Moment der Stille trat ein, lange genug, um die Neugier der Lauscher im Lesesaal verfliegen zu lassen. Auch Tim senkte den Blick wieder in seinen *Robyn Hode*, fest davon überzeugt, es sich bei JJ nun endgültig verscherzt zu haben. Doch plötzlich sagte ihre samtene Stimme etwas, das ihm die Fassung raubte.

»Also gut. Ich gehe mit Ihnen essen. Heute um acht.«

Laut eigener Homepage versprach das »Gondola Venezia« solide italienische Küche im anglisierten Stil: Lasagne mit Chips, Beefsteak mit grünem Spargel und andere kulinarische Eskapaden, die kein echter Italiener seinem Magen jemals zugemutet hätte. Den Geschmack der Engländer schien die Speisekarte indes zu treffen, denn als Tim in dem Restaurant anrief, um »einen Tisch in einem lauschigen Eckchen« zu reservieren, hieß es spontan: »Wir sind ausgebucht.«

Nach kurzem Zögern wurde hinzugefügt: »Sind Sie *der* Tim Labin, der frischgebackene Schachweltmeister?«

»Vor zwölf Tagen war ich's noch.«

»Warten Sie, ich glaube, da ist gerade noch etwas frei geworden.«

Wie es sich für ein richtiges Date gehörte, holte Tim seine Teamkollegin zu Hause ab. Exakt um 19.45 Uhr klingelte er an der Tür eines hübschen Hauses in der Newnham Croft Street. Die Universität hatte sie beide in gediegenen Privatunterkünften typisch englischer Art einquartiert; Tims Wirtin war eine junge Witwe und Jamilas eine alte.

Er achtete darauf, dass JJ die beiden Enden des roten Wollschals im rechten Winkel über der Brust kreuzte sowie sämtliche Knöpfe ihres Mantels von unten nach oben schloss. So könne sie, versicherte er ihr, allen Herbststürmen gelassen trotzen. Das Oktoberwetter war jedoch gnädig mit den beiden, und sie trafen weitgehend unzerzaust um Punkt 20 Uhr in dem Restaurant ein.

Der Wirt, ein bulliger Engländer mit Schnurrbart und pomadisiertem Haar in Italienisch-Schwarz, begrüßte den deutschen Gast, als habe dieser nicht nur ein paar Runden Schach, sondern gleich den Kalten Krieg gegen die UdSSR gewonnen. Er übergab die Besucher an eine dralle Angestellte, eine etwas burschikose Frau Mitte dreißig, die ungefähr so italienisch aussah wie die schlappohrigen Bassets der Queen. Sie führte das Paar zum Tisch.

Das lauschige Eckchen war perfekt hergerichtet, samt Kerze, Tafelsilber und rosa Tischwäsche. JJ zeigte ihre Grübchen, und Tim war selig. Er durfte mit dem schönsten Mädchen der Welt einen romantischen Abend verbringen. Was brauchte ein Mann mehr zum Glücklichsein?

Das Essen erwies sich, ungeachtet der Nationalität des Kochs, als genießbar, der Chianti sogar als vorzüglich. Und JJ – verglichen mit der Beinaheabfuhr am Vormittag war sie wie ausgewechselt. Sie plauderte zwanglos, lächelte sogar hin und wieder, vermittelte Tim also durchaus den Eindruck, sich in seiner Gegenwart wohlzufühlen. Trotzdem oder gerade deshalb kam er sich vor wie ein Schuljunge bei seinem ersten Date. Er war heilfroh ob der schummrigen Beleuchtung des Lokals, weil seine Ohren, wie er meinte, vor Aufregung rot glühen mussten.

Nach dem Espresso fiel Tim nichts mehr ein, um den wunderbaren Abend noch weiter in die Länge zu ziehen, und er bat um die Rechnung. Die Bedienung verlangte sechsundvierzig Pfund siebzig, nachdem sie die einzelnen Positionen auf einem Block zusammengezählt hatte.

»Entschuldigung, aber Sie haben sich vertan«, sagte Tim höflich.

Die Dralle sah ihn finster an. »Woher wollen Sie das wissen? Sie haben ja nicht mal auf meinen Notizblock geschaut.«

Er blieb freundlich. »Wozu auch? Ich habe Ihre Karte im Kopf. Der Betrag ist um vier Pfund und zwanzig Pence zu niedrig. Sie haben das San Pellegrino vergessen, und die zwanzig Pence sind ein Rechenfehler. Nicht so schlimm. Kann jedem mal passieren.«

Die Augen der Frau verengten sich. »Die Karte im Kopf? Wollen Sie sich über mich lustig machen? Ich sehe Sie heute zum ersten Mal, Mister.«

»Ich Sie auch, aber was hat das damit zu tun?« Tim bemerkte, wie JJ hinter vorgehaltener Hand schmunzelte.

Die Bedienung stemmte ihre Fäuste in die Seiten. »Hören Sie, mein Boss war früher Ringer. Der mag es gar nicht, wenn sein Personal von Gästen blöd angemacht wird.«

Tims Fassade der Freundlichkeit begann zu bröckeln. Es kostete ihn einige Mühe, die reizbare Servierin von seiner Arglosigkeit zu überzeugen. Unterdessen brachte er sein Portemonnaie zum Vorschein, legte einige Pfundnoten auf den Tisch, schüttete den Inhalt des prall gefüllten Münzfaches dazu und sagte: »Stimmt so.«

Die Bedienung warf einen mürrischen Blick auf das Sammelsurium aus kupfernen und silbernen Geldstücken. »Jetzt erzählen Sie mir nicht, Sie wüssten auf den Penny genau, was Sie in Ihrem Beutel mit sich herumtragen?«

»Sie etwa nicht? Natürlich weiß ich das.« Er deutete auf den Tisch. »Außerdem sieht ja wohl jedes Kind, dass da vierundfünfzig Pfund und dreiundsiebzig Pence liegen. Der Rest ist für Sie.«

Argwöhnisch zählte die Frau erst die Banknoten und dann die Münzen. Je näher sie an den Endbetrag kam, desto düsterer wurde ihre Miene. Schließlich knurrte sie: »Vierundfünfzig Pfund und dreiundsiebzig Pence.«

Tim lächelte. »Soll ich Ihnen beim Ausrechnen Ihres Trinkgeldes behilflich sein?«

Die Serviererin presste die Geldtasche an ihren Busen, wirbelte herum und rauschte davon.

»Nettes Kunststück«, bemerkte JJ amüsiert.

Ein unterschwelliges Gefühl sagte Tim, dass er sich gerade wie ein Trottel benommen hatte. Er verzog das Gesicht. »Ich war wohl ziemlich penetrant, was? Tut mir leid. In meinem Kopf rattern ständig Zählwerke, und wenn die Wirklichkeit nicht mit meinem Ergebnis übereinstimmt, werde ich unleidlich und will den Fehler zwanghaft korrigieren. Es ...« Er senkte verlegen den Blick. »Sich in andere Menschen einzufühlen fällt mir schwer. Sie denken jetzt bestimmt ...«

»Es wäre mir lieber, wenn du Jamila zu mir sagst«, unterbrach sie ihn mit sanfter Stimme.

Erstaunt sah Tim in ihre jadegrünen Augen und fühlte sich jäh aus dem Raum-Zeit-Kontinuum ausgeklinkt. Tag und Stunde verloren für ihn jede Bedeutung, sie existierten einfach nicht mehr. Auch seine Umgebung verschwand, wurde weggesaugt, als fliege er durch ein Wurmloch. Was JJ da eben gesagt hatte, war mehr für ihn als ein Ritterschlag der Queen. Hätte sie ihm einen Heiratsantrag gemacht, wäre er auch nicht verzückter gewesen. Schon am Morgen hatte sie gesagt, sie mache sich seinetwegen Sorgen und jetzt das! Sie liebte ihn. Es konnte gar nicht anders sein, denn er, Tim Labin, geborener Rosenholz und, zugegeben, ein recht dorniger Stamm, war bis über beide Ohren in diese Königin aller Rosen verliebt.

Spontan griff er nach ihrer Hand.

Was hierauf folgte, überraschte ihn: ihr unergründlicher Blick, das flüchtige Lächeln, das jähe Zurückziehen ihrer Hand und dann der abrupte Themenwechsel vom Privaten ins Geschäftliche.

»Je besser wir im Projekt miteinander harmonieren, desto größer sind unsere Erfolgsaussichten. Denkst du, morgen kannst du wieder mit frischem Elan ans Werk gehen?«

Für Tims Leidenschaft kam Jamilas Reaktion einer kalten Dusche gleich – zischend und dampfend erlosch sein Feuer. Sie hatte ihn in die Dimensionen des Hier und Jetzt zurückgeschleudert, aber bis er zu einer Antwort fähig war, verging noch eine geraume Zeit. »I-ich denke schon.«

Sie wich seinem waidwunden Blick aus und suchte nach dem Ober, als könne sie die Zweisamkeit plötzlich nicht schnell genug beenden. Als Tims Starren ihr zu unangenehm wurde, verlor sie die Beherrschung. »Was ist?«

Seine Gedanken formten Worte, Worte, die er eigentlich nicht aussprechen wollte, die aber trotzdem über seine Lippen kamen. »Ich hatte gedacht, wir könnten Freunde sein, Jamila.«

In ihre Miene schlich sich ein Ausdruck der Verletzlichkeit, doch ihre Stimme blieb hart. »Freundschaft steht nicht im Vertrag, Tim. Ich schätze dich als Kollegen, doch du solltest dir nicht die Hoffnung auf mehr machen.«

»Aber ...«

»Nicht!«, erstickte sie seinen Widerspruch im Keim, die Hände abwehrend erhoben, und mit einem Mal klang sie nur noch müde und traurig. »Lass es gut sein, Tim. Du bist vielleicht ein schräger Vogel, aber ich mag dich trotzdem. Das muss genügen. Was mit meinem Freund passiert ist, habe ich dir ja erzählt. Vielleicht ziehe ich das Unglück an. Du sollst nicht so enden wie er.«

Tim kam wieder schneller voran. An ein weiteres Rendezvous mit Jamila wagte er nicht zu denken. Sicher, sie hatte gesagt, dass sie ihn mochte. Vielleicht so, wie andere ihren Wellensittich mögen?, fragte er sich. Leute mochten auch junge Katzen, Lasagne mit Chips, umweltgerechte Mülltrennung oder Geranien. Mehr hatte sie ihm nicht zugestanden. Jetzt war er mit Paul Simon gleichgezogen und konnte dessen *50 Ways to Leave Your Lover* voller Inbrunst mitsingen:

> *The problem is all inside your head, she said to me*
> *The answer is easy if you take it logically*
> *I'd like to help you in your struggle to be free*
> *There must be fifty ways to leave your lover*

»Das Problem ist nur in deinem Kopf«, sagte sie zu mir.
»Die Antwort ist leicht, wenn du es logisch betrachtest.
Ich möchte dir bei deinem Kampf helfen, frei zu sein.
Es muss fünfzig Wege geben, seine Liebste zu verlassen.«

Ob der Musiker dabei an ihn gedacht hatte, Tim Labin, den Wissenden, dessen wichtigste Erinnerung gleichwohl im Dunkel verschüttet lag? Das Problem ist nur in deinem Kopf. Jamila hatte ihm tatsächlich geholfen, frei zu sein. Frei vom Kampf um ihre Gunst. Er hatte den fünfzigsten Weg gefunden.

Es war wohl der daraus entspringende Frust, der ihn einmal mehr das Vergessen im Rausch des Memorierens suchen ließ. Sogar wenn die Pforten der Universitäts-Bibliothek schlossen, wollte er seinem Geist keine Ruhe gönnen. Am Abend nach Jamilas Abfuhr hatte er Afsahis Einladung zu einer Schachpartie angenommen, und seitdem spielten sie fast täglich. Nebenher nutzten sie die regelmäßigen Treffen immer auch im Sinne des Projekts. Tim erstattete von seinem Tagewerk Bericht, und Afsahi machte gelegentlich Vorschläge, den ein oder anderen Titel vorzuziehen oder zurückzustellen.

Auf dem karierten Schlachtfeld schlug sich Zircon Afsahi gar nicht so übel. Zwar nahm Tim sich gelegentlich zurück, um ihm einen Vorteil einzuräumen, doch hin und wieder musste er sich sogar anstrengen, wenn er nicht verlieren wollte. Von Mal zu Mal schätzte er den »alten Perser« mehr – so nannte sich der Professor gelegentlich selbst, und meistens präsentierte er dabei sein schalkhaftes Basarhändlerlächeln. Der Dekan war ein umgänglicher Zeitgenosse, geistreich, selten um eine Antwort verlegen und ein stets aufmerksamer Gastgeber.

Genau eine Woche, nachdem Tim in der »Venezianischen Gondel« untergegangen war, bemerkte er beim Betreten von Afsahis Wohnzimmer erneut eine merkwürdige Figurenanordnung auf dem Schachbrett. Zwar fehlten diesmal die Muscheln und Schneckenhäuser, aber trotzdem war die Stellung schlicht unmöglich, weil das Regelwerk nur bestimmte Züge zuließ.

»Hatte Ihre Haushälterin heute wieder ihren kreativen Tag?«, fragte Tim verwundert. Einmal mehr flimmerte das Muster in seinem Geist, ohne dass er sich diese Rückmeldung aus seinem Unterbewusstsein erklären konnte. Und abermals eilte Afsahi herbei und wischte die Figuren vom Brett.

»Ja, bitte entschuldigen Sie die Unordnung. Rose hat dem Staub heute wieder den Krieg erklärt.«

»Aber heute ist Freitag. Sie sagten, der gute Geist in Ihrem Haus würde jeden Dienstagmorgen putzen.«

»*Das* soll ich gesagt haben?«

»Ich kann's wörtlich wiederholen, wenn Sie möchten.«

»Nicht nötig. Ich habe mich nur unklar ausgedrückt. Wischen, Saugen und Entstauben steht zweimal auf Rose' Wochenplan: Dienstag und Freitag.«

»Ah!« Tim betrachtete nachdenklich den Haufen der zusammengefegten Spielsteine. »Sagen Sie, Zircon, könnte es sein, dass Ihre Rose da – wie soll ich mich ausdrücken? – ihr eigenes Spiel spielt?«

Der Professor erbleichte. »Eigenes...? Wie meinen Sie das?«

»Ich habe das Gefühl, die Steine waren nicht zufällig angeordnet. Die Stellung scheint etwas zu bedeuten.«

Afsahi strich sich nervös über den Schnurrbart. »Ich... ich fürchte, ich kann Ihnen nicht folgen.«

Tim hatte in den letzten Tagen dazugelernt, er merkte, dass er seinem Gastgeber Unbehagen bereitete. Nachdem er schon bei Jamila auf Grund gelaufen war, wollte er es sich nicht auch noch mit dem Professor verscherzen. Also zuckte er betont gleichgültig mit den Schultern und sagte: »Vergessen Sie's. Spielen wir eine Partie?«

Mit sichtlicher Erleichterung fing Afsahi den Ball auf. »Gerne. Ich habe mich schon den ganzen Tag darauf gefreut. Heute will ich eine neue Eröffnung ausprobieren.«

»Da bin ich aber gespannt.«

Das Glück war dem Gastgeber hold. Er zog Weiß, konnte damit also nicht nur die Partie beginnen, sondern auch die Initiative übernehmen. Sein Damenbauer wanderte auf das Feld d4 und der von Tim als Erwiderung nach d5, womit sich die beiden Figuren direkt gegenüberstanden. Der Professor setzte einen zweiten Bauern von c2 nach c4 und gab ihn damit dem Gegner preis.

Tim tat Afsahi den Gefallen und schlug den weißen Bauern auf c4. Er musste schmunzeln. »Ich liebe die Klassiker. Neu ist das ›Angenommene Damengambit‹ allerdings nicht. Es wurde erstmals 1512 analysiert.«

Der Professor blieb konzentriert. »Warten Sie meine Figurenentwicklung ab. Sie werden sich noch wundern.«

Afsahi schlug sich wacker an diesem Abend, geriet aber trotzdem während des Mittelspiels immer mehr ins Hintertreffen. Tim konnte die Initiative übernehmen, taktierte geschickt gegen den isolierten weißen Bauern und brachte seine eigenen Figuren strategisch klug in Stellung. Erst im Verlauf des Endspiels kam der Professor wie gewohnt auf Tims Arbeit zu sprechen. »Wie ist es heute in der Bibliothek gelaufen?«

»Eigentlich normal.«

»Warum nur eigentlich?«

»Ich habe zwar erst dreihunderteinundsiebzig Publikationen memoriert, aber trotzdem kommen mir allmählich Bedenken.«

»In welcher Beziehung?«

»Wir haben aus dem Bibliothekskatalog dreitausend Titel

ausgewählt. Was ist, wenn das Schlüsselwerk nicht dabei ist?«

»Dann ist Ihr Gedächtnis um dreitausend Bücher reicher.«

»Und wir sind wieder da, wo wir am Anfang gestanden haben.«

»Die Auswahl der Titel ist ja nicht willkürlich, Tim. Wir hatten sie vor Ihrem Kommen sorgfältig zusammengestellt. Und Sie waren zwei Tage lang damit beschäftigt, das Verzeichnis unserer Sammlungen zu studieren und Ihre Ergänzungs- oder Streichungswünsche einzubringen.«

»Sie haben recht, ich kann die gesichteten Teile des Katalogs im Schlaf aufsagen. Trotzdem beschleicht mich das Gefühl, nur Spiegelfechterei zu betreiben.«

Afsahi positionierte seinen Läufer auf Konfrontationskurs mit Tims König, stoppte durch Drücken der Schachuhr seine Bedenkzeit, notierte den Zug in einem schwarzen Büchlein, sagte: »Schach«, und lehnte sich zurück.

Eine Weile sah er Tim nur an, ehe sein Blick wieder zur Uhr wanderte. »Manchmal muss man sich auf seinen Bauch verlassen, mein Freund. Ich bin Historiker und habe gelernt, immer die Zeit in die Gleichung mit einzubeziehen: Vielleicht sollten Sie nicht nur Bücher *aus* der Epoche von Thomas Beale lesen, sondern auch ein paar Werke *über* seine Epoche.«

»Sie meinen Geschichtsbücher?«

Der Professor nickte. »Warum nicht? Möglicherweise gibt uns ein Kollege den entscheidenden Hinweis, eine Abkürzung, wie Sie schneller zu dem Schlüsselwerk finden. Wenn Sie möchten, stelle ich Ihnen morgen eine kleine Auswahl geeigneter Fachliteratur zusammen.«

»Das wäre sehr nett.« Tim spürte wieder Zuversicht.

»Sie sind am Zug, Kollege.«

Der schwarze Springer zog zwei Felder vor und eins nach links. Tim tippte den Knopf an der Uhr. »Schachmatt. Fordern Sie Revanche?«

Am Samstagmorgen um neun waren Tim und Jamila die ersten Besucher im Lesesaal. Er hatte eigentlich mit ihrem Widerspruch gerechnet, als er ihr vom Gespräch des vergangenen Abends erzählte und ihr die Liste mit Zircon Afsahis Leseempfehlungen zeigte, aber JJ nahm die Abweichung von der »Speisefolge« erstaunlich gelassen hin.

Bis zum späten Mittag hatte Tim sechs Titel memoriert. Zwei widmeten sich ausschließlich der Amerikanischen Revolution vom Ausbruch der Krise zwischen Großbritannien und seinen Kolonien um 1763 bis zur Verabschiedung der Verfassung durch den eigens dafür einberufenen Konvent am 17. September 1787. Außerdem inhalierte Tim vermittels eines dritten Buches den Zeitgeist, der Beale geprägt haben dürfte. Ein vierter Wälzer informierte ihn über die politischen Entwicklungen im England des 18. Jahrhunderts. Und ein zweibändiges Werk behandelte ausführlich die Geschichte der Universitätsbibliothek von Cambridge.

Dabei machte er eine Entdeckung.

Es begann wie so oft mit einem Funkeln in seinem Geist. Er war gerade auf den Namen John Milton gestoßen. Der große englische Denker und Literat hatte in Cambridge studiert und manche Stunde in der Universitätsbibliothek zugebracht. In Cambridge erwarb er auch 1632 seinen »Master of Arts«, einen Magistergrad. Als Tim das Jahr las, hatte das Leuchten begonnen. Manchmal spielte sein außergewöhnlicher Sinn für Zahlen im Hintergrund anderer Denkprozesse mit den im neuronalen Speicher abgelegten Daten herum. So war es auch jetzt.

Seine Aufmerksamkeit wurde, als er unbewusst die letzten beiden Ziffern aus Miltons Abschlussjahr vertauschte – also aus der »32« eine »23« machte – auf ein besonderes Ereignis im Jahr 1823 gelenkt. Damals war im Old State Paper Office in der Middle Treasury Gallery von Whitehall John Miltons letztes großes, bis dahin nie veröffentlichtes Werk *De Doctrina Christiana* wiederentdeckt worden. Einhundertfünfzig Jahre hatte es in dem Londoner Archiv herumgelegen, bis es einem gewissen Robert Lemon sen. im November besagten Jahres in die Hände fiel. Zwei Jahre später erschien dann Miltons *Zur christlichen Lehre* in einer englischen Übersetzung.

Er berichtete Jamila von seinen Überlegungen. Nur eine Erinnerung, über deren Einfluss auf seine Assoziation er sich unschlüssig war, erwähnte er nicht: Er hatte erst kürzlich einen Nachdruck der lateinischen Urfassung des Werkes zu Gesicht bekommen, nicht hier in der Bibliothek allerdings.

Sie musterte ihn mit einem unergründlichen Blick.

»Was ist?«, fragte er.

»Findest du deine Erklärung nicht ein bisschen dünn?«

»Die Wissenschaft hat vielfach bewiesen, dass die einfachen Lösungen oft die richtigen sind.«

»Was ist daran einfach?«

»Das Funkeln in meinem Kopf.« Als ihr skeptischer Blick nicht weichen wollte, seufzte er. »Dem Buch hier zufolge hatte John Milton in seiner Streitschrift rigoros mit religiösen Dogmen der Katholiken und Glaubenslehren der Protestanten abgerechnet, um diese als unbiblische Lügen zu entlarven. Und Beale hielt die Unabhängigkeitserklärung ebenfalls für eine Lüge. Ich habe ein gutes Gefühl bei der Sache. Könntest du mir das Buch besorgen?«

»Vielleicht ist es gar nicht im Bestand.«

»Doch, ist es.«

»Du sagst das, weil du den Bibliothekskatalog im Kopf hast?«

Er nickte.

Ihre Stirn legte sich in Falten. »Manchmal bist du mir richtig unheimlich, Tim.«

»Tut mir leid. Wäre ich dir sympathischer, wenn ich ab und zu mal was vergessen würde?«

»Fängst du schon wieder damit an? Du *bist* mir sympathisch. Abgesehen davon dürfte die englische Übersetzung des Werkes erst 1825 registriert und hier hinterlegt worden sein. Das liegt drei Jahre außerhalb unseres Zeitfensters.«

»Was sind schon drei Jahre? Außerdem liegen 1823, als die *Doctrina Christiana* wiederentdeckt wurde, und 1822, als Beale nach Europa floh, nur *ein* Jahr auseinander. Was, wenn die Chronisten sich geringfügig geirrt haben? Vielleicht hat TJB auch in London Zwischenstation eingelegt und bereits den Entwurf der Übersetzung studiert? Oder sogar das lateinische Original? Es gibt Dutzende von Gründen, Zircons Rat zu beherzigen.«

»Was hat der Professor damit zu tun?«

»Er meinte gestern, man müsse sich manchmal auf seinen Bauch verlassen. Sei bitte so lieb und bring mir Miltons *Christian Doctrine*. Vielleicht lässt du dir von der Ausgabe auch gleich die lateinische Fassung geben – sicher ist sicher.«

»Warum holst du sie dir nicht selbst?«, konterte sie schnippisch.

Er fühlte sich von ihrer Antwort auf dem linken Fuß erwischt. »D-du«, stammelte er, »du hast doch bisher immer für mich...« Er stand auf. Sie hatte ja recht. »Ich gehe schon.«

Ihre Hand legte sich rasch auf seinen Arm. »Ist schon gut. Bleib sitzen. Dir ist es ja offensichtlich ziemlich ernst mit deinem Bauchgefühl. Warte einen Moment. Ich bin gleich wieder bei dir.«

Er seufzte leise, als die Wärme ihrer Hand von ihm wich und Jamila sich zum Gehen wandte. Still schmachtend verfolgte er ihr anmutiges Davonschreiten. Der Schwung ihrer Hüften machte ihn schwindeln. Vielleicht konnte er sie ja beeindrucken, wenn er fündig wurde ...

Aber was dann?, schoss es ihm durch den Kopf. Der Job wäre erledigt, das Team würde sich auflösen, und er würde die Frau seiner Träume möglicherweise nie wiedersehen. Hatte sie ihn deshalb abblitzen lassen? Wollte sie vermeiden, dass er seine Suche absichtlich verlangsamte, um sich nicht so bald von ihr verabschieden zu müssen? Vielleicht bedeutete er ihr ja doch mehr als ein Wellensittich ...

Ich muss ihr, bevor mir womöglich der Durchbruch gelingt, irgendwie zeigen, wie viel mir an ihr liegt, war sein nächster, aufgeregter Gedanke. Aber wie? Er könnte ihr neunundzwanzig rote Rosen schenken. Neunundzwanzig war nicht nur ihr Lebensalter, sondern auch eine Primzahl. Sie würde das sicher zu schätzen wissen. Aber wo auf dem Campus fand er so schnell einen Blumenladen? Nein, verwarf er den Einfall wieder, fürs Erste musste er eine schnellere, wenn auch weniger romantische Lösung finden.

»Pralinen!«, hauchte er.

Ja, das war gut! Pralinen verdarben zwar die Figur, aber als Ad-hoc-Zuneigungsbeweis waren sie allemal geeignet. Auf dem über die Stadt verteilten Campus gab es ein breites Angebot an Süßigkeiten, weil Studenten diese als Nervennahrung klassifizierten. Fatal wäre nur, wenn Jamila zurückkehrte, seinen Platz verwaist vorfände und sich auf die Suche nach ihm begäbe. Er musste ihr eine kurze Nachricht hinterlassen. Dummerweise hatte er keine Notizzettel, weil er ja niemals Merkhilfen benutzte. Er sah sich im Lesesaal um.

An diesem Vormittag war der Raum nur von wenigen Studierenden besetzt. Einige Reihen vor ihm saß ein Mann mit ausnehmend breiten Schultern – die Nähte seines grauen Fischgrätsakkos drohten schier zu platzen. Dem schwarzgrauen Haarschopf nach zu urteilen, war er kein Student. Tim erhob sich, lief zu dem Forscher oder Dozenten vor, beugte sich zu ihm herab und raunte: »Entschuldigen Sie bitte die Störung.«

Der Leser drehte ruckhaft den Kopf zu ihm herum und blickte ihn durch getönte Gläser erschrocken an. Sein Gesicht und die dunkle Haut ließen Tim spontan an Zircon Afsahi denken – vielleicht hatte er ja einen Kollegen des Dekans vor sich. Über dem linken Auge des sichtlich überraschten Orientalen prangte anstelle der Braue eine breite Narbe. Zur Kaschierung dieses Makels trug er vermutlich den breiten Brillenrahmen, der ihn wie eine in Selbstbräuner gebadete Version von Henry Kissinger aussehen ließ. »Was ist?«, knurrte der Mann mit deutlichem Akzent.

»Ich wollte nur fragen, ob Sie mir kurz Ihren Kugelschreiber leihen. Und einen Zettel von Ihrem Block hätte ich auch gerne.«

»Nehmen Sie sich, was Sie brauchen. Ich wollte sowieso gerade zum Waschraum gehen.« Der Kraftprotz erhob sich und stapfte in Richtung Toiletten davon.

»Tut mir wirklich leid«, rief ihm Tim hinterher. Der Davoneilende drehte sich nicht mehr um, sondern quittierte seine Entschuldigung nur mit einer wegwerfenden Geste.

Tim kritzelte eine kurze Mitteilung aufs Blatt:

Bitte warte auf mich! Bin gleich wieder da und übersetze die Chiffre für dich. Tim

Er riss den Zettel vom Block, kehrte zu seinem Leseplatz zurück und deponierte die Nachricht exakt konzentrisch auf einem Buch, wobei die Außenkanten desselben parallel zu denen des Blattes verliefen. Anschließend eilte er aus dem Saal.

Im bibliothekseigenen Tea Room kaufte er eine Schachtel Konfekt, nichts Edles, nur die üblichen haselnussgefüllten Schokobömbchen, mit denen Studenten zur Ankurbelung ihrer Denkkraft die ärztlich empfohlene Kalorientagesdosis vervielfachten. Seine Frage nach einer Geschenkverpackung stieß bei der Kassiererin auf wenig Gegenliebe – sie entriss ihm das Geld und jagte ihn zum Teufel.

Atemlos kehrte er in den Lesesaal zurück, wo er Jamila an seinem Arbeitstisch in die Miltonsche Streitschrift vertieft vorfand. Als er neben sie trat, blickte sie von dem Buch auf und musterte schmunzelnd die Pralinenbox in seiner Hand.

»Ich habe das vorhin nicht so ernst gemeint, Tim«, sagte sie. »Wenn du was zu essen brauchst, dann hole ich es dir gerne. Allerdings wusste ich nicht, dass du so ein Naschkater bist.«

Er reichte ihr das transparente Plastikkästchen. »Das ist für dich gedacht. Ein kleines Dankeschön, weil du so viel für mich gelaufen bist. Und auch eine Entschuldigung, weil ich dich wie selbstverständlich habe laufen lassen.«

Sichtlich gerührt nahm Jamila das Geschenk entgegen. »Das ist lieb von dir. Danke.«

»Eigentlich wollte ich dir ja Blumen schenken, aber die waren auf die Schnelle nicht zu kriegen.«

»Hoffentlich keine roten Rosen.«

Er stutzte. »W-wieso?«

»Erotische Angebote werden im Berufsalltag leicht als sexuelle Belästigung gedeutet und schwer geahndet.«

Trotz größter Mühe gelang es Tim nicht, ihre Äußerung eindeutig einer der beiden Kategorien Warnung oder Entwarnung zuzuordnen. Um Schwierigkeiten zu vermeiden, trat er den geordneten Rückzug an. »Zum Glück gab's nur Pralinen. Wie ich sehe, hast du die *Doctrina Christiana* bekommen.«

Sie deutete auf ihre Lektüre. »Ja, eine englische Erstausgabe von 1825 und sogar ein Faksimile des Originals. Am besten, du nimmst dir zunächst die Übersetzung vor. Mit Latein konnte TJB vermutlich nicht viel anfangen.«

Tim verzichtete auf den Hinweis, dass man einen Text nicht verstehen musste, um ihn für eine Buchverschlüsselung zu benutzen, und vertiefte sich stattdessen in den Stoff. Darin fand er tatsächlich nicht nur eine Menge Thesen, sondern auch biblisch untermauerte Beweisführungen für die Sterblichkeit der Menschenseele, die Ungleichheit zwischen Gott und seinem Sohn sowie für einige andere theologische Zweifelsfragen. John Milton war für seine berühmte Dichtung *Das verlorene Paradies* (das längst in Tims Gedächtnis lagerte) in den Olymp der Literaten erhoben worden, aber hier hatte er eine Streitschrift verfasst, die den Widerstand der Mächtigen aus Kirche und Staat provozieren *musste*. Kein Wunder, dass dieses letzte große Werk einer grandiosen Laufbahn sang- und klanglos in der Versenkung verschwunden war. Insofern würde seine *De Doctrina* als metaphorische Anspielung auf die verschollene Urschrift der amerikanischen Unabhängigkeitserklärung gut passen.

Doch das erwartete Funkeln in Tims Geist blieb aus.

»Stimmt was nicht?«, fragte irgendwann Jamila undeutlich. Sie kaute gerade an einem Schokobömbchen.

»Ich sehe nichts.« Er rechnete mit einer Äußerung wie: Hab ich's dir doch gleich gesagt.

Doch sie lüpfte nur die Augenbrauen und fragte: »Was nun?«

Sein Blick wanderte zur lateinischen Urfassung, *De Doctrina Christiana*, auf dem Tisch. Er grübelte einen Moment, dann zog er das Buch zu sich heran und begann zu lesen.

Da Tim der lateinischen Sprache mächtig war, verstand er nicht nur Miltons erstaunlich präzise formulierten Gedankengänge und bemerkte gewisse Abweichungen zur vorher memorierten Übersetzung, er stellte vor allem fest, dass der Text in seinem Sinn zu leuchten begann, als blicke er in sternenklarer Nacht auf die Milchstraße. »Ich hab's gefunden«, flüsterte er.

»Den Schlüssel?«, fragte neben ihm ebenso leise Jamila.

Er nickte. »Zum Blatt III der Beale-Chiffre.«

»Nur zum dritten?«

»Ja. Für seine Schatzkarte im ersten hat er sich offenbar etwas Besonderes ausgedacht.«

»Kannst du den Text aufschreiben?«

»Klar. Wenn du einen Stift und Papier besorgst. Aber frag nicht den Bullen da vorne. Der hätte mich vorhin am liebsten in der Luft zerrissen.« Tim deutete auf den Mann, der immer noch einige Reihen vor ihm saß.

»Nicht nötig. Ich habe ein Ringbuch dabei.« Sie holte eine Collegemappe unter dem Tisch hervor und versorgte Tim mit allem, was er brauchte.

Er schloss die Augen. Das von ihm verlangte Gedankenkunststück erforderte höchste Konzentration. Jede Zahl des dritten von Beale verfassten Blattes stand für ein Wort in der *De Doctrina*, und dessen jeweiligen Anfangsbuchstaben übertrug er penibel, ungefähr im Sekundentakt, auf den Zettel aus Jamilas Ringbuch. Das fertige Ergebnis war für ihn ein Schock.

Die Integrität der unten aufgeführten Begünstigten ist über jeden Zweifel erhaben. Sie sollen mein Erbe treuhänderisch verwalten. Dazu bilden sie ein Komitee, das mit Zweidrittelmehrheit alle notwendigen Entscheidungen trifft. Sie können mein Erbe in ein Stiftungsvermögen überführen oder es in anderer geeigneter Form folgender Zweckbestimmung entsprechend einsetzen: Das Geheimnis der unechten Unabhängigkeitserklärung muss so lange bewahrt werden, wie dem Wohl der Vereinigten Staaten von Amerika durch die Lüge besser gedient ist als durch die Wahrheit. Als Treuhänder meines Vermögens in diesem Sinne ernenne ich folgende Personen:

Harry Heine, Berlin
Thomas Jefferson, Monticello (Virginia)
Jacob Rosenholz, Berlin
William H. Russel, New Haven
Alphonso Taft, New Haven
Rahel Varnhagen von Ense, Berlin

»Alle Achtung!«, sagte Jamila, nachdem sie den von Tim entschlüsselten Text gelesen hatte.

Der war völlig perplex. Nicht so sehr wegen ihrer abgeklärten Art, die ihm ja mittlerweile hinlänglich vertraut war – unter der schönen Hülle steckte offenbar eine durch und durch rationale Wissenschaftlerin. Was ihn viel mehr überraschte, ja, regelrecht erschütterte, war einer der Namen in Beales Vermächtnis. Er hatte die Entschlüsselung kaum zu Ende bringen können, ihm fehlten die Worte.

»Da steht Jacob Rosenholz. Könnte ein Vorfahre von dir sein«, kommentierte Jamila.

Er stutzte. »Ich dachte, du kennst meinen Geburtsnamen gar nicht. Bisher hast du ihn nie erwähnt.«

»Tatsächlich?«

»Wenn es so wäre, könnte ich dir sagen, wann es war, wo es war und welche Worte du gebraucht hast.«

Ihre Miene verriet Unbehagen. »Manchmal vermittelst du einem wirklich das Gefühl, an einem Lügendetektor zu hängen, Tim.«

»Tut mir leid.«

Sie verdrehte die Augen zur Decke. »Anstatt die Fettnäpfchen zu meiden, sagst du immer nur: ›Tut mir leid.‹«

»Das habe ich von meinem Therapeuten gelernt. Er meinte, so merkt meine Umwelt nicht so leicht, dass es mir an Einfühlungsvermögen mangelt. Hast du meine Stasi-Akte gelesen, oder woher kennst du meinen ursprünglichen Namen?«

»Als wir darüber sprachen, dich für unser Projekt anzuheuern, habe ich mich gründlich über dich informiert.«

Tim hätte zu gerne gewusst, was in Jamilas Kopf vorging, doch ihre grünen Augen waren in diesem Moment so unergründlich wie Gletschereis. Er deutete auf den Klartext. »Bei mir dreht sich alles. Wenn Jacob Rosenholz tatsächlich ein Vorfahre von mir ist, dann ...« Verwirrt schüttelte er den Kopf.

»Dadurch bekommt das Ganze eine ungemein persönliche Note.«

Er sah sie verwundert an. »Genau diese Worte hat Zircon benutzt, als wir an unserem ersten gemeinsamen Abend bei ihm über Beale und seine Kurzschlussreaktion in Lexington sprachen.«

»Ich weiß. Vermutlich denkst du jetzt: ›Das alles kann doch kein Zufall sein!‹«

»Ist wohl nicht schwer zu erraten. Hast du davon gewusst, Jamila?« Er erschauerte, weil in ihrem Gesicht etwas geschah, das er so zuvor noch nicht erlebt hatte. Es schien zu einer Porzellanmaske zu erstarren. Unmöglich, ihre Gedanken zu erkennen.

Sie antwortete nicht.

Er zog aus ihrem seltsamen Verhalten seine eigenen Schlüsse. »Also hast du es gewusst. An jenem bewussten ersten Abend in Zircons Haus hast du in Verbindung mit den Rosenholz-Dateien etwas Bemerkenswertes gesagt: ›Uns fiel auf, dass einige der in den Karteikarten erfassten Personen gestorben sind, lange bevor die DDR überhaupt gegründet wurde. Das große Los zogen wir bei einem gewissen Amos A. Bethel.‹ Fällt dir auf, was ich meine?«

Jamila sah ihn weiter aus diesem puppenhaft starren Gesicht an, ohne etwas zu erwidern.

»Na schön«, sagte er, »dann erkläre ich es dir: Du erwähntest ›*einige* Personen‹, hast dann aber nur Amos Bethel beim Namen genannt. Gehe ich recht in der Annahme, dass ein weiterer Name Jacob Rosenholz lautete?«

Endlich wurde aus ihrer maskenhaften Miene wieder ein menschliches Gesicht, und sie hauchte: »Ja.«

»Warum hast du mir nicht früher davon erzählt?«

»Aus Gründen der Geheimhaltung. Außerdem fürchteten wir, deine Leistung würde darunter leiden.«

»Das ist Unsinn. Selbst wenn ich wollte, ich *kann* gar nichts vergessen.«

»Das sagst *du*, weil du dich besser kennst als jeder andere Mensch. Aber wir waren da weniger überzeugt. Du solltest zur gegebenen Zeit von deinem Ahnen erfahren, Tim.«

Er kam sich mit einem Mal ausgenutzt vor. Betrogen. Und das von Jamila. Tief enttäuscht schüttelte er den Kopf. »Ich dachte, wir wären Freunde.«

Sie hielt seinem anklagenden Blick trotzig stand und erwiderte kühl: »Dann musst du *doch* vergesslich sein. Bei unserem Essen im Restaurant habe ich dir letzte Woche nämlich erklärt, wie ich darüber denke.«

»Ich weiß noch genau, was du gesagt hast: ›Freundschaft steht nicht im Vertrag, Tim.‹ Aber manchmal sagen Menschen das eine und meinen in Wirklichkeit etwas ganz anderes. Ich hätte nie gedacht, dass du mich so belügst.«

Jamila funkelte ihn zornig an, raffte ihr Ringbuch und den Filzschreiber zusammen, stopfte alles in ihre Collegemappe und strebte im Stechschritt dem Ausgang entgegen. Während sie selbst auf niemanden achtete, zog sie die Blicke des ganzen Saals auf sich. Auch die des bulligen Mannes mit der fehlenden Augenbraue.

Nachdem Tim seine erste Benommenheit abgeschüttelt hatte, lief er ihr nach. Am Ausgang holte er sie ein. »Wo willst du hin?«

»Zu Zircon. Er sollte von deiner Entdeckung erfahren, findest du nicht?«

»Da will ich aber dabei sein.«

Sie eilte weiter. »Tu dir keinen Zwang an.«

»Dann stimmt es also, ich bin mit Jacob Rosenholz verwandt?«

»Ich dachte, das hätte ich gesagt.«

»Wurde ich deshalb für dieses Projekt ausgewählt?«

»Nein, sondern weil du ein Savant bist.« Sie blieb abrupt stehen, seufzte bei geschlossenen Augen und sah Tim wieder an. »Das stimmt nicht ganz. Irgendwie hat deine Abstammung auch damit zu tun.«

»Irgendwie?«

Sie holte tief Luft. »Tim. Unsere Gruppe hier ist nur eine Forschungs*zelle* in einem wesentlich größeren, international verteilten Organismus. Ich habe einen Vorgesetzten, dem ich berichten muss. Er hat mich auch für die Arbeit an der Beale-Chiffre eingeteilt und vorgeschlagen, dich mit der Entzifferung zu betrauen. Mehr kann ich dir dazu nicht sagen.«

»Wieso nicht? Wie heißt der Mann? Wann und wo kann ich ihn treffen?«

»Mein Boss zieht es vor, anonym zu bleiben. Vorerst jedenfalls.«

Er breitete die Arme aus. »Du tust ja gerade so, als würdest du für den Geheimdienst arbeiten.«

Jamila stob wieder davon. Über die Schulter rief sie zu ihm zurück: »Ich werde doch mit dir nicht über die Strukturen unseres Teams streiten. Glaub, was du willst.«

Zircon Afsahi hielt den Zettel aus Jamilas Ringbuch in der Hand und schüttelte fasziniert den Kopf. »Generationen der klügsten Köpfe haben sich an der Chiffre versucht, und Sie lösen das Rätsel in ein paar Tagen. Vergessen Sie den Ärger über unsere Sicherheitsmaßnahme, Tim, und genießen Sie Ihren Triumph.« Damit war das Thema Jacob Rosenholz für den Professor offenbar abgeschlossen.

»Die anderen Namen in Beales Vermächtnis sind übrigens auch ziemlich interessant«, bemerkte Jamila.

Der Dekan blinzelte, als sei er mit seinen Gedanken gerade ganz woanders gewesen. »Ich würde sogar sagen, sie sind sensationell. Thomas Jefferson, der dritte Präsident der USA, wurde von seinem Namensvetter als Hüter der unechten Unabhängigkeitserklärung eingesetzt. Das kann ja nur bedeuten, Jefferson hat von der Fälschung gewusst.«

»Sofern Beale die Wahrheit sagt. Vor einem Gericht hätte dieses Dokument nur wenig Beweiskraft. Könnten wir allerdings seinen Schatz finden, sähe die Sache womöglich anders aus.«

»Das bedeutet, alles geht zunächst weiter wie gehabt.« Afsahi wandte sich wieder an Tim. »Trotzdem Gratulation, mein Lieber. Was Sie da entziffert haben, ist sehr ermutigend.«

Ermutigend? Typisch englisches Understatement, dachte Tim. Es war epochal. Aber auch schockierend und aufregend, inspirierend und ... irgendwie verschwörerisch. »Haben Sie überhaupt schon die anderen Namen angesehen? Der berühmte Dichter Harry Heine. Du meine Güte! Das hätte ich nicht gedacht.«

Jamila schmunzelte. »Habe ich da das Genie gerade bei einem Fehler ertappt? Du meinst doch sicher den Publizisten *Heinrich* Heine.«

»Genau den. Vermutlich bist du bei den deutschen Literaten nicht so gut bewandert wie in amerikanischer Geschichte. Heinrich Heine war, wie ja auch ich, ein Jude. Erst 1825 – also kurz nachdem Beale sein Vermächtnis verfasst hatte – ist er zum christlichen Glauben konvertiert und hat den Vornamen Heinrich angenommen.«

»Und wer ist Rahel Varnhagen von Ense?«, wunderte sich der Professor.

»Eine Frau mit illustrem Bekanntenkreis: Schiller, Brentano, Chamisso, die Gebrüder Schlegel, sogar Goethe soll ihr in Frankfurt seine Reverenz erwiesen haben. Ihr Name Rahel Levin ist Ihnen vielleicht eher bekannt. Sie war Jüdin, ist nach ihrer Heirat aber zum Protestantismus übergetreten. In ihren literarischen Zirkeln verkehrten viele angesehene Persönlichkeiten der Zeit. Ihren ersten Salon, die ›Republik des freien Geistes‹, musste sie nach dem Einmarsch Napoleons in Berlin schließen. Im später eröffneten zweiten hat sich auch der junge Heine bis 1823 oft sehen lassen.«

»Das fällt genau in die Zeit, als Beale nach Deutschland floh.«

Tim nickte. »Nach allem, was ich heute erfahren habe, würde es mich nicht wundern, wenn Amos Bethel alias Thomas Beale durch den Dichter oder durch Jacob Rosenholz in die Berliner Szene jüdischer Künstler und Wissenschaftler eingeführt wurde.«

»Vielleicht hat der alte Haudegen sie mit seinen Abenteuergeschichten unterhalten«, warf Jamila ein.

»Oder mit seinem Reichtum beeindruckt«, fügte Afsahi lakonisch hinzu.

»Das eine wie das andere ist möglich«, bemerkte Tim. »Ich denke, die übrigen Namen lohnen ebenfalls von uns durchleuchtet zu werden. Taft erinnert mich an William Howard Taft, den amerikanischen Präsidenten.«

»Alphonso Taft war sein Vater«, erklärte Jamila beiläufig.

»Oha! Da haben wir ja eine schöne Clique beisammen. Und eine internationale noch dazu.«

Afsahi zupfte sich am Schnurrbart. »Ja, aber das ist zugleich auch merkwürdig. Im Zeitalter der Videokonferenzen ist es kein Problem, wenn ein Entscheidungsgremium beiderseits des Atlantiks verteilt ist, aber 1822 hatte Beales ›Komitee‹ nicht einmal Telegrafenverbindungen.«

Tim deutete auf den Zettel. »Der Rat war mit einer Zweidrittelmehrheit beschlussfähig. Es hätte also genügt, einen Stimmberechtigten über den großen Teich zu senden.«

Der Professor schüttelte den Kopf. »In den wenigen Zeilen stecken so viele neue Aspekte. Ich habe heute Nachmittag noch etwas Wichtiges zu erledigen. Lassen Sie uns alles heute

Abend in Ruhe und ganz ungestört besprechen. Wie wäre es, wenn wir uns um acht bei mir treffen? Rose bekomme ich zwar jetzt nicht mehr dazu, uns zu bekochen, aber mir wird schon etwas einfallen.«

»Sie können ja eine Pizza bestellen«, schlug Tim vor.

Afsahi verzog das Gesicht. »Gott bewahre! Einen alten Perser können Sie mit Mafia-Steaks nicht ködern. Mir fällt sicher etwas ein, mit dem ich Sie überraschen kann.«

»Mein Hunger hat kontinentale Dimensionen. Ich bin schon auf die Überraschung gespannt«, sagte Jamila. An diesem Abend trug sie neben Mantel und Schal passende rote Lederhandschuhe, die ihre schlanken Hände besonders betonten. Tim hatte seine Teamkollegin, ganz gentlemanlike, wieder von ihrem Quartier in der Newnham Croft Street abgeholt. Weil alle Unterkünfte, auch das Haus von Prof. Afsahi, im Umkreis des Instituts lagen, liefen die zwei zu Fuß. Es war dunkel, das Pflaster nass, und ein unangenehmer Wind wehte durch die Straßen von Cambridge.

Er schüttelte belustigt den Kopf. »Mir ist es ein Rätsel, wie du solche Mengen verdrücken und trotzdem schlank wie eine Elfe bleiben kannst.«

»Oh, danke für das Kompliment.«

Erst ihre Äußerung machte ihm bewusst, dass er schon wieder vorschnell seine Gedanken ausgesprochen hatte. Wenigstens schien es ihr diesmal zu gefallen. Er deutete die Straße hinab. Afsahis Haus war das drittletzte in der Sackgasse. »Zircon hat uns zu Ehren die Festbeleuchtung eingeschaltet.«

Tatsächlich brannte in sämtlichen Fenstern seines Hauses Licht.

Jamila runzelte die Stirn. »Das kenne ich gar nicht von ihm.« Sie beschleunigte ihren Schritt.

Als sie zur Gartenpforte kamen, fanden sie diese offen vor.

»Vielleicht ist außer uns beiden heute noch jemand anderes eingeladen«, mutmaßte Tim.

»Wer sollte das sein? Wir wollten über Forschungsgeheimnisse reden.«

»Dein ominöser Chef vielleicht?«

Ihre Antwort bestand in einem mürrischen Blick, dann betrat sie das Grundstück.

Tim holte sie schnell wieder ein und erreichte als Erster die Haustür. Er klingelte.

Niemand reagierte.

Er schellte erneut.

Doch Afsahi rührte sich nicht.

Jamila legte ihre Rechte an die Tür und drückte dagegen; sie sprang mit leisem Klicken auf. »Nicht mal zugeschnappt?«, murmelte sie besorgt.

Allmählich machte sich auch Tim Sorgen. Was hatte das alles zu bedeuten? Die Worte aus Afsahis Brief kamen ihm in den Sinn: *Jede Indiskretion könnte für uns beide gefährlich sein.* Er wollte sofort ins Haus stürzen, doch Jamila legte ihre Hand auf seine Brust und flüsterte: »Warte!«

Beide lauschten. Kein Geräusch drang aus dem Haus.

»Zircon?«, rief Tim.

Jamila zuckte zusammen, warf ihm einen zornigen Blick zu und lief ins Haus. Ehe er ihr folgen konnte, war sie schon im Wohnzimmer verschwunden. »Tim, komm schnell her!«, rief sie von dort.

Mit einem Mal hatte Tim das Gefühl, etwas Schreckliches

könnte geschehen sein. Er stürzte Jamila hinterher und blieb in der Tür zum Wohnzimmer wie angewurzelt stehen.

Seine schlimmsten Befürchtungen waren eingetroffen. Zircon Afsahi lag verkrümmt neben dem Erkertischchen auf dem Fußboden. Seine Lippen waren blau, die Augen weit aufgerissen, und ein Stöhnen drang aus seiner Kehle, als litte er furchtbare Schmerzen. Jamila kniete schon bei ihm, drehte ihn auf den Rücken und zog ihn auf ihre Oberschenkel.

Unterdessen war auch Tim durch den Raum geeilt und ging neben ihr und Afsahi in die Hocke. »Was ist mit ihm?«

»Ich bin kein Arzt, aber er scheint sich nicht bewegen zu können«, antwortete sie.

»S-sie«, krächzte der Professor, musste aber sofort wieder abbrechen. Verzweifelt rang er nach Luft.

Jamila öffnete ihm die obersten Hemdknöpfe. »Brauchen Sie Medikamente?«

»Sie haben den Text …«, röchelte er, ohne auf ihre Frage einzugehen. Sein starrer Blick wechselte zu Tim. »Bitte verzeihen Sie mir, mein Freund, aber …« Afsahi würgte, schloss die Augen und seufzte: »… meine Familie ist in ihrer Gewalt … Ich konnte nicht anders …« Er verstummte.

Jamila tastete nach seiner Halsschlagader.

Ihre äußere Ruhe war für Tim unerträglich. Hektisch stand er auf und ließ den Blick durchs Zimmer schweifen. Vielleicht stand ja irgendwo ein Fläschchen mit Herztropfen oder Tabletten. Im Raum herrschte das gewohnte Chaos, nicht weniger, aber auch nicht mehr Unordnung als sonst. Abgesehen von …

»Er ist tot.«

Jamilas kühle Diagnose ließ Tim zusammenfahren. Er sah vom Schachbrett zu dem reglosen Körper am Boden. »Wie kannst du da so sicher sein? Warte, ich rufe einen Notarzt.«

»Das tust du nicht!«, hielt sie ihn barsch zurück. Ruhiger fügte sie hinzu: »Davon wird Zircon nicht wieder lebendig.«

»Aber du bist Historikerin, wie kannst du ...?«

»Ich habe einen Kurs absolviert.«

»Einen Erste-Hilfe-Kurs?«, japste Tim. Er wollte noch etwas hinzufügen, doch Jamilas absonderliches Verhalten raubte ihm die Worte.

Zwar nicht so gründlich, aber mindestens so abgebrüht wie eine Pathologin untersuchte sie Kopf, Hals, Brust und Rücken der Leiche. Beiläufig erklärte sie: »Es war ein ziemlich ausführlicher Kurs.«

Tim stand kurz davor, die Kontrolle zu verlieren. »Und was tust du da gerade?«

»Ich suche nach Verletzungen.«

»Du glaubst doch nicht ... er wurde *ermordet*?«

»Doch, Tim.« Sie ließ von dem Toten ab, bettete ihn sanft auf den Boden und erhob sich. »Oder hast du seine letzten Worte nicht gehört? Außerdem standen sämtliche Türen offen. Glaub mir, jemand ist hier eingedrungen und hat ihn umgebracht.«

Obwohl sein Verstand ihr recht gab, weigerten sich seine Gefühle, die Ungeheuerlichkeit zu akzeptieren. Er hatte den alten Perser fast schon als Freund betrachtet. Und jetzt war er tot. Tim schüttelte den Kopf. »Ich habe keine Zeichen von Gewaltanwendung gesehen. Du etwa?«

»Nein, ich auch nicht. Weder am Haus noch an der Leiche. Aber das bedeutet gar nichts. Zircon könnte seine Mörder gekannt und selbst hereingelassen haben. Vielleicht wurde er vergiftet.« Sie deutete mit einer raumgreifenden Geste ins Zimmer. »Ich kann nirgendwo die Notizen mit dem Klartext der Chiffre entdecken. Fällt dir sonst noch was auf?«

Tim war wie betäubt. Ja, die Leiche fiel ihm auf. Er war

es nicht gewohnt, in Gegenwart von Toten Konversation zu machen. Aber dann zwang er sich doch, seinen Blick durch den Raum schweifen zu lassen. Er deutete auf das Regal gegenüber dem Erker. »Die Ausgabe von *De Doctrina Christiana* ist weg.«

Jamila runzelte die Stirn. »Sag jetzt bitte nicht, du hättest dir jeden Buchtitel in diesem Raum gemerkt.«

»Doch, habe ich. Es sind ja nur 2257, die auf dem Boden und dem Schreibtisch gestapelten mit eingerechnet. Zircon besaß ein Faksimile unseres Schlüsselwerks, die gleiche Ausgabe, die ich heute in der Bibliothek für die Dechiffrierung benutzt habe. Seltsamer Zufall, findest du nicht?«

Anstatt zu antworten, blickte sie wieder zu der unscheinbaren Lücke im Regal.

»Und noch etwas anderes ist mir sofort aufgefallen, als ich den Raum betrat«, fügte Tim hinzu und eroberte damit ihre Aufmerksamkeit zurück. Er zeigte zu dem Schachbrett auf dem Tischchen neben dem Toten. »Der König fehlt ebenfalls.«

Jamila machte – Tim lief allein beim Zusehen ein Schauer über den Rücken – einen großen Schritt über die Leiche hinweg, um das Spielbrett genauer zu betrachten. »Du hast recht. Und die Figuren sind ziemlich merkwürdig angeordnet.«

»Diese Stellung ist in einer regelkonformen Partie unmöglich«, bestätigte er. »Ähnliches ist mir schon früher aufgefallen. Zircon hat beide Male seiner Haushälterin die Schuld in die Schuhe geschoben.«

»Hört sich an, als hättest du Zweifel daran.«

Er murmelte nickend: »In der Stellung ist eine Bedeutung verborgen, ich weiß nur nicht...« Seine Stimme versickerte, während er versonnen die einzigen beiden Figuren betrachtete, die neben dem Brett standen: einen weißen Läufer und einen schwarzen Turm. Könnte es sein, dass der Professor...?

»Besser, du gehst jetzt«, mischte sich Jamila in seine Gedanken.

Überrascht sah er von dem Tischchen auf. »Ich bin doch Zeuge. Da kann ich nicht einfach...?«

»Tim!«, unterbrach sie ihn abermals. »Glaub mir, es ist besser für dich, nicht in die Angelegenheit hineingezogen zu werden. Wenn du hierbleibst, erwarten dich nur eine Menge Scherereien. Es genügt, wenn ich der Polizei Rede und Antwort stehe. Ich sage, ich hätte die Leiche allein gefunden.«

»Aber...«

»Mach dich unauffällig aus dem Staub. Ich regle das.«

Er konnte nicht klar denken. Erst die schreckliche »Überraschung« und jetzt die langsam erkaltende Leiche zu seinen Füßen – er kam sich vor, als hätte jemand sein Gehirn mit einem Mixstab püriert. Immerhin glaubte er zu spüren, dass Jamila etwas vor ihm zu verbergen suchte. Aber was? Fürchtete sie um die Geheimnisse des Projekts? Oder war sie gar irgendwie in den Tod des Professors verwickelt? Die Vorstellung kostete Tim fast den Verstand.

»Jetzt verschwinde endlich!«, drängte ihn Jamila ein drittes Mal.

Tim stolperte rückwärts zum Ausgang. In was war er da nur hineingeraten! Benommen wandte er sich um und lief aus dem Haus.

Er klappte den Mantelkragen hoch und zog den Kopf ein. Tim hätte nicht sagen können, ob ihn die innere Kälte in Folge des eben Erlebten oder der nasskalte Herbstwind frösteln ließ. Hinzu kamen die Selbstvorwürfe. Er hätte Jamila nicht allein lassen sollen. Was, wenn die Mörder noch in der Nähe waren? Sicher hatte sie sofort die Polizei angerufen. Hoffentlich verplapperte sie sich nicht. Ein unbedachtes Wort von ihr, und die Ermittler würden auf seiner Schwelle stehen. Mit der Entfernung vom Tatort hatte er sich nicht nur einer strafbaren Handlung schuldig, sondern auch verdächtig gemacht. Alles war so schnell gegangen. Er hatte keinen klaren Gedanken fassen können.

Dafür schwirrte ihm jetzt umso mehr durch den Sinn. Vor allem der weiße Läufer und der Turm – die zwei Spielfiguren neben dem Brett gingen ihm nicht mehr aus dem Kopf.

Er wurde das Gefühl nicht los, der Professor habe ihm damit eine letzte Botschaft senden wollen. Offenbar war Zircon, was immer sie mit ihm angestellt hatten, ja noch eine Weile bei Bewusstsein gewesen, um den Code in Szene zu setzen. War *er* der Läufer, Tim Labin, der Schachpartner des Opfers? Bedeutete die Nachricht, er solle sich in den Turm begeben, um ... Ja, wozu eigentlich? Hatte der Professor dort den Klartext des dritten Blattes der Beale-Chiffre vor seinen Häschern versteckt? Oder einen Hinweis auf die Killer? Jamila hatte recht, seine letzten Worte deuteten auf ein tödliches Komplott mehrerer Täter hin.

Ehe sich Tim dessen bewusst wurde, befand er sich auf dem Weg zur Universitätsbibliothek. Für ihn stand außer Zweifel, welches Bauwerk das Symbol des schwarzen Turmes repräsentierte, das Hochregallager nämlich, wie Zircon den zwölfstöckigen Bibliotheksturm so salopp genannt hatte.

Etwa eine halbe Stunde nach acht traf Tim an seiner Wirkungsstätte der vergangenen Tage ein. Das imposante Gebäude war ein wichtiges Wahrzeichen der Stadt und daher auch nachts beleuchtet. An Samstagen schloss die Bibliothek allerdings nicht erst um zehn Uhr abends, sondern bereits um fünf, weshalb sie jetzt, zumal bei derart ungemütlichem Wetter, allein des Sehens würdig war. Fast allein.

Tims Blick schweifte über die Freitreppe, an der hellbraunen Backsteinfassade empor, bis in schwindelerregende Höhe. Das spitz zulaufende Ziegeldach des viereckigen Turms war oben abgeschnitten, um einer Plattform Platz zu bieten. Von dieser ragte eine Antenne in den Nachthimmel, bekrönt von einem langsam blinkenden, roten Licht, das Flugzeugpiloten zum Höher- oder Vorbeifliegen animieren sollte. Je mehr er sich dem Gebäude näherte, desto stärker kam die Froschperspektive zum Tragen – jeder Schritt schien die zwölf Stockwerke in die Länge zu ziehen. Unvermittelt blieb Tim stehen. Jetzt erst lichtete sich das Gemenge durchgequirlter Gefühle, und er konnte wieder einigermaßen klar denken.

Was suchte er eigentlich hier? Die Bibliothek hatte geschlossen, und er besaß auch keinen Schlüssel ...

Er stutzte, weil sein zum Eingang schweifender Blick die Gedanken Lügen strafte: Die Tür stand einen Spaltbreit offen.

Tim zögerte. Sollte er die Polizei rufen? Oder wenigstens bis zum Morgen warten? Er schüttelte den Kopf. Nein. Hier hatte jemand die Regeln des Schachs ins richtige Leben übertragen, und im Spiel der Könige galt die Maxime: *Kämpfe um die Initiative! Vermeide das feindliche Gegenspiel!* Fürs Zaudern blieb da keine Zeit.

Er lief über die flachen Stufen zu dem großen, glasgefüllten Bogen, in dem sich der Haupteingang befand, und schlüpfte in das Gebäude.

Durch die Fenster fiel genügend Licht in die Vorhalle, um sich zu orientieren. Den Grundriss des Gebäudes kannte Tim ohnehin auswendig. Die Tür links von ihm führte ins Treppenhaus. Und sie war ebenfalls nur angelehnt.

Wenige Schritte später befand sich Tim im Turmaufgang. Auch hier gab es genug Fenster, um nicht völlig im Dunkeln zu tappen. Die elektrische Beleuchtung einzuschalten wagte er nicht. Den Fahrstuhl, mit dem wohl hauptsächlich Bücher transportiert wurden, ließ er links liegen und begann mit dem Aufstieg. Wonach immer er auch suchte, es konnte sich in jedem Stockwerk befinden.

Ohne sich dessen bewusst zu sein, schlich er förmlich die Stufen empor. Über dem Dach des Bibliotheksfoyers betrat er das eigentliche Turmlager. Einige Schritte weit wagte er sich ins Zwielicht vor. Er sah Stahlregale, die sich rasch im Dunkel verloren. Unwillkürlich musste er an sein Gedächtnisarchiv denken, auch dort gab es solche finsteren Fluchten. Die bedrückende Stille und das schwindende Licht ließen ihn einmal mehr an seinem aberwitzigen Unterfangen zweifeln. Eine Nachricht Afsahis in diesem Lager aufzuspüren glich, selbst bei ausreichender Beleuchtung, der sprichwörtlichen Suche nach der Nadel im Heuhaufen. Resignation machte sich in ihm breit, und er wandte sich zum Gehen.

Plötzlich verharrte er mitten in der Bewegung. Neben der Fahrstuhltür klebte ein Zettel. Mit dickem schwarzem Stift war darauf eine Schachfigur gezeichnet: ein Turm. Und darunter stand etwas. Schnell lief Tim zum Lift, um die Botschaft zu lesen. Sie bestand aus nur vier Buchstaben:

Dach

Viel deutlicher kann ein Wegweiser kaum sein, dachte er und drückte den Knopf unter dem Blatt. Aus dem Fahrstuhlschacht ertönte ein hallendes, wenig Vertrauen erweckendes Ächzen. Anscheinend stammte der Aufzug noch aus dem Jahre 1934, als das Gebäude dank großzügiger Unterstützung der Rockefeller-Stiftung seiner Bestimmung übergeben worden war. Die Kabine tauchte von unten im Sichtfenster der Lifttür auf. Tim stieg aber nicht ein.

»Idiot. Seit wann fährst du Lift?«, murmelte er zu sich selbst und wandte sich wieder den Treppen zu. In Fahrstühlen bekam er klaustrophobische Anfälle. Die Fassungslosigkeit über die eigene Konfusion ließ ihn den Kopf schütteln. »Du fängst an durchzudrehen, Tim. Bleib ruhig!«

In eher gemächlichem Tempo arbeitete er sich nach oben. Sein Unterbewusstsein zählte penibel die Stufen. Die anstrengendste Sportart, die Tim regelmäßig betrieb, war Schach. Seine Pumpe schlug daher bald so heftig wie bei Jamilas erstem Händedruck. Während er dem Dach näher kam, schwirrten ihm tausend Dinge durch den Kopf. Im Nachhinein wurden ihm die kleinen Signale bewusst, die ihm am Mittag, als sie dem Dekan den Klartext des dritten Blattes präsentiert hatten, nicht aufgefallen waren. Zircon hatte unkonzentriert gewirkt, einmal sogar richtig geistesabwesend. Sein oft so trockener Humor war irgendwie aufgesetzt. Und dann hatte er die Unterredung abrupt beendet. Etwa, um seine Mörder zu treffen?

Die Treppe mündete in einem schmalen, steilen Niedergang, wie man ihn auf Schiffen findet. Die letzten Stufen waren aus Stahl, ebenso wie die Tür an ihrem Ende. An dieser klebte ein weiterer Zettel mit dem Turmsymbol und einer Nachricht darunter. Tim kletterte höher, um den Text entziffern zu können. Drei oder vier Stufen fehlten ihm noch, als er die Botschaft endlich dem Halbdunkel entreißen konnte. Ihm gefror das Blut in den Adern.

Willkommen in der Hölle

Ehe Tims Verstand irgendeine Erklärung für diesen offensichtlichen Widerspruch anbieten konnte – immerhin war er nicht in den Heizungskeller hinabgestiegen, sondern gleichsam in den Himmel –, flog über ihm auch schon das Schott auf, und zwei schwarze, vermummte Gestalten, umlodert von rotem Licht, erschienen im Türausschnitt. Die feurige Illumination erlosch, und die lebenden Scherenschnitte stiegen schneller zu ihm hinab, als er »Hilfe!« schreien konnte. Sie packten seine Oberarme, rissen ihn von den Stufen und schleppten ihn durch den Höllenschlund aufs Dach hinauf. Dort gab es keine Festbeleuchtung wie an der Gebäudefassade weiter unten, sondern nur pfeifenden Wind und Dunkelheit.

Bis plötzlich erneut das rote Feuer aufflammte, so jedenfalls kam es Tim vor: wie ein höllisches Lodern.

Sein Blick fegte über die etwa fünf mal fünf Schritte große Plattform. Zu sehen gab es dort nicht viel: hinter ihm eine viereckige Mittelsäule, durch die er soeben diesen Ort der Verdammnis betreten hatte, ringsherum einen Zaun und vor ihm eine dritte Gestalt, ungemein kräftig gebaut, ebenfalls schwarz gekleidet und mit einer Skimaske vermummt. In dem roten Flugverkehrsicherungslicht erschien sie ihm wie der Leibhaftige in Person. Dessen zwei Höllenhunde setzten die arme Seele vor dem Fürsten der Finsternis ab, ohne sie allerdings loszulassen.

»Wie schön, dass Sie unsere Einladung verstanden haben und es auch gleich einrichten konnten zu kommen«, sagte der Bullige.

Tim lief ein Schauer über den Rücken, bis in die Zehenspitzen hinab. Er kannte diese Stimme und den schweren Akzent. Es war der Grobian, von dem er sich am Mittag den Notizzettel hatte geben lassen. »Wer sind Sie? Was wollen Sie von mir?«

»Wenn Sie Wert auf Konventionen legen, dann nennen Sie mich bei meinem Künstlernamen: Mr Pain. Ich möchte von Ihnen den Klartext der Beale-Chiffre haben, Dr. Labin«, erscholl die Antwort aus der Dunkelheit. Gleich darauf flammte erneut das diabolische Licht auf.

»Den haben Sie doch längst aus Prof. Afsahis Haus mitgenommen«, knirschte Tim. Das Zittern in seinen Beinen wurde heftiger, seit ihm klar geworden war, wem er da gegenüberstand: Zircons Mördern. Ohne den festen Griff seiner beiden Häscher wären ihm vor Angst die Beine weggeknickt. Ihr Wortführer musste ein Psychopath sein – welcher Mann, der noch alle Tassen im Schrank hatte, nannte sich Mr Pain – Herr Schmerz?

Selbiger erklärte: »Der alte Perser hat uns nur das Blatt III ausgehändigt. Wir wollen aber den *ganzen* Text.«

»Tut mir leid, da kann ich Ihnen nicht helfen...« Eine Faust von rechts traf Tims Magen. Er hatte das Gefühl, sämtliche Luft sei mit einem Schlag aus seinem Leib entwichen, und das Schlimme war, sie schien auch nicht mehr dahin zurückkehren zu wollen. Japsend rang er nach Atem.

»Falsche Antwort«, sagte Mr Pain ruhig. »Ich weiß, dass Sie die Chiffren entziffert haben.«

Tim war der Panik nahe. Es bedurfte nicht allzu großer Fantasie, sich den weiteren Fortgang des Abends vorzustellen. Diese Sadisten hatten heute schon einen Menschen umgebracht, und sie würden nicht zögern, einen weiteren Mord zu begehen. Er schüttelte den Kopf und krächzte: »Nicht *die* Chiffren, sondern nur das dritte ...«

Ein weiterer Fausthieb aus derselben Ecke machte sein Plädoyer zunichte. Er stieß einen erstickten Laut aus. Liebend gerne hätte er geschrien, war dazu aber nicht imstande.

»Sie würden jetzt sicher gerne schreien, sind dazu aber nicht fähig«, erklärte Mr Pain. Er klang auf eine süffisante Art belustigt. »Selbst wenn Sie es könnten, würde Sie hier oben niemand hören – der Wind trägt alle Stimmen fort. Sie müssen nämlich wissen, dass ich ein Experte auf meinem Gebiet bin, ein wahrer Künstler. Ich kann einen Menschen auf tausend Arten quälen, ihn foltern, verstümmeln oder töten, ganz, wie es die Situation erfordert. Einige der exotischeren Techniken sind kaum als äußere Ursache nachzuweisen. Bei Ihnen genügt vermutlich die grobe Methode: Erst brechen meine Kameraden Ihnen ein paar Rippen, dann sämtliche Finger, es folgen die Beine und die Arme ...«

»Aber wenn ich es Ihnen doch sage, ich habe das erste Blatt noch nicht entziffert«, presste Tim zwischen den zusammengebissenen Zähnen hervor. Von links traf ihn ein Ellenbogen zwischen die Rippen. Diesmal blieb ihm genug Luft, um zu schreien.

»Dr. Labin«, ermahnte ihn der Aktionskünstler unwirsch. »Unterbrechen Sie mich niemals. Und tischen Sie mir keine Lügen auf. Zufällig weiß ich, dass Sie Ihrer Assistentin heute in der Bibliothek eine Nachricht hinterlassen haben: ›Bin gleich wieder da und entziffere die Chiffre für dich.‹ Waren das nicht Ihre Worte?«

Tim schalt sich einen Narren, weil er die Notiz direkt auf den Block des Bulligen gekritzelt hatte, wo sie der Kugelschreiber zwangsläufig auf die darunterliegenden Blätter durchdrücken musste. »Nein«, knirschte er. »Ich habe geschrieben, ich würde die Chiffre *übersetzen*. Von entziffern war nicht die Rede. Ich wollte Mrs Jason damit nur beeindrucken.«

Mr Pain nickte. Er näherte sich dem Delinquenten bis auf wenige Zentimeter und musterte ihn im roten Blinklicht. Trotz Wollmaske und Wind glaubte Tim den schlechten Atem seines Gegenübers zu riechen. In dessen derbe Stimme mischte sich eine schwärmerische Note. »Ihre Antwort klingt plausibel. Jamila ist eine Blume, die alle Lilien des Feldes erblassen lässt. Viel zu schade für Freaks wie Sie.« Unvermittelt wurde der Ton des Peinigers wieder rauer. »Abgesehen davon glaube ich Ihnen nicht.«

Tim packte verzweifelte Wut. »Das ist nicht mein Problem...«, spie er dem Foltermeister ins Gesicht, und schon wurde das seine von einem weiteren Schlag getroffen. Er hatte das Gefühl, ihm sei das Trommelfell geplatzt, obwohl es nur eine Ohrfeige des Kerls von links war. Durch ein hässliches Pfeifen hindurch hörte er die drohende Stimme des Chefsadisten.

»Das ist Ihre letzte Chance, einigermaßen heil aus der Sache herauszukommen, Doktorchen. Wir sind maskiert. Es ist also nicht nötig, Sie zu töten, wenn Sie uns geben, was wir von Ihnen wollen. Afsahi hat mir glaubhaft versichert, Sie hätten *beide* bisher unentschlüsselten Blätter entziffert. Es nützt also nichts, uns weiter zu belügen.«

Das rote Licht ging an.

Das rote Licht ging aus.

Unterdessen war Tims Angst ebenfalls in den roten Bereich gewandert. Was sollte er darauf erwidern? Vermutlich hatte sich der Professor von seiner Lüge irgendeinen Vorteil erhofft. Seine letzten Worte waren ja unmissverständlich: *Meine Familie ist in ihrer Gewalt.* Möglicherweise hatten die Kerle auch ihn gequält. Unter der Folter sagte man bekanntlich alles, was der andere hören wollte.

»Was ist jetzt? Rücken Sie die entzifferte Chiffre raus, oder sollen meine Freunde ihre Glacéhandschuhe ausziehen?«, knurrte Mr Pain.

Tim öffnete den Mund – seine rechte Gesichtshälfte brannte wie Feuer –, er benetzte mit der Zunge die Lippen, suchte nach Worten, die ihn vor weiteren Kostproben von Mr. Pains »Künsten« bewahren konnten, aber ihm fiel nichts Überzeugendes ein.

Dem Anführer riss der Geduldsfaden. Er gab dem Schergen rechts von Tim einen Wink und befahl: »Brich ihm die Rippen. Aber schön langsam, eine nach der anderen.«

Der andere Henkersknecht packte auch Tims rechten Arm, damit sein Kumpan freie Hand hatte. Letzterer baute sich vor dem Delinquenten auf, legte seine Faust auf dessen rechten Rippenbogen und holte aus.

Das rote Licht erlosch.

»Bitte nicht!«, bettelte Tim. Die dunkle Galgenfrist verrann viel zu schnell.

Und das rote Licht ging wieder an.

Tim schloss die Augen und bereitete sich auf infernalische Qualen vor.

»Warte!«, rief der Bullige unvermittelt.

Überrascht riss Tim die Augen auf, gerade rechtzeitig, um das Herabsinken der Hand seines Folterknechts zu sehen.

»Ich habe mich anders entschieden«, erklärte Mr Pain seinen Helfern leichthin. »Wir wollen den heutigen Abend unter ein Motto stellen. Ihm soll ein Turm zum Verhängnis werden, genauso wie Afsahi. Schiebt ihn über die Balustrade. Wenn er mit dem Kopf nach unten hängt, wird er uns die Wahrheit sagen. Oder er fällt.«

»Ich kann Ihnen nichts verraten, was ich nicht weiß«, jammerte Tim.

Seine beiden Folterknechte focht das nicht an. Im roten Puls der Hölle hievten sie ihn in die Höhe und trugen ihn zu der Balustrade, hinter der es nach ein paar Ziegelreihen zwölf Stockwerke in die Tiefe ging. Tim fing wieder an, sich zu wehren – seine Todesangst war stärker als die Furcht vor den Disziplinierungsmaßnahmen der Sadisten. Er trat wild mit den Beinen um sich. Die Strafe folgte auf dem Fuß. Ein wohldosierter Schlag gegen die Schläfe machte ihn hinreichend benommen, um seinen Willen zur Gegenwehr, nicht aber sein Bewusstsein zu lähmen. Er kam sich vor, als stehe er neben sich, und sah durch dicke Nebelschwaden zu, wie die beiden Häscher ihn mit dem Kopf voran langsam über die Kante schoben.

»Frischt das Ihr Gedächtnis auf?«, fragte Mr Pain.

»Ich bin der Mann, der nichts vergessen kann«, wimmerte Tim, nicht etwa aus Galgenhumor oder Aufsässigkeit, sondern weil seine mentalen Reflexe nichts anderes zuließen. Tränen der Verzweiflung liefen ihm über die Wangen.

»Lasst ihn baumeln«, befahl der Oberfolterer.

Seine Büttel schoben weiter.

Tim begann um Gnade zu betteln. Er war nie ein Held gewesen. Die nackte Angst raubte ihm fast die Besinnung. Anstatt den Verbrechern irgendeine Lügengeschichte aufzutischen, wiederholt er nur, was er schon mehrmals beteuert hatte. »Bitte! Ich kenne das erste Blatt nicht.«

Die rote Höllenflamme erlosch ...

... und wurde erneut entfacht.

Das sichere Ende vor Augen, brach sich Tims Überlebenswille jäh eine Schneise durch das Dickicht aus Furcht und Schmerzen. Sein Körper schüttete alles Adrenalin aus, das er noch aufbieten konnte, und mobilisierte letzte Kraftreserven. Zum Erstaunen seiner Peiniger bäumte sich Tim, während sein Kopf und die Schultern bereits jenseits der Balustrade hingen, unvermittelt auf. Als sein Oberkörper über der Brüstung auftauchte, bekam er nicht nur die vermummten Gesichter der Scharfrichter zu sehen, sondern noch etwas anderes, etwas überaus Verblüffendes.

Auf dem Dach befand sich eine vierte Person. Weil die rote Höllenfackel wieder einmal ausgegangen war, konnte Tim nur einen schlanken Schemen erkennen, der lautlos und offenbar nicht in freundlicher Absicht von der Tür des Niedergangs auf Mr Pain zuhuschte. Und dann überschlugen sich die Ereignisse.

Das rote Licht loderte erneut auf.

Der unerwartet auf dem Plan erschienene Engel trug Jeans und Pullover sowie zur Vermummung einen langen Schal. Tim erkannte ihn trotzdem problemlos wieder – und er traute seinen Augen nicht.

Jamila Jason setzte zum Sprung an.

Auch Mr Pain hatte die Angreiferin bemerkt, schrie vor Zorn auf und versuchte abzutauchen. Doch seine Reaktion erfolgte zu spät. Jamilas rechter Fuß landete in seinem Gesicht, womit sie ihm offenkundig neue Einsichten über die Bedeutung seines Künstlernamens vermittelte. Mit einem gurgelnden Laut sackte er zusammen.

Spätestens seit dem Warnruf des Anführers hatte der Racheengel mit dem roten Schal drei Zaungäste. Der Delinquent wurde einfach losgelassen, weil die beiden Schergen ihrem Kommandanten spontan oberste Priorität einräumten. Tim fiel aufs Dach zurück, und seine Peiniger liefen auf Jamila zu. Diese ergriff nicht etwa vor der Übermacht die Flucht, sondern eilte den zwei sogar noch entgegen.

Das rote Licht ging an.

Die beiden Höllenhunde hatten sich getrennt, um der Amazone weniger Angriffsfläche zu bieten. Das war ein taktischer Fehler, denn so konnte sie sich ihre Gegner einzeln vornehmen. Von Tim aus gesehen links, stellte sich ihr der erste. Seine Waffe waren die Fäuste. Jamila wich ein paar Schlägen aus, indem sie den Oberkörper elegant nach hinten oder zur Seite bog, andere Hiebe musste sie mit ihren Unterarmen parieren. Sie selbst konnte zwar mehrere Treffer landen, doch keiner war hart genug, um den Gegner auf die Bretter zu schicken. Dessen nächste Attacke, ein Würgegriff, fing sie mit ihrem Schal ab, der sich blitzschnell um die Handgelenke des Kontrahenten wickelte. Bevor dieser die Fessel wieder loswerden konnte, war Jamila auch schon in die Knie gegangen und säbelte ihm mit einem Fußschwung die Beine weg, sodass er rücklings zu Boden ging. Als er dort ankam, hieb sie ihm auch schon – für Tim zu flink, um die Ausführung des Schlages genau zu erkennen – gegen die Kehle.

Das rote Licht ging aus.

Tim blinzelte verwirrt. Träumte er? War das tatsächlich die nicht übermäßig große, schlanke, wunderschöne Jamila, die da im rot blinkenden Takt einer Flugsicherungsleuchte den bärenstarken Schurken mit Faust-, Handkanten- und Fußtritten zusetzte? Sie war förmlich über das Dach getanzt, in einer verwirrenden Bewegungsfolge, die aus irgendeinem Hongkong-Martial-Arts-Film hätte stammen können.

Die Fortsetzung des Kampfes blieb Tim nur als Hörspiel in Erinnerung, weil er in der Dunkelheit so gut wie nichts sah. Im Wesentlichen beschränkte sich die Ausschaltung von Gegner Nummer drei auf einige puffende Körperkontakte, einen erstickten Laut und einen Plumps. Untermalt wurde das Ganze vom Röcheln des anderen Schergen, der offenbar erheblich größere Atemprobleme hatte als zuvor Tim.

Das rote Licht ging wieder an.

Nur wenige Sekunden waren seit Jamilas Auftauchen verstrichen.

Sie lief zu Tim hinüber. »Das war knapp. Wie geht es dir?«

Weder nervlich noch körperlich fühlte er sich in der Lage, ihr darauf eine hinreichend befriedigende Antwort zu geben. Trotzdem öffnete er den Mund, nur um im nächsten Augenblick festzustellen, dass hinter ihr Mr Pain auftauchte. Wie die groteske Karikatur eines aufgeblähten Kindes, das Fangen spielen wollte, kam er mit ausgestreckten Händen auf sie zugelaufen.

»Pass auf, hinter dir!«, schrie Tim.

Das rote Licht ging aus.

Jamilas Schemen glitt katzengleich in geduckter Haltung einen Schritt auf den Bulligen zu. Tim rechnete mit einem fürchterlichen Zusammenprall. Doch seine Verteidigerin hatte anderes im Sinn. Der Schwung des Angreifers wurde auf wundersame Weise zu *ihrer* Kraft. Als wäre Mr Pain nur eine Strohpuppe, flog er über Tim und die Balustrade hinweg, prallte auf die steile Ziegelfläche, die sich für den schweren Körper in eine Schanze verwandelte und ihm noch mehr Schwung verlieh, wodurch er förmlich über die Dachkante katapultiert wurde und in die Tiefe stürzte. Der Todesschrei von Mr Pain verstummte jäh, als er auf das Giebeldach der Eingangshalle stürzte.

Mit einem Mal war es auf der Plattform beängstigend still.

Tim starrte – das rote Licht leuchtete inzwischen wieder – in das wild verzerrte Gesicht seiner Retterin. »Wer bist du?«, flüsterte er.

Ihre Miene entspannte sich. »Eine Historikerin aus New Haven.«

»Eine Historikerin, die drei Killer im Handumdrehen unschädlich macht?«

Sie ließ sich vor ihm auf die Knie sinken, um seine Blessuren im Gesicht zu untersuchen. Behutsam betastete sie seine angeschwollene Wange und erklärte: »Ich habe einen Kurs in Selbstverteidigung absolviert.«

Er stieß ein gicksendes Lachen aus. »Schon wieder ein Kurs. Bist du so eine Art Volkshochschul-Junkie?«

Jamila sah ihn verständnislos an.

Ärgerlich schob er ihre Hand zur Seite. »Lass mich in Ruhe. Du schadest meiner Gesundheit.«

»Ich?«, schnappte sie. »Wenn ich ein paar Sekunden später gekommen wäre, dann würdest jetzt du da unten liegen und nicht dieser Fettkloß.«

»Mag sein. Aber auch wenn ich ein Gefühlskrüppel bin, hättest du mir nicht diese alberne Historikerfarce vorspielen brauchen.«

Einmal mehr erstarb das rote Licht.

»Ich *bin* Historikerin, Tim«, beharrte sie.

»Ja, so wie ich Schachweltmeister bin. Wir beide spielen der Welt etwas vor, um unser wahres Ich zu verbergen. Eines ist gewiss: Ohne dich müsste ich mich nicht wie ein geprügelter Hund fühlen.«

Das rote Licht ging wieder an.

Sie hatte im Dunkel ihren Rücken gestrafft. Die Hände auf den Oberschenkeln, kniete sie aufrecht vor ihm, und ihre großen Augen musterten ihn intensiv. Ein geheimnisvoller

Ausdruck lag auf ihrem Gesicht. Gerne hätte Tim ihn zu deuten gewusst. Mit einem Mal nickte Jamila, als sei sie zu einem schwierigen Entschluss gelangt.

»Ich habe Hilfe gerufen, Tim«, sagte sie leise. »Gleich wird es hier wimmeln wie im Taubenschlag. Deshalb muss ich mich kurz fassen. Hör mir gut zu: Ich habe dich nicht belogen, was meine Arbeit als Historikerin in New Haven anbelangt. Ich bin richtig gut darin. Während meines Studiums in Yale haben sich die angesehensten Studentenverbindungen darum gerissen, mir auf die Schulter zu klopfen. Noch bevor ich meinen Abschluss mit summa cum laude hingelegt habe, ist die NSA an mich herangetreten und hat mich rekrutiert. Seitdem benutze ich die Legende der Wissenschaftlerin, um bei Kongressen und anderen akademischen Auslandseinsätzen wie diesem hier nachrichtendienstlich aktiv zu sein.«

Er riss die Augen auf. »Du bist eine Spionin? Jetzt ist mir klar, warum du wie Brucilla Lee über das Dach getanzt bist.«

»Was du da gesehen hast, war kein Kung-Fu, sondern Thaing Byong Byan – jedenfalls das meiste davon. Es ist ein burmesischer Kampfstil, dem Ju-Jutso sehr ähnlich, auch bekannt als Khu-Kar-Chant.«

»Und das bringt man einem beim amerikanischen Schnüffeldienst bei?«, fragte Tim ungläubig.

»Nicht unbedingt. Bei der NSA konnte ich meine Kenntnisse um andere Kampfsportarten erweitern. Man lernt dort viele nützliche Dinge. So zu lügen, dass selbst ein Lügendetektor es nicht merkt, gehört auch dazu. Aber lass uns ein andermal darüber reden. Mein Leben ist zu kompliziert verlaufen, um dir hier und jetzt alles zu erklären. Ich möchte nur, dass du mir vertraust, Tim. Ich bin nicht deine Feindin.«

Ein Teil von ihm war angewidert von der Lügnerin, die ihn

zweieinhalb Wochen lang hinters Licht geführt hatte, aber der andere fühlte sich immer noch zu ihr hingezogen. Lauernd fragte er: »War Zircon auch ein Agent?«

Sie schüttelte den Kopf. »Jedenfalls keiner von uns. Ich bin auf ihn angesetzt gewesen. Der sanfte Professor hatte es faustdick hinter den Ohren. Er gehörte hier in Großbritannien einer ultrarechten Gruppierung an, die sich *New Loyalists* nennt. Diese ›Neuen Loyalisten‹ versuchen die jetzige britische Regierung mit allen möglichen Winkelzügen zu diskreditieren. Einige Fundamentalisten aus ihren Reihen träumen sogar von der Erneuerung des Britischen Empire und einer Renaissance der Monarchie.«

»Sie wollen die parlamentarische Ordnung abschaffen?«

»Und am liebsten die Vereinigten Staaten wieder der Krone unterstellen. Das klingt bizarr, ich weiß. Aber es sind Extremisten, Tim. Nicht weniger gefährlich als die aus dem islamischen Lager, die eine Weltrevolution unter dem Banner von Halbmond und Stern herbeisehnen. Das ist einer der Gründe, weshalb wir den britischen MI5 bei der Aufklärung unterstützen.«

»Jetzt wird mir die ein oder andere Äußerung des Professors klar. Trotzdem scheint er für mich nicht der Typ gewesen zu sein, der sich mit einem Bombengürtel in einer Einkaufspassage in die Luft sprengt.«

»So habe ich ihn auch nicht eingeschätzt. Aber in seinen Ansichten war er trotzdem radikal. Die NSA versucht schon seit geraumer Zeit, in den verschlüsselten Nachrichtenverkehr der Neuen Loyalisten einzudringen – bisher vergeblich.«

»Und deshalb haben sie dich auf ihn angesetzt, die Meisterspionin Jamila Bond.«

Sie schüttelte den Kopf. »Die Wirklichkeit ist um vieles

nüchterner als die Glitzerwelt des Films, Tim. Ich bin nur eine Patriotin, die ihrem Land dienen und Amerika im Krieg gegen den Terror unterstützen will.«

Tim verzog den Mund. »Jetzt klingst du wie dieser Präsident. Wie hieß er doch gleich ...?«

»Ich weiß genau, dass du seinen Namen nicht vergessen kannst«, erwiderte sie trocken.

Er gab den Versuch auf, die Situation zu entspannen, und wurde wieder ernst. »Es gibt Dinge, die bleiben besser unausgesprochen. Trotzdem würde ich gerne wissen, wie diese ganze Geschichte mit deiner Theorie über die Beale-Chiffre zusammenpasst. Die Amerika-Hasser aller Länder müssen sich doch geradezu die Finger danach lecken, euch eins auszuwischen und in den Besitz der ...« Er verstummte, als ihm mit einem Mal die ganze Dimension des Plans bewusst wurde.

Jamila lächelte. »Genau das ist unsere Absicht. Wir wollen möglichst viele Fundamentalisten aus ihren Löchern locken. Mit Speck fängt man bekanntlich Mäuse. Du als Schachspieler müsstest die Taktik eigentlich kennen: Es ist ein Gambit.«

Das Wort rief einen Schauer über Tims Rücken, ohne dass er wusste, warum. »W-was?«

Sie nickte wissend. »Man opfert ein paar entbehrliche Figuren für einen strategischen Vorteil. Unsere Experten glauben, dass die Beale-Chiffre in Wahrheit keine Gefahr für die nationale Sicherheit darstellt. Niemand, der noch alle Sinne beisammen hat, würde ernsthaft annehmen, die Vereinigten Staaten ließen sich von einem Blatt Papier zu horrenden Abgaben zwingen oder sogar ihre Führungsrolle in der Welt streitig machen. Aber Extremisten denken eben extrem, meint mein Boss. Er vertritt die Philosophie: ›Wenn du deinen Gegner nicht besiegen kannst, dann lass ihn sich selbst besiegen.‹ Mit der Finte will er auf Seiten des Feindes Fehler provozieren ...«

»Moment mal!«, unterbrach Tim sie. »Dieses Zitat, die Philosophie deines Bosses – hat *er* diese Worte benutzt?«

»Ja. Ich nehme mal an, der Spruch ist nicht auf seinem Mist gewachsen. Vermutlich stammt er vom chinesischen General Sunzi. Sein Werk *Die Kunst des Krieges* strotzt ja nur so von derlei Weisheiten über die Kriegführung.«

Tim schüttelte den Kopf. »Der Ausspruch wird Ruy López zugeschrieben, einem großen Schachlehrer des 16. Jahrhunderts.«

Sie zuckte die Achseln. »Wie auch immer. Die Strategie ist jedenfalls aufgegangen.«

Er sah zu den bewusstlosen Folterknechten hinüber. »Ja, und mich habt ihr als Köder benutzt. Mir reicht's. Für einen Abend hatte ich genug Unterricht in Strategie und Taktik. Ich will jetzt nur noch nach Hause und ein paar Dinge in meinem Kopf sortieren ... *Au!*« Er hatte sich auf die Beine hochgequält und jäh einen stechenden Schmerz in der Rippengegend verspürt.

Sofort war Jamila bei ihm, um ihn zu stützen. »Zu jeder Special Squad gehört ein Arzt. Ich bringe dich ...«

»Es geht schon«, spielte er das heftige Ziehen herunter. »Die Visitenkarte dieses Mr Pain drückt mir nur etwas in die Seite.«

»Keine Widerrede, Tim! Vielleicht ist eine Rippe gebrochen.«

Zornig befreite er sich aus ihrem Griff. »Lass mich in Ruhe, JJ. Die Befehle kannst du dir für deine Spionagetruppe aufheben. Mr Pain hat mir versichert, seine Folterknechte hätten mich mit Glacéhandschuhen angefasst.«

Das rote Licht ging aus.

Er wandte sich dem Niedergang zu, streng darauf achtend, das schwarze Rechteck der offen stehenden Stahltür und nichts als dieses anzusehen. Seine Gefühle waren verletzt. Insgeheim schalt er sich einen Trottel, weil er ernsthaft gehofft hatte, Jamila könne für ihn dasselbe empfinden wie er für sie. Sie hatte ihn nur ausgenutzt.

Das rote Licht ging wieder an, und Tim war ein bisschen überrascht, weil plötzlich zwei Männer in dunklen Kampfanzügen vor ihm standen. Hinter ihnen huschten weitere aus dem Niedergang aufs Dach. Alle hatten Helme mit heruntergelassenen Plexiglasvisieren und kleine, kurzläufige Maschinenpistolen vor der Brust. Die Laserzieleinrichtungen der automatischen Waffen kritzelten rote Punkte auf Tims Brust.

»Nicht schießen, Commander! Er gehört zu uns«, rief Jamila von hinten.

Einer der Elitekämpfer hob die Hand zum Gruß an den Helm. »Entschuldigen Sie die Verspätung, Ma'am. Aber wie ich sehe, sind Sie auch ohne uns zurechtgekommen.«

»Ja. Es wäre trotzdem nett, wenn Sie mir beim Aufräumen helfen.«

Tim kam sich mit einem Mal wie ein Statist vor, dessen einzige Aufgabe darin bestand, dumm herumzustehen.

»Sind sie tot?«, fragte der Truppführer.

»Ich hoffe nicht, abgesehen von dem, der über die Brüstung geflogen ist.« Sie deutete auf Gegner Nummer zwei. »Bei dem bin ich mir nicht sicher, ob er erstickt ist. Ich musste in der Eile den Larynx-Schlag anwenden.«

Der Kommandeur ging zu dem Vermummten, zog ihm mit einem Ruck die Maske vom Kopf und betrachtete kurz das erschlaffte Gesicht. Es war ungefähr vierzig Jahre alt und unverkennbar orientalisch. »Araber«, konstatierte der Elitesoldat.

Tim der Statist wurde in diesem Moment wieder zu Tim dem Wissenden. Er kannte Jamila inzwischen gut genug, um ihre Körpersprache leidlich zu deuten: Irgendetwas hatte ihr gerade einen gewaltigen Schrecken eingejagt. Ihre Augen waren noch größer geworden, sie wirkte ungewohnt steif, wie eine hölzerne Marionette stolperte sie zu dem am Boden liegenden Mann. Dann sagte sie: »Nein, Afghane.«

Im nächsten Moment wirbelte sie herum und rannte zum Niedergang.

Tim lief hinterher. Was immer sie ihm angetan hatte, es war in diesem Moment einer großen Sorge um sie gewichen. Im Treppenhaus brannte inzwischen Licht. Er holte sie beim Fahrstuhl ein.

»Woher kennst du diesen Mann, Jamila?«

Sie antwortete nicht, wippte nur ungeduldig in den Knien, weil der Fahrstuhl nicht kam.

»*Antworte mir!*«, verlangte Tim energisch.

Jamila sah ihn unvermittelt an. In ihren grünen Jadeaugen funkelte eine Angst, die so gar nicht zu der coolen Spionin passte. »Er war einmal bei mir zu Hause.«

»*Was?* Wo? In Islamabad?«

»Nein. In Fairfield.«

Tim hatte das Gefühl, der ganze Turm finge an zu schwanken. »Du hast diesen Mann in Connecticut getroffen?«

»Ja. *Nein!* Nicht getroffen. Ich war noch ein Teenager. Jemand hat ihn zu einem Familienfest mitgebracht.«

Die Fahrstuhlkabine erreichte mit einem metallischen Knarren das Obergeschoss. Anstatt auf Tims Frage einzugehen, stürzte Jamila in den Lift. Sie hielt ihm die Tür auf. »Was ist? Kommst du mit oder nicht?«

Angstvoll blickte er auf die enge Kabine.

»Dann bleib eben hier«, sagte sie, trat zurück und hämmerte auf die untere Etagentaste.

Seine Hand schnappte nach dem davonschwingenden Griff, er stieß einen leisen Fluch aus, öffnete wieder die Tür und stieg zu Jamila in den Fahrstuhl.

Nach einer bedrückenden Gedenkminute ging ein furchterregender Ruck durch die Kabine, und sie ächzte in die Tiefe.

Tim stand an der hinteren Fahrstuhlwand, die Augen geschlossen und murmelte: »Warum tue ich das?«

Jamila antwortete nicht. Sie schien andere Probleme zu haben, als auf die Klaustrophobie ihres Mitfahrers Rücksicht zu nehmen.

Er sah sie wieder an und zwang sich zu ruhigem Atmen. »Dieser Jemand ... der den Kerl von da oben mitgebracht hat – wer war das?«

Sie blieb stumm. Sah nur ungeduldig auf das Fenster der Fahrstuhltür, in dem ein Stockwerk nach dem anderen vorüberzog.

Tim begriff, dass dies für sie nicht der Moment zum Reden war. Also wartete auch er, bis der Lift das Erdgeschoss erreichte.

Kaum war die Kabine zum Stillstand gekommen, stürzte Jamila auch schon hinaus, eilte in die Vorhalle der Bibliothek, vorbei an weiteren Uniformierten des Sondereinsatzkommandos und rannte hinaus zu der Freitreppe unterhalb des Turms.

Als Tim sie eingeholt hatte und die auf den Stufen liegende Leiche sah, musste er würgen. Der Tote lag auf dem Rücken in einer Lache von Blut. Ein Bein war auf bizarre Weise abgeknickt. Unter dem zerschmetterten Leib quollen Eingeweide hervor.

Jamila schien die schaurigen Umstände nicht einmal zu bemerken. Sie kniete neben der Leiche von Mr. Pain, seine Skimaske in der Hand. Das Gesicht des Mannes war in einem Ausdruck des Schreckens erstarrt, aber nicht entstellt, abgesehen von dem Makel, den er schon vor dem tödlichen Sturz gehabt hatte: die fehlende linke Augenbraue. Jamilas Körper bebte. »Azam, nicht auch noch du!«, klagte sie.

»Noch ein Bekannter?«, fragte Tim, obwohl das offensichtlich war.

»Ja«, schluchzte sie, ohne ihn anzusehen. »Azam ist mein Bruder.«

Tims Gesicht lag auf kaltem Beton. Klamme Kälte drang in seine Glieder. Er stemmte sich gegen die Fesseln an, doch der Strick, in dem er förmlich verpuppt war, gab keinen Millimeter nach. Plötzlich beugte sich eine dunkle Gestalt über ihn. Nur ihre Augen blinkten feurig in der Finsternis: Die roten Lichter gingen an, die roten Lichter gingen aus.

»Wenn du deinen Gegner nicht besiegen kannst, dann lass ihn sich selbst besiegen«, sagte mit einem Mal eine kalte Stimme. Sie schien mitten in Tims Kopf zu schweben.

Unvermittelt flammte vor seinem Gesicht ein Streichholz auf. Die Flamme flackerte blutrot. Der Schemen hielt sie ans Ende des Stricks, mit dem Tim gefesselt war. Er geriet in Panik. Die lange Schnur, in der er wie ein Rollbraten eingewickelt war, begann Funken zu sprühen. Langsam schlängelte sich die brennende Lunte von seinen Füßen an aufwärts am Körper empor. Immer höher. Er spürte die sengende Hitze, doch das Feuer verbrannte ihn nicht, noch vermochte es ihn von den Fesseln zu befreien. Die Asche hielt *ihn* weiter fest, aber – und das war nun wirklich absurd – alle paar Zentimeter löste sich etwas aus dem Strick und fiel klappernd zu Boden. Das Klacken war nicht gleichmäßig, sondern hörte sich eher an wie – ein Morsecode? Tim presste das Kinn auf die Brust, um an sich herabzublicken, und während die Flamme höher stieg, erkannte er die Dinger, die wie Kerzen an einer Lichterkette in der Schnur hingen.

Es waren Schachfiguren, Schneckenhäuser und Muscheln.

Inzwischen hatten die Funken fast seinen Hals erreicht, und mit einem Mal wurde ihm bewusst, dass die Zündschnur in seinem Ohr endete. Er begann zu schreien.

Nach Atem ringend, fuhr Tim aus dem Bett hoch.

Es war ein Traum, beruhigte er sich. Nur ein grässlicher Albtraum.

Als Tim am Morgen vor dem üppig gedeckten Frühstückstisch saß, fühlte er sich wie gerädert. Der Mord am Professor und die erlittenen Torturen hatten ihn bis in die Träume verfolgt. Er wusste, dass all die entsetzlichen Bilder für immer an ihm hängen würden wie verkrüppelte Gliedmaßen. Echte Missbildungen ließen sich wenigstens operieren und amputieren, aber die grauenvollen Erinnerungen hatten sich längst unlöschbar in sein Gehirn eingebrannt. Er war der Mann, der nichts vergessen konnte.

Im Gegensatz zu anderen Menschen, die sich schon bald nicht mehr an ihre Träume erinnern konnten, blieben ihm alle Einzelheiten ein Leben lang erhalten, die schrecklichen, grotesken und die nützlichen. Die Brieftauben aus dem Unterbewusstsein, wie er es manchmal scherzhaft nannte. In der letzten Nacht hatte ihn solch ein Vögelchen besucht ...

»Sie sind ja leichenblass, Dr. Labin. Sie müssen etwas essen.

Bitte nehmen Sie doch wenigstens einen Toast«, bedrängte ihn Mrs Atkinson. Nicht zum ersten Mal. Seine Wirtin war biologisch Anfang vierzig, in ihrem Wesen aber mindestens sechzig und von ihrer Fürsorglichkeit um den Logiergast her eine Urgroßmutter. Mrs Atkinson hatte die außergewöhnlichen Umstände seiner Heimkehr am vergangenen Abend mitbekommen.

Er war von einem Polizeiwagen vor dem Haus im Saint Marks Court abgesetzt worden. »Ich bin überfallen worden«, hatte er ihr erklärt und sich sofort auf sein Zimmer zurückgezogen. Jetzt, am Morgen, nötigte sie ihn zur Energieaufnahme, doch er hatte weder Hunger noch Durst und rührte das Frühstück nicht einmal an. Mit leerem Blick starrte er auf den Fernseher, der auf einer Anrichte jenseits des Tisches stand und nicht einmal eingeschaltet war. Unvermittelt – diesen Eindruck jedenfalls musste Mrs Atkinson gewinnen – sprang er vom Esstisch auf, stammelte: »Ich ... muss zu ihr«, und verließ das Haus.

Bis zum Ausgang der Sackgasse merkte er nicht einmal, dass er den Schirm vergessen hatte, obwohl der erst zwei Tage alte November seinem Ruf als Sauwettermonat alle Ehre machte. Nur im Mantel trotzte Tim Wind und Nieselregen. Vierhundertsiebenundsiebzig Schritte später saß er an einem anderen Frühstückstisch in einem anderen Haus neben einer sehr stillen Jamila Jason.

Tatsächlich vergingen exakt zwölf Minuten, ohne dass ein Wort gesprochen wurde. In dieser Zeit sammelte Tim Sinneseindrücke: Aussehen und Geruch seiner stumm vor sich hinbrütenden, ebenso schönen wie schwermütigen Lebensretterin, Klang und Formen der mit sonorem Ton tickenden Standuhr zwischen den Fenstern, die filigranen Linien der sechsunddreißig auf den altertümlichen Möbeln verteilten

Kristallfigürchen und Bilder von all dem anderen Tand, mit dem die betagte Mrs O'Connor – Jamilas Gastgeberin – ihr Heim verschönerte.

»Wie hast du mich gestern gefunden?«, fragte Tim schließlich.

Jamila wandte ihm ihr Gesicht zu. Ihre Augen schimmerten feucht. »Vermutlich genauso, wie Azam dich zum Turm gelockt hat. Ich habe die Zeichen gedeutet: Läufer und Turm – besonders spitzfindig war das nicht.«

Das stimmte allerdings. Eine Falle erfüllte nur ihren Zweck, wenn das Beutetier sie verstand. »Wie kommt es, dass ihr zwei so verschieden seid?«

»Azam und ich? Er ist nicht mein richtiger Bruder.«

Ihre Antwort verwirrte Tim. »Aber du hast gestern doch gesagt...«

»Ich habe gesagt, mein Leben sei kompliziert verlaufen«, unterbrach sie ihn müde. Sie schloss die Augen, als müsse sie zunächst Kraft sammeln, um einen Gordischen Knoten durchzuschlagen. Ehe sie ihn wieder ansah, begann sie schon weiterzureden.

»Ich wurde am 3. Oktober 1978 in Islamabad geboren. Meine Mutter, Lida, ist gebürtige Afghanin, ebenso wie es ihr wesentlich älterer Mann war. Aman hatte als Witwer zum zweiten Mal geheiratet. Aus seiner ersten Ehe stammt Azam, den ich gestern Abend...« Ihre Stimme versagte.

»Wir können ein andermal darüber reden«, sagte Tim leise.

Sie schüttelte trotzig den Kopf und wischte sich mit dem Handrücken Tränen aus den Augen. »Wenn nicht jetzt, wann dann? Du hältst mich für ein Ungeheuer. Vielleicht bin ich das auch – wer mir zu nahe kommt, der stirbt.«

»Red dir so was nicht ein, Jamila. So weh dir dies auch

tun mag, aber es war Azam Zardah, der andere Menschen gequält und getötet hat. Seinen Tod hat er sich selbst zuzuschreiben.«

Sie sah ihn entgeistert an. »Woher kennst du den Familiennamen meines Bruders? Ich bin mir sicher, ihn nicht erwähnt zu haben.«

»Ich auch. Aber das berichte ich dir später. Du wolltest mir von dir und deiner Familie erzählen.«

Einen Moment lang sah Jamila ihn durchdringend an, so als wolle sie ihm seine Gedanken entreißen, aber dann kehrte der erschöpfte Ausdruck in ihr Gesicht zurück. »Meine Mutter war in Islamabad als Dolmetscherin angestellt. Meistens arbeitete sie mit dem Botschaftssekretär, Tom Frederic Jason, zusammen ...«

»... und verliebte sich in ihn«, erriet Tim.

Jamila nickte schwach. »Bitte lass mich einfach ausreden. Was ich dir hier erzähle, wussten nicht einmal Azam und sein Vater. Meine Mutter hatte ein Verhältnis mit Tom. Ich bin das Kind dieser verbotenen Liebe. Dafür hätte Mom nach der Scharia, dem islamischen Gesetz, den Tod verdient. Als sie schwanger wurde, wollte sie sich das Leben nehmen. Doch sie wollte, dass wenigstens ich lebe und zögerte ihr Vorhaben hinaus. Dann kam ich zur Welt, als Tochter von Aman und Schwester von Azam Zardah. Man sah dem Neugeborenen nicht unbedingt an, dass zur Hälfte amerikanisches Blut in seinen Adern floss, und daher verschob Lida ihren tödlichen Plan abermals. Irgendwann sollen Aman doch Zweifel gekommen sein, ob er der leibliche Vater des Mädchens ist, aber bevor er gegen die Ehebrecherin vorgehen konnte, starb er an einem Hirnschlag.«

»Und du heißt Jason, weil Tom deine Mutter geheiratet und dich adoptiert hat?«

»Ja. Mit sechs kam ich in die Vereinigten Staaten. An das frühere Leben in Pakistan kann ich mich, abgesehen von ein paar besonderen Ereignissen, nicht mehr erinnern. Aber meine Mutter hat mir Afghanisch beigebracht und mich im Islam erzogen. Mit vierzehn bin ich dann zum Christentum konvertiert, wenigstens auf dem Papier. In meiner Kindheit hat uns Azam oft wochenlang besucht. Er ist siebzehn Jahre älter als ich ... gewesen. Immer wenn er sich bei uns in Fairfield aufhielt, hat er sich aufgeführt, als sei Interpol hinter ihm her. Damals hielt ich seine Heimlichtuerei nur für Angabe. Ich wusste nur von einer Dummheit ...« Jamila verstummte mitten im Satz, doch an ihren Augen konnte Tim erkennen, dass ihre Gedanken keineswegs ruhten.

»Was für eine Dummheit?«

Sie hob träge die Schultern. »Als Siebzehnjähriger war er wie viele seines Alters impulsiv und für allerlei radikale Ideen sehr empfänglich. Im November 1979 mischte er sich unter den Mob, der die US-Botschaft in Islamabad niederbrannte. Ein Marine wurde dabei getötet. Aus Angst vor Verhaftung floh Azam zu unseren Verwandten nach Afghanistan, obwohl dort gerade der Bürgerkrieg ausgebrochen war. Vor etwa einer Stunde habe ich einen Anruf aus dem NSA-Hauptquartier in Fort Meade erhalten und erfahren, dass Azam sich offenbar einer terroristischen Zelle angeschlossen hat. Vermutlich Al-Qaida. Die Mistkerle müssen ihn auf mich angesetzt haben, weil sie hofften, unser Verwandtschaftsverhältnis für ihre Zwecke ausnutzen zu können.«

»Al-Qaida?«, wiederholte Tim entgeistert. Wie oft hatte er mit dem bequemen Entsetzen eines Fernsehzuschauers die Opfer terroristischer Anschläge bedauert, und jetzt befand er sich womöglich selbst im Fadenkreuz dieses menschenverachtenden Netzwerks? Er schüttelte fassungslos den Kopf. »Aber ... aber ... warst du nie versucht, deine NSA-Kontakte schon früher zu benutzen, um den Aufschneidereien deines Bruders auf den Grund zu gehen?«

»Natürlich. Ich hab's sogar getan. Aber für einen Außenstehenden sagt sich so was leichter, als es in Wirklichkeit ist. Es gibt ein vielstufiges Sicherheitssystem, und meine Freigabe reichte gerade aus, um ein paar biografische Daten über Azam abzufragen: Er war Anhänger der DVPA, der Demokratischen Volkspartei Afghanistans, und hat von 1980 bis '83 in Berlin Ingenieurwesen studiert. Man kann viel darüber spekulieren, welche Verdienste ihm diese für afghanische Verhältnisse teure Ausbildung eingebracht hat. Echte Fakten habe ich keine.«

»Beim Namen der Stadt geht in meinem Kopf eine Lichterkette an«, murmelte Tim.

Sie sah ihn verständnislos an.

Er lächelte schief. »Ist so eine Macke von mir, so eine Art Rasterfahndung meines Unterbewusstseins, gegen die ich machtlos bin: Wenn ich etwas aufschnappe, das zu meinen Erinnerungsmustern passt, dann brennt in meinem Kopf eine Wunderkerze ab.«

»Und?«

»Berlin«, sagte er, als sei damit alles erklärt. Als er die großen Fragezeichen in ihren Augen sah, fügte er hinzu: »Dein Bruder war in Berlin. Thomas Beale und seine Vertrauten Jacob Rosenholz, Harry Heine und Rahel Varnhagen von Ense lebten zeitweilig dort. Die Rosenholz-Dateien wurden in Berlin gestohlen. Und ich, Tim Rosenholz, stamme ebenfalls von dort. Irgendwie auffällig, findest du nicht?«

»William Russel war auch ...« Jamila erschrak.

Tim hatte das Gefühl, sie bedauerte ihre Worte, doch jetzt

wollte er es genau wissen. »Du meinst, *der* William H. Russel, den Beale in seinem Vermächtnis aufgelistet hat?«

Sie nickte. »Er ist ein Spross aus dem Opium-Imperium Russel and Company. In Yale ist sein Name Legende, weil er 1832 die Geheimgesellschaft Skull and Bones gegründet hat. So geheim, wie sich das anhört, ist sie aber nicht. Sie gilt bis heute als die angesehenste und einflussreichste studentische Verbindung der Universität.«

»›In den wenigen Zeilen stecken so viele neue Aspekte.‹«

»Wie bitte?«

»Ich habe nur wiederholt, was Zircon gestern Mittag über das Blatt III der Beale-Chiffre gesagt hat, bevor er uns hinauskomplimentierte. Und jetzt ist er tot.« Tim schüttelte den Kopf. »Ich kann's immer noch nicht fassen.«

Jamilas Augen wurden glasig, so, als blicke sie in weite Ferne. »Woran denkst du?«, fragte Tim.

Sie sah auf den Tisch, wo ihre Hände lagen. »An Karim. Er ist der Freund, von dem ich dir erzählt habe. Im letzten Jahr habe ich ihn tot in der Badewanne gefunden.«

Tim spürte einen eiskalten Schauer. »Jetzt werden mir ein paar von deinen Andeutungen klarer. War es ein Unfall?«

»So steht es im Polizeibericht.«

»Du scheinst anderer Ansicht zu sein.«

Ihr Blick löste sich von den Händen, doch nicht, um Tim anzusehen. Sie starrte nur geradeaus ins Leere. Selbst einem empathisch so kurzsichtigen Mann wie ihm konnte nicht entgehen, dass sie darüber nicht reden wollte. Irgendetwas war faul an dieser Geheimdienstsache, diesem global ausgespannten Netz, in dem Terroristen und andere Staatsfeinde der USA und Großbritanniens gefangen werden sollten. Aber was? Tim kam nicht drauf ...

Unvermittelt hatte sich Jamila ihm zugewandt und mit

ihren hypnotischen Augen seine Gedanken festgenagelt. »Wirst du weitermachen?«

»W-was?«

»Blatt I der Beale-Chiffre muss noch entziffert werden. Hilfst du uns dabei?«

»Ist das dein Ernst, mich *jetzt* danach zu fragen?«

»Eigentlich war es mein Vorgesetzter, der mich heute früh darum bat.«

Er schnaubte. »Dein Boss ist mir so was von egal. Möchtest *du,* dass ich weitermache?«

Sie wich seinem fragenden Blick aus. »Ich bitte dich darum.«

»Das habe ich nicht gefragt.«

»Ich bin mir nicht sicher. Das letzte Mal, als ich einen Freund in ein Projekt geholt habe ...« Trotzig sah sie ihn wieder an. »Ja, ich will es.«

In Tims Ohren hörte sich ihre Antwort an wie: Nein, reise ab und halt dich fern von mir. Aber ihm war nicht entgangen, dass sie ihn soeben ihren »Freund« genannt hatte. Dieses kleine Wort fegte alle seine Zweifel hinweg. »Na schön, dann mache ich weiter.«

»Danke«, flüsterte sie und lächelte traurig.

Er legte seine Hand auf die ihre. Zu seinem Erstaunen ließ sie es geschehen, ja, zuckte nicht einmal. »Stürzen wir uns in die Arbeit, Jamila«, sagte er sanft. »Das reinigt den Geist von düsteren Gedanken.« Ein paar Sekunden lang fühlte er sich, als wären sie ein Paar ...

»Tim? Woher kanntest du den Familiennamen meines Bruders?«

Der wunderbare Moment der Nähe zerstob. Eigentlich hatte er sich mit dieser Information aus dem Projekt loskaufen wollen. Doch jetzt, da er Jamilas kühle Hand umschlossen hielt, hätte er ihr alles verraten. Das Bild des Schachbretts neben Afsahis Leiche erschien in seinem Kopf. »Ich habe es im Traum herausgefunden. Letzte Nacht.«

»Willst du dich über mich lustig machen?« Sie versuchte, ihre Hand zurückzuziehen, doch er hielt sie fest.

»Hör mich erst an, bevor du urteilst«, verlangte er.

Sie blickte auf die ineinander verschlungenen Hände und nickte.

Tim erinnerte sie an die seltsamen Arrangements auf Afsahis Schachbrett, die ihm schon mehrmals aufgefallen waren; jedes Mal habe es dabei in seinem Geist gefunkelt. Dadurch hatte ihm sein Gehirn mitteilen wollen, dass es eine verborgene Bedeutung in den Stellungen gab. Doch erst im Traum war er auf den Morsecode gestoßen.

»Morsecode?«, wiederholte Jamila ungläubig.

»Ja. In Wahrheit hat der Professor sich eines simplen Codes bedient, aber das habe ich erst nach dem Aufwachen herausgefunden.«

»Ach!«

»Pass gut auf: Das Schachbrett besteht aus vierundsechzig Feldern, nicht wahr? In der Computersprache entspricht dies acht mal acht Bits. Durch den Wechsel von leeren und besetzten Feldern lassen sich also acht Zeichen verschlüsseln. Und wenn man den vereinfachten Zeichencode aus der Frühzeit der Computertechnik nimmt, der sich auf vier Bits je Zeichen beschränkt, dann lassen sich auf einem Brett sogar sechzehn Zeichen codieren. Als ich so weit war, ist in meinem Kopf ein Funkengewitter ausgebrochen. Ich habe die Figurenstellung in den ASCII-Code übersetzt und daraus eine Buchstabenfolge abgeleitet.«

»Und?«, fragte Jamila gespannt.

»Bei den Stellungen, die ich früher bemerkt hatte, kamen

nur Zahlenketten heraus – vermutlich ein weiterer Code –, nicht aber bei der letzten. Es war eine Botschaft von Professor Afsahi an uns. Sie lautete: ›AZAMZARDAH.‹«

Kurz vor zehn war Tim von Jamila vor die Tür gesetzt worden: Sie müsse noch einige Anrufe tätigen, und die Polizei warte ebenfalls ganz sehnsüchtig auf sie. Er solle sich ablenken, etwas Abstand gewinnen, vielleicht ein paar Sehenswürdigkeiten ansehen. Später werde sie sich bei ihm melden.

Eine dieser Sehenswürdigkeiten wäre ihm fast zum Verhängnis geworden. Sightseeing war ihm entschieden zu gefährlich. Aber was sonst sollte er bei dem unangenehmen Novemberwetter in Cambridge tun? Es war Sonntag. Die Bibliothek hatte geschlossen. Frühestens am nächsten Morgen würde er sein zentrales Nervensystem wieder mit Informationen überfluten können. Tim wurde kribbelig, und mit jeder Stunde sollte es schlimmer werden. Um die Entzugserscheinungen in den Griff zu bekommen, besuchte er das Fitzwilliam, »*The finest small museum in Europe*«, wie es so schön hieß. Das feine kleine Museum umschmeichelte seine Sinne mit allerlei Künstlerischem mehr oder weniger großer Meister. Bei der Versenkung in einen Tizian ereilte ihn ein brutaler Klingelton und gleich darauf der strafende Blick einer Museumswärterin.

Tim verzog sich mit seinem Handy in eine Ecke, um das Gespräch entgegenzunehmen. Es war Jamila. Sie teilte ihm mit, die »Regelung der Vorfälle« beanspruche sie stärker als erwartet, sie werde sich erst am folgenden Vormittag wieder mit ihm treffen können.

Für den Rest des Tages tat Tim, was er am meisten hasste. Er schlug die Zeit tot.

Am nächsten Morgen traf er um Punkt neun Uhr vor der Universitätsbibliothek ein. Auf den Stufen unterhalb des Turms zeugte nur noch ein dunkler Fleck von den furchtbaren Ereignissen der vorletzten Nacht. Tim baute sich demonstrativ vor der Tür auf und begehrte Einlass. Sein Geist lechzte nach Nahrung. Er kam sich vor wie ein Drogensüchtiger auf Entzug. Als sich die Pforten mit dreiminütiger Verspätung endlich öffneten, eilte er mit fliegenden Schößen zur Ausgabestelle, um sich seine Tagesdosis abzuholen.

Überraschenderweise stellte sich der Rausch des Memorierens bei ihm nur mit Verzögerung ein, zu aufgewühlt war er immer noch von den Erlebnissen des Samstagabends. Zur Mittagszeit, er hatte seinem Gedächtnis immerhin vier neue Bücher einverleibt, stand Jamila vor ihm.

»Wenn du wissen willst, woran Professor Afsahi gestorben ist, dann komm mit«, flüsterte sie und lief zum Ausgang des Lesesaals.

Er folgte ihr in ein verwaistes Büro, wo sie die Nummer eines Kriminalbeamten wählte. Während es an der Gegenstelle läutete, holte sie ihr Ringbuch und einen Filzschreiber aus der Collegemappe. Ihr Gesicht hellte sich auf.

»Hallo, Inspektor, hier ist noch einmal Jamila Jason. Haben Sie schon die Ergebnisse?«

Sie lauschte eine Weile mit versteinerter Miene, machte Notizen und sagte unvermittelt: »Warten Sie! Könnten Sie das bitte noch einmal wiederholen? Dr. Labin steht neben mir. Ich schalte auf Lauthören.«

Sie drückte einen Knopf am Apparat, und Tim vernahm eine schnarrende Stimme.

»... Dekan wurde vergiftet.« Es raschelte, und dann klang

die Stimme so, als lese ihr Besitzer von einem Blatt ab. »Die Substanz wurde rektal verabreicht ... In Afsahis Anus steckte ein schwarzer König. Eine Schachfigur ... An ihr fand sich ein Gemisch von Alkaloiden und anderen Stoffen, die zu rasch fortschreitenden Muskellähmungen führen. Der Ärmste konnte sich nicht mehr rühren, aber er war bei vollem Bewusstsein, als das Ende kam. Die eigentliche Todesursache lautet ›Suffokation‹ – er ist erstickt. Der Professor war schlicht nicht mehr in der Lage zu atmen. Sein Mörder muss ein Psychopath gewesen sein.«

Tim erschauerte. Nicht allein wegen der nüchternen Art und Weise, in der über ein so grausames Ende referiert wurde, sondern weil es in seinem Geist wieder zu funkeln begonnen hatte. Erinnerungsglitter flatterte, scheinbar wahllos, durch seinen Sinn: *Fortschreitenden Muskellähmungen ... war bei vollem Bewusstsein, als das Ende kam ... Einige der exotischeren Techniken sind kaum als äußere Ursache nachzuweisen ...* Er hatte sich schon früher mit der Wirkung von Kurare beschäftigt, das die Indios Südamerikas als Pfeilgift bei der Jagd benutzten. In der richtigen Dosierung lähmte es zwar die Bewegungsfähigkeit der Beute, tötete sie aber nicht. Doch nicht diese Erinnerung war für das Glitzern in seinem Kopf verantwortlich, sondern eine andere, die er nicht greifen konnte ...

Jamila schüttelte den Kopf. »Ich würde Ihnen recht geben, wenn es sich um einen Einzeltäter handelte, aber es waren vermutlich *drei* Männer an dem Mord beteiligt«, erinnerte Jamila den Polizisten. »Dieselben Afghanen, die Dr. Labin fast vom Bibliotheksturm geworfen hätten. Ich denke eher, die Täter wollten jemandem durch die Art der Tötung eine Botschaft zukommen lassen.«

»Ach«, schnaubte der Inspektor. »Und welche Botschaft

soll das sein? Vielleicht: ›Eure Monarchie ist im Arsch‹? Da hätten sie aber die Königin anstelle des Königs nehmen müssen.«

Tim riss die Augen auf. »Er hat recht!« Mit einem Mal glaubte er, die Bedeutung der grausamen Botschaft zu verstehen.

Jamila musste irgendetwas Außergewöhnliches in seinem Gesicht bemerkt haben, das sie sofort reagieren ließ. »Ich rufe Sie später zurück, Inspektor. Danke einstweilen.« Ehe der Beamte noch etwas sagen konnte, hatte sie aufgelegt und wandte sich an ihren Partner. »Womit hat er recht?«

»Dein Stiefbruder – oder sollte ich besser sagen, Mr Pain? –, er brüstete sich damit, ›einen Menschen auf tausend Arten quälen, ihn foltern, verstümmeln oder töten‹ zu können, ›*ganz, wie es die Situation erfordert*‹. Genau so hat er sich ausgedrückt. Der schwarze König in Zircons Darmausgang ist mehr als eine Perversität. Auf dem Flug hierher habe ich im *Daily Telegraph* gelesen, die Anschlagsserie islamischer Extremisten im Irak hätte Großbritannien in eine Regierungskrise gestürzt. Ich habe bemerkt, dass dir einige von Zircons, gelinde ausgedrückt, konservativen Äußerungen gegen den Strich gegangen sind. Mal angenommen, seine Neuen Loyalisten wollten durch die Veröffentlichung der entschlüsselten Beale-Papiere die politische Stimmung im Land ausnutzen, um an die Macht zu gelangen und ihr großes Ziel zu verwirklichen: eine Renaissance des britischen Empire mit den Vereinigten Staaten als kostbarstes Kronjuwel oder zumindest als munter sprudelnde Einnahmequelle.«

»Ich gebe dir insofern recht, als die Analytiker der CIA die Stimmung im Vereinigten Königreich mit Sorge verfolgen. Nicht wenige hier hegen einen Groll über Großbritanniens Rolle als Schwanz, mit dem der Hund USA nach Belieben wedelt. Niemand traut den Neuen Loyalisten zu, eine Regierungsmehrheit zu erlangen, aber schon der Einzug ins Parlament würde dem Ansehen der Briten weltweit schaden.«

»In Deutschland haben Protestwähler die Ultrarechten schon in Landesparlamente gehievt. Wenn dein Stiefbruder irgendeiner islamisch-fundamentalistischen Terrorzelle angehört und Zircon erpresst hat, dann dürften die Hintermänner ihre eigenen Pläne mit der Beale-Chiffre verfolgen. Zwar ist jede Schwächung der Vereinigten Staaten für die Fundamentalisten im islamischen Lager ein Sieg, aber ein Aufblühen der Neuen Loyalisten hieße ja, den Feind zu stärken. Dein Bruder war überzeugt, wir hätten bereits die *ganze* Beale-Chiffre entziffert. Damit bestand für ihn kein Grund mehr, den Bauern länger im Spiel zu behalten.«

»Du meinst, Zircon war nur eine ... *Schachfigur,* die von jemand anderem über das große Brett geschoben wurde?«

Tim nickte. »Denk an seine letzten Worte. Ich fürchte, auch dein Stiefbruder war bestenfalls ein Springer. Ich frage mich nur, welche Rolle mir in diesem Spiel zugedacht wurde.«

»Das liegt doch auf der Hand: Du wirst die Beale-Chiffre entziffern und diesem ganzen Spuk ein Ende machen.«

»Tatsächlich? Oder fangen die Probleme für mich dann erst richtig an?« Er versuchte in Jamilas Mienenspiel zu lesen, doch abgesehen von einem unwilligen Stirnrunzeln sah er nichts.

»Mir ist nicht klar, worauf du hinauswillst, Tim. Ich jedenfalls stehe auf der Seite der Guten.«

»Bist du dir da ganz sicher?«

Sie zögerte. Und dann wich sie ihm wieder einmal aus. »Hat Azam auf dem Dach irgendeine Äußerung gemacht, die auf seine Absichten schließen lässt?«

»Frag das doch seine Männer«, erwiderte Tim schnippisch.

»Das kann ich nicht.«

»Ach, und wieso nicht?«

»Weil deine Theorie über die Bauernopfer zu stimmen scheint.« Sie schob ihm ihre Telefonnotizen unter die Nase. Die letzte Zeile war für Tim ein Schock.

Untersuchungshäftlinge tot. Selbstmord?

Nachdem Tim das Bibliotheksbüro verlassen hatte, griff Jamila zum Handy und stellte eine sichere Verbindung zu ihrem Vorgesetzten her. In der nachrichtendienstlichen Kommunikation galten strenge Vorschriften. Dazu gehörte auch, Dr. Emil W. Kogan mit seinem Decknamen anzureden.

»Ich bin's noch einmal, Owl.« Sie vermutete, ihr Mentor hatte sich »Eule« genannt, um seine Weisheit herauszustreichen. Er glänzte gerne mit seinem profunden Wissen aus der Praxis. Manchmal führte er sich wie der »Gottvater« der Geheimdienste auf. Trotzdem wusste Jamila nur wenig über seine Vergangenheit im aktiven Dienst. In ihrer Highschool-Zeit war Azam eines Tages mit dem Doktor im Schlepptau aufgetaucht, und seitdem hatte Kogan ihr Leben begleitet wie ein hilfreicher Patenonkel. Ihre Karriere wäre ohne ihn wohl anders, vielleicht sogar weniger glanzvoll verlaufen, sowohl in Yale wie auch bei der NSA. Obwohl sie ihren Mentor bewunderte, zog sie ihn des Öfteren mit seiner neunmalklugen Art auf. Aber nicht an diesem Tag, kaum sechzehn Stunden, nachdem sie Azam getötet hatte.

»Geht es dir etwas besser, kleine Morgiane?«, fragte Kogan, wobei er ebenfalls ihren *nom de guerre* benutzte.

»Er war ein brutaler Killer. Die kleine Morgiane kommt darüber hinweg«, erwiderte sie widerborstig. Ihr Tarnname stammte aus »Ali Baba und die vierzig Räuber«, aus *Tausendundeiner Nacht*. Sie hatte ihn nie besonders gemocht, weil es in dem Märchen hieß: »Diese Morgiane war eine geschickte, kluge und erfinderische Sklavin, welche die größten Schwierigkeiten zu überwinden wusste.« Nach Karims Tod hatte sie sich oft gefragt, ob Kogan sie trotz aller Freundlichkeit im Stillen als seine Leibeigene betrachtete. Früher waren ihr nie solche Gedanken gekommen. Sie hätte sich für Kogan ein Bein ausgerissen. Im vergangenen Jahr war diese bedingungslose Hingabe jedoch von Zweifeln ausgehöhlt worden. Der USB-Stick, den sie in jener furchtbaren Nacht unter Karims Schreibtisch gefunden hatte, war immer noch unentschlüsselt.

»Willst du, dass ich dich ablösen lasse?«, erkundigte sich Owl besorgt.

»Ich bin schon das letzte Mal davongelaufen. Macht sich auf die Dauer nicht gut in meiner Personalakte. Ich stürze mich einfach in die Arbeit. Das reinigt den Geist von düsteren Gedanken.«

»Hat er das gesagt? Unser Schachweltmeister?«

»Wie kommen Sie darauf?« Sie unterdrückte ein Frösteln. Die »Sehfähigkeit« der Eule war ihr manchmal nicht geheuer.

»Weil es zu ihm passt. Du kennst die erste Regel eines Agentenführers: Investiere keine Emotionen in dein Fußvolk, und verliebe dich *nie* in einen Informanten oder einen Spion.«

»Ich *bin* nicht in ihn verliebt«, antwortete sie trotzig.

»Das will ich in unser beider Interesse hoffen. Es steht zu viel auf dem Spiel. Du weißt ja, was Ali Baba zu der Sklavin sagte: ›Morgiane, das Erste, was ich von dir verlange, ist unverbrüchliche Verschwiegenheit ...‹«

»Haben Sie etwas Neues für mich?«, unterbrach Jamila die ihrer Ansicht nach ungerechtfertigte Ermahnung.

»Zunächst würde mich interessieren, warum du anrufst.«

»Um Ihnen mitzuteilen, dass Dr. Labin weitermacht.«

»Das ist gut. Sonst noch etwas?«

Sie fasste anhand ihrer Notizen den Obduktionsbericht von Zircon Afsahis Leiche zusammen und berichtete auch über das Gespräch mit Tim. Nachdem sie geendet hatte, blieb es einige Zeit still in der Leitung.

»Nur gut, dass wir deinem Bruder rechtzeitig auf die Schliche gekommen sind. Er hat uns alle hinters Licht geführt«, sagte Kogan, und es klang wie ein nur widerstrebend abgelegtes Schuldeingeständnis. Dann war wieder diese Autorität in seiner Stimme, der sich kaum jemand zu widersetzen vermochte. »Die Ratten kommen schneller aus den Löchern, als wir erwartet haben. Wir müssen höllisch aufpassen, dass die Lage nicht außer Kontrolle gerät. Bring unser Wunderkind nach Washington. Wenn er in der Kongressbibliothek weiterliest, können wir wesentlich besser auf ihn aufpassen als in England.«

»Sollten wir Dr. Labin nicht wenigstens fragen, ob ...?«

»Unsinn, Morgiane«, fiel er ihr barsch ins Wort. »Eine wichtige Schachregel lautet: ›Ein isolierter Zentrumsbauer fällt nachteilig ins Gewicht.‹ In Cambridge ist der Deutsche für uns nicht kontrollierbar. Das muss geändert werden. Er hat durch die Entschlüsselung des dritten Blatts bewiesen, dass er die in ihn gesetzten Hoffnungen erfüllen kann. Notfalls wird er gegen seinen Willen in die Staaten gebracht. Aber das wird gar nicht nötig sein. Ich glaube, du hast ihn ganz gut im Griff und er wird dich freiwillig begleiten.«

Manchmal fand Jamila die Selbstherrlichkeit ihres Mentors geradezu widerlich, zumal sie ihm gerade Tims Annahmen zum Thema Bauernopfer geschildert hatte. Vermutlich war Emil Kogan sogar ein paarmal zu oft im Außeneinsatz gewesen, um sich noch mit Feinfühligkeit aufzuhalten. Schon um Tim alle Optionen offenzuhalten, entgegnete sie: »Nichts für ungut, Chef, aber wir haben den Code von Blatt III schon vor Jahren geknackt. Das macht Labin für uns nicht gerade unentbehrlich.«

»Das sehe ich anders. Wir sind nur erfolgreich gewesen, weil ich durch die Rosenholz-Dateien auf die Verbindung zwischen Beale und diesem Robert Lemon gestoßen bin, der in London Miltons *De Doctrina* wiederentdeckt hat. Oder hast du Labin davon erzählt?«

Jamila verdrehte die Augen. »Nein, habe ich nicht. Allerdings war ihm aufgefallen, dass Afsahi das Faksimile der Streitschrift besaß. Merkwürdig, nicht wahr? Können Sie sich das irgendwie erklären, Emil?«

»Bei einem Büchernarren, der zudem noch Professor an Miltons alter Universität ist, würde ich es nicht gerade als Sensation bezeichnen, dass er einen Nachdruck davon besitzt.«

»Und warum hat Azam ihn mitgenommen, ein Buch aus mehr als zweitausend?«

»Vermutlich, weil er ein Verräter ist. Möglicherweise haben wir einen Maulwurf in unserem Team, der ihm das mit dem Milton-Buch gesteckt hat.«

Sie dachte über die Konsequenzen nach. Wenn Emil recht hatte, dann konnten Azam auch andere Dokumente in die Hände gefallen sein. »Könnte ... mein Bruder das dritte Blatt der Beale-Chiffre an den Professor weitergegeben haben? Denkbar wäre doch, dass er Dr. Labin irgendetwas darüber erzählt hat.«

»Was Azam getan hat, weiß ich nicht, aber ich bin überzeugt, der Deutsche hat den Code ohne fremde Hilfe geknackt. Und das macht ihn für uns zur ersten Wahl.«

»Wenn meine Theorie stimmt und Labin bestätigt das durch die Entzifferung des ersten Blattes, wäre er dann nicht eine Gefahr für die nationale Sicherheit?«

»Nur, wenn er redet. Aber das werden wir zu verhindern wissen. Bringe ihn nach Washington, Morgiane. Egal, was es kostet.«

Ohne Gruß legte Kogan auf.

Am Dienstagmorgen kaute Tim lustlos auf einem Blaubeermuffin herum. Er hatte am Vortag nicht so viele Bücher »gefressen« wie sonst. Der Obduktionsbericht von Zircons Leiche hatte ihm den Appetit verdorben. Wie unmenschlich kann ein Mensch sein? Immer wieder war ihm diese Frage durch den Kopf gegangen.

Plötzlich hallte ein enervierendes Klingeln durchs Haus. Tim, aus dunklem Brüten herausgerissen, zuckte erschrocken zusammen. Er hörte, wie Mrs Atkinson zur Haustür schlurfte. Helle Stimmen hallten zu ihm herein. Dann betrat Jamila das Esszimmer. An ihrem Gesicht konnte Tim sofort erkennen, dass schon wieder irgendetwas vorgefallen sein musste.

»Was ist passiert?«, fragte er.

»Hast du heute schon Frühstücksfernsehen geschaut?«

»Nein. Ich lasse die Glotze lieber aus – zu viele schlechte Programme, die einem das Hirn verkleistern.«

Sie drehte sich zu der Wirtin um, die ihr gefolgt war. »Darf ich den Fernseher einschalten?«

»Nur zu, Dr. Jason. Fühlen Sie sich bei mir wie zu Hause«, sagte Mrs Atkinson.

Jamila lief um den Esstisch herum zu der Anrichte, wo das TV-Gerät stand, schnappte sich die Fernbedienung und drückte auf einen Knopf. Während sich die Flimmerkiste aufheizte, lief sie zu Tim und setzte sich neben ihn.

Auf der Mattscheibe erschien das Kinderprogramm, ein Zeichentrickfilm: Zu lustigen Geräuschen hämmerte ein Vogel einem kleinen Mexikaner das Gehirn aus dem Kopf. Jamila schaltete um.

Ein weibliches Gesicht füllte die Bildschirmfläche: jung, puppenhaft geschminkt und von einer quäkenden Stimme beseelt. Irgendein kommerzieller Sender.

»Müssen wir uns das wirklich antun?«, fragte Tim.

»Warte, gerade beginnen die Morgennachrichten.«

Hinter der Moderatorin erschienen die Worte *Breaking News*. Sie las mit ernster Miene von ihrem Teleprompter folgende Nachricht ab:

Der katarische Fernsehsender al-Dschasira strahlte am Sonntagabend erstmals ein Video aus, in dem die Unabhängigkeitserklärung der Vereinigten Staaten von Amerika als Fälschung bezeichnet wird. Ein unbekannter Sprecher verliest in dem Film ein Schreiben, demgemäß der als mathematisches Genie bekannte deutsche Schachweltmeister Tim Labin an der englischen Cambridge-Universität ohne technische Hilfsmittel eines der schwierigsten Rätsel der Neuzeit gelöst hat. Es handele sich dabei um die Entschlüsselung der annähernd 200 Jahre alten »Beale-Chiffre«. Deren Verfasser, ein Amerikaner namens Thomas Jefferson Beale, habe in seinem lange Zeit für unentzifferbar gehaltenen Vermächtnis geschrieben, so die Videobotschaft wörtlich: »Das

Geheimnis der unechten Unabhängigkeitserklärung muss solange bewahrt werden, wie dem Wohl der Vereinigten Staaten von Amerika durch die Lüge besser gedient ist als durch die Wahrheit.«

Erst kürzlich hat sich in diesem Zusammenhang die US-amerikanische Historikerin Dr. Jamila Jason zu Wort gemeldet. Sie hält sich derzeit ebenfalls in Cambridge auf und soll den Schachweltmeister bei der Decodierung der Chiffren unterstützt haben. Ihrer Theorie zufolge könnte es sich bei der ursprünglichen Unabhängigkeitserklärung der Vereinigten Staaten um ein Wirtschaftsabkommen gehandelt haben, das den britischen Kolonien auf dem nordamerikanischen Kontinent gegen die Zahlung regelmäßiger Abgaben weitgehende Freiheiten zusicherte. Andere Fachleute halten auf Grund historischer Präzedenzfälle einen Vertrag über eine auf 232 Jahre befristete Selbstverwaltung für die wahrscheinlichere Möglichkeit. Ebenso wie die 99 wurde diese Zahl im 18. und 19. Jahrhundert wegen ihrer Symmetrie mit Ausgeglichenheit und Gerechtigkeit gleichgesetzt, weshalb sie in zahlreichen Vertragswerken Eingang fand. Ähnlich wie 1997 die britische Kronkolonie Hongkong wieder der Souveränität Chinas unterstellt wurde, könnten demnach die USA am 4. Juli 2008 – also 232 Jahre nach der Unabhängigkeitserklärung – an das ehemalige Mutterland zurückfallen. Bisher wurden solche Szenarien von den Politikern belächelt und nicht einmal kommentiert. Auf Grund der jüngsten Erkenntnisse aus Cambridge könnten sie jedoch bald, zumindest formaljuristisch, Wirklichkeit werden.

Die Entdeckung Labins hat nicht nur unter Verschlüsselungsexperten Furore gemacht. Binnen vierundzwanzig Stunden entwickelte sie sich in sämtlichen Medien rund um den Globus zur Nachricht Nummer eins. In Großbritannien meldeten sich die ultrakonservativen Neuen Loyalisten zu Wort und forderten, so ein Sprecher wörtlich, »die Wiederherstellung des rechtmäßigen Zustandes: Wenn die USA ihre Steuern nicht gezahlt haben, dann wird es höchste Zeit, und wenn ihre Bürger Untertanen Ihrer Majestät sind, dann sollen sie gefälligst vor der Queen das Knie beugen«.

Bisher sind solche reaktionären Meinungsäußerungen die Ausnahme. Ansonsten verströmen die Politiker beiderseits des Atlantiks demonstrative Gelassenheit. Die Unabhängigkeit der Vereinigten Staaten sei inzwischen jahrhundertelange Rechtspraxis, vermeldete Downing Street; irgendein Papier – so es denn tatsächlich existiere – werde daran wenig ändern. Zur Frage eines Pressevertreters, was denn mit dem Wörtchen »wenig« gemeint sei, wollte sich der Regierungssprecher nicht äußern.

Naturgemäß haben die internationalen Finanzmärkte weniger gelassen auf die Nachricht von möglichen Billionennachzahlungen der USA an das Vereinigte Königreich reagiert. An der Wall Street verlief der Handel gestern so hektisch wie schon lange nicht mehr. Vor allem die Werte einiger Banken und Finanzdienstleister verzeichneten teils dramatische Kursstürze. Finanzexperten sprechen bereits von der »Beale-Krise« und mahnen die Anleger zur Besonnenheit. Der bekannte amerikanische Analyst Dough Goldstein sagte: »Wenn sich auch nur eines der von den Historikern beschriebenen Szenarien als zutreffend herausstellt, dann wäre das für die Weltwirtschaft der Super-GAU.«

Brisant wird die Meldung auch durch die mysteriösen Todesumstände des prominenten Cambridge-Orientalisten Prof. Zircon Afsahi. Wie wir berichteten, wurde die Leiche des Dekans der Fakultät für Orientalische Studien am vergangenen Samstag in seinem Haus aufgefunden. Auch Afsahi gehörte dem Projektteam an, das an der Entschlüsselung der Beale-Chiffre arbeitete. Dass bislang vertrauliche Details der Forschungsergebnisse nur wenige Stunden nach seinem Tod nun ausgerechnet in einem arabischsprachigen Sender veröffentlicht werden, lässt die Ermittlungsbehörden einen terroristischen Hintergrund nicht länger ausschließen. Für das von al-Dschasira am Sonntag ausgestrahlte Video jedenfalls zeichnet ein Kommando mit dem Namen »Aliat Mansube« verantwortlich. Experten vermuten, dass die bisher nicht in Erscheinung getretene Gruppierung dem Umfeld von Al-Qaida zuzurechnen ist. Weitere Einzelheiten zur Beale-Krise erfahren Sie in unserer Sondersendung um neun Uhr. Es folgen weitere Meldungen des Tages ...

Jamila schaltete den Fernseher stumm und drehte sich zu der Wirtin um, die immer noch in der Tür stand. »Ich würde gerne mit Dr. Labin etwas besprechen, Mrs Atkinson.«

Sie lächelte. »Nur zu, tun Sie sich keinen Zwang an.«

»Etwas *Vertrauliches*.«

»Oh!« Die Witwe zog den Kopf ein und lächelte verschmitzt. »Bin schon verschwunden. Soll ich die Tür schließen?«

»Das wäre sehr freundlich, Mrs Atkinson.«

Nachdem sich Jamila vergewissert hatte, dass die Wirtin nicht draußen am Schlüsselloch klebte, setzte sie sich wieder neben Tim, deutete mit dem Daumen auf den Fernseher und fragte: »Was sagst du dazu?«

Er konnte sich nur schwer von der Mattscheibe losreißen. Zu unwirklich erschien ihm das Gehörte. »Ich bin geplättet. Das ist jetzt aber nicht so eine Sendung à la Orson Welles, so ein ›Krieg der Welten‹-Report, der sich am Ende als Fernsehspiel herausstellt, oder?«

»Du kannst dir den Sender aussuchen. Sie bringen überall das Gleiche.« Sie schnaubte unwillig. »Wenn sie wenigstens bei der Wahrheit bleiben würden!«

»Hast du schon *einmal* einen Medienbericht über dich erlebt, der hundertprozentig genau war?«

»Du hast ja recht. Trotzdem finde ich es unverantwortlich, den Eindruck zu vermitteln, du hättest bereits beide Beale-Blätter entschlüsselt. Viele hören doch bei solchen Berichten heute gar nicht mehr richtig hin und halten womöglich die beschriebenen Konsequenzen deiner Entdeckung für unabwendbar. Ich hätte nie geglaubt ...« Anstatt ihre Gedanken mit Tim zu teilen, schüttelte sie nur den Kopf.

»Was?«, hakte er nach.

»Für meinen Mentor hatte ich mal ein Anwesen auf Deer Island gemietet und dort ein Seminar vorbereitet, in dem es um genau eine solche Eskalation ging. ›Kleine Ursache, große Wirkung‹, das ist einer seiner Lieblingssprüche. Er war immer der Überzeugung, der Krieg im Cyberspace sei mehr als ein Hirngespinst von Verschwörungsfanatikern. Die Angreifer könnten ein Ereignis wie dieses ausnutzen, um ihre Aktionen zu kaschieren und ihnen gleichzeitig Drive zu verleihen. Alles trifft ein, was wir in der Simulation ...«

»Moment mal«, unterbrach er sie. »In dem Bericht war keine Rede von irgendwelchen Manipulationen im Internet.«

Sie lachte freudlos. »Glaubst du allen Ernstes, die Meldung von deiner Großtat allein könnte die Wall Street erschüttern?«

Tim hielt ihrem fordernden Blick nur kurz stand, dann schüttelte er den Kopf. »Die Finanzmärkte sind durch die Immobilien- und Hypothekenkrise zwar hypersensibel geworden, aber ich gebe dir recht: Um die Aktienmärkte aufzumischen bedarf es wohl mehr als Gerüchte. Hast du diesbezüglich schon irgendwas von Big Brother gehört?«

»Von meinem Arbeitgeber in Fort Meade, meinst du? Nein.«

»Zumindest passt deine Theorie von den Cyberterroristen ganz gut.«

Sie nickte.

»Nein«, verbesserte sich Tim. »Ich meine, es passt zum Namen dieser Gruppierung, der ja vermutlich auch dein Stiefbruder angehört hat: ›Aliat Mansube‹. Kommt aus dem Arabischen. Wer im 9. Jahrhundert zu den *aliat* gehörte, der war ein Schachmeister. Sie repräsentierten die höchste Spielerklasse. Und das zweite Wort, *mansube*, ist ebenfalls arabischen Ursprungs. So nannte man künstliche Endspiele im Schach, nach ästhetischen oder technischen Gesichtspunkten entworfene Konstrukte: eine Ausgangsstellung wurde komponiert und musste dann zum Sieg geführt werden. Frei übersetzt nennt sich die Gruppe also ...«

»... ›Meister des Endspiels‹«, vollendete Jamila den Gedankengang. »Das bestätigt deine gestrigen Äußerungen über die Bauernopfer. Irgendjemand hält sich da anscheinend für den König der Aliat, und wie es aussieht, ist er ein besserer Taktiker als alle Analytiker von CIA und NSA zusammen.« Sie schüttelte ärgerlich den Kopf. »Die Stärke der USA ist für den Weltfrieden heute wichtiger denn je, Tim. Wenn diese Situation eskaliert, wird das nicht nur ein wirtschaftliches Desaster. Es könnte zu einer politischen Destabilisierung ungeahnten Ausmaßes kommen.«

»Wegen des Gerüchts um eine falsche Unabhängigkeitserklärung? Das glaubst du doch selber nicht.«

»Hast du mich nicht verstanden? Die Unabhängigkeitserklärung ist nur ein psychologisches Täuschungsmanöver, die Zündkapsel, wenn du so willst, die das Pulverfass explodieren lässt. In Wahrheit haben das momentane Chaos diese ominösen ›Meister des Endspiels‹ angerichtet, Terroristen im Cyberspace.«

»Damit erübrigt sich meine weitere Mitarbeit in diesem ›Projekt‹. Ihr wolltet die Ratten aus den Löchern locken. Das ist geschehen. Jetzt seht zu, wie ihr mit ihnen fertig werdet.«

Sie schüttelte unwillig den Kopf. »Verrate mir eins, Herr Großmeister: Was haben Schach und die Finanzmärkte gemein?«

»Die Verlierer sind immer die Bauern.«

»Unsinn. Die Hälfte in einer Partie besteht aus Psychologie. Verstehst du nicht? Die Cyberterroristen haben den Spieß umgedreht. Sie machen sich unsere Schwäche zunutze: die Anfälligkeit der global vernetzten Gesellschaft für Gerüchte und Manipulationen aus dem Internet. Jede Komponente für sich ist beherrschbar, aber alles zusammen ergibt eine hochexplosive Mischung. Und wenn dann diese Bombe in einem Kartenhaus explodiert, was bleibt dann deiner Meinung nach übrig?«

»Konfetti. Ich vermute, du redest nicht nur von den Vereinigten Staaten, oder?«

»Nein, von der westlichen Welt als Ganzes und von den tönernen Füßen, auf denen sie steht. Sie stützt ihren Wohlstand auf ein mehr als anfälliges System aus Überschuldung, Spekulation, Korruption und eigennützigen Demokratien. Deshalb möchte ich dich auch bitten, weiter mit uns zusammenzuarbeiten. Nur, wenn *wir* die Chiffre entziffern und Beales Schatz heben, können wir uns alle Optionen offenhalten.«

»Wozu die Mühe? Schreibt euch doch ein passendes

Pamphlet und präsentiert es der Öffentlichkeit als den Klartext von Blatt I«, schlug Tim mit spöttischem Unterton vor.

»Daran wird bereits gearbeitet.«

»Oh. Ich hatte vergessen, dass ich es mit Lügnern und Betrügern zu tun habe.«

Sie bedachte ihn mit einem vernichtenden Blick. »So ein Täuschungsmanöver ist ziemlich schwierig. Man müsste ein Buch drucken, dessen Alter auch Experten auf nicht weniger als zweihundert Jahre schätzen würden und dessen Inhalt mit den Zahlenkolonnen des gefälschten Blattes I genau den gewünschten Klartext ergäbe. Computern fehlt für so eine Aufgabe die nötige Kreativität, und ein begabter Schriftsteller mit Kryptografiekenntnissen bräuchte Wochen, wenn nicht gar Monate, und falls an irgendeiner Stelle geschlampt würde, könnte jeder, der sich einigermaßen auf Verschlüsselungsmethoden versteht, den Schwindel entlarven. Würdest *du* uns jedoch helfen ...«

»Vergiss es.«

Jamila nickte. »Das dachte ich mir. Leider stehen wir, um in der Sprache des Schachs zu bleiben, unter Zugzwang. Der Börsencrash von 1929 zeigt, wie die Weltwirtschaft innerhalb weniger Tage kollabieren kann. Der Gegner hat die Initiative ergriffen, und wie du mir erklärt hast, müssen wir sie zurückerobern.«

»Sofern ihr die Partie gewinnen möchtet«, brummte er. Ihre Argumente entbehrten nicht einer gewissen Logik. Trotzdem widerstrebte ihm seine Bauernrolle in dieser »Schachpartie«, je mehr er darüber erfuhr. Wie zur Bestätigung seiner ablehnenden Haltung, sagte Jamila jetzt auch noch etwas, das ihn völlig überraschte.

»Bitte, komm mit mir in die Staaten, Tim.«

»Was?«, wunderte er sich. »Davon war bisher nicht die Rede. Ich denke gar nicht dran.«

»Hier können wir aber nicht für deine Sicherheit garantieren.«

Ihm fiel auf, wie oft sie das Wörtchen *wir* benutzte, ohne über den namenlosen Teil dieses Wir zu reden. Immer mehr kam er sich wie eine Schachfigur vor, die von den Leuten hinter der Agentin über ein großes Spielbrett geschoben wurde, während er stets nur ein paar benachbarte Felder überblickte. Dementsprechend trotzig klang seine Antwort.

»Dann findet gefälligst den Kerl, der deinen Bruder und seine Kumpane auf mich angesetzt hat.«

»Woher weißt du, dass es ein Kerl war?«

Er sah sie streng an. »Seit wann haben in islamistischen Gruppierungen Frauen das Sagen?«

»Jetzt sei doch bitte vernünftig, Tim. Unser Projekt ist nicht länger geheim. *Du* bist nicht länger geheim. Auf jedem Kanal kann man hören, dass du in Cambridge arbeitest. Meinst du, Azams Hintermänner schauen nicht fern? Owl möchte dich nach Washington holen, wo wir besser auf dich aufpassen können. Du würdest in der Kongressbibliothek arbeiten, die – nur, falls du es nicht weißt – maßgeblich auf den Buchbestand von Thomas Jefferson zurückgeht. Du könntest nach Belieben in der Sammlung lesen. Nach allem, was du hier herausgefunden hast, erscheint mir das sogar aussichtsreicher, als hier weiterzumachen.«

»Owl?«, wunderte sich Tim.

»Das ist der Deckname meines Vorgesetzten.«

»Spionierst du auch unter einem Pseudonym?«

Sie zögerte, antwortet dann aber: »Morgiane.«

»*Tausendundeine Nacht*, wie hübsch!«

»Deinen Sarkasmus kannst du dir sparen. Was soll ich

meinem Chef nun sagen? Begleitest du mich in die Staaten?«

»Möchtest *du* das denn?«

Sie stöhnte. »Fängst du schon wieder damit an? Ja, ich will es. Bis dass der Tod uns scheidet.«

»Darüber kann jetzt *ich* nicht lachen. Sag deinem Boss, ich brauche einen Tag Bedenkzeit.«

»Ist das dein Ernst?«

»Absolut.«

Einige Sekunden lang lagen ihre Blicke miteinander im Clinch. Dann nickte Jamila. »Also schön. Ich rede mit Owl.«

Sie müsse mit ihrem Chef telefonieren und werde Tim später in der Bibliothek treffen, hatte Jamila gesagt und war ziemlich rasch gegangen. Danach hatte Tim noch zwei Stunden lang die Berichterstattung im Fernsehen verfolgt. Die Meldungen zur »Beale-Krise« überschlugen sich. Man konnte zusehen, wie sich die Situation, vor allem an den Börsen, verschlechterte. Die auf Sensationsmeldungen geeichten Nachrichtenjäger erbeuteten zunehmend auch Stimmen, die nicht unbedingt zur Beruhigung der Lage beitrugen.

Einige hochrangige Persönlichkeiten aus Downing Street, verkündete ein BBC-Sprecher, verträten laut inoffizieller Quelle die Ansicht, man müsse mit den USA auf höchster Ebene Gespräche über die geänderte Lage führen. Aus dem Wirtschaftsministerium höre man die – ebenfalls unbestätigte – Forderung, der Dollar als internationale Leitwährung solle durch das Britische Pfund ersetzt werden, sofern die Andeutungen der Beale-Chiffre zutreffend seien. »Wie gut, dass wir Briten noch nicht den Euro haben!«, kommentierte die offiziöse Quelle.

Gegen Mittag war Tim davon überzeugt, dass entweder

a) die Welt komplett durchdrehte oder b) Jamila mit ihrer Cyberwar-Theorie recht hatte. Weil ihm die Paranoiathese nicht behagte, neigte er eher dem zweiten Gedankenkonstrukt zu: Terroristen hatten die Situation von langer Hand vorbereitet und brachten jetzt durch Manipulationen im Internet einige börsennotierte Schlüsselunternehmen ins Trudeln, wodurch eine fatale Sogwirkung entstand, die am Ende die ganze Weltwirtschaft mit sich reißen konnte. Seltsamerweise fühlte sich Tim besser, nachdem er für die irrwitzigen Vorgänge um sich herum eine leidlich plausible Erklärung gefunden hatte.

Innerlich gefestigt begab er sich auf den Weg in die Universitätsbibliothek, um im Sturm neuen Wissens seinen Geist zu reinigen und so zu einer Entscheidung im Hinblick auf die USA-Reise zu gelangen. Er ging zu Fuß. Das Wetter erlaubte es. Der Himmel war weniger grau als in den letzten Tagen. Ab und zu schaute sogar die Sonne zwischen den Wolken hindurch.

Tim marschierte zwischen den Sport Grounds des Newnham sowie des Gonville & Cains College hindurch, lief an der Ridley Hall vorbei und erreichte so das Sidgwick-Areal. Dieses durchquerte er in nördlicher Richtung, bis er über die West Road zur Bibliothek gelangte. In Gedanken war er schon bei den Büchern, die er am Nachmittag memorieren würde, als die Tür vom Haupteingang sich öffnete und Jamila erschien. Sie winkte ihm zu, er winkte zurück und stellte sich vor, sie wären ein Paar, das derartige Übungen regelmäßig praktizierte.

Plötzlich – es war ziemlich genau an der Stelle, wo Azam Zardahs Blut auf den Stufen verblich – trat ihm ein grobschlächtiger Mann in den Weg. Er trug einen offenen grauen Regenmantel, war etwa eins achtzig groß und ähnelte verblüffend Jossif Stalin: Bürstenhaarschnitt, buschige Augenbrauen, dichter Schnurrbart und falsches Grinsen.

»Guten Tag, Dr. Labin. Gratuliere zu Ihrem pyromanischen Durchbruch.«

Und riesige Ohrläppchen hat er auch noch, registrierte Tim in Gedanken. Er fand die Situation irgendwie seltsam, blieb aber freundlich. »Sie meinen vermutlich kryptografisch. Trotzdem vielen Dank.«

»Keine Ursache, Sie Hurensohn. Durch Ihre Genieleistung bin ich mein Vermögen losgeworden, meine Frau hat mich verlassen, und demnächst wird meine Bank mir mein Haus wegnehmen. Ich wollte mich für diese Nettigkeit erkenntlich zeigen.«

Ehe Tim begriff, wie ihm geschah, hatte der Stalin-Doppelgänger ein großes Küchenmesser gezückt und holte damit aus, wohl in der Absicht, ihn zu filettieren.

Tim warf sich schreiend zur Seite, das Messer rauschte an seinem linken Ohr vorbei. Er landete unsanft auf dem Boden, genau auf dem Blutfleck von Zardah. Dies war indes seine geringste Sorge, denn der Amokläufer wurde jetzt erst richtig wütend. Er stieß ein animalisches Knurren aus und hob abermals die Waffe. Tim rollte sich die Stufen hinunter. Aus den Augenwinkeln nahm er andere Menschen wahr, die den Vorfall offenbar interessiert verfolgten – zu Hilfe kam ihm aus dem Publikum jedoch niemand. Der Messerschwinger verfolgte ihn derweil auf dem Weg nach unten und brüllte: »Bleib endlich liegen, du Schwein, damit ich dich abstechen ...«

Jäh verstummte er, weil endlich doch jemand die Zivilcourage besessen hatte und ihm das Schlachtfest verdarb.

Jamila kickte dem Wüterich mit einem gezielten Fußtritt das Messer aus der Hand, hieb ihm mit dem Handballen von unten gegen die Nase, dass es knackte, und beförderte ihn anschließend, Gesicht voran, auf den Boden. Im Nu hatte sie ihm ein Knie zwischen die Schulterblätter gedrückt und ihm gleichzeitig irgendwie den rechten Daumen samt Arm auf eine erkennbar schmerzhafte Weise in Richtung Rücken verdreht. Während er vor Schmerzen stöhnte und mit wüsten Beschimpfungen protestierte, zog sie unter ihrem Mantel eine mattschwarze Pistole hervor, drückte sie ihm in den Nacken und zischte: »Halt die Klappe. Eine Bewegung, und es knallt.«

Der Stalin-Imitator wurde zahm wie Mahatma Gandhi.

»Kann mal jemand die Polizei alarmieren?«, rief Jamila mürrisch ins Publikum.

Bei den Bibliotheksbesuchern erwachte das soziale Gewissen. Etliche Handys wurden gezückt, viele Notrufe abgesetzt und manches Erinnerungsfoto geschossen.

Jamilas grüne Augen fixierten Tim unbarmherzig. »Ich will dich wirklich nicht drängen, aber der Vorfall heute sollte dir zu denken geben.«

Sie saßen im Esszimmer von Mrs Atkinson und hatten dampfende Teetassen vor sich stehen. Nach einer zweistündigen Befragung durch die Polizei waren beide durstig.

Tims Stimmung tendierte gegen null. Mürrisch schob er das Geschirr über den Tisch, um es irgendwie zu ordnen, wurde dadurch aber nur noch frustrierter, weil die Untertassen rund waren und sich beim besten Willen keine parallelen Linien und rechten Winkel herstellen ließen. Außerdem gingen ihm allmählich die Gegenargumente aus. Jamilas Warnung war mehr als berechtigt. Er brauchte Schutz. Trotzdem fühlte er sich seines freien Willens beraubt. »Ich könnte nach Berlin zurückgehen«, brummte er.

»Ha!«, lachte sie. Es klang, als breche ein trockener Ast. »Meinst du, in Deutschland bist du vor solchen Leuten sicher? Ich habe heute Vormittag mit meinem Chef telefoniert. Unter uns gesagt: Er meinte, die Angelegenheit könnte sich für die amerikanischen Geheimdienste zur größten Fehleinschätzung seit der Schweinebucht auswachsen. Die Beale-Krise gleicht einem Erdrutsch. Wenn du mir nicht glaubst, schalt den Fernseher ein: Die Börsen spielen verrückt. US-Staatsanleihen verzeichnen Riesenverluste. Offenbar glaubt alle Welt, dass Uncle Sam nicht mehr seinen Verpflichtungen nachkommen kann, wenn erst die Nachzahlung an Großbritannien fällig wird.«

»Aber das ist doch Irrsinn. Bisher gibt es keine gesicherten Beweise, dass so etwas überhaupt passieren könnte.«

»Du vergisst die ›Meister des Endspiels‹, die sich die Angst der Anleger vor Verlusten zunutze machen. Wenn die risikoscheuen Sparer dem Staat kein Geld mehr leihen, dann wirft er eben wieder die Druckmaschinen an, glauben viele.«

»Nach Ausbruch des letzten Irak-Krieges war's ja tatsächlich so.«

»Das ist ja das Fatale. Die Ängste sind nicht völlig aus der Luft gegriffen. Aber würde man einen mehr als zweihundert Jahre alten Schuldenberg aus der Druckerpresse bezahlen, dann stiege die Inflation in astronomische Höhen. So irrational die Angst davor auch sein mag, sie treibt trotzdem die Flucht aus den Wertpapieren an. Selbst gesunde Unternehmen sind inzwischen von der Hysterie betroffen. Und der Wahnsinn gewinnt fast minütlich an Tempo, weil in den Computern der Broker Abertausende von Verkaufsaufträgen nur darauf warten, dass die Kurse unter die Stopp-Loss-Marken fallen. Genau das geschieht in diesen Stunden. Selbst wenn die Börsen den Handel aussetzen, könnten morgen schon Dutzende oder Hunderte von armen Hunden, die über Nacht ihr Vermögen verloren haben, an deine Tür klopfen, egal, ob du nun in Großbritannien oder Deutschland bist.«

Tim sah Jamila fassungslos an. »Ist es tatsächlich so schlimm?«

»Vermutlich schlimmer. In der Finanzwelt kenne ich mich zu wenig aus, um dir die Zusammenhänge genau aufzudröseln. Auf alle Fälle braut sich da ein schrecklicher Sturm zusammen, Tim. Komm mit mir in die Staaten, damit du unbehelligt deine Arbeit beenden und diesem Wahnsinn ein Ende machen kannst.«

»Was ist, wenn ich das letzte Beale-Blatt entziffere, und alles trifft ein?«

»Das Schlimmste sind im Augenblick die Gerüchte und Spekulationen – für jeden Anleger ist Unsicherheit Gift. Wenn wir in einem psychologisch klug ausgearbeiteten Kommuniqué die Wahrheit auf den Tisch legen, ist mit der Ungewissheit Schluss. Sollte die Unabhängigkeitserklärung tatsächlich gefälscht sein, wird sich die Regierung aufs Gewohnheitsrecht berufen, und die Lage beruhigt sich wieder.«

Er spürte den Druck ihrer Argumente, hatte aber trotzdem Bedenken. Ausweichend sagte er: »Ich bräuchte noch eine Schonfrist.«

»Wir können uns kein weiteres Zögern leisten, Tim.«

»Werden wir denn drüben weiterhin Partner sein?«

»Ich kann meinem Chef sagen, dass du darauf bestehst.«

Tim nickte. »Also gut. Unter diesen Bedingungen komme ich mit. Ich sollte aber wenigstens unsere Liste mit dem Katalog in Washington abgleichen, um die dort fehlenden Titel noch hier in Cambridge zu memorieren.«

»Okay, ich besorge dir alles, was du brauchst. Hoffentlich kommt uns die Verzögerung am Ende nicht teuer zu stehen.«

Noch nie hatte Tim für ein Mädchen so empfunden wie für Jamila. Sie brachte ihn dazu, die unmöglichsten Dinge anzustellen. Welcher Frau wäre er je in einen Fahrstuhl gefolgt? Unter neunundvierzig nicht einer. Aber die fünfzigste war eben anders. Sicher, sie wirbelte sein Leben gehörig durcheinander. Einige Veränderungen waren durchaus positiv, andere hingegen konnten tödlich enden. Aus diesem Grund hatte Tim sich auch die Schonfrist ausbedungen.

Er wusste nicht, ob er Jamila vertrauen konnte.

Nachdem sein Umzug nach Washington erst einmal feststand, hatte er daher nicht ohne Hintergedanken zu ihr gesagt: »Die Bibliothek hat heute bis zehn geöffnet. Lass uns keine Zeit vertrödeln und wieder an die Arbeit gehen.«

Der Argwohn stand ihr ins Gesicht geschrieben, doch sie willigte ein. Aus Sicherheitsgründen, wie sie erklärte, rief sie ein Taxi.

Wenig später trafen sie vor dem Hauptportal der Bibliothek ein. Beiderseits des Eingangs standen bewaffnete Polizisten. Durch den jüngsten Vorfall war die ehrwürdige Universitätseinrichtung endgültig zu einem potenziellen »weichen Ziel« für Terroristen und Amokläufer erklärt worden.

Im Foyer setzten sich die neuen Maßnahmen fort. Jeder, der das Gebäude betreten wollte, musste sich einem strengen Sicherheitscheck unterziehen. Mitarbeiter eines privaten Sicherheitsdienstes blickten in jede Tasche. Außerdem spürten sie, streng nach Geschlecht getrennt, mit Handdetektoren nach Metall, und mit den Fingern tasteten sie nach Waffen. Jamila zeigte der Frau, die sich der weiblichen Besucher annahm, ihren Ausweis, dann den unter ihrem Mantel und einer schwarzen Lederjacke verborgenen Pistolenholster, worauf sie anstandslos passieren durfte. Tim hatte weniger Glück.

»Was soll das?«, fuhr er den Kontrolleur an, der ihm mit dem Ring des Metallspürgeräts auf die Pelle rücken wollte, und wich mehrere Schritte zurück. Der Securitymann war ein schwarzer Schwerathlet, so zumindest sah er aus. Spaß schien er keinen zu verstehen.

»Wenn Sie sich nicht überprüfen lassen, Sir, dann kommen Sie nicht rein«, knurrte er.

»Haben Sie keine Metalldetektoren zum Durchlaufen, so wie am Flughafen?«

»Nein. Die werden erst morgen installiert. Heute bin nur ich da.«

»Aber ich will nicht, dass Sie mich anfassen.«

»Keine Angst, ich stehe nicht auf Männer«, erwiderte der Wachmann mit versteinerter Miene.

Bevor die Missverständnisse dramatische Ausmaße annehmen konnten, schaltete sich Jamila ein. Sie klappte für den Sicherheitsmann erneut ihren Ausweis auf und raunte: »Dr. Labin gehört zu mir. Bitte kommen Sie ihm nicht zu nahe. Er leidet unter der Anthropophobie.«

»Popo... *Was?*«

»Eine Form der sozialen Phobie: Die Nähe anderer Menschen macht ihm Angst. Abgesehen davon, findet der ganze Zirkus hier wegen ihm statt – er ist das Opfer des Anschlags von heute Mittag. Sie können ihn getrost passieren lassen.«

»Aber ich habe meine Vorschriften, Ma'am, und sie besagen, dass ich niemanden unkontrolliert in das Gebäude lassen darf.«

Sie lüpfte ihren Mantel und die Jacke, wodurch der Uniformierte die Heckler & Koch USP Compact zu sehen bekam, deren Vorzüge sie gegenüber Tim nach der Messerattacke gelobt hatte. »Ich habe auch meine Vorschriften, und sie besagen, dass ich jeden erschießen muss, der Dr. Labin zu nahe kommt.«

Die Augen des Wachmannes quollen ihm schier aus dem Kopf. Ehe er jedoch noch etwas sagen konnte, meldete sich seine Kollegin von links.

»Hast wieder bei der Einsatzbesprechung geschlafen, was, George? Der Boss hat gesagt, die beiden sind für uns sakrosankt. Was immer das heißt – du lässt sie besser durch.«

Kurz darauf betraten Tim und Jamila den großen Lesesaal. Sie blickte auf ihre Armbanduhr. »Kann ich dich für ein Stündchen alleine lassen? Ich muss aus Washington die Daten besorgen, die du zum Abgleich der Kataloge brauchst.«

Innerlich atmete er auf. »Sicher. Ich habe genug zu tun.«

Er wartete, bis sie den Saal verlassen hatte. Dann begab er sich schnell in den Leseraum für digitale Medien, in dem es mehrere Bildschirmarbeitsplätze mit Internetanschluss gab. Hier, in der Universitätsbibliothek von Cambridge, konnte er ungehindert einige Recherchen anstellen, die in Washington, unter den wachsamen Augen der NSA, eventuell nicht mehr möglich sein würden. Schon allein deshalb brauchte er die »Schonfrist«. Im Laufe der letzten Tage hatte sich am Gestade seiner Erinnerungen Strandgut angesammelt, das er dringend ordnen musste, bevor er sich Jamila und ihren Geheimdienstkollegen auslieferte. Einige dieser Fundstücke hatten gefunkelt wie Glas, das in der Sonne an den Strand geschwemmt wurde.

Dazu gehörte die »magische« Zahl 232, die in dem Fernsehbericht vorgekommen war. Ihm waren darin dieselben Ziffernkombinationen aufgefallen, die ihn schon auf John Miltons Streitschrift *De Doctrina Christiana* aufmerksam gemacht hatten – die »23« und die »32«. Im Internet fand er dazu jedoch kaum mehr, als die Moderatorin aus den Morgennachrichten gesagt hatte. Fürs Erste ließ er dieses Stück Treibgut links liegen, doch schon als er sich dem nächsten zuwandte, der Historikerin Dr. Jamila Jason, fügten sich beide zusammen wie benachbarte Puzzlesteine.

In rasendem Tempo »inhalierte« er Dutzende von Veröffentlichungen über oder von Jamila und ging dabei unzähligen Querverbindungen nach, sog seltsame Anekdoten und Geschichten von mysteriösen Bränden in sich auf. Fast wie von selbst setzten sich dabei in seinem Geist Erinnerungsknoten zu Netzen möglicher Wirklichkeiten zusammen. Auf dem Dach des Bibliotheksturms hatte sie zu ihm gesagt, während ihres Studiums in Yale hätten sich die angesehensten Studentenverbindungen darum gerissen, ihr auf die Schulter zu klopfen. Die bedeutendste und einflussreichste Vereinigung dieser Art war die 1832 gegründete Geheimgesellschaft »Skull and Bones«.

Als Tim dies las, sprühte sein Geist weitere Funken. Der Name des Gründers stand im Blatt III des Beale-Vermächtnisses. Jamila hatte ihn als einen »Spross aus dem Opium-Imperium Russel and Company« beschrieben.

Der Orden machte auch als »Eulogischer Club« von sich reden, benannt nach Eulogia, angeblich die Göttin der Beredsamkeit. Andere Quellen nannten ihn *The Brotherhood of Death* – »Die Bruderschaft des Todes«. Ein weiterer Name verwandelte Tims Bewusstsein endgültig in eine mentale Lichterkette: »Loge 322«.

Drei und zwei. Konnte es noch ein Zufall sein, dass er immer wieder über Kombinationen dieser Ziffern stolperte? Sie versteckten sich nicht nur im Gründungsjahr des Ordens, sondern prangten unübersehbar sogar in seinem Erkennungszeichen – es bestand aus einem Totenkopf auf gekreuzten Knochen über der Zahl »322«.

Nicht ohne einen gewissen Sinn für Dramatik nannten sich die Mitglieder der Bruderschaft des Todes »Bonesmen«; erst seit 1991 wurden auch »Boneswomen« in den höchst elitären Zirkel aufgenommen. Tim kam aus dem Staunen kaum mehr heraus, als er im Internet die Namen der Mitglieder las. Zu dem illustren Kreis gehörten neben bekannten Sportlern, Künstlern, Wissenschaftlern, Universitätspräsidenten und Wirtschaftsmagnaten auch immer wieder Politiker in höchsten Positionen, bis in jüngste Zeit sogar Präsidenten.

Um die Wurzeln der Vereinigung rankten sich zahlreiche Legenden, einige reichten bis zu einer namentlich nicht genannten Geheimgesellschaft in Deutschland zurück. Konkrete Fakten gab es dazu aber wenige. Im Gegensatz zu anderen Bruderschaften betrieb der Orden keine Geschichtspflege. Als wolle er seine Ursprünge verbergen.

Das *tapping* jedenfalls – das Klopfen auf die Schulter – war ein Auswahlritual vieler studentischer Vereinigungen. Die Loge 322 berief mit diesem Brauch gewöhnlich nur die Besten der Besten des vorletzten Studienjahrgangs für ein knappes Jahr in den Kreis der jeweils fünfzehn Mitglieder von Skull and Bones. Danach blieben sie ein Leben lang unter dem Dach ihrer Ehemaligenvereinigung RTA, der Russel Trust Association, verbunden.

Merkwürdigerweise wusste keine der von Tim befragten Quellen etwas über ein gemeinsames Ziel der Bruderschaft, abgesehen von dem Bemühen, sich gegenseitig die Karriereleiter hinaufzuhelfen. Nirgendwo war die Rede von der »großen Aufgabe«. Gibt es so eine Bestimmung nicht?, fragte er sich. Ist sie nur in den Wirren der Geschichte verloren gegangen? Oder stellt die Mission des Ordens sein letztes großes Geheimnis dar, das weder Verschwörungstheoretiker noch Enthüllungsjournalisten bisher herausgefunden hatten?

Und noch etwas beschäftigte ihn, während er das Treibgut seines Geistes ordnete: War Jamila, die ihr Studium immerhin mit summa cum laude abgeschlossen hatte, eine »Knochenfrau«?

Die Frage drängte sich ihm förmlich auf. Sie hatte nicht nur spontan über den Gründer der Loge 322 Auskunft gegeben, sondern noch etwas viel Verräterisches gesagt: *Für meinen Mentor hatte ich mal ein Anwesen auf Deer Island gemietet und dort ein Seminar vorbereitet...* Deer Island befand sich, wie Tim in einer so unspektakulären Quelle wie der *Wikipedia* entdeckte, im Privatbesitz der RTA. Nur ehemalige Mitglieder von Skull and Bones konnten die im Sankt-Lorenz-Strom gelegene Insel mieten.

Also musste Jamila eine Boneswoman...

»Hier steckst du! Ich habe mir Sorgen gemacht«, sagte unvermittelt die Stimme der »Knochenfrau«.

Tim zuckte zusammen. Mit einem raschen Griff schaltete er auf ein anderes, unverfängliches Bildschirmfenster um. Zum Glück stand Jamila *hinter* dem Monitor, konnte also die verräterische Seite nicht sehen. Er rang sich ein Lächeln ab. »Das ist auch bitter nötig. Ich hätte vor Schreck fast eine Herzattacke bekommen. Musst du dich so anschleichen?«

»Wieso? Hast du was zu verbergen?« Sie lief um den Monitor herum, warf einen Blick auf die Internetseite des Vorbenutzers – es war ein Kochrezept – und verzog angewidert das Gesicht. »Lamm mit Mintsoße? Igitt!«

»Findest du nicht, wir könnten unseren Abschied von der Insel mit einem typisch englischen Essen feiern?«, improvisierte er.

Ihre Miene troff geradezu vor Argwohn. »Ist das dein Ernst? Heute Mittag wärst *du* fast das Opferlamm geworden.«

»Du hast recht. Gehen wir nach der Arbeit lieber zu Pizza Hut und teilen uns eine ›Bigfoot‹.«

Sie hielt ihm einen Stapel Papiere unter die Nase. »Ich habe den Abgleich für dich erstellt. Von den Werken, die dir noch fehlen, sind nur vierzehn nicht im Bestand der Kongressbibliothek verzeichnet.«

Er nickte. »Das ist gut. Die müsste ich bis spätestens Donnerstagabend intus haben.«

»Dann buche ich uns einen Flug für Freitag. Mein Chef bringt mich um.«

»Jetzt übertreib mal nicht. Du wirst ihm das schon irgendwie beibringen. Kannst du mir die Bücher von der Ausleihe besorgen? Ich komme gleich nach.«

Ihr Blick wanderte wieder zu dem Lamm in Mintsoße. Ohne ein weiteres Wort stapfte sie davon.

»Puh! Das war knapp«, flüsterte Tim und holte wieder das eigene Bildschirmfenster in den Vordergrund. Beim Lesen der Internetseiten über die Bruderschaft des Todes war ein wahrer Funkensturm durch sein Gehirn geweht. Thomas Jefferson Beale hatte William H. Russel, den Gründer des Ordens, in das Komitee zur Bewahrung seines Geheimnisses berufen. Gab es darüber hinaus noch einen größeren Zusammenhang zwischen Beale und der Loge 322? Nicht nur das ständig wiederkehrende Spiel mit den Ziffern drei und zwei ließ ihn dies ahnen. Auch die von Jamila zitierten Worte aus Beales letztem Testament legten die Vermutung nahe:

Immer noch schreien in meinen Träumen die Schädel und Knochen der Toten zu mir.

Hatte das von ihm gegründete Komitee in der geheimen Gesellschaft Skull and Bones die »geeignete Form« gefunden, um seinen letzten Willen zu erfüllen?

Tims Augen suchten nach der Uhr am unteren Bildschirmrand. Die Zeit verrann wie im Fluge. Vermutlich erwartete ihn Jamila bereits im großen Lesesaal. Er wollte die Recherche schon abbrechen, schloss gerade die Bildschirmfenster, als er in der Trefferliste der Suchmaschine auf den Namen Ron Rosenbaum stieß. Rosenholz, Rosenbaum – das klang ähnlich genug, um in seinem Geist eine Kerze anzuzünden. Rasch klickte er auf den Link.

Das *Esquire Magazine* hatte im September 1977 einen Artikel des Enthüllungsjournalisten veröffentlicht, der schonungslos mit Skull and Bones ins Gericht ging. Rosenbaum war für die Bruderschaft durch seine Schnüffelei zum verhassten Captain Ahab avanciert und sah sich vonseiten der Loge 322 massiven Drohungen ausgesetzt. Trotzdem führte er namentlich mehrere Bonesmen auf, die ihre im Orden eingeübte Geheimnistuerei nach dem Abschluss bei der CIA perfektionierten. Als prominentesten Vertreter dieser Ehemaligen nannte er George Herbert Walker Bush, den dreiundvierzigsten Präsidenten der USA, der vor der Übernahme des höchsten Staatsamtes 1976 als Direktor zur »Firma« gegangen war.

Probeweise kombinierte Tim die Suchbegriffe »Skulls and Bones« und »CIA« und erhielt Tausende von Treffern. So bekam er wenigstens eine Ahnung von den engen Verflechtungen des Geheimdienstes mit der Loge 322, wenngleich er das Informationsangebot nicht mehr sichten konnte. War womöglich auch Jamila durch einen bei der CIA tätigen Ex-

Bonesman in den Dunstkreis der Geheimdienste geraten?, fragte er sich. Und wenn ja, welche Schlüsse sollte er daraus ziehen? War es nicht allzu verständlich, dass sie über ihre Mitgliedschaft in einer Verbindung schwieg, welche bekanntermaßen über ihre Interna nach außen striktes Stillschweigen bewahrte? Die Antworten auf diese Fragen gab es nicht im Internet. Er würde sie selbst herausfinden müssen.

Die Bedenkzeit war abgelaufen. Misslaunig begab er sich in den großen Lesesaal.

Als Jamila am Freitagmorgen um kurz nach sechs in Tims Quartier aufkreuzte, schien ihr schönes Gesicht um Jahre gealtert zu sein.

»Was ist passiert?«, fragte er.

»Chaos – das ist passiert.«

»Könntest du dich vielleicht etwas klarer ausdrücken?«

»Hast du heute etwa noch nicht den Fernseher eingeschaltet?«

»Muss ich darauf antworten?«

»Ich erzähl dir alles unterwegs. Schnapp dir deinen Koffer und komm mit. Der MI6 hat uns einen Wagen samt Fahrer zur Verfügung gestellt. Zum Glück ist der britische Auslandsgeheimdienst noch nicht privatisiert, sonst müssten wir womöglich nach Heathrow trampen.«

Tim verbuchte die sonderbare Bemerkung auf das Konto von Jamilas unübersehbarer Verdrossenheit. Sie hatte in den letzten Tagen vonseiten ihres Chefs viel Druck bekommen und sich zur Entschädigung von Tim ein Wunder gewünscht, aber das war ausgeblieben – die von ihm memorierten vierzehn Titel hatten ihm nicht die erhoffte Erleuchtung gebracht. Um Jamilas Nerven zu schonen, verabschiedete er sich ohne Umschweife von Mrs Atkinson. Die Wirtin drückte ihm als Wegzehrung einige in Zellophan verpackte Blaubeermuffins in die Hand und wünschte ihm eine gute Reise. Wenige Sekunden später saß er auf der Rückbank eines blauen Ford Taurus neben Jamila und wiederholte seine Begrüßungsfrage.

»Eine neue Weltwirtschaftskrise«, antwortete Jamila übellaunig. »Die Wall Street ist binnen weniger Tage zum Mahlstrom geworden, der rund um den Globus die Börsen mit in die Tiefe reißt. Das Wort vom ›Schwarzen Montag‹ geht bereits um. Die Analysten und Wirtschaftsexperten sagen, so etwas sei in Anbetracht der bekannten Ursachen eigentlich nicht möglich, aber es passiert trotzdem.«

»Die Meister des Endspiels?«, fragte Tim sinnfällig. Er bemerkte, wie der Fahrer ihn im Rückspiegel musterte.

Jamila nickte und deutete nach vorn. »Das ist übrigens Captain Linus Rodney vom MI6. Du kannst in seiner Gegenwart ruhig offen reden. Der Secret Service arbeitet mit uns in der Sache eng zusammen.«

Tim nickte Rodney zu. »Gibt es Beweise, dass da hinter den Kulissen manipuliert wird?«

»Ja. Aber leider nichts, aus dem sich eine geeignete Abwehrstrategie entwickeln ließe. Die Terroristen haben das ganze Arsenal an Malware eingesetzt: Viren, Würmer, Trojaner und was es noch so alles an Schädlingen gibt. Bei einigen Banken, die dieser Tage um ihr Überleben kämpfen, kamen Botnets zum Einsatz.«

»Botnets?«

»Das sind massive Angriffe von manchmal einhunderttausend oder mehr PCs auf einen Server. Sie wirken auf ihn wie im Mittelalter ein Steinhagel aus einer Batterie von Schleudern auf eine Ritterburg: Die Verteidigungswälle brechen unter der gewaltigen Last schlichtweg zusammen oder die ganze Festung wird zu Staub zermahlen. In harmlosen Fällen zwingen Botnets Server nur in die Knie, was mitunter kostspielige Produktionsausfälle nach sich zieht – *Distributed Denial of Service* werden solche Angriffe genannt. Nach so einem DdoS wird der Rechner neu gestartet, und alles geht seinen gewohnten Gang. Manchmal ist das aber ein Trugschluss. Wenn die Cyberwarriors richtig fies sind – und hier waren sie es –, dann dringen sie durch die von ihnen geschlagenen Breschen ins System ein und richten gewaltigen Schaden an.«

»Ich denke, man kann jeden Rechner im Netz anhand seiner Kennung identifizieren. Wäre es da nicht ein Leichtes, die Angreifer mit so einer Art Fangschaltung zu lokalisieren?«

»Du meinst die IP-Adresse? Die nützt bei den Botnets nichts, weil die Angriffe von den Maschinen ahnungsloser PC-Besitzer kommen: Irgendwann haben die sich beim Surfen im Internet einen Virus oder Trojaner eingefangen, und auf ein verabredetes Zeichen hin erwachen die Schädlinge zum Leben, bombardieren das Opfer mit Anfragen oder schütten es mit Mails zu. Die Ermittler finden in solchen Fällen nur Unschuldige und vielleicht den Virus, der sich aber nicht mehr zu seinem Urheber zurückverfolgen lässt. Bis jetzt wissen unsere Experten nicht mal, wie da ins Horn geblasen wurde, um die Botnets zur Attacke zu rufen.«

»Für eine Historikerin weißt du erstaunlich viel über diese Dinge.«

»Ich habe einen Kurs besucht.«

Tim beschlich das Gefühl, ihr flapsiger Kommentar sei mehr als die gewohnte Standardantwort, doch er wollte das

Thema vor dem SIS-Mann nicht weiter vertiefen. Stattdessen fragte er: »Wie war vorhin deine Bemerkung mit dem Trampen zum Flughafen gemeint?«

Sie stöhnte leise. »Das hat mit dem erwähnten Chaos zu tun. Ich weiß gar nicht, wo ich anfangen soll, Tim. Am kritischsten sind momentan die Angriffe auf technische Einrichtungen wie Stellwerke der Bahn oder die Straßenverkehrsüberwachung. In deren Computern haben die Meister des Endspiels offenbar schon vor Längerem ein paar ganz eklige Schädlinge versteckt. Anstatt die Steuerungssysteme außer Betrieb zu setzen, bringen sie alles durcheinander. In der City von London spielen die Ampelanlagen verrückt, der Verkehr ist komplett zusammengebrochen. Und im Süden der Stadt sind zwei Züge zusammengestoßen. Aus den Ballungszentren in den Vereinigten Staaten gehen ähnliche Berichte ein. Dagegen klingen die Nachrichten aus der Wirtschaft fast wie der Wetterbericht an einem lauen Sommertag.«

»Ich nehme an, weil in diesem Bereich die Manipulationen nicht so leicht zu erkennen sind, oder?«

»Absolut richtig. Die meisten Kommentatoren halten – wie sagte ein Sprücheklopfer so schön? – ›die Turbulenzen für den ganz normalen Wahnsinn, der die Welt alle paar Jahrzehnte heimsucht‹. Fakt ist, dass diverse Firmen in den letzten Tagen ihre Zahlungsunfähigkeit melden mussten. Dazu gehören auch etliche Versorgungsunternehmen, die ja während der letzten Jahre in vielen Ländern privatisiert worden sind: Strom- und Gaslieferanten, Telefon- und Zustelldienste und eben die Verkehrsgesellschaften. In immer mehr Regionen bricht der öffentliche Nahverkehr zusammen, obwohl die Weichen noch richtig arbeiten. Rund um London kommt alles zusammen; da geht so gut wie gar nichts mehr. Sogar einige Flughäfen taumeln schon am Abgrund des Konkurses. Es wird gemunkelt, Heathrow gehöre auch dazu. Die Luftfahrtgesellschaften bekommen jetzt die Quittung für ihren langen, oft mit hohen Verschuldungen ausgetragenen Preiskampf. Einige der Big Player streichen massenhaft Flüge. Delta Air hat gestern den Flugbetrieb eingestellt – deshalb fliegen wir jetzt um 11.05 Uhr mit der Aer Lingus über Dublin nach Washington.« Sie schöpfte tief Atem. »Appetit auf mehr?«

»Danke, mir ist schon schlecht.«

Der Fahrer drehte das Radio lauter, weil gerade eine aktuelle Verkehrsmeldung kam. Sie zog sich über mehrere Minuten hin. Die Pendler waren aufs Auto umgestiegen und damit vom gemütlichen Sitzen im Zug zum Stillstand auf der Straße. Das Chaos hatte auch von den Autobahnen rund um London Besitz ergriffen.

»Die M25 ist dicht. Ich versuch's über die Umgehungsstrecken«, erklärte Rodney unaufgeregt und wechselte die Fahrbahn.

Diese Idee hatten ungefähr auch drei Millionen andere Engländer, dies jedenfalls war Tims Eindruck. Auf den Nebenstrecken floss der Verkehr kaum besser als auf den großen Motorways. Immer wieder kamen sie nur im Stop-and-go-Tempo voran.

»Wir verpassen unseren Flug«, sagte Jamila nach etwa vier Stunden. Bis nach Heathrow waren es noch knapp zwanzig Kilometer.

Rodney grinste in den Rückspiegel. »Der Tod verspätet sich nie. Deshalb sind bei uns pünktliche Flüge aus Sicherheitsgründen verboten. Ich denke nicht, dass sie ausgerechnet heute davon eine Ausnahme machen.«

Für gewöhnlich liebte Tim den britischen Humor, im Moment jedoch hätte er den Fahrer erwürgen können.

Gegen elf trafen sie endlich am Terminal 1 des Heathrow Airports ein. Beim Anblick der Menschenmassen meldeten sich bei Tim ein paar alte Bekannte wieder: Herzrasen, Schweißausbrüche, Beklemmung. Vermutlich war er kreidebleich, aber Jamila dachte nur an die Maschine, deren planmäßiger Abflug in etwa fünf Minuten war.

»Bitte warten Sie noch, bis ich die Lage gepeilt habe, Captain«, bat sie den Fahrer, stieß die Wagentür auf und sprang förmlich aus dem Fahrzeug.

Tim blieb sitzen.

Sie streckte den Kopf wieder hinein. »Du siehst aus wie frisch gekalkt. Ist dir nicht gut?«

Er starrte nur auf das Gewusel vor dem Terminal. Tim war nicht zum ersten Mal in Heathrow, aber nie hatte er hier so viele, so hektische, so schlecht gelaunte Menschen gesehen.

Mit einem Mal lächelte sie, streckte ihm die Hand entgegen und sagte auf eine unwiderstehlich sanfte Art: »Komm! Ich halte dich fest.«

Von jedem anderen hätte er dieses Angebot als Drohung aufgefasst, nicht aber von Jamila. Er griff nach dem fünffingrigen Rettungsanker und ließ ihn nicht mehr los.

Gemeinsam betraten sie die Abflughalle. Auch dort herrschte der Ausnahmezustand. Auf der Anzeigentafel dominierten die Worte »Cancelled« und »Verspätet«. Tim merkte, wie sich seine Atemfrequenz beschleunigte. Er kannte die Folgen der Hyperventilation, aber davon wurde er auch nicht ruhiger. Wo er auch hinsah, waren Menschen. Sie belegten sämtliche Sitze, campierten mit ihrem Gepäck auf dem Boden oder verstopften die Durchgänge. Und sie machten ein Geräusch, dass sein Kopf davon zu zerplatzen drohte.

»Da drüben ist unser Schalter«, sagte Jamila mit einem

Deuten des Kinns und zog ihn einfach in die schäumende Gischt der Leiber hinein.

Tim war schwindelig. Die Leute nahm er nur verschwommen als gesichtslose Wesen wahr. Er fühlte sich wie eine kleine Sprotte in einem Schwarm von Makrelen. Seine Rechte umklammerte noch fester Jamilas Hand.

Am Check-in-Schalter der irischen Luftfahrtgesellschaft hatte sich eine aufgebrachte Menge zusammengerottet. Im Schutz der Anonymität wurden Drohungen ausgestoßen, Fäuste reckten sich in die Höhe. »Ich muss nach Hause; meine Frau kriegt ein Kind«, brüllte jemand. »Sie können die Maschine doch nicht einfach ausfallen lassen«, protestierte ein anderer.

»Nicht!«, flehte Tim, als ihn Jamila mitten in diesen brodelnden Pfuhl des Unmuts hineinziehen wollte.

Sie schnaufte. »Ich muss aber an den Schalter und fragen, was mit dem Flug ist.«

»Ich schwöre dir, wenn ich da hineingehe, dann drehe ich durch.«

»Also gut, dann pass auf: Du bleibst hier stehen, und ich erkundige mich nach der Maschine. Ich bin so schnell wie möglich wieder bei dir.«

»Aber du hast versprochen, mich ...«

»Jetzt benimm dich nicht wie ein kleines Kind, Tim!«, fuhr sie ihm über den Mund.

Er klappte den Mund zu. Sie hatte ja recht. Irgendwie würde er es schon überleben.

Sie legte ihm ihre Hand an die Wange, als wolle sie sich für ihre schroffe Maßregelung entschuldigen, lächelte noch einmal und verschwand in der Menge.

Für eine gewisse Zeit half ihm die Erinnerung an ihre Berührung tatsächlich über die Angst hinweg. Es war eine von ihr neue, ganz zärtliche Geste gewesen. Ob sie ihn doch mehr mochte als einen Wellensittich? Vielleicht bedeutete er ihr tatsächlich ...

Plötzlich wurde Tim grob nach vorne gestoßen. Um nicht hinzufallen, machte er einen und noch einen Ausfallschritt und landete mitten im Gewühl der Wartenden. Das war der Moment, als sein Verstand sich verabschiedete und die Gefühle die Oberhand gewannen.

Er begann zu schreien.

Der Bodycheck war von einem stiernackigen Riesen gekommen, der Tims Reaktion persönlich nahm. Vielleicht dachte er, das für ihn unverständliche Gebrüll sei eine Beschimpfung in Afrikaans oder einer anderen ihm fremden Sprache. Möglicherweise war der Hüne aber auch nur selbst mit den Nerven am Ende, und der Zusammenstoß hatte das Fass zum Überlaufen gebracht. Jedenfalls wollte er die Provokation des Fremden nicht auf sich beruhen lassen.

»Was willst du, du Kaffer?«, blaffte er Tim mit einem unverkennbar irischen Akzent an.

Der begriff nicht im Geringsten, was sich da zusammenbraute, wollte nur aus der Menge freikommen, in die ihn der Rüpel gestoßen hatte, aber ausgerechnet der verstellte ihm den einzigen Fluchtweg. Tim kreischte wie am Spieß, schlug mit den Händen um sich, als müsse er einen Schwarm Killerbienen abwehren, und hieb auch sich selbst immer wieder gegen den Kopf. Dabei taumelte er dem Rohling direkt in die Arme.

Selbiger packte ihn mit seinen Pranken am Kragen, schüttelte ihn und donnerte: »Ich lasse mir doch von einem Schwachsinnigen wie dir nicht den letzten Platz in der Maschine wegschnappen.«

Tims Antwort bestand in noch lauterem Schreien. Er kniff die Augen zu und hämmerte sich auf den Schädel. Schließlich begann er zu hecheln, so schnell, dass ihm die Stimme versagte. Alles um ihn herum drehte sich. Und dann verlor er die Besinnung.

Als er aus der Ohnmacht erwachte und die Augen aufschlug, fand er eine Situation vor, die, ähnlich wie eine Mansube im Schach, ob ihrer Komplexität gründlicher Betrachtung bedurfte. Tim lag in einer Art magischem Kreis, der ihn vor der gaffenden Menge in der Abflughalle schützte. Gesichert wurde diese Zone von Männern in dunklen Uniformen. Rechts neben ihm kauerte ein Mann in weißer Kleidung, der ihm gerade den Puls fühlte. Links tätschelte ihm Jamila die Hand und lächelte. Und zwei Schritte weiter lag der irische Fleischberg mit blutender Nase und ohne Bewusstsein.

»Du hast hyperventiliert und bist umgekippt«, erklärte Jamila. »Ganz harmlos, meint der Sanitäter.«

Tims Kopf schwenkte herum und wurde sich erst jetzt der Berührung durch den Fremden gewahr. Rasch entzog er ihm den Arm; Jamila durfte seine Hand behalten. Offenbar hatte sie dem Sanitäter bereits von der Phobie erzählt, denn der Mann ging rücksichtsvoll auf Abstand.

»Hast *du* den Iren ... ›beruhigt‹?«, fragte Tim.

Sie grinste spöttisch. »Ging leider nicht anders. Ich musste dich doch beschützen. Kannst du schon wieder aufstehen?«

Er nickte und ließ sich von ihr hochhelfen, nicht weil dies unbedingt erforderlich war, sondern weil er ihre Nähe so lange wie möglich auskosten wollte.

Sie gab ihm in Stichworten einen Lagebericht: Alle Aer-Lingus-Flüge waren bis auf Weiteres gecancelt, keine Chance, noch einen Platz in der Zwölf-Uhr-Maschine von Air America zu bekommen, und bei den späteren Fliegern sehe es auch nicht besser aus.

»Und was jetzt?«, fragte Tim, während sich der »magische Ring« für sie öffnete und die Menschen respektvoll vor der Riesenbezwingerin Jamila eine Gasse bildeten.

»Erst mal bringe ich dich hier raus. Ich könnte mich ohrfeigen, dir diese Tortur zugemutet zu haben. Hoffentlich verzeihst du mir meine Gedankenlosigkeit.«

»Wenn du mich noch eine Weile festhältst.«

Ihre Augenbrauen kräuselten sich in gespieltem Zorn. »Nur, bis wir draußen sind.«

Bald saßen sie wieder in dem blauen Ford Taurus, und Rodney grinste einmal mehr in den Rückspiegel. »Nicht wahr, wenn man einmal unsere schöne Insel besucht hat, dann kommt man einfach nicht mehr davon los?«

»Halten Sie die Klappe, Captain, ich muss telefonieren«, schnarrte Jamila. Sie zog ihr Handy aus der Manteltasche und drückte eine Kurzwahltaste. Nach ein paar Sekunden klarte sich ihr Gesicht auf, und sie meldete sich mit den Worten: »Hier Morgiane. Houston, wir haben ein Problem.«

Tim spitzte die Ohren. Obwohl er von der Gegenseite nicht mehr als ein paar unendlich leise Geräusche vernahm, war er sich über die Person am anderen Ende der Leitung doch im Klaren. Jamila telefonierte mit Owl, dem geheimnisvollen Schachstrategen und Kenner der Aussprüche von Ruy López. Präzise und kurz schilderte sie ihm die Situation. Dann beendete sie das Gespräch.

»Und nun?«, sagten Tim und Rodney im Chor.

Sie deutete durch die Scheibe in den grauen Mittagshimmel. »Wir fahren nach Lakenheath.«

»Zur RAF? Das ist nicht Ihr Ernst. Die Base liegt fünfundzwanzig Meilen nordöstlich von Cambridge.«

Jamila seufzte. »Ich weiß, Captain. Fahren Sie einfach den ganzen Weg wieder zurück.«

Das englische Dörfchen Lakenheath lag im Suffolk County und beherbergte in seiner Nachbarschaft einen Fliegerhorst der Royal Air Force. Außerdem waren dort größere Verbände der US-Luftstreitkräfte stationiert. Da entgegen aller Vernunft mehr Autofahrer ins Londoner Verkehrschaos hinein- als herauswollten, erreichten Tim, Jamila und Captain Rodney den Militärflughafen schon nach drei Stunden. In der Zwischenzeit hatte Owl von Crypto City aus ein Transportmittel organisiert. Jamila war sichtlich stolz auf ihren Chef.

»Stell dir vor, wir bekommen eine C-21A ganz für uns alleine.«

Tim steckte Heathrow noch in den Gliedern. Freudlos blickte er durchs regennasse Fenster auf vorbeihuschende Hecken hinaus und verzog das Gesicht. Er war es gewohnt, in den Privatjets reicher Gönner zu fliegen. »Hoffentlich ist der Vogel größer als sein kryptischer Name. In kleinen Flugzeugen bekomme ich Platzangst.«

Sie stöhnte. »Mit dir hat man es wirklich nicht leicht.«

Er wandte ihr mürrisch das Gesicht zu. »Ist das ein Vorwurf? Du kannst gerne alleine fliegen.«

»Ach was! Jetzt spiel nicht den Beleidigten. Owl meinte, in der zivilen Version sei die Maschine ein Learjet 35A. Das klingt doch schon wesentlich geräumiger, oder?«

Rodney ließ ein Schnauben vernehmen.

»Es geht so«, brummte Tim. »Mit der Maschine bin ich schon ab und zu geflogen. Wenn du willst, kann ich dir sogar die technischen Daten aufsagen.«

»Nicht nötig, danke.«

»Der Jet hat nur eine Reichweite von 3689,6 Kilometer«, nörgelte er.

»Komma sechs!«, grunzte Rodney kopfschüttelnd. Im Rückspiegel waren seine himmelwärts verdrehten Augen zu sehen.

»Wir tanken in St. John's, Neufundland, auf. Da gibt's einen ehemaligen US-Luftwaffenstützpunkt, die Pepperrell Air Force Base.«

Der Wagen hielt vor einem Schlagbaum, und Jamila zeigte einmal mehr ihren NSA-Ausweis. Inzwischen hatte Tim vor dem Plastikkärtchen einen gehörigen Respekt. Es schien so eine Art Generalschlüssel zu sein, mit dem man in alle Sicherheitsbereiche gelangte. Vielleicht wurde der Wagen aber auch nur ohne Kontrollen durchgewinkt, weil »jemand von ganz oben«, wie es so schön hieß, die Besucher angemeldet hatte.

Kurz vor vier Uhr bestiegen sie den schneeweißen, zweistrahligen Jet, der sie auf die andere Seite des Atlantiks übersetzen sollte. Tim und Jamila gingen fest davon aus, dass sie von nun an weniger Probleme mit ihrem Transportmittel haben würden als Captain Rodney, der sich an den wahnwitzigen Versuch gemacht hatte, nach London zurückzukehren. Ihre Zuversicht sollte sich jedoch schon bald als fataler Irrtum herausstellen.

»Ich komme mir vor wie ein kleiner Hosenscheißer«, sagte Tim. Er und Jamila hatten es sich in der dritten von insgesamt vier Sitzreihen in breiten Ledersesseln bequem gemacht. Das Geräusch der Triebwerke drang von draußen herein. Die Maschine rollte zur Startposition.

»Wegen deines Anfalls im Flughafen?« Sie machte träge eine wegwerfende Geste. »Vergiss es einfach.«

»Das kann ich nicht. Ich bin der Mann, der …«

»War nur so eine Redensart«, unterbrach sie ihn, legte

den Kopf an die Lehne und schloss müde die Augen. »Du brauchst dich wegen nichts zu schämen, Tim.«

Es folgte Schweigen, das noch intensiver wurde, als der Learjet das Ende der Piste erreicht hatte und auf die Startfreigabe des Towers wartete. Jamila sah aus, als schliefe sie, und Tim starrte auf das nasse Flugfeld hinaus, als könnte er die Spiegelungen der Lichter auf dem Beton in seinen Geist übertragen, damit sie ihm Geheimnisse verrieten. War es ein Fehler, in die Vereinigten Staaten zu fliegen?

»Dein Chef scheint ja drüben ein großes Tier zu sein, wenn er mal eben schnell so ein feines Flugzeug für uns besorgen kann«, sagte er aus einem Impuls heraus. Fünfzehn Minuten mochten inzwischen vergangen sein.

Ihre Augen blieben geschlossen. »Es ist weniger die Position als seine Persönlichkeit, die ihn so mächtig macht. Owl ist ein gewiefter Taktiker. Sein Einfluss reicht weit. Es fällt nicht leicht, ihm einen Wunsch abzuschlagen.«

»Das kann ich mir vorstellen. Du hast dich ja mächtig ins Zeug gelegt, mich in diese Maschine zu bekommen. Was hat er gesagt, dass du so hartnäckig bist?« Die Worte waren schon heraus, als er seinen herausfordernden Ton bemerkte.

Jamila öffnete die Augen, wandte sich ihm zu und sah ihn durchdringend an. Eine Weile ließ sie ihn so im Saft seines schlechten Gewissens schmoren, ehe sie antwortete: »Owl sagte: ›Bringe ihn nach Washington, Morgiane. Egal, was es kostet.‹«

Hiernach löste sie ihren Gurt, erhob sich und ging zum Cockpit.

»W-was ist los?«, fragte er irritiert.

»Das versuche ich gerade herauszufinden«, antwortete sie und öffnete die Verbindungstür zur Pilotenkabine.

Tim schnallte sich ebenfalls los und folgte ihr.

»Alles in Ordnung, Captain?«, fragte Jamila.

Der Pilot, Captain Ray Ellison, Rufzeichen »Allice«, war ein Flieger mit dem distinguierten Kopf eines Bankdirektors. Er wandte sich zu ihr um, zog eine Hälfte des Kopfhörers vom Ohr und sagte: »Sie haben im Cockpit nichts verloren, Ma'am.«

Jamila wiederholte ihre Frage.

»Irgendwelche Schwierigkeiten. Seit einer Viertelstunde ist kein Vogel mehr aufgestiegen. Der Tower bittet uns zu warten.«

»Lassen Sie sich nicht vertrösten, Captain. Dieser Flug hat allerhöchste Priorität.«

Ellison hob die Augenbrauen und zog den Mund in die Breite. »Das behaupten unsere Passagiere immer, Ma'am.«

»Geben Sie acht, was Sie sagen, Captain.« Jamila hatte nicht einmal die Stimme erhoben, und trotzdem wischte ihre Drohung dem Piloten im Nu das süffisante Grinsen aus dem Gesicht. Tim staunte. Offenbar besaßen auch die Untergebenen Owls im militärischen Machtgefüge eine Sonderstellung.

Ellison lauschte mit einem Mal angestrengt in seine Kopfhörer.

»Schalten Sie auf Intercom«, befahl Jamila.

Der Kopilot leitete auf ein Nicken seines Kommandanten hin den Funkverkehr auf die Cockpitlautsprecher um.

»... den Runway für landende Maschinen frei und kehren Sie zur Parkposition zurück. Over«, hallte es durch die Kabine.

»Wenn die Startbahn nicht für eine Notlandung gebraucht wird, dann bleiben wir, wo wir sind«, befahl Jamila.

Der Kapitän des Learjet formulierte ihre Anweisung in eine Frage um. »Hier noch mal Allice. Ein Blick in Ihren Flugplan sollte Ihnen zeigen, dass unser Sonderflug absoluten

Vorrang hat. Erbitten Auskunft über den Grund der Anordnung. Over.«

»Allice, wir haben hier ein Problem mit der UK NATS. Deren Rechner sind offenbar abgestürzt. Und jetzt räumt endlich die Piste, Jungs. Over.«

»Geben Sie mir Ihr Headset«, verlangte Jamila von dem Kopiloten. Der sah seinen Captain an, und als dieser mürrisch zustimmte, bekam sie die Hör-Sprech-Einheit ausgehändigt. Sie rückte das schwere Gerät auf ihrem Kopf zurecht und schaltete sich selbst in den Funkverkehr ein.

»Tower, hier spricht Dr. Jamila Jason von der ›Cyberwar‹ Task Force der NSA. Sie finden mich auf der Passagierliste.«

Nach einer kurzen Pause antwortete eine hörbar respektvolle Stimme aus dem Kontrollturm. Der Mann brachte seinen Unmut über Jamilas Einmischung auf subtile Weise trotzdem zum Ausdruck, indem er nur Flugzeugkennung, nicht aber ihren Namen benutzte. »84-0110, was gibt es, Ma'am?«

»Was sind das für Probleme, von denen Sie da sprechen?«

Es folgte ein Moment der Stille, in dem nur atmosphärisches Rauschen zu hören war, offenbar weil Jamila das »Over« am Ende ihrer Ansage vergessen hatte.

»Das habe ich bereits erklärt: DdoS bei der UK NATS. Over.«

»Lassen Sie das Fliegerkauderwelsch, Tower. Sprechen Sie Klartext. Over.«

»Bei der United Kingdom National Air Traffic Services – der zivilen Flugsicherung – sind die Computer ausgefallen. Sie haben schwarze Schirme. *Niente. Rien ne va plus. Maschin kapuut.* Ist das Klartext genug? Over.«

»Seit wann kümmert sich die U.S. Air Force um die zivile Flugsicherung? Geben Sie uns endlich die Startfreigabe.«

Abermals ließ die Antwort aus dem Tower auf sich warten, weil Jamila die Regeln für den Funkverkehr missachtete.

Dann: »84-0110, wir arbeiten mit unseren Kollegen von NATS zusammen, um alle Vögel heil runterzubekommen. Laut ausdrücklicher Anweisung dürfen noch unsere Einsatzkräfte im Luftraum operieren und sonst niemand. Sie sind nur ein Personentransport. Over.«

»Spreche ich so undeutlich, Tower? Wir sind eine *Task Force*. Wir sollen dem Chaos da draußen ein Ende machen. Wenn Sie mir nicht glauben, dann rufen Sie den Stabschef in Washington an. Over.«

»84-0110, Sie machen sich jetzt da vom Acker, und zwar *sofort*. Over.«

»Negativ, Tower. Sie können uns den Take-off nicht verbieten. Wir werden uns von den zivilen Luftkorridoren fernhalten, aber wir fliegen, selbst wenn wir dazu den Atlantik im Tiefflug überqueren müssten. Wenn Sie was für unsere Sicherheit tun wollen, dann rufen Sie die nächste AWACS-Maschine an. Die wissen genau, wer wo und in welche Richtung fliegt. Over.« Das Airborne Warning and Control System, kurz AWACS, war ein flugzeuggestütztes Radarsystem zur Luftraumaufklärung.

Jamila wandte sich dem Piloten zu. »Worauf warten Sie noch? Steigen Sie endlich auf!«

Der Captain schüttelte entrüstet den Kopf. »Das *kann* ich nicht. Ohne Freigabe vom Tower ...«

»Hier haben Sie die Freigabe«, unterbrach sie ihn, nachdem sie blitzschnell ihre Pistole aus dem Holster gezogen hatte und sie dem Kopiloten in den Nacken drückte.

Tim hatte die Meinungsverschiedenheit mit wachsendem Unbehagen verfolgt. Beim Anblick der Waffe stieß er einen spitzen Schrei aus.

Ellison blieb erstaunlich gefasst. »Was soll das? Wenn Sie uns erschießen, kommen Sie nie nach Washington. Oder sind Sie jetzt auch noch Pilotin?«

Sie lächelte. »Ich habe einen Kurs gemacht.«

Die Blicke der beiden fochten einen sekundenlangen Ringkampf. Mit einem Mal wandte sich Ellison seinen Armaturen zu und machte sich an die letzten Startvorbereitungen. »Das hat Konsequenzen«, knurrte er.

»Ja, für Sie, Captain. Ich bringe Sie für Ihre Befehlsverweigerung vors Kriegsgericht.« Sie wandte sich ihrem völlig konsternierten Partner zu, und ihre eben noch so harte Stimme klang wie ausgewechselt. »Besser, du schnallst dich an, Tim. Ich muss hier noch ein paar Dinge überprüfen, dann komme ich wieder zu dir.«

Benommen machte er auf dem Absatz kehrt und tappte wie ein Schlafwandler zu seinem Platz zurück.

Etwa zehn Minuten nach dem Start gesellte sich Jamila zu ihm. Ihre Waffe war nicht mehr zu sehen. Sie lächelte, als wäre nichts geschehen.

Er schüttelte den Kopf. »Wer bist du wirklich, Jamila?«

Sie ließ das Schloss ihres Sicherheitsgurts einschnappen. »Das habe ich dir bereits erklärt.«

»Von Luftpiraterie war da aber nicht die Rede.«

»Du meinst die Sache im Cockpit?« Sie lachte. »War nur ein Missverständnis. Captain Ellison hat inzwischen mit dem Air Command gesprochen. Man wird uns nicht abschießen.«

»Na toll!«, schnaubte er. »Und was wäre passiert, wenn er sich geweigert hätte?«

Sie legte wieder den Kopf an die Lehne und schloss die Augen. »Du erinnerst dich doch noch, was mein Chef zu mir gesagt hat: ›Bringe ihn nach Washington, Morgiane. Egal, was es kostet.‹«

PHASE V

ENDSPIEL

———

Gegenwart

*»Jedes Spiel ist eine Nachahmung des Ernstes,
jedes Träumen setzt nicht nur ein vergangenes
Wachen, auch ein künftiges voraus.
Der Grund wie der Zweck eines Spiels ist keines;
um Ernst, nicht um Spiel wird gespielt.
Jedes Spiel ist bloß die sanfte Dämmerung,
die von einem überwundenen Ernst zu seinem
höhern führt.«*

Jean Paul

Kurz nach Mitternacht setzte der U.S. Air Force Learjet 84-0110 westlich der Hauptstadt zur Landung an. Die Maschine hatte auf dem Luftstützpunkt der Canadian Forces Station St. John's nur einen kurzen Tankstopp eingelegt und dann umgehend die Reise nach Washington D.C. fortgesetzt. Auf dem Dulles International Airport rollte sie geradewegs zu einer abgelegenen, nur dürftig beleuchteten Parkposition. Die Verabschiedung durch die Crew war kühl.

»Vermutlich ist es dir recht, Tim, wenn wir uns die Einreiseformalitäten sparen«, erklärte Jamila beim Verlassen des Jets. Sie deutete auf einen bulligen schwarzen Wagen mit auffallend dunkel getönten Scheiben.

»Ja«, antwortete er, sich durchaus über die Konsequenzen dieser Erleichterung bewusst: Weder Journalisten noch Polizisten würden seinen derzeitigen Aufenthaltsort herausfinden – seine Spur verlor sich in England.

Bei der Wahl des Transportmittels hatte man sich offenbar vom Trend der Zeit leiten lassen. Es handelte sich um einen Chrysler Aspen, eines jener modischen SUVs, was für Sport Utility Vehicle stand und die Verbindung von unbändiger

Kraft, Geländegängigkeit und dem Komfort einer Limousine umschrieb. Obwohl der Innenraum mit drei Sitzreihen alles andere als beengt war, empfand Tim beim Einsteigen Beklemmung. Im Wagen warteten nämlich bereits zwei Agenten in schwarzen Anzügen, die »Men in Black«, wie Jamila scherzhaft bemerkte.

Inzwischen wusste er, dass im Jargon der NSA tatsächlich eine paramilitärische Einheit so genannt wurde, wenngleich dieses *Emergency Reaction Team* gewöhnlich in schwarzen Kampfanzügen und anderen martialischen Accessoires auftrat.

Der Chauffeur des Sport-Nutzvehikels war dunkelhäutig und hatte die Statur eines Hammerwerfers. Er sah aus, als wäre er der Mann fürs Grobe. Auf dem Beifahrersitz lümmelte sich ein schmächtiges Bürschchen mit Sehhilfe und Pickeln im Gesicht.

»Das ist Squirrel«, stellte ihn Jamila vor. »Seine Passion ist das Hacken. Er wird dafür sorgen, dass es dir an nichts fehlt, durch das man elektrischen Strom jagen kann.«

»Hi«, sagte Squirrel in Richtung des Gasts.

Eichhörnchen?, wiederholte Tim in Gedanken. Er hatte noch nie ein Eichhörnchen mit Brille und Akne gesehen. Stumm nickte er dem Agenten zu, während er seine Atemfrequenz kontrollierte.

»Und der Kollege, der gerade das Lenkrad verbiegt, ist Knight«, fügte sie hinzu.

Tim begegnete dem Blick des Fahrers im Rückspiegel, und es wurde abermals genickt. Der Deckname des schwarzen Kraftprotzes war vieldeutig, bedeutete er doch nicht nur »Ritter«, das Wort stand auch für den Springer im Schach.

»Vergibt die Eule eure Pseudonyme?«, fragte er.

»Natürlich. Owl kontrolliert alles.«

Der Wagen verließ den Flugplatz durch ein Nebentor und fuhr wenig später über die Dulles Airport Access Road in Richtung Innenstadt. Tim hatte sich einmal von einem millionenschweren Senator als Partydekoration nach Washington einfliegen lassen. Die Route war ihm also bekannt. Müde schloss er die Augen. Die dramatischen Umstände der Abreise hatten ihn während des Fluges wenig Ruhe finden lassen. Außerdem fühlte sich seine Umgebung weniger beengend an, wenn er sie nicht sah.

»In welchem Hotel checken wir ein?«, hörte er irgendwann Jamilas Stimme neben sich.

»Ich glaube, der Schuppen heißt The Library of Congress«, frotzelte das Eichhörnchen.

»Was soll das heißen?«

»Wir fahren direkt zum Capitol Hill. Die Eule hat unserem deutschen Genie in der Bibliothek ein Nest gebaut. Meinte, so wäre es am sichersten, und außerdem sparen wir eine Menge Zeit.«

Tim öffnete die Augen und sah Jamila fragend an.

Sie zuckte die Achseln. »Ich bin selbst überrascht.«

»Mach dir nichts draus«, winkte er ab. »Ich werde leben wie die Made im Speck.« Das war nicht nur so dahingesagt. Von jeher hatte ihn allein der Gedanke an die Washingtoner Kongressbibliothek mit einem wohligen Schauer erfüllt. Sie war nach der British Library die zweitgrößte Einrichtung dieser Art weltweit. In ihrem Katalog standen nicht weniger als dreißig Millionen Bücher sowie einhundert Millionen andere Einträge. Er könnte seinen Geist dort bis ans Lebensende schwelgen lassen, ohne je wieder darben zu müssen... Unvermittelt stutzte Tim. Eben hatte er ein Straßenschild mit der Aufschrift »M Street NW« bemerkt.

»Wieso machen wir einen Umweg durch Georgetown?«

Squirrel drehte sich zu ihm um. »Sie kennen sich gut aus in Washington.«

»Nicht wirklich. Ich habe nur den Stadtplan gelesen.«

Jamila schmunzelte. »Er meint, er kennt ihn auswendig.«

Die Männer auf den vorderen Plätzen wechselten einen langen Blick.

Tim kam sich vor wie ein Kind, dem man die Wahrheit über den Weihnachtsmann vorenthielt, obwohl es sie längst kannte. Er war zu erschöpft für solche Spielchen und reagierte dementsprechend mürrisch. »Behandeln Sie mich nicht so von oben herab. Die Route, die am Jefferson Memorial vorbeiführt, wäre viel kürzer. Wozu also die mitternächtliche Stadtrundfahrt?«

»Immer schön cool bleiben«, sagte Squirrel beschwichtigend. »Während Sie eben gedöst haben, mussten wir den Potomac an der Francis Scott Key Bridge vorzeitig überqueren. Der Parkway ist gesperrt.«

Aus einem vagen Gefühl heraus befriedigte Tim die Antwort nicht. Er behielt die Augen von nun an offen und starrte unwirsch auf das Lichterspiel der Verkehrsampeln. Die M Street verlief wie mit dem Lineal gezogen von West nach Ost, wodurch er mehrere Kreuzungen überblicken konnte.

Kurz vor Erreichen der 23. Straße sprang das Lichtzeichen auf Rot um. Der Aspen stoppte vor dem Fußgängerüberweg. Aus der Querrichtung kam kein einziges Fahrzeug.

»Ist was?«, fragte Jamila.

Er zuckte die Achseln. »Ich habe das Gefühl, die Ampeln ticken nicht richtig.«

»Wie meinst du das?«

»Man könnte glauben, sie wollten uns den Verkehr vom Hals halten.«

»Wer? Die Ampeln?« Jamila deutete nach hinten, wo man

durch die Rückscheibe zwei weitere Autos heranrollen sah, und grinste. »Mir scheint, du siehst Gespenster, Tim, was mich nicht verwundert. Schließlich haben wir gerade Geisterstunde.«

Er konnte über ihren Scherz nicht lachen und beharrte: »So tot habe ich die Stadt jedenfalls noch nie erlebt. Außerdem gab es bei meinem letzten Besuch hier nachts auf den Hauptverkehrsstraßen immer grüne Welle.«

Als hätte die Ampel auf sein Stichwort gewartet, schaltete sie wieder um. Knight setzte die Fahrt fort.

Kurz vor der 22. Straße, also nur wenige Meter weiter, sprang die Lichtsteuerung abermals auf Rot. Diesmal jedoch blieb zum Bremsen keine Zeit mehr, und Knight trat stattdessen aufs Gaspedal. Das SUV preschte, von dreihundertvierzig Pferdestärken getrieben, über die Kreuzung. Die zwei nachfolgenden Fahrzeuge blieben an der Ampel zurück.

Mit einem Mal war die Geländelimousine allein auf weiter Flur. Tim warf Jamila einen beredten Blick zu, während sie von den Fliehkräften einmal nach links, dann wieder nach rechts geworfen wurden – der schwere Wagen überquerte in hohem Tempo die New Hampshire Avenue und setzte danach einige Meter weiter nördlich seinen Weg auf der M Street fort. Die schnurgerade Straße wirkte wie ausgestorben. Auf Höhe der 19. Straße blinkte ein Licht.

Knight stieß einen Fluch aus.

»Was gibt's?«, erkundigte sich Jamila.

»Schon wieder eine Umleitung«, antwortete Squirrel genervt anstelle des Kollegen.

Tim starrte auf das pulsierende gelbe Licht der Baustellenabsperrung und schüttelte den Kopf.

Neben ihm stöhnte Jamila. »Was ist jetzt schon wieder?«

Das sportliche Nutzvehikel bog nach rechts ab. Etwa einhundertfünfzig Meter voraus verengte sich die Straße auf eine einzige Fahrspur. Weitere Lichter sicherten die Baustelle.

»Die Frequenz stimmt nicht. Alle drei Lampen blinken zu schnell«, antwortete Tim.

»Bist du sicher?«

»Absolut. Ich war schon dreiunddreißigmal in den Staaten und kann dir für jeden Ort genau sagen, wie oft und für wie lange die Warnlichter aufblitzen.« Er deutete durch die Windschutzscheibe. »Die Signale dort blinken in der Minute fünfmal zu oft.«

Jamila musterte ihn für einen langen Augenblick, dann packte sie unvermittelt die Lehne des Fahrersitzes und rief: »Sofort anhalten!«

Knight mochte einen tumben Eindruck machen, seine Reflexe jedoch funktionierten hervorragend. Umgehend stieg er auf die Bremse, und der Wagen kam mit quietschenden Reifen zum Stehen.

Squirrel fuhr auf seinem Sitz herum. »Was soll das, Morgiane? Du lässt dich doch nicht etwa von einem Neurotiker ...?« Weiter kam er nicht, weil ein neuerlicher Fluch seines Kollegen ihm das Wort abschnitt.

Der Grund war auch Tim nicht verborgen geblieben. Hinter der Baustellenabsperrung waren die Schemen mehrerer Personen erschienen.

»Das ist eine Falle«, knurrte Knight und griff zum Schalthebel des Automatikgetriebes.

Plötzlich blitzte hinter der Barriere Mündungsfeuer auf, begleitet vom trockenen Knattern mehrerer Maschinenpistolen. Ein Kugelhagel fegte über den Wagen.

»Zurück! Sofort weg hier!«, schrie Jamila.

»Schon dabei«, antwortete Knight. Er warf den Rückwärtsgang ein und trat aufs Gas.

Weitere Projektile prasselten über Karosserie und Scheibe. Tim ging unwillkürlich hinter dem Vordersitz in Deckung. Auch Jamila duckte sich nach unten, wodurch sich die beiden unversehens in enger Umklammerung befanden.

»Keine Sorge, ihr zwei Turteltäubchen, der Wagen ist gepanzert«, ertönte über ihnen Knights spöttische Stimme. Sein Arm lag jetzt auf dem Beifahrersitz, während er durch die rückwärtige Scheibe den Fluchtweg im Auge behielt.

Mit einem Mal schleuderte das SUV um einhundertachtzig Grad herum und setzte die Fahrt im Vorwärtsgang fort. Für Tim wurde die Bezeichnung Sport-Nutz-Vehikel in diesen Sekunden um eine Dimension erweitert. Immer noch überraschend war für ihn jedoch die Erfahrung, Jamila so nahe zu sein, ihren Duft zu atmen und ihre Wärme zu spüren, ohne dabei in Panik zu geraten. Ganz im Gegenteil: Es hatte schon etwas Bizarres, einem tödlichen Kugelhagel ausgesetzt zu sein und dabei den Begriff Zwischenmenschlichkeit in so aufregender Weise neu zu entdecken.

Als das SUV endlich mit quietschenden Rädern wieder in die M Street einbog, ließ er sie notgedrungen los. Beide setzten sich wieder auf. Jamila ließ durch nichts erkennen, ob sie über den reinen Körperkontakt hinaus ebenfalls etwas gefühlt hatte. Professionell bis in die Haarspitzen erkundigte sie sich zuerst bei Knight und Squirrel, ob mit ihnen und dem Fahrzeug alles in Ordnung sei. Danach zückte sie ihr Handy, rief irgendeine Dienststelle an, meldete den Vorfall und forderte Schutz an. Erst als sie das Gespräch beendet hatte, verschaffte Tim sich Luft.

»Den Umzug in die Staaten hätten wir uns sparen können. Die Freunde deines Bruders sind offenbar nicht so leicht abzuschütteln, wie ihr gehofft habt. Ich bin noch nicht einmal richtig angekommen, und sie veranstalten schon ein Preisschießen auf mich.«

»Das ist unfair, Tim. Wir wissen im Moment ja noch nicht einmal, wer hinter dem Anschlag steckt.«

»Das kann ich dir sagen: Es sind dieselben Irren, die zur Zeit die Weltwirtschaft aus den Angeln heben.«

»Ach, ein Hellseher ist unser Genie also auch noch«, spöttelte Squirrel von vorn.

Tim strafte das Lästermaul mit Nichtachtung und sah stattdessen weiter Jamila an. »Diese Hacker verstehen sich offenbar nicht nur auf die Manipulation von Börsen- und Bankcomputern. Sie haben unseren Wagen erst fein säuberlich von dem übrigen Verkehr getrennt und ihn dann attackiert. So etwas geht nur, wenn man die Überwachungskameras und die zentrale Ampelsteuerung kontrollieren kann. Erkundige dich bitte bei der zuständigen Behörde. Ich wette, sie werden dir etwas von einer Störung des Leitsystems erzählen.«

Jamila presste die Lippen zusammen, und ihre grünen Augen funkelten im Halbdunkel. Sie tut nur so cool, dachte Tim, aber der Anschlag lässt sie alles andere als kalt.

Ehe sie etwas erwidern konnte, meldete sich abermals Squirrel von vorn. »Jetzt wissen Sie, weshalb wir Ihnen in der Kongressbibliothek ein Bett aufstellen. Das Gebäude gleicht einem Fort. Es kann optimal überwacht werden.«

»Ja«, schnaubte Tim. »Und für mich bedeutet das dann wohl Festungshaft.«

Gegen ein Uhr morgens hielt der gepanzerte Wagen an der 1st Street vor einer monumentalen, hell erleuchteten Fassade, deren Erscheinungsbild nur von dem Kongressgebäude auf dem Capitol Hill gegenüber übertroffen wurde. Zur Abwehr etwaiger Angreifer hatten rund um den Komplex Scharfschützen des Emergency Reaction Teams der NSA Stellung bezogen. Weitere Elitekämpfer eilten zwecks Abschirmung der Zielperson zu dem von Kugeln zerkratzten Aspen.

»So muss sich euer Präsident fühlen, wenn seine Umfragewerte im Keller sind«, witzelte Tim, während er das Fahrzeug verließ. Es war Galgenhumor, denn eigentlich fühlte er sich jämmerlich.

Von einem guten Dutzend »Men in Black« wurde er zum Eingang eskortiert. Jamila blieb die ganze Zeit an seiner Seite. Der Springer und das Eichhörnchen liefen hinter ihnen.

Das Thomas Jefferson Building der Library of Congress war eine stilistische Mischung aus italienischer Renaissance und amerikanischem Größenwahn. Empfindsamen Naturen konnte der Anblick der von einer Kuppel überragten Vierflügelanlage leicht den Atem rauben, Tim dagegen hatte schon früher hier geschlemmt.

Er näherte sich mit seinen Bewachern dem bombastischen Bau frontal, soll heißen, über mehrere Treppen, die zu einem Vestibül mit drei Rundbögen emporführten. Während sie ein Podest überquerten, telefonierte Squirrel über Handy mit einem Mr. Lessing. Danach ging es weiter durch den mittleren Durchgang bis zu einem gewaltigen Bronzeportal, dessen Motive die Buchdruckerkunst glorifizierten. Davor befand sich eine zweigeteilte gläserne Tür, offenkundig wesentlich neueren Datums. Während Tims Leibgarde um ihn und seine Begleiter einen Halbkreis bildete, schob sich der schmächtige Agent an den anderen vorbei, drehte sich um und sagte: »Momentchen noch.«

»Was, du hast keinen Nachschlüssel?«, zog ihn Jamila auf.

Er schob sich mit dem Ringfinger die Brille zurecht. »Wenn ich wollte, käme ich da jederzeit rein. Aber hast du eine

Ahnung, was so eine Tür wiegt?« Er deutete mit dem Daumen über die Schulter.

»Eine Tonne«, sagte Tim.

Squirrel runzelte die Stirn. »Unser neuer freier Mitarbeiter scheint ja tatsächlich ein Neunmalkluger zu sein.«

»Neun dürfte nicht reichen«, nahm Jamila den Verspotteten in Schutz. »Sein Geist hat eben ganz nebenbei eine regional aufgefächerte Statistik über die Blinkfrequenz von Straßenbaustellenwarnlichtern in den USA erstellt und uns damit auf einen tödlichen Hinterhalt aufmerksam gemacht. Vielleicht würde keiner von uns mehr leben, wenn er nicht mindestens neunundneunzigmalklug wäre.«

»Sagen wir neunundzwanzig; ich bevorzuge nämlich Primzahlen«, gab sich Tim bescheiden. Es gefiel ihm, dass Jamila sich so für ihn einsetzte.

Squirrel ignorierte die Bemerkung und erklärte seiner Kollegin, die NSA hätte mit dem Bibliothekar eine Vereinbarung geschlossen: Er stelle ihr seine Räumlichkeiten zur Verfügung, und sie richte im Gegenzug an der denkmalgeschützten Einrichtung nicht mehr Schaden als nötig an.

Knight grunzte nur und blickte auf die Leuchtziffern seiner Uhr.

»Der Bibliothekar – ist das dieser Lessing?«, fragte Jamila.

Das Eichhörnchen stieß ein spitzes Geräusch aus. »Gott bewahre, nein! Ainsworth Lessing ist nur *ein* Bibliothekar. Übrigens deutscher Herkunft wie unser Superhirn hier.« Er deutete auf Tim und stellte klar: »Ich spreche aber von *dem* Bibliothekar. Dem Chef von dieser Bude hier.« Er machte eine raumgreifende Geste.

Tim hatte einmal gelesen, dass die *Librarians of Congress* – also *die* »Bibliothekare des Kongresses« – vom Präsidenten persönlich ernannt wurden. In der über zweihundertjährigen Geschichte der Institution hatten nur etwas mehr als ein Dutzend Männer das ehrenvolle Amt bekleidet.

Die Bronzetür begann sich zu bewegen, gravitätisch schwangen die beiden Flügel nach innen auf und gaben den Blick auf einen korpulenten Mann mit abstehenden Ohren und Halbglatze frei. Er trug einen zerknitterten braunen Anzug und war sichtlich übel gelaunt.

»Da sind Sie ja endlich«, sagte er, nachdem auch die Glastür aufgeschlossen und geöffnet war. Missbilligend betrachtete er die Elitekämpfer vor dem Eingang.

Squirrel überhörte den vorwurfsvollen Ton und deutete auf seine Begleiter. »Den Bruder hier kennen Sie ja schon«, kommentierte er Knights Anwesenheit, »das da ist die weltbekannte Historikerin Dr. Jamila Jason, und der gut aussehende Mann neben ihr ist ...«

»... der Schachweltmeister. Ich weiß«, fiel der Beleibte ihm ungeduldig ins Wort.

Unverdrossen stellte Squirrel dem Team nun auch Dr. Ainsworth Lessing vor, den Leiter der »Abteilung für seltene Bücher & spezielle Sammlungen«. »Er ist quasi der Verbindungsoffizier *des* Bibliothekars zur NSA. Wenn ihr eine bibliothekseigene Tasse runterschmeißt, sagt ihm Bescheid. Er regelt das für uns.«

»Nun kommen Sie endlich rein, damit Ihre Armee abrücken kann«, drängte Lessing die Besucher. Die flapsige Art des jungen Hackers schien ihm gegen den Strich zu gehen.

Nachdem das Glas-Bronze-Schott wieder verschlossen und die Leibgarde damit ausgesperrt war, führte der Bibliothekar die Gruppe ins Vestibül, welches er bescheiden die »Große Halle« nannte. Das Entree zur Bibliothek war eine dreiundzwanzig Meter hohe Orgie aus weißem italienischem Marmor, Stuck und Blattgold. Direkt gegenüber den Bronzetüren führten weitere Rundbögen in den berühmten runden Hauptlesesaal, der sich unter dem Kuppeldach befand. Lessing deutete in der Manier eines Fremdenführers einen nordöstlichen Kurs an und sagte: »Zu unserer Linken befindet sich das Büro des Bibliothekars.« Zielstrebig steuerte er das so benannte Ziel an.

Tim wunderte sich. *The Librarian's Office* war, wie er von einer früheren Führung durch das Gebäude wusste, keineswegs mehr das normale Arbeitszimmer des Bibliotheksleiters – der hatte sich schon vor über einem Vierteljahrhundert im Madison Building, einem anderen Gebäude der Kongressbibliothek, eingerichtet –, vielmehr handelte es sich dabei um eine nur noch für zeremonielle Zwecke genutzte Zimmerflucht. Normale Besucher der Institution wurden entweder gar nicht oder nur auf Antrag eingelassen.

Auf dem Weg durch die Vorhalle herrschte andächtiges Schweigen. Die überbordende, monumentale Pracht des Gebäudes zeigte offenbar selbst bei so schnoddrigen Charakteren wie Squirrel Wirkung. Tim saugte die vielen Eindrücke wie ein trockener Schwamm in sich auf, um sie für immer in seinem Innern zu bewahren – die Ornamente und Malereien, die Putti und Minervafiguren und immer wieder die allgegenwärtigen Zitate großer Künstler und Denker.

»Das ist der Ostkorridor«, erklärte Lessing nach dem Durchschreiten des linken Bogens, deutete auf eine stabil aussehende Tür aus braunem Metall und fügte auf Deutsch hinzu: »Und hier ist für die nächste Zeit Ihr Reich, Herr Labin.«

»*Mein* Reich?«, wiederholte Tim verwirrt.

Lessings Miene erstarrte, als wolle er sich in die Stuckgalerie der benachbarten Halle einreihen. »Ich hatte vorgeschlagen, Sie im Rosenwald Room einzuquartieren, aber der Herr, dem wir diesen Frevel hier zu verdanken haben, hielt das für keine so gute Idee.«

»Wegen des Namens?«, fragte Tim und kam sich, kaum hatte er die Worte ausgesprochen, ziemlich einfältig vor. Dieser wegen der zweckfremden Beschlagnahme eines Nationaldenkmals – zu Recht – erzürnte Mann wusste vermutlich nicht einmal, dass er seinen Ärger an einem geborenen Rosenholz ausließ.

Der Abteilungsleiter schüttelte den Kopf. »Sind Sie Metaphysiker oder was? Der Name hat nicht das Geringste damit zu tun. Die Entscheidung wurde aus viel pragmatischeren Gründen getroffen.« Er deutete auf ein Kästchen mit Zifferntastatur neben der Tür. »Der Raum ist mit einem Zahlenschloss gesichert, und auch sein Innenleben hat einige Vorzüge, die Sie schnell schätzen lernen werden. Könnte vielleicht einer der Herren endlich öffnen?«

Knight war sofort zur Stelle und tippte mit seinen dicken Fingern ein paarmal auf die Tastatur.

Ein Summton erscholl, und die Tür sprang auf.

Lessing deutete hindurch. »Gehen Sie ruhig, damit ich endlich nach Hause ins Bett komme. Hier habe ich ja sowieso nichts mehr zu sagen.«

Rasch betrat die Gruppe den zukünftigen Wirkungsbereich des »Superhirns«. Der deutschstämmige Bibliothekar folgte als Letzter und schlüpfte flugs in die Rolle eines Hotelpagen. Im Eiltempo machte er die Gäste mit den Vorzügen der Suite vertraut – und das war sie tatsächlich: eine richtige Suite.

»Hier haben wir das große Büro, von wo aus bis 1980 der Bibliothekar die Geschicke der Nationalbibliothek gelenkt hat«, erklärte Lessing mit sichtlichem Stolz.

Tatsächlich konnte man in dem holzgetäfelten Raum

erahnen, welch hohen gesellschaftlichen Stellenwert der Bibliotheksleiter schon im vorletzten Jahrhundert genossen hatte. Neben dessen eigentlichem – ein Sakrileg: computerbestückten – Arbeitsplatz, der mit seinen zwei quaderförmigen Schrankkästen auf Tim wie eine Festung wirkte, verfügte das Büro über einen ovalen Besprechungstisch, ein wuchtiges Sofa, einen hellen Ohrensessel und anderes erlesenes Mobiliar. Drei Fenster, eines hinter und zwei neben dem Schreibtisch, blickten auf den Innenhof hinaus. Auf dem Boden lag ein riesiger Teppich, der das Parkett fast bis zu den Wänden bedeckte. Überdacht war das Ganze von einer kuppelförmigen, gold-, stuck- und gemäldeverzierten Decke. In deren Zentrum entdeckte Tim zu Füßen einer rothaarigen Schönen ein Spruchband:

LITERA SCRIPTA MANET

»Das geschriebene Wort überdauert« – die lateinische Inschrift erinnerte ihn unwillkürlich an Thomas Jefferson Beales Vermächtnis.

Dem Leiter der Abteilung für seltene Bücher & spezielle Sammlungen war offenbar nicht entgangen, was die Aufmerksamkeit des Gasts aus Übersee fesselte, denn er rückte ein wenig näher an diesen heran und sagte auf Deutsch: »Meine Mutter hat's einfacher ausgedrückt: ›Wer schreibt, der bleibt.‹ Hier können Sie den tieferen Sinn dieser Worte ergründen, Dr. Labin.«

Tim ging durch zwei beherzte Schritte schnell wieder auf Abstand und entschädigte den dadurch düpierten Bibliothekar mit einem Kompliment. »Dieses Zimmer ist wirklich sehr ... inspirierend.«

Lessing stellte auch die *innere* Distanz wieder her, deutete unter einem Deckenbogen hindurch und erklärte mit staubtrockener Sachlichkeit: »Im Kabinett des Sekretärs haben wir ein Bett für Sie aufgestellt.« Seine Hand schwenkte seitwärts. »Und gleich daneben ist das Bad.«

»Ein Badezimmer?«, murmelte Jamila überrascht. Sie besuchte den Librarian's Room wohl zum ersten Mal.

Tim lief in die angewiesene Richtung. Das kleinere Büro war von dem des Oberbibliothekars durch ein Bücherregal mit obenliegender Galerie abgetrennt; der Durchgang lag genau in der Mitte.

Im Reich des Sekretärs setzte sich die noble Eleganz fort, wenngleich hier unverkennbar für die zweckfremde Nutzung improvisiert worden war – das Bett an der Wand hatte Lessing ja bereits erwähnt. Das mit weißen und blauen Fliesen ausgekleidete Badezimmer entsprach mit seinen separaten Hähnen für kaltes und warmes Wasser und einigen anderen Anachronismen nicht mehr unbedingt den gängigen Sanitärstandards, doch auch hier hatten die Vorgänger des modernen *Homo workaholic* auf nichts verzichten müssen.

»Alles, was ein Genie braucht, um die Welt zu retten«, bemerkte Squirrel grinsend aus dem Secretary's Office.

»Ein Wasserhahn tropft«, mäkelte Tim.

»Ich werde den Hotelinstallateur darüber in Kenntnis setzen«, knurrte Lessing gereizt.

Squirrel machte eine Geste in Richtung Hauptraum. »Mit dem Computer nebenan können Sie das Onlineangebot der Bibliothek abfragen und sich ins Internet einklinken. Als speziellen Service für unsere Gäste – na ja, und auch als Kommunikationskanal für uns – haben wir einen direkten Link nach Crypto City geschaltet. Ich werde Ihnen nach dem Ausschlafen alles zeigen. Selbstverständlich sind die Zugriffsmöglichkeiten für Sie eingeschränkt.«

Er verriet nicht, ob sich die Zensur auch auf das Internet bezog, aber Tim war trotzdem froh, gewisse Recherchen schon in Cambridge erledigt zu haben.

»Na schön, meine Dame, meine Herren«, sagte Lessing. »Für mich ist jetzt Feierabend. Die nötigen Ausweise und Berechtigungen für unsere sensiblen Bereiche haben Sie bereits bekommen. Wenn unsere Bibliothekspolizei Sie im Haus ohne Registrierungsnachweis antrifft, werden Sie verhaftet.« Er grinste. »Ich kann Sie dazu nur ermutigen.«

»Vielen Dank für die freundliche Einweisung, Dr. Lessing«, entgegnete Jamila mit allem Charme, zu dem sie nach der strapaziösen Reise und dem Beschuss durch ein Killerkommando noch fähig war. Und es wirkte.

Hörbar freundlicher antwortete der Bibliothekar: »Ich gehe jetzt nach Hause und frage meine Frau, ob sie mich noch ins Schlafzimmer lässt. Meine Handynummer haben Sie. Sollte was sein, rufen Sie mich an. Aber bitte nicht vor morgen früh um acht.«

Nachdem Lessing gegangen war, fragte Tim: »Was ist mit euch? Hier gibt's nur ein Bett.«

Squirrel schob sich die Brille zurecht. »Eigentlich war das für uns alle gedacht. Haben Sie damit ein Problem?«

Tim verzog keine Miene. »Sind Sie in Ihrer Freizeit Stand-up-Comedian?«

Knight presste sich den Handrücken gegen den Mund, um nicht laut loszubrüllen.

»Wir schlafen im Hyatt, schräg gegenüber. Alle Zugänge zum Gebäude werden von unseren Men in Black bewacht. Überdies bleibt ein Agent ständig in Ihrer Nähe«, erklärte das Eichhörnchen ernst und grinste plötzlich. »Dient alles zur Abschreckung der bösen Buben, damit Sie uns nicht gestohlen werden.«

Tim hatte einst mit Vergnügen die *Schachnovelle* von Stefan Zweig gelesen, knapp zehn Minuten lang. Darin war ein Mann, ein gewisser »Dr. B«, beschrieben, der das Martyrium der Isolationshaft überstand, indem er nur in Gedanken gegen sich selbst Schach spielte. Fast hätte er darüber den Verstand verloren. Eine Stelle aus dem Büchlein drängte sich Tim immer wieder in den Sinn:

»Man tat uns nichts – man stellte uns nur in das vollkommene Nichts, denn bekanntlich erzeugt kein Ding auf Erden einen solchen Druck auf die menschliche Seele wie das Nichts.«

Irgendwie fühlte sich Tim wie Dr. B. Vielleicht sah er alles auch nur zu schwarz. Immerhin war er hier drinnen einigermaßen sicher vor schießwütigen Terroristen, und auch die Folter der Beschäftigungslosigkeit würde ihm gewiss erspart bleiben. Gleichwohl hatte man ihn wie die bedauernswerte Kreatur in der Novelle in ein nobles Gefängnis gesperrt. Ganz allein. Tim machte sich darüber keine Illusionen. Sein »Reich« war ein goldener Käfig, dekoriert als opulentes Arbeitszimmer des späten 19. Jahrhunderts, aber trotzdem blieb es ein Karzer. Hinaus kam man nämlich nur mit der richtigen Kombination.

Es war ihm erst aufgefallen, nachdem Knight die Haupttür von außen geschlossen hatte.

Das einhundertelf Jahre alte Gebäude verdankte der NSA offenbar einige kleine »Modernisierungen«. Möglicherweise gehörte dazu das Zahlenschloss draußen, ganz sicher aber das Zahlenschloss *drinnen* – so hirnverbrannt konnte sonst niemand sein. Nur wer die richtige Kombination kannte, kam wieder hinaus. Eine zweite Tür gleich links neben der ersten war ganz verriegelt, ebenso die alarmgesicherten Fenster. Zum Trost hatte Squirrel ihm ein rotes Handy in die Hand gedrückt und süffisant bemerkt: »Im Telefonverzeichnis stehen ein paar wichtige Nummern. Für den Notfall. Oder falls Sie das Labor mal anödet und Sie sich mit ein wenig Comedy ablenken wollen.«

Das Labor – so hieß von Stund an das ehrwürdige Büro des Bibliothekars. Offenbar brauchten diese Geheimdienstler für alles und jeden einen Tarnnamen. Nicht in dem prächtigen runden Lesesaal, sondern in diesem wunderschönen Käfig würde er sich also auf unbestimmte Zeit mit Beales letztem Rätsel beschäftigen. Wenigstens hatte die Inhaftierung auch ihre angenehmen Seiten. Sie würden ihm jedes Buch bringen, nach dem ihm gelüstete.

Übermüdet, verdrossen und mit brennenden Augen blickte er auf den Flachbildschirm, der auf einer Ecke des antiquierten Schreibtischs stand; Gegenwart und Vergangenheit der Arbeitswelt waren durch eine dünne Glasplatte getrennt – das Superhirn sollte schließlich keine Nationalschätze zerkratzen. Tim ging davon aus, dass er nur noch gefilterten Zugang zum Internet hatte. Vermutlich wurde jeder Seitenaufruf irgendwo in Crypto City protokolliert und kontrolliert. Was würde wohl passieren, wenn er spaßeshalber in einer Internetsuchmaschine die Stichworte »NSA« und »Owl« eintippte? Vermutlich käme gleich eine Antiterroreinheit durch die Tür gestürmt so wie auf dem Bibliotheksturm in Cambridge.

»Wäre bestimmt lustig«, murmelte er und ließ den Blick über die gewölbte Decke schweifen. Ob diese Schnüffler den Raum verwanzt hatten? In der Ecke rechts über der Haupttür fiel ihm eine weitere Inschrift auf:

LIBER DELECTATIO ANIMAE

Bücher, die Freude der Seele

Irgendwo schrie ein Uhu. Es war eine sternenklare Nacht. Die eisige Luft ließ Tim zittern. Er drehte sich einmal um seine eigene Achse. Um ihn herum ragten dunkle Monolithen auf. Dazwischen sah er im silbernen Mondlicht eine hügelige Landschaft. Wo war er?

Stonehenge?, fragte er sich. Tatsächlich besaß der Ring, in dessen Zentrum er stand, eine gewisse Ähnlichkeit mit der megalithischen Anlage bei Salisbury – er hatte das uralte Monument im südenglischen County Wiltshire einmal besucht. Der gängigsten Theorie zufolge diente es der Himmelsbeobachtung. Er wandte den Blick nach oben.

Über ihm funkelte es, als hätte jemand Brillanten über ein schwarzes Samttuch ausgeschüttet. Er sah die Sternbilder des Großen und Kleinen Wagens, das W der Kassiopeia und den Totenkopf ...

Tim stutzte. Über ihm glitzerte zweifellos ein aus Sternen gezeichneter Schädel mit zwei gekreuzten Knochen darunter.

Irgendetwas war merkwürdig an diesem Ort.

Sein Blick kehrte zu den Monolithen zurück, deren Silhouetten sich schwarz vor dem Firmament abhoben. Auch sie kamen ihm seltsam vor. Er verließ das Zentrum des Rings und lief zu dem größten Block, um ihn aus der Nähe zu betrachten.

Die unregelmäßig geformte Säule war nicht aus Stein.

Sie bestand aus Büchern. Im Land der Träume hieß dieser Ort vermutlich *Bookhenge*.

Ja, er träumte. Diese Erkenntnis überraschte ihn nicht im Geringsten. Er hatte seinen Geist schon oft im Schlaf dabei ertappt, wie er die bizarrsten Landschaften und Situationen erschuf. Manchmal, wenn diese Fantasien unerträglich waren, versuchte er Morpheus' Armen zu entkommen, aber bisher hatte er es nur selten geschafft.

Wieder hallte aus der Dunkelheit der Ruf des Uhus an sein Ohr. Ahnungsvoll ließ er seinen Blick durch das große Rund aus Monolithen schweifen. Mit einem Mal kam er sich darin gefangen vor. Unwillkürlich machte er einen vorsichtigen Schritt, um sich an dem Riesen vorbeizuschleichen. Dann noch einen. Als er genau zwischen zwei Büchersäulen stand, hörte er ein flatterndes Geräusch. Unwillkürlich dachte er an den Uhu, doch als er nach oben sah, bemerkte er – fast zu spät – seinen Irrtum.

Die zwei Riesen hatten Bücher auf ihn hinabgeworfen.

Mit einem großen Satz sprang er in den Kreis zurück, gerade rechtzeitig, um nicht von den großen Folianten erschlagen zu werden. Schnell rappelte er sich wieder hoch und lief zu einer anderen Lücke. Diesmal war er vorgewarnt. Kaum hatte er seinen Fuß auf die unsichtbare Linie des Bücherkreises gesetzt, stürzten schon neue Wälzer auf ihn herab.

Absurderweise wurden die papierenen Türme dadurch nicht kleiner. Es hatte also gar keinen Sinn, darauf zu spekulieren, dass dem Gegner die Munition ausging. Im Gegenteil häufte jeder Fluchtversuch zwischen den Monolithen einen Wall auf, der Tim den Blick auf die nächtliche Landschaft draußen verwehrte. Grimmig starrte er zum Mond empor, auf den Lippen eine gepfefferte Beschwerde. Ehe er jedoch dazu anheben konnte, hatte es ihm auch schon die Sprache verschlagen. Der sprichwörtliche Mann im Mond war eine Frau.

Sie hatte Jamilas Gesicht.

Tim!, rief sie. Ihre Stimme klang fern. Immerhin kam sie aus mindestens 356 410 Kilometern Entfernung, rief sich Tim in Erinnerung.

Ti–im!, wiederholte die Frau im Mond, ihren Ruf nachdrücklich in die Länge ziehend.

»Tim, jetzt wach endlich auf, du Faulpelz. Es ist fünf nach neun, und wir haben jede Menge Arbeit.«

Er schlug die Augen auf. »Jamila?« Für einen Moment war er völlig orientierungslos.

Sie schenkte ihm ein hübsches Lächeln »Wen hast du erwartet? Die Frau im Mond?«

Verwirrt richtete er sich zum Sitzen auf. Der Anblick von Holzpaneelen und der leicht muffige Geruch alter Bücher brachten ihn endgültig in die Wirklichkeit zurück. Er gähnte. »Die Nacht war grauenvoll. Ich habe nur zwei Stunden und sechsundfünfzig Minuten geschlafen.«

»Na, wenigstens ist dein Humor schon wieder ganz fit.«

»Das war ernst gemeint.«

Sie runzelte die Stirn. »Jetzt versuche mir bitte nicht weiszumachen, du könntest im Schlaf die Sekunden zählen.«

»Nein. Aber höre doch mal hin!« Er hob die Augenbrauen und lauschte demonstrativ.

Jamila spitzte die Ohren, aber mit wenig Geduld. »Ich habe keine Ahnung, wovon du sprichst, Tim.«

»Na, von dem Hahn im Bad, der zweiundfünfzigmal in der Minute tropft. Ich kann nichts dafür, aber in meinem Kopf ist so eine Art Wasseruhr eingebaut, die genau mitzählt. Seit ich mich sieben Minuten nach zwei ins Bett gelegt habe, hat es 12 584-mal *plopp!* gemacht. Ergo bin ich um sechs Uhr neun eingeschlafen. Nach eigenem Bekunden hast du mich um fünf nach neun geweckt. Somit habe ich exakt zwei Stunden ...«

Sie stöhnte. »Du nervst, Tim! Tu doch einfach mal so, als würdest du nicht alles im Kopf protokollieren. Damit gewinnt man keine Freunde.«

Ihre Worte bohrten sich wie ein Florett tief in seine Seele. Konnte sie ihm deutlicher sagen, was sie für ihn empfand? Er war immer noch der Wellensittich, den sie mochte, gefangen in einem goldenen Käfig. Doch seiner kasernierten Lage zollte sie nicht das geringste Fünkchen Mitgefühl. Verdrießlich brummte er: »Hätte ja auch der Springer sein können, der mich weckt. Auf dessen Freundschaft lege ich keinen gesteigerten Wert.«

»Knight hat Freischicht. Momentan beschützt dich Microbrain.«

»Na toll. Ist er ein Klon von Squirrel? Hat sein Tarnname was mit künstlicher Intelligenz zu tun?«

»Eher mit *mangelnder* Intelligenz. Als Bodyguard ist er aber ganz brauchbar. Owl war nicht sonderlich erfreut, als ich ihm von dem Vorfall vergangene Nacht berichtete. Er meint, wir hätten uns ein paar Fehler zu viel erlaubt. Das dürfe nicht so weitergehen, denn nach dem letzten Anschlag auf dein Leben könnte dein Vorrat an Glück aufgebraucht sein.«

»Ach, und deshalb sperrt er mich ein?«

»Es ist doch nur zu deiner Sicherheit, Tim.«

»Ha!«, lachte er, aber es klang eher hysterisch als humorvoll.

Sie deutete in Richtung Ausgang. »Du kannst jederzeit deine Sachen packen und verschwinden.«

»Oh, was für ein großzügiges Angebot. Da sage ich doch nicht Nein.« Er warf die Decke zur Seite, bemerkte, dass er in der Unterhose geschlafen hatte, und verhüllte sich gleich wieder. »Ich kann auch nach dem Frühstück gehen.«

Sie atmete tief durch, und ihre Stimme wurde sehr eindringlich, fast beschwörend. »Tim, ich habe mir das hier auch anders vorgestellt. Aber nach dem, was mit Karim passiert ist, kann ich Owls Vorsicht nicht so leichthin verteufeln, wie du das offenbar tust. Du merkst beim Memorieren doch sowieso nicht, was um dich herum geschieht. Was spielt es da für eine Rolle, ob du hier oder anderswo arbeitest?«

»Willst *du* denn, dass ich bleibe?«

Sie machte ein gequältes Gesicht. »Musst du immer wieder damit anfangen!«

»Ja. Weil mir sehr viel an dir liegt, Jamila, und ich mir einfach nicht vorstellen kann, dass ich dir völlig gleichgültig bin. Gestern, als wir beschossen wurden und uns in dem Wagen wie zwei verängstigte Kinder aneinander geklammert haben, hast du es da nicht auch gespürt?«

»Was?«

Er stöhnte. »Nichts. Sag mir einfach, ob *du* mich weiter in deiner Nähe haben willst.«

Sie holte Luft, schnaufte durch die Nase und ließ auf ihren bezaubernd roten Lippen die zarte Rose eines Lächelns erblühen. »Ja, Tim, ich möchte die Sache zusammen mit dir zu Ende bringen.«

Emil Kogan spielte gerne den Blinden, er beherrschte diese Rolle nahezu perfekt, doch er sah besser, als die meisten auch nur ahnten. Im Büro trug er gewöhnlich eine Brille, deren Gläser sich je nach Stärke des Umgebungslichts mehr oder weniger dunkel einfärbten. Die Gläser schützten nicht nur seine überdurchschnittlich großen, vorstehenden, lichtempfindlichen Augen vor Blendung, sie bewahrten seine Gesprächspartner zugleich davor, von dem nicht unbedingt ästhetischen Anblick über Gebühr eingeschüchtert zu werden.

Jamila Jason hatte dieser Makel nie gestört.

»Wie hat er es aufgenommen?«, fragte ihr Chef. Sie saß mit ihm in ihrem Hotelzimmer im Hyatt Regency Washington, nur wenige Gehminuten von der Kongressbibliothek entfernt.

»Dr. Labin hält sich wacker. Ist es wirklich nötig, ihn im Labor zu halten wie einen Gefangenen?«

Er seufzte. »Du kennst die Antwort, kleine Morgiane. Aliat Mansube hat versucht, ihn umzubringen. Die Gruppe ist so weit gekommen, weil wir beide uns von Azam haben täuschen lassen. Ich kann nicht mehr das geringste Risiko eingehen.«

Sie nickte ernst und schlug die Augen nieder.

»Woran denkst du, Jamila?«

»An das dritte Blatt der Beale-Chiffre.«

Kogan lächelte. »Der Deutsche glaubt immer noch, ihm wäre als Ersten die Entzifferung gelungen, nicht wahr?«

»Ich habe ihm nichts anderes erzählt. Trotzdem frage ich mich ...« Sie schüttelte den Kopf, als wolle sie einen törichten Gedanken von sich weisen.

»Sag, was dich bewegt«, ermutigte sie ihr Mentor.

»Diese Theorie habe ich entworfen, weil wir die Feinde Amerikas ködern wollten, aber ein bisschen auch deshalb, weil ich sie für ein realistisches Szenario halte. Was müsste geschehen, damit Beales Vermächtnis erfüllt werden kann?«

»Jetzt musst du mir helfen, Jamila. Worauf willst du hinaus?«

»Thomas Beale wollte das Geheimnis der unechten Unabhängigkeitserklärung nicht ewig hüten. Er hat mit seinem Vermögen Vorsorge getroffen, es nur so lange zu bewahren, ›wie dem Wohl der Vereinigten Staaten von Amerika durch die Lüge besser gedient ist als durch die Wahrheit‹. Ich frage mich, ob dieser Zeitpunkt angesichts der momentanen Situation nicht gekommen ist.«

Der alte Mann furchte die Stirn. »Was sind das für neue Töne, Jamila? Über solche Fragen zu entscheiden steht dir nicht zu.«

»Wieso nicht? Die Loge hat seit jeher die einflussreichsten Kräfte des Landes gebündelt. Wenn jemand seit bald zweihundert Jahren die Geschicke der Vereinigten Staaten lenkt, dann doch wohl ihre Patriarchen. Und ich war immerhin eine der ersten Frauen, die vom Orden ausgewählt wurde. Sollte mir das nicht eine Stimme verleihen?«

»Kleine Morgiane«, sagte Kogan im Ton eines weisen Alten, der einen übereifrigen Schüler ermahnt, »ich kenne diesen snobistischen Klub besser als du, das kannst du mir glauben. Obwohl ich den adelnden Schulterschlag der Bruderschaft nie bekommen habe, sind einige seiner Mitglieder mir, dem Außenstehenden, doch wohl mehr verbunden als ihresgleichen. Was denkst du, warum du getappt worden bist?«

Jamila riss die Augen auf. »Sie hatten Ihre Finger im Spiel?«

Ein kleines Lächeln umkräuselte seine Lippen. »Sagen wir, ich habe ein wenig Überzeugungsarbeit geleistet. Du warst zwar die Beste deines Jahrgangs, aber du bist auch eine Farbige und noch dazu eine ehemalige Muslimin.«

»Aber ...«

»Ich weiß, ich weiß«, winkte er ab. »Ihr nehmt inzwischen

auch Frauen auf und Schwarze, aber sehr groß ist die Bereitschaft dazu nach wie vor nicht. Dazu gibt es noch zu viele von den alten Patriarchen in euren Reihen, die sich eigentlich nicht von den diskriminierenden und rassistischen Auswahlkriterien der früheren Tage verabschieden wollen und sie am liebsten wieder einführen würden. Ehrlich gesagt, stößt mich das elitäre Gehabe dieser Eulogia-Jünger sogar ab. ›Nichts ist schädlicher einer guten Einsicht in die Kultur, als den Genius und sonst nichts gelten zu lassen. Das ist eine subversive Denkart, bei der alles Arbeiten für die Kultur aufhören muss.‹«

»Friedrich Nietzsche?«

Er nickte. »Ich bin der Überzeugung, dass Schach mehr den Charakter formt als die Mitgliedschaft in einem Orden, der dem Totenkult huldigt.«

»Und warum haben Sie mir dann die Türen zur Gruft geöffnet?«

»Weil sich ein guter Spieler immer so viele Optionen wie möglich offenhält. Doch genug davon. Kommen wir auf unser Wunderkind und deine Frage zurück: Wenn Labin tatsächlich den Beweis findet, dass die Unabhängigkeitserklärung ein Schwindel ist, dann darf das *niemals* an die Öffentlichkeit gelangen. Wir werden das Problem auf unsere Weise lösen, wie wir das immer getan haben. Deshalb unternimmst du keine Alleingänge, ist das klar?«

»Ja«, knirschte sie.

»Und der Deutsche muss auch schweigen.«

»Im Gegensatz zu mir untersteht er nicht Ihrem Befehl, Emil.«

»Dessen bin ich mir bewusst, und ich habe die Risiken abgewogen.«

Jamila sah ihren Chef fragend an.

»Wenn diese Sache abgeschlossen ist, musst du ihn liquidieren«, präzisierte er.

Sie hatte das Gefühl, jäh in Eiswasser getaucht worden zu sein. »Was? Er hat uns geholfen, Emil, und ...«

»Deshalb musst du ihn ja zum Schweigen bringen. Aber sei vorsichtig! Er ist schlauer als wir alle zusammen. Wie es scheint, hat er sich in dich verknallt. Setze seine Schwächen gegen ihn ein. Du weißt ja ...«

»›Wenn du deinen Gegner nicht besiegen kannst, dann lass ihn sich selbst besiegen‹«, wiederholte Jamila tonlos das Credo ihres Mentors. Sie hatte mit allem Möglichen gerechnet, aber nicht mit diesem Befehl.

Kogan musterte sie lange. »Du bist für solche Situationen ausgebildet worden, Jamila. Hast du ein Problem damit? Verstehen könnte ich es. Erst Karims tragischer Tod und dann auch noch das Unglück mit deinem Bruder – das alles muss dich ziemlich mitgenommen haben. Ich kann jemand anderen beauftragen ...«

»Nein«, fiel sie ihm ins Wort, jeder Zweifel war aus ihrer Stimme gewichen. »Sie haben *mir* die Ausführung der Operation Gambit übertragen, Emil, und ich führe sie auch zu Ende.«

In dem Hotelzimmer war es dunkel. Nur das Display von Jamilas Notebook strahlte und warf ein ungesundes Glühen auf ihr Gesicht. Sie wusste, wie kindisch ihr Verhalten war. Jeder Computer emittierte elektromagnetische Strahlung, und wenn die Schnüffler der NSA jemanden ins Visier genommen hatten, dann konnten sie diese auch abhören. Sie hoffte, die scharfsichtigen Augen der Eule waren auf die Ferne gerichtet und sahen nicht, was in ihrer nächsten Nähe geschah.

Jamila war einigermaßen durcheinander. Mit dem Befehl, Tim zu töten, hatte Emil sie kalt erwischt. Irgendwie bewunderte sie ihren Mentor immer noch. Sie wäre für ihn durch die Hölle gegangen.

Bis zu jener Nacht, als sie Karims Leiche in der Badewanne gefunden hatte.

Danach war alles anders gewesen. Sie hatte ganz neue Seiten an sich entdeckt und etwas, das eine Agentin im Außeneinsatz sich nicht leisten durfte: Skrupel. Und ein unterschwelliges Gefühl des Misstrauens, das sie an keinen echten Fakten festmachen konnte. Sie hatte versucht, den unter Karims Schreibtisch gefundenen USB-Stick zu entschlüsseln, war aber daran gescheitert. Justin Flock, der Colin-Farrell-Verschnitt mit dem Hang zu unkonventionellen T-Shirts, hätte das Speicherstäbchen vermutlich mit links geknackt, vielleicht wäre es sogar Squirrel gelungen, aber nach dem mysteriösen Tod ihres Freundes hatte sie niemandem mehr getraut.

Erst nach Karims Beerdigung war sie dem Ruf nach Fort Meade gefolgt. Dort hatte ihr Emil den Klartext der dritten Beale-Chiffre vorgelegt, ihr gesagt, sie solle daraus etwas machen, anschließend auf ihre Ausbildung in Yale verwiesen und ihr dann seinen Plan erklärt: Er wolle den Krieg im Cyberspace auf lange Zeit unterbinden, indem er den fähigsten Protagonisten eine Falle stellte.

Selbst der weitsichtige Owl konnte nicht ahnen, was Beales Vermächtnis in ihr ausgelöst hatte.

Sie war von ihm mit der Federführung der Operation Gambit betraut waren und berichtete seitdem ausschließlich an ihn. Selbst in der NSA sollte der Plan geheim bleiben, denn Emil Kogan hatte schon damals mit einer undichten Stelle gerechnet. Dass ausgerechnet Azam, den er so viele

Jahre lang mit »kleinen Jobs jenseits der Dienstvorschriften« betraut hatte, dieser Maulwurf sein könnte, war ihm wohl nicht in den Sinn gekommen.

Jamila hatte ihm einige Wochen später die Rohfassung ihrer Theorie präsentiert: Die Declaration of Independence sei ein entstelltes Textfragment oder gar eine komplette Fälschung. Er war beeindruckt gewesen. Psychologen der NSA hatten daraufhin unter Jamilas Leitung einen Plan erarbeitet, wie die Informationen häppchenweise an die Medien verfüttert werden konnten, so wie die ins Wasser geworfenen Fischstücke, mit denen man Haie köderte.

Inzwischen hatten die Räuber angebissen und trieben mit den Jägern ihr Spiel. Kein Wunder, dass Emil nervös war. Er hatte zwar behauptet, »Rückendeckung von ganz oben« zu haben, doch manchmal zweifelte sie daran. Vielleicht hatte er bei dieser Partie zu viel gewagt und drohte nun mehr als nur seine Pension zu verlieren. Zumindest schien er ihre Loyalität noch nicht in Frage zu stellen, sonst hätte er sie kaum mit Tims Liquidierung betraut. Absurderweise empfand sie, die Killerin in spe, ein schlechtes Gewissen bei dem, was sie hier tat.

Sie hatte sich in den NSA-Computer eingeloggt und rief eine Datenbank mit den biografischen Daten von Mitarbeitern auf. Natürlich benutzte sie dafür nicht ihre persönliche Benutzerkennung, und auch ihr Mobiltelefon arbeitete mit einer fremden Identifikation – die Eule hatte ihr beigebracht, geräuschlos zu fliegen. Rasch, als wäre ihre Tat dadurch weniger verwerflich, tippte sie den Namen »Kogan, Emil W.« ein.

Die Vita ihres Vorgesetzten erschien auf dem Bildschirm. Das meiste davon kannte sie bereits. Dem Datensatz zufolge war er 1945 im österreichischen Linz geboren. Doch zwischen seiner Kindheit und der Gegenwart klaffte eine riesige Lücke.

Die Eintragungen über seinen Dienst bei der NSA reichten nur bis ins Jahr 1995 zurück. Als Jamila weiter in seine Vergangenheit vorstoßen wollte, quittierte der Computer das Ansinnen mit einer knappen Antwort:

CLASSIFIED

»Verdammter Mist!«, zischte sie. Ihre Geheimhaltungsstufe reichte nicht aus, um die Informationen einzusehen.

Die Freundlichkeit der Agenten, die sich beim »Beschützen« von Tim ablösten, war trügerisch. Sie erfüllten ihm nach Möglichkeit jeden Wunsch, aber sobald er auch nur andeutete, das Büro des Bibliothekars verlassen zu wollen, verwandelte sich ihre Dienstfertigkeit in kühle Zurückweisung. »Sorry, Dr. Labin, aber ich bin nicht befugt, Sie den Risiken außerhalb des Labors auszusetzen.« So oder ähnlich wälzten die Kerkermeister die Verantwortung auf den großen Unbekannten ab.

Auf Owl.

Der einzige Lichtblick war für ihn Jamila. Nicht, dass er seine Bedenken ihr gegenüber ganz begraben hätte, doch wider besseres Wissen wurden seine Gefühle für sie von Tag zu Tag stärker. Wenn er seine Zweifel auf die eine Seite der Waagschale legte und auf die andere ihren Duft, ihr Lächeln, den Klang ihrer Stimme, die kleinen Berührungen, den Gedankenaustausch mit ihr und die vielen anderen kleinen Momente der Nähe, dann verlor Ersteres jedes Gewicht. Wie so oft kannten seine Gefühle keine Grenzen, und so war er zu

Beginn seiner Arbeit in Washington davon überzeugt, an Jamilas Seite ein ganzes Jahr im goldenen Käfig ausharren zu können und sich trotzdem befreit zu fühlen.

Denn so lange sie bei ihm war, vergaß er die Schatten der Vergangenheit.

Doch in der Einsamkeit der Nacht, vor allem in seinen Albträumen, kehrten sie zurück. Dann war alles wieder da: vor allem die Fragen, ob er den Tod seiner Eltern verschuldet hatte, und was genau am späten Abend des 9. November 1989 geschehen war.

Die Arbeitsteilung zwischen Tim und Jamila erfolgte nach bewährtem Schema. Sie schaffte die Bücher und sonstigen Publikationen heran, und er memorierte.

Unterdessen nahmen die Hiobsbotschaften aus der Welt draußen kein Ende. Der Dollar befand sich im freien Fall, die Aktienkurse ebenso. Auf Rekordniveau war auch die Zahl der Firmenpleiten und Privatinsolvenzen. Einige Kommentatoren taten überrascht, andere behaupteten, dergleichen habe, Beale hin oder her, irgendwann kommen müssen.

Jahrelang hätten die Medien mit der Hoffnung auf den schnellen Gewinn Spielernaturen herangezüchtet, sagten diese Kritiker. Dadurch seien die Banner der Kultur, Moral und der humanistischen Werte, die man lange mit so viel Stolz vor sich hergetragen hatte, in den Staub getreten worden. Das Mantra der neuen Zeit war kurz und griffig: Geld, Geld und nochmals Geld. Fernsehen und Internet wetteiferten darin, sich beim Verbreiten der magischen Glücksformel zu übertönen, wuschen vierundzwanzig Stunden am Tag Gehirne mit Lotterien, Reportagen über Aktienkönige, Quizshows, in denen man Millionär werden konnte. Wer nichts hat, ist nichts, setzte sich in den Köpfen der Massen fest, und so hatte mancher alles riskiert, um in dieser Welt endlich wer zu sein. Und war abgestürzt. Die Meldungen von den Selbstmorden jener, die ihr ganzes Vermögen verspekuliert hatten und nun vor dem Nichts standen, mehrten sich von Tag zu Tag.

Tim traf nur die Gischt all dieser Nachrichten, die wie Wogen eines aufgewühlten Meeres in immer kürzerem Rhythmus gegen die Mauern des Thomas Jefferson Building brandeten. Ab und zu konnte er Jamila oder seinen Bewachern eine Neuigkeit entlocken. Manchmal surfte er auch nachts, wenn er im Büro des Bibliothekars alleine war, durchs Internet. Obwohl in der Berichterstattung nach wie vor die Spekulationen über die Beale-Papiere eine zentrale Rolle spielten, schien die Krise längst eine Eigendynamik entwickelt zu haben, die sich jeder Kontrolle entzog. Tim zweifelte zunehmend daran, eine Ausweitung der Katastrophe irgendwie abwenden zu können. Trotzdem las er, wenn der nächste Morgen kam, weiter.

Und blickte in der folgenden Nacht erneut dem Nichts ins Angesicht, das – so der Erinnerungsschnipsel aus der *Schachnovelle* – wie kein »Ding auf Erden einen solchen Druck auf die menschliche Seele erzeugt«.

Nach einer knappen Woche fruchtlosen Memorierens und nächtlichen Sinnierens erlitt er einen Anfall von mentaler Gleichgewichtsstörung. Obwohl er mit den Brosamen von Jamilas Liebe schon glücklich und zufrieden gewesen wäre, hatte sie ihn sechs Tage lang nur mit ein paar Körnchen Kollegialität abgespeist. Auf der anderen Seite der Waagschale war das Gewicht der Zweifel durch das andauernde Grübeln über seine Lage immer größer geworden. Was würde die Eule tun, wenn er den Beale-Schatz nicht fand? Müsste er sich dann den Vorwurf der Täuschung gefallen lassen? Sollten dagegen die Kisten des Glücksritters tatsächlich ausgegraben werden und unwiderlegbare Beweise für eine Fälschung der Unabhängigkeitserklärung oder sogar ihren Urtext enthalten, was dann? Wäre Tim Labin damit ein unakzeptabler Mitwisser? Die Gefangenen von Guantánamo bewiesen ja, wie die Vereinigten Staaten sich um die Einhaltung ihrer Rechtsprinzipien herumzumogeln wussten. Vielleicht würden sie den Schachweltmeister in ein stinkendes Gefängnis werfen, wo es nicht mal ein Mühlespiel gab, irgendwo am Ende der Welt, um ihn dort langsam verrotten zu lassen.

Am Donnerstagabend hatte er vor Jamila einen Versuchsballon aufsteigen lassen. Sie wirkte auf ihn seit Tagen oft abwesend, als bedrücke sie irgendetwas. »Nachts komme ich mir in diesem monströsen Bau vor wie das Phantom der Oper. Gilt dein Versprechen immer noch? Kann ich jederzeit gehen, wohin ich will?«

Ihr bestürzter Blick hatte ihn erschauern lassen, und ihre Antwort war alles andere als ermutigend. »Bitte mich nicht darum, Tim. Lass mich nicht im Stich.«

Einige Stunden später hatte er sich dann, von Schlaflosigkeit geplagt, dazu entschieden, dem goldenen Käfig zu entfliehen.

Anschließend begann das Grübeln über die richtige Methode. Er hatte in der Vergangenheit ein paar Ausbrecherfilme gesehen, zweifelte aber an der Durchführbarkeit der darin gezeigten Verfahren. Einen vorgetäuschten Herzanfall würde man ihm vermutlich nicht abnehmen oder ihm einfach den Notarzt schicken, der ihn dann mit einem Defibrillator röstete. Ihm fehlte auch der Mut, sich ernsthafte Verletzungen zuzufügen, um so die sprichwörtliche Verlegung auf die Krankenstation zu erzwingen. Eine reelle Chance hatte er wohl nur, wenn er das Blatt I der Beale-Chiffre entschlüsselte. Damit wäre seine Anwesenheit in der Bibliothek nicht länger erforderlich, und er konnte die Verlegung wohin auch immer zur Flucht nutzen. Nur, wie sollte er die Nuss knacken, die Thomas Jefferson Beale der Nachwelt hinterlassen hatte?

Vielleicht habe ich das Problem falsch angepackt, dachte er. Womöglich muss ich noch mal ganz von vorn beginnen.

Über der Grübelei schlief er schließlich doch ein und wurde abermals von einem beunruhigenden Traum heimgesucht. Darin regneten Ziffern auf ihn nieder, eine große, fleischige Acht, eine behaarte Drei, eine sich windende, glitschige Zwei und so ging es eine ganze Weile weiter, bis ihm die wuselnden Ziffern bis zum Kinn reichten. Ihm war klar, dass er sich in Gefahr befand. Er rechnete sich wenig Chancen auf eine glückliche Lösung aus. Entweder würde ihn der baldige Erstickungstod ereilen, oder die Ziffern verschworen sich gegen ihn und nagten ihn wie Piranhas bis auf das Skelett ab. Er sah schon seinen Schädel inmitten von Ziffern liegen, aber da fingen diese plötzlich an, sich gegenseitig aufzufressen. Zum Schluss lagen nur noch drei vor seinen Füßen und zappelten wie an Land geworfene Fische.

322, hatte Tim die zuckende Zahl gelesen und war schweißgebadet aufgewacht. Mit weit aufgerissenen Augen hatte er in die Finsternis gestarrt und geflüstert: »Was hat das zu bedeuten?«

Am Freitagmorgen saß er früher als gewöhnlich am Schreibtisch. Das Thomas Jefferson Building öffnete erst um zehn Uhr seine Pforten, aber er wusste, dass der Leiter der Abteilung für seltene Bücher & spezielle Sammlungen seinen Dienst regelmäßig zwei Stunden früher begann. Um Punkt acht Uhr wählte er über den internen Hausanschluss dessen Nummer.

Während er dem Rufton lauschte, rief er sich in Erinnerung, was er Anfang der Woche in einem zweihundert Jahre alten Buch über Verhandlungstaktik memoriert hatte:

Stellen Sie eine unannehmbare Bedingung, die von Ihrem Opponenten abgelehnt werden muss. Sodann lassen Sie eine zweite, weniger unverschämte, jedoch immer noch weitreichende Forderung folgen. Sie werden staunen, zu welch enormen Zugeständnissen Sie die Gegenseite nach ihrem vermeintlichen Sieg bewegen können.

»Lessing?«, meldete sich eine abgehetzt klingende Stimme.

Tim stand vom Sessel auf und lächelte, um seiner Stimme mehr Farbe zu verleihen. Weil es dem Bibliothekar zudem ein Herzensanliegen war, die Sprache seiner Vorfahren zu pflegen, sagte er auf Deutsch: »Recht schönen guten Morgen, Doktor. Hier ist das Phantom der Nationalbibliothek. Haben Sie gut geschlafen?«

»Witzbold. Was wollen Sie, Dr. Labin?« Immerhin hatte auch Lessing deutsch gesprochen.

»Ich würde gerne einen Blick aufs Original der Unabhängigkeitserklärung werfen.«

»Sind Sie noch bei Trost? Das ist ein Nationalheiligtum. Das grapscht niemand an.«

»Von Grapschen war nicht die Rede...«

»Es gibt Millionen von Kopien. In Ihrem Computer finden Sie alles.«

»Mir geht es um kleine Details, die auf einer fotografischen Wiedergabe möglicherweise nicht erkennbar sind. Jemand sagte mir, das Dokument werde hier in einer Vitrine aufbewahrt...«

»Das war keine gewöhnliche *Vitrine*«, unterbrach Lessing den Anrufer erbost. »Sie reden von dem ›Schrein‹, gewissermaßen die Bundeslade der Nation, ein kostbares Behältnis aus Marmor, vergoldeter Bronze und einem doppelverglasten Deckel. Mir war es noch vergönnt, ihn zu sehen, oben, in der langen, offenen Galerie auf der Westseite des zweiten Obergeschosses. Aber da hatte man ihn schon geplündert ...«

»Man hat die Unabhängigkeitserklärung gestohlen?«, ging Tim dazwischen. Er hoffte, der Bibliothekar merkte nicht, dass man ihn zum Narren hielt.

»Gott bewahre, *nein*!«, stieß er hervor. »Sie wurde nach dem Angriff der Japaner auf Pearl Harbor aus Sicherheitserwägungen nach Fort Knox geschafft. Zwar kam sie dann noch mal hierher zurück, wurde aber 1952 endgültig ans Nationalarchiv überstellt. Die hüten unseren Schatz heute noch. Sie können rübergehen und ihn sich stundenlang ansehen oder eines unserer Faksimiles studieren – die sind gestochen scharf.«

»Vielleicht versuche ich es fürs Erste einmal damit«, sagte Tim. Jetzt kam Schritt zwei der Verhandlungsstrategie. »Ach, da fällt mir ein, ich brauche ja noch ein zweites Dokument. Es handelt sich um den frühesten *Entwurf* der Erklärung. Dürfte auf Juli 1776 datiert sein. Das müsste in Ihren Fachbereich fallen, wenn ich mich nicht irre.«

»Sicher. Die ›Thomas Jefferson Papers‹ gehören zu den speziellen Sammlungen unseres Hauses, insgesamt siebenundzwanzigtausend Titel. Sie können das Dokument auf Mikrofilm studieren.«

»Gerne. Am besten, Sie bringen mir das Lesegerät gleich mit. Ich habe hier nämlich keines.«

Am anderen Ende der Leitung wurde es still. Dann: »Das meinen Sie jetzt aber nicht ernst, oder? Wir werden doch aus unserem Mikrofilmleseraum kein Gerät *ab*ziehen, nur damit Sie sich ein *einziges* Dokument *rein*ziehen können.«

»Mir würde es nichts ausmachen rüberzukommen, aber ich bin hier eingesperrt.«

»Die paar Minuten werden Sie sich schon loseisen können.«

»Sie missverstehen mich, Dr. Lessing. Man *lässt* mich nicht aus dem Librarian's Office heraus. Was denken Sie, wozu das innere Zahlenschloss gut ist? Ich bin hier gefangen.«

»Sie machen Scherze.«

»Ich wünschte, es wäre so. Hier ist es schlimmer als im Zuchthaus. Ich bekomme nicht mal Hofgang.«

»Das ist ja unfassbar! Ich kann es nicht glauben.«

»Dann reden Sie mal mit meinem Bewacher draußen vor der Tür und versuchen ihn davon zu überzeugen, mich für eine halbe Stunde in den Leseraum zu lassen. Er wird sagen, dass er das Risiko nicht eingehen darf, weil ich eine gefährdete Person sei, meint aber in Wahrheit, dass er meine Flucht verhindern will.«

Wieder verstrichen einige zähe Sekunden, ehe Lessing zu einem Entschluss gekommen war. »Ich werde der Sache auf den Grund gehen. Bleiben Sie, wo Sie sind.«

Tim lachte. »Jetzt sind aber *Sie* der Witzbold.«

Nicht ganz eine halbe Stunde später hörte Tim das charakteristische Summen des elektrischen Schließmechanismus. Knight lehnte sich ins Büro, während er die Tür aufhielt. Der Blick des schwarzen Riesen war eine stumme Drohung von der Art: Beim nächsten Mal setzt es Prügel. Hiernach sah Tim einen Tisch auf Rollen, obenauf ein Mikrofilmlesegerät. Geschoben wurde das quietschende Gefährt vom fülligen Leiter der Abteilung für seltene Bücher & spezielle Sammlungen, dessen Miene kaum weniger finster als die des Bewachers war.

»Wenn Sie wieder rausmöchten, Dr. Lessing, dann klopfen Sie«, sagte Knight.

»Darf ich auch klopfen?«, knurrte Tim.

Der Springer verzog keine Miene und schloss die Tür.

»Bitte fahren Sie den Wagen in mein Schlafzimmer«, bat Tim und deutete zum Kabinett des Sekretärs.

»Das ist ein Skandal«, raunte der Bibliothekar auf dem Weg dorthin.

»Wem sagen Sie das!« Tim nickte bedeutungsvoll. Als sie den Durchgang in das kleinere Büro hinter sich gelassen hatten, fügte er hinzu: »Können Sie nicht etwas tun, damit ich mir wenigstens einmal draußen die Füße vertreten kann?«

Lessing lachte trocken. Als fürchte er abgehört zu werden, senkte er sogleich wieder die Stimme. »Sie sind ›Gast‹ des größten Geheimdienstes der USA. Da kann ich *gar* nichts machen.«

Tim deutete zum Hauptraum, wo sich links neben dem Schreibtisch die zweite Tür befand. »Nur *ein* Ausgang ist mit einem elektronischen Schloss gesichert. Wer besitzt den Schlüssel zum zweiten?«

»Die NSA hat eigentlich alle einkassiert.«

»Eigentlich?«

Lessing blickte sich erst verschwörerisch um und flüsterte: »Der Bibliothekar hat noch einen.«

»Sie meinen, *der* Bibliothekar, der Librarian? Könnten Sie sich ihn vielleicht einmal für ein Stündchen ausleihen?«

»Du lieber Himmel! Ich will doch nicht ins Gefängnis kommen.«

»Denken Sie nicht, als Komplize in einem Fall von Freiheitsberaubung hätten Sie viel größere Chancen, eingesperrt zu werden?«

Lessing sah Tim verdrießlich an. »Sie bringen mich in Teufels Küche, Doktor.«

»Einen Tod muss jeder sterben.«

Der Bibliothekar rang einen stillen Kampf mit sich selbst.

»Geben Sie sich einen Ruck«, sagte Tim. »Sie könnten meinen Bewacher draußen ablenken, und ich schleiche mich hinaus. Nach dem Hofrundgang schlüpfe ich wieder zurück. Niemand merkt was. Niemand beklagt sich.«

»Mir ist nicht wohl bei der Sache. Sie könnten fliehen.«

»Aus dem Innenhof? Ich bin doch nicht Spider-Man. Jetzt kommen Sie schon, Doktor! Ich leide unter Platzangst. Immer nur eingesperrt zu sein macht mich auf die Dauer wahnsinnig. Wollen Sie das?«

Lessing blies seine Backen auf wie ein Trompeter und ließ die Luft abrupt wieder entweichen. »Na meinetwegen«, raunte er. »Es wird den Librarian interessieren, was in seiner Bibliothek vorgeht. Heute Nachmittag treffe ich ihn ohnehin, und dann spreche ich mit ihm.«

Ainsworth Lessing war noch nicht länger als zehn Minuten gegangen, als Knight erneut die Haupttür öffnete, um Jamila hereinzulassen. Sie wünschte ihm einen guten Morgen. Tim saß am Schreibtisch über ein botanisches Buch gebeugt. In Gedanken war er noch bei seinem eben eingefädelten Notfallplan, doch äußerlich gab er sich arbeitswütig. Sein Gruß blieb zweisilbig

Jamila wusste mit seinen Launen mittlerweile recht gut umzugehen, und so fläzte sie sich in den Ohrensessel, der rechts von Tim zwischen den beiden Eckfenstern stand. Seit einigen Tagen las sie ein Werk mit dem bezeichnenden Titel *Der schwarze Freitag*.

Eine Weile lang saugte jeder Worte in sich hinein, wobei er die ungefähr dreißigfache Geschwindigkeit an den Tag legte.

Während Jamila etwa zum fünfzehnten Mal umblätterte und er gerade sein zweites Buch zur Hand nahm, sagte er, die

Augen fest auf den Einband geheftet, so beiläufig wie möglich: »Du bist Mitglied der Loge 322, nicht wahr?« Er hörte ein heftiges Rascheln neben sich. Betont unaufgeregt wandte er sich ihr zu.

Sie hatte ihre Lektüre in den Schoß fallen lassen und war sichtlich konsterniert. Doch nur für einen Moment, dann fasste sie sich wieder und antwortete: »Ehemaliges Mitglied. Man kann nur neun Monate lang dazugehören.«

»Ja, ja«, gab er sich gelangweilt. »Skull and Bones dient nur der Aufnahme in einen lebenslangen Bund. Gibt es in eurem Verein ein höheres Ziel, dem sich alle verschreiben müssen?«

»Darüber darf ich nicht reden.«

»Ist dieses Ziel der Schutz der Unabhängigkeitserklärung?«, wagte Tim einen Schuss ins Blaue.

Sie antwortete nicht. Nur ihre grünen Augen funkelten.

Was sah er da? Zorn? Verwirrung? Überraschung? Er wünschte sich, seine Antennen für Jamilas Gefühle wären sensibler. Jetzt, nachdem er sich die Rolle des Wissenden ausgesucht hatte, musste er sie auch zu Ende spielen. Er deutete zur Decke, wo sich über Jamilas Kopf ein weiteres Spruchband befand, und las: »*Efficiunt clarum studio* – ›Sie klären es durchs Studium‹. Das habe ich beherzigt, Jamila. Schon in Cambridge. Das Material über deinen Orden kann einen überwältigen.«

Sie gab ein abfälliges Schnauben von sich. »Ich habe mir gleich gedacht, dass Lamm in Mintsoße nicht dein Geschmack ist. Willst du damit andeuten, du hast deine kostbare Zeit mit dem Lesen der zahllosen Verschwörungsgeschichten verplempert, die über die Loge in Umlauf sind?«

»Du hast recht. Das meiste, was über Skull and Bones geschrieben wurde, ist des Lesens nicht wert. Aber ich habe Übung darin, den Weizen von der Spreu zu trennen.«

»Ach? Dann lerne ich ja vielleicht heute noch was Neues.«

»Wer weiß? Eins ist auffällig, wenn man das konspirative Geplappere ausblendet: Skull and Bones hat keine Geschichte.«

Sie blickte ihn unbehaglich an.

Er nickte. »Nimm die Freimaurer oder andere Geheimgesellschaften – sie legen alle großen Wert auf die Erforschung und Bewahrung ihrer Ursprünge. Aber bei der Bruderschaft des Todes klafft da nur ein großes Loch. Ich habe mich gefragt, ob diese Lücke in eurer Geschichte eigentlich eine Vertuschung sein könnte.«

»Und was sollte der Orden deiner Meinung nach vertuscht haben?«

Tim überlegte, wie er am besten beginnen sollte. »Euer Vereinshaus...«, begann er. »Entschuldige, euer Tempel auf dem Campus von Yale, der wird doch auch *Tomb* genannt – die ›Gruft‹ –, nicht wahr?«

»Er hat viele Namen. Ich vermute mal, die meisten kennst du auswendig.«

Er nickte. »Boodle, T... Aber ich wollte eigentlich nur sagen, dass in die Gruft im Jahr 1876 eine Gruppe mit dem vieldeutigen Namen *The Order of File and Claw* eingebrochen ist und über ihren Coup sogar eine Schmähschrift mit dem bezeichnenden Untertitel ›Babylon ist gefallen‹ veröffentlicht hat. Ich habe mich gefragt, was in einem Kopf vorgehen muss, wenn er seine Bande ›Der Orden der Akte und Klaue‹ nennt. Und dann kam mir die kühne Idee, diese *file* – die ›Akte‹ – könnte auf die Beale-Papiere hindeuten. Gibt es neben der Loge 322 eine weitere geheime Gesellschaft, die von der falschen Unabhängigkeitserklärung weiß, ohne vielleicht ihren genauen Wortlaut zu kennen? Jemanden, der das Geheimnis an die Öffentlichkeit tragen will?«

Jamila strich mit der flachen Hand über ihr Buch. »Ich habe nicht gesagt, dass Skull and Bones irgendetwas darüber weiß.«

»Nur sieben Jahre nach dem besagten Einbruch wurden die *Beale Papers* veröffentlicht, und eine bis heute beispiellose Schatzsuche nahm ihren Anfang. Hatte vielleicht der Orden der Akte und Klaue in eurer Gruft den Schlüssel zur Dechiffrierung von Blatt II gefunden?«

»Interessante These«, antwortete Jamila mit spöttischem Unterton.

Tim ließ sich davon nicht beeindrucken. »Der anonyme Autor der *Beale Papers* fühlte sich von den drei chiffrierten Blättern offenbar verflucht. Über dem Versuch, sie zu entschlüsseln, habe er ›sehr viel Zeit verloren‹ und sei ›völlig verarmt‹, schreibt er. Ist das womöglich nur Gerede gewesen, um seine Schrift für die Schatzsucher interessanter zu machen? Hat er als Mitglied des Ordens der Akte und Klaue *gewollt*, dass andere ans Licht bringen, wozu seine eigene Bruderschaft sich außerstande sah?«

»Du solltest das unbedingt aufschreiben und im Internet veröffentlichen – als tausendunderstes Märchen über Skull and Bones.«

»Wenn unser Anonymus«, fuhr Tim unbeirrt mit seiner Analyse fort, »nur ein harmloser Pechvogel war und seine Papiere tatsächlich nur ein Zahlenrätsel mit guten Gewinnchancen, wie kam es dann zu dem Feuer, das 1885, als die Chiffren bereits gedruckt und in einem Lagerhaus aufgestapelt waren, fast die ganze Auflage zerstört hat? Nur einige wenige Broschüren konnten gerettet werden. War es Brandstiftung? Hatte Skull and Bones zurückgeschlagen, um die Veröffentlichung von Beales Vermächtnis in letzter Sekunde doch noch zu verhindern?«

»Bisher dachte ich immer, solche wilden Verschwörungstheorien denken sich nur meine lieben Landsleute aus«, sagte Jamila. Ihre Gegenwehr erlahmte hörbar.

»Es kommt noch besser. Du selbst hast Deer Island ins Gespräch gebracht, die Insel im Sankt-Lorenz-Strom, die eurer Ehemaligenorganisation gehört. Dort hat bis zur Mitte des letzten Jahrhunderts ein großes Haus aus Stein und Holz mit dem vieldeutigen Namen *The Outlook* gestanden. Es beherbergte, wie man nachlesen kann, eine ansehnliche Sammlung antiquarischer Bücher. Unglücklicherweise brannte das Cottage 1949 ab, und die darin aufbewahrten Schätze wurden ein Raub der Flammen. Handelte es sich dabei um einen Gegenschlag des Order of File and Claw? Waren eure ärgsten Feinde in das Haus ›Zur Aussicht‹ eingebrochen und hatten mit der Brandstiftung ihre Spuren zu verwischen versucht?«

»Ich finde, du konstruierst da eine Verbindung zwischen den Beale-Papieren und der Loge, die jeder Grundlage entbehrt.«

»So? Tut sie das? Und was ist mit eurer Logenzahl, der 322, die jedermann im offiziellen Logo von Skull and Bones sehen kann?«

Sie schluckte. »Was soll damit sein?«

Tim tippte sich gegen die Schläfe. »Mein Denkapparat reagiert bei Zahlen nicht so, wie es normale Durchschnittshirne tun. Daher ist mir etwas aufgefallen. Etwas Merkwürdiges. Ich habe heute Nacht, obwohl es mir widerstrebt, ein paar Notizen gemacht. Für dich. Willst du sie lesen?« Ohne auf ihre Antwort zu warten, stand Tim auf, zog, während er zu Jamilas Sessel ging, einen Zettel aus der Hemdtasche, faltete ihn auseinander und legte ihn auf das Buch in ihrem Schoß.

1) 1632: John Milton erwirbt in Cambridge seinen »Master of Arts«
2) 1822: Thomas Jefferson Beale deponiert in Lynchburg 3 Chiffren im Jahr '22 (sic!)
3) 1823: Miltons »De Doctrina Christiana« wiederentdeckt
4) 1832: Frühester Zeitpunkt der Öffnung von Beales Kiste in Lynchburg
5) 1832: Gründungsjahr von Skull and Bones
6) 232: vermutete Vertragslaufzeit der originalen »Unabhängigkeitserklärung«
7) 322: Logenzahl von Skull and Bones

»Fällt dir was auf?«, fragte Tim. Befriedigt hatte er den immer erstaunteren Ausdruck auf Jamilas Gesicht registriert.

Sie befeuchtete ihre Lippen mit der Zunge. »Ist ja wohl nicht zu übersehen. Die Ziffern drei und zwei kommen in allen Zahlen vor. Der Orden hat die 322 aber in sein Logo aufgenommen, weil in diesem Jahr vor Christus der griechische Redner Demosthenes starb und Eulogia, die Göttin der Eloquenz, in den Himmel aufgefahren ist, um 1832, mit der Gründung der Loge, wieder hinabzusteigen.«

»Ja, und ich bin Peter Pan, der fliegen kann.«

Ihre Augen verengten sich bedrohlich.

Er seufzte. »Entschuldige. Aber du kannst doch nicht länger abstreiten, dass Skull and Bones etwas mit den Beale-Chiffren zu tun hat.«

»Ich habe es lediglich nicht *bestätigt*«, antwortete sie spitz. Sie deutete auf den Zettel. »Und das hast du alles allein rausgefunden?«

»Ich bin der Mann, der nichts vergessen kann«, antwortete er, wohl wissend, dass er ihr damit auf die Nerven ging. Danach setzte er seinen Frontalangriff fort. »Hast du den

Inhalt von Blatt III schon gekannt, bevor mir die Entzifferung gelungen ist?«

Was immer Jamila einmal über das Lügen gelernt hatte, es schien ihr entfallen zu sein. Sie wurde blass. »Wie kommst du darauf?«

»Ich könnte antworten, weil dir die Bedeutung der Zahl 322 bekannt sein müsste. Oder weil Zircon Asfahi ausgerechnet ein Faksimile von Miltons *De Doctrina Christiana* im Regal stehen hatte – möglich, dass er deinem Knochenverein auf die Schliche gekommen war. Hast du das Buch aus seinem Haus entfernt?«

Sie schüttelte entsetzt den Kopf. »Nein! Ich …«

»Der wahre Grund ist«, unterbrach er sie, »du hast, lange bevor ich Blatt III entschlüsselt habe, Beales Formulierung benutzt. Wörtlich sagtest du: ›Gold und Silber sind nebensächlich. Wir jagen nach etwas Wertvollerem: neuen Erkenntnissen über die *unechte* Unabhängigkeitserklärung.‹«

»Aber Beale hatte doch an seinen Freund geschrieben …«

»›Niemand darf erfahren, dass die allseits bekannte Unabhängigkeitserklärung den braven Bürgern unseres Staatenbundes nur *untergeschoben* wurde.‹ Das waren deine Worte, als wir in Zircons Haus darüber gesprochen hatten. Von einem *unechten* Dokument war in dem Zusammenhang nicht die Rede.«

»Das ist Haarspalterei, Tim.«

»Nein, es ist das perfekte Gedächtnis. Fassen wir mal zusammen: Eure Knochenmänner und -frauen sind die Hüter der falschen Unabhängigkeitserklärung. Und es würde mich überhaupt nicht wundern, wenn Zircon Afsahi zum Order of File and Claw gehörte, ebenso seine ultrarechten Gesinnungsgenossen, die am liebsten das Britische Empire wiederauferstehen lassen würden. Wie auch immer, mir kam es von

Anfang an merkwürdig vor, wie gelassen du die Dechiffrierung des dritten Blattes aufgenommen hast. Inzwischen ist klar, warum. Ich habe nur bestätigt, was dein Verein längst wusste. Du kannst vielleicht einen Lügendetektor austricksen, aber trotzdem bist du eine schlechte Schauspielerin, Jamila.«

Ihr Blick senkte sich wieder auf den Notizzettel. Nach kurzem Schweigen entspannte sie sich merklich, so als habe sie eine unsichtbare Last von sich abgewälzt. Leise sagte sie: »Du bist wirklich gut, Tim, das muss man dir lassen.«

Er lief rückwärts bis zu seinem Stuhl zurück und setzte sich. »Danke.«

»Selbst wenn ich dürfte, ich kann nicht alles bestätigen, was du dir da zusammengereimt hast. Ob Prof. Afsahi zum Orden der Akte und Klaue gehört, lässt sich nur vermuten. Es ist auch nicht so, dass die Mitglieder von Skull and Bones alle von dem großen gemeinsamen Ziel beseelt sind, das du beschrieben hast. Die meisten würden sich in ihrer Hetzjagd nach Karriere, Reichtum und Macht von so einer Aufgabe nur behindert fühlen. Die Mission des Ordens ist schon vor langer Zeit in Vergessenheit geraten.«

»Und woher weißt du dann davon?«

»Es gibt ein paar greise Patriarchen, die sich erinnern, dass es einmal einen Kampf zwischen den beiden von dir genannten Orden gegeben hat. Aber als *The Outlook*, unser Cottage auf Deer Island, 1949 in Flammen aufging, verschwanden alle schriftlichen Zeugnisse aus der früheren Zeit. Es blieb allein das Wissen der wenigen. Ich nehme an, diese Männer waren die Nachfolger des ursprünglichen, von Beale eingesetzten Komitees, sozusagen ein innerer Zirkel in der Bruderschaft. Vielleicht glaubten diese … Hüter, ihr Geheimnis wäre ihnen vom Orden der Akte und Klaue endgültig entrissen worden, vielleicht hatten sie auch nur resigniert. Ich weiß es nicht. Als ich zur Jahrtausendwende in die Loge 322 aufgenommen wurde, existierte nur noch ein leises Echo der Vergangenheit. Erst mit dem Blatt III der Beale-Chiffre ist mir klar geworden, was der eigentliche Anlass der Gründung von Skull and Bones war.«

»Und wie habt ihr die Chiffre geknackt?«

Sie zuckte die Achseln. »Wie du ja schon weißt, hatte Owl in den Rosenholz-Dateien Namen entdeckt, die nicht zu dem Agentennetz der DDR passten, weil sie für Personen aus dem 19. Jahrhundert standen.«

Tim nickte. »Amos A. Bethel und mein Ahne, Jacob Rosenholz.«

»Es gibt noch einen dritten Namen: Robert Lemon senior. Du erinnerst dich?«

»Natürlich. Ich bin der Mann ... Na, du weißt schon. Wenn dein Boss in den Geheimakten den Entdecker der miltonschen Streitschrift gefunden hat, wird mir einiges klar. Hat er dich benutzt, um in euer Ordenshaus zu kommen und den Schlüssel zum ersten Blatt der Chiffre zu finden?«

»Meines Wissens hat er die Gruft nie betreten. Andererseits...« Ihre Stimme blendete sich aus, der Blick wurde glasig.

Tim konnte die rotierenden Rädchen in ihrem Kopf förmlich hören. »Andererseits?«, hakte er nach.

Sie blinzelte und sah ihm wieder fest in die Augen. »Meine Wahl in den Kreis der Fünfzehn – erst neulich hat mir Owl gestanden, seine Finger im Spiel gehabt zu haben.«

»Hört, hört!«, sagte Tim mit einem Gefühl der Genugtuung. »Dein Boss scheint ja richtig besessen zu sein von den Beale-Chiffren, wenn er solche Ränke schmiedet, um dem Geheimnis auf die Spur zu kommen.«

Sie fuhr aus dem Sessel hoch und blitzte ihn zornig an. »Mir gefällt es nicht, wie du über Owl redest. Er hat viel für mich getan, für mich ganz allein. Selbst wenn du recht hättest, wäre es nutzlos gewesen. Nicht er war in der Gruft, aber *ich* habe mich gründlich umgesehen. Es gibt dort keinen einzigen Hinweis auf Beale, nicht das Geringste.«

Unwillkürlich stand auch Tim auf. Die beiden Streithähne trennten kaum zwei Schritte. »Wirklich nicht? Ich habe gelesen, euer Tempel soll ein richtiges Gebeinhaus sein. Angeblich bewahrt ihr darin sogar den Schädel des Apachenhäuptlings Geronimo und das Skelett der Madame Pompadour auf. Irgendwie passt das für mich nicht zusammen: Du willst in eurem Mausoleum nicht den geringsten Hinweis auf Beale gesehen haben, und trotzdem sagtest du in Cambridge, du könntest seine Worte nicht vergessen: ›Immer noch schreien in meinen Träumen die *Schädel und Knochen* der Toten zu mir.‹«

Jamila machte einen Schritt auf ihn zu und reckte ihm das Kinn entgegen. »Deine besserwisserische Art hängt mir langsam zum Hals raus, Tim. Nichts kann man sagen, ohne dass du es einem nachher wieder aufs Brot schmierst.«

Er grinste, womit er vor ihr nur seine Unsicherheit zu verbergen suchte. Aus demselben Grund gab er auch wieder dem altbekannten Reflex nach. »Ich bin eben der Mann ...«

»Halt die Klappe!«, schnitt sie ihm harsch das Wort ab. Ihre Unterlippe bebte.

In seiner Hilflosigkeit handelte er, gemessen an seinen sonstigen Gewohnheiten, völlig irrational: Er schloss die Lücke zu ihr und riss ihr den Zettel aus der Hand. Damit vor ihrem Gesicht herumfuchtelnd, schimpfte er: »Wach endlich auf, Jamila! Du hast das hier doch gesehen. Es heißt, die Logenzahl 322 befinde sich überall in der Gruft und außerdem herrsche darin ein Durcheinander wie in einer Rumpelkammer. Vielleicht ist der Schlüssel zur Beale-Chiffre irgendein unscheinbares Symbol oder ein Schriftzug, der sich nur dem Wissenden erschließt. Wie kannst du dir so sicher sein ...?«

Weiter kam Tim in seiner Beweisführung nicht, weil Jamila ihm plötzlich um den Hals gefallen war. Sie drückte sich an ihn, schmiegte ihre Wange an die seine und begann laut zu schluchzen.

»Erst ist Karim gestorben, dann Azam, und jetzt dieser völlig an den Haaren herbeigezogene Verdacht gegen den Mann, dem ich so unendlich viel verdanke. Sag so etwas Furchtbares bitte nie mehr, Tim! Ich weiß auch so schon nicht mehr, was ich noch denken soll.«

Ihm ging es genauso. Das hatte aber weniger mit der vertrackten Situation im Fall Beale zu tun, sondern mit Jamilas überraschendem »Angriff«. So zumindest hätte er die Durchdringung seines unsichtbaren Bannkreises bei jedem anderen Menschen aufgefasst, doch das Mädchen, um dessen Gunst er seit einem Monat warb, war längst Teil seiner Seele geworden. Jamila belegte die sonnigsten Plätze im großen Garten seiner Erinnerungen. Jetzt erst wurde er sich dessen bewusst, da er sie fühlen durfte wie noch nie zuvor, da er ihre Verzweiflung, die in der Umarmung doch zugleich auch ein Vertrauensbeweis war, wie einen bittersüßen Saft aufsaugte, da er den Duft ihres Haars bis in die Lungenbläschen hinein atmete, wo er direkt in sein wallendes Blut überging, da er ihren warmen Atem prickelnd am Ohr spürte ...

»Owl gibt mir auch viele Rätsel auf. Aber das muss nicht heißen, dass er mich für irgendwelche dunklen Machenschaften benutzt. In deiner Tasche steckt ein USB-Stick. Er hat Karim gehört. Wenn du ihn entschlüsseln kannst, findest du vielleicht die Antworten, die wir brauchen.«

Was Tim da gerade leise wie einen Windhauch vernommen hatte, ließ ihn jäh versteinern. Hatte Jamila alles nur gespielt? Jedenfalls konnten ihre Worte nur eines bedeuten: Sie wusste oder rechnete zumindest damit, dass die Räume verwanzt waren. Wurden sie belauscht? Hatte am Ende die Eule ihre bühnenreife Vorstellung *gesehen*...?

Als sie sich wieder von ihm löste, sah sie beschämt zu Boden und murmelte: »Entschuldige, meine Nerven sind mit mir durchgegangen.«

Er starrte sie schwer atmend an und brachte unter Aufwendung aller Kraft gerade zwei Worte heraus. »Schon gut.«

Sie drehte sich um, ging zum Sessel zurück, nahm das Buch in die Hand, und als sie sich gerade setzen wollte, hatte Tim seine Sprache wiedergefunden.

»Ich würde mir gerne die Gruft von Skull and Bones ansehen.«

Jamila verharrte mitten in der Bewegung, ein, zwei Sekunden lang, dann wandte sie sich wieder zu ihm um. »*Was* möchtest du?«

In Anbetracht etwaiger Mikrofone und Kameras hob er die Schultern und gab sich cool. »Nur mit dir nach New Haven fliegen und einen Blick in euer Vereinshaus werfen. Ich will ja nicht angeben, aber mein Gespür für Zusammenhänge ist vermutlich einmalig auf der Welt. Sonst hättet ihr mich wohl kaum für diesen Job ausgesucht. Vielleicht sehe ich im Tempel etwas, das dir bisher entgangen ist.«

Sie funkelte ihn aus ihren Jadeaugen an und nickte schließlich. »Na schön. Ich spreche mit Owl. Wenn er uns grünes Licht gibt, dann fliegen wir nach Connecticut und brechen in die Gruft ein.«

Tim horchte auf, wie er es immer tat, wenn das Summen des Schlosses ihm die Ankunft eines Besuchers ankündigte. Er sah auf seine Armbanduhr. Kurz nach fünf. Ob es Lessing war mit einer guten Nachricht von seinem Chef?

Die Tür wurde aufgerissen. Für einen Moment sah Tim draußen im Korridor aufgeregt umherlaufende Menschen, drei Polizisten in schwarzen Uniformen und zwei Rettungssanitäter, die eine Trage auf Rollen zwischen sich herschoben. Jamila stürzte in den Raum. Sie hatte für Tim eigentlich einen »Nachschlag« von der Buchausgabe holen sollen, doch ihre Hände waren leer. Auf ihrem Gesicht spiegelte sich Bestürzung. Ehe sie am Schreibtisch war, hatte Knight das Büro auch schon wieder verschlossen. Sie stützte sich mit gespreizten Armen vor Tim auf die Arbeitsplatte, und ihr Blick bohrte sich förmlich in sein Gesicht. Was sie ihm mitzuteilen hatte, versetzte ihm einen Schock.

»Der Bibliothekar ist tot.«

Er sprang aus dem Sessel hoch. »Was? Redest du von *unserem* Bibliothekar, von Dr. Lessing?«

Sie deutete zur Nebentür. »Dahinter liegt der Ostkorridor. Durch einen Aufgang gelangt man ins Obergeschoss. Wenn die Wände nicht so dick wären, hättest du vor ein paar Minuten Lessings Schrei hören müssen. Er wurde auf dem Boden des Treppenhauses gefunden. Mit gebrochenem Genick. Unter dem Schriftzug ›Wissen ist Macht‹.«

»Sir Francis Bacon. *De Haeresibus*«, murmelte Tim zwanghaft. Er blickte mit entsetzensweiten Augen über den Schreibtisch, sah Jamila aber trotzdem nicht. Durch seinen Geist wehten Lessings verdrießliche Worte: *Sie bringen mich in Teufels Küche, Doktor.* Und ebenso die eigene Antwort, die er jetzt wie in Trance wisperte: »Einen Tod muss jeder sterben.« Er schloss die Augen, so fest es ging, wollte den Albtraum verjagen, redete aber nur weiter, was durch seinen Kopf wirbelte. »Für den armen Lessing war Wissen tödlich.«

Jamilas Stimme wurde eindringlich. »Hast du ihm irgendetwas über unser Projekt erzählt?«

Er riss die Augen auf, blickte aber nur erneut durch sie hindurch. Die schreckliche Nachricht hatte seinen Verstand in ein Paralleluniversum katapultiert, weit, weit weg von ihr.

Sie hieb mit der Faust auf die Tischplatte. »Tim! Wach auf! Warum hast du das eben gesagt? Was hat Lessing gewusst?«

Es dauerte eine Weile, bis sein Geist sich wieder im Librarian's Room befand. Er deutete zur Nebentür nach links. »Ich habe ihn nach dem Schlüssel gefragt.« Sein Blick begann im Raum umherzuirren. »Werden wir abgehört, Jamila?«

»Was weiß ich«, stieß sie zornig hervor. »Es gibt im Treppenaufgang keine Anzeichen eines Kampfes. Niemand hat einen Streit gehört. Alles sieht so aus, als hätte Lessing sich in den Tod gestürzt.«

Tim hatte das Gefühl, ihren Unmut durch ein Rohr wahrzunehmen. Die Umgebung verschwamm, und auch ihre Stimme hallte seltsam verfremdet. Er schüttelte den Kopf.

Jamila lief um den Tisch herum und legte ihm die Hand auf die Stirn. »Du bist leichenblass.«

»Danke. Ich fühle mich auch so.« *Ist ihre Sorge um mich echt?*, fragte er sich. *Oder spielt sie wieder mit mir?*

»Squirrel sagte mir, die Bibliothek habe uns alle Schlüssel zu diesem Raum ausgehändigt. Wie kommt Lessing auf die Idee, dir ...«

»Der Librarian hat noch einen. Lessing wollte sich den Schlüssel von ihm holen. Außerdem habe ich ihm erzählt, dass ich hier gefangen gehalten werde.«

»Das hättest du lieber bleiben lassen sollen.«

»Was soll das heißen?«, empörte sich Tim. Er spürte, wie Zorn und Verzweiflung ihn zu überwältigen drohten. »Haben eure Men in Black ihn umgebracht, damit die Eule mich weiter als Geisel halten kann?«

Sie schnappte nach Luft. »Wieso dämonisierst du eigentlich ständig die NSA und meinen Chef? Du hast in Cambridge am eigenen Leib erlebt, wie dieses Spiel gespielt wird. Die Welt trudelt in einen scheinbar bodenlosen Abgrund. Unser Gegner – meinetwegen nennen wir ihn Aliat Mansube – beherrscht alle Kniffe, um die vernetzte Gesellschaft gegen sich selbst auszuspielen. Vielleicht haben die Meister des Endspiels Lessings Telefon angezapft oder das des Librarians. Einer der beiden könnte deine Geschichte in einer E-Mail verbreitet haben, die von einem Schnüffelprogramm abgefangen und unserem Feind zugespielt wurde. Es gibt tausend Erklärungen für das, was gerade passiert ist, aber dir fällt immer nur das Gleiche ein.«

Jamilas Erregung traf Tim mehr als ihre Worte. Mit ihrer Umarmung am Morgen hatte sie bei ihm ein Bedürfnis geweckt, den Wunsch nach Harmonie. Er wollte sie nicht reizen, sie nicht gegen sich aufbringen, sondern sie möglichst bald wieder festhalten. Zerknirscht ließ er den Kopf hängen und erklärte kleinlaut: »Die Nachricht von Lessings Tod hat mich verwirrt.«

Er spürte, wie sich ihre Hand auf seine Schulter legte. Am liebsten wäre er aufgestanden und hätte Jamila an sich gedrückt, doch dazu fehlte ihm der Mut, also seufzte er nur.

»Ich war bei Owl«, hörte er sie sagen.

»Und?«

»Wenn er oder jemand in der NSA Lessings Tod veranlasst hätte, dann müsstest du hier schmoren, bis du die Lösung für das Blatt I vorlegst, richtig?«

Tim antwortete nicht, weil ihr Argument ihm nicht schlüssig erschien, er sie aber nicht erneut verärgern wollte.

Jamila lächelte. »Owl findet deinen Vorschlag ›konstruktiv‹. Genau so hat er sich ausgedrückt. ›Wenn es dem Wunderkind zum Durchbruch verhilft, dann soll es seine Privatführung durch die Gruft bekommen‹, hat er gesagt. Ohne Schutz durch andere Agenten will er uns allerdings nicht gehen lassen, und anschließend sollst du auch wieder hierher zurückkehren.«

»Als willfähriger Rechenknecht?«

Ihre Augen betrachteten sein dunkles Haar, während sie mit der Hand darüberstrich. Sie schüttelte den Kopf. »Nein, als der Mann, der nichts vergessen kann.«

Die US-Amerikaner besitzen eine Affinität für Abkürzungen. Weihnachten ist für sie Xmas, ein britischer Secret-Service-Mitarbeiter mit den Initialen J. B. sowie einer Lizenz zum Töten heißt schlicht 007, und BWI steht für den »Baltimore/Washington International Thurgood Marshall Airport«. Letzterer liegt nicht ganz fünfzig Kilometer nördlich von Washington D. C., sechzehn Kilometer südlich von Baltimore und nur dreizehn Kilometer nordöstlich von Crypto City, dem Hauptquartier der weltgrößten Lauschbehörde. Wegen dieser zentralen Lage fühlen sich hier nicht nur die Billig-Airlines zu Hause, sondern auch die NSA-Mitarbeiter. Neun von zehn ihrer Dienstflüge beginnen oder enden auf dem BWI.

Hierhin war am Samstagmittag auch Tim mit Jamila und seinen zwei Bodyguards gefahren. Die Pilotin hatte ihre männlichen Begleiter in eine Lounge geschickt und war hinaus aufs Flugfeld gegangen. Dort inspizierte sie jetzt den

Learjet der National Security Agency, den man ihr für den Flug nach New Haven zugeteilt hatte. Der weiße Vogel war dem sehr ähnlich, der sie und Tim über den Atlantik gebracht hatte. Eine gute Pilotin kontrollierte ihre Maschine vor jedem Flug persönlich, und Jamila zählte sich zu dieser gewissenhaften Spezies von »Luftgeborenen«.

Während sie um das Flugzeug herumging, gegen die Reifen trat, an Verbindungen rüttelte und andere wichtige Kontrollen absolvierte, wartete Tim mit seiner Leibgarde im USO-Club. Die United Services Organisations taten alles, um die Moral der Armee-, Marine- und Luftwaffeneinheiten durch ein weitgefächertes Freizeit- und Erholungsprogramm zu stärken. Dazu zählte auch die Lounge in der Nähe der Halle E. Als »Gast« einer Behörde, die dem Verteidigungsministerium untersteht, gehörte auch Tim, wenigstens vorübergehend, zur Truppe und hatte ein Anrecht auf überzuckerte Softdrinks, fettige Erdnüsse und andere Köstlichkeiten.

Damit seine Moral nicht zu sehr gefestigt wurde, hatte Owl ihm die zwei Schwerathleten an die Seite gestellt: Knight, der schwarze Riese, und Microbrain, eine kraftstrotzende weißhäutige Kampfmaschine mit geringfügig niedrigerer Scheitelhöhe, dem Intelligenzquotienten und Haarschnitt einer Wurzelbürste und einem biokybernetischen Anzug, der sie wie einen Menschen erscheinen ließ – so jedenfalls schätzte Tim den blonden NSA-Agenten ein.

Ihm steckte immer noch die schreckliche Nachricht von Ainsworth Lessings Tod in den Knochen. Allein die theoretische Möglichkeit, wie ein Hotdog-Würstchen zwischen den beiden Killern des Bibliothekars zu stecken, dämpfte seinen Bewegungsdrang enorm. Doch vielleicht gaukelten ihm seine überspannten Nerven auch nur etwas vor. Der arme Bücherwurm könnte tatsächlich nur ein weiterer Bauer gewesen sein, der von den Meistern des Endspiels vom Brett gefegt worden war.

Nach ungefähr einer halben Stunde betrat Jamila den USO-Club. Ihre Miene verhieß nichts Gutes.

»Probleme?«, fragte Knight.

Sie nickte. »Technischer Defekt. Der Jet fällt aus. Ich muss mit meiner eigenen Maschine fliegen.«

Knight und Microbrain starrten sie an, als habe sie von einer Magnetschwebebahn mit Tretantrieb gesprochen.

»Du hast ein eigenes Flugzeug?«, wunderte sich Tim.

Sie sah ihn kaum an, während sie militärisch knapp erwiderte: »Eine Skyhawk. Zweisitzer. Gut erhaltener Oldtimer. Leider passen wir da nicht alle rein.«

»Dann fordere halt eine andere Maschine an«, sagte Knight.

»Hab ich schon versucht. Sie haben momentan keine frei.«

»Ich rufe Owl an und ...«

»Kannst du dir sparen. Hab ich auch schon probiert. Er ist gerade in einer Krisensitzung und darf nicht gestört werden. Du kennst ihn ja: Er reißt gerne Köpfe runter, wenn man ihn ohne triftigen Grund aus Meetings rausholt. Zur Zeit ist er besonders reizbar.«

Microbrain strich sich mit der Hand über die blonde Bürste.

»Ich finde, das hier ist ein triftiger Grund«, beharrte Knight.

Jamila trat dicht an ihn heran, stemmte die Fäuste in die Seiten und blickte grimmig zu ihm hinauf. »Ich will dir sagen, was er akzeptieren wird«, erwiderte sie. »Wenn ich ihn nachher anrufe und ihm sage, dass wir leider unseren Job heute Abend nicht erledigen können, weil ihr zwei mich mit eurem Gejammer aufgehalten habt, dann wird er eure Kündigung akzeptieren. Morgen ist nämlich Sonntag. Da tagt der Verein, den wir heute Abend besuchen wollten, und zwar gewöhnlich bis spät in die Nacht. Wir könnten also frühestens Montag wieder zum Zuge kommen. Diese Verzögerung unserem Chef mitzuteilen ist ein Himmelfahrtskommando. Wollen wir schon mal die Streichhölzer verteilen, um herauszufinden, wer den Kürzeren zieht?«

Knight und Microbrain sahen sich fragend an.

Jamila packte Tim am Arm, zog ihn mit sich und rief den beiden Agenten zu: »Während Ihr ausknobelt, wer demnächst im Fitnessstudio die Geräte desinfiziert, erledigen Dr. Labin und ich schon mal unseren Job. Ihr könnt ja die Kollegen in New Haven anrufen, damit sie uns vor Ort unterstützen.«

Als sie außer Hörweite waren, sagte Tim: »Muss ich das verstehen, was da eben passiert ist?«

»Der NSA-Vogel ist wahrscheinlich verwanzt. In meiner Kiste können wir ungestört reden.«

»Raffiniert. Den zwei Kettenhunden hast du ja gehörig was zu knabbern gegeben.«

Sie lächelte grimmig. »Die Methode nennt sich Social Engineering. Hab ich von Owl gelernt.«

Wenig später waren sie auf dem Flugfeld. Die Luft schien getränkt zu sein von Lärm. Jamila führte Tim zu dem Areal, wo die Privatmaschinen parkten. Als er die rot-weiße einmotorige Cessna 172 sah, rutschte ihm das Herz in die Hose. Schon an den Businessjets seiner Sponsoren hatte er nie wirklich Gefallen gefunden, aber der erschreckend kleine Zweisitzer versetzte ihn in Panik.

»In *die* Sardinenbüchse soll ich einsteigen?«

»Du bist mit mir schon Auto gefahren. Stell dir einfach vor, meine Skyhawk wäre eine Corvette.«

»Ich mag keine Sportwagen, die sich in drei Richtungen gleichzeitig bewegen.«

Sie griff nach seiner Hand. »Stell's dir einfach als Rendezvous in den Wolken vor.«

Er lächelte säuerlich. »Das hilft bestimmt.«

»Damit es nicht zu romantisch wird – hast du meinen USB-Stick dabei?«

»Ja. Ich trage ihn über meinem Herzen.«

»Manchmal bist du richtig süß, Tim. Konntest du dich schon damit beschäftigen?«

»Nein. Ehrlich gesagt traue ich meinem Computer nicht. Ich könnte ihn vom Netzwerk abstöpseln und die Daten nicht auf die Festplatte kopieren, aber trotzdem werde ich das Gefühl nicht los, Squirrel könnte mir einen kleinen Spion eingebaut haben.«

»Davon ist mir nichts bekannt. Aber ein gesundes Misstrauen kann den Unterschied zwischen Leben und Tod ausmachen. Alte Geheimdienstregel. Wie sinnvoll sie ist, haben wir leider gestern gesehen.«

Ihre Bemerkung schlug ihm auf den Magen. Ohne weitere Gegenwehr ließ er sich von Jamila ins Flugzeug setzen. Danach rang er einige Minuten lang mit seinen Eingeweiden, während die Cessna zur Startbahn dröhnte und wenig später mit dem Gebrumm einer wütenden Hornisse in den Himmel emporschoss. Als sie die für eine so kleine Maschine eher geringe Reiseflughöhe erreicht hatte, entkrampfte er sich. Und nach ein paar Minuten gefiel ihm sogar die archaische Art, sich durch die Luft zu bewegen. Die Wetterbedingungen waren optimal, unter ihnen glitzerten die Fluten der Chesapeake Bay im Sonnenlicht – nie war er so tief über eine Landschaft hinweggerauscht.

»Du machst das gut«, lobte er Jamila. Wegen des Motorenlärms unterhielten sie sich mittels Headset über die Bordkommunikationsanlage.

Sie bedankte sich für das Kompliment mit einem Lächeln. »Die Maschine hat früher einem Knight gehört.«

»Dem schwarzen Riesen?«, wunderte sich Tim.

Jamila lachte. »Wo denkst du hin! Die Mitglieder von Skull and Bones nennen sich auch Knights. Die Tradition lehnt sich aber eher an die Ritter an und weniger an die gleichnamigen Schachfiguren.«

»Bist du sicher?«

Sie warf ihm einen schwer zu deutenden Seitenblick zu. »Schau mal hinter deinen Sitz. Da müsste meine Tasche liegen. Nimm dir das Notebook raus, und stöpsel den USB-Stick an. Auf dem Rechner gibt es ein Verzeichnis namens *Crypt*, darin findest du Kryptografieprogramme für alle gängigen Verfahren. Vielleicht gelingt es dir, Karims Daten zu entschlüsseln.«

»Mach dir nicht allzu große Hoffnungen. Ich besitze zwar das theoretische Wissen, habe aber wenig praktische Erfahrung. Thomas Beales Chiffren dürften geradezu antiquiert sein im Vergleich zu dem, was dein Freund vermutlich benutzt hat.«

»Da kannst du Gift drauf nehmen. Auf dem Computer ist ein Programm namens *Pifish*, das Karim geschrieben hat. Es ist eine Variante des Twofish-Algorithmus, die mit einer größeren Schlüssellänge arbeitet.«

»Blowfish war schon ein harter Brocken, und sein Nachfolger Twofish ist noch sicherer. Wenn der Stick mit einer noch stärkeren Verschlüsselung codiert wurde, dann können selbst die schnellsten Rechner in euren NSA-Kellern ihn nicht knacken.«

»Jedenfalls nicht zu unseren Lebzeiten. Aber du kennst ja

mittlerweile Owls Credo: ›Wenn du deinen Gegner nicht besiegen kannst, dann lass ihn sich selbst besiegen.‹ Karims größte Schwäche war vermutlich seine Zuneigung zu mir. Ich nehme sogar an, dass er mir eine Hintertür offen gehalten hat. Aber bedauerlicherweise kann ich mich nicht in sein Hackerhirn hineinversetzen. Ihr zwei seid euch in mancher Hinsicht ähnlich. Vielleicht gelingt es dir.«

Tim war sich nicht sicher, ob sie ihm mit ihrer letzten Bemerkung eine Tür zu ihrem Herzen geöffnet hatte. Um sich keine weitere Abfuhr einzuhandeln, setzte er das Gespräch auf der sachlichen Ebene fort. »Mit deinem Namen, deinen Spitznamen und ähnlichen Passwörtern hast du's vermutlich schon versucht, oder?«

Sie bedachte ihn mit einem gelangweilten Seitenblick.

»Wusste Karim von deiner Zugehörigkeit zur Bruderschaft des Todes?« Er fragte das, weil bekanntermaßen hochrangige Ehemalige von Skull and Bones die Logenzahl 322 immer wieder zur Chiffrierung vertraulicher Daten benutzt hatten.

»Nein«, antwortete sie einsilbig.

Er startete das Pifish-Programm, rief den Dialog zum Öffnen von Dateien auf und wählte auf dem USB-Stick das verschlüsselte Archiv aus. Ein Fenster erschien, in dem er zur Eingabe eines Passworts aufgefordert wurde. »Wie ist es mit dem Tag eures Kennenlernens?«

»Hab ich auch schon probiert. In sämtlichen Varianten.«

»Was hat euch beide noch verbunden? Konnte er bei irgendetwas davon ausgehen, dass nur ihr beide es kennt?«

»Als Kind hatte ich mal eine Schildkröte mit Namen Alia. Fällt aber schon wegen der mangelnden Länge unter den Tisch.« Sie schüttelte den Kopf. »Ich habe wirklich alles versucht.«

»Das glaube ich nicht«, widersprach Tim. »Denk nach! Es

ergibt keinen Sinn, für dich ein Schloss einzubauen, ohne dir den Schlüssel auszuhändigen. Wie steht es mit den Namen entfernter Verwandter, von Orten, die ihr besucht habt, von körperlichen oder sprachlichen Eigenheiten...«

»Moment mal!«, unterbrach sie ihn.

»Ist dir was eingefallen?«

»*Zabarjad.*«

»Klingt geheimnisvoll. Wie schreibt man das?«

Sie buchstabierte das Wort und erklärte dann: »Karim war ein orientalischer Romantiker. Manchmal schmeichelte er mir mit Worten in seiner Muttersprache. Er meinte immer, meine Augen leuchteten wie vom Sternenhimmel gefallene grüne *Smaragde.*«

Tim sah vom Notebook auf, und für einen wunderbaren Moment, in dem er sich in Gesellschaft eines Engels in den Wolken wähnte, verloren sich ihre Blicke ineinander. »Ich finde, deine Augen ähneln eher polierter Jade, durch die das Sonnenlicht fällt.« Er bemerkte, wie ihre Wangen erröteten, nur ganz kurz, aber er empfand ihre Reaktion als ermutigendes Zeichen.

»Was sagt Pifish?«, fragte Jamila unvermittelt.

Es wandte sich wieder dem Bildschirm zu und schüttelte den Kopf. »Fehlanzeige.«

»Ich hätte schwören können, dass...«

»Welches Wort benutzt man in Pakistan für einen vom Sternenhimmel gefallenen Stein?«, unterbrach er sie.

»Du meinst, für einen Meteoriten? Karim hätte in dem Zusammenhang mit Sicherheit *tar* gesagt. Es bezieht sich nicht nur auf einen fallenden Stern – einen Meteoriten –, sondern auch auf die Pupille im Auge.«

Tim tippte aufgeregt das neue Passwort in die Tastatur. *Zabarjad Tar* – »der Smaragdstern, der vom Himmel fiel« –

das *musste* es einfach sein. Er hämmerte auf die Enter-Taste, und Pifish antwortete lakonisch: *Invalid Password. Please try again* – »Falsches Schlüsselwort. Mach nicht ein so blödes Gesicht und versuch's einfach noch mal.«

»Warum ziehst du diese Grimasse? Funktioniert's nicht?«, fragte Jamila.

»Warte!«, antwortete er, ohne vom Computer aufzublicken. Er versuche es andersherum – *Tar Zarbajad* – doch auch damit war der Fisch mit dem schönen Namen Pi nicht zufrieden. Tim wiederholte die Kombinationen ohne trennende Leerstelle. Abermals Fehlanzeige. Dann benutzte er einen Unterstrich, gab also »Zarbajad_Tar« ein.

»Bingo!«, flüsterte er.

»Hast du es?«, erkundigte sich Jamila, weil der Lärm des Textron-Lycoming-Motors alle Geräusche unterhalb eines Murmelns zuverlässig überbrüllte.

Tim ließ sich das Archiv von Pifish entschlüsseln und übergab es anschließend einem Entpacker. Dieses Programm wiederum brachte die in komprimierter Form zusammengefassten Dateien auf ihre Ursprungsgröße zurück und separierte sie.

»Nur drei Einträge«, kommentierte Tim das Ergebnis. Irgendwie hatte er mit einer ganzen Bibliothek von Enthüllungen gerechnet. Sofort machte er sich an die Lektüre des Inhalts und fasste diesen anschließend für die Pilotin zusammen.

Die erste Datei enthielt einen kurzen Brief Karims an Jamila, in dem er den Standpunkt vertrat, das Experiment sei außer Kontrolle geraten und er wisse nicht, ob er dem Meister noch vertrauen könne. Nummer zwei war eine von der NSA abgeschickte E-Mail. Ihr anonymer Verfasser hatte Azam Zardah alias »Casim« nach Boston beordert. Bei der dritten

Information handelte es sich um eine Notiz, die offenbar wieder von Karim selbst geschrieben worden war. Sie besagte, dass der Meister vor 1995 für die CIA tätig gewesen und als Maulwurf in den russischen KGB eingeschleust worden sei. Unter dem Codenamen »Sascha« habe er mehrere verdeckte Operationen in Afghanistan und Ostdeutschland durchgeführt.

»Schon wieder Berlin«, murmelte Tim nach Abschluss seines Resümees. Er verfiel in einen Zustand tiefer Nachdenklichkeit, weil Azam Zardahs Tarnname in seinem Geist einen Kometenschweif hinterlassen hatte. *Casim?* Er kannte diesen *nom de guerre*...

Auch Jamila wirkte wie paralysiert, seit Tim ihr vom Einsatz ihres Bruders berichtet hatte. »Die E-Mail – ist sie datiert?«

Er holte sich das betreffende Bildschirmfenster in den Vordergrund. »Ja. Wurde am 3. August 2007 abgefasst.«

Sie erblasste. »Drei Tage vor Karims Tod.«

»Was genau habt ihr da in Boston getrieben?«

»Darüber darf ich nicht reden.«

»War das auch so eine Operation wie unser jetziges Projekt?«

»In welcher Hinsicht?«

»In Bezug auf die Liquidierung von Mitwissern.«

Jamilas Knöchel am Steuer verfärbten sich weiß. »Fängst du schon wieder damit an? Du sagtest, der Verfasser der E-Mail sei anonym.«

»So anonym nun auch wieder nicht. Er schreibt: ›Für den Einsatz bleibt es bei deinem alten Decknamen Casim.‹ So heißt der Bruder von Ali Baba aus den *Vierzig Räubern*. Und dein Tarnname ist Morgiane, was eine Figur aus demselben Märchen ist. Du hast selbst gesagt, dass nur einer in eurem

Team diese Pseudonyme vergibt: Owl. Offenbar ist er ein großer Fan von ›Tausendundeiner Nacht‹.«

Die Beweisführung war offenbar schlüssig genug, um Jamila außer Fassung zu bringen. »Und was willst du damit andeuten?«, zischte sie gereizt ins Mikrofon. »Etwa, dass Owl meinen Bruder nach Boston beordert hat, um Karim umzubringen?«

»Das hast jetzt *du* gesagt.«

Sie warf ihm einen zornigen Blick zu.

»Dieser Meister aus den beiden anderen Dokumenten – das ist dann ja wohl auch dein Boss, oder?«

»Ja«, erwiderte sie so leise, dass ihre Antwort fast im Lärm des Motors unterging.

»Er war also ein Spion.«

»Natürlich. Das weiß ich schon fast so lange, wie ich ihn kenne. Er hat sich immer mit dem reichen Erfahrungsschatz aus seiner aktiven Zeit gebrüstet.«

»Hat er jemals über seine Einsätze in Berlin gesprochen?«

»Owl redet nicht über Operationen, es sei denn, man gehört selbst zum Team.«

»Bist du dir da sicher?«

Sie plusterte sich auf. »Was soll das jetzt schon wieder heißen?«

»Vielleicht hat dein Boss dich ja über den wirklichen Zweck dieses ... ›Projekts‹ im Ungewissen gelassen. Ich bin überzeugt, die Eule treibt irgendein Spiel mit uns.«

»Und ich glaube, du leidest unter Verfolgungswahn, Tim. Wenn Owl früher als Maulwurf im KGB gearbeitet hat, dann *muss* er seine Vergangenheit geheim halten, sonst wäre er die längste Zeit ein lebendiger Mann. Ich kenne ihn seit Jahren. Im Job ist Owl knallhart, aber privat ist er ganz anders.«

Von Jamila für einen Psychopathen gehalten zu werden tat

Tim weh. Sie sollte ihn lieben und nicht verachten. Für ihn war sie blind, wenn es um ihren Mentor ging, und er machte sich ernstlich Sorgen, mehr um sie als um sich selbst. Betont ruhig antwortete er: »Trotzdem solltest du dir nicht anmerken lassen, was du über ihn weißt. Ich will nicht, dass es dir wie Karim ergeht und wie Zircon und Dr. Lessing. Und wie deinem Bruder.«

Ähnlich wie im englischen Cambridge, so hatte sich auch der Campus von Yale im Laufe seiner mehr als zweihundertjährigen Geschichte unaufhaltsam ausgedehnt, war fortlaufend um neue Colleges erweitert worden, franste dabei aber kaum an den Rändern aus, sondern konzentrierte sich im Wesentlichen auf ein gut einen Quadratkilometer großes Areal im Stadtgebiet von New Haven. Dessen Herzstück war der »Old Campus«, gewissermaßen ein Freilichtmuseum in Sachen Neugotik und Backsteinfassaden, alles hübsch begrünt.

Yale gehörte zur *Ivy Leage* – zur »Efeuliga«. So bezeichneten die Amerikaner stolz den Reigen ihrer Eliteuniversitäten im Osten des Landes. Die Blätter an diesem Efeukranz der Bildung hatten so wohlklingende Namen wie Harvard, Princeton und Columbia. Geheimgesellschaften gab es an allen diesen Hochschulen, aber keine studentische Verbindung in den Vereinigten Staaten genoss einen Ruf wie Skull and Bones.

Obwohl Tim nicht viel gab auf die Verschwörungsgeschichten, die den Orden abwechselnd als Verbindung von Satanisten oder als zügellose Truppe von Homophilen beschrieben, verspürte er doch eine gewisse Beklommenheit, als Jamila ihm am späten Nachmittag in der High Street Nummer 64 das *Tomb* zeigte – das »Grab« oder die »Gruft«. Es war ein düsterer Bunker im graeco-ägyptischen Stil, fast fensterlos, nur ein paar senkrechte, lächerlich schmale Schlitze öffneten sich zur Welt draußen, weniger, um fremde Blicke herein-, als vielmehr, um das darin ausgebrütete Unheil herauszulassen – so zumindest mussten Besucher empfinden, die infiziert worden waren von den vielen sich um diesen Ort rankenden Schauergeschichten. Das Ambiente passte zu dem morbiden Ruf.

Ein Trio von Giebeldreiecken, jedes getragen von einem Paar kantiger Pilaster, wölbte sich dem Betrachter aus der braunen Sandsteinfassade entgegen. Die äußeren Überdachungen überschatteten je zwei der schon erwähnten Scharten, die mittlere einen kleinen Vorraum mit der Eingangstür. Zu dieser gelangte man nach drei oder vier Schritten auf einem Weg zwischen verwuchertem Grün, das Tim fatal an Grabbepflanzung erinnerte, sowie nach Überwindung von fünf Stufen. Empfindliche Naturen konnten beim Anblick der Gruft leicht depressiv werden, und auch er spürte das Bedürfnis, sein Herz mit einem heiteren Kommentar zu erleichtern.

»Hübscher Schuppen. Habt ihr schon mal versucht, ihn an die Addams Family zu vermieten?«

»Geh einfach weiter«, wisperte Jamila. Trotz des bedeckten Himmels trug sie eine dunkle Sonnenbrille sowie eine tief ins Gesicht gezogene Wollmütze.

»Warum flüsterst du?«

»Weil man mich hier kennt und weil Mitglieder des Ordens normalerweise *gar nicht* reden, wenn sie an der Gruft vorübergehen.«

Tim verlegte sich für eine Weile aufs Schweigen und lief mit Jamila weiter durch die High Street in Richtung Harkness Tower. In ihrem Dunstkreis bewegten sich noch eine Reihe anderer Gestalten über den Old Campus, die sich betont unauffällig benahmen und schwer bewaffnet waren. Er deutete mit dem Daumen über die Schulter, wo ihnen zwei der farblosen Geschöpfe folgten.

»Steigt die Schutztruppe etwa heute Nacht mit uns zusammen ins Grab?«

»Noch lauter kannst du das wohl nicht herausschreien«, zischte sie.

»'tschuldigung.«

»Nein. Sie werden die nähere Umgebung sichern und uns warnen, falls die Campuspolizei oder jemand von den Bonesmen aufkreuzt.«

»Woher wissen wir, dass niemand *im* T ist?«

»An der Stellung des Griffs der Haupttür.«

»Aha.«

Jamila stöhnte leise. »Die Bonesmen sind von Schlössern besessen – sie nennen sie ›Puzzles‹…«

»Hört, hört! Entdecken wir da etwa eine Tradition, die unser Oberverschlüssler Thomas Beale gegründet hat?«

»An der Vordertür«, fuhr sie unbeirrt fort, »befindet sich so ein Puzzle, ein Kombinationsschloss. Es lässt sich nur öffnen, wenn sonst niemand im Tempel ist. Und das erkennt man daran, ob der Türgriff hochgeklappt ist. Ist dies der Fall, muss der Besucher einen verborgenen Summer betätigen und sich mit einem Passwort authentifizieren. Bist du jetzt zufrieden?«

»Wie heißt die Parole?«

Sie ignorierte die Frage und machte stattdessen eine vage Geste. »Lass uns einfach arbeitsteilig vorgehen, Tim: Ich bringe dich rein und wieder raus. Für die Erleuchtungen bist du zuständig.«

»Gibt's da drinnen eigentlich elektrisches Licht, oder benutzt ihr immer noch Kerzen?«

Sie mahnte ihn mit einem strafenden Blick ab. »Ich hab genug gesehen. Fahren wir ins Hotel und ruhen uns etwas aus. Heute Nacht müssen wir hellwach sein.«

Tim trottete stumm hinter Jamila her wie ein begossener Pudel. Das war durchaus wörtlich zu verstehen – ein feiner Sprühregen hatte ihn von oben bis unten benetzt. Im übertragenen Sinn traf es aber auch zu, weil sie ihm vor Beginn der Operation »T« noch einmal zu verstehen gegeben hatte, wer das Kommando führte: »Wenn du auch nur Piep sagst, bevor *ich* es dir erlaube, brechen wir den Einsatz ab.« Wenn er schon nichts zu sagen hatte, besaß er nun wenigstens einen eigenen Decknamen. Spontan war ihm »Adam Riese« eingefallen. Er fand, das passte zu einem deutschen Rechenknecht.

Es war etwa halb drei Uhr in der Nacht, als sie von der Chapel Street kommend in die High Street einbogen und vor ihnen die Gruft auftauchte. Die beiden NSA-Agenten in ihrem Schlepptau blieben zurück. Andere versteckten sich in den Schatten rund um das Ordenshaus von Skull and Bones. Jamila trug ein federleichtes Funkgerät, zu dem auch Ohrstöpsel und ein winziges Mikrofon an ihrem Kragen gehörten. Wenn Gefahr im Verzug war, würden sich die Späher draußen melden. Tim machte sich keine Illusionen darüber, dass die »unsichtbaren« Männer noch zu einem anderen Zweck da draußen im Dunkel lauerten: Um seine Flucht zu verhindern.

Owl hatte an alles gedacht.

Sie näherten sich dem kurzen Wegstück, das zum Haupteingang führte. Als sie es erreicht hatten, warf Jamila nur einen Blick zur Tür. Offensichtlich wollte sie sich an der Stellung des Griffes vergewissern, dass niemand in der Gruft war. Danach lief sie einfach weiter. Jedoch nur ein Paar Schritte weit. Dann bog sie im rechten Winkel nach links ab. Tim rief sich den Grundriss des Gebäudes in den Sinn. An der Nordostseite führte eine Treppe zu einem Nebeneingang; von dort gelangte man buchstäblich durch die kalte Küche in die Gruft. Aber auch diese Möglichkeit ließ Jamila aus. Sie lief einfach weiter an der Nordflanke des Gebäudes entlang in Richtung Garten.

Tim erinnerte sich, dass der große Gegenspieler der Loge 322, der Orden der Akte und Klaue, durch ein Kellerfenster an der Rückseite der Gruft eingedrungen war, dieses hatte man jedoch später versiegelt, um potenzielle Nachahmer vor die Wand laufen zu lassen. Wo also verflixt noch mal wollte Jamila hin? Er war drauf und dran, die angeordnete Funkstille zu brechen.

Das Gebäude blieb zurück. Jamila hielt geradewegs auf zwei riesige Schatten zu, die sich aus dem Halbdunkel des Durchgangs erhoben. Beim Ausspionieren der Gegend am Nachmittag hatten sich diese Zyklopenfinger als Türme in Tims Gedächtnis eingetragen. Jamila meinte, sie seien einst Teil der Alumni Hall gewesen. Die »Halle der Ehemaligen« sei aber abgerissen und nur die Türme an dieser Stelle wieder aufgebaut worden, in einer Flucht mit der Nordmauer des Ordenshauses.

Am Fuße des ersten Turms blieb Jamila vor einer massiven Holztür stehen und zog aus der Manteltasche einen Ring hervor, an dem ein ganzer Satz von Schlüsseln klirrte. Sie wählte einen aus und verschaffte ihnen damit Zugang zu dem Bauwerk.

Tim trat durch die Tür, sie fiel hinter ihm zu, der Schlüssel klapperte im Schloss, dann umgab ihn völlige Schwärze. Mit einem Mal stieg ihm der Duft von Jamilas Parfum in die Nase, und er spürte sogar ihren Atem. Sie musste ihm ganz nahe sein. Einem Impuls folgend hob er die Hand und stellte sich vor, wie es wäre, ihre samtene Wange zu streicheln. Plötzlich flammte ein Licht auf. Jamilas Leuchtdiodentaschenlampe.

»Was tust du da?«, fragte sie streng. Seine Hand schwebte nur einen Fingerbreit vor ihrem Gesicht.

Rasch ließ er sie fallen. »Darf ich reden?«

»Ja.«

»Nichts.«

»Was?«

»Ich tue nichts. Obwohl ich schon gerne gewollt hätte.«

Sie richtete den Lichtfinger ihres Strahlers auf Stufen, die in die Tiefe führten. »Wir müssen da runter.«

Wieder ging sie voran. Die Wendeltreppe führte vier oder fünf Meter in die Tiefe. Mit jeder Stufe wurde die Luft kühler und feuchter. Schließlich standen sie vor einer weiteren Tür, diesmal aus Eisen; auch dazu besaß Jamila den richtigen Schlüssel.

»Du bist gut ausgestattet«, bemerkte Tim.

»Während meiner neun Monate als Ritterin des Ordens hatte mir Owl geraten, mich für die Zukunft abzusichern.«

»Also war er doch in der Gruft.«

»Nein. Ich hatte den Bund sicher versteckt und erst gestern wieder hervorgeholt.«

Fast lautlos öffnete sich die Tür.

»Die Angeln werden wohl regelmäßig geölt«, stellte Tim fest.

»Wenn Ehemalige von einer gewissen Wichtigkeit ihr altes

Ordenshaus besuchen, wollen sie dabei nicht gerne fotografiert werden. Deshalb meiden sie den Vordereingang und kommen hinten rein. So wie wir. – Da geht's lang.«

Sie deutete in einen unterirdischen, mit Backsteinen ausgemauerten Gang.

Nachdem beide den überwölbten Tunnel betreten hatten und die Eisentür zugezogen, aber nicht verschlossen war, ging es etwa fünfzehn Schritte weiter geradeaus, dann scharf links, und nach etwa vier Metern kam wieder eine Tür.

»Noch ein Puzzle«, seufzte Tim.

Leise antwortete sie: »Ja, aber dieses öffnet uns den Tempel.« Sie bemühte einen dritten Schlüssel, zog die Tür auf und richtete ihren LED-Strahler auf eine weitere Treppe.

Tims Gedächtnisarchivar warf ihm eine Erinnerung ins Bewusstsein: Er sah sich beim Betreten der Bibliothek von Cambridge. Auch dort hatte ihm jemand Zugang zu einem Gebäude verschafft, in dem er eigentlich nicht hätte sein dürfen. Die Schrecken dieser Nacht würden ihn ewig verfolgen. Was erwartete ihn wohl hier, an einem Ort, dessen Name allein schon unheilschwanger war?

Ein heller Lichtstrahl traf ihn mitten ins Gesicht, und Jamilas Stimme fragte von der Treppe her: »Kommst du? Oder hast du plötzlich Skrupel?«

Er schüttelte seine düsteren Erinnerungen ab und betrat die Gruft.

Die Stufen führten noch einmal nach rechts. Hinter der Biegung bestanden die Wände des Aufgangs aus dem gleichen braunen Sandstein, den Tim schon an der Fassade des Gebäudes gesehen hatte. Die Mauer ragte bis ganz hinauf. Links sah er ein eisernes Geländer. Die Treppe mündete in einen großen Saal, zwei Stockwerke hoch und vom typischen muffigen Geruch alter Häuser erfüllt.

»Der Diningroom«, erklärte Jamila nüchtern und deutete zur Rückwand des Hauses. »Die Fenster sind zwar verhängt, aber du solltest hier trotzdem nur deine Taschenlampe benutzen. Wenn auch nur *ein* Lichtstrahl nach draußen dringt, könnten wir entdeckt werden.«

Tim zog einen identischen Strahler aus der Tasche, den er zuvor von Jamila bekommen hatte. Die Dinger gehörten der NSA. Agentenausstattung. Titangehäuse, groß wie ein Schokoriegel, dabei sehr hell und trotzdem energiesparend. Eher planlos ließ Tim den Lichtkegel durch den Raum tanzen und fühlte sich dabei ein bisschen wie James Bond.

Die Einrichtung war nicht eben luxuriös, alles wirkte alt und abgenutzt; die Dielen am Boden knarzten. Die Stuckverzierungen an Decke, Wänden, Bögen und Pilastern bedurften dringender Ausbesserung. Er schälte mit seinem Lichtskalpell eine zerkratzte Speisetafel und durchgesessene Stühle aus der Dunkelheit, ein lederbespanntes, abgewetztes Sofa und dazu passende Sessel, zehn Meter hohe Fenstervorhänge sowie zwei Kamine, einer davon so hoch, dass man darin stehen konnte. Wie Totenkopfmasken in einer Geisterbahn sprang immer wieder das Emblem der Loge 322 aus der Finsternis: als Tapetenaufdruck, als geschnitzte Möbelverzierung, als Messingplakette und sogar als Tassendekor. Von den Wänden sahen im kalten Schein der Leuchtdioden ernste Gesichter mit strafenden Blicken auf die Eindringlinge herab – Porträts ehemaliger Ritter des Ordens. Auf einem der Konterfeis verharrte Tims gleißender Lichtstrahl.

»George W. Bush?«, murmelte er.

»Hilft uns das weiter?«, fragte Jamila angespannt.

»Warum haben so viele Bilder Risse und Dellen?«

»Frisbie.«

»Wie bitte?«

»Frisbie ist die favorisierte Sportart der Studenten in Yale.«

»Im Tempel?«

»Überall.« Sie zuckte die Schultern. »Die meisten Studenten, die von Skull and Bones getappt werden, sind große Jungs mit einer Menge Flausen im Kopf. Regelmäßig räumen sie den Raum hier leer und benutzen die Kamine als Fußballtore. Sie liegen ja so schön gegenüber.«

»Hast du da auch mitgemacht?«

»Manchmal schon. Heute ist mir vieles von damals nur noch peinlich. Ich merke, wie ich mich innerlich von diesem Teil meiner Vergangenheit distanziere. Mit dem meisten, was du hier sehen wirst, habe ich nie besonders viel anzufangen gewusst – nach meinem Geschmack war es mir etwas zu düster –, aber du sagst nicht Ja zum Schulterschlag des Ordens, weil du nekrophil bist, sondern weil du dadurch Zugang zu einem elitären Netzwerk erhältst. Fast ausnahmslos beginnt für die Ritter damit die große Karriere, von der andere nur träumen können. Den ganzen Zinnober hier nimmt man in Kauf, egal, ob man auf so was steht oder nicht.«

»Die Einrichtung kommt mir ziemlich – entschuldige, das hat jetzt nichts mit Patriotismus zu tun – *deutsch* vor.«

»Das ist beabsichtigt. Früher war es sogar Pflicht, die Räume so auszustatten. Du kennst vermutlich die Gründungslegende von Skull and Bones: Der Student William T. Russel macht eine Bildungsreise nach Deutschland, findet dort Eingang in eine geheime studentische Verbindung, die den Totenkopf mit den gekreuzten Knochen als Emblem führt, und gründet dann eine Filiale hier in Yale.«

»Du solltest das nicht so ins Lächerliche ziehen. Nach allem, was wir bis jetzt wissen, dürfte Russel in Berlin unseren Freund TJB kennengelernt und der alte Haudegen mit seinem abenteuerlichen Leben gehörigen Eindruck auf den jungen Landsmann gemacht haben. Wahrscheinlich hat er ihm auch von seinen Kriegserlebnissen erzählt und dass im Traum die Schädel und Knochen zu ihm schreien. Was daraus entstanden ist, siehst du ja hier.« Tim machte eine raumgreifende Geste.

»Das ist noch gar nichts. Wart erst mal ab, was noch so alles kommt.«

»Hast du dich eigentlich schon gefragt, warum ihr euer Ordenshaus *Boodle* nennt? Einen Tempel als ›Schmiergeld‹ oder ›Batzen Zaster‹ zu bezeichnen ist doch ziemlich bizarr, findest du nicht?«

»Das musst du die Boodle Boys fragen, die sich das ausgedacht haben.«

»Könnte der kuriose Name nicht denselben Ursprung haben wie dieses teutonische Ambiente? Ich sehe Beale und Russel förmlich vor mir, wie sie in einer ähnlichen Gruft in Berlin sitzen, an ihrem Brandy nippen, und der Alte sagt zum Jungen: ›Ich habe einen Batzen Zaster. Gründe damit eine Gesellschaft, die unserer gemeinsamen Sache dient.‹«

Anstatt zu antworten, richtete Jamila ihre Taschenlampe auf eine Tür neben dem Tunnelaufgang. »Da geht's in die Bibliothek.«

Tim folgte ihr über ächzende Dielen in einen weiteren Saal mit blutroter Tapete, der in seinen Dimensionen dem Dining Room in nichts nachstand. Zur Bequemlichkeit der Besucher waren wuchtige Möbel aufgestellt. Unter einer Couch lag ein Socken.

Jamila ließ ihren Lichtfinger über die Bücherregale streichen. »Hier steht jede Publikation, die je ein Bonesman oder eine Boneswoman verfasst hat.«

Tim schüttelte den Kopf. »Damit vergeuden wir nur unsere

Zeit. Was ich suche, muss älter sein, aus den Anfängen des Ordens.«

»Manche der Bücher hier sind älter als die Vereinigten Staaten.«

»Zeig mir erst mal, was euer Boodle noch so zu bieten hat.«

Sie wandte sich einer Tür gegenüber der Fensterwand zu und führte ihn ins Main Foyer, eine Eingangshalle mit dunkler Holzdecke. Nachdem sie einen Schalter betätigt hatte und einige Leuchter ein eher diffuses Licht verbreiteten, deutete sie auf einen dicken grünen Vorhang vor der Fronttür. »Da dringt nichts durch, was uns verraten könnte. Du kannst deine Taschenlampe ausschalten.«

Tim kam ihrer Aufforderung nach und ließ seinen Blick durchs Foyer schweifen. Wenn Jamila bemerkte, dass irgendeine Absonderlichkeit seine Aufmerksamkeit erregte, gab sie Erläuterungen, so etwa bei dem Tisch, auf dem ein echter menschlicher Schädel mit einem Loch in der linken Schläfe sowie gekreuzte Knochen lagen, umgeben von fünfzehn Bilderrahmen mit den Fotografien der aktuellen Ritter von Skull and Bones. Über einer Tür hing ein Schild mit der Nummer 324 – viele Räume der Gruft seien dieserart gekennzeichnet, erklärte Jamila. Diverse Souvenirs aus den Kriegen, in welchen Bonesman für ihr Vaterland die Knochen hingehalten hatten, waren zu sehen. In einem Gemälde an der Wand tanzten Skelette. An einer anderen hing ein Schwarzes Brett für Mitteilungen. Daneben war ein Safe eingelassen.

»Ich könnte ihn öffnen«, erbot sich Jamila.

In einem Bericht über den Einbruch des Ordens der Akte und Klaue hatte Tim von dem Stahlschrank gelesen. Die Eindringlinge waren überzeugt gewesen, darin so etwas wie eine Verfassung zu finden, eine Erklärung der gemeinsamen Ziele von Skull and Bones, obwohl niemand je etwas über ein solches Dokument, geschweige denn über seinen Inhalt erfahren hatte. Doch alles, was die Klauen aus dem Stahlschrank klaubten, waren ein paar Schlüssel und eine halbvolle Karaffe mit Whiskey. Er schüttelte den Kopf. »Was ich suche, ist eher von der Art da.« Er zeigte zu einem Bord. Darauf stand ein silbernes Tablett mit der Aufschrift *Memento mori*.

»›Bedenke, dass du sterben musst‹«, übersetzte sie frei die lateinischen Worte.

Er schüttelte unwillig den Kopf. »Das habe ich jetzt gerade noch gebraucht. Was gibt's auf dieser Etage noch?«

Sie zeigte auf einige Türen. »Bad, Garderobe mit der Küche dahinter, zwei kleinere Aufenthaltszimmer ...«

»Darf ich sie sehen?«

Sie durchquerte die Halle in Richtung High Street, stieß beide Türen auf und wies mit der Hand hindurch. »Bitte, der Herr.«

Einer der Räume war mit chinesischen Paneelen verkleidet, der andere mit Brüsseler Spitze. Als Leitthema hatten die Einrichter auch hier – und offenbar im ganzen Gebäude – den Tod gewählt, ob nun im allgegenwärtigen Logenlogo oder in der unerschöpflichen Vielfalt von Dekorationsstücken, zumeist Andenken Ehemaliger. Bald beschlich Tim ein Gefühl der Hilflosigkeit, weil er sich zwar all die makabren Details durchaus merken, sie aber nicht richtig einordnen konnte. Manche eher harmlose Souvenirs würdigte er kaum eines Blickes – den Buddha, die Demosthenesstatuetten, den Samowar, die Ritterrüstung, den ausgestopften Elchkopf –, andere unterzog er einer gründlichen Begutachtung, so etwa die Handknochen eines Mönchs.

»Das bringt alles nichts«, fasste er seine Eindrücke zusammen.

»Ich könnte dir hier unten noch ...« Sie schüttelte den Kopf. »Nein.«

»Was?«, hakte er nach.

»Es gäbe da noch ein Zimmer, aber ich weiß nicht, ob ich dir das zumuten kann: den Firefly Room.«

Leuchtkäferraum?, grübelte Tim. »Lass uns einen Blick reinwerfen.«

»Dazu müssen wir aber durch den Keller.« Sie verzog das Gesicht. »Ich weiß. Klingt bescheuert, ist aber so.«

Er hob die Schultern. »Die Pharaonengräber sind auch nicht gerade übersichtlich.«

Sie stiegen über schmale Stufen in die Krypta des Tempels. Am Ende der Treppe befand sich eine altersschwache Tür, die aussah, als würde sie jeden Moment zusammenbrechen. Einzelne Bretter der Füllung standen so weit auseinander, dass man ein Sandwich hätte hindurchschieben können. Als Jamila sie aufstieß, erlebte Tim eine Überraschung.

»Was ist denn *das*?«

»Wir haben verschiedene Namen dafür. Einige nennen sie die ›Ein-Mann-Zelle‹, andere die ›Kammer der Erkenntnis‹.«

Beide Umschreibungen zielten nach Tims Einschätzung viel zu tief. »Loch des Schreckens« hätte die tatsächlichen Gegebenheiten viel genauer getroffen. Es handelte sich um einen Raum, der tatsächlich so klein war, dass bestenfalls eine Person darin Platz finden konnte, und das auch nur stehenderweise. Aber es kam noch schlimmer.

»Die Türen sind so konstruiert«, erklärte Jamila, »dass sie sich gegenseitig im Weg stehen. Du kannst die zweite erst öffnen, nachdem du die erste geschlossen hast. So leid es mir tut, ich muss dich da allein reinschicken. Das war der Grund, weshalb ich gezögert habe ...«

»Ich schaff das«, unterbrach er sie. Er wollte sich keine Blöße geben, aber allein die Vorstellung an den engen Raum schnürte ihm die Luft ab.

»Wie du willst«, erwiderte sie skeptisch. »Dann gehe ich vor. Wenn du mich auf der anderen Seite rausgehen hörst, kannst du mir folgen: Tritt ein, mach die erste Tür hinter dir zu, drück dich an die Wand und öffne dann die andere Tür. Sie sind nicht abgeschlossen, sie klemmen nicht, alles ist ganz einfach.«

»Ich komme schon zurecht«, behauptete er.

Sie nickte, öffnete die Tür ...

»Warte mal!«, hielt er sie zurück. »Warum heißt das Loch eigentlich Kammer der Erkenntnis?«

»Angeblich wurden früher Bonesmen, die gegen den Verhaltenskodex des Ordens verstoßen haben, darin eingesperrt, um über ihre Verfehlungen nachzudenken. Es heißt, mancher sei da drin zu verblüffenden Einsichten gelangt. Zu meiner Zeit habe ich das allerdings nie erlebt.«

Tim atmete durch. »Bringen wir es hinter uns.«

Jamila verschwand in der Kammer. Die erste Tür fiel zu. Tim lauschte auf das Klappen der zweiten, das nur zwei aufgeregte Herzschläge später zu hören war. Dann holte er noch einmal tief Luft, steckte sich die Taschenlampe in den Mund und betrat selbst die Kammer der Erkenntnis.

Er musste sich förmlich um die offene Tür herumschlängeln, um sie von innen zudrücken zu können – bei Jamila hatte es so leicht ausgesehen. Sofort spürte er, wie der Brodem am Grund seiner Seele zu wallen begann, als rege sich darunter jenes schreckliche Ungeheuer, das ihm zuletzt auf dem Flughafen von Heathrow fast den Verstand zerfetzt hatte. Hektisch packte er den Griff der zweiten Tür und stemmte sich dagegen.

Sie rührte sich nicht. Keinen Fingerbreit ließ sie sich bewegen.

Die Bestie hob sich aus dem brodelnden Dampf. Tim dachte nur noch an Flucht: Ich bin in dem Loch des Schreckens eingesperrt und ...

Plötzlich wurde ihm klar, dass die Türen sich nur gegenseitig behindern konnten, wenn sie beide nach *innen*, also in die Kammer *hinein*, zu öffnen waren. Mit aller Kraft zog er am Griff, und die Tür wäre ihm zweifellos ins Gesicht geknallt, wenn nicht sein großer Zeh sie aufgehalten hätte. Stöhnend stürzte er hindurch.

»Alles in Ordnung?«, erkundigte sich Jamila besorgt. »Warum hat das so lange gedauert?«

»Hast du schon davon gehört, dass Leute in knietiefem Wasser ertrunken sind?«

»Ja. Wieso?«

»Genau das wäre mir eben fast passiert.«

Er konnte nur ahnen, wie sie ihn in der Dunkelheit fragend oder auch skeptisch musterte. Jedenfalls deutete sie nach einer kleinen Stille auf eine weitere Treppe. »Wir müssen da hinauf.«

Wenige Schritte später waren sie im sogenannten Leuchtkäfer- oder Glühwürmchenraum, einem schwülstigen Wohnzimmer, dessen Ausgestaltung Tim schlagartig die kleine Panikattacke vergessen ließ.

»Du meine Güte!«

»Wir nennen ihn auch den Germanic Room. Ich hatte dich ja vorgewarnt.«

Der »Germanische Raum« bot teutonisches Ambiente in Reinkultur. Die schweren Möbel und die Holzvertäfelungen hätten aus der Villa Bismarcks stammen können. Auf dem Kaminsims lag ein deutscher Stahlhelm. Tims besondere

Aufmerksamkeit erweckten einige Bilder und Inschriften. Ein Gemälde stellte den Blick in ein Grabgewölbe dar, in dem Krone und Zepter, eine Weltkugel, eine Narrenkappe und weitere Gegenstände lagen, dahinter vier Schädel. Das Arrangement wurde von einer Inschrift überspannt:

Wer war der Thor, wer Weiser, wer Bettler oder Kaiser?

Und gleich daneben prangte ein weiterer Spruch:

Ob arm, ob reich, im Tode gleich

Wohlgemerkt, die sinnfälligen Worte standen dort in *Deutsch*, was Tim nun doch etwas überraschte. »Anscheinend sind die teutonischen Wurzeln des Ordens mehr als eine Legende«, bemerkte er, auf ein englisch beschriftetes Schild deutend, das offenbar an den noblen Spender der Devotionalien erinnerte: »Vom deutschen Kapitel. Überreicht durch den Patriarchen D. C. Gilman.«

Jamila lächelte säuerlich. »Du würdest erst staunen, wenn du mal bei einem unserer Geselligkeitsabende dabei wärst. Da singen sie sogar das Deutschlandlied.«

»Die Nationalhymne? Das kann ich mir nicht vorstellen. Die wurde erst 1922 eingeführt.«

»Das wird dir auch jeder Bonesman sagen, als guter amerikanischer Patriot alle Deutschtümelei weit von sich weisen und erklären, er singe lediglich zur Melodie von Joseph Haydn.«

»Als ich noch Klavier- oder Geigenvirtuose werden wollte, habe ich gelernt, dass Haydns Komposition 1797 zur Kaiserhymne gekürt wurde. Sehr viel undeutscher ist *Gott erhalte Franz den Kaiser* wohl auch nicht, oder?«

»Die Frage sollte eher lauten, ob dieser Raum den Schlüssel zu Beales erster Chiffre enthält.«

Tim seufzte. »Du hast recht. Das ist zwar alles sehr aufschlussreich, aber in meinem Kopf gehen keine Lichtlein an. Was ist oben...?« Er verstummte, weil Jamila abrupt die Hand hochgerissen hatte, um ihn zum Schweigen zu bringen. Sie lauschte in ihre Ohrstöpsel.

»Verdammt!«, fluchte sie leise. »Eine Streife der Campuspolizei kommt gerade die High Street hinunter, und draußen ist noch die Festbeleuchtung eingeschaltet.« Sie hieb auf den Lichtschalter und stürzte im Schein ihrer Taschenlampe die Treppe hinunter.

Tim hastete hinterher. Notgedrungen musste er ein zweites Mal die enge Schleuse durchqueren, um ihr auf den Fersen zu bleiben, kam jetzt aber mit den Türen besser zurecht. Als er die Eingangshalle erreichte, herrschte dort schon Finsternis, wie sie in einer echten Gruft nicht intensiver sein konnte. Sicherheitshalber schaltete er auch noch die letzte Lichtquelle, den eigenen LED-Strahler, aus.

»Wie ist die Lage?«, flüsterte er.

»Der Streifenwagen hat vor der Gruft angehalten.«

»*Was?* Sind wir verraten...?«

»*Pst!* Das bedeutet noch gar nichts. Es hat schon so viele Übergriffe auf die Gruft gegeben, dass die Sicherheitskräfte lieber einmal zu oft als zu wenig kontrollieren. Und jetzt sei endlich still.«

Tim wartete. Die Sekunden flossen zäh durchs Stundenglas der Zeit. Er hatte das Gefühl, inmitten der um ihn versammelten Gebeine selbst ein Toter zu sein. Unvermittelt rüttelte es an der Vordertür. Erschrocken fuhr er zusammen.

Plötzlich spürte er eine Hand, die nach der seinen griff und sie fest umschloss. Sie war nicht eiskalt, kein Zombie suchte da Halt, vielmehr spendete sie ihm Wärme und machte ihm Mut. Dergleichen tat auch die wohlbekannte Stimme, deren heißer Atem sein Ohr erglühen ließ: »Sie können das Puzzle nicht öffnen. Nicht die Polizei.«

Trotz der angenehmen Nähe Jamilas vermochte er den Schrecken erst abzuschütteln, als das Beobachtungsteam draußen Entwarnung gab. Sie schaltete ihre Taschenlampe ein und erklärte ihm, die Streife sei weitergezogen. Tims Anspannung entlud sich in einem mürrischen Kommentar.

»Sagtest du nicht, es kann kein Licht nach draußen dringen?«

»Eigentlich dienen die Vorhänge und schmalen Fenster dazu, so wenig wie möglich *herein*zulassen. Wenn alle Türen des Main Foyer geschlossen sind, passiert das auch nie. Aber wir waren in dem Aufenthaltszimmer mit dem geschlitzten Fenster. Törichterweise hab ich nicht dran gedacht. Besser wir beschränken uns jetzt auf unsere Handlampen. Du wolltest nach oben, wenn ich mich nicht irre.«

Er schluckte weitere Nörgeleien hinunter und folgte ihr über die vernehmlich knarrenden Stufen einer schmalen Treppe in den ersten Stock hinauf.

Das Foyer dort war wesentlich kleiner und verwinkelter als die große Halle unten. Tims Lichtkegel wanderte über mehrere Türen hinweg. Eine weitere Treppe führte zum Dachgeschoss hinauf. An einer Wand sah er die lateinische Inschrift *Tempus fugit*.

»›Zeit flieht‹?«, murmelte er. In seinem Geist flackerte ein Licht wie fernes Wetterleuchten, erlosch jedoch gleich wieder.

Jamila konnte davon natürlich nichts wissen und meinte wohl, die Frage sei an sie gerichtet. »Dieser Ort atmet eine Philosophie, die sich dir offensichtlich nicht erschließt.«

Er ignorierte das Echo aus den Tiefen seines Erinnerungsuniversums und antwortete gestikulierend: »Im Gegenteil: Die Wände zelebrieren den Tod, als wäre er ein Sieg. Vielleicht hat Thomas Beales Komitee damit die Schuldgefühle, die ihn bis ans Lebensende verfolgt haben, kompensieren wollen. Für mich ist hier allerdings nichts glamourös. Das ist nur ein altes, dunkles Haus mit engen Durchgängen und winzigen Treppen, vollgestopft mit lauter makabrem Gerümpel ... *Eine Leiche!*«

Die letzten beiden Worte hatte Tim herausgeschrien. Vor Schreck war er herumgewirbelt und mit Jamila zusammengestoßen, weil diese direkt hinter ihm stand. Zu allem Übel hatte er dabei auch noch die Taschenlampe fallen gelassen und klammerte sich jetzt irgendwie und irgendwo an ihr fest. Drei, vier bange Sekunden lang schwankten sie zwischen Stehen und Fallen, bis sie endlich das Gleichgewicht zurückgewannen.

Verlegen ließ Tim die Hände sinken. »Entschuldige, aber darauf war ich nicht gefasst.«

Sie hob seine Lampe auf, drückte sie ihm in die Hand und richtete den eigenen Lichtstrahl auf den leblosen, extrem mageren Körper, der bäuchlings auf einem Mantel lag. Mit einem Mal war er von spiegelnden Reflexen umgeben. »Das ist nur eine *Mumie*.«

Er kam sich wegen seiner hysterischen Reaktion töricht vor und murrte: »Willst du abstreiten, dass eine Mumie eine Leiche ist? Gehört das etwa auch zu eurer sogenannten ›Philosophie‹?«

»Natürlich. Wer in das Ordenshaus eintritt, soll auf Schritt und Tritt erfahren, wie kurz und vergänglich das Leben ist. Im Tode gibt es keinen Unterschied zwischen Kaiser oder Bettler. Deshalb muss man die kurze Zeit des Lebens gut nutzen.«

»*Tempus fugit*«, schnaubte Tim. Der Sinnspruch klammerte sich offenkundig an seinem Bewusstsein fest wie ein schillernder Käfer, der sich nicht abschütteln lässt. »Ehe mir die Zeit entflieht, raffe ich noch schnell einen Batzen Zaster zusammen und werde Präsident. Tolle Philosophie, wenn das letzte Hemd sowieso keine Taschen hat.«

»Hältst du es für sinnvoller, seinen Geist mit nutzlosem Wissen vollzustopfen?«

»Wer sagt denn, dass es nutzlos ist?«

»Mein Gefühl. Ich merke doch, wie zerrissen du innerlich bist, Tim. Anstatt deine Unzufriedenheit auf mich zu projizieren, solltest du lieber das Übel bei der Wurzel packen. Dein Vorfahr Jacob Rosenholz scheint mit alldem etwas zu tun zu haben. Möglicherweise war er sogar selbst an diesem Ort. Damit ist auch deine Geschichte mit dieser verwoben...«

»Wie kommst du darauf?«, fiel Tim ihr ins Wort. »Weißt du etwas über meinen Ahnen, das du mir bisher verschwiegen hast?«

»Du fängst schon wieder an, mir etwas zu unterstellen«, erwiderte sie aufgebracht.

Tim war sich mit einem Mal sicher, dass Jamila ihn an der kurzen Leine hielt. Sie wich ihm aus. »Hat Owl dir verboten, mich in die Sache einzuweihen?«

»Das ist jetzt weder der Ort noch der richtige Zeitpunkt, darüber zu reden.«

Kein Zweifel, sie blockte ihn ab. Ganz von der Hand zu weisen war ihr Argument allerdings nicht. Tim beschloss, das Thema bei besserer Gelegenheit erneut aufs Tapet zu bringen, und lenkte ein. »Ich habe gelesen, der Orden der Akte und Klaue sei bei dem Einbruch 1876 in *einen* Raum nicht eingedrungen.«

»Das ist richtig. Die Nummer 322 haben sie verschont.« Sie deutete zu einer Tür an der rückwärtigen Seite der kleinen Halle.

»Raum 322?«, wiederholte Tim ahnungsvoll. »Könnte es sein, dass sie es nur nicht *geschafft* haben, dort hineinzukommen, und die Blamage nicht öffentlich zugeben wollten?«

»Durchaus möglich. Der Innere Tempel ist sozusagen das Allerheiligste von Skull and Bones. Kein anderer Raum ist so gut gesichert.«

»Kann ich ihn sehen?«

Jamila zögerte. »Wenn das herauskommt, bin ich geliefert.«

»Ich denke, das bist du nach unserer unkonventionellen Führung sowieso schon. Wir hätten von Anfang an dort nachsehen sollen.«

Sie seufzte. »Ich komme mir allmählich vor wie Lara Croft.«

Er sah sie irritiert an.

»Tomb Raider«, fügte sie erklärend hinzu – »Grabräuber« – und lief, anders als von Tim erwartet, in Richtung Vorderfront. Er eilte ihr hinterher.

»Wo willst du hin?«

»In den Dunklen Raum.«

»Äh...? Hier ist es doch überall finster.«

»Das Zimmer *heißt* so, Tim. Manche nennen es auch ›das Nest‹. Wir bewahren dort den Schlüssel zum Äußeren Tempel auf.«

»Muss ich das jetzt verstehen?«

»Um in den IT zu kommen, muss man erst den ÄT durchqueren – so einfach ist das.«

»Dann ist ja alles gut.«

Bevor er genau erkennen konnte, was Jamila in dem Dunklen Raum tat, kam sie ihm schon wieder entgegen und hielt ihm einen langen Schlüssel vor die Nase. »Der hilft uns, das nächste Puzzle zu öffnen.«

Sie durchquerten die Halle abermals, diesmal in ostwestlicher Richtung, und gelangten so an eine Tür, die mit einer Stahlplatte verstärkt war. Jamila schloss diese auf und führte Tim in einen lang gestreckten Bereich, der eher ein Flur als ein Zimmer war. Nun befänden sie sich im ÄT – dem Äußeren Tempel –, erklärte sie.

Zwei Lichtkegel tasteten die Wände ab. Tim sah eine Wand mit offenbar wahllos zusammengetragenen Fotografien in unterschiedlich großen Rahmen. Darüber hing eine Art Kronleuchter mit einem Kettchen dran. Rechter Hand gingen zwei Türen ab, die hintere war gepanzert und über eine hölzerne Stufe zu erreichen. Sein Lichtfinger verharrte auf einem Kombinationsschloss.

»Geht es da zum Inneren Tempel?«

»Nein. Das ist der Tresorraum, sozusagen unsere Trophäenkammer: Der Orden bewahrt darin alles auf, was er an Dokumenten und Beutestücken von anderen Geheimgesellschaften zusammengetragen hat. Und die Tür hier gleich rechts lässt du am besten zu, sonst wirst du unter Gerümpel begraben. Wenn du allerdings auf falsche Gorillaschädel stehst ...«

»Dann liegt der IT wohl hinter dem Schott da links«, kürzte Tim ihre Aufzählung ab. Es handelte sich um eine gewaltige Tür, die aussah, als bestehe sie aus massivem Eisen.

»Volltreffer.«

»Ich vermute, jetzt kommt wieder ein Puzzle?«

»Richtig geraten. Der Schlüssel dazu befindet sich in der ›Höhle‹.« Sie leuchtete auf die Tür eines kleinen Wandtresors zu ihrer Linken. Auch dieser Schrank war nur mit einer Zahlenkombination zu öffnen.

»Ihr seid wirklich von Schlössern besessen!«, stöhnte Tim, während Jamila sich am Wählrad des Safes zu schaffen machte. »322?«, tippte er und erntete dafür prompt einen strafenden Blick. Sie öffnete die kleine, schwere Stahltür und entnahm dem Panzerschrank einen Schlüssel, dessen Schaft wie ein Skelett geformt war.

Tim hob die Augenbrauen. »Das muss man euch lassen, stilecht seid ihr bis ins letzte Detail.«

Jamila steckte den Skelettschlüssel ins Schloss der Eisentür und drehte ihn um. Die verborgene Mechanik antwortete mit einem satten metallischen Rasten. Sie zog unter sichtlicher Anstrengung an einem Ring die Tür auf und deutete in den dahinter liegenden Raum. »Nach Ihnen, Monsieur Savant.«

Er ignorierte die kleine Spitze auf seine Begabung und trat, ein wenig scheu, unter den Türsturz. Wie ein magisches Zeichen zur Abwehr von Eindringlingen hing gleich im Rahmen beiderseits das golden glänzende Schädel- und Knochensymbol. Zur Sicherheit ließ Tim zunächst nur den Lichtkegel seiner Handlampe das Dunkel des Inneren Tempels erkunden.

Das quadratische Gemach musste direkt über dem Leuchtkäferraum liegen, war aber ungefähr um ein Drittel kleiner. Tim schätzte es auf gut vier mal vier Meter. Die Wände waren bis zu einer Höhe von etwa einem Meter zwanzig mit schwarzen Walnusspaneelen verkleidet. Darüber hingen diverse Ölgemälde, offensichtlich kostbarer, zumindest aber weniger ramponiert als die Porträts im Diningroom. Wie schon im Erdgeschoss gab es auch hier das um die Mitte des 19. Jahrhunderts übliche Gepränge aus stuckverzierten Deckenfriesen, Bogen, Pilastern und Säulen. Rechts befand sich ein Kamin. Gleich hinter dem Eingang – fast wie ein Fußabtreter – prangte am Boden ein Mosaik mit der Logenzahl 322. Als wäre diese eine Spiegelung, wiederholte sie sich an der gegenüberliegenden Wand; daneben stand der Name Demosthenes.

»Geh ruhig hinein. Die Abschussvorrichtung für die Giftpfeile habe ich abgestellt«, sagte eine trockene Stimme hinter ihm.

Bedächtigen Schrittes betrat er den Raum. Jamila blieb ihm dicht auf den Fersen. Er lenkte den Blick nach oben zu dem blau ausgemalten Deckengewölbe. In der Mitte war das Himmelslicht dargestellt, Symbol der Erleuchtung. Darunter stand ein Kartentisch mit einem Kissen, auf dem ein Schädel und eine Sanduhr lag. *Tempus fugit*, flammte es erneut in Tims Geist auf, die Zeit rinnt wie der Sand dahin, und du hast noch immer keine Ahnung, wo in diesem Kuriositätenkabinett sich der Schlüssel zur Chiffre befindet.

Weil der Lichtkegel des Strahlers seine Wahrnehmung auf ein enges Fenster begrenzte, konnte er die vielen Einzelheiten des Raumes nur nacheinander erkunden, ebenso, wie auch die Körnchen im Stundenglas über ihm nur einzeln fielen. Jamila beobachtete ihn genau und erklärte alles, was sein Interesse weckte.

Neben dem Eingang befand sich ein Garderobenschrank. Darin hingen allerlei Gegenstände, die für die Initiation neuer Ritter benötigt wurden. Er sah einen schwarzen Mantel, ein Don-Quichotte- und ein Papst-Kostüm. Sein Blick wanderte nach rechts und blieb an einer großen Standuhr hängen. Darüber hing die Yale-Flagge, und davor stand ein Stuhl. Tim erinnerte sich: Die Gruppenfotos jedes Ordensjahrgangs wurden vor diesem Zeitmesser gemacht. *Tempus fugit.* Konnte das der Schlüssel sein? Warum wurde das Wetterleuchten am Horizont seines Bewusstseins immer stärker, wenn er an das geflügelte Wort dachte?

Er ließ den Lichtkegel weiterwandern zu einem Mantel voller Anstecknadeln – jede Studentenverbindung hatte ihre eigene. Unter den Beutestücken war in Marmor die lateinische Inschrift *Bari Quippe Bone* eingelegt. Die Worte konnten auf vielerlei Weise gedeutet werden. Tim versuchte es mit einem verwunderten: »›Barren sind tatsächlich gut‹? Was soll das bedeuten?«

»Frag mich was Leichteres«, erscholl Jamilas Antwort aus der Dunkelheit.

Tim spähte in sich hinein. Glomm da irgendein Licht? Er konnte nichts sehen.

Also benutzte er weiter seine Taschenlampe, um der Dunkelheit weitere Absonderlichkeiten zu entreißen wie etwa den Spaten und den Stock an der Wand oder auf dem Kaminsims die Wahlurne, eine Pfeife mit dem Ordenslogo, einen silbernen Kelch, eine weitere Bronzestatue von Demosthenes und, wie Yamila erläuterte, die Augengläser des Yale-Präsidenten Eliza Stiles.

Der Lichtkreis, den Tim mit seiner Lampe zog, begann sich zu schließen, als er die Wand neben dem Eingang inspizierte. Dort hingen zwei Schwerter und dazwischen eine Flagge mit der Aufschrift »Pioneer Yale No. 1«. Als er den strahlenden Kegel nach unten wandern ließ, gewahrte er einen weiteren Horroreffekt der Hausherren und erschauerte pflichtgemäß.

»Ein Skelett?«

»Das ist unsere Madame. Die einzige Frau, die bis Anfang der 1990er an den Zeremonien im Inneren Tempel teilnehmen durfte.«

Tim erinnerte sich an seine Recherchen über die Gruft. »Ist das wirklich ... Madame Pompadour, die Mätresse König Ludwigs XV. von Frankreich?«

»Mir ist nichts Gegenteiliges bekannt.«

»Wow! Ich dachte ja schon bei der Mumie, die könne jetzt nichts mehr toppen, aber das ...« Er schüttelte den Kopf und näherte sich der ersten Knochenfrau des Tomb.

Die Gebeine der ursprünglich erkennbar zierlichen Person ruhten unter Glas in einer hohen Kiste, deren Seiten voller Schubkästen waren. Am Fußende des Sarkophags hing ein glitzernder Rahmen mit einer Tür darin, beides in Gold gefasst. Tim konnte weder ein Schlüsselloch noch ein Kombinationsschloss entdecken. Als sein Suchscheinwerfer noch weiter nach unten wanderte, erstarrte er. Zu Füßen der Madame Pompadour lag ein Kindersarg.

»Das ist jetzt aber geschmacklos.«

»Bin ganz deiner Meinung. Mir hat die Installation auch nie gefallen.«

»Was für eine Bewandtnis hat es mit dem Rahmen da?« Tim richtete den Lichtkegel wieder auf das goldene Objekt unterhalb »der Madame«.

»Du meinst den Schrein? Er ist der wichtigste Gegenstand der Gruft.«

»Wusste nicht, dass es so etwas gibt. Was ist da drin?«

»Öffne ihn, dann siehst du es.«

»Wenn du mir sagst, wie. Die Tür hat weder Griff noch Schloss. Ist wohl wieder so ein Puzzle.«

»Richtig, du Schlauberger.« Jamila trat an den Sarkophag heran und langte mit der Hand hinter den Schrein. Im Licht seiner Lampe konnte Tim sehen, wie sie die Augen rollte, als suche sie an der Rückseite irgendetwas. Mit einem Mal lächelte sie. »Ah! Da ist ja unser Federchen.«

Ein kleines *Klick!* ertönte, und die goldene Tür sprang auf.

Tim starrte ratlos in den Rahmen.

»Was hast du erwartet?«, fragte Jamila.

Er zuckte die Achseln. »Weiß nicht. Vielleicht die Zahnprothese von Demosthenes, aber nicht das da.« Seine Lampe zielte ins Zentrum des Schreins.

Darin hing eine Art Model, wie man sie benutzt, um Muster in Backteig zu drücken. Genauer gesagt handelte es sich um eine schwarzbraune Holztafel, in die ein Frauenbildnis geschnitzt war; die feinen Linien hoben sich hell von dem dunkel gebeizten Hintergrund ab. Die abgebildete Figur war im hellenistischen Stil gestaltet und trug ein langes Gewand.

»Das ist Eulogia, die Göttin der Eloquenz«, stellte Jamila klar.

»Offen gestanden habe ich bis jetzt nur in Verbindung mit Skull and Bones von dieser Schutzheiligen der Quasselstrippen gehört. Würde mich nicht wundern, wenn sie nur eine Erfindung von euren Gründern ist, um ...« Seine Stimme versickerte, weil ihm kein vernünftiger Grund einfiel, wieso sich jemand für die Beredsamkeit eine Göttin einfallen ließ. Nachdenklich betrachtete er den eingravierten Text unterhalb der Frauendarstellung.

322 Eulogia est

Tim meinte, im Geist ein schwaches Glühen wahrzunehmen, konnte sich aber keinen Reim darauf machen. »›Die Loge ist Eulogia‹, ›Die Loge ist die Beredsamkeit‹«, versuchte er sich mit einigen Übersetzungen des lateinischen Wortspiels. Er zuckte die Achseln. »Klingt für mich nur nach Selbstbeweihräucherung.«

»Was Besseres habe ich auch nicht zu bieten. Das hier ist in Sachen Skull and Bones der ultimative Kick«, sagte Jamila verschnupft.

Tim sah sie nur mitleidsvoll an.

Sie schlug verärgert die Tür des Schreins zu. »Möchte der Herr noch etwas sehen? Vielleicht den Committee Room, den Dachboden oder ...?«

»Ihr habt einen Raum, der nach dem *Komitee* benannt ist?«, unterbrach sie Tim. So hatte Beale im dritten Blatt seines Vermächtnisses die Erbengemeinschaft genannt.

Jamila nickte. »Da staunst du, was? Er ist auf der anderen Seite des Geschosses.«

»Ich würde ihn mir gerne anschauen. Sofern uns die Zeit dazu reicht.«

Sie blickte auf ihre Uhr. »Ein paar Minuten haben wir noch. Komm!«

Seite an Seite liefen sie zur Tür, Jamila forsch, Tim grübelnd. Als Gentleman ließ er ihr den Vortritt in den Äußeren Tempel. Dabei fiel sein Blick erneut auf die große 322 am Fußboden. Die Ziffern schienen zu leuchten.

»Was hat das zu bedeuten?«

»Wie bitte?«, fragte Jamila von draußen.

Er folgte ihr in den Äußeren Tempel, die Augen weiter auf die Logenzahl geheftet. »Ich habe neulich von der 322 geträumt. Lauter Ziffern fielen auf mich herab und wollten mich fressen, aber die 322 hat mich gerettet.«

»Was du nicht sagst. Darf ich mal eben?« Sie musste ihn förmlich aus dem Weg schieben, um die schwere Eisentür zu schließen und mit dem Skelettschlüssel zu verriegeln. Während sie diesen in den Wandsafe zurücklegte und mit dem Drehrad die Kombination verwarf, blieb Tims Blick weiter auf die Stelle gerichtet, wo – nun hinter dem Schott – die Logenzahl am Boden prangte.

Plötzlich hallte ein Quietschen durchs Haus.

»O nein!«, hauchte Jamila.

Tim nahm ihre Stimme nur am Rande seines Bewusstseins

wahr, weil er einfach nicht von den drei Ziffern hinter der Tür loskam. Während er noch das soeben wahrgenommene Glühen in seinem Geist zu ergründen suchte, tastete Jamila hektisch an ihrem Hals und den Schultern herum. Dann hatte sie endlich den Grund ihrer Aufregung gefunden.

»Mist! Als du mich vorhin fast umgeworfen hättest, ist mir der Ohrstöpsel rausgerutscht.«

Auch diese, zugegebenermaßen sehr leise Erklärung registrierte Tim nur als unwichtiges Hintergrundgeräusch. Nach wie vor starrte er wie mit Röntgenblick auf die Tür und meinte tatsächlich auch hindurchzusehen, denn in seiner Erinnerung existierte noch immer dieses perfekte Bild von der 322.

Plötzlich fühlte er sich am Ärmel gepackt, und ein aufgeregtes Wispern drang an sein Ohr. »Hörst du nicht? Jemand hat gerade den Tempel betreten. Zwei Personen. Wir müssen raus!«

Endlich wandte er sich zu Jamila um, doch immer wieder sprangen seine Augen zu dem eigentlich nicht mehr sichtbaren Zahlenrätsel zurück. Ja, es war ein Zahlenrätsel! Endlich begann er zu begreifen ...

»Drehst du jetzt völlig durch? Komm endlich, Tim!«, zischte Jamila, zerrte ihn aus dem Äußeren Tempel heraus und verschloss die Tür.

Aus dem Untergeschoss drangen leise Stimmen herauf. Und dann auch Licht, weil selbiges im Main Foyer eingeschaltet worden war.

Endlich kam Tim zu sich. »Was jetzt?«, flüsterte er.

»Bleib dicht hinter mir und halt die Klappe.«

Jamila durchquerte auf Zehenspitzen die Treppenhalle in Richtung »Nest«, was Tim sonderbar fand, weil der Weg nach unten links hinter dem Äußeren Tempel lag. Nur ein paar aufgeregte Herzschläge später vernahm er von den Stufen dort ein lautes Knarzen. Wir stecken in der Falle!, dachte er. Wie sich die Situationen doch ähnelten: In Cambridge war er oben auf einem Turm gefangen gewesen und jetzt oben in einem Mausoleum ...

Ein Klimpern ließ seinen Gedankenstrom abreißen. Jamila hatte den Schlüssel des Äußeren Tempels einfach in den Dunklen Raum geworfen und führte Tim nun nach rechts. Dort befand sich in einer Nische, nur wenige Schritte entfernt, eine weitere Treppe, die zuvor außerhalb der von ihren Handlampen geschlagenen Lichtschneisen gelegen hatte.

»Leise!«, hauchte ihm Jamila ins Ohr und zog ihn über die Stufen nach unten.

Die schmale Treppe war in keinem viel besseren Zustand als ihr größeres Gegenstück in der Halle. Doch wegen ihrer versteckten Lage und weil die nächtlichen Besucher in der Halle selbst ein Konzert aus Knarr- und Knarzlauten anstimmten, bestand zumindest die Hoffnung, unbemerkt zu bleiben. Während Tim und Jamila noch hinunterschlichen, ging nun über ihnen das Licht an. Wieder waren Stimmen zu hören, jetzt eindeutig als Männer zu identifizieren – vermutlich Bonesmen.

»War da nicht eben ein Geräusch?«, fragte jemand.

»Ich habe nichts gehört«, antwortete ein anderer.

»Wenn die Polizei behauptet, jemand hätte hier Licht gesehen, dann sollten wir trotzdem alles kontrollieren. Vielleicht haben wir ja einen Spook im Orden. Ich werfe einen Blick in die Büros und den Komiteeraum. Hol du inzwischen den Schlüssel aus dem Nest. Hast du die Waffe dabei?«

»Ja.«

»Ich auch. Halt sie griffbreit. Also dann ...«

»Mist, Mist, Mist!«, zischte Jamila an Tims Seite. Inzwischen hatten sie das Erdgeschoss erreicht. Die Treppe mündete dort in einen Alkoven, der an den Firefly Room grenzte. Rasch huschten sie durch den »Germanischen Raum« zu der schon zuvor benutzten Treppe und über diese in den Keller.

Tim überkamen schon Beklemmungsgefühle, ehe er die Kammer der Erkenntnis überhaupt betreten hatte. An der Tür davor wagte er das Schweigen zu brechen. »Was hast du vor?«

»Die Vordertür ist durch das Puzzle verschlossen, weil sich jetzt jemand offiziell im Tempel befindet; da sollten wir lieber die Finger von lassen. Warte einen Moment!« Sie drückte die Sprechtaste ihres Funkgeräts und raunte: »Conehead, hier Morgiane. Unsere Besucher ahnen was. Einer hat den Verdacht geäußert, ein Spook könnte sich hier rumtreiben. Außerdem sind sie bewaffnet. Wie sieht es an der High Street aus?« Einen Moment lang lauschte sie und sagte anschließend – wohl ebenso für Tim wie für die Agenten draußen: »Verstehe. Adam Riese und ich gehen da raus, wo wir reingekommen sind. Over und aus.«

»Spook?«, wunderte sich Tim.

»Das ist Yale-Slang. Bedeutet Spion.«

»Gibt es draußen Schwierigkeiten?«

»Vor der Gruft steht ein Wagen mit zwei weiteren Personen, vermutlich ebenfalls Bonesmen. Das Dumme ist, unser Posten an der Vorderseite hat die Hineingehenden erst bemerkt, als sie die Gruft bereits betraten. Deshalb kann er nicht mit Sicherheit sagen, ob sich noch eine dritte Person im Haus befindet.«

»Na herrlich!« Tim schüttelte den Kopf. »Wie konnte ich nur auf die hirnrissige Idee kommen, dich zu dieser Aktion zu überreden? Nur mal angenommen, die Kerle da oben sind von Aliat Mansube – ich denk besser gar nicht drüber nach.«

»Das glaube ich nicht. Wie hätten sie an die Kombination kommen sollen?«

»Vielleicht genauso, wie sie Zircon Afsahi das dechiffrierte Blatt abgenommen haben«, presste er zwischen zusammengebissenen Zähnen hervor.

»Also gut. Sie sind bewaffnet und in der Überzahl, aber wie pflegt mein Mentor zu sagen? ›Wenn du deinen Gegner nicht besiegen kannst, dann lass ihn sich selbst besiegen.‹ Ich kenne hier jedes Knarzen und Quietschen, jede Stufe und Diele. Sie werden sich selbst ausmanövrieren, allein dadurch, dass sie sich bewegen. Und jetzt pass auf: Ich gehe vor in die Halle und peile die Lage. Du folgst mir *sofort* in die Ein-Mann-Zelle und wartest auf mein Zeichen. Wenn die Luft rein ist, leuchte ich mit meiner Taschenlampe zur Tür hinab. Sobald du das Licht durch die Spalten im Holz siehst, kommst du *leise* und *schnell* nach oben. Halte dich rechts an der Wand, da knarren die Stufen am wenigsten. Alles klar?«

Er schluckte schwer. »Ja.«

Sie drückte seine Hand. »Du schaffst das, Tim. Wir müssen nur schnell sein. Dies ist vielleicht unsere einzige Chance, hier heil rauszukommen. Denk immer an den Spruch: *Tempus fugit.*«

Im nächsten Moment war sie verschwunden.

»Zeit fliegt«, keuchte Tim. Er musste sich am Türgriff festhalten, weil Jamilas letzte Worte ihn schwindeln machten, als habe sie ihn mit einem Elektroschocker geküsst. Einen tiefen Atemzug später war das seltsame Aufbäumen seines Unterbewusstseins schon wieder vorüber, und er lauschte.

Vom Klappen der zweiten Tür war nichts zu hören.

Er machte sich klar, dass Jamila sich jetzt viel vorsichtiger bewegte als vorhin. Hatte er ihr Zeichen womöglich verpasst?

Rasch öffnete er die Tür und schlüpfte in die Kammer der Erkenntnis.

Kaum hatte er den engen Raum betreten, rührte sich am Grund seiner Seele auch schon wieder das Ungeheuer. Sein Puls beschleunigte sich, ebenso der Atem; die Handflächen wurden feucht. Er presste das Auge an einen breiten Riss auf Bauchnabelhöhe und spitzte zugleich die Ohren. Oben war es finster und still. *Zu* ruhig, dachte er. Furcht stieg in ihm auf. Was, wenn diese Kerle Jamila aufgelauert und sie überwältigt hatten? Vielleicht brauchte sie seine Hilfe...

Nein!, rief er sich zur Räson. Sie hatte ausdrücklich gesagt, er solle auf ihr Zeichen warten.

Die Zeit rann dahin.

Tempus fugit.

Tim fuhr erschrocken zusammen, als der lateinische Spruch abermals wie ein greller Blitz durch seinen Geist zuckte. Er wusste nicht, was das zu bedeuten hatte. Zu allem Übel steckte er auch noch in dieser engen Kammer fest. Immer höher kroch die Angst, so wie ein kaltes, schleimiges Geschöpf, das an den Brunnenmauern seiner Seele in die Welt des Lichts emporstrebte, um dort Unheil zu stiften. Warum kam nicht endlich das befreiende Lichtzeichen?

Tempus fugit. »*Zeit fliegt*« *– und die ihre ist gerade verflogen...*

Abermals ließ ihn das Aufblitzen einer Erinnerung zusammenfahren. Er schnappte nach Luft. Wo kamen diese Worte her? Wann hatte er sie zum ersten Mal gehört?

Die Enge wurde immer unerträglicher, so, als rückten die Wände der Ein-Mann-Zelle unaufhaltsam aufeinander zu, um ihn zu zerquetschen – noch ein paar Sekunden, und er würde die Tür nicht mehr aufbekommen. Er glaubte eine unerklärliche Hitze zu spüren. Schweiß trat auf seine Stirn.

Hatte da eben auf der anderen Seite der Tür eine Flamme aufgelodert? Waren da die Silhouetten von Menschen gewesen, zwei auf Stühlen und drei andere? Er vermochte nicht mehr zwischen Wahnvorstellung, Erinnerungen und Realität zu unterscheiden. Alles vermischte sich. Sein Verstand schien sich aufzulösen ...

Plötzlich strahlte ihm das Licht direkt in die Augen, stach wie ein Laserskalpell durch seine Pupille, jagte die Photonen durch den Sehnerv, mitten ins Gehirn ...

Wenn du deinen Gegner nicht besiegen kannst, dann lass ihn sich selbst besiegen ...

Er rang erneut nach Luft, weil die Erinnerungen ihn förmlich zu ersticken drohten. Ein Damm war gerade gebrochen, und was dieser so lange zurückgehalten hatte, brach jäh über ihn herein. Unwillkürlich riss er in der Gier nach mehr Sauerstoff an der Tür. Sie gehorchte willig, und der Strahl aus Jamilas Taschenlampe richtete sich nach unten auf die Stufen.

Ein Flashback!, machte sich Tim keuchend klar, ein zweites Erleben von Erinnertem und Verdrängtem. Die Ärzte hatten ihm davon erzählt, ihn vorgewarnt, ihm Hoffnung gemacht. Am Ende ist immer alles anders, als man denkt. Die Situation gestattete ihm nicht, sich mit der angemessenen Bedächtigkeit auf die neue Seelenlage einzustellen. *Tempus fugit.* Die Zeit flieht.

Er stolperte die Treppe hinauf zu Jamila, kaum auf das Knarzen der Stufen achtend, weil er in seiner Benommenheit nicht klar denken konnte. Doch wieder einmal hatten die beiden Glück im Unglück, denn eine aufgeregte Stimme aus dem Obergeschoss übertönte alle verräterischen Geräusche.

»Ich hab den Schlüssel gefunden. Das glaubst du nicht. Weißt du, wo er war? Er lag auf dem Fußboden!«

Und die andere erwiderte hörbar erzürnt: »So eine Schweinerei. Lass uns sofort im IT nachsehen, ob etwas fehlt.«

Jamila deutete auf die Tür zum Diningroom und schlich voran. Während oben die Bonesmen den Äußeren Tempel betraten, huschten die Eindringlinge unten in die Speisehalle. Als Jamila die Tür zur Halle schloss, quietschten die Angeln.

»Ob die das gehört haben?«, flüsterte Tim erschrocken.

Jamila schaltete ihre Taschenlampe ein. »Das willst du gar nicht wissen. Lass uns schleunigst von hier verschwinden.«

In Windeseile durchquerten sie den Saal und eilten die Stufen hinab. Immerhin nahm Jamila sich noch genügend Zeit, um die Tür am Ende der Treppe von außen zu verschließen. Dann ging die Flucht weiter durch den Tunnel und in den Turm. Nachdem auch die Tür dort in ihren ursprünglichen Zustand versetzt war, rief Jamila abermals die »unsichtbaren« Männer.

»Wir kommen jetzt raus.« Sie lauschte. »Alles roger. Over und aus.« An Tim gewandt, sagte sie: »Die Luft ist rein. Wir verschwinden nach hinten, in Richtung Weir Hall.«

Gleich geisterhaften Schemen huschten sie aus dem Turm der Ehemaligen. Tim warf noch einen letzten Blick auf den dunklen Bunker des Tomb. Dann folgte er Jamila in die Schatten des alten Yale.

Die NSA-Bewacher hatten ihren deutschen Rechenknecht noch nicht wieder in Empfang genommen. Die Türme und der Tempel lagen schon fast einen Block weit zurück, als sich in Marschrichtung an der Kunstgalerie der Durchgang zur York Street öffnete. An dieser Stelle sagte Tim unvermittelt: »Jamila, warte mal!«

Sie blieb abrupt stehen. »Nicht jetzt, Tim, wir müssen weiter.«

»Aber ich *muss* jetzt mit dir reden. Ich habe die ganze Zeit darüber nachgedacht, was dieser – entschuldige – belämmerte Spruch bedeuten soll: *322 Eulogia est.* ›Das ergibt doch keinen Sinn‹, hab ich mir gesagt. Aber dann... Ich glaube, der Schlüssel ist die Logenzahl selbst.«

»Du meinst 322? Das wäre zu einfach.«

»Stimmt es etwa nicht, dass die Ziffernfolge für viele Mitglieder des Ordens so etwas wie eine magische Zahl ist? Sie benutzen sie im Büro als Telefonnebenstellennummer, als Code für die Verschlüsselung ihrer persönlichen Dokumente und unterschreiben sogar ihre Briefe mit ›*Yours in 322*‹ – ›der Deine in 322‹?«

»Ja, sicher, aber das wussten wir schon vorher.«

»Genau. Ebenso wie wir die vielen anderen Details der Bruderschaft des Todes kannten, ihre diversen Namen, die verschiedenen Bezeichnungen für die Gruft, das ganze Gerümpel darin... Alles dient nur einem Zweck: Die Uneingeweihten zu verwirren. Die Quintessenz jedoch liegt im Schrein verwahrt: *322 Eulogia est.* Das ist nicht etwa, wie ich anfangs dummerweise gedacht hatte, eine Selbstbeweihräucherung der Loge, sondern es bedeutet schlicht ›322 ist Beredsamkeit‹. Griffiger ausgedrückt...«

»...›322 spricht zu dir‹?«, schlug Jamila vor.

Er nickte. »Oder: ›Die Wahrheit sagt dir die Zahl‹.«

»Na schön. Und wie hilft uns das weiter? Du glaubst doch nicht wirklich, Beale hat die drei Ziffern als Schlüssel benutzt. Das wäre zu einfach.«

»Nein.« Er tippte sich an die Schläfe. »Mein hier oben installiertes Mustererkennungssystem hat mir eine andere Lösung vorgeschlagen: Die Logenzahl setzt sich aus *drei* Ziffern zusammen, richtig?«

Sie stöhnte. »Worauf willst du hinaus, Tim?«

»Na gut. Die Beale-Chiffre besteht ebenfalls aus *drei* Blättern. Blatt II und III hat Beale jeweils *paarweise* bearbeitet: Er schrieb also erst den Klartext und wandelte diesen dann in das Zahlenrätsel um, hatte am Ende also *zwei* Versionen. Korrekt?«

»Ja«, antwortete Jamila auffallend gedehnt, so als beginne sie langsam zu begreifen.

»Diese zwei Blätter werden in der Logenzahl durch die doppelte Ziffer 2 am Ende repräsentiert. Demnach müsste Beale für das erste und wohl wichtigste Blatt...«

»... *drei* Versionen erstellt haben«, führte Jamila den Gedanken zu Ende.

Tim nickte zufrieden. »Jetzt hast du's begriffen.«

Sie kratzte sich am Kopf. »Ehrlich gesagt, noch nicht ganz.«

»Ist doch ganz klar: Beale hat den Klartext erst *einmal* verschlüsselt und die daraus entstandene Chiffre noch ein *zweites* Mal. Das ist ein schon seit Jahrhunderten übliches Verfahren.«

»Klingt verblüffend einfach.«

»Die richtigen Lösungen sind oft die einfachsten. Man kommt nur nicht drauf, weil man zu kompliziert denkt.«

»Damit wissen wir aber immer noch nicht, *welche* zwei Verfahren Beale benutzt hat.«

Tim lächelte. »Ich habe da schon so eine Idee.«

»Verrätst du sie mir?«

Obwohl er mit der Frage gerechnet hatte, weckte sie doch seinen alten Argwohn. In der Gruft hatte sich Jamila sehr schweigsam gegeben, als es um ihr Wissen über Jacob Rosenholz gegangen war. Tim blickte in ihre Jadeaugen wie in ein geheimnisvolles Orakel. Konnte er ihr wirklich vertrauen? Irgendwie musste er herausfinden, ob sie mehr zu ihm oder zu der Eule stand.

»Was hältst du davon, wenn wir uns absetzen und die Beale-Chiffren allein knacken?«

Ihre Miene verriet, wie sehr er sie mit dem Vorschlag überrascht hatte. Gleich darauf mischte sich Unwille unter das Erstaunen. »Man würde uns sowieso schnappen, Tim. Big Brother zu entkommen ist so gut wie unmöglich.«

»Dann lass mich alleine fliehen.«

Sie zögerte.

Hieß ihre Reaktion nun ja? Er machte einen Schritt von ihr weg, dann noch zwei ...

Ihre Hand schob sich unter Mantel und Jacke.

Tim erschauerte. Wollte sie etwa ihre Waffe ziehen? Wenn er jetzt klein beigab, würde er nie herausfinden, wer für und wer gegen ihn war. Die Kammer der Erkenntnis hatte alles verändert. Er musste endlich klare Fronten schaffen. »Was geschieht mit mir, wenn meine Arbeit hier vorüber ist? Bist du so etwas wie eine Doppelnullagentin? Hast du die Lizenz zum Töten? Um *mich* zu liquidieren?«

Ihre Hand fiel herab. »Ich würde dir nie etwas zuleide tun!«

Die Antwort schleuderte ihn in unerwartete Turbulenzen. Sie klang wie ein Beweis der Zuneigung. Kaum etwas wünschte er sich mehr als Jamilas Liebe. Aber sagte sie die Wahrheit? Oder führte ihn diese Frau, die sogar einen Lügendetektor austricksen konnte, nur an der Nase herum?

»Beweise es mir«, verlangte er.

»Gerne. Jedoch nicht so, wie du dir das vorstellst, Tim. Wenn du jetzt davonläufst ...«

»Mir will einfach nicht mehr der Lieblingsspruch deines Bosses aus dem Kopf gehen, den du vorhin erwähnt hast«, unterbrach er sie. »›Wenn du deinen Gegner nicht besiegen kannst, dann lass ihn sich selbst besiegen.‹ Du magst mich für verrückt halten, aber die Kammer der Erkenntnis hat mir die Augen geöffnet. Vielleicht lag es an der Angst, die ich da drin fühlte, oder an der nervlichen Anspannung der letzten Tage und Stunden. Könnte auch alles zusammen gewesen sein. Jedenfalls hatte ich einen Flashback. Ich habe das Zitat von López in jener Nacht gehört, als meine Eltern ermordet wurden. Ihr Mörder hat genau dieselben Worte benutzt. Und *Tempus fugit* hat er auch gesagt. Wie heißt Owl im richtigen Leben, Jamila?«

Sie biss sich auf die Unterlippe. Er hatte sie überrascht. Es war nicht zu übersehen, welch inneren Kampf sie mit sich ausfocht. Ihm war bewusst, auf seine Frage zu antworten hieße für sie, alle Regeln zu brechen – und Jamila hatte an diesem Tag schon eine Menge davon missachtet.

Ihre Lippen öffneten sich, sie zögerte und sagte dann doch mit leiser Stimme: »Emil W. Kogan. Wofür das W steht, weiß ich nicht. Aber in seinem Personaldatensatz steht, er stammt aus Linz in Österreich.«

Tim blinzelte benommen. Er hatte gehofft, dass Jamila sich ihm öffnen würde, aber nun war er doch überrascht. Der deutsch klingende Name sagte ihm nichts, sorgte aber in seinem Geist für ein schwaches Irisieren. *Sei endlich zufrieden!*, schalt er sich, doch nur, weil bereits neue Zweifel in ihm rumorten. Er fragte sich, ob Jamila ihm diese geheime Information nur anvertraut hatte, weil er nach getaner Arbeit sowieso eliminiert ...

»Was suchen Sie hier?«, sagte unvermittelt eine Stimme hinter ihm.

Er wandte sich erschrocken um.

Es war einer der NSA-Agenten, die sie in New Haven am Flugplatz in Empfang genommen hatten. Ein paar Schritte dahinter stand ein zweiter.

»Wir mussten eine dringende Frage klären, die unsere Operation betrifft«, antwortete Jamila und warf Tim einen beschwörenden Blick zu.

»Erst mal sollten wir verschwinden. Für Ihre Erörterungen ist später immer noch Zeit.«

Tempus fugit, hallte es durch Tims Geist. Er wusste jetzt, wann er diese Worte zum ersten Mal gehört hatte. Doch noch waren die verschütteten Erinnerungen nicht gänzlich freigelegt. Vielleicht hatte Jamila ihm soeben zu verstehen gegeben, dass er die Antworten auf die offenen Fragen nur mit ihr gemeinsam finden konnte. Es blieb ihm ohnehin nichts anderes übrig, denn die Chance zur Flucht war vertan.

»Eins hätte ich gerne noch gewusst«, sagte er zu dem Agenten.

»Was?«, brummte der.

Tim hob die Hand, darin lag ein metallisch schimmernder Gegenstand. »Darf ich die schicke NSA-Taschenlampe behalten?«

Microbrain sah Tim aus wasserblauen Augen mürrisch an. Neuerdings erteilte der deutsche Rechenknecht Kommandos, was dem Agenten offenkundig gegen den Strich ging. »Tonnenweise Salzstangen, Teebeutel, Rootbeer« – ein schäumendes Gesöff aus Wurzeln und Kräutern mit einem unvergleichlichen, jedoch nicht jedermann beglückenden Geschmack – »und dieser andere Fraß. Also, Sie wollen das ganze Zeug, das ich hier notiert habe, tatsächlich in Ihren Körper schütten?«, vergewisserte er sich noch einmal.

»Natürlich nicht alles auf einmal«, stellte Tim klar. »Ich

weiß, für jemanden, der sich nur von naturreinem Nandralon und anderen gesunden Anabolikacocktails ernährt, ist das schwer vorstellbar, aber eure Laborratte braucht das zuckrige Zeug, um ihren Geist auf Touren zu bringen.«

»Aber *Rootbeer!* Ich dachte, ihr Deutsche bekommt von dem Zeug immer das Kotzen.«

»Das ist ein Ammenmärchen.«

»Na schön. Owl hat gesagt, es soll Ihnen an nichts fehlen.«

»Fein. Wann darf ich zum Hofgang?«

Microbrain schleuderte wie Thor seinen Hammer einen vernichtenden Blick auf die »Ratte«. Er stellte sich vor die Zifferntastatur, damit der Büchernager am Schreibtisch ihn nicht beim Eintippen der Kombination beobachten konnte. Laut neuester Anordnung der Eule durfte die Tür des Librarian's Office »nicht länger geöffnet bleiben, wie ein Individuum zum Betreten oder Verlassen des ›Labors‹ benötigt«.

»Ach, eines noch!«, hielt Tim den Agenten zurück.

»Ja, Sir?«, erscholl es drohend von der Tür.

»Ich hätte gerne ein Notizbuch.«

»Ein Notizbuch.«

»Ja. Und einen Füllfederhalter. Bitte keinen Filzstift. Ich schreibe nur mit echter Tinte.«

»Welche Farbe?«

»Das überlasse ich Ihrer Fantasie. Ach ja, und ein Löschblatt bitte.«

»Darf ich dazu vielleicht noch ein paar Kaviarschnittchen reichen?«

»Das wäre nicht schlecht. Ist aber nicht unbedingt nötig.«

Tim lächelte honigsüß. »Danke, Microbrain.«

Der Kerkermeister tippte die Kombination ein, riss beim Summen des Schlosses die Tür auf und ließ sie Sekundenbruchteile später wieder ins Schloss krachen.

Tim sah auf die Uhr. Der Montagmorgen war schon weit fortgeschritten. Um neun hatte Jamila ihn allein gelassen, um sich mit Owl zu treffen, und jetzt, kaum zwei Stunden später, kam er vor Sehnsucht nach ihr fast um. Wohin sollte das nur führen! In jeder Schachpartie hätte er sich wohler gefühlt als in dem Spiel, das sie mit ihm trieb. Wie weit durfte er ihr trauen? Sie verheimlichte ihm etwas, das stand fest. Aber was? Und warum? Nur aus Pflichtgefühl gegenüber ihrem Vorgesetzten? Oder ...?

Er schüttelte griesgrämig den Kopf. Das Grübeln führte zu nichts. Er versenkte sich wieder in die Arbeit.

Der vergangene Sonntag hatte ganz im Zeichen der Operation T gestanden. Und der Verarbeitung dessen, was er in der Kammer der Erkenntnis erlebt hatte. Er war in Begleitung zweier NSA-»Beschützer« nach Washington rücküberführt worden, und Jamila hatte mit ihrer Skyhawk allein nach Baltimore heimfliegen müssen. Weil die Agenten wenig gesprächig waren, blieb ihm genug Zeit zum Nachdenken.

Seine Eltern waren ermordet worden.

Das war der Extrakt aus dem, was sein Gedächtnis ihm zu sehen gestattete. Allein diese Erkenntnis wirkte ungemein befreiend auf ihn. Er war nicht schuld an ihrem Tod. Das Feuer hatten andere gelegt. Die Gesichter der Mörder konnte er noch nicht klar erkennen, aber immerhin war ein Anfang gemacht.

Die Ärzte hatten Tim erzählt, er habe in der Nacht vom 9. November 1989 einen schweren tonisch-klonischen Anfall gehabt. Die dadurch bedingte Unterversorgung des Gehirns mit Sauerstoff könne bestimmte Erinnerungen sozusagen für immer ausradiert haben. Erst Jahre später, als die Diagnosemöglichkeiten fortgeschrittener waren, hatte man bei ihm einen massiven Defekt im *Corpus callosum* festgestellt, dem »Balken«, der die beiden Gehirnhälften miteinander verband. Dadurch arbeiteten diese wie eine einzige, riesenhafte Hemisphäre – das sei vermutlich auch der Grund für seine Inselbegabung, meinten die Spezialisten. Sie bezweifelten, dass seine »Schrankenstörung« durch das erlittene Schädel-Hirn-Trauma eingetreten war. Dazu hätte er eine sogenannte Scherverletzung erleiden müssen, die normalerweise kein Patient ohne schwerste psychische Behinderungen überstand.

Weil Tim selbst für die fähigsten Köpfe auf dem Gebiet der Gehirnforschung ein Rätsel war, hatte man ihm immer auch Hoffnungen gemacht, er könne Teile seiner Erinnerungen eines Tages wiederfinden. »Unser Geist kann traumatische Erlebnisse zwar verdrängen«, hatte ihm einmal ein Psychologe erklärt, »aber manchmal bringt er uns lange Vergessenes auch zurück. Wie eine Flaschenpost, die nach Jahren wieder an denselben Strand gespült wird.«

Vielleicht war es gar nicht so abwegig, dass er ausgerechnet im Tomb, dieser mit Kuriositäten aus drei Jahrhunderten bis unters Dach vollgestopften Monstrosität, seine verlorene »Flasche« wiedergefunden hatte.

Er schaute versonnen zur bemalten Decke empor, und sein Blick blieb wie schon so oft an einem der Spruchbänder hängen.

IN TENEBRIS LUX

Er nickte. »In Dunkelheit Licht« – das hatte er fürwahr erlebt! Nicht nur in Bezug auf die so lange im lichtlosen Vergessen versunkenen Erinnerungen, sondern auch im Hinblick auf den letzten Albtraum und die »Visionen« des Tempels. *322 Eulogia est.* In der Logenzahl lag tatsächlich Wahrheit. Er schloss die Augen, um das letzte Puzzle zu öffnen.

In der vergangenen Nacht hatte er bereits den richtigen Lösungsweg gefunden, ihn aber nicht konsequent bis zu Ende ausgeführt. Das tat er jetzt in weniger als einer halben Stunde. Natürlich ohne Notizbuch. Nur im Geist setzte er den Text zusammen.

Wie vermutet, hatte Beale die Chiffre des ersten Blattes über zwei Ebenen hinweg erstellt. Im ersten Durchgang kam eine sogenannte polyalphabetische Substitution zum Einsatz. Dabei handelte es sich um eine Weiterentwicklung des schon von Julius Cäsar benutzten Verfahrens, der einfach jeden Buchstaben des Klartextes im Alphabet um eine bestimmte Anzahl von Stellen verschob, um hiernach an der Versatzposition sein verschlüsseltes Gegenstück zu entnehmen. Nach dem ersten Durchgang hatte sich Beale wieder derselben Buchcodierung bedient, mit der auch das zweite Blatt chiffriert worden war. Als Schlüsseltext wählte er wiederum die Unabhängigkeitserklärung. Mit einer kleinen Besonderheit, die Tim schmunzeln ließ und zu einem Ausruf der Bewunderung animierte.

»Du raffinierter Hund!«

Er stand auf, trat mit einer zufriedenen Miene ans Fenster und blickte auf den Innenhof hinaus. Bisher hatte er sich diese Muße nie gegönnt. Nun aber konnte er zufrieden dem Nichtstun frönen. Es war ein ungewohnter Genuss. Die Droge der Unrast hatte für ihn die Bedeutung verloren, denn er brauchte weder seiner Erinnerung mit den Brechstangen geistiger Gewaltakte auf den Leib zu rücken, noch seine Schuldgefühle in mentalen Exzessen ertränken.

Er konnte einfach er selbst sein.

Bedauerlicherweise tropfte aus dem wiedergefundenen Gefäß seiner Erinnerungen kein süßer Met, sondern nur bitterer Wermut. Seine Eltern waren auf grausame Weise ermordet worden, und er wusste weder den Grund, noch kannte er die Namen der Mörder.

Kurz vor zwölf hörte er das vertraute Summen an der Tür. Sie öffnete sich, und Jamila trat ein.

»Hallo, was macht die Arbeit?«, fragte sie. Es sollte wohl fröhlich klingen, aber Tim bemerkte, dass sie irgendetwas bedrückte.

Er zögerte. Wenn er ihr jetzt von der Entdeckung berichtete, dann gab er gleichsam seine Dame aus der Hand. Andererseits, wem, wenn nicht ihr, konnte er vertrauen? Er beschloss, alles auf eine Karte zu setzen.

Schwungvoll stieß er sich vom Fensterrahmen ab, lief auf sie zu und umarmte sie. Den Trick hatte *sie* ihm gezeigt. Laut – für die Mikrofone – sagte er: »Ich habe dich so vermisst, Jamila.« Dazu brauchte er nicht einmal zu lügen. Leise hauchte er ihr ins Ohr: »Die Chiffre ist geknackt. Jetzt hol mich hier raus. Oder verrate mir wenigstens die Kombination zum Schloss.«

Er spürte, wie sie sich in seinen Armen versteifte. Ihre Antwort kam laut, aber – diese Frau war wirklich raffiniert! – in chiffrierter Form. Geradezu beglückt antwortete sie: »Warum so stürmisch heute, Tim? Willst du mich etwa wieder zum Essen ausführen? Daraus wird leider nichts. Owl hat gesagt, er will den Schutzarrest so lange aufrechterhalten, bis wir die von dir gefundene Lösung überprüft haben. Würde ich dich vorher gehen lassen, brächte er mich um.«

Beide lachten herzlich.

Sie rückte ein wenig von ihm ab, aber er hielt sie weiter fest. Obwohl die Situation für romantische Gefühle nicht gerade ideal war, spürte er das Verlangen, sie zu küssen. Es kostete ihn alle Beherrschung, sich nicht auf ihre Reize, sondern weiter auf das Spiel mit den Doppeldeutigkeiten zu konzentrieren. Hinauslassen wollte oder konnte sie ihn also nicht, übersetzte er ihre letzte Botschaft. Vermutlich wegen Microbrain und Knight. Damit hatte er gerechnet und bereits an der Ausarbeitung von Plan B zu arbeiten begonnen.

»So hartherzig ist dein Boss bestimmt nicht. Vermutlich wird er dir nach Abschluss des Projekts einen Orden anheften und dich gleich in einen neuen Einsatz schicken. Ich könnte es mir nie verzeihen, *allein* hier herauszuspazieren und nicht zu wissen, wo ich dich finden kann.«

»Ich werde dir eine Ansichtskarte schicken.«

»Das wäre nett. Bleibt's eigentlich bei meiner Belohnung? Wenn ja, dann kannst du mir einen Teil meiner Millionen gleich in Naturalien auszahlen. Stell mir einfach einen roten Ferrari als Fluchtfahrzeug vor die Tür, dann bin ich wie Michael Schumacher hic et nunc weg.«

»Der ist aber kein Champion mehr.«

»Bin ich denn noch einer?«

»Für mich wirst du immer der Champion bleiben, Tim. Was allerdings das Fluchtfahrzeug betrifft, das wird schwierig. Rund um das Jefferson Building ist nämlich Parkverbot. Aber ich kann dir ein Metrorail-Ticket schenken«, scherzte sie und lachte ganz bezaubernd.

Darin ist sie wirklich gut, dachte Tim. Er wusste selbst nicht genau, ob der Vorschlag mit der U-Bahn als ernste Alternative zu einem Fluchtfahrzeug gemeint war. »Abgemacht. Hauptsache, ich kann allem, was mich an die NSA erinnert, für immer den Rücken kehren.«

Jamila befreite sich aus seinem Griff und sagte tadelnd: »Red nicht so abfällig über meinen Brötchengeber. Habe *ich* dich etwa enttäuscht?«

Ihm war klar, dass sie damit etwas anderes ausdrücken wollte: Mehr kann ich dir nicht geben – ist der Kompromiss für dich akzeptabel? Er dachte kurz über ihr Angebot nach. Sie hatte ihm unmissverständlich zu verstehen gegeben, dass sie ihm weiterhelfen würde. Dazu musste er allerdings allein aus der Bibliothek herauskommen. »Ja«, sagte er. »Aber nur, wenn ich die Metro-Fahrkarte bekomme.«

»Versprochen.« Sie lächelte ihn an. »Jetzt wüsste ich aber gerne, warum du faulenzt, anstatt deine Nase in Bücher zu stecken.«

»Ich habe von dem Ferrari geträumt.«

Sie riss sehr überzeugend die Augen auf. »Soll das heißen ... du hast die Chiffre entschlüsselt?«

Er nickte grienend. »Ja.«

»Zeig her!«

Tim tippte sich gegen den Kopf. »Ist alles hier oben.«

»Dann schreib's auf.«

»Schon vergessen? Ich habe kein Notizbuch.«

»Ich leih dir meins.«

»Hast du auch Löschpapier?«

Sie sah ihn verständnislos an. »Nein! Ich benutze einen Kuli.«

»Ich ziehe Tinte vor«, näselte er.

Sie musterte ihn argwöhnisch. »Wirst du jetzt exzentrisch, oder was?«

»Das ist der einzige Luxus, den ich mir hier leisten darf. Aber bemühe dich nicht, wegen des Notizbuchs, meine ich. Microbrain kümmert sich schon darum. Bis Owl hier ist, dürfte er alles besorgt haben.«

»Owl?«, japste sie.

Tim grinste. Er hätte auch Emil Kogan sagen können, wollte Jamila aber nicht kompromittieren. »Gehöre ich nun zum Team oder nicht? Ich präsentiere eine der größten Entdeckungen in der Geschichte der Kryptologie doch nicht

Leuten, die Microbrain heißen. Ihr bekommt den Klartext von mir. Von *meiner* Hand, in *mein* Notizbuch geschrieben, mit *meinem* Füllfederhalter und *meiner* Tinte. Unter den Augen *meines* Bosses.«

PHASE VI

SCHACH

Gegenwart

»*Auf dem Schachbrett der Meister gilt Lüge und Heuchelei nicht lange. Sie werden vom Wetterstrahl der schöpferischen Kombination getroffen, irgendwann einmal, und können die Tatsache nicht wegdeuten, wenigstens nicht für lange, und die Sonne der Gerechtigkeit leuchtet hell in den Kämpfen der Schachmeister.*«

Emanuel Lasker

Das Summen des elektronisch gesicherten Schlosses wirkte wie ein Säbel, der Tims angespannte Nerven mit einem Hieb zu durchtrennen schien. Owl hatte seiner Forderung ohne Wenn und Aber zugestimmt. Das Treffen sollte um fünf Uhr nachmittags im Labor stattfinden, und jetzt war es 17.04 Uhr. Einen hübschen großen Besprechungstisch besaß der Librarian der Nationalbibliothek ja. Wie die Eule wohl aussehen wird?, fragte sich Tim. Jamila hatte ihren Boss als rüstigen Achtundsechziger beschrieben.

Die Tür ging auf, und in den Raum trat eine beeindruckende Gestalt, die tatsächlich alles andere als ein greiser Mann war. Emil W. Kogan. So sieht er also aus, dachte Tim: volles weißes Haar, stattlich, den dunkelblauen, vermutlich maßgeschneiderten Anzug ohne unvorteilhafte Rundungen ausfüllend, im ganzen Ausdruck dynamisch und offenbar beweglicher als manch anderer mit fünfzig. Das kantige Gesicht sah aus, als sei es aus dem braunen Sandstein des Tempels der Schädel und Knochen gehauen. Etwas irritierend wirkte auf Tim die dunkle Brille. Im ersten Moment dachte er, die »Cyberwar« Task Force der NSA würde von einem Blinden geleitet. Die Augen der Eule waren hinter den getönten Gläsern nur als verschwommene Reflexe wahrnehmbar. Das würde erklären, warum Jamila so geschmunzelt hatte, als er das pathetische »Unter den Augen *meines* Bosses« hinausposaunte.

Im Gefolge des Operationschefs betraten zwei weitere Personen den Raum: Die weltbekannte Historikerin Dr. Jamila »JJ« Jason – sie trug ein Tablett mit Kaffeegeschirr, Gläsern und kalten Getränken – und ein etwa fünf Jahre jüngerer Mann, der Tim an den Hollywoodschauspieler Colin Farrell erinnerte und ihm auf Anhieb unsympathisch war. In seiner ganzen Körpersprache drückte der Mann aus, dass er sich als den einzigen Vertreter einer höheren Lebensform auf Erden betrachtete. Er hatte dunkelbraune, halblange Haare, eine schmierige Gesichtshaut und einen stechenden Blick. Sein Anzug sah aus wie eine billige Fälschung des Eulenzwirns. Darunter trug er nicht etwa wie Kogan ein weißes Hemd mit Krawatte, sondern ein schwarzes T-Shirt mit gelbem Aufdruck: Ein Globus, der aus einer Mülltonne ragte mit der Unterzeile *WWW World Wants Waste* – »Welt will Abfall«. Ob sich darin eine politische Haltung ausdrückte oder nur ein infantiler Auflehnungsreflex, vermochte Tim schwer einzuschätzen.

»Darf ich dir Dr. Emil Kogan vorstellen«, sagte Jamila und deutete auf ihren Chef.

Tim sah sie erstaunt an. Sie hatte Owls *richtigen* Namen benutzt.

Kogan streckte ihm die Hand hin. »Freut mich, Sie endlich kennenzulernen, Dr. Labin. Ich habe JJ gesagt, wir könnten aus Anlass Ihrer historischen Entdeckung die Masken fallen lassen.«

Irgendwie hatte Tim das Gefühl, der Spruch sei auf ihn

gemünzt und nicht auf die Decknamen. Er trat einen Schritt zurück. »Betrachten Sie es bitte nicht als Unhöflichkeit, Dr. Kogan, aber können wir uns diese Formalien sparen? Mit Händeschütteln habe ich so meine Probleme.«

»Wie Sie wollen. JJ hat mir schon von Ihren ... Eigenarten erzählt.« Kogan wandte sich seinem Begleiter zu. »Das hier ist Justin Flock, in meinem Team Spezialist für Kriegführung im Internet und ein erstklassiger Kryptologe. Er wird mir als Fachberater zur Seite stehen. Doch setzen wir uns erst einmal.«

Jamila verteilte Untersetzer, Tassen und Gläser auf dem Tisch, während die Herren der Schöpfung bereits an dem ovalen Tisch Platz nahmen. Irgendwie fand es Tim seltsam, diese taffe junge Frau in der Rolle der Direktionsassistentin zu sehen. »Warum begutachtet nicht Squirrel die Ergebnisse meiner Arbeit?«, erkundigte er sich. Er bemerkte ein kurzes Aufblicken Jamilas, so, als bewege sie dieselbe Frage.

Kogan hatte die Unterarme lässig auf den Tisch gelegt, breitete sie nun aber aus und erklärte: »Ich will es mal so ausdrücken: Squirrel ist ein begabter Starkstromelektriker, Mr. Flock dagegen ein Elektroniker, der in seiner Garage zu Hause Mikrochips bastelt. Außerdem sind wir nun in einer Phase des Projekts angelangt, in der wir uns nicht die geringste Indiskretion erlauben können.«

Gerne hätte Tim weiter nachgehakt, etwa die Frage gestellt, ob die Eule denn auch Kuckuckseier in ihrem Nest ausbrüte, doch Kogans natürliche Autorität erstickte seine aufmüpfigen Anwandlungen, einstweilen wenigstens. Irgendwie gefiel ihm dieser Mr. Flock von Minute zu Minute weniger, vielleicht weil auch Jamila dessen Anwesenheit irritierend fand. Oder benahm sich das Wunderkind nur wie ein eifersüchtiger Liebhaber, weil ein potenzieller Rivale auf dem

Balzplatz erschienen war? Tim appellierte an seine Professionalität. »Von mir aus können wir anfangen.«

Jamila lief um den Tisch herum, legte ihm ein Notizbuch sowie einen erkennbar neuen Füllfederhalter unter die Nase und sagte: »*Mit* Löschblatt.«

Tim nickte ihr dankend zu und bemerkte dann an Kogans Adresse gewandt: »Bitte geben Sie mir einen Moment. Es dauert nicht lange.«

Er öffnete bedächtig das in schwarzen Karton gebundene Notizbuch, nahm das hellblaue Löschblatt heraus und begann den ersten Teil aus Beales Vermächtnis in zwei Varianten aufzuschreiben, zunächst genau so, wie Beale – dieser raffinierte Hund! – ihn chiffriert hatte: ohne Punkt und Komma, ohne Leerzeichen, nur in Großbuchstaben und in *Deutsch*. Nach allem, was Tim inzwischen über Beales Biografie wusste, war das für ihn nicht einmal die größte Überraschung gewesen. Eher hatten ihn schon die sich daraus ergebenden Schlussfolgerungen verblüfft: Wenn Beale erst nach oder während seiner Flucht Deutsch gelernt hatte, müsste er demzufolge sein Vermächtnis auch *nachträglich* geändert haben.

Der entzifferte Textblock umfasste – wie ja jeder im Internet selbst herausfinden konnte – genau fünfhundertzwanzig Zeichen. Als Tim seinen »Rohdiamanten« präsentierte, erntete er dafür zunächst nur ratlose Gesichter:

WASICHDERNACHWELTHINTERLASSE
KANNFUERDIESEBUERDEODERSEGENSEIN
MEINESACHWALTERMOEGENDAHERINNER
LICHGELAEUTERTDENORTAUFSUCHEN
DENICHHIERWIEICHESEINSTINDERARMEESEI
NERMAJESTAETKOENIGGEORGSVON

GROSSBRITANNIENGELERNTAUFDASGENAUE
STEBESTIMMEDIEGEOGRAPHISCHE
POSITIONDESGEWOELBESLAUTETCFGRADCD
MINUTENUNDESEKUNDENNOERDLICHER
BREITESOWIEGIGRADCCMINUTENCISE
KUNDENWESTLICHERLAENGEESLIEGTAUFDEM
GRUNDEINERFARMINDERNAEHEVONBUFORD
VIRGINIAUEBERDEMPLATZRAGTEINFELSAUS
DEMWURZELWERKDEREINEMTOTENKOPF
AEHNELTSEIENSIEALSOBITTENICHT
UEBERMAESSIGERSTAUNT

»Unter einem Klartext stelle ich mir etwas anderes vor«, sagte Jamila lakonisch.

»Das ist Deutsch«, erklärte Kogan mit verwunderter Miene. »Allerdings unheimlich schwer zu lesen.«

»Deshalb habe ich das Juwel ein wenig geschliffen und einen kostbaren Brillanten draus gemacht«, erklärte Tim, nicht ohne einen Unterton des Stolzes, und blätterte im Notizbuch auf die nächste Seite um. Nun spürte am Tisch wohl jeder das Prickeln, das sich beim Lösen eines schwierigen Rätsels einstellt:

Was ich der Nachwelt hinterlasse, kann für diese Bürde oder Segen sein. Meine Sachwalter mögen daher innerlich geläutert den Ort aufsuchen, den ich hier, wie ich es einst in der Armee Seiner Majestät König Georgs von Großbritannien gelernt, auf das Genaueste bestimme. Die geographische Position des Gewölbes lautet: 36 Grad, 34 Minuten und 5 Sekunden nördlicher Breite sowie 79 Grad, 33 Minuten, 36 Sekunden westlicher Länge. Es liegt auf dem Grund einer Farm in der Nähe von Buford, Virginia. Über dem Platz ragt ein Fels aus dem Wurzelwerk, der einem Totenkopf ähnelt. Seien Sie also bitte nicht übermäßig erstaunt.

»Fulminant! Ich gratuliere Ihnen, Dr. Labin«, kommentierte der Operationsleiter das Kunststück seiner Laborratte.

»Vielen Dank, Dr. Kogan«, erwiderte Tim.

Jamila nickte ihm anerkennend zu, und Justin Flock verzog keine Miene. Vielleicht konnte er kein Deutsch.

Überraschend verengten sich Kogans Augen. »Im Blatt II war aber ausdrücklich von *zwei* Depots die Rede.«

Tim zuckte die Achseln. »Heißt das, Sie unterstellen mir einen ... Fehler?«

Kogan lächelte kühl. »Ich möchte nur sichergehen, dass wir keine Mittel der NSA verschwenden, indem wir umsonst nach Buford fahren.«

»Beales Erwähnung von zwei Depots bezieht sich vermutlich auf die beiden Eisengefäße.«

Die Eule nickte. »So könnte es sein.«

»Wie hat Beale das Blatt chiffriert?«, schaltete sich Flock ein.

»Mit einer speziellen Vigenère-Verschlüsselung«, antwortete Tim.

»Inwiefern speziell?«

»Das Schlüsselwort ist nicht alphabetisch, sondern numerisch.«

»Und wie lautet es?«

»322. Die Wahrheit liegt in der Zahl.«

Flock überging Tims Zusatzkommentar und vergewisserte sich: »Sie meinen, die 3 verschiebt das Alphabet um drei Stellen, die 2 um zwei und so weiter?«

Tim nickte. »Immer im Kreis herum.«

»Entschuldigen Sie, meine Herren, wenn ich störe«, meldete sich Kogan, »aber meine Stärken liegen eher auf einem anderen Gebiet. Was genau bedeutet das, was Sie da reden?«

Flock lehnte sich im Stuhl zurück. »Beale hat eine polyalphabetische Substitution mit drei Caesar-Verschiebungen benutzt. Nicht besonders sicher.«

»Was Sie nicht sagen, Justin. Wenn Sie noch *einmal* versuchen, mich vor Dr. Labin bloßzustellen, reiße ich Ihnen die Zunge heraus.«

Im Raum herrschte schlagartig eisige Stille. Flock wurde in seinem Stuhl erkennbar ein Stück kleiner.

Kogan schenkte Tim ein Lächeln. »Können Sie mir bitte helfen? Mir ist Justins Fachchinesisch zu hoch.«

»Sie haben nicht viel versäumt. Mr. Spock irrt nämlich. Die Vigenère-Verschlüsselung galt bis 1854, als Charles Babbage erstmals eine Entzifferung gelungen ist, als *absolut* sicher. Eigentlich sogar bis 1863, denn er hat sein Verfahren nicht veröffentlicht; das tat dann erst Friedrich Kasiski, ein preußischer Offizier.«

»Damit ist meine Frage nach dem Wie aber noch nicht beantwortet.«

»Am besten, wir spielen es an einem Beispiel durch«, bot Tim an. Er deutete auf seine Notizen. »Der erste Buchstabe im Klartext ist ein W, welches an dreiundzwanzigster Stelle im Alphabet steht. Nehmen wir nun aus unserem Schlüsselwort – die 322 – das *erste* Zeichen, müssen wir also das W um *drei* Stellen im Alphabet verschieben, womit wir ein Z erhalten. Das ist unser erster verschlüsselter Buchstabe.«

»Soweit klar«, sagte Kogan.

Tim nickte. »Jetzt kommt das A dran – Beale hat nicht zwischen Groß- und Kleinschreibung unterschieden. Also, das A ist der erste Buchstabe des Alphabets. Aus dem Schlüsselwort nehmen wir nun das *zweite* Zeichen: die 2. Also gehen wir im

Alphabet auch um *zwei* Stellen nach Rechts und bekommen so...«

»...ein C«, bemerkte Kogan.

»Hervorragend machen Sie das! Nun noch, damit es alle verstehen, Buchstabe Nummer drei: das S. Es steht in unserem Alphabet an neunzehnter Stelle. Und weil das *dritte* Zeichen des Schlüsselwortes wiederum eine 2 ist, wird er ebenfalls um *zwei* Stellen verrückt. Somit erhalten wir ein U.« Tim kritzelte Klartext und die Chiffre untereinander auf das nächste freie Notizblatt und zeigte Kogan das Resultat, ehe er seinen kleinen Diskurs zum Abschluss brachte.

WAS

ZCU

»Beim nächsten Klartextzeichen, dem I, beginnen wir im Schlüsselwort wieder von vorn, ergo mit der 3, und so geht es dann immer weiter. Auf die fertige Chiffre wendet man anschließend die Buchverschlüsselung mit der Unabhängigkeitserklärung an, und heraus kommt Beales Schatzkarte.« Er wandte sich Kogans Fachberater zu. »Gehen wir da konform, Kollege Spock?«

»Flock«, knirschte der.

»Oh, Entschuldigung. Ich wollte Sie nicht als Alien abstempeln. Aber vom Prinzip her sind wir uns einig, oder?«

»Ja. Nur eins müssen Sie mir erklären. Ich verstehe zwar kein Deutsch, erkenne aber die geographische Positionsangabe im Klartext. In der Declaration of Independence stehen keine Ziffern, abgesehen vom Datum der Ratifizierung: 7, 4, 1776. Wie hat Beale dieses Problem gelöst?«

Tim blätterte noch einmal zu dem monolithischen Textblock zurück und deutete mit zauberischer Zielsicherheit auf die betreffende Stelle im Zeichenstrom. »Ganz einfach: mit Buchstaben. Für die Ziffer 3 hat er ein C benutzt, für die 6 ein F und so weiter.«

»Okay, das leuchtet ein.«

»Dann gehen Sie also mit Dr. Labins Methodik konform?«, vergewisserte sich Kogan bei seinem Experten.

»Absolut. Trotzdem möchte ich alles noch einmal Zeichen für Zeichen dechiffrieren und den Text ins Englische übersetzen lassen. Nur, um sicherzugehen, dass unserem Schachweltmeister nirgendwo ein Patzer unterlaufen ist. Immerhin hat er das Ei im Kopf ausgebrütet. Wäre doch schade, wenn er das zweite Depot vergessen hätte.« Der Kryptologe grinste.

»Ich bin der Mann, der nichts vergessen kann«, knurrte Tim.

»Justin«, sagte Kogan, ehe zwischen den beiden ein bewaffneter Konflikt ausbrechen konnte, »ich bitte Sie sogar darum, alles noch einmal zu kontrollieren.« Seine dunklen Augengläser wandten sich Tim zu. »Nichts für ungut, Doktor, aber wie sagte Lenin so schön? ›Vertrauen ist gut, Kontrolle ist besser.‹«

»Wenn Lenin das sagt, kann Labin kaum widersprechen. Ist mir nur recht. Ich will mir ja nachher nicht vorwerfen lassen, ich hätte mir meinen Ferrari ergaunert«, erwiderte Tim leichthin und deutete zu seinem Arbeitsplatz. »Eine Kopie des Textes der Unabhängigkeitserklärung habe ich dort auf meinem Schreibtisch. Sie können sie mitnehmen. Ich kenne ihn auswendig.«

»Vielen Dank, das werden wir tun.« Kogan stand auf und schickte sich an, Tim die Hand zu reichen, zog sie aber gleich wieder zurück. »Ich gehe davon aus, dass alles seine Richtigkeit hat. Deshalb möchte ich Ihnen im Namen der National Security Agency schon einmal zu Ihrer historischen Leistung gratulieren und Ihnen für Ihre Unterstützung danken. Jetzt ruhen Sie sich erst einmal aus. JJ hat Ihnen ja bereits erklärt, dass wir zunächst, um es salopp auszudrücken, den Schatz heben wollen. Ich denke, spätestens übermorgen werden wir dann über Ihre Zukunft reden.«

Tim blinzelte verwirrt. »Zukunft? Ich fürchte, ich verstehe nicht ganz ...«

Kogan lächelte ihm aufmunternd zu. »Jetzt machen Sie nicht so ein Gesicht, Doktor. Sie sind jetzt zwar ein Held, aber trotzdem immer noch eine gefährdete Person. Wir werden Ihnen ein paar Vorschläge unterbreiten, wie Sie die nächsten Monate überstehen können, ohne von Heckenschützen aufs Korn genommen oder von Bomben zerfetzt zu werden. Also, alles Gute einstweilen.« Er wandte sich dem Ausgang zu.

Jamila trat an Tim heran und umarmte ihn, was ihn fast noch mehr irritierte als Kogans Äußerung über seine Zukunft. Es war nur eine flüchtige Umarmung, verbunden mit dem unverbindlichen »Kuss«, den sich inzwischen ja sogar wildfremde Leute gaben, und den aufmunternden Worten: »Kopf hoch, Champ. Ich melde mich, sobald ich kann.«

Kogans Kryptologe nickte dem Helden nur zu. »Sie sind 'n echter Freak, Labin. Das muss man Ihnen lassen.«

Das Funkeln in seinen Augen gefiel Tim nicht. Wahrscheinlich neidete ihm der Bursche den Erfolg. »Danke, Mr. Spock.«

»Mein Name ist Flock, Mr. Timputer«, zischte dieser. »Justin Flock.«

Tim zuckte mit den Schultern. »Sie arbeiten für die NSA. Flock, Spock, Spook – wo ist da der Unterschied?«

Wenn die Türen des Thomas Jefferson Buildings sich für das Publikum schlossen, kehrte in den gewaltigen Komplex gespenstische Stille ein. In einem entfernten Winkel wurde jedoch noch leise gesprochen. Am hinteren Ende des Ostkorridors gab es im Obergeschoss eine Treppe, die zu einer Galerie hinaufführte. Von dort hatte man einen grandiosen Blick auf den Main Reading Room mit seinen konzentrisch angeordneten Lesetischen. Emil Kogan und Jamila beachteten jedoch weder die Schönheit des runden Saals, noch die ehrwürdige Architektur des Gebäudes.

Owl nahm die dunkle Brille ab und sah Morgiane aus großen, vorstehenden Augen an. »Stehst du noch auf meiner Seite, kleine Märchenfee?«

Jamila fröstelte. Sie hatte es nie als angenehm empfunden, dem unverhüllten Blick der Eule begegnen zu müssen. »Ich verstehe nicht ganz, worauf Sie hinauswollen, Emil.«

»Das ist doch ganz einfach. Du bist eine wunderschöne junge Frau und Tim Labin ein gut aussehender Bursche. Da kann man leicht die Distanz verlieren.«

»Unsere Beziehung ist rein professioneller Natur.«

»Das heißt, wir spielen immer noch mit derselben Farbe?«

»Ja«, antwortete sie fest und fragte sich einmal mehr, ob sie zu den weißen oder schwarzen Schachfiguren gehörte. »Ich habe bei meiner Aufnahme in die Agency einen Eid geleistet, Emil, und an den halte ich mich auch.«

Wie ein Uhu starrte Kogan sie mit versteinertem Ausdruck an, so als könne sein Blick jedes einzelne Neuron in ihrem Gehirn abwägen. Dann hellte sich seine Miene auf, und er nickte zufrieden. »Schön. Es freut mich, dass es in unserer Welt doch noch Loyalität gibt. Ich habe einen neuen Befehl für dich: Morgen fährst du mit Justin nach Buford, zu dieser Stelle, die Beale im Blatt I angegeben hat. Nehmt ein GPS und

Metallsuchgeräte mit. Wenn ihr die Eisentöpfe gefunden habt, rufst du mich an.«

Wieder einmal war es der Eule gelungen, Jamila zu überraschen. Sie hatte mit einer groß angelegten Suchaktion gerechnet, und nun sollte sie mit ihrem ehemaligen Kollegen aus der Bostoner »Fabrik«, mit Karims bestem Freund, mit der »Welt weisestem Witzbold«, mit dem Großmaul Justin Flock hochbrisantes Material lokalisieren? »Das Projekt ist doch top secret. Bisher war Justin nicht involviert. Warum plötzlich er und nicht Squirrel?«, wagte sie aufzubegehren.

Kogans Gesicht blieb ausdruckslos. »Gerade *weil* der Beale-Schatz, sollte sich deine Theorie am Ende doch als wahr erweisen, vielleicht einen so explosiven Inhalt hat, darf nur ein kleiner Personenkreis eingeweiht werden. Ich habe aus gutem Grund entschieden, Flock ins Team zu holen. Er kennt jetzt den Inhalt der Chiffre, ergo muss er auch dran glauben.«

Jamila stutzte. Sie hatte feine Antennen für die Art, wie Kogan mit Sprache umging. »Dran glauben? Wie meinen Sie das?«

»Du musst Justin töten, sobald ihr den Schatz gefunden habt.«

»Was? Erst Tim und jetzt ...« Sie verstummte, weil sie den Vornamen des Mannes benutzt hatte, der ihr alles andere als gleichgültig war.

Kogan ging nicht darauf ein, sondern erklärte stattdessen: »Um den Deutschen kümmere ich mich persönlich, nachdem du telefonisch Vollzug gemeldet hast. Wir wollen Morgiane ja nicht überfordern.«

Sie fuhr sich mit der Hand an den Hals. »Ja, aber Justin ... Warum er?«

»Flock ist ein Maulwurf. Er war es, der deinen Bruder mit einem fingierten Einsatzbefehl unserer Abteilung nach England beordert hat. Offenbar wurde er bereits kurz nach unserem Camp auf Deer Island rekrutiert.«

Jamila entsann sich der E-Mail auf Karims USB-Stick, den Tim auf dem Flug nach New Haven geknackt hatte. »Ist Azam von ihm auch...« Sie musste schlucken, um sich vom Zorn, den der Gedanke in ihr heraufbeschwor, nicht überwältigen zu lassen. »Hat Justin ihn nach Boston geholt? Um... Karim zu ermorden?«

Kogan griff nach ihrer Hand, um ihr Halt zu geben. Seine oft so raue Stimme wurde mit einem Mal sanft und mitfühlend. »Im Krieg haben die Russen meine Eltern umgebracht, kleine Märchenfee. Erst meinen Vater und kurz nach meiner Geburt auf grausamste Weise auch die Mutter. Zwar bin ich noch zu klein gewesen, um zu verstehen, aber später hatte ich eine ohnmächtige Wut empfunden und mir Rache geschworen. Ich kann gut nachfühlen, wie schmerzlich das für dich sein muss, doch es ist wahr: Justin hat im letzten Jahr am 3. August über den Mailserver der NSA die Nachricht an Azam geschickt, er solle nach Boston kommen. Er kannte sogar den Tarnnamen, den ich deinem Bruder gegeben hatte. Von einer Liquidierung stand zwar nichts in der Mitteilung, aber ich fürchte, Justin hat bei Karims Ermordung eine Schlüsselrolle gespielt.«

Alles drehte sich mit einem Mal um Jamila. Ihre Knie wurden weich. Bestand denn die ganze Welt nur aus Lug und Trug, aus Verrat und Intrige? Sie schüttelte den Kopf. »Justin ist nicht der Typ, der so etwas aus eigenem Antrieb durchzieht. Jemand muss ihn geschickt haben.«

Kogan nickte bedeutungsschwer. »Aliat Mansube.«

»Die Meister des Endspiels?«

»Ja. Ich dachte mir, dass du skeptisch sein würdest. Deshalb habe ich dir etwas mitgebracht, vor dem ich dich eigentlich verschonen wollte, bis alles aufgeklärt ist.« Er zog eine Fotografie aus der linken Brusttasche und reichte sie Jamila.

Konsterniert starrte sie auf das Bild. Es war nicht besonders scharf, vermutlich mit einem starken Teleobjektiv aufgenommen, zeigte aber unverkennbar Justin zusammen mit Azam. Sie saßen in einem Café oder wohl eher einem Teehaus – der Hintergrund sah orientalisch aus.

Kogan deutete vage auf den Schnappschuss. »Kollegen des pakistanischen Geheimdienstes haben das im letzten Frühjahr in Islamabad aufgenommen.«

Sie schüttelte fassungslos den Kopf. »Pakistan? Sie haben Azam doch oft für Ihre ... Grauzonenoperationen eingesetzt. Vielleicht kannten die zwei sich daher.«

»Bis vor neun Monaten war ich der festen Überzeugung, sie würden sich *nicht* kennen. Ich habe mit deinem Bruder meistens über tote Briefkästen kommuniziert, manchmal trafen wir uns auch an konspirativen Orten, aber Azam Zardah war niemals in Crypto City. Aliat Mansube wollte offensichtlich in unsere Abteilung eindringen, um sich für den Krieg im Cyberspace Informationen zu beschaffen, und dafür haben sie sich Justin ausgesucht. Er besitzt die nötigen Kenntnisse, ist genial, aber leider manchmal zu sehr auf den eigenen Vorteil bedacht.«

»Mit anderen Worten korrupt.«

Kogan hob theatralisch die Hände. »Was weiß denn ich, Jamila! Vielleicht kämpft er ja auch aus Überzeugung gegen uns. Hast du dir mal seine T-Shirts angesehen? Fest steht, dass er diesen ganzen Schlamassel angerichtet hat.«

»*Was?* Sie meinen die Beale-Krise? Den Börsencrash? Die Firmenpleiten? Das war alles *er*?«

»Im Auftrag der Meister des Endspiels«, bestätigte Kogan mit einem gewichtigen Nicken. »Natürlich hat er nicht jeden einzelnen Konkurs zu verantworten. Er machte nur, was *ich* ihm beigebracht habe. Hat sich einfach auf die Welle draufgeschwungen, die nach der Veröffentlichung des dritten Beale-Blattes durch die Medien schwappte. Vermutlich hat er den Hype sogar noch durch ein paar geschickt lancierte ›Indiskretionen‹ vergrößert und dann aus der Sensationsverliebtheit der Medien und dem Zweckpessimismus der Anleger den explosiven Cocktail gemischt, der die ganze Chose hochgehen ließ.« Er schüttelte zerknirscht den Kopf. »Und ich bin an allem schuld.«

Eigentlich hätte nun Jamila *ihn* trösten müssen, doch sie entzog ihm die Hand. Ihr war immer noch schwindelig. Sie stand völlig neben sich, wusste nicht, was sie denken sollte. Der Schnappschuss aus Pakistan könnte ebenso gut eine digital erstellte Fotomontage sein, machte sie sich klar. Andererseits hatte sie Justin nie besonders gemocht. Er war ihr schon immer wie eine falsche Schlange vorgekommen. Eigentlich bestätigte und komplettierte Emil an einigen Stellen nur, was auch Karim schon herausgefunden hatte ...

»Ich könnte Justin umbringen«, zischte sie.

»Dann tu es«, hakte Kogan sofort ein, sichtlich zufrieden, sie endlich überzeugt zu haben. »Lass ihn in Buford ein tiefes Loch schaufeln.«

Am Dienstagmorgen stand Tim allein am Fenster hinter dem Schreibtisch des Librarians und starrte gedankenversunken in den Hof hinaus. Es war kurz nach zehn, das Jefferson Building hatte dem Publikum soeben seine Pforten geöffnet. Er sah also endlich wieder Menschen und kam sich ein bisschen weniger wie das Phantom der Nationalbibliothek vor. Von Jamila hatte er seit dem Treffen mit Owl nichts mehr gehört. Ob sie zu dem Bergungsteam gehörte, das sicher schon auf dem Weg nach Virginia war? Er vermutete es. Kogan schien an einem großen Mitwisserkreis nicht sonderlich interessiert zu sein. Trotzdem wunderte sich Tim immer noch, warum die Eule diesen arroganten Flock mit ins Boot geholt hatte. Wenn im Schach der Gegner so einen Zug machte, dann war er entweder dumm oder unheimlich raffiniert.

Er seufzte, weil er unschlüssig war, ob und wann er Plan B ausführen sollte. Ohne Jamilas Unterstützung würden ihn die NSA-Agenten vermutlich binnen vierundzwanzig Stunden wieder einfangen. Keine sehr ermutigende Vorstellung.

Sein Blick wanderte nach oben zu den bleigrauen Wolken, die über Washington hingen wie düstere Unglücksboten. Als er wieder herabsank, durchfuhr Tim ein elektrischer Schlag, so zumindest fühlte es sich an. Er hatte gerade, nur wenige Meter unter seinem Fenster, eine Gestalt entdeckt, grobschlächtig und offenbar sehr in Eile, die zügig den Hof durchquerte; schon im nächsten Moment war sie aus seinem Blickfeld verschwunden.

Nicht zum ersten Mal sah er diesen Mann, jetzt allerdings war er sauber rasiert gewesen, trug unter dem flatternden schwarzen Regenmantel einen zu engen, dunkelgrauen Anzug und eine Sonnenbrille, die zu dem düsteren Himmel nicht recht hatte passen wollen. Der Bürstenhaarschnitt war unter einem Hut verborgen, den er krampfhaft mit der Rechten festgehalten hatte, um ihn nicht an die Luftböen im Innenhof zu verlieren – und vielleicht auch zur Aufrechterhaltung seiner Tarnung. Aber Tim hatte ihn trotzdem erkannt. An seinen ungewöhnlich großen Ohrläppchen.

Es handelte sich um den Stalin-Doppelgänger, der in

Cambridge mit einem Küchenmesser auf ihn losgegangen war.

Tim taumelte zurück, als ihm die schrecklichen Dimensionen seiner Entdeckung aufgingen. Der Amokläufer war nur eine Finte gewesen, ein Täuschungsmanöver, vermutlich damit er der Reise in die Staaten zustimmte. Und nach der Ankunft in Washington hatte man ihm einen hollywoodreifen Anschlag vorgegaukelt, damit er aus Angst vor Heckenschützen erst gar nicht auf die Idee kam, aus der Bibliothek zu fliehen.

Mit einem Mal ergab alles einen Sinn. Wer wusste detailliert Bescheid über Ort und Zeit seiner Ankunft in den Staaten? Die NSA. Wer konnte sich in den Videostrom jeder vernetzten Überwachungskamera der Hauptstadt einklinken, um ein bestimmtes Fahrzeug zu observieren? Wieder die NSA. Und wer war bestens dazu gerüstet, das örtliche Verkehrsleitsystem zu manipulieren, um einen einzelnen Wagen aus dem Strom all der anderen Fahrzeuge auszusondern? Abermals die NSA.

Nun, vielleicht nicht die Behörde als Ganzes, machte sich Tim klar, aber irgendjemand, der Zugriff auf das Wissen und wohl auch auf die Infrastruktur der National Security Agency besaß, hatte für ihn einen Türken konstruiert – so wie einst Baron Wolfgang Ritter von Kempelen mit seinem Schachautomaten.

Es war ein miserables Gefühl, am eigenen Leib die Bestätigung all jener Mahnungen zu erfahren, die schon immer vor zu viel staatlicher Überwachung gewarnt hatten. Wenn irgendeine Organisation Möglichkeiten zum Machtmissbrauch schuf, dann würde dieser früher oder später auch zur Anwendung kommen. Tim sah schon die bekümmerten Mienen der Verantwortlichen, hörte ihre geheuchelten Entschuldigungen: Es handele sich um einen bedauerlichen Einzelfall; »schwarze Schafe« gebe es überall.

Das Ausmaß des Betruges nahm die Züge einer klassischen Tragödie an, sobald er über Jamilas Rolle nachdachte. Hatte sie ihm mit ihrer spektakulären Rettungsaktion in Cambridge lediglich ein erbärmliches Schmierentheater vorgeführt? Trieb sogar sie irgendein perfides Spiel mit ihm?

Jedenfalls ahnte er, dass die Maskerade für ihn nichts Gutes bedeutete. Womöglich blieb ihm weniger Zeit zur Flucht, als er sich erhofft hatte.

Er musste es auf eigene Faust versuchen.

Ohne Jamila.

Die Zweifel machten ihn fast wahnsinnig. Mit geballten Fäusten stand er zwei Schritte hinter dem Fenster und beschwor in seinem Geist einen Tornado herauf. Worte, die er in den vergangenen Tagen und Wochen gehört hatte, begannen darin zu kreisen wie auf einem Karussell. Seine Erinnerungen nutzten sich niemals ab. Und standen selten still. Alles war in seinem Sinn noch genauso lebendig, als würde er es gerade zum ersten Mal wahrnehmen. Auf dem Endlosband kamen Jamilas Äußerungen über den Zusammenhang zwischen Thomas Beales Namen und seinem jüdischen Pendant Amos A. Bethel vorbeigerauscht. Die Rosenholz-Dateien seien der Schlüssel für ihre Theorie gewesen, hatte sie gesagt und dabei mehrmals das Wort »wir« gebraucht: *Wir vermuten, dass die Staatssicherheit der DDR die Brisanz des Dokuments erkannt hatte, aber nichts damit anfangen konnte.* War ihre Muse die Eule gewesen?

Kogan sprach Deutsch. Niemand schien dem bei der Unterredung am vergangenen Nachmittag besondere Beachtung geschenkt zu haben, aber Tim war es aufgefallen. Konnte es sein, dass Jamilas Boss zu der Zeit in Berlin war, als die CIA die Rosenholz-Dateien erbeutet hatte? Hatte er mit dem Coup womöglich zu tun gehabt?

Wenn du deinen Gegner nicht besiegen kannst, dann lass ihn sich selbst besiegen. Wieder tönten die Worte jener schicksalhaften Nacht des 9. November 1989 durch Tims Sinn. Der Mörder seiner Eltern hatte sie gebraucht, und es war Kogans Credo...

Tims Nase kitzelte. Auf der Suche nach einem Papiertaschentuch lief er zum Schreibtisch, wo seine Jacke über der Stuhllehne hing. Natürlich befand es sich an Ort und Stelle, sein Gedächtnis irrte ja nie. Doch als er in die Innentasche griff, erstarrte er. Da war noch etwas anderes! Ein zusammengefaltetes Stück Papier. Er würde sich entsinnen, wenn er es selbst dorthin gesteckt hätte.

Ich Idiot!, schoss es ihm durch den Kopf, als er sich an Jamilas Verabschiedung erinnerte, diese ungewohnte Umarmung und den noch ungewöhnlicheren Spitznamen. *Champ.* Bei dem verklausulierten Gespräch über das Fluchtfahrzeug hatte sie ihn auch so genannt: *Für mich wirst du immer der Champion bleiben, Tim.*

Ein Gefühl unendlicher Erleichterung durchströmte ihn. Dann hatte sie ihn also doch nicht hintergangen. Sie war auf seiner Seite. Sie liebte ihn ...!

Nun, Letzteres war vielleicht nur Wunschdenken.

Mit einem Mal kam sich Tim von tausend Augen beobachtet und von ebenso vielen Ohren belauscht vor. Seine Hand zog sich aus der Tasche zurück. Es war zu gefährlich, den Zettel einfach hier auseinanderzufalten und zu lesen, wo er möglicherweise beobachtet wurde.

Er zog die Jacke an, so als sei das Nasenkribbeln überwunden, und täuschte gleich darauf ein weiteres Niesen vor, dann noch eines. Betont hektisch stürzte er in Richtung Secretary's

Office davon. Ein paar weitere falsche Nieser später war er endlich im Badezimmer, das ihm in den letzten Tagen schon mehrmals als Rückzugsgebiet gedient hatte. Doch konnte er hier tatsächlich vor den unsichtbaren Augen und Ohren sicher sein?

Er zog sich die Hose herunter und setzte sich auf die Toilette. Weit vorgebeugt förderte er endlich das Taschentuch sowie dahinter versteckt auch Jamilas Nachricht aus der Innentasche hervor. Während er sich mit der einen Hand ausgiebig schnäuzte, entfaltete er im Sichtschutz seiner Jacke mit der anderen den Zettel. Dabei purzelte ein Kärtchen heraus und wäre fast zwischen seine Beine hindurch ins Klosett gefallen.

Metrorail One Day Pass, las Tim erstaunt. Jamila hatte ihm tatsächlich einen Tagesfahrschein für die Washingtoner U-Bahn geschenkt! Er drehte das Ticket um. Unter einem Magnetstreifen stand mit schwarzem Filzstift in eng gesetzten Blockbuchstaben: »Arlington Cemetery Station, East Potamac Park Besucherparkplatz, schwarzer VW Beetle, DHB 322, Schlüssel auf linkem Hinterrad«.

Ein bisschen Boneswoman ist Jamila also doch noch, dachte Tim, wenn sie einen *schwarzen deutschen* Wagen mit der *322* im Kennzeichen besitzt und diesen ausgerechnet an einem *Gräber*feld abstellt.

Immerhin, sie hielt sich an ihr Wort. Er war neugierig, welche Instruktionen sie noch für ihn aufgeschrieben hatte. Möglichst unauffällig ließ er das Ticket wieder in der Tasche verschwinden und wandte sich dem Zettel zu. Um ihn in der Deckung seiner Jacke zu lassen, musste er zum Lesen das Kinn auf die Brust drücken. Der Inhalt sorgte für die zweite Elektrisierung an diesem Morgen.

Do., 22. März 1832

Robt. Morris, Esq.:

Mein sehr geschätzter Freund: Leider kann ich Ihnen nicht wie in meinem letzten Briefe von den Vergnügungen der Jagd auf Büffel und Grizzlys berichten. In den vergangenen zehn Jahren bin ich vielmehr selbst zum Wild geworden, auf der ständigen Flucht vor den reaktionären Feinden der Revolution, die ihre Klauen nur allzu gern in mein Fleisch grüben. Wiewohl es mir gelungen ist, ihnen bis heute zu entwischen, fürchte ich doch, die große Aufgabe, der ich mich verschrieben habe, könnte am Ende scheitern und das Schicksal teilte mir das gleiche Los zu wie einst Demosthenes, der sich im Kampfe um die Freiheit der Griechen gegen die makedonische Großmacht verzehrte.

Weil ich nach wie vor um Leib und Leben fürchten muss, vermag ich nicht selbst mein Ihnen gegebenes Versprechen einzulösen. Bestimmt haben Sie längst das Ihnen anvertraute Kästchen geöffnet, meinen Brief an Sie gelesen und warten nun seit Wochen gespannt auf den angekündigten Freund, der Ihnen den Schlüssel zur Enträtselung der hinterlegten Papiere aushändigen soll.

In der Person von Jacob Rosewood wird dieser Gefährte nun, wie ich hoffe, wohlbehalten bei Ihnen vorstellig geworden sein. Ich verdanke Mr. Rosewood mein Leben. Er hat mich in einer Stunde höchster Not gerettet, half mir nach Hessen zu entkommen und hat mich in fernen Landen in einen Kreis Gleichgesinnter eingeführt, die unsere Sache unterstützen. Stellen Sie sich vor, einige ihrer Großväter sind selbst Hessians, Männer, mit denen ich noch als Soldat in diesem unsäglichen Krieg gekämpft habe, den ich mit mei-

nem unbedachten Schuss – ach, könnte ich es nur ungeschehen machen!

Zurück zu Mr. Rosewood, dem edelmütigen jungen Mann, der vielleicht gerade jetzt vor Ihnen steht. Er genießt mein vollstes Vertrauen. Dieses Schreiben soll ihm als Legitimation dienen, damit er an meiner Statt kundtun kann, wie mit meinem Eigentum zu verfahren ist. Lassen Sie sich bitte Zeit, meine Handschrift gründlich mit jener zu vergleichen, die Sie in den bei Ihnen deponierten Papieren finden.

Doch nun zu meinem Wunsche: In der letzten Dekade hat sich die Lage für mich und die mit mir verbundenen Freunde der Freiheit nicht ganz unerwartet zugespitzt. Unser Gegner ist mächtig, und er würde unserer jungen Nation am liebsten wieder Ketten anlegen, indem er ihr einen aberwitzigen Tribut auferlegt. Um Sie nicht in Gefahr zu bringen, will ich mich nicht in Details verlieren, sondern Sie nur ergebenst bitten, mir noch für unbestimmte Zeit weiter als sicherer Hort zu dienen. Ich habe Mr. Rosewood gebeten, an den verschlüsselten Blättern einen Austausch vorzunehmen, die Namen der Begünstigten meines Erbes haben einer Revision bedurft. Die alte Fassung soll bitte in Ihrer beider Beisein verbrannt werden. Sollten Sie sich außer Stande sehen, meinem Ersuchen zu entsprechen, dann händigen Sie bitte Mr. Rosewood das Kästchen mit sämtlichen Papieren aus. In der Hoffnung auf Ihr Wohlwollen verbleibe ich

Ihr wahrer Freund, T.J.B.

Tim merkte, wie sich seine Blase entleerte. Schnell steckte er den Brief in seine Tasche zurück. Seine Hände zitterten vor Aufregung. In seinem Kopf braute sich ein Gewitter zusammen, das sich schon mit ersten Blitzen ankündigte.

Allein das Datum des Briefes war wie ein Ausrufezeichen hinter allem, was er bisher herausgefunden hatte. Im Amerikanischen wurde der Monat vor dem Tag geschrieben, in Ziffern geschrieben stand da also 3 22 1832.
322 Eulogia est. Nur seine Lippen bewegten sich.
Die Zahl sagt dir die Wahrheit.
Von dem Übrigen ganz abgesehen. Zweifellos handelte es sich bei Jacob Rosewood um niemand anderen als seinen Ahnen – der englische Nachname war ja die Übersetzung des deutschen Wortes »Rosenholz«. Beale betrachtete ihn als seinen Lebensretter, saßen ihm doch tödliche »Klauen« schon im Nacken – das war sicher eine Anspielung auf den Order of File and Claw. Jacob Rosenholz hatte seinen älteren Freund »in einen Kreis Gleichgesinnter eingeführt, die unsere Sache unterstützen«. Dabei konnte es sich nur um die Geheimgesellschaft handeln, in die auch William H. Russel aufgenommen worden war, der nach ihrem Vorbild später Skull and Bones gründete. Mit einem Mal fügte sich alles zusammen: der »aberwitzige Tribut«, was sich nur auf die Urschrift der Unabhängigkeitserklärung beziehen konnte; Demosthenes als Metapher für den Kampf um die Freiheit, die Beale mit einer Lüge schützen wollte; der deutschsprachige Text im Blatt I der Chiffre, der erst im Zuge des späteren Austauschs hinzugefügt wurde, gewiss auch zur Verwirrung von Schatzsuchern gedacht; die scheinbaren chronologischen Widersprüche in Verbindung mit der Wiederentdeckung von John Miltons *De Doctrina Christiana*...
Diesen Brief also hatte Jamila ihm verschwiegen!
Daran bestand kein Zweifel, in Zircons Afsahis Haus hatte sie wörtlich daraus zitiert, Beale sei »vor reaktionären Feinden der Revolution... nach Hessen entkommen«. Wer hatte ihr den Brief gegeben...? Tims Gedanken an Jamila, die

geheimen Orden und all die anderen Details des Briefes verglühten förmlich, als mit brachialer Gewalt ein Blitz durch sein Gehirn zuckte.

Iwan Gomlek! Nur seine Lippen sprachen den Namen des Mörders seiner Eltern aus.

Die Medien hatten den 1989 als KGB-Stationsleiter in Berlin-Karlshorst stationierten – angeblichen – Russen in ihren Spekulationen darüber, wie die Rosenholz-Dateien in den Besitz der amerikanischen Geheimdienste gelangen konnten, immer wieder erwähnt. Jamilas Freund war dem ehemaligen Doppelagenten auf die Schliche gekommen und hatte dafür sterben müssen.

Irgendwie musste die Suche von Robert und Hanna Rosenholz nach ihrem Ahnen Jacob der Eule aufgefallen sein. Vielleicht hatte ein Spitzel im Archiv der Stasi-Auslandsabteilung HV A Tims Eltern verpfiffen. Jedenfalls war Gomlek offenbar davon überzeugt, dass er mit den von ihnen entdeckten Informationen die Beale-Chiffre entschlüsseln konnte. Nach dem Fehlschlag in der Wohnung Rosenholz hatte er zu diesem Zweck wohl seine Beziehungen zu den US-amerikanischen Geheimdiensten ausgenutzt. Er spielte einem CIA-Kurier die Filmrollen mit den »Rosenholz-Dateien« zu und brachte anschließend die an dem Coup beteiligten Komplizen kaltblütig um.

Aber nicht diese Erinnerungen und Schlussfolgerungen hatten den gleißenden Geistesblitz in Tims Kopf ausgelöst – sie waren nur der nachfolgende Donner –, sondern das, was sich *dahinter* verbarg.

Emil W. Kogan war ein Anagramm von Iwan Gomlek. Andere Anordnung, gleiche Buchstaben.

Das konnte unmöglich ein Zufall sein.

Gomlek *war* Kogan.

Er hatte das Gleiche getan wie Thomas Beale mit seinem Pseudonym Amos A. Bethel. War Gomlek diese Entdeckung etwa zu Kopf gestiegen? Hatte er sich in das Spiel mit Buchstaben ebenso verliebt wie in das mit schwarzen und weißen Figuren auf einem Feld mit vierundsechzig Feldern? Irgendwie erschien es Tim wie eine Ironie des Schicksals, dass einem derart skrupellosen Mann das Faible für Buchstabenversetzrätsel zur Achillesferse wurde, ausgerechnet Iwan Gomlek alias Emil W. Kogan, der nicht müde wurde, sein Credo von unbezwingbaren Gegnern, die man sich einfach selbst besiegen lässt, in die Welt hinauszuposaunen.

Tims Gehirn, das in den letzten Tagen bis an den Rand der Leistungsfähigkeit strapaziert worden war, spuckte immer mehr Erinnerungen aus wie ein Glücksspielautomat die Münzen beim Hauptgewinn. Sein Vater hatte Gomlek schon damals als Verräter durchschaut. Tim sah wieder die Szene in jener Nacht des Mauerfalls vor sich, als seine Eltern von dem Russen gequält worden waren. Der Mann mit den unnatürlich großen Augen hatte aus Beales Brief zitiert: *Ich verdanke Mr. Rosewood mein Leben... Er genießt mein vollstes Vertrauen... händigen Sie bitte Mr. Rosewood das Kästchen mit sämtlichen Papieren aus.* Alles war wieder da. Das grausame Katz-und-Maus-Spiel, wie seine Eltern ihren Peinigern den Brief ausgeliefert, ihnen aber von dem anderen Versteck im Archiv des DDR-Geheimdienstes nichts verraten hatten und wie Casim...

»O nein!«, stöhnte Tim – und hoffte schon im nächsten Moment, etwaige Lauscher würden seinen Ausruf irgendwelchen Verdauungsproblemen zuschreiben.

Dem Mann hatte eine Augenbraue gefehlt. Es war Azam Zardah gewesen.

Jamilas Stiefbruder.

Mr Pain hatte der Eule also schon damals als Foltermeister gedient. *Sie müssen nämlich wissen, dass ich ein Experte auf meinem Gebiet bin, ein wahrer Künstler. Ich kann einen Menschen auf tausend Arten quälen, ihn foltern, verstümmeln oder töten.* Tim wurde schlecht. Erinnerungen konnten so grausam sein!

Wenigstens brauchte er sich im Hinblick auf Kogan keinen Illusionen hinzugeben ...

Schlagartig wurde ihm klar, dass nicht nur er sich in höchster Gefahr befand, sondern auch Jamila. Er durfte keine Zeit verlieren und musste den Fluchtplan sofort in die Tat umsetzen. Nur dann konnte er sie noch retten. Wenn das Bergungsteam erst Beales Schatz gefunden hatte, war sie für Kogan nur noch eine Mitwisserin, so wie einst Robert und Hanna Rosenholz, wie seine Geheimdienstkollegen, wie Zircon Afsahi, Karim und Dr. Ainsworth Lessing.

Der Weg dieses Mannes war mit Leichen gepflastert.

Microbrain biss gerade in einen Energieriegel, als es an der Tür hämmerte. Wollte der Deutsche sie etwa einschlagen? Die Laborratte nahm sich neuerdings immer mehr heraus. Wahrscheinlich war ihr das Rootbeer ausgegangen. Übellaunig tippte der NSA-Agent die vierstellige Nummernkombination ein. Das Schloss wurde elektrisch entriegelt. Er öffnete die Tür und sah einen grünhäutigen Mann vor sich.

»Mir ist kotzübel«, würgte Labin.

Der Agent betrat rasch das Labor und schloss vorschriftsmäßig hinter sich die Tür. Er traute der Laborratte nicht. Das Biest war gerissen. »Was ist los mit Ihnen?«

»Weiß nicht. Ich glaube, ich muss ins Krankenhaus ...«

Microbrain grinste. Offenbar war der Salzstangennager weniger gerissen als befürchtet. »Sie haben zu viele Ausbrecherfilme gesehen. Der Trick mit der Krankenstation funktioniert bei mir nicht.«

»Sie Schwachkopf, mir ist wirklich schlecht.«

»Wohl zu viel Rootbeer getrunken, was?«

»Weiß nicht. Kann sein.«

Microbrain lachte. Das geschah dem deutschen Klugscheißer recht ...

Unvermittelt traf ihn ein Schwall Erbrochenes.

»Verdammt! Das *gibt's* doch nicht«, schrie Microbrain angeekelt auf. Das stinkende Zeug war überall. Die Ratte hatte ihn von oben bis unten besudelt. Und jetzt machte sie alles nur noch schlimmer.

»Oh, entschuldigen Sie, das tut mir aber leid«, sagte Labin und wischte an ihm rum, packte seine Hände, schmierte, anstatt ihn zu säubern, immer mehr von dem grauenhaften Zeugs an ihn dran.

Microbrain merkte, wie ihm selbst übel wurde. Mit Mühe konnte er den Würgreflex unter Kontrolle halten. »Zurück!«, brüllte er und streckte Labin abwehrend die Handflächen entgegen. »Weg von der Tür.«

»Aber ich brauche einen Arzt.«

»Sie haben sich den Magen verdorben, Sie Freak. Ich hole Ihnen den Arzt, aber zuerst versuche ich Ihre Kotze von meinem Dreihundertdollaranzug runterzubekommen. Und jetzt bleiben Sie auf Abstand, sonst schicke ich Sie auf die Bretter.«

Labin nickte, die eine Hand vor dem Mund, als käme gleich die nächste Fontäne heraus, mit der anderen wedelte er in der Luft herum, damit Microbrain sich endlich trollte.

Nichts lieber als das, dachte der und tippte hektisch mit

seinen schmierigen Fingern die Kombination ein. Der Summer ertönte. »Verdammt!«, fluchte er. »Jetzt klebt der Scheiß auch noch an der Tastatur.«

Er widerstand der Versuchung, mit seinem Ärmel drüber und sich damit noch mehr von dem Zeug an den Anzug zu wischen. Und als dann hinter seinem Rücken auch noch ein lautes Würgen ertönte, riss er nur noch die Tür auf und stürzte fluchtartig aus dem Raum.

Tim war wirklich schlecht. Es hatte ihn viel Überwindung gekostet, seinen Körper derart zu traktieren. Das Rootbeer – es war ihm tatsächlich zuwider – bildete nur *einen* Bestandteil des emetischen Cocktails, sozusagen die Grundlage. Obendrauf hatte er einen lauwarmen Soletrunk gekippt. Das dazu erforderliche Salz stammte von den Streuern, die er seit Freitag bei jeder Mahlzeit angefordert und entleert sowie den Salzstangen, die er – als wäre es eine seiner vielen Macken – entkornt hatte. Diese Ausbeute, gelöst in halb abgekühltem Teewasser aus der Thermoskanne, ergab ein wunderbares Brechmittel. Glücklicherweise hatte er einmal ein Buch über die guten, alten Hausmittel memoriert.

Zeit flieht!, ermahnte er sich. Microbrain würde auf der Toilette nicht ewig an seinem Anzug herumreiben.

Wie ein Verwandlungskünstler riss sich Tim flugs das bekleckerte Hemd vom Leib, schlüpfte in einen schwarzen Pullover und hängte sich den Mantel über – alles in ungefähr dreißig Sekunden. Anschließend nahm er das hellblaue Löschpapier aus dem Notizheft, das seit siebzehn Stunden unangetastet auf dem Besprechungstisch seiner wahren

Zweckbestimmung harrte. Vorsichtig legte er das saugfähige Blatt auf die mit Erbrochenem befleckte Zehnertastatur und drückte gerade so weit dagegen, dass keine Impulse ausgelöst wurden. »Das Kombinationsschloss reagiert«, wie ihm Knight grinsend erklärt hatte, »auf Fehleingaben mit Verzögerungen. Beim ersten Patzer wartet man fünfzehn Sekunden, beim nächsten dreißig und so weiter. Macht also keinen Sinn, alle zehntausend Eingabemöglichkeiten durchzuprobieren. Es sei denn, Sie haben zehntausend Jahre Zeit.« Tim hatte nicht widersprochen, obwohl die Zeitschätzung des Mikrogehirns um ein paar Urknalle zu niedrig lag.

Tempus fugit!, stachelte er sich abermals an. Wenn ihm nur nicht so übel wäre.

Er drehte das Löschblatt um. Es funktionierte! Auf dem Papier waren dunkle Flecken zu sehen. Damit konnte er nachvollziehen, *welche* Tasten Microbrain gedrückt hatte, nur die richtige Reihenfolge verriet ihm das Muster nicht. Von nun an wurde die Sache diffizil.

Zeit flieht!

Und er würde auch fliehen, wenn er jetzt nicht die Nerven verlor. Schließlich war er Tim Labin, der Savant, der Wissende, der Mann, der nichts vergessen konnte. Auch nicht die Zeitabstände zwischen dem Drücken der verschiedenen Tasten. An dieser Stelle kam ihm sein musikalisch geschultes Gehör zugute. Bis zum Erbrechen (sic!) hatte er die Klickintervalle während des Tippens mit den Ohren eingefangen, mit dem Gehirn gespeichert und mit dem Verstand analysiert. Je weiter zwei Tasten auseinander liegen, desto länger die Pause zwischen zwei Eingaben, so lautete die Regel. Bei Jamilas flinken Fingern war der Unterschied kaum wahrzunehmen gewesen, aber die Pranken von Knight und Microbrain hatten für die Eingabe wesentlich mehr Zeit benötigt.

Tempus fugit!

Er starrte auf das Löschblattmuster und bewegte die Finger der rechten Hand wie zur Lockerung vor einem Klaviersolo. In der Eile, die Microbrain eben an den Tag gelegt hatte, waren seine Finger für ihn ungewohnt schnell über die Tastatur gehüpft. Damit gab es eine dritte Komponente, aus der Tim Rückschlüsse zum Knacken des Codes ziehen konnte: die Derivation, wie man in der Ballistik die *Abweichung* von der theoretischen Flugbahn eines Projektils nannte. In der Regel neigt der Mensch dazu, bei einer beabsichtigten Punktlandung aus einer fließenden Bewegung eher etwas übers Ziel *hinaus*zuschießen. Bewegt man sich von einer unteren Taste zu einer höher liegenden, wird also in aller Regel Letztere oberhalb des Mittelpunktes getroffen. Auf Seitwärtsbewegungen trifft entsprechend das Gleiche zu.

Die so gewonnenen Eingabeparameter hatte Tims zahlenvernarrtes Gedächtnis binnen Sekunden verarbeitet, und heraus kamen fünf mögliche Kombinationen.

Er tippte die erste ein.

Das sonst so eilfertige Summen des Schlosses blieb aus.

Nach einer Viertelminute klickte es leise, und er durfte Versuch Nummer zwei starten. Der war jedoch auch nicht erfolgreicher. Tim wippte ungeduldig in den Knien, während die dreißig Sekunden verflossen, bis er die Freigabe zum nächsten Durchlauf bekam.

Tempus fugit! Nun mach schon!

Mit der gebotenen Sorgfalt probierte er die dritte Kombination.

Das Schloss blieb stumm.

Er starrte auf seine Armbanduhr und hypnotisierte den Sekundenzeiger, doch der verwandelte sich nicht in eine Hochgeschwindigkeitszentrifuge.

Tick, tick, tick ... Die Zeit war flügellahm geworden.

Endlich hörte er wieder das Klicken und tippte die vierte Ziffernfolge ein.

Der Summer ertönte.

Tim atmete auf, griff zum Türknauf, zog ihn sachte auf und spähte durch den Spalt in die Bibliothek. Mittlerweile herrschte ein reger Betrieb. Zum Untertauchen ideal, dachte er.

Plötzlich machte er eine niederschmetternde Entdeckung. Stalin, oder wie immer der Deckname des Agenten mit den großen Ohrläppchen lautete, eilte gerade aus dem Hauptlesesaal. Tim stockte das Blut in den Adern. Warum schlich der Kerl ständig hier herum? Wartete er auf seinen Einsatz, auf einen Anruf von Owl? Es sah so aus, als liefe der Messerschwinger von Cambridge direkt aufs Labor zu. Wollte er nach der missglückten Übung in England nun blutigen Ernst machen?

Wie vom Donner gerührt stand Tim da und starrte seinen Henker an ...

... der unvermittelt nach links abbog und den Flur hinunterlief. Vermutlich in Richtung Herrentoilette, wo Microbrain seinen Anzug zu retten versuchte.

Tim wusste, ihm blieb zur Flucht nur ein schmales Zeitfenster. Er trat aus dem Büro und lief so unauffällig, wie es ein eilig dahinschreitender Schachweltmeister nur vermochte, in Richtung Ausgang.

Timo fugit!

Emil Kogans Blick ruhte auf einem großen Monitor, der in sechs kleinere Kamerabilder unterteilt war. Diese zeigten verschiedene Ausschnitte aus dem Librarian's Office. Er schmunzelte. Sich zu erbrechen und mit dem Auswurf die Kombination des Zahlenschlosses herauszubekommen, das hatte was. Nicht besonders appetitlich, aber einfallsreich. Vielleicht sollte er die Aufzeichnung den Kollegen von der Agentenausbildung als Lehrvideo zur Verfügung stellen. Aber nein, man würde nur unbequeme Fragen nach der Herkunft stellen. Der Junge aus Deutschland hatte wirklich Talent. Schade, dachte die Eule, dass ich ihn nicht mehr anheuern kann.

An das Buford der Tage Beales erinnerten nur noch Straßenschilder wie die Buford Avenue im benachbarten Oak Ridge. Das hatte Jamila bei ihren Reisevorbereitungen herausgefunden. Für die Fahrt nach Virginia waren etwa fünf Stunden veranschlagt. Ziemlich genauso lange saß sie dann auch am Steuer des Jeep Grand Cherokee, während Justin auf dem Beifahrersitz versuchte, eine Zweiliterthermoskanne Kaffee auszutrinken. Er machte gute Fortschritte. Schon in Washington hatte er auf Jamila nicht sonderlich ruhig gewirkt, mittlerweile war er das reinste Nervenbündel.

Ob er etwas ahnte?

Jamila war auf der Fahrt sehr schweigsam gewesen, was ihn offenbar nicht störte. Bei der NSA hatte sie gelernt, ihre Gedanken vor der Außenwelt zu verbergen. Das war ihr lange ziemlich gut gelungen. Bis Karim starb und ein starkes Jahr später Tim Labin in ihr Leben trat. Sie spürte keine Reue, weil sie Emil etwas vorgemacht hatte, schon gar nicht bei dem Mann, der gerade neben ihr saß, aber gegenüber Tim hatte sie ein schlechtes Gewissen. Dabei waren es weniger Lügen, die ihr Schuldenkonto ihm gegenüber belasteten, als vielmehr das lange Schweigen.

Tim Labin hatte es verdient, die Wahrheit zu erfahren. Deshalb steckte jetzt auch die Kopie des Briefes von Thomas J. Beale in seiner Jacke. Hoffentlich hatte er ihren »Code« verstanden und in der Innentasche nachgesehen.

Bei Justin dagegen hätte Jamila nur allzu gerne geredet. Sie wollte wissen, warum er Karim ans Messer geliefert hatte und später Zircon Afsahi wie auch beinahe Tim. Azam und Justin – das war ein bizarres Gespann. Wie war es zustande gekommen? Sie würde es wohl erst erfahren, wenn Justin in die Mündung ihrer Waffe blickte.

Der Straßenverkehr hatte umgekehrt proportional zur zurückgelegten Entfernung abgenommen. Sie waren in der morgendlichen Rushhour von Washington aufgebrochen, und nun rollte der Geländewagen mit dem großen Stauraum über nahezu leere Straßen. Die kleinen Orte hier in Virginia pflegten das typisch provinzielle Heile-Welt-Image, manche mit mehr, andere mit weniger Erfolg: bunte Holzhäuser, teils mit abblätternder Farbe, windschiefe Strommasten, Supermärkte an den Ein- und Ausfallstraßen, Paradeplatz im Zentrum, verrostende Autos im Vorgarten – eben das Übliche. Wenn der Jeep allerdings zwischen Wiesen und Wäldern hindurchfuhr, sahen die beiden NSA-Agenten eine Landschaft, wie vermutlich schon Thomas Beale sie erblickt hatte. Abgesehen von den schwarzen Asphaltadern natürlich, die in Virginia wie überall längst den großen Organismus USA durchzogen. Bei Bachelors Hall hatten die Agenten den Highway US 58 verlassen und waren die Berry Hill Road noch keine fünf Kilometer in südlicher Richtung gefahren, als Justin einen Befehl bellte.

»Bieg da rechts ab!« Er blitzte Jamila von der Seite her an, als habe er sie schon ein Dutzend Mal dazu aufgefordert. In der einen Hand hielt er den halbvollen Thermobecher, in dem seine schwarze Droge schwappte, und in der anderen einen GPS-Empfänger. Ein modernes Global Positioning System war ungleich genauer als die Navigation mit dem Sextanten, die Beale vermutlich angewendet hatte.

»Hoffentlich wird unser Ausflug aufs Land keine Suche nach der berühmten Stecknadel im Heuhaufen«, unkte Jamila.

Justin warf ihr einen abfälligen Seitenblick zu und knurrte: »Schau nicht so sauertöpfisch drein, JJ. Die Chancen, fündig zu werden, stehen nicht schlecht.«

»Beale hat seine Anweisungen in Deutsch verfasst. Was, wenn er auch in seiner Positionsangabe nach preußischem Standard verfahren ist? Zu seinen Lebzeiten gab's dafür noch keine weltweite Norm.«

»Glücklicherweise hat er in der *britischen* Armee gedient, was ihn für sein Leben geprägt haben dürfte. Der Nullmeridian wurde zwar erst nach seinem Tod in Greenwich festgepinnt, aber seitdem gilt für diesen Planeten das britische Monopol auf exakte Ortsangaben.«

»Hast dich wohl in der letzten Nacht schlaugemacht«, versuchte sie ihn aufzuheitern.

Er verzog das Gesicht. »So, wie mich Meister Kogan gestern Abend niedergemacht hat, hielt ich es für klüger, meine Hausaufgaben zu erledigen. Versuch's mal mit der nächsten rechts. Das GPS sagt, dass wir noch anderthalb Meilen vom Punkt X entfernt sind.«

»Punkt X?«

Justin grinste. »Das Kreuz auf der Schatzkarte.«

Als sie nur noch eine halbe Meile von der Markierung entfernt waren, lenkte Jamila den Jeep in einen Waldweg und hielt hinter dichtem Buschwerk, sodass er von der Straße aus nicht gesehen werden konnte. Sie öffnete die große Heckklappe, griff sich das zum Bündel zusammengeschnürte Werkzeug – Hacke, Spaten, Brechstange, Meißel, Hammer und Handfeger –, womit für Justin die zwei tragbaren Metalldetektoren, eine Aluminiumleiter und die Kaffeekanne übrig blieben.

»Das soll ich alles alleine schleppen?«, brummte er.

Sie lächelte. »Jedem so, wie er's verdient: Du bist hier der Elektronikfreak, und ganz hoch hinaus wolltest du ja schon immer.«

Mürrisch lud er sich die Ausrüstung auf, und los ging die Suche.

Zunächst folgten sie ein Stück dem Forstweg, immer geführt von den Angaben des handygroßen Satellitennavigationssystems. Die Schneise war wenig ausgefahren, offenbar wurde sie selten benutzt. Sie schienen die einzigen Menschen in weitem Umkreis zu sein, nicht einmal das Knattern eines Traktors ließ sich vernehmen. Nach etwa fünfhundert Metern erblickten sie den Waldrand.

»Sieht aus wie ein umgepflügter Acker«, kommentierte Justin die braune Fläche jenseits der Bäume.

Jamila nickte. »Wie schön, dass hier auf dem Lande die Uhren langsamer gehen. Beale schrieb, der Schatz liege auf dem Grund einer Farm, und so scheint es immer noch zu sein.«

»Nur mit dem Unterschied, dass die Farmer heute Internetanschluss haben.«

Seine Bemerkung ließ Jamila aufhorchen. Sie musste wieder an das Gespräch mit Emil in der Bibliothek denken. »Was ich dich schon immer mal fragen wollte, Justin: Angenommen, eine einzelne Person wollte in die Computer von Banken, Brokern und anderen Unternehmen einbrechen, um das Chaos anzurichten, das wir gerade erleben –

wie könnte sie das anstellen? Wäre so etwas überhaupt möglich?«

»Ist die Frage ernst gemeint? Du warst doch dabei, als wir im Pentagon für Arme – in unserer ›Fabrik‹ – die ISIG plattgemacht haben.«

»Sicher. Ich hatte auch alle Zeit der Welt für die Telefonate, mit denen wir an die Insiderinformationen gekommen sind. Aber unter der Beale-Krise leiden inzwischen *Tausende* von Unternehmen. Dr. Labin meint, die dazu erforderlichen Manipulationen könnten niemals das Werk eines Einzeltäters sein.«

»Labin? Der muss es ja wissen«, schnaubte Justin. »Um eine Lawine auszulösen, braucht man oft nur *einen* Schuss.«

»Richtig. Aber der Schnee muss über eine genügend große Fläche hinweg erschüttert werden, um abzugehen. Selbst du, unser bester Intruder, würdest so etwas nie im Leben schaffen.«

Justin blieb stehen. Er war erkennbar dort getroffen, wohin Jamila gezielt hatte: ins Zentrum seiner krankhaften Geltungssucht. »Wer sagt das?«

»Ich«, antwortete sie, wartete eine wohlbemessene Zeit und fügte hinzu: »Karim meinte auch, du seist nicht mehr als ein begabter Aufschneider.«

»Karim?«, jaulte er auf. »Was wusste *der* denn schon? Entschuldige, wenn ich das so offen sage, JJ, aber dein Freund war ein Weichei. Was meinst du, warum er mir schon am MIT immer an der Backe hing? Für einen richtig großen Hack hatte er weder den Mumm noch die nötige Entschlossenheit.«

»Was nützt das Wollen, wenn es am Können fehlt?«, seufzte Jamila. Ihr fiel es schwer, so ruhig zu bleiben, zumal ihr jetzt erst bewusst wurde, wie eifersüchtig der coole Flock auf seinen angeblich besten Freund gewesen war. Wäre Emil ihm nicht auf die Schliche gekommen ...

»Du meinst also, *mir* fehlt es am Können?«, plusterte sich Justin auf. Wütend ließ er seine Last zu Boden fallen und fuchtelte mit den Armen in der Luft herum. »Du hast ja keine Ahnung. Wusstest du, dass sich die NSA in etliche Sicherheitssysteme Hintertüren hat einbauen lassen, damit sie im Bedarfsfall gegen kriminelle oder terroristische Organisationen ermitteln kann? Wir haben ›Generalschlüssel‹ für bestimmte Verschlüsselungsalgorithmen, Superpasswörter gewissermaßen, mit denen wir in null Komma nix an den Klartext herankommen. Wer diesen ›Schlüsselbund‹ besitzt, der hat die Macht.«

»Trotzdem würdest du an der schieren Menge der Ziele scheitern«, stachelte Jamila ihn weiter auf.

»Nicht, wenn ich Schädlinge benutze, die sich mit dem Schlüsselbund in der Tasche selbstständig im weltweiten Netz verbreiten. Ich setze sie auf einige ausgewählte Opfer an, und der Rest erledigt sich von allein.«

»Du meinst Botnets, Trojaner, Viren, Würmer?«

Er zog den Mund in die Breite. »Der ganze Malware-Zoo, den sich unsereiner so hält.«

»Aber die Angriffe haben offenbar koordiniert begonnen. Lässt du deine Helferlein wie E.T. nach Hause telefonieren?«

»Viel zu auffällig«, prahlte der Welt weisester Witzbold. »*Ich* rufe sie an.«

»Was? Wie?«, gab sich Jamila erstaunt.

»Ich benutze die Zeitserver. Keine Organisation überlässt heute noch das Timing den dicken Fingern des Bedienpersonals. Viel zu fehlerträchtig, wo es im globalen Business doch oft um sekundengenaue Synchronisierung von Abläufen geht. Eigene Uhren zu installieren ist auch längst out. Man holt sich die Zeit kostengünstig aus dem Internet. Spezielle Server senden unablässig atomgenaue Zeitsignale ins Web, süße kleine Datenpakete, aber für einen Computervirus genügt schon ein Bit an der richtigen Stelle, und es macht *bum*!« Justin breitete effektvoll die Arme aus.

»Und die Lawine geht ab«, kommentierte Jamila trocken. So hat er's also gemacht, dachte sie insgeheim.

»Die Cyberterroristen könnten natürlich noch andere Tricks draufhaben«, fügte er schnell hinzu, als wäre alles nur ein Gedankenspiel.

»Du hast echt was drauf«, sagte sie, um seine Laune zu heben.

Er grinste. »Schön, dass du's endlich kapierst.« Er hob die Ausrüstung auf. »Gehen wir auf Schatzsuche?«

»Was sagt das GPS?«

»Die Stelle müsste sich irgendwo da drüben befinden.« Er deutete nach links.

Sie verließen den Weg und liefen ein Stück durchs Unterholz. Wie ein schleichender Indianer auf Kriegspfad bewegte sich Justin dabei nicht gerade, ständig hallte das Knacken trockener Äste durch den Wald. Mit einem Mal entdeckte Jamila vor sich einen dunklen Schatten. Sie machte ihren Begleiter darauf aufmerksam.

»Könnte der Fels sein, der einem Totenkopf ähnelt, wie Beale geschrieben hat.«

Und so war es. Als sie den großen Findling erreicht hatten, wusste Jamila sofort, dass sie am Ziel waren. Es bedurfte keiner allzu großen Fantasie, um in dem eiförmigen Stein einen Schädel zu erkennen. Sie zeigte auf einige Vertiefungen, die Augenhöhlen glichen. »Da sind ein paar scharfe Kanten. Sieht aus, als hätte jemand nachgeholfen, um dem Gesicht mehr Kontur zu verleihen.«

»Spielt das irgendeine Rolle?«

»Wohl kaum«, antwortete sie schneller, als es ihr Gefühl erlaubte.

»Lass uns anfangen.« Justin steckte bereits den ersten Detektor zusammen. Er bestand im Wesentlichen aus einem Ring, der an einem langen Rohr hing, das mit einer Elektronikeinheit versehen war. Ein Piepton und eine zusätzliche Digitalanzeige verrieten dem Benutzer, ob sich im Boden Metall befand. Nachdem beide Apparate betriebsbereit waren, nahm sich jeder einen und begab sich im Umkreis des Felsens auf die Suche. Justin fing vorne an. Er meinte, unter den Augen des Wächters sei ein Schatz am besten aufgehoben.

Jamila blieb die Rückseite. So als versprühe sie Unkrautvertilgungsmittel, schwenkte sie den Ring langsam hin und her, wobei sie sich gleichzeitig zentimeterweise voranbewegte. Schon nach wenigen Minuten vernahm sie den Meldeton, fast klang es wie das Fiepen eines fremdartigen Jungtiers. Als sie die Stelle gezielt untersuchte, wurde daraus ein anhaltender Piepton.

»Ich hab was!«, rief sie.

Justin kam schon um den Felsen gelaufen, offenbar hatte er das Geräusch ebenfalls gehört.

»Genau hier«, erklärte sie und schaltete ihren Detektor aus. »Fang an zu graben.«

Er sah sie verdutzt an. »Ich?«

»Willst du etwa ein Mädchen im Dreck wühlen lassen?«

Griesgrämig stapfte er um den Findling herum und kehrte mit Leiter und Werkzeugen zurück. Gleich darauf stach er den Spaten ins Erdreich, als sei er der heilige Georg und der Waldboden ein Drache. Das stählerne Blatt drang ungefähr zwei Fingerbreit ein.

»Au verdammt!«

»Was ist?«, erkundigte sich Jamila, obwohl sie es bereits ahnte.

»Wurzeln. Und wir haben keine Axt dabei.«

Jetzt musste sie grinsen. »Ich denke, du hast deine Hausaufgaben gemacht. Wie schrieb Beale doch so schön? ›Über dem Platz ragt ein Fels aus dem *Wurzelwerk*.‹ Dachtest du, das sei nur Poesie?«

»Mich da mit Hacke und Spaten sechs Fuß tief durchzuarbeiten dauert *Stunden!*«

Sie lief ein paar Schritte weit zu einem umgestürzten Baumstamm, setzte sich darauf und sagte schmunzelnd: »Tja, ich bin gefahren. Jetzt bist du an der Reihe. Dann streng dich mal an.«

Drei Stunden später war Justin am Ende seiner Kräfte und knapp zwei Meter tiefer. Trotz des kühlen Novemberwetters schuftete er nur im Hemd und schwitzte trotzdem aus allen Poren. Lediglich durch die regelmäßig aus dem Krater fliegenden Erdhaufen war noch erkennbar, dass es Leben am Grunde des Loches gab.

»Ist dir nicht warm in deiner gefütterten Lederjacke?«, grunzte er zu Jamila hinauf.

»Ich fühle mich sehr wohl. Darf ich dir einen Kaffee anbieten?«

»Danke. Ich muss noch meinen letzten Koffeinrausch...« Ein metallisches Klacken bereitete seinem Gezeter schlagartig ein Ende.

Jamila sprang auf und lief zum Rand der Grube. »Was war das?«

Er kauerte unter ihr am Boden und strich mit der Hand Erde zur Seite. Dann blickte er zu ihr herauf. »Ich würde sagen, die Bezeichnung Eisendeckel trifft es wohl am genauesten.«

Sie spürte, wie ihr Herz heftig zu schlagen begann. »Was wartest du noch? Schaff den Sand drum herum weg und mach das Ding auf.«

»Nein.«

»Was soll *das* denn jetzt heißen?«

»Du kapierst wohl gar nichts. Das hier ist *die* Entdeckung des Jahrhunderts. Die *Titanic* der Kryptologen. Ich habe in dem Projekt das wenigste getan.«

»Lass den Schwachsinn, Justin. Du warst nie ein Gentleman. Jetzt brauchst du auch nicht damit anzufangen.«

»Keine Widerrede. Nie was von Hackerehre gehört? Ich lasse dir den Vortritt, wie es sich gehört.«

»Wenn's danach ginge, müsste Tim das Gefäß öffnen.«

Er schmunzelte. »So? Du nennst ihn also Tim? Hat Karim endlich einen Nachfolger bekommen?«

Jamila spürte, wie wieder die Wut in ihr hochkochte, die sie schon am vergangenen Abend in der Bibliothek verspürt hatte. War Justin etwa eifersüchtig? Hatte er Karim verraten, um sich nachher an sie heranzumachen …?

Während sie noch mit ihren Gefühlen kämpfte, hatte Justin schon Spaten und Hacke aus dem Loch geschleudert und war über die Leiter hinausgeklettert. Er klaubte den Handfeger und das Kleinwerkzeug vom Boden auf und streckte es ihr grinsend entgegen. »Hier, damit du nicht zweimal runtergehen musst. Wenn du den Deckel geöffnet hast, schieße ich mit meinem Handy ein Erinnerungsfoto, für die NSA-Ruhmeshalle.«

Sie entriss ihm wütend die Utensilien und kletterte rückwärts in die Grube hinab.

Mit dem Handbesen entfernte sie zunächst den Sand rund um den Deckel. Am Rand war die ebene Metallplatte mit einer dicken Wachsschicht versiegelt, was die Verbindung zum darunter befindlichen Behältnis einigermaßen vor Rost geschützt haben dürfte. Vom Gefäß selbst war nicht viel zu erkennen, möglicherweise handelte es sich um einen alten Schmelztiegel. Sonderbar fand Jamila, dass dieser nicht von Steinen umgeben war, wie Beale es im Blatt II seiner Chiffren beschrieben hatte, sondern einfach im Erdreich ruhte. Auch fragte sie sich, warum das Komitee Beales Schatz nie gehoben hatte. Waren sie von ihm mit zusätzlichen Mitteln ausgestattet worden? Oder hatte Russel, dessen Familie durch den Opiumhandel zu Reichtum gelangt war, eigenes Geld dazugeschossen? Denkbar wäre es. Vielleicht war der Schatz aber auch nur als »Kriegskasse« gedacht, falls es in der Auseinandersetzung mit dem loyalistischen Orden der Akte und Klaue zum Äußersten kam.

Endlich hatte Jamila mit dem Meißel den wächsernen Korrosionsschutz beseitigt. Sie umfasste den Deckel mit beiden Händen und versuchte, ihn mit aller Kraft vom Tiegel zu schieben, aber das ging nicht. Ihn anzugeben gelang ihr ebenfalls nicht, vermutlich allein wegen des Gewichts. Also griff sie erneut zum Meißel und setzte ihn an der Naht zwischen Platte und Gefäß an. Beim ersten Schlag mit dem Hammer tat sich gar nichts.

»Streng dich mal an«, rief Justin hörbar erheitert von oben.

»Danke für die Retourkutsche«, knurrte sie von unten und schickte ihren ganzen Unmut in einen weiteren Schlag.

Der Deckel rutschte um etwa einen Zoll zur Seite.

»Er löst sich!«, presste sie hervor, schon wieder über das Gefäß gebeugt und mit den Händen heftig schiebend. Unter ihr öffnete sich ein Spalt, und sie blickte in ein schwarzes Nichts. Ehe sie begreifen konnte, was sie da sah, ertönte über ihr Justins Stimme. Sie klang mit einem Mal ganz anders als vorher, emotionslos, fast so, als spreche ein Automat.

»Hände hoch und keine Bewegung, Morgiane. Sonst schieße ich.«

Koffein und das Gefühl der Macht über das Leben eines anderen Menschen sind eine interessante Mischung, dachte Justin Flock, während er mit seiner Pistole auf JJ zielte. Sicher fragte sie sich, wo der Cyberpunk eine Beretta Px4 Storm herhatte. Die Überraschung in ihrem Gesicht fand er sehr amüsant. Sie wäre allerdings keine gute Agentin, wenn sie den ersten Schock nicht schnell überwunden hätte.

»Ach deswegen warst du vorhin so gesprächig«, sagte sie. »Du wusstest, dass ich deine ›Betriebsgeheimnisse‹ nicht mehr würde verraten können. Was ist das hier? Ein privater Feldzug, oder hat Emil dich beauftragt, mich zu töten?«

Er beschloss, seinen Triumph noch ein wenig auszukosten, und erwiderte schulterzuckend: »Etwas von beidem, würde ich sagen.« Weil ihre Arme sich langsam nach unten bewegten, fügte er hinzu: »Behalte deine Hände immer schön oben. Ich weiß, dass du einen Holster mit einer netten, kleinen Heckler & Koch-Zimmerflack unter deiner sackförmigen, unvorteilhaften schwarzen Jacke trägst. Wo kaufst du nur ein, JJ?«

»Ich habe einen Schneider in Bogota«, knurrte sie.

Immerhin hatte sie einen unverwüstlichen Humor. Das gefiel ihm so an ihr.

»Du hast zu viel Zeit mit Killerspielen verbracht, Justin. Tu endlich die Waffe weg, und wir vergessen das Ganze.«

Das war lustig. Er lachte und gab seiner Stimme einen kindlichen Klang. »Du hast mich ertappt, Mama. Aber das Spielen macht mir doch so viel Spaß. Außerdem trainiert es Reflexe und Zielsicherheit.«

»Und den Killerinstinkt. Ich habe keine Zweifel, dass du einen Menschen töten kannst, Justin, aber *willst* du es auch?«

Diese kleine Schlampe wollte ihn manipulieren. Das nun wiederum fand er weniger amüsant. »Was weißt du denn schon! Du hast mich doch nie beachtet«, schnaubte er. Ihre Augen funkelten. Diese grünen Juwelen hatte er immer besonders an ihr gemocht.

»Bist du etwa eifersüchtig auf Tim?«, fragte sie unvermittelt.

Er lachte. »Etwa auf das deutsche Wunderkind? Wo denkst du hin!« Schlagartig wurde er wieder ernst. »Der Schlappschwanz wird niemals bekommen, was ich nicht haben durfte. Du hast immer nur die anderen angesehn, Karim und jetzt diesen Labin, aber für mich blieb nicht mal ein Lächeln übrig.«

»Das ist nicht ...«

»Doch, es *ist* wahr!«, fuhr er ihr über den Mund. Seine Pistolenhand zitterte vor Wut. Am liebsten hätte er sofort geschossen, aber das hieße, auf ein Vergnügen verzichten. »Du bist immer sein Liebling gewesen. Aber solltest du irgendwann nicht mehr da sein, dann rückt die Nummer zwei auf: *ich*.« Mit Genugtuung registrierte er das bestürzte Flackern in ihren hübschen Augen.

»Wenn das hier schon die Stunde der Wahrheit ist«, sagte sie, »dann verrate mir, wer Azam nach Boston beordert hat. Warst du das?«

Justin runzelte die Stirn. »Wer ist Azam?«

»Jetzt tu nicht so. Er war mein Bruder – oder wenigstens mein Stiefbruder. In England hat er Professor Afsahi ermordet, danach beinahe Dr. Labin, und ich bin sicher, dass auch Karims Blut an seinen Händen klebte.«

»Ach so, *der* Azam. Der Al-Qaida-Terrorist aus den Nachrichten. Mit dem habe ich nichts zu tun.«

Offenkundig verwirrte sie diese Antwort. »Und Casim?«

»Kenne ich auch nicht.«

»Herrje!«, flüsterte sie und nickte. »Allmählich komme ich dahinter, warum mich Emil, kurz nachdem wir den sterbenden Professor gefunden hatten, zum Bibliotheksturm schickte. Würde mich nicht wundern, wenn seine geliebten Kameras auch in Zircons Haus oder sogar in der University Library versteckt waren. Er hat auf Überwachungsmonitoren alles beobachtet, um zum passenden Zeitpunkt die richtigen Regieanweisungen zu geben. Die Sache mit der Leiche und der Polizei würde er regeln, hat er gesagt. ›Lauf du nur dem Deutschen hinterher, und beschütze ihn vor diesen Terroristen.‹ Vermutlich hat er Azams Team sogar die Maskierung befohlen, damit ich sie nicht erkenne und mit aller Härte gegen sie vorgehe.«

»Du bist mindestens so klug wie hübsch«, würdigte Justin ihre Schlussfolgerungen.

Sie schüttelte sichtlich erschüttert den Kopf. Jetzt begriff sie auch, wieso Afsahi seinen Mörder und vermutlich sogar das Geheimnis der dritten Beale-Chiffre gekannt hatte: Azam war der Mittelsmann zwischen Emil und dem Professor gewesen. »Owl hat uns alle gegeneinander ausgespielt. Er hat *alle* manipuliert.«

In diesem Punkt war Justin anderer Meinung. Ihre Äußerung beschwor sogar seinen Zorn herauf. »Nicht alle! Nicht mich!«, fauchte er.

JJ begegnete seiner Wut mit einem mitleidvollen Blick. »Wach endlich auf, Justin. Du bist auch nur ein Bauer, den er längst geopfert hat. Emil ist ein Meister des Gambits. Nein, er ist *Aliat Mansube* – der Meister des Endspiels. Und wozu all das sinnlose Töten …?«

»Ha!«, zerhackte Justin ihr Plädoyer mit einem irren Lachen. »Wozu wohl? Um des Geldes wegen natürlich. Es geht immer ums Geld.«

Sie nickte versonnen, so als erinnere sie sich an eine ähnliche Äußerung aus jüngster Vergangenheit. »Sag, womit hat er dich geködert? Wie hoch soll dein Anteil am Beale-Schatz sein? Zehn Prozent von dem, was da drin ist?« Hastig ergriff sie den Deckel und schob ihn zur Seite.

»Hände weg von deiner Waffe!«, schrie er, und noch ehe sie seiner Aufforderung nachgekommen war, begriff er entsetzt, was sie ihm zeigen wollte. »D-der … der Behälter ist *leer!*«

»Offenbar haben wir alle Beale unterschätzt. Und nun steck schon die Beretta weg. Hier ist nichts für dich zu holen.«

Es dauerte nicht lange, bis Justin den ersten Schrecken überwunden hatte. Er fing an zu kichern, als habe er den Verstand verloren. Dieses Mädchen kapierte immer noch nicht, obwohl sie doch sonst immer so klug war.

»Was ist daran so lustig?«, hallte es von unten.

»Nichts«, erwiderte er und brachte kaum ein klares Wort hervor. »Ich habe meine Schäfchen längst im Trockenen. Der Anteil am Beale-Schatz wäre schön gewesen« – er zuckte die Achseln –, »aber ich habe vorgesorgt.« Genussvoll weidete er sich an ihrem überraschten Gesicht.

Doch dann schien sie zu begreifen. »Du hast spekuliert. Wenn an der Börse die einen verlieren, dann machen die anderen Gewinn. Warentermingeschäfte, nehme ich an.«

»Dies und das«, gab Justin ihr recht. »Die Tipps kamen übrigens von Meister Kogan. Den richtigen Reibach wollten wir erst machen, wenn der Schatz gehoben wäre.« Er fing wieder an zu kichern, weil er die Wendung »Ironie des Schicksals« nie so tief empfunden hatte wie in diesem Augenblick. »Ist alles ein wenig außer Kontrolle geraten, weil ich die Nachricht aus England zunächst falsch verstanden hatte. Ich dachte, Labin hätte *beide* Chiffren entziffert und habe über die Zeitserver unsere Schädlinge aktiviert. Tja, und dann ...« Das Kichern gewann für einen Moment die Oberhand über die Worte. »Nachdem die Büchse der Pandora erst einmal geöffnet war, bekamen wir sie nicht wieder zu. Oder anders ausgedrückt: Die Lawine, die mein Schuss ausgelöst hat, wurde größer als geplant.«

JJ starrte mit glasigem Blick zu ihm herauf. »Dann hat Owl die Unabhängigkeitserklärung nie interessiert. Er brauchte nur ...« Sie schüttelte den Kopf.

»... die Zündschnur, um das Pulverfass hochzujagen«, pflichtete Justin ihr bei.

»Bist du sicher, dass dein Vermögen nicht mit in die Luft geblasen wird? Wenn die Welt nicht bald die Wahrheit über diese Farce erfährt, dann könnte dein schöner neuer Reichtum ganz schnell wieder futsch sein.«

»Ist uns auch schon aufgefallen. Ich schichte momentan um. Der Meister meint, Gold sei in Krisenzeiten keine schlechte Wahl. Mach dir also keine Sorgen. Und was die Welt und ihr Anrecht auf Wahrheit betrifft« – Justin spannte den Hahn seiner Waffe –, »sie wird sich wohl noch eine Weile gedulden müssen.«

»Tu's nicht!«, flehte sie.

Ach, wie er diese Macht genoss, wie es ihn erregte, sie da unten zu sehen, zu seinen Füßen, im Dreck um ihr jämmerliches kleines Dasein bettelnd! Alles, was ihn jetzt noch von einem Gott unterschied, war die Gewalt über Leben und Tod. Er lächelte. »Mach nicht so ein trauriges Gesicht, kleine Morgiane. Du kannst mich nicht manipulieren. Und unser Meister kann es auch nicht. Ich verspreche dir, *ihm* werde ich nicht das Grab schaufeln. Das habe ich nur für dich ...«

Justin hatte das Gefühl, eine Bombe sei in seinem Kopf explodiert, begleitet von einem lauten *Plong!* Ehe er seinen Schädel als Ort dieses Geräusches lokalisieren konnte, wurde ihm auch schon schwarz vor Augen, und er brach besinnungslos zusammen.

Jamila hatte zuletzt die Augen geschlossen, um dem Tod nicht ins Angesicht blicken zu müssen. Aber dann war da plötzlich dieses metallische Scheppern gewesen, gefolgt vom dumpfen Laut eines fallenden Körpers. Sie riss die Augen wieder auf.

Über sich sah sie nur Baumwipfel und Himmel. Justin Flock war verschwunden. Dann trat eine andere Gestalt in ihr Blickfeld.

»*Du!?*«

Tim lächelte gequält und ließ den Schaft des Spatens in seine linke Handfläche klatschen. An dem Blatt klebte Blut. »Hoffentlich habe ich ihn nicht umgebracht. Ich mache so was zum ersten Mal. Komm hoch, damit wir ihn uns anschauen können.« Er zog sich aus ihrem Blickfeld zurück.

Überrascht von der unverhofften Wendung, aber auch glücklich und erleichtert stieg sie aus der Grube. Oben sah sie Justin bäuchlings in jenem Sand liegen, den er selbst aus dem Loch geschaufelt hatte. An seinem Hinterkopf befand sich eine blutige Platzwunde. Tim kniete bei ihm und fühlte seine Halsschlagader.

Sie hob rasch Justins Beretta vom Boden auf, ließ das Magazin herausfallen und schickte sich an, es zu entleeren. Dabei hielt sie mit einem Mal inne. Aus einer verrückten Eingebung heraus warf sie eines der 9-mm-Projektile zielgenau in den Eisentiegel. Anstatt des erwarteten Klimperns vernahm sie nur ein leises *Plopp!* Fasziniert von dieser Entdeckung beugte sie sich über den Grubenrand, um auf den Grund des Tiegels zu sehen ...

»Er lebt«, sagte neben ihr Tim.

Sie schob das Magazin wieder in den Pistolengriff, steckte diese hinten in den Gürtel und wandte sich ihrem Retter zu. »Dann hast du meinen Wagen also gefunden?«

Er richtete sich auf und sah sie auf eine Weise an, die sie nicht recht zu deuten wusste. Es schien, als sprudelten mit einem Mal die unterschiedlichsten Empfindungen aus ihm empor, Gefühle, die in seiner lange so hermetisch abgeriegelten Seele gefangen gehalten und nun plötzlich freigelassen worden waren. Sein Körper kippte nach vorn, und für einen Augenblick fürchtete Jamila tatsächlich, er könnte die Besinnung verlieren, aber dann lief er auf sie zu, nahm sie in die Arme und küsste sie.

Sie war überrascht.

Natürlich hatte sie bemerkt, dass er viel für sie empfand, aber wie er neuerdings mit seinen Ängsten umging, kam für sie doch unerwartet. Wenngleich nicht unwillkommen. Jamila selbst empfand längst mehr für ihn, als es mit Worten wie Kollegialität oder Freundschaft auszudrücken war. Nein – erst in diesem Moment wurde sie sich dessen voll bewusst –, sie liebte ihn.

Der Kuss dauerte nicht sehr lang. Es war ein eher scheues

Bekenntnis seiner Zuneigung, offenbar fehlte Tim die Übung. Aber trotzdem oder gerade deshalb saugte Jamila diesen Wimpernschlag der Seligkeit genussvoll in sich auf.

»Bitte werde nie die Nummer fünfzig«, flehte er, nachdem sein Mut wohl aufgebraucht war.

Sie blinzelte verwundert. »Nummer ...?«

»Sag bloß, du kennst Paul Simons Song nicht: *50 Ways to Leave Your Lover.*«

»Hattest du denn vor mir schon neunundvierzig ...?«

»Niederlagen«, fiel er ihr ins Wort. Verständlicherweise fiel ihm das Lächeln immer noch schwer. »Nachdem ich aus der Bibliothek geflohen war und dein Gruftimobil beim Arlington-Friedhof gefunden habe, bin ich sofort hergedüst.«

Die Anspielung auf einige Besonderheiten ihres VW Beetle war nicht zu überhören, und sie meinte sich rechtfertigen zu müssen. »Du wirst es nicht glauben, aber die 322 im Kennzeichen ist reiner Zufall.«

Er sah sie ungläubig an, ging aber nicht weiter darauf ein. »Glücklicherweise kann man in deinem Navigationssystem auch geographische Positionsdaten eingeben. Die Funktion ist zwar etwas versteckt, aber für Schatzsucher ungemein praktisch. Auf diese Weise konnte ich mich bis zu eurem Jeep führen lassen. Der Cherokee ist doch eurer ...?«

Jamila erstarrte, weil Tim plötzlich von ihr weggerissen wurde. Von hinten schlang sich ein Arm um seine Brust, und die Klinge eines Stiletts legte sich an seinen Hals. Reflexhaft griff sie nach dem Holster, zog ihre Pistole und ...

»Keine Bewegung, oder dein Lover bekommt Atemprobleme«, zischte Justin, ehe sie seinen Kopf ins Visier nehmen konnte. Sein Blick verhieß nichts Gutes. Vorhin schon hatte er sich seiner Entschlossenheit gerühmt, und diese schien noch wilder geworden zu sein – wie bei einem verletzten

Raubtier. Zudem atmete Tim besorgniserregend schwer. Er war sichtlich einem Anfall nahe, wie er ihn in Heathrow erlitten hatte. Justin würde mit seinem von Koffein und Allmachtsvorstellungen berauschten Verstand bestimmt kein Verständnis zeigen, sondern ihn eher umbringen, als seine Geisel freizugeben. Sie musste bei der nächsten Gelegenheit handeln. Langsam ließ sie die Waffe sinken.

»Wie soll es jetzt deiner Meinung nach mit uns weitergehen, Justin?« Es war immer gut, einen potenziellen Täter mit Vornamen anzureden. Das schuf Vertrautheit und erhöhte die Hemmschwelle zum Töten.

Er grinste. »Die Guten ins Töpfchen, die Schlechten ins Kröpfchen – schmeiß deine Knarre in den Tiegel, JJ.«

Jamilas Augen verengten sich. Dieser Wahnsinnige ließ ihr keine Wahl. Er würde nicht zögern, Tim die Kehle durchzuschneiden.

Sie warf die Waffe in den Behälter.

»Gut versenkt«, lobte Justin sie. »Du solltest dich für die NBA bewerben.«

»Das hat mein Basketballtrainer in Yale auch immer gesagt.« Sie streifte die Jacke zurück und stemmte die Hände in den Rücken. »Was nun, Justin?«

»Du verdammter Hurenbock, halt still, sonst schlitze ich dich auf!«, zischte der, weil Tim sich zu winden begonnen hatte. Er atmete wie ein Marathonläufer nach dem Zieldurchlauf. Dicke Schweißperlen standen auf seiner Stirn.

Jamila zwang sich zur Ruhe, obwohl innerlich ein Orkan in ihr wütete. »Er hat eine Phobie, Justin. Die körperliche Nähe anderer Menschen versetzt ihn in Panik. Lass ihn einfach los. Dann wird es ihm gleich viel bessergehen.«

Justin lachte nur. »Da kenne ich noch ein anderes Rezept. Das bringt *jeden* zur Ruhe. Es ist ohnehin Zeit, dieses erbärmliche Schauspiel zu beenden, wie es sich für ein grandioses Drama gehört: Blut, tote Helden ...« Seine Hand umspannte den Stilettgriff noch fester. Tim stieß einen erstickten Laut aus. Ein kleines rotes Rinnsal lief an seinem Hals herab.

»Lass das, Justin!«, sagte sie in beschwörendem Ton. »Du tust dir damit keinen Gefallen.«

»So?«, höhnte er. »Warum denn nicht? Mich manipuliert niemand ...«

Blitzschnell zog sie seine Beretta hinter dem Rücken hervor und gab zwei Schüsse ab, die ihn mitten in die Stirn trafen. Mit leerem Blick sank er hinter Tim zu Boden.

Tim spürte, wie die Hände, die ihn gerade noch hatten töten wollen, nun selbst leblos wurden. Schlaff fielen sie von ihm ab. Trotzdem war er unfähig, sich zu rühren. Mit weit aufgerissenen Augen starrte er in das wie versteinert wirkende Gesicht der Frau, die er vor wenigen Minuten noch geküsst hatte. Warum steht sie immer noch so da?, fragte er sich, die Arme ausgestreckt, die Waffe mit der rauchenden Mündung auf seinen Kopf gerichtet. Schon überwunden geglaubte Zweifel kehrten schlagartig zurück.

Ist in Wahrheit *sie* Gomleks Racheengel? Wird sie jetzt auch *dich* töten?

»Jamila«, brachte er endlich ihren Namen über die Lippen. »Du zielst auf mich.«

Es schien, als habe er mit diesen Worten einen Bann gebrochen. Sie blinzelte, ließ die Pistole sinken, stürzte auf ihn zu und umarmte ihn. Nein, sie *umklammerte* ihn. Und sie hatte Kraft! Ihm blieb fast die Luft weg. Ihre Wange lag an der seinen, und als sie wie ein verletztes kleines Mädchen zu schluchzen begann, war er durchaus überrascht.

»Tim, ich konnte nicht anders, ich *musste* es tun. Er hätte dich sonst...«

»Ruhig«, sagte er leise und streichelte ihren Kopf. »Du hast mir das Leben gerettet.«

Sie schniefte. »Es ist grauenvoll. Da macht man das tausendmal in der Simulation und denkt, man sei ein taffes Mädchen, aber dann, wenn's plötzlich ernst wird...« Ihre Stimme brach, und sie begann haltlos zu weinen.

Er kam sich vor wie in einem bizarren Traum. Eben noch hatte er Todesängste ausgestanden, war wieder von Panik überflutet worden. Flock hatte – fast so wie jetzt Jamila, aber trotzdem auf grauenvolle Weise anders – Wange an Wange mit ihm gestanden. Und dann war ihm das Gehirn aus dem Kopf geblasen worden. Das Erlebnis hatte Tim bis ins Mark erschüttert. Müßig zu erwähnen, dass er diesen Moment sein Leben lang nicht vergessen würde.

Doch dann war da noch die andere Seite, so als sei selbst der Horror nur eine Medaille mit einer hässlichen Fratze vorne und elysischen Wonnen hinten. Denn Jamila zu halten, sie zu trösten, sie zum ersten Mal wirklich schwach zu erleben, als ein Wesen, das bei *ihm,* dem Neurotiker Tim Labin, Geborgenheit suchte – etwas Paradiesischeres konnte er sich kaum vorstellen.

Wenn nur nicht hinter ihm eine Leiche mit einem durchlöcherten Schädel läge.

Jamilas Schluchzen endete jäh. Sie zog den Rotz hoch und sagte mit hinreichend fester Stimme: »Wir sind betrogen worden, Tim.«

»Von wem?«

»Von allen. Aber das meine ich nicht.« Sie nahm ihr

Gesicht von seiner Wange und deutete ins Loch. »Der Tiegel ist leer. Fast leer jedenfalls.«

»Was meinst du damit?«

»Es ist kein Gold und Silber drin. Aber auf dem Grund scheint etwas Weiches zu liegen. Als ich vorhin die Patrone reingeworfen habe, hat es nicht geklimpert.«

»Willst du nachsehen?«

Jamila nickte. »Aber erst lass mich Justin zudecken.« Sie lief zu dessen Kleidern und hob seinen Mantel auf. Als sie die Taschen kontrollierte, fand sie das Handy, mit dem er angeblich die Fotos für die Hall of Fame der NSA hatte schießen wollen. Sie steckte es ein und legte das Kleidungsstück behutsam über Kopf und Oberkörper des Toten. Danach begab sie sich zur Grube und kletterte über die Leiter zum Tiegel hinab. Glücklicherweise war dessen Öffnung weit, denn sie musste ihren ganzen Arm, die Schulter und sogar den Kopf hineinstecken, um an den Grund zu reichen. Als alles wieder draußen war, hielt sie ein flaches, braunschwarzes, verschnürtes und versiegeltes Paket in der Hand.

»Sieht aus wie eine Akte«, riet Tim.

Sie kletterte rasch zu ihm hinauf. Gemeinsam bestaunten sie den Fund. Er war nur etwa so dick wie Jamilas Daumen, und die übrigen Dimensionen entsprachen ungefähr denen eines Briefbogens.

»Meinst du, es ist das, was wir glauben?«, fragte sie.

»Die Urschrift der Unabhängigkeitserklärung?« Ihn durchlief ein Schauer. »Sieh nach, dann wissen wir's.«

»Ich bin Historikerin.«

»Was soll *das* nun wieder heißen?«

»Hast du mal gesehen, was für einen Aufwand die anstellen, um die – womöglich falsche – Unabhängigkeitserklärung im Nationalarchiv vor dem Zerfall zu bewahren?«

»Mach das Päckchen schon auf. Ich bin eine lebende Digitalkamera mit Texterkennungssystem. In ein paar Sekunden habe ich das Ding eingescannt, und während du alles wieder zuschnürst, kann ich dir den Inhalt deklamieren.«

»Na gut. Ein paar Sekunden machen sicher nichts aus.«

Jamila bettete das Paket auf Tims ausgebreitete Arme und betrachtete das Siegel. Darauf prangten die Lettern TJB – für Thomas Jefferson Beale. Um es nicht zu zerstören, zerschnitt sie die Schnur mit einem Messer, das sie flugs aus der Tasche gezaubert hatte.

»Es ist in Ölpapier eingeschlagen, um die Feuchtigkeit abzuhalten«, erläuterte sie, während sie selbiges sehr behutsam auseinanderfaltete, oder besser abwickelte, denn die schützende Schicht umgab den Inhalt in mehreren Lagen. Darunter folgte Seidenpapier, sehr dünn und weich.

»Fast wie eine japanische Geschenkverpackung«, kommentierte Tim, weil er sich in der Rolle des Klapptisches unterfordert fühlte.

»Bin schon fertig«, sagte Jamila und sah mit einem Mal reichlich verdutzt aus.

Auch Tim staunte. In dem Paket befand sich ein *einziges* Blatt, unter der Bürde der Jahrhunderte braun und fleckig geworden, mit einer blassen, verschnörkelten Handschrift darauf. Den Text vermochte sogar Jamila binnen Sekunden zu lesen.

»Pech gehabt. Ins Land des Glücks findest du nur, wenn du die <u>richtige</u> Unabhängigkeitserklärung kennst. Der Eure in 322, T.J.B.«

»Du kannst den Scherzartikel wieder einpacken«, sagte Tim, weil Jamila wie vom Donner gerührt war.

Sie sah ihn verständnislos an. »Du meinst, er macht sich nur über uns lustig?«

Trotz der makabren Begleitumstände drängte sich ein Schmunzeln auf seine Lippen. »Nicht über uns beide speziell, würde ich vermuten, aber über jene, die der raffinierte Hund damit austricksen wollte, die Gierigen und Unersättlichen, die nur hinter seinem Vermögen her sind. Vielleicht auch den Orden der Akte und Klaue.«

Zu seiner Verwunderung schien sie der »Scherzartikel« mehr zu verstören, als Überraschung allein es zu erklären vermochte. Ihr Blick wanderte wieder zu Beales Notiz. »Dann ist unsere Unabhängigkeitserklärung also tatsächlich falsch?«

Tim schüttelte den Kopf. »Ich glaube, er meint etwas anderes. Oder hast du vergessen, dass im Blatt II ausdrücklich von *zwei* Depots die Rede war?«

»Aber gestern im Librarian's Office, da hast du Emil Kogan doch erklärt...«

»*Pst!*«, unterbrach er sie. »Du bist jetzt einfach mal still. Für eine Weile übernehme ich das Kommando, und wenn du auch nur Piep sagst, bevor *ich* es dir erlaube, brechen wir den Einsatz ab.«

»Darf ich wenigstens fragen, was du vorhast?«

»Ja. Wir machen eine Spritztour nach Maryland, ins Herzland der NSA.«

Tim hatte Jamila kampflos das Steuer des Jeep Grand Cherokee überlassen. Von dem unter Männern weit verbreiteten Aberglauben, die Fähigkeit zum Autofahren im Allgemeinen und die zum Einparken im Besonderen sei auf dem Y-Chromosom verankert und damit Frauen völlig absent, hielt er nichts. Schon weil er selbst ein miserabler Fahrzeuglenker war und sich kaum vorzustellen vermochte, dass ihn andere in seinem Unvermögen übertreffen könnten.

Immerhin hatte er sich erweichen lassen, Jamilas VW Beetle in den nächsten Ort zu fahren, nachdem seine Schnittwunde am Hals von ihr fachmännisch aus der Notapotheke des Fahrzeugs versorgt worden war. Jamila wollte den Wagen später in Oak Ridge abholen. Dort kauften sie auch in einem Eisenwarenladen eine Axt und eine Säge.

Justins Leiche lag immer noch in dem Waldstück. Jamila hatte nach etwa einer Stunde über sein Handy die Polizei verständigt, ohne ihren Namen zu nennen. Sie habe aus Notwehr geschossen, sagte sie wahrheitsgemäß, müsse aber noch etwas erledigen, um ihre Unschuld zu beweisen, und werde sich innerhalb von vierundzwanzig Stunden wieder melden. Streng nach Diensthandbuch war der Beamte, mit dem sie sprach, dagegen. Als er zu protestieren begann, hatte sie die Verbindung unterbrochen.

Während der siebenstündigen Fahrt nach Maryland erzählte Tim von einigen seltsamen Entdeckungen, die er während der Dechiffrierungsarbeit gemacht hatte. Zu Thomas J. Beales Lebzeiten kursierten mehrere geringfügig voneinander abweichende Versionen der amerikanischen Unabhängigkeitserklärung. Für die Verschlüsselung habe Beale nur die Anfangsbuchstaben der Wörter benutzt. So betraf eine der Abweichungen, die in die Chiffrierung eingeflossen war, die Vokabel *unalienable*. Richtigerweise müsste es *inalienable* – »unveräußerlich« – heißen.

»Und dann ist mir etwas ganz Seltsames aufgefallen«, fuhr Tim fort. »Die Unabhängigkeitserklärung endet mit der Formel ›*our sacred Honor*‹ – ›unsere heilige Ehre‹. Das sind die

Wörter Nummer 1320 bis 1322. Das Blatt II der Beale-Chiffren endet mit 1005, was auf das Wort *petitioned* hinweist.«

»Also für den Buchstaben P steht?«

»Richtig. Blatt III geht sogar nur bis zum Wörtchen 975 – ein *of,* das dem Klartext ein O liefert. Und jetzt rate mal, welches die höchste Wortnummer im Blatt I ist.«

»Nun sag schon. Mach's nicht so spannend.«

»2906.«

Jamila sah ihn verblüfft an. »Das hieße ja, die Erklärung müsste mehr als doppelt so lang sein. Heißt das etwa …?«

»Dass es einen Anhang gibt? Einschränkende Klauseln? Eine zeitliche Beschränkung in Verbindung mit Tributzahlungen? Beale hatte in seinem Brief an den Hotelier so etwas erwähnt. Möglich wäre es.«

»Aber wie hast du das Problem gelöst? Du wirst dir wohl für die fehlenden Buchstaben kaum etwas aus den Fingern gesaugt haben. Das wäre Justin sofort aufgefallen.«

Tims Hand tastete, wie schon so oft seit Buford, nach der schmerzenden Verletzung am Hals. »Wenn du dir die gedruckten Kopien der Unabhängigkeitserklärung ansiehst, findest du unter dem eigentlichen Text die Unterzeichner aufgelistet: ganz oben Präsident John Hancock und dann die Namen der Vertreter aus den dreizehn ehemaligen Kolonien.«

»Das ergibt aber nicht genug Füllstoff, um die eigentliche Erklärung ums Doppelte aufzublähen.«

»Bei weitem nicht. Ich habe, wie es übrigens bei vielen Chiffrierverfahren Usus ist, einfach wieder von vorne angefangen. Das hat Justin anstandslos geschluckt, weil es von Beale auch so beabsichtigt war.«

»Aber?«

»In der schon eben erwähnten Ausgabe mit den kleinen

Unterschieden haben sich ein paar Druckfehler in die Namen ›eingeschlichen‹ – ich könnte sogar wetten, dass Beale diese ›fehlerhafte‹ Fassung ganz bewusst in Umlauf gebracht hat, damit sie später seinen Komiteemitgliedern als Schlüsseltext zur Verfügung steht; am nötigen Geld dazu mangelte es ja nicht. Wie auch immer, die Druckfehler wären mitten in den geheiligten Worten von Thomas Jefferson schnell aufgefallen, aber Namen sind bekanntlich ein Tummelplatz für sprachliche Kuriositäten, da lässt sich viel leichter ein I für ein F vormachen.«

»Sagt ihr Deutschen nicht, ein X für ein U?«

»Ich rede von den Stellvertretern für Ziffern, Jamila: A für die 1, B für die 2, F für die 6 und I für die 9. Hast du was zu schreiben?«

»Auf dem Rücksitz in meiner Tasche.«

Er angelte sie sich, holte das Schreibzeug heraus, notierte untereinander zwei Positionsangaben und hielt ihr das Ringbuch hin.

Virginia: 36°34'5N 79°33'36W
Maryland: 39°34'5N 76°33'39W

Jamila nickte. »Die Sechs und die Neun sind vertauscht. Justin und ich haben uns ein I für ein F vormachen lassen.« Sie riss überrascht die Augen auf. »Dann meinte Beale mit der ›richtigen Unabhängigkeitserklärung‹ gar nicht einen anderen Urtext, sondern lediglich die von ihm benutzte Ausgabe mit den Druckfehlern?«

»Sozusagen die blaue Mauritius der Schlüsseltexte«, bestätigte Tim.

Sie schluckte schwer.

Er konnte sich denken, was in ihrem Kopf vorging. »Das

bedeutet nicht, dass die uns bekannte Unabhängigkeitserklärung koscher ist. Wozu sonst der ganze Aufwand mit dem Komitee, mit Skull and Bones und der womöglich jahrhundertelange Kampf gegen den Orden der Akte und Klaue?«

Jamila atmete hörbar aus. »Jetzt hast du mir aber einen Schrecken eingejagt.«

»Apropos, Schreck. Ich würde gerne erfahren, was passiert ist, bevor ich im Wald aufgekreuzt bin.«

Jamila berichtete ihm von Kogans Verrat, von der »Büchse der Pandora«, die er zusammen mit Justin geöffnet und nicht mehr zubekommen hatte, und von allem anderen, was ihr teilweise erst unter dem Totenkopffelsen klargeworden war.

Anschließend breitete Tim sein Leben vor ihr aus, erzählte von den Anfängen seiner Erinnerung, von jenen schrecklichen Ereignissen in der Nacht des Berliner Mauerfalls und dass der vielfache Mörder und Beschaffer der Rosenholz-Dateien Iwan Gomlek niemand anderer als Emil W. Kogan war.

Gegen Mitternacht, längst hatten sie sich anderen Episoden ihrer Vergangenheit zugewandt, erreichten sie das Zielgebiet. Tim behielt den GPS-Empfänger nun gründlicher im Auge. Sie befanden sich nur dreißig Kilometer nördlich des Stadtzentrums von Baltimore, das NSA-Hauptquartier lag etwa fünfzig Kilometer südöstlich von ihnen. Vor ein paar Minuten hatten sie Jacksonville passiert, um kurz darauf in die Old York Road einzubiegen. Der Cherokee fuhr zwischen Feldern hindurch, rechter Hand sah Tim die Hofbeleuchtung einer Farm. Dann waren sie mit einem Mal inmitten von Bäumen. Er bat Jamila, rechts in eine kleine Seitenstraße einzubiegen, an dem Abzweig wies ein Hinweisschild den Weg zum »Ashland Orphanage«, einem Waisenhaus.

»Hier müsste es sein«, sagte er. »Jedenfalls ungefähr.«

Jamila lenkte den Jeep einfach in den Wald. »Ungefähr?«, neckte sie ihn. Der Wagen schaukelte wild hin und her. »Solche diffusen Aussagen ist man von einem Zahlengenie wie dir gar nicht gewohnt.«

»Beales Versteck liegt auf 39 Grad, 34 Minuten und 5 Sekunden nördlicher Breite und 76 Grad, 33 Minuten und 39 Sekunden westlicher Länge. Sollte er sich nur um eine Bogensekunde vermessen haben, müssten wir in einem Umkreis von 5805,82 Zentimetern suchen.«

»Zentimeter?«

»Das sind 4.103.454,1773007 Quadratzoll. Bei einer Abweichung von nur zwei Bogensekunden vergrößert sich unser Sucharreal auf…«

»Schon gut. Vergiss, was ich gesagt habe.«

»Geht nicht. Ich bin der Mann…« Er verstummte, als sie ihm einen strafenden Seitenblick zuwarf.

Inzwischen war der Wagen in einer Senke zum Stillstand gekommen, weit genug abseits der Straße, um von dort nicht entdeckt zu werden.

Jamilas Brust hob sich unter einem tiefen Atemzug. »Ich bin gespannt, was uns erwartet.«

Er griff spontan nach ihrer Rechten und drückte sie sanft. »Denk an Beales Scherzartikel: Wir wandern ›ins Land des Glücks‹.«

Sie zog die Stirn kraus. »Das habe ich sowieso nicht richtig verstanden. Ist damit das Glück des Schatzsuchers gemeint?«

»Nicht nur. Ihr Amerikaner sagt doch *merry Christmas* – fröhliche oder glückliche Weihnachten. Und hier sind wir in *Mary*land.«

»Das wird aber anders geschrieben.«

»Klingt aber gleich. Es ist ein Kalauer, Jamila, ein vielleicht nicht sonderlich geistreicher, aber gelungener Wortwitz.«

Sie verdrehte die Augen. »Beale war eben doch ein Cowboy. Dann lass uns durchs glückliche Land marschieren.«

Beide stiegen aus. Jamila öffnete den Kofferraum und kramte darin herum. Tim beobachtete, wie sie aus einem Karton etliche runde rote Röhrchen in einen Rucksack umfüllte. Er nahm ihr eines aus der Hand, um es genauer zu betrachten. Es glich einem großen Textmarker. »Was ist das? Signallichter?«

Sie nickte. »Magnesiumfackeln. Die Dinger brennen ziemlich hell, sogar unter Wasser. Komm, hilf mir tragen.« Sie reichte ihm eines der zerlegten Metallsuchgeräte.

Er steckte die Fackel in die Manteltasche und nahm ihr den Detektor ab.

Nach etwa zweihundert Metern stießen sie auf ein Feld. Wie auf Bestellung waren die dichten Wolken aufgerissen, und der Mond tauchte die Landschaft in ein silbriges Licht.

Tim deutete mitten in den Acker. »Der Schatz müsste sich genau *da* befinden.«

»Da ist aber kein Totenkopffelsen.«

»Gut beobachtet. In Buford habt ihr ja auch ein größeres Gebiet absuchen müssen. Wie es scheint, wird uns das hier auch nicht erspart bleiben.«

Jamila ließ ihre Werkzeuge zu Boden sinken. »Mit all dem Kram artet das in eine elende Plackerei aus. Wir nehmen nur das Nötigste mit. Wenn wir die Stelle gefunden haben, holen wir die restliche Ausrüstung nach.«

»Grandioser Vorschlag. Speichere die Position in deinem GPS, damit wir die Stelle nachher gleich wiederfinden. Da der Felsen nicht auf dem Feld zu sehen ist, wird er wohl unter Bäumen versteckt sein – falls er noch existiert. Hier gibt's jedenfalls, soweit ich vorhin auf der Karte erkennen konnte, zwei Gehölze. Das größere, westlich von hier, haben wir schon aus dem Wagen gesehen. Das da« – er deutete über den Acker hinweg nach Norden – »ist übersichtlicher. Da ich faul bin, schlage ich vor, wir fangen mit dem kleineren an.«

Sie hatte nichts dagegen einzuwenden.

Während die beiden das Feld umrundeten, schloss sich die Wolkenlücke, und dichte Finsternis legte sich über das Land. Aus der Ferne war ein Grollen zu hören. Kurz darauf stapften sie zwischen Bäumen hindurch, Jamila mit dem GPS-Empfänger und Tim mit dem Metalldetektor; beide benutzten die hellen NSA-Taschenlampen aus Titan.

Das Duo arbeitete sich in Schlangenlinien durchs Suchgebiet. Nach etwa zehn Minuten streifte Tims Lichtstrahl einen Felsen. Er richtete die Lampe auf den gut drei Meter hohen Stein und murmelte: »Skull and Bones lassen grüßen.«

Auf den ersten Blick glich der schädelförmige Findling jenem in Virginia wie ein Ei dem anderen. Doch es gab einen kleinen, aber bedeutsamen Unterschied.

»Der hier ist echt«, sagte Jamila.

»Du meinst, wir haben den Kopf eines Steinbeißers gefunden?«

Sie sah ihn verständnislos an.

»Eine Romanfigur aus Michael Endes *Die unendliche Geschichte*«, erklärte Tim. »Habe ich auf einem Flug nach Rom gelesen. Sehr unterhaltsam.«

Jamila leuchtete auf die Augenhöhlen des steinernen Schädels. »Dieses Exemplar hier wurde mit ziemlicher Sicherheit von Sonne, Regen und Wind geschaffen. Da sind nirgends Kratzer oder Scharten zu sehen, wie sie von einem Meißel verursacht werden. Bei dem Buford-Felsen war das anders. Er ist eine Kopie von dem hier.«

»Damit Beales Beschreibung auf beide Plätze zutrifft. Dieser raffinierte Schurke!«

Sie schüttelte nur den Kopf und murmelte: »Fast wie in einem Déjà-vu.«

Unverzüglich nahmen sie den Detektor in Betrieb. Jamila ging mit dem eingeschalteten Gerät zur Rückseite des Felsens, genau dorthin, wo in Virginia der Eisentiegel vergraben war.

Ein anhaltender Piepton erklang.

Sie schmunzelte. »Eins muss man dem Cowboy lassen: Er ist verlässlich. Komm, ich speichere die Position, dann holen wir die Ausrüstung.«

Wenig später waren sie wieder am steinernen Totenkopf. Jamila steckte rings um den »Punkt X« vier Signalfackeln in den Boden und zog die Kappen ab. Ein grelles, weißes Licht schoss wie aus einer Fontäne heraus – eine mehr als ausreichende Beleuchtung. Tim hoffte, dass man vom nahe gelegenen Waisenhaus die Festbeleuchtung nicht bemerkte.

Eine kurze Prüfung des Erdreichs ergab noch eine weitere Parallele zu Buford: ein Geflecht aus Baumwurzeln. Jamila hob die fabrikneue Axt vom Boden auf und warf Tim einen skeptischen Blick zu. »Kannst du damit umgehen?«

»Ehrlich gesagt, habe ich zwei linke Hände.«

Sie seufzte und murmelte: »Schon verstanden.« Dann begann sie auf das hölzerne Geschlinge einzuhacken.

Bei einigen stark federnden Wurzeln half Tim ihr dann aber doch und rückte den widerspenstigen Dingern mit dem Fuchsschwanz zu Leibe. Je tiefer sie kamen, desto öfter übernahm er auch das Graben mit dem Spaten. Unterdessen ließ sich von Westen her immer häufiger Donnergrollen vernehmen. Wetterleuchten erhellte den Himmel.

»Ein Novembergewitter?«, wunderte sich Jamila oben, während Tim unten eine neue Blase an seinen Händen musterte.

»Vielleicht der Fluch der Schädel und Knochen, weil wir ihre Gruft öffnen«, brummte er.

Sie bedachte ihn mit einem strafenden Blick. »Mach weiter, du Lästermaul.«

Nach etwa hundertzwanzig Minuten sowie einem Meter fünfzig Erdreich stieß Tim auf etwas Hartes.

»Das habe ich heute alles schon mal erlebt«, sagte Jamila und warf ihm den Handbesen in die Grube.

Tim fegte den Sand zur Seite. »Ein paar Unterschiede gibt es offenbar doch – ich bin auf Fels gestoßen.«

»Genau so, wie es Beale im Blatt II beschrieben hat.«

»Hilf mir, die Dinger aus dem Loch zu schaffen.«

Während sie die kinderkopfgroßen Steine über die Leiter nach oben hievten, verringerten sich die Abstände zwischen den Blitzen am Himmel. Wind kam auf und rauschte in den Wipfeln der Bäume. Jamila drängte zur Eile. Nach etwa einer Viertelstunde kamen zwei Metallgefäße zum Vorschein.

Die *richtigen* Depots.

Auch hier hatte Beale offenbar Schmelztiegel vergraben, mit passenden Eisendeckeln verschlossen und mit Wachs versiegelt. Vom Schatzgräberfieber gepackt, kratzte Tim die Naht frei, setzte auf Jamilas Empfehlung den Meißel an und öffnete mit einem beherzten Hammerschlag Depot Nummer eins.

»Kannst du was erkennen?«, fragte sie von oben, nachdem er die Eisenplatte zur Seite geschoben hatte.

»Ja«, antwortete er, und in Erinnerung an ein einst gelesenes Buch fügte er hinzu: »Ich sehe wunderbare Dinge.«

»Warte, ich komme zu dir runter.«

Obwohl es in der Grube für zwei Personen eigentlich zu eng war, stieg Jamila rasch die Aluleiter hinab, um selbst in den Tiegel zu sehen.

Tim war zwar von der ungewohnten körperlichen Arbeit erschöpft, fühlte sich aber trotzdem seltsam euphorisch und leicht. Er grinste schelmisch. »Fast wie der berühmte Goldtopf am Ende des Regenbogens, was?«

Tatsächlich war der Tiegel voller Gold- und Silberbarren.

»Aber es sind keine Dokumente drin«, bemerkte Jamila hörbar enttäuscht. Ein Blitz zuckte auf und stanzte die umstehenden Bäume als schwarze Schattenrisse aus dem Himmel.

»Vielleicht in dem zweiten Tiegel. Geh mal zur Seite.«

Das war schlechthin kaum möglich. Sie konnte sich lediglich in dem Krater zurücklehnen.

Mit zwei weiteren Schlägen hatte Tim auch das andere Eisengefäß geöffnet. Weil oben die Magnesiumfackeln zu verlöschen begannen, musste Jamila die Taschenlampe bemühen, um in den Tiegel zu schauen. Darin sah es, oberflächlich betrachtet, ziemlich dunkel aus. Den Grund dafür förderte Tim in Gestalt einer Tasche aus schwarzem Samt zutage. Der Stoff war mürbe und zerfiel fast in seinen Händen.

»Fühlt sich an wie Schmuck«, sagte er.

Sie nickte. »Die Juwelen, die Beale aufgelistet hat.« Der Lichtkegel ihrer Lampe kehrte in den Tiegel zurück. »Da sind noch mehr Goldbarren drin. Schau mal hier an der Seite! Sieht fast so aus wie das Paket, das wir bei Buford gefunden haben.«

Tim nahm es heraus. Sie hatte recht: das rote TJB-Siegel, die Schnur, das Ölpapier – alles war wie zuvor. »Ein neuer Scherzartikel?«

Jamila deutete auf die funkelnde Pracht. »Wohl kaum. Mach's endlich auf!«

Wie zur Warnung blitzte es erneut über ihr auf, und nur

zwei Sekunden später folgte ein Donnerschlag. »Das sagst *du*, die Historikerin?«, gab er sich entrüstet. »Wenn's jetzt zu regnen anfängt ...«

»... dann wickelst du das Ölpapier einfach wieder rum, das schützt den Inhalt vor der Feuchtigkeit«, fiel sie ihm ungeduldig ins Wort.

Wie schon am Nachmittag betätigte sich Tim einmal mehr als Klapptisch, während Jamila die Frucht ihrer wochenlangen Mühen auspackte. Als endlich auch die inneren Seidenpapierschichten geöffnet waren, fanden sich zwei alte Schriftstücke darin.

»Ich glaube, mir wird schlecht«, sagte Jamila nach dem ersten Überfliegen des Inhalts (Tim hatte die Texte unterdessen auswendig gelernt). Schnell, so, als könne sie das Gelesene damit aus der Welt der realen Dinge verbannen, schlug sie das Seidenpapier wieder zu. Dann erst begegnete sie Tims Blick.

»Gratuliere«, sagte er. »Die Theorien von dir und deinen Historikerkollegen kommen der Wahrheit ziemlich nahe.«

Beales Vermächtnis bestand aus einer handschriftlichen Erklärung und einem Entwurf der »Declaration of Independence«. Diese begann mit den hinlänglich bekannten Worten. Thomas Jefferson, der das Dokument höchstselbst unterzeichnet hatte, verurteilte die Tyrannei, welche »die Geschichte des gegenwärtigen Königs von Großbritannien« kennzeichne. Dann aber, im bislang unbekannten zweiten Teil des Entwurfs, führte er gegen die Gefahr eines eskalierenden Krieges die Vernunft ins Feld. Daher habe der zweite Kontinentalkongress, um unschuldiges Blut zu retten, einer Anzahl von Bedingungen zugestimmt, an welche die »vorerst auf zweihundertzweiunddreißig Jahre befristete Selbstverwaltung der dreizehn Kolonien« geknüpft sei. Tragende Säulen dieses Abkommens seien jährliche Abgaben an die britische Krone, deren Höhe sich nach dem Außenhandelsvolumen der Kolonien richte.

Das zweite, aus Beales Feder stammende Schriftstück gab einige ergänzende Erklärungen zu dem Jefferson-Papier, welche Jamila in knappen Worten zusammenfasste.

»Nicht zu fassen! Unsere Unabhängigkeitserklärung wurde tatsächlich durch einen Husarenstreich unters Volk gebracht, nachdem der Kontinentalkongress in einer geheimen Probeabstimmung ein ganz anderes Papier verabschiedet hatte.«

Beale schrieb, die Kongressdelegierten hätten nach diesem Coup keinen Rückzieher gewagt, um die begeisterten Massen nicht gegen sich aufzubringen. So sei am 4. Juli 1776 »einstimmig«, wie es groß über dem Dokument prange, die weltweit bekannte Declaration of Independence angenommen worden.

»Das könnte noch ein paar interessante juristische Diskussionen ergeben«, kommentierte Tim. »Ein erschlichener Vertrag oder einer, der unter Druck gegen den ausdrücklichen Willen der Unterzeichner geschlossen wird, könnte angefochten werden.«

»Aber doch nicht erfolgreich«, bezweifelte Jamila. »Die USA werden sich auf ihr Gewohnheitsrecht berufen.«

»›Das durch stetige, von Rechtsüberzeugung getragene Übung innerhalb einer Rechtsgemeinschaft entstanden ist‹«, leierte Tim einmal mehr herunter. »Ich sehe das genauso. Was fangen wir jetzt damit an?«

»Wir veröffentlichen es.«

»Ohne deinen Oberboss zu fragen?«

»Den Präsidenten? Ha!«, lachte Jamila. Jäh brach ihr ganzes orientalisches Temperament aus ihr hervor. »Damit er alles vertuscht? Nein, die Welt muss das hier erfahren, Tim.

Beale hat ausdrücklich angeordnet, das Geheimnis der unechten Unabhängigkeitserklärung solle nur so lange bewahrt werden, wie dem Wohl der Vereinigten Staaten von Amerika durch die Lüge besser gedient sei als durch die Wahrheit. Aber die Lüge kann die Wahrheit niemals aufwiegen. Lügen machen alles nur noch schlimmer ...« Ihre Stimme brach in einem erstickten Laut.

Er nickte mitfühlend. »Du hast es am eigenen Leib erfahren, nicht wahr? Ich bin übrigens deiner Meinung und habe mir auch schon so etwas gedacht.«

Sie wischte sich eine Träne aus dem Augenwinkel. »Was meinst du?«

»Als ich auf der Fahrt hierher andeutete, Beale könnte sich mit der Formulierung ›die richtige Unabhängigkeitserklärung‹ lediglich auf eine andere Druckausgabe bezogen haben, sahst du einen Moment richtig betroffen aus. ›Jetzt hast du mir aber einen Schrecken eingejagt‹, sagtest du, nachdem ich das Missverständnis ausgeräumt hatte.«

»Irgendwann baue ich dir einen Schalter an den Kopf, damit man das Aufnahmegerät da oben auch mal abstellen kann.«

»Du bist immer noch eine Boneswoman, nicht wahr?« Tim bemerkte, wie sich ihre Miene veränderte. Sie sah mit einem Mal aus wie ein Mädchen, das mit dem Finger im Honigtopf erwischt worden war.

»Irgendwie schon, aber nicht so, wie du vielleicht denkst«, räumte sie ein. »Der Totenkult des Ordens hängt mir seit Langem zum Hals raus. Deshalb bin ich auch nicht mehr zu den letzten Ehemaligentreffen gegangen, selbst wenn ich in New Haven war. Nach Karims Tod empfand ich nur noch Ekel für das düstere Brimborium der Loge 322. Und die ewigen Lügen hatte ich auch längst satt. Dann zeigte mir Emil das dritte Blatt der Beale-Chiffre, und in meinem Kopf machte es *klick*!«

»Das Gefühl kenne ich. Was ist passiert?«

»Ich wusste, dass ich Beales Vermächtnis erfüllen musste. Wenn die Vereinigten Staaten ihre Existenz einer Lüge verdanken, sagte ich mir, dann muss ich diese entlarven, egal welchen schmerzhaften Einschnitt die Wahrheit im ersten Moment bedeutet. Nachher – davon bin ich immer noch überzeugt – wird es ein heilender Schnitt sein. Nur wusste ich nicht genau, worin die Lüge eigentlich bestand.«

»Also hast du deine Theorie entwickelt.«

»Ja. Mit ausdrücklicher Unterstützung von Emil Kogan. Dem war natürlich nicht an der Wahrheit gelegen, sondern nur an einem wirksamen Mittel, um die Weltwirtschaft aus dem Gleichgewicht …«

Ein trockenes Händeklatschen über ihren Köpfen ließ Jamila jäh innehalten. Beide wandten den Blick nach oben. Tim ließ vor Schreck die Dokumente samt Verpackung in den Tiegel fallen. Er glaubte, der Wald würde sich plötzlich um ihn herum drehen.

Über ihnen stand Kogan und hieb sich mit der Linken auf den Handrücken der Rechten, in welcher er einen wuchtigen Revolver hielt. Seine großen Augen waren unverhüllt, was ihm angesichts der herrschenden Umstände etwas Dämonisches verlieh. Er lächelte amüsiert auf die verdutzten Mienen herab und sagte mit der freundlichen Stimme eines Karussellbetreibers: »Beide die Hände hoch und keine unbedachte Bewegung, kleine Märchenfee, sonst muss ich dir die Flügel stutzen. Gratulation übrigens zu eurer perfekten Analyse. Wie sagt man doch in unserem Sport, Großmeister Labin? *Schach.*«

»Wie haben Sie uns gefunden, Emil?« Jamila hatte sichtlich Mühe, sich zu beherrschen.

»Das fragst *du* mich? Eine Agentin der NSA? Euer Jeep hat einen Peilsender. Sonderausstattung des Herstellers. Falls der Wagen mal gestohlen wird und man ihn wiederfinden möchte.« Kogan deutete mit der freien Hand in den Wald. »Und das Feuerwerk hier war ja nicht zu übersehen. Ich vermute, der arme Justin ist tot?«

Jamila funkelte ihn wütend an.

Er nickte. »Ich hatte zwei zu eins auf dich gesetzt, kleine Märchenfee. Unser Cyberpunk ist vermutlich an seinem Ego erstickt, was? Seine Schwäche war nützlich für mich, wenigstens für eine Weile, aber ich ahnte, dass am Ende du die bessere Agentin bist.« Er wedelte mit dem Revolver. »Und jetzt kommt da hoch, ihr beiden Hübschen, damit wir uns auf gleicher Augenhöhe unterhalten können. Aber immer schön die Händchen oben behalten!«

Tim und Jamila kletterten die Leiter hinauf. Drei von den vier Signalfackeln glimmten nur noch. Dafür illuminierte der Gewitterhimmel immer öfter die Szene. Kogan forderte seine Favoritin auf, ihre Waffe *weit* in den Wald zu werfen.

Sie tat es mit hinreichendem Schwung.

»Und die von Justin auch. Du hast sie doch bestimmt mitgenommen«, fügte er hinzu.

»Die liegt im Jeep.«

»Du bist eine gute Lügnerin. Aber nicht gut genug für deinen Meister.« Er trat an sie heran, und Tim musste mit ansehen, wie die groben Finger dieses vielfachen Mörders Jamila an Stellen begrapschten, die er, der schüchterne Soziopath, nie, nicht einmal zufällig, berührt hatte. Dabei förderte Kogan eine weitere Pistole und ein Klappmesser zutage und lächelte. »Netter Versuch, Morgiane.« Achtlos schleuderte er die Waffen ins Dunkel und ging rückwärts auf Distanz. Nach fünf Schritten blieb er stehen, nahe genug, um auf das Paar schnell gezielte Schüsse abzugeben, aber zu weit für Jamilas Thaing-Byong-Byan-Tricks.

»Haben Sie irgendetwas mit dem Orden der Akte und Klaue zu tun?«, sagte sie, scheinbar ungerührt von dem Übergriff des Mannes, den sie so lange bewundert hatte.

»Die Loyalisten? Diese Ewiggestrigen? Pah! Die sind vor einem halben Jahrhundert sang- und klanglos verschwunden, nachdem ihre letzte Hoffnung gescheitert war, an das Geheimnis von Skull and Bones zu gelangen.«

»Sie meinen den Einbruch in ›The Outlook‹, das Clubhaus auf Deer Island?«

»So ist es. Sie haben es aus lauter Frust abgefackelt; mein erster Agentenführer bei der ›Firma‹ zündete höchstpersönlich das Streichholz an. Man könnte es fast als ausgleichende Gerechtigkeit betrachten, dass ich auf diese Weise durch die CIA zu meiner Altersversorgung gekommen bin. Der gute Crow hat mir von diesem Schatz hier erzählt und dass Beales Spur sich in Berlin verlor.«

»Dann hat Sie die Wahrheit nie interessiert, was die Unabhängigkeitserklärung betrifft?«

Er lachte selbstzufrieden. »Die Unabhängigkeitserklärung! Dieser lächerliche Wisch, den ihr Amerikaner mehr vergöttert als die Bibel. Der ist mir völlig egal.«

»Ihnen ging es also nur um den Mammon«, mischte sich Tim in das Gespräch ein. Er wollte Jamila beschützen, wusste aber nicht so recht, wie. Vielleicht durch Hinhaltetaktik, damit sie wieder eines ihrer burmesischen Kunststücke vorführen konnte.

Kogan schnaubte. »Haben Sie eine Ahnung, wie lächerlich die Pensionen sind, die man ehemaligen Geheimdienstlern zahlt? Und wozu das Ganze? Nur damit die Politiker den Direktiven, für die sie eben noch Menschenleben geopfert haben, am nächsten Morgen den Stempel ›obsolet‹ aufdrücken. Von den im Einsatz gestorbenen Agenten bleibt nur ein namenloser Stern im Totenbuch der Behörde. Aber wie schon erwähnt: Dank Ihrer Mithilfe, Großmeister Labin, ist mir ein gnädigeres Schicksals beschieden, und ich darf mich einen vermögenden Mann nennen.«

»Wenn die Weltwirtschaft den Bach runtergeht, dann werden Sie an Ihrem Geld keine große Freude mehr haben.«

Der Eulenäugige deutete mit dem Revolver in Richtung Grube. »Edelmetalle und Schmuck sind in Krisenzeiten immer eine gute Anlage. Zwanzig Millionen dürften reichen, um über die Runden zu kommen. Vermutlich würde mir das Weiße Haus für die Dokumente, die Sie so flink in dem Kübel haben verschwinden lassen, sogar das Doppelte oder Dreifache geben. Ich denke, ich habe ausgesorgt.«

»Eines würde mich noch interessieren, Kogan. Oder sollte ich besser *Gomlek* sagen? Warum haben Sie mir damals das Schachbuch ins Krankenhaus geschickt? Es bestand kaum Aussicht, dass ich überlebe oder wenigstens wieder zu Verstand komme. Das waren doch Sie, nicht wahr?«

Ein unterdrücktes Lachen ließ den Eulenmann erbeben. »Sehr gut, kleiner Tim. Hervorragend kombiniert! Ja, ich war es. Ich wusste auch, dass du dich in der Speisekammer deiner Eltern versteckt hattest – oder zumindest ahnte ich es. Dass sie deinen aufgeplatzten Schädel wieder kitten würden, das hat mich tatsächlich überrascht. Und das Buch … Nennen wir es eine Sentimentalität. Eine Visitenkarte. Beim KGB hatten sie mir den Spitznamen ›Großmeister‹ gegeben, wegen meiner Vergangenheit.«

»Ich vermute, Sie sind kein Österreicher?«

»Wo denken Sie hin! Nein! Mein richtiger Name ist Tadeusz Reshevsky. Ich bin gebürtiger Pole.«

Tim merkte, wie sich Jamila neben ihm regte, begriff aber nicht sofort, dass Owl gerade das Todesurteil über sie verhängt hatte – sonst hätte er seine wahre Identität nicht preisgegeben. Für einen kurzen Augenblick war Tim wieder der Junge im Krankenhaus, der stapelweise Schachbücher verschlungen hatte. Überrascht riss er die Augen auf. »Sind Sie etwa mit *dem* Reshevsky verwandt, Samuel Reshevsky, dem Schachwunderkind, das 1922 mit gerade elf Jahren in New York in die ruhmreiche Gilde der Großmeister eingebrochen ist?«

»Er war mein Onkel. Das Talent liegt in der Familie.«

»Dann waren *Sie* 1959 Jugendweltmeister im Schach.«

»Das ist lange her. Mein Hass auf die Russen ...« Kogan wandte sich Jamila zu. »Was ich dir über die bestialischen Morde dieser roten Schweine an meinen Eltern erzählt habe, das ist wahr. Deshalb ließ ich mich während eines Schachturniers in Chicago erst von der CIA und später als Doppelagent in Warschau vom KGB anwerben.«

Sie schnaubte verächtlich. »Warum erzählen Sie uns das, Emil? Etwa, um Ihre Seele aus dem Fegefeuer zu retten? Auch andere Menschen haben solche Schicksale, aber deshalb begehen sie noch lange keine grauenvollen Morde.«

»Das ist richtig.« Er nickte betrübt. »Bedauerlicherweise fehlt mir diese Leidensfähigkeit. Du sollst nur begreifen, kleine Morgiane, dass niemand als Ungeheuer geboren wird, Ungeheuer werden von anderen Ungeheuern *gemacht*. Aber du hast natürlich recht: Am Ende sind es Monstrositäten mit falschen Haaren und großen bösen Augen.«

»Ich habe Sie nie so gesehen, Emil.«

Tim bemerkte, wie Jamila auf Zeit spielte. Sie wollte diesen alten verbitterten Mann mit psychologischen Tricks hinhalten, ihn möglichst zu einem Fehler provozieren, den sie ausnutzen konnte. Und Tim suchte selbst fieberhaft nach einem Ausweg aus dieser scheinbaren Mattsituation ... Einmal mehr gingen ihm die Worte des Schachlehrers aus der Renaissance durch den Kopf: *Wenn du deinen Gegner nicht besiegen kannst, dann lass ihn sich selbst besiegen.* Welche Schwäche hatte dieser Mann mit den tausend Namen? Mit einem Buchstabenversetzrätsel würde er sich wohl kaum entwaffnen lassen ...

Ein mächtiger, besonders lang anhaltender, vielfach verzweigter Blitz erhellte den Himmel, fast gleichzeitig ertönte der Donnerschlag, und dieses Ereignis zog eine ganze Reihe anderer nach sich.

Zuerst gewahrte Tim, dass Kogan die Augen zusammenkniff. *Die Augen der Eule!,* schoss es ihm durch den Sinn, während das Himmelsfeuer noch über den Wipfeln zuckte. Bei der Konferenz in der Kongressbibliothek hatte Jamilas Boss eine getönte Brille getragen. Offenbar waren seine großen Glupscher sehr lichtempfindlich ...

Auch Jamila war die wohl einmalige Chance nicht entgangen. Ihre nahkampferprobten Reflexe versetzten sie in Bewegung. Fast lautlos, um den vorübergehend erblindeten Uhu nicht vorzeitig zu warnen, stürmte sie auf ihn zu ...

Kogan musste wohl ahnen, dass die schon gewonnen geglaubte Partie sich zu seinen Ungunsten wenden könnte. Um die Distanz zu der erwarteten Angreiferin zu vergrößern, taumelte er rückwärts und griff gleichzeitig in seine Brusttasche. Einen Schritt später hielt er die Brille mit den getönten Gläsern ...

Die Magnesiumfackel!, fegte auch schon der nächste Gedanke durch Tims Geist. Er hatte sie beim Wagen zuvor achtlos eingesteckt. Rasch griff er in die Manteltasche, zog sie heraus und riss die Kappe ab. Dem Leuchtkörper entströmte sofort das grelle, weiße Licht, zusammen mit dem verbliebenen Signalfeuer am Boden für die Eule gewiss eine neue schmerzhafte Helligkeit ...

Ein Schuss hallte durch. die Nacht. »Halt! Rührt euch nicht, oder ich knalle euch alle beide ab!«, brüllte Kogan.

Jamila musste wohl direkt in die qualmende Mündung des großkalibrigen Revolvers blicken, denn sie gab auf und kam stolpernd zum Stehen. Kogan hatte die Brille auf der Nase. Der Vorteil war dahin.

Tim hätte schreien können. Das Glück in diesem irrwitzigen Spiel um Leben und Tod wechselte dauernd die Seiten. Es gab nur eine Möglichkeit, die Initiative zurückzuerlangen ...

Er warf die Fackel in den Schmelztiegel zu den Dokumenten.

Sofort fing das ölgetränkte Schutzpapier Feuer, und eine Stichflamme loderte gen Himmel.

»Nein!«, brüllte Kogan. »Sie Narr, was haben Sie getan?«

»Schnell zum Wagen, Jamila!«, schrie Tim aus voller Kehle und trat selbst die Flucht an. Zu seinem Entsetzen lief sie mit erstaunlich großen Schritten in die völlig verkehrte Richtung. »Zum Wagen!«, rief er noch einmal, aber sie rannte weiter in den Wald.

Plötzlich knallte erneut Kogans Waffe.

Von der Wucht des Aufschlags wurde Jamila förmlich von den Beinen gerissen und blieb reglos auf dem Bauch liegen. Die Kugel musste sie genau im Rücken getroffen haben.

»Nein!«, schrie Tim. Die kalte Brutalität, mit der Kogan seine langjährige Assistentin niedergestreckt hatte, machte ihn fast wahnsinnig vor Zorn. Er glaubte, sein Herz müsse ihm in der Brust zerspringen. Nicht Jamila! *Sie* hatte er geliebt und sonst keine der neunundvierzig Niederlagen davor. Mit geballten Fäusten rannte er auf ihren Mörder zu ...

»Stehen bleiben!«, fauchte Gomlek. Mit ein paar schnellen Schritten trat er an die Grube, um das Licht aus dem Tiegel im Rücken zu haben.

Ja, für Tim war dieser Mann endgültig wieder Gomlek, das Ungeheuer, das seine Eltern so qualvoll hatte sterben lassen. »Sie Scheusal haben Jamila umgebracht! Ihre Morgiane«, brüllte er, während er ebenfalls die Richtung änderte und weiterrannte.

»Keine Bewegung, dann passiert Ihnen nichts!«, rief Kogan. Er feuerte zum dritten Mal, aber das Projektil schlug nur neben Tims Kopf in einen Baum ein.

Nur ein Warnschuss?, zuckte es durch Tims Gehirn. Jetzt jedenfalls zielte der Lauf des Revolvers direkt auf sein Gesicht. Der Lebenserhaltungsinstinkt war stärker als seine aufgewühlten Gefühle. Nur zwei Schritte vor Kogan blieb er stehen und lachte bitter. »*Mir* soll nichts passieren? Das glauben Sie doch selbst nicht, Sie Schlächter. Sie haben bisher alle Ihre Komplizen ermordet. Wieso sollten Sie ausgerechnet mich verschonen?«

Gomlek ließ die Hand mit der Waffe ein kleines Stück sinken und erwiderte in spöttischem Ton: »Meine Männer hätten Sie mehrfach töten können: bei dem Messerangriff in Cambridge, auf dem Dach des Bibliotheksturms oder während des vorgetäuschten Anschlags in Washington. Aber damit wäre niemandem gedient gewesen. Außerdem würde ich gerne eine Partie Schach mit Ihnen spielen. In gewisser Hinsicht bin ich schließlich Ihr Lehrer.«

Tim schnaubte. »Ich wette, Sie sind ein schlechter Verlierer.«

»Mag sein. Aber mit Ihren sonstigen Fähigkeiten könnten wir zwei ein unschlagbares Team bilden. Ich mache Sie unsterblich.«

»So wie Justin Flock? Vielen Dank.«

»Justins Deckname war Cyberpunk, und mehr als ein rüder Provokateur ist er auch nie gewesen. Bei Ihnen ist das etwas anders, Tim. Sie sind Schachweltmeister und zudem ein Savant – ein Wissender. Auch daran hatte ich ja irgendwie einen Anteil, nicht wahr? Tun Sie sich mit mir zusammen, und wir stellen die Welt auf den Kopf. Wie wär's?«

»Sie erwarten doch nicht ernsthaft eine Antwort von mir, oder?«

Gomlek zuckte die Achseln. »Sie haben recht. Ich kann mir keine Mitwisser leisten. Trotzdem danke für Ihre Hilfe, Großmeister. Leider sind Sie jetzt schachmatt. Grämen Sie sich deshalb bitte nicht: Um ewig jung zu bleiben, muss man früh sterben.« Er hob wieder den Revolver.

Tim schloss die Augen. Er zog ein knappes Resümee: *Die Eule hat gewonnen. Jetzt ist alles aus ...*

Abermals zerfetzte ein Schuss die Stille der Nacht.

Doch Tim fühlte keinen Schmerz. Seltsam, dachte er ... Und riss die Augen auf.

Sein Widersacher stand immer noch vor ihm, einen überraschten Ausdruck im Gesicht. Aus seiner Brust sprudelte das Blut in Strömen. Er blickte an sich herab, die Hand mit dem Revolver sank nach unten, die Waffe fiel in den Dreck. Dann kippte Gomlek hintenüber und rutschte Kopf voraus in die Grube, bis nur noch seine Beine über den Rand hingen.

»Und matt«, sagte hinter Tim eine Stimme, die nur die eines Schutzengels sein konnte. Er riss die Augen auf und wirbelte herum.

»Jamila! Du lebst!«

Während sie auf ihn zulief, langte sie sich in den Rücken und verzog das Gesicht. »Ich habe einen guten Schneider in

Bogota. Die schicke schwarze Lederjacke ist eine kleine Vorsichtsmaßnahme, die eigentlich für Justin gedacht war.«

»Eine Sekunde später, und *mein* Schneider hätte sich blamiert.«

»Tut mir leid. Die Durchschlagskraft von Emils Magnum hatte mich kurz außer Gefecht gesetzt. Und bis ich dann meine Waffe wiedergefunden hatte ...«

Tim wandte sich zu Kogans Leiche um und murmelte: »›Der König würdevoll, bedächtig, zwar wichtig, doch nicht immer mächtig.‹ Ich weiß nicht, von wem dieses Schachzitat stammt, aber eben ist es wie Leuchtreklame in meinem Kopf aufgeflammt. Gomlek hat meine Eltern ermordet und deinen Freund und obendrein dich dazu manipuliert, deinen Stiefbruder zu töten. Ganz abgesehen von den vielen anderen Leichen, die seinen Weg pflastern. Ich denke, er hat bekommen, was er verdient.«

Jamila steckte ihre Waffe in das Holster. Mit glasigen Augen betrachtete sie den brennenden Tiegel. »Meine Mutter hat mir oft aus dem Koran vorgelesen. In *Al-Máedah*, der 5. Sure, steht, dass ›jeder, der einen Menschen tötet – es sei denn als Vergeltung für Mord oder Unheilstiftung auf Erden – gleichsam die ganze Menschheit tötet; und wer einem, den der Tod bedroht, zum Leben verhilft, der hat gleichsam der gesamten Menschheit zum Leben verholfen.‹ Ich ... Ich hatte vor Justin noch nie jemanden getötet ...« Ehe sich Tim versah, lag Jamila in seinen Armen und schluchzte: »Und ich will es auch nie wieder tun. Nachdem ich die Sache geregelt habe, quittiere ich meinen Dienst bei der NSA.«

Ihn durchflutete ein Gefühl der Wärme, das selbst die Gegenwart des Toten in der Grube erträglicher machte. Zärtlich strich er über ihr seidiges Haar und sagte sanft: »Jetzt wird alles gut, Liebes. Die Partie ist endgültig vorbei.«

PHASE VII

MATT

Gegenwart

»*Es ist im Leben wie im Schachspiel.*
Wir entwerfen einen Plan,
dieser bleibt jedoch bedingt
durch das,
was im Schachspiel dem Gegner,
im Leben dem Schicksal zu tun belieben wird.«

Arthur Schopenhauer

Die Nacht im Wald beim Ashland-Waisenhaus wurde für Tim und Jamila noch lang und nass. Die Gewitterwolken entluden mit Donner und Blitz fast eine Stunde lang ihre feuchte Fracht über dem Schauplatz des dramatischen Geschehens. Das durch den Schlamm watende Paar hatte zwar einstimmig und ziemlich schnell über die Verwendung von Beales Schatz entschieden, nur die Ausführung gestaltete sich schwieriger als erwartet. Die beiden schufteten fast bis zum Morgengrauen.

Während der Plackerei wurde Tim bewusst, dass trotz des alles in allem guten Ausgangs einer mehr als unguten Episode seines Lebens noch manches im Ungewissen lag. Endlich hatte er einen Menschen gefunden, dem er nahe sein konnte, ohne in Panik zu geraten. Wer einmal solches Glück gefunden hat, der sollte es nicht wieder loslassen, sagte er sich. Als sie restlos verschlammt, doch endlich zur Abfahrt bereit waren und Jamila die Tür des Jeeps öffnete, um sich hinters Lenkrad zu setzen, zog er sie unvermittelt an sich.

»Was wird jetzt aus uns?«, fragte er bang.

Sie ließ ihn einen Moment ihre Wärme spüren, bevor sie

ihren Oberkörper zurückbeugte. Allein das Licht aus dem Innern des Fahrzeugs genügte, um ihre Augen wie grüne Sterne glühen zu lassen. »Das hängt davon ab, wie lange du mich in deiner Nähe ertragen kannst.«

Was hätte sie Schöneres antworten können! Selig drückte er sie an sich und flüsterte ihr ins Ohr: »Könntest *du* es denn ertragen, wenn ich dich noch einmal küsse?«

»Käme auf einen Versuch an«, erwiderte sie leise.

Also stürzte sich Tim in den Abgrund ihrer Augen. Es war ein mutiger Sprung, der ihm wie nie zuvor das Gefühl vermittelte, ein Mann zu sein. Doch das Trudeln in diese Tiefe war kurz. Als er die warmen, weichen Lippen auf den seinen spürte, wollte er überhaupt nichts mehr sehen. Seine Lider senkten sich, und er genoss für eine kleine Ewigkeit des Schwebens das unbeschreibliche Gefühl, eins zu sein mit einem anderen Menschen.

Eine gewisse Zeit später, die beiden Gesichter waren jetzt wieder eine Handbreit oder auch zwei voneinander entfernt, fühlte er sich so unbeholfen und schüchtern wie vor dem Kuss. »Für einen Anfänger war das doch nicht schlecht, oder?«

Sie strich ihm lächelnd über die Wange. »Es war sogar sehr gut, Tim. Ich bin gespannt, was du noch so alles kannst.«

Am nächsten Morgen entdeckte die Leiterin des privaten Waisenhauses »Ashland Orphanage« in ihrem Garten einen Haufen Gold und Silber. Einige Kinder behaupteten, sie hätten in der Nacht ein übernatürliches Glühen im Wald gesehen. Der Schatz müsse das Geschenk einer Fee sein. Weil Geldmittel in ihrem Haus immer knapp waren, kam die Heimmutter zu dem Schluss, dass die Erklärung der Kinder die beste sei, die es geben könne, und entschloss sich dazu, ihre Schutzbefohlenen zukünftig besser denn je auf das

Leben jenseits der Märchen vorzubereiten. Das Gold und Silber, dachte sie, werde ihr dabei sehr nützlich sein.

Jamila Jason hatte wie angekündigt ihren Dienst bei der National Security Agency quittiert. Der Tod ihres Vorgesetzten – und der von Justin Flock – war aufgeklärt, ihre Notwehr amtlich bestätigt. Es kam nie zu einer Anklage. Nachdem erst die Dimensionen des Verrats von Tadeusz Reshevsky – alias Iwan Gomlek alias Emil W. Kogan – bekannt geworden waren und alle Beweise auf dem Tisch lagen, hätte man ihr alles geglaubt. Die ganze Zeit über blieb Tim an ihrer Seite, und sie fochten die Angelegenheit gemeinsam durch.

Im Januar des darauffolgenden Jahres waren die beiden in die Karibik gezogen. Nachdem Tim keine Schuldgefühle gegenüber den toten Eltern mehr plagten, hatte er wieder seinen Geburtsnamen angenommen. Wenig später heiratete das Paar unter Palmen.

Nach Baltimore flogen sie trotzdem weiterhin regelmäßig, denn dort residierte die von ihnen ins Leben gerufene Rosewood-Stiftung. Das angeschlossene Institut war unabhängig von wirtschaftlichen Interessen und wurde bald zu einem weltweit anerkannten Zentrum für die Erforschung und Entwicklung von Methoden zum Schutz gegen Bespitzelung und Ausbeutung im Internet.

Nur einen Tag nach dem wundersamen Gold- und Silberregen im Ashland-Waisenhaus hatte die *Washington Post* die wahre Story der Beale-Chiffren veröffentlicht. Binnen vierundzwanzig Stunden verbreitete sich die Nachricht bis in die entferntesten Winkel der Erde. Allmählich begann sich die Weltwirtschaft von den Turbulenzen zu erholen, die als »Beale-Krise« in die Geschichte eingingen.

Um das heraufbeschworene Gespenst endgültig zu verjagen, fand aus diesem Anlass in New York eine Feierstunde statt. Der amerikanische Präsident war da, der britische Premier war gekommen, und das Ehepaar Rosenholz gehörte ebenfalls zu den handverlesenen Gästen.

Für einen stimmungsvollen Rahmen sorgte die weltberühmte Pianistin Sarah d'Albis mit einem kurzen, aber grandiosen Konzert, das alle Besucher wahrhaft verzauberte. Als der letzte Akkord und der tosende Applaus verklungen waren, beugte sich Tim zu seiner im Abendkleid atemberaubend schönen Frau und erklärte, die D'Albis sei als Mensch, der Musik buchstäblich *sehen* könne, eine außergewöhnlich begabte Person und, wie man höre, überaus klug.

Jamila strich ihm über die Wange, wie sie es jetzt häufiger tat. »Für mich bist *du* der klügste Mensch der Welt, Liebling. Niemand weiß so viel wie du.«

Er lächelte verlegen. »Wenn alles Wissen des Universums an den Stränden unserer Ozeane läge, dann besäße ich nur ein Sandkorn davon. Doch in diesem Körnchen bist du, und mehr brauche ich nicht.«

»Das hast du schön gesagt.« Sie schenkte ihm ein strahlendes Lächeln und einen kleinen, doch innigen Kuss. Dann deutete sie auf die Politiker und Honoratioren in der ersten Reihe. »Ob sie die Gelegenheit beim Schopf ergreifen werden und aus dieser Geschichte eine Lehre ziehen?«

Tim nahm ihre Hand und drückte sie sanft an seine Lippen. »Vielleicht noch nicht dieses Mal. Aber irgendwann.«

INHALTSVERZEICHNIS

Phase I   Herausforderung   7
Phase II   Aufstellung   25
Phase III   Eröffnung   73
Phase IV   Mittelspiel   139
Phase V   Endspiel   259
Phase VI   Schach   373
Phase VII   Matt   455

Ralf Isau
Die Dunklen
Thriller. 608 Seiten.
Piper Taschenbuch

Die berühmte Pianistin Sarah d'Albis verfügt über eine besondere Gabe: Sie »sieht« Töne als Farben und Formen. Während der Aufführung eines Musikstücks von Franz Liszt in Weimar offenbart sich ihr eine unheimliche Botschaft. Sarah kommt auf die Spur des gefährlichen Geheimbunds der Dunklen. Seit Jahrhunderten sind sie auf der Suche nach einem Musikstück, dessen Besitz unendliche Macht über die Menschen verspricht. Gemeinsam mit dem zwielichtigen Russen Oleg Janin setzt Sarah alles daran, um diesen Plan zu vereiteln. Denn die Zukunft unserer Welt hängt davon ab, wer die Partitur zuerst entdeckt ...

»Hoch spannend und fesselnd bis zur letzten Zeile.«
Focus

Nick Harkaway
Die gelöschte Welt
Roman. Aus dem Englischen von Jürgen Langowski. 736 Seiten.
Piper Taschenbuch

Die »Große Löschung« hat alle Informationen auf der Welt vernichtet. Die Zivilisation ist beinahe vollständig zerstört. Die Überlebenden scharen sich um die Jorgmund Pipeline, ein gigantisches Röhrensystem, das einen lebenswichtigen Stoff verbreitet. Doch jetzt steht die Pipeline in Flammen. Gonzo Lubitsch, Problemlöser für alle Fälle, wird engagiert, um das Feuer zu löschen. Hinter dem Brand und der Pipeline steckt jedoch weit mehr, als Gonzo ahnen kann. Sein Auftrag führt ihn in die Vergangenheit der zerstörten Welt, in apokalyptische Kriege und Zeiten der Liebe und des Verlusts, zu Politikern, Piraten und ins dunkle Herz der geheimnisvollen Jorgmund Company ...
Nick Harkaways Debüt ist definitiv das ungewöhnlichste Abenteuer unserer Zeit.

»Ein triumphales postapokalyptisches Epos, überschäumend vor Einfallsreichtum.«
The Times